БОЛЬШОЙ
РОМАН

♥

МАРТИН СЭЙ

ЗЕРКАЛЬНЫЙ ВОР

Издательство «Иностранка»
МОСКВА

УДК 821.111(73)
ББК 84(7Сое)-44
С 97

Martin Seay
THE MIRROR THIEF
Copyright © 2016 Martin Seay
All rights reserved
First published in the United States by Melville House Publishing.

Перевод с английского Василия Дорогокупли

Оформление обложки Виктории Манацковой

Издание подготовлено при участии издательства «Азбука».

© В. Дорогокупля, перевод, 2017
© Издание на русском языке, оформление.
ООО «Издательская Группа
„Азбука-Аттикус"», 2017
Издательство ИНОСТРАНКА®

ISBN 978-5-389-11834-8

Лучшая книга 2016 года по версии журнала *Publishers Weekly*

Замечательный роман — магический, масштабный и пугающий. «Зеркальный вор» — это чудо писательского мастерства, выходящее за рамки всех жанров и определений: три переплетенных истории, которые погружают вас в мир тайн, преступлений, насилия и одержимости... Ошеломляющий дебют невероятной литературной глубины.

Дуглас Престон

Это завораживает... Вызывающий ассоциации с Германом Гессе, Умберто Эко и Дэвидом Митчеллом, увлекательный магически-зеркальный роман Мартина Сэя поражает своей отточенной завершенностью.

Booklist

Удивительный дебют — утонченно-интригующее повествование, в котором смешались азартные игры и мистика, а три сюжетных линии разделены столетиями... Мистер Сэй создал свой особый колдовской стиль: его изощренный, дразнящий сознание триллер буквально принуждает читателя переворачивать страницу за страницей.

The Wall Street Journal

«Зеркальный вор» содержит три сюжетных линии, действие которых происходит в трех городах и в трех эпохах, и все это сливается в одно целое: в сложное и запутанное метафизическое странствие, которое наверняка придется по душе поклонникам Дэвида Митчелла и Умберто Эко. Это два внушающих уважение имени, по которым любители действительно талантливой, насыщенной смыслом литературы могут ориентироваться, обращаясь к творчеству Мартина Сэя.

Barnes & Noble

Имея под рукой эту книгу, в других я и не нуждался. Я начал восторженно рассказывать о ней друзьям еще до того, как дочитал ее сам... Потрясающая вещь... сочно и дерзко написанная... и чрезвычайно познавательная.

The New York Times

Истинное наслаждение: подобие огромной и полной диковин кунсткамеры, где зловещий современный триллер соседствует с мистикой, сверхъестественными явлениями и захватывающей исторической авантюрой... Это шедевр эпического размаха, который можно полюбить, как давно утерянного и вновь обретенного друга.

Publishers Weekly

Пронзительная вещь... «Зеркальный вор» переливается разными красками, как бриллиант, и периодически вспыхивает искрами гениальности.

National Public Radio

Самый неординарный и амбициозный роман 2016 года... превосходно написанный, наводящий на размышления, проникнутый мистическим духом.

The Chicago Review of Books

Это настоящий шедевр, в котором читатель то и дело натыкается на колоритные описания и нескончаемую череду ярких персонажей.

Electric Literature

Эффектный и смелый дебют, при ознакомлении с которым очень скоро понимаешь, почему он произвел фурор среди критиков.

Chicago Center for Literature and Photography

Умопомрачительное 600-страничное путешествие по трем столетиям и двум континентам... Отчасти криминальный триллер, отчасти поэтическая медитация, с неожиданными сюжетными поворотами и отсылками к известным личностям самого разного рода, таким как французский драматург Антонен Арто или телеведущий Джей Лено... Поразительная игра воображения.

Book Page

Если сравнивать с книгами Дэвида Митчелла, то масштабный и жанрово разнообразный роман Мартина Сэя «Зеркальный вор» как минимум не уступает большинству сочинений этого автора.

Flavorwire

Читатель, будь осторожен, отправляясь в это странствие по трем Венециям в три знаковых момента истории. Подобно карточному шулеру, уличному аферисту или охотнику за живым товаром, затаившемуся во тьме веков, Мартин Сэй постарается тебя одурачить, загнать в тупик, увлечь неведомо куда. Приглашаю попытать счастья с «Зеркальным вором», ибо тут невозможно остаться в проигрыше.

Захари Додсон
(автор «Летучих мышей Республики»)

Повествование широко петляет в пространстве и времени, сохраняя все признаки триллера и при этом позволяя просто насладиться чтением.

New City Lit

Сделано мастерски и мистически.

Las Vegas Weekly

Безусловно, Мартин Сэй — очень вдумчивый и разносторонне эрудированный автор... Его книга достойна самого искреннего восхищения.

The Guardian

Необычный литературный гибрид: саспенс современного триллера вкупе с авантюрно-исторической эпопеей, приправленный сверхъестественной мистикой на фоне тщательно выписанных пейзажей и деталей обстановки, сложных отношений между героями и постоянного предчувствия угрозы... На редкость увлекательное чтение.

Daily Mail

Это колосс, все время меняющий облик: то криминальный роман, то интеллектуальное оригами, то исторический боевик плюс мучительные поиски героями собственного «я», сочетание иллюзии и мимесиса... Книга оказывает гипнотическое воздействие на читателя.

LA Review of Books

Рассказывая эту интригующую историю, автор с легкостью перемещается во времени, перепрыгивая через пять столетий.

Chicago Tribune

Книгу сложно классифицировать ввиду ее совершенной оригинальности. Это один из самых изощренных в плане сюжетного построения романов, появившихся в последние годы, но назвать его просто изобретательным будет явным преуменьшением. Три составляющих его истории так далеки друг от друга, как только возможно, и тот факт, что Мартин Сэй сумел сплести из них цельное повествование, кажется почти чудом.

National Public Radio

Если вы из тех, кто не прочь уделить время какому-нибудь пространному повествованию, охватывающему многие века и континенты, наподобие «Облачного атласа», то «Зеркальный вор» — это именно то, что вам нужно.

Publishers Weekly

Эта книга утвердила Мартина Сэя в качестве нового незаурядного автора, за дальнейшим творчеством которого нам всем стоит внимательно наблюдать.

BuzzFeed

Для Кэтлин Руни и в память о Джо Ф. Бойдстане

— А не случалось тебе видеть такой город? — спросил Кублай у Марко Поло, выставляя руку в кольцах из-под шелкового балдахина императорского буцентавра и указывая на мосты, круглившиеся над каналами, на дворцы властителя, чьи мраморные пороги были скрыты под водою, на легко сновавшие туда-сюда, лавируя, ладьи, движимые толчками длинного весла, на барки, сгружавшие на рыночные площади корзины овощей, на колокольни, купола, балконы и террасы, на сады зеленевших среди серых вод лагуны островов.

<…>

— Нет, государь, — ответил Марко, — я и не представлял, что может быть подобный город.

Итало Кальвино. Невидимые города (1972)[1]

---

[1] Перевод Н. Ставровской.

1

Будь начеку. Вот что ты сейчас видишь.

Высокое створчатое окно. Длинные — от потолка до пола — портьеры из зеленой парчи слегка раздвинуты. Серый свет просачивается внутрь. Бахромчатый ламбрекен над оконным проемом. Тюлевые занавески. Стекла дребезжат от порывов ветра, и занавески раздуваются, как паруса.

Стулья. Письменный стол. Комод. Гардероб (в этих старинных домах не бывает стенных шкафов для одежды). Белые стены. Полированный паркет, слишком скользкий для хождения в носках. Прикроватные тумбочки; на них лампы с вычурными абажурами. Белый телефонный аппарат. Аляповатая стеклянная люстра в виде голубых лепестков с матовыми сорокаваттными лампочками. Дешевка и безвкусица, как и во всех отелях по всему миру.

Ну и кровать, разумеется. Двуспальная. С балдахином. В углу постели пирамида узорчатых подушек, похожая на свадебный торт. Льняные простыни. Все одеяла, какие смог выделить хозяин гостиницы. *Coperte, per favore! Più coperte!*[1] И все равно согреться под ними не удается.

Coperta[2]. Суммируем числовые значения букв. Двести девяносто девять: «низвергать». В другом варианте выходит двадцать: «дышать», «прятаться» или «сметать грязь». Кроме того: «болезнь». «Сердечная боль». На иврите — הרעם — получится сто двадцать четыре, что может означать факел или лампу.

---

[1] Одеяла, пожалуйста! Больше одеял! *(ит.)*
[2] Одеяло *(ит.)*.

А также «отрекаться». «Обходить стороной». Возможно, «получать отсрочку». Надолго ли?

На комоде разложена твоя одежда: серые брюки, черные носки, синяя оксфордская рубашка. Шляпа. Бумажник. Россыпь иностранных монет. На полу — недавно купленные белые спортивные туфли и твой чемодан. В углу пристроена твоя трость с железным набалдашником.

Через минуту ты спустишь ноги с кровати. Потом встанешь, подойдешь к окну и будешь долго смотреть поверх крыш: там с одной стороны виден кусочек улицы Ботери, а с другой — улица Морти, которая вливается в почти безлюдную площадь. Ты будешь стоять у окна и ждать. Как обычно.

В этом городе тебя никто не знает. Пускай ты мысленно миллион раз бродил по его улицам, в реальности ты здесь чужак, обыкновенный турист. И это одна из главных причин, по которым ты приехал именно сюда. Однако где-то там, снаружи, есть некто, тебя знающий, и он подбирается все ближе — словно жук, упрямо ползущий вверх по штанине, — и осознание этого выводит тебя из равновесия. Ты надеешься заметить его на пустынных по причине Великого поста улицах еще до того, как он возникнет в дверях твоей комнаты. Короткая стрижка. Пружинистая походка. Крепко сбитая фигура. Распознать его будет несложно. Надо только добраться до окна, а там уже наблюдать и ждать.

Но не прямо сейчас. Пожалуй, чуть попозже. Сейчас ты неважно себя чувствуешь. Не то чтобы боль, но какое-то странное ощущение тяжести во всем теле. Несколько слоев одеял поднимаются и опускаются в такт дыханию.

На стене над изголовьем — перевернутая и сложная для восприятия под этим углом — висит репродукция в раме. Грязновато-серая акварель. Утлые суденышки. Тусклое небо. Сан-Джорджо-Маджоре вдали. Должно быть, вид с Рива-дельи-Скьявони. Внизу подпись черным по белому: «Дж. М. У. Тёрнер». Этот парень явно не знал, когда следует остановиться. Такое впечатление, что он пытался стереть свою мазню мокрой зубной щеткой.

Тёрнер. Складываем числовые значения, выходит пятьсот пять: «сосуды для питья», «неверно истолковывать».

Новый порыв ветра; дребезг оконных стекол. Третий день стоит холод, зима что-то подзадержалась. При отливе каналы совершенно мелеют, и гондолы застревают в илистом дне. Весь город приобрел уныло-постный вид. Вчера около полудня можно было бы дойти пешком от набережной Нове до Мурано. Представь себя бредущим по грязи под белокаменными стенами церкви Сан-Микеле. Боже, какая вонь! Скользкие черви и раковины улиток. И ботинки чавкают в черной жиже.

За стеклом маячит коренастая кирпичная колокольня церкви Сан-Кассиано — темный силуэт на фоне влажно-серых туч. Под ней — ряды ветхих жилых домов; облупившаяся цветная штукатурка обнажает красные кирпичи. Под свесами крыш воркуют голуби; их помет бледными шлепками орошает наружные подоконники. Чайки парят, как воздушные змеи, поводя головами из стороны в сторону. Их белизна сейчас кажется неестественной, как будто их переместили сюда с какого-то другого, нездешнего неба.

Чем было прежде это место? Всякое место когда-то было чем-то иным.

В комнате напротив окна расположено зеркало. Большое, в массивной раме. Зеркало как зеркало, тебе его более чем достаточно. Это может показаться безумием, но именно с зеркала все и началось.

Как выглядит зеркало? Какого оно цвета? Кто вообще когда-нибудь смотрел *на* зеркало, а не смотрелся *в* него? Разумеется, ты знаешь, что оно тут, на стене. Но видишь ли ты его в действительности? Примерно тот же случай, что и с Богом. Хотя, пожалуй, это перебор. Но зеркало вот оно, перед тобой. Невидимый предмет обихода. Устройство для *невидения*.

Тебе всегда хотелось увидеть *само* зеркало. Только и всего. Вроде бы такой пустяк, не правда ли?

Снова колокольный звон. Другая церковь неподалеку начинает звонить с небольшим опозданием и тем самым мешает сосчитать удары. В любом случае тебе уже давно пора вставать. Девушки в библиотеке, должно быть, начинают нервничать.

Гадают, куда ты мог запропаститься. Беспокоятся, как бы чего не случилось. Что ж, синьорины, возможно, сегодня оно и случится.

Постояв у окна, ты переместишься к комоду. Оденешься. Перекусишь на скорую руку. Сделаешь телефонный звонок. Или пару звонков. Сейчас в Лас-Вегасе поздний вечер. А на Восточном побережье еще не рассвело. Подожди немного. Нет причин для спешки. У тебя есть еще время со всем разобраться. Есть неплохой расклад на руках. Не важно, что думает тот тип снаружи, тот бравый солдафончик, вынюхивающий твои следы на узких улицах, приложивший столько стараний и забравшийся в такую даль с единственной целью: тебя прикончить.

Времени предостаточно для того, чтобы разобраться и с ним, и со всеми прочими проблемами. Подойти к окну. Понаблюдать. А то и *поразмыслить*, почему бы нет? Сложить из множества кусочков нечто цельное. Закрыть глаза. *Прислушаться*. Голоса из прошлого. На каждую загвоздку есть своя уловка. Учиться никогда не поздно. Вспомни все, что сможешь. Остальное домысливай.

Жаль, что сейчас у тебя уже нет этой чертовой книги!

SOLVTIO
13 марта 2003 г.

Все города геологичны; и пары шагов не сделаешь, чтобы не наткнуться на привидения, горделиво несущие за собой шлейф старинных легенд. Мы передвигаемся по лимитированной территории, по местности, обнесенной границей, и каждый объект местности, все, что мы видим, неизменно относит нас к прошлому. Тени ангелов, удаляющаяся перспектива позволяют уловить изначальную концепцию места, но это лишь мимолетные видения. Как в сказках или сюрреалистических рассказах: крепости, стены, которые не перелезешь, не обойдешь, маленькие, забытые богом харчевни «Трех пескарей», пещеры мамонтов, зеркала казино.

Иван Щеглов. Формуляр нового урбанизма (1953)

2

Впереди на Стрипе вновь затевают пальбу пираты. Под гром финального залпа он вылезает из такси, и отдаленный звук аплодисментов настигает его уже на мосту Риальто. Запах серы, рассеиваясь в воздухе, придает вечернему бризу инфернальный привкус. Он морщит нос, преодолевая желание сплюнуть.

Теперь представим облик этого человека на движущемся тротуаре: невысокий, широкоплечий, с изжелта-коричневой кожей и россыпью черных оспинок, лет сорока на вид. Солнцезащитные очки в изогнутой оправе, новенькие синие джинсы, кожаная куртка и серая майка. На свежевыбритой голове — кепи «Редскинз», низко надвинутое на глаза. Он шагает по рифленой поверхности дорожки, огибая туристов, которые то и дело останавливаются ради фото или цепляются за ползущие перила. Внизу, под мостом, невидимый гондольер поет высоким чистым голосом: «O mia patria si bella e perduta», разворачивая свою лодку. С запада налетает порыв ветра, и песня угасает, как звук радио при ослабевшем сигнале.

Мужчина — его зовут Кёртис — входит в здание отеля под стрельчатыми арками галереи, минует ряды игровых автоматов и направляется к лифтам. Струя ароматизированного воздуха от кондиционера скользит по его потной шее, и та покрывается гусиной кожей. Проходя мимо столов блэкджека, он вглядывается в каждого из игроков. Он взвинчен и напряжен; ему кажется, что он упускает из виду нечто существенное.

Он нажимает кнопку двадцать девятого этажа, и лифт начинает подъем. Наконец-то никого нет рядом. Его отражение подрагивает в окрашенных под медь дверных створках. Он заменяет солнцезащитные очки обычными, в черной оправе, и достает ключ-карту из внутреннего кармана куртки.

В его номере два телевизора, три телефонных аппарата и широченная кровать с балдахином; большие занавешенные окна смотрят на юг, вдоль Стрипа. Над раскладной кушеткой в нише висит картина — какой-то расплывчатый пейзаж — с подписью на медной табличке: «Дж. М. У. Тёрнер». При площади в шестьсот пятьдесят квадратных футов это наименьший из номеров, предоставляемых данным отелем. Кёртис не хочет думать о том, в какую сумму это обходится Деймону, однако тот платит без возражений, поскольку они оба знают, что это самое подходящее место.

Он проверяет автоответчик и факс: никаких сообщений. Достает из кармана куртки новую коробку патронов с экспансивными пулями и помещает ее в маленький сейф в глубине стенного шкафа, а на коробку кладет короткоствольный револьвер. Снаружи темнеет: городской пейзаж за окнами пропадает, сменяясь отражением самой комнаты в оконных стеклах. Кёртис выключает верхний свет, подходит к окну и смотрит на отели и казино вдоль Стрипа, на колокольню и бирюзовый канал внизу. Мелькают воспоминания трехлетней давности: Стэнли перегибается через балюстраду над причаленными гондолами. Твидовая шоферская кепка сдвинута на голую макушку. Маленькие крючковатые руки месят воздух. Молодая луна висит низко над западным горизонтом: бледный серп на черном фоне. Стэнли читает стихи: «Сгинь, похититель образов, в забвения пучине!..» Что-то вроде этого. Но прежде чем Кёртис успевает сконцентрироваться на этом воспоминании, оно исчезает.

По всему городу загораются огни, подрагивая в восходящих потоках нагретого воздуха. Вдали виден голубой луч «Луксора», вонзающийся в сине-фиолетовое небо. Кёртис думает о своем доме, прикидывает, не позвонить ли, однако с Филли трехчасовая разница; Даниэлла, должно быть, уже спит. Он раздевается до трусов, складывает одежду, пытается найти что-нибудь сексуальное на широком телеэкране, но там повсюду, куда ни ткнись, компьютерная графика крылатых ракет и трехмерные карты Персидского залива под разными углами. В конце концов он бросает пульт и выполняет серию отжиманий и приседаний на ковровом покрытии пола, тогда как над ним говорящие головы продолжают с энтузиазмом рассуждать о неминуемой войне; время от времени изображение глючит, и тогда их лица застывают, затем превращаясь в бессмысленную цифровую мозаику.

Покончив с разминкой, Кёртис выключает звук в телевизоре и снова открывает сейф. Там, рядом с коробкой патронов, лежит его обручальное кольцо. Кёртис берет его, кладет себе в рот и обсасывает, как конфету; металл постукивает по внутренней поверхности зубов. Он вынимает из кобуры маленький револьвер, разряжает его, проверяет барабан и вхолостую нажимает на курок, целясь в мигающий телеэкран, сто раз правой и восемьдесят раз левой рукой, пока не начинают ныть запястья и саднить указательные пальцы. Это новая пушка, он к ней еще не привык.

В желудке урчит — следствие долгого перелета и многих бессонных часов до того. Он убирает кольцо и револьвер в сейф, перемещается в роскошно отделанную мрамором туалетную комнату и, присев на унитаз, перерывает свой бритвенный набор в поисках ножниц для ногтей. Его руки пахнут оружейным маслом, кожа потрескалась на сухом воздухе, и впервые за этот день Кёртис вспоминает — по-настоящему вспоминает, — каково это: очутиться в Аравийской пустыне.

3

Позднее тем же вечером, возвращаясь в номер после ужина, Кёртис замечает подружку Стэнли за одним из столов для блэкджека на первом этаже.

Он на секунду останавливается, удивленно моргает, а затем начинает медленно обходить игорный зал по часовой стрелке, все время следя за ней боковым зрением. По пути прихватывает пластиковый стаканчик с имбирным элем, просто чтобы держать что-нибудь в руках. Она то и дело оглядывается по сторонам, но Кёртис, похоже, не привлекает ее внимания.

Описав по кругу двести восемьдесят градусов, он задерживается у покерного автомата, вскрывает ролл четвертаков, смачивает губы в имбирном эле. Он никак не ожидал, что сможет ее узнать — фотографий у него не было, а их единственная встреча произошла два года назад, на свадьбе его отца, — и сейчас удивлен быстротой и легкостью узнавания. Все еще выглядит как студентка, хотя ей должно быть уже под тридцать. Она напоминает Кёртису кого-то из компании белых юнцов и девиц, которые приезжали из Колледж-Парка на выступления джазовой группы его отца в Адамс-Моргане или Ю-стрите. Такая же сосредоточенная, сметливая, немного замкнутая. Получила хорошую закалку, выбираясь из передряг, причиной которых были, скорее всего, ее собственные ошибки, а не какие-то внешние обстоятельства или простое невезение. Худая. Волнистые каштановые волосы. Большие, широко расставленные глаза. Однако красивой ее не назовешь. Это было бы неверно истолкованным понятием красоты. Как на эскизе художника, никогда настоящую красоту не видевшего и рисовавшего только по словесному описанию.

Без малого час Кёртис наблюдает за ней, за ее быстрыми взглядами по сторонам, за группой людей поблизости. Он ждет, когда она выйдет из-за стола или когда из толпы материализуется Стэнли. Но Стэнли не видать, и его подружка не двигается с места. Она, похоже, считает карты, однако не пытается играть по-крупному — ее ставки почти не меняются после успехов или неудач. В целом она выглядит рассеянной, словно всего лишь убивает время.

Автомат выдает Кёртису трех дам, но он сбрасывает одну из них, опасаясь, как бы солидный выигрыш не привлек к нему внимание окружающих. Девчонка играет в той же манере, что и он. Интересно, она в курсе, что за ней наблюдают?

Справа появляется и торопливо идет вдоль узорчатого темно-красного ограждения немолодой, но крепкий и подтянутый мужчина в спортивном пиджаке. Это не Стэнли — судя по его косолапой, дерганой походке, — но девушка на него отвлекается, причем во время сдачи карт. Широко раскрыв глаза, она следит за перемещением мужчины, а затем хмурит брови и откидывается на спинку стула. Дилер что-то говорит ей, приглашая вернуться к игре; она бросает на него сердитый взгляд. Все это происходит в считаные мгновения.

Зато теперь Кёртис уверен, что сможет ее найти, если в этом возникнет потребность. Как и он, эта девчонка находится здесь из-за Стэнли.

Он скармливает автомату последний четвертак, покидает казино и возвращается в свой номер. Там прибыло послание по факсу: карикатура на фирменном бланке отеля «Спектакуляр!», изображающая мускулистого темнокожего мужчину, который анально насилует старикашку с гипертрофированными семитскими чертами. Кёртис на картинке выглядит свирепым и неумолимым; его лицо и руки покрыты густой штриховкой. Из окруженных морщинками глаз паникующего Стэнли чередой запятых капают слезы. Вверху страницы Деймон написал крупными буквами: «АТЫМЕЙ ЕВО ВЗАД!!!», а внизу, под рисунком: «МАЛАДЧИНА!!!!!»

Кёртис комкает листок и бросает его в мусор, но затем выуживает из урны, рвет на мелкие кусочки и спускает в унитаз.

4

Ночью идет дождь. Кёртис просыпается в тот момент, когда вспышка молнии освещает дверь ванной; он поворачивается на другой бок, чтобы посмотреть в окно, и тут же засыпает вновь. Он хорошо помнит дробь капель по стеклу, однако утром не обнаруживает никаких следов прошедшего дождя.

Едва набрав последние цифры номера, он смотрит на часы и понимает, что сейчас пятница, почти полдень в округе Колумбия. Однако Мавия дома и берет трубку.

— Кёртис! — говорит она и широко улыбается, судя по голосу. — Салям алейкум, братишка! Мой определитель тебя не опознал. Ты сменил номер?

— Да, — говорит Кёртис. — Твой определитель не ошибся. Я только сейчас вспомнил, какой сегодня день, и удивлен, что кого-то застал. Вам уже пора двигаться в мечеть.

— Мы слегка затянули с выходом. И это к счастью, иначе пропустили бы твой звонок. Как поживаешь?

— Все в порядке. Но не буду тебя задерживать. Я хотел поговорить с отцом. Есть он там поблизости?

Кёртис слышит легкий стук, с которым Мавия кладет трубку на столик. Ее пронзительный голос удаляется вглубь дома, слова становятся неразборчивыми. Пока Кёртис ждет, его посещает пара воспоминаний, быстро следуя одно за другим. Во-первых, ее фотография на стене библиотеки в Данбаре: она окончила школу на шесть лет раньше него, но продолжала присутствовать там уже в легендарном статусе. Четыре раза в неделю он проходил мимо этого фото, отправляясь на футбольное поле за очередной порцией тумаков от линии защиты. Во-вторых, несколько лет спустя: ее исполнение «Let's Get Lost»[1] в маленьком клубе на 18-й улице, с закрытыми глазами, в круге голубого света. А позади нее, в тени, его отец склоняется над контрабасом. Уже вышедший из тюрьмы, но еще находящийся под надзором. В ту пору ее звали Нора Броули, а отец звался своим прежним именем Дональд Стоун. Кёртис тогда прилетел на побывку из Субика и сразу направился в клуб, даже не сняв повседневную форму цвета хаки, измотанный и выбитый из колеи сменой часовых поясов. Он помнит запотевшую пивную бутылку в своей руке и ощущение, будто все вокруг него переворачивается с ног на голову. Стэнли тоже был где-то там. Невидимый. Лишь его голос из темноты.

Кёртис слышит тяжелые отцовские шаги, через пол и столик передающие сотрясение телефонной трубке.

— Малыш!

— Привет, па.

— Не мог найти другое время для звонка? Знаешь же, что сейчас мне некогда точить лясы. Давай-ка я звякну тебе попозже с мобильника.

— Я ненадолго, па. Только одна маленькая просьба. Я тут пытаюсь связаться со Стэнли.

Кёртис чувствует тишину, которая повисает между ними и раздувается как мыльный пузырь.

— Стэнли? — уточняет отец. — Стэнли Гласс?

— Он самый, па. Стэнли Гласс. Мне нужно с ним поговорить. Может, у тебя есть его телефон или...

---

[1] «Давай потеряемся» (англ.).

— А на кой тебе сдался Стэнли Гласс, малыш?

— Да так... просто хочу кое-кому помочь. Его разыскивает один мой друг. Я тебе о нем рассказывал — тот самый, который собирается дать мне работу в «Точке».

— Где? Ты же вроде говорил, что будешь работать в...

— В «Спектакуляре», да. Так оно и есть. Просто все, кто там работает, называют этот отель «Точкой», потому что...

— Хорошо, но что понадобилось этому твоему *другу* от Стэнли Гласса? Или он никогда не слышал о справочной службе? Достаточно набрать «четыре-один-один», и ты получишь номер Стэнли из базы данных Филадельфии. Всего-то проблем...

— Похоже, Стэнли сейчас не в Филли, папа. И не в Атлантик-Сити. Я думаю, он сейчас здесь.

— Секундочку, а где находится это самое «здесь»?

— В Вегасе, — говорит Кёртис. — Я звоню тебе из Лас-Вегаса.

Его отец делает глубокий вдох и с шумом выпускает воздух. Кёртису не следовало втягивать его в эти дела.

— Послушай, па, — говорит он, — я знаю, тебе сейчас некогда...

— В последнее время я мало общался со Стэнли, Кёртис, — говорит отец. — Он хороший человек и прекрасный друг, один из моих старейших друзей в этом мире, но мы с ним почти прекратили контакты после моей женитьбы на Мавии. Я его не осуждаю и не держу на него зла, но факты таковы, Кёртис...

— Я знаю, папа.

— Факты таковы — если позволишь мне закончить мысль, — факты таковы, что Стэнли — профессиональный игрок. А мы с Мавией теперь правоверные мусульмане. Во всяком случае, я стараюсь им быть. Учение пророка, мир ему и благословение, категорически запрещает...

— Да я все знаю, папа.

— Я знаю, что ты знаешь. Но ты должен крепко усвоить одну вещь. Стэнли — игрок до мозга костей. Он ходячий игровой автомат. Быть вместе со Стэнли — это значит играть вместе со Стэнли. А я так не могу. Я люблю его, он мне как родной брат, но...

— Ладно, папа, я тебя задерживаю. Мое дело не настолько важное. Я понял все, что ты сказал, и...

— Я только хочу, чтобы ты меня выслушал, Кёртис.

— И я тебя слышу, папа, будь уверен. Извини, что побеспокоил. А сейчас мне пора идти. Попрощайся за меня с Мавией.

Кёртис отключается и еще какое-то время смотрит на свой новый телефон, размышляя о собственной безграничной тупости и неспособности понять самые вроде бы простые вещи. Он все еще не позвонил жене.

Чтобы немного развеяться, он застилает широкую гостиничную кровать, тщательно расправляя простыни и покрывало. Это занятие успокаивает и приносит хоть какое-то удовлетворение. А снаружи омытый дождем и уже обсохший город шумит под утренним солнцем, открывая себя новому дню.

5

Кёртис садится в автобус на остановке у казино «Харрас», ярдах в четырехстах южнее своего отеля. Он платит два бакса, занимает место поближе к передней двери и глазеет по сторонам, проезжая вдоль Стрипа: на казино «Слотс-э-фан», на рекламу шоу «Крейзи герлз», на толстые синие щупальца водных горок в аквапарке. Горбатые желтые краны поводят стальными стрелами над холмами светлого грунта — могилой «Дезерт инн». Рабочие поливают землю из пожарных шлангов в попытке прибить пыль, но это не помогает: земля мигом всасывает воду, а пыльное облако с привкусом кремния остается висеть над площадкой.

В этот час автобус почти пуст — никаких голосов в салоне, слышно только урчание дизеля, — и Кёртис, повернувшись на сиденье, вытягивает шею, чтобы разглядеть вдали гору Чарльстон, благо воздух достаточно прозрачен после ночного дождя. На вершине еще полно снега, который яростно сверкает под слепящим солнцем, — этакий пробел на самом горизонте, словно кусок пустоты на месте чего-то вырванного из пейзажа.

Гора исчезает за трехногой башней отеля «Стратосфера», и Кёртис снова поворачивается лицом к ветровому стеклу. Теперь уже большие казино остались позади, а вдоль улицы тянутся мотели, свадебные часовни, магазины женского белья и всякой бижутерии. Эта часть бульвара всегда напоминала Кёртису Филиппины: Субик-Бей и мост в Олонгапо, за вычетом вонючей речки, лавчонок менял да босоногих детей, выпрашивающих мелкие монеты. Несколько помятых цепкоглазых раздатчиков рекламы уже заняли позиции на улицах, пристроив у ног свои пухлые сумки и прихлебывая кофе из бумажных стаканчиков. Вчерашние листовки и буклеты валяются на тротуарах: большей частью реклама секс-клубов, служб сопровождения и борделей. Ряды пальм редеют, уступая место рекламным билбордам: город навязчиво продается самому себе. С удивлением Кёртис вдруг ощущает радостную дрожь и, задержав дыхание, подавляет неуместную улыбку. «Что происходит в Вегасе, то здесь и остается». Он совсем один, и не с кем делить риск; он в кои-то веки в своей рубашке, которая, как ни крути, ближе к телу, чем казенная униформа.

Он высаживается близ Фремонт-стрит, главной улицы в старом центре города, с недавних пор превращенной в пешеходную зону и накрытой стальным куполом со множеством звуковых колонок и цветных светодиодных дисплеев. Сейчас видеошоу выключено, динамики молчат. С боковых улиц выныривают ранние пташки утренней смены — официанты, танцоры, торговцы; многие несут свою рабочую форму в рюкзачках или спортивных сумках. Кёртис, по инерции настроенный на время Филадельфии, понимает, как глупо начинать поиски в такую рань. Где бы Стэнли сейчас ни находился, он наверняка еще спит.

По 4-й улице он добирается до бара «Голд-спайк», где с досадным удивлением узнает, что стоимость завтрака из двух яиц там более чем удвоилась со времени его последнего визита: теперь они просят доллар девяносто девять центов. Он делает заказ у стойки, устраивается в кабинке у окна, смотрит на грузовики, такси и бронированные инкассаторские машины, мелькающие за пыльным стеклом.

Прошло почти три года. Летом 2000-го, после своей первой командировки на Балканы, Кёртис был направлен в Туэнтинайн-Палмс инструктором по общевойсковой подготовке: шесть месяцев скрипящего на зубах песка и раскаленных на солнце скал. С точки зрения Корпуса морской пехоты Кёртис являлся боевым ветераном, побывавшим в Персидском заливе в девяносто первом, выполнявшим миссии в Косово и Сомали; а посему они там решили, что ему следует передать свой опыт зеленым новичкам. Да только учитель из Кёртиса был никудышный: он не любил вспоминать об операциях, которые сам же считал проведенными бестолково, и не мог поделиться с учениками хоть чем-то действительно стоящим. Он пытался говорить с ними о том, что знал на практике, — об организации движения в боевой обстановке, о патрулировании тыловых районов или обращении с военнопленными, — однако все это звучало как текст из учебника, под стать стандартному поствьетнамскому трепу, над которым сам он насмехался на своих первых учениях в 1984-м. И он знал, что нынешние новобранцы точно так же пропускают все это мимо ушей. Никого на самом деле не интересовали рассказы о том, как держать под контролем полусотню иракских солдат, сдавшихся всего четырем разведчикам или водителям автоцистерн. Люди хотят готовиться к самым опасным ситуациям, но не к нелепым и анекдотическим. «Интересно, сколько сейчас этих свежеиспеченных морпехов месят песок в Кувейте или Саудии, дожидаясь свистка к началу второго тайма той же игры?» — думает Кёртис.

В Туэнтинайн-Палмс Кёртис встретил своих одногодков, с которыми некогда проходил подготовку в Форт-Леонард-Вуде, и все они дружной компанией по выходным ездили поразвлечься в Сан-Диего, Тихуану или Вегас. Поездки в Вегас всегда организовывал Деймон: караваны тачек с морпехами мчались через пустыню, а по прибытии на место они снимали целые этажи в отелях, с воплями «Всегда верны!» бросали кости на столы казино и пачками совали деньги налогоплательщиков за подвязки девиц в стриптиз-клубах. В каждой такой экскурсии участвовал кто-нибудь из молодых морпехов, и Деймон был у них главной темой для разговоров. «Офигеть! — говорили они. — Это самый чокнутый тип во всем Корпусе морской пехоты!» Но Деймон вовсе не был чокнутым. Он держал ситуацию под контролем, умел вовремя притормозить, подстраховать, а если что, и дернуть за нужные ниточки. Он оттягивался в охотку, но не слетал с катушек, когда все прочие тупо швырялись баблом или блевали на собственные ботинки.

Во время последней поездки они толпой бродили по одному из больших казино — «Сизарсу» или «Тропикане», — пугая гражданских и задирая летунов с базы Неллис, когда Кёртис ощутил хлопок по плечу и, обернувшись, увидел Стэнли. Тот похудел, даже отощал, но выказал прежние силу и ловкость, выбираясь из неуклюжих объятий Кёртиса. На вопрос, что привело его в город, Стэнли только ухмыльнулся, что могло означать: «Разве это не ясно?» или «Попробуй сам догадаться». Они поболтали с минуту об отце Кёртиса, о морской пехоте и общих знакомых с Восточного побережья, а затем разговор перешел на другие темы, и Кёртис, уже на три четверти выбравший свою предельную норму спиртного, оказался не в состоянии его поддерживать. Стэнли рассказывал что-то о блэкджеке в «Барбери-Коуст», о чем-то случившемся либо вспомнившемся ему во время той игры, потом упомянул английского фокусника по имени Флад с его знаменитым трюком, когда он заставлял разные предметы двигаться синхронно, как будто они были связаны невидимыми нитями. Кёртис думал, что Стэнли раскроет секрет фокуса или объяснит, какое отношение это имеет к той самой игре в блэкджек, но ничего такого не произошло, а Стэнли вдруг замолчал, внимательно глядя на Кёртиса и явно ожидая его реакции.

И вот сейчас, сидя в кабинке «Голд-спайка» и подбирая с тарелки остатки желтка кусочком тоста, Кёртис вздрагивает при этом воспоминании: оно холодит его кровь и лишает аппетита. И он не может понять почему. Отчасти его беспокоит факт собственной неспособности понять человека, которого он знал всю свою жизнь. Однако дело не в этом или не только в этом. Что-то еще отравляет это воспоминание: какое-то кошмарное, иррационально пугающее чувство. Ощущение угрозы, таящейся за чем-то с виду самым обыкновенным и привычным. Как встреча с человеком, выдающим себя за другого. Словно тем вечером в казино ему попался ненастоящий, поддельный Стэнли. Или, что еще хуже, сам Кёртис был тогда не настоящим собой.

В ту пору он, конечно, не испытывал подобных чувств: это был просто неловкий момент для обоих. Они стояли там со Стэнли, и Кёртис смотрел вниз, на свои шаркающие по полу ноги. Потом к ним приблизился Деймон, и Кёртис их познакомил.

Так она и случилась — встреча этих двух людей. Тогда это казалось пустяком. Ничего не значащей формальностью. А сейчас Кёртис уже не в силах проследить все ее последствия.

Остаток той ночи он провел в пьяном тумане, но один достаточно четкий образ все же сохранился в его памяти: Деймон сидит за игорным столом, на вид вполне трезвый, и с довольной ухмылкой смотрит в свои карты, а над ним нависает Стэнли, держа руку на его плече и что-то шепча ему в бритый затылок.

Так что в некотором роде все дальнейшее произошло по его вине, решает Кёртис.

6

В полдень приступает к работе дневная смена в казино, и Кёртис начинает свой поход по Фремонт-стрит, не пропуская ни одного игорного заведения. Он беседует с дилерами, официантками, барменами, охранниками и уборщиками, а также с распорядителями казино, если тех удается разговорить. В зависимости от ситуации он варьирует свою историю, каковая в большинстве случаев сводится к следующему: «Я разыскиваю друга, который сейчас должен быть где-то в Вегасе, хотелось бы с ним повидаться, тряхнуть стариной». Каждому собеседнику он оставляет свой телефонный номер и порой — когда считает это вложение полезным — дополняет его двадцаткой. Двое из опрашиваемых вроде бы видели Стэнли где-то с неделю назад. И все служители, которым перевалило за сорок, как будто припоминают это имя.

Сначала Кёртис нервничал по поводу того, что оставляет за собой столь заметный след, но постепенно эта нервозность проходит. Держась в тени, только наблюдая и вынюхивая, невозможно добиться успеха за то короткое время, что имеется в его распоряжении. Да он и не подряжался на всякую чушь в духе «плаща и кинжала», и Деймон должен это понимать. По мнению Кёртиса, действия украдкой обернутся лишь пустой тратой времени; гораздо лучше сразу начать поиски в открытую и посмотреть, что из этого выйдет. А если Деймону такой подход не по нраву, пусть ищет себе другого помощника. Здесь, в Вегасе, Кёртис не совершил ничего противоправного, и у него нет причин скрываться от кого бы то ни было. Пока что, во всяком случае.

В каждом казино он совершает уже традиционный обход зала по часовой стрелке в надежде заметить среди посетителей лысый череп, узкие плечи и крючковатый нос Стэнли. И всякий раз после безрезультатного осмотра у него возникает ощущение, будто он упустил нечто существенное. Он сейчас явно не в лучшей форме и не очень доверяет собственным глазам.

Покинув казино «Мейн-Стрит-Стейшн» с двумя нераспечатанными роллами четвертаков в кармане, он садится в автобус до «Стратосферы». Так начинается его долгое странствие через город в южном направлении. На сей раз он действует более расчетливо, фокусируя внимание на лицах, с наибольшей вероятностью способных предоставить нужную информацию: на распорядителях с самыми простецкими прическами, на барменах средних лет или на слугах, глядящих прямо в глаза собеседнику. Деньги Деймона быстро утекают, но теперь Кёртис верит, что хотя бы часть из них потрачена не зря.

Никто не задает ему неудобных вопросов, но он на всякий случай к ним готовится, репетируя возможные ответы в процессе перемещения по бульвару до очередного казино. Попутно ему вспоминается разговор, состоявшийся десять дней назад в кафе на юге Филли; вспоминается Деймон, беспрестанно вертящий в руках чашку с остатками третьей порции кофе, и темная парабола кофейной гущи, которая с каждым оборотом все ближе подбирается к белому фарфоровому краю.

«Я не призываю тебя кому-либо врать, — сказал тогда Деймон. — Держись просто и естественно. А если тебя начнут прессовать, скажи, что всего лишь наводишь справки. Это ведь чистая правда, не так ли?»

Его равномерно подстриженные золотистые волосы отросли на полдюйма — длиннее, чем Кёртис когда-либо у него видел. Светло-коричневый твидовый костюм измят так, словно Деймон в нем спал, хотя он явно провел без сна уже несколько дней.

«Главное — правильно дозировать информацию, ты меня понимаешь? Дай им частичку, но так, чтобы они подумали, будто видят всю картину целиком».

Его темные глаза слезились от усталости, но по-прежнему быстро перемещались с предмета на предмет, поблескивая, как шарики в промасленном подшипнике. На одном рукаве черной поплиновой рубашки сохранилась обсидиановая запонка, но место ее напарницы на другом обозначалось лишь обрывками ниток.

«Можешь упомянуть мое имя, если тебе покажется, что от этого будет толк. Никто там не знает о случившемся в Атлантик-Сити. А если даже и слышали что-то, мое имя не вызовет у них ассоциации с тем случаем».

Новый мобильник лежит поверх длинного белого конверта без пометок. Внутри конверта — электронный авиабилет с маркировкой «UA 2123 dep PHL 07:00 arr LAS 09:36 03/13/2003» и три пачки стодолларовых дорожных чеков.

«Своей жене можешь сказать, что хочешь. Тут ведь нет никакой опасности. И никто не нарушает закон. Отыщи его и сразу же дай мне знать. Это надо сделать не позднее полуночи следующего вторника. Все проще простого».

Кёртис смотрел, как «ауди» Деймона выруливает со стоянки, и провожал его взглядом, пока машина не исчезла на подъеме к Уитманскому мосту. Он доел свой кусок яблочного пирога, а заодно и едва тронутый шоколадный торт Деймона, заказал новую чашку кофе и еще долго сидел за столиком, уткнувшись невидящим взглядом в развернутую газету. Только когда приблизился час пик, он покинул кафе и зашагал к станции метро.

На следующее утро он проснулся в четыре под звонок будильника Даниэллы. Он слышал, как жена оделась и ушла на работу, и продолжил лежать без сна, глядя сквозь приоткрытые жалюзи на то, как небо меняет цвет с черного на розовый, затем на желтый и, наконец, на слепяще-белый. Только тогда он поднялся, проделал обычные утренние процедуры, а потом на автобусе поехал в Коллингдейл и там приобрел револьвер.

Южнее торгово-выставочного комплекса расположены самые крупные и с приближением вечера все более многолюдные казино, так что наведение справок затягивается. К восьми часам он минует аэропорт и, проигнорировав местечки, в которых появление Стэнли маловероятно, проезжает несколько кварталов на автобусе. Ужинает в буфете «Тропиканы» стейком из спинной части бычка и очищенными креветками среди подсвеченных аквариумов с кораллами, а затем около часа сидит перед бассейном, созерцая отражения пальм в рябящей поверхности воды. Дождавшись, когда ужин достаточно переварится, он поочередно обследует казино «Сан-Ремо» на западе, «Орлеан» на востоке, «Луксор» и «Мандалай-Бэй» на юге.

На обратном пути в свой отель он на несколько секунд засыпает в автобусе и пробуждается рывком, с участившимся сердцебиением. Город за автобусными окнами не похож на тот, какой он видел днем; и уличная жизнь сейчас выглядит иначе. По тротуарам фланирует множество кричащих, смеющихся и кривляющихся людей, а проезжая часть заполнена взятыми напрокат дорогими тачками, из открытых окон которых грохочет музыка. Лимузины-длинномеры выжидательно застыли у бордюров, и отражения праздной толпы, подсвеченные огнями фасадов, скользят по их наглухо тонированным стеклам. Время движется как будто в лихорадочной спешке. Кёртис вспоминает о самых неприятных местах, в которых ему случалось бывать; о ночных патрулях за «колючкой» периметра, среди дымящихся воронок, под вспышки пулеметного огня вдали. Вроде бы никакого сравнения с этим. Однако есть и кое-что общее: такое же нервное напряжение, такое же предощущение чего-то, таящегося по ту сторону огней и ждущего сигнала к действию. Впервые за долгое время Кёртис чувствует себя вернувшимся в реальность, неподвластную контролю и регламентации, где он может быть кем угодно либо вообще никем и где возможно абсолютно все.

Он добирается до двери своего номера и проводит карточкой по прорези, когда внезапно оживает его новый мобильник. Непривычная мелодия звонка застает его врасплох; он вздрагивает, дверь распахивается, а выпавшая карточка соскальзывает вдоль косяка на порог. Наклоняясь, чтобы ее подобрать, Кёртис одновременно нашаривает в кармане телефон.

Из динамика звучит громкий голос, который ему не удается опознать:

— Кёртис! Как делишки, старик?

— В порядке. А что?

— Догадался, кто это? Или не узнал по голосу? Это Альбедо, старик! Помнишь меня? Только что мне сказали, что ты здесь, в городе!

Кёртис не помнит никого по имени Альбедо — или, может быть, Аль Беддоу. Судя по голосу, это, скорее всего, белый мужчина примерно его возраста. Характерный акцент горца с Блу-Риджа: из Северной Каролины или Виргинии. Шум большой гулянки на заднем плане.

— Да, я здесь, — говорит Кёртис. — Приехал на несколько дней.

— Это же классно, старик! Надо бы как-нибудь пересечься. Чем ты занят прямо сейчас?

— Сейчас... я только что вернулся в свой номер.

— Вернулся в номер? Старик, еще нет и одиннадцати. Кто же сидит в номере в такую рань? Послушай, я тут зависаю с компанией в «Хард-роке». Давай тащи сюда свою задницу. Знаешь, где это?

Кёртис знает, где это. Он по-прежнему стоит на пороге, сжимая в руке уже отключившийся телефон, и пытается идентифицировать голос незнакомца. Может, это один из людей, с которыми он общался в течение дня? Или этот человек прикинулся его старым знакомым, чтобы сбить с толку кого-то находящегося рядом с ним? Кёртис закрывает глаза и пытается мысленно нарисовать образ этого Альбедо — в полумраке зала с гремящей музыкой и пытающимися перекрыть ее голосами (включая, возможно, и голос Стэнли). Однако в центре воображаемой картины ничего нет, лишь пустота в дымном воздухе, и он быстро сдается.

Пройдя вглубь темной комнаты, он проверяет факс и индикатор сообщений автоответчика: ничего нового. Дальше по коридору хлопает дверь, и ему вдруг становится не по себе, словно он вторгся в чужое замкнутое пространство, ощущая вокруг себя чье-то незримое присутствие. Кто-то и впрямь здесь побывал в его отсутствие: разумеется, обычная уборка номера. Пару секунд он принюхивается к наслоениям запахов в комнате — комбинации из моющих средств, дезодорантов и его собственного пота, — а затем обоняние привыкает, и запахи сходят на нет.

Южнее по Стрипу, в квартале отсюда, происходит какое-то торжественное действо: презентация нового шоу или что-нибудь в этом роде. Четыре раза в минуту луч вращающегося в той стороне прожектора врывается в окно; обстановка комнаты возникает из тьмы, исчезает и возникает вновь. И при каждом обороте прожектора воздух над городом становится густо-синим, плотным и непрозрачным, а комната как будто теряет объемность, сплющивается, превращаясь в подобие диорамы.

Переждав несколько световых кругов, Кёртис достает револьвер и проверяет барабан в полосе света из коридора. Затем быстро выходит из номера и направляется к лифту, не дожидаясь, когда щелкнет замок плавно закрывающейся позади него двери.

7

Отель-казино «Хард-рок» находится на Парадайз-роуд, между Стрипом и университетским кампусом. Это совсем недалеко, можно было бы дойти пешком, но Кёртис не хочет рисковать и разминуться с Альбедо, а потому за считаные минуты добирается до места на такси.

Он бывал здесь в прежние времена, но тот краткий и пьяный визит почти не отложился в памяти. Это сравнительно небольшое здание, с закругленными формами и зыбкими пятнами пурпурной подсветки, направленной на белые стены от их подножия. Когда такси сворачивает на подъездную дорожку вдоль шеренги пальм, диодная рекламная панель вспыхивает надписью: «ОЗЗИ ОСБОРН!» Под ней, при свете гигантской неоновой гитары, происходит непрерывное движение: поддатые кутилы с Западного побережья мелькают среди отработавших свою смену танцоров и барменов.

Едва войдя в двери с ручками гитарной формы, Кёртис понимает, что Стэнли здесь искать нет смысла. Подавляющее большинство посетителей — недавние выпускники престижных колледжей или студенты, у которых еще не закончились весенние каникулы. За исключением рекламного Оззи, Кёртис чуть ли не самый старый из всех присутствующих. Проходя через толпу в вестибюле, он минует манекен Бритни Спирс в вязаной кофте, чью-то ударную установку под стеклянным колпаком, канделябр из сверкающих саксофонов. Колонки над головами гремят «Аэросмитом». В круглом игорном зале Кёртис обращает внимание на малиновую надпись над ближайшим столом для блэкджека. Помимо стишка с пожеланием удачи, который он пропускает, надпись содержит немаловажную информацию: по здешним правилам дилеры продолжают набор при наличии у них семнадцати «мягких» очков. Да Стэнли не заставишь и на сотню ярдов приблизиться к такому заведению!

На подходе к дискообразному бару шум вокруг усиливается. Крики посетителей, бренчание игровых автоматов и музыка из динамиков сливаются в непрерывный, оглушающий рев. Лишь через какое-то время до Кёртиса доходит, что кто-то рядом выкрикивает его имя. Повернув голову, он видит длинноволосого белого типа в стильно рваных джинсах, майке «Ганз энд Роузес» и байкерской куртке. Контрастно выделяясь на фоне большого плазменного экрана, этот тип ухмыляется и машет высоко поднятой рукой, как плетью водорослей. Кёртис уверен, что никогда прежде его не встречал.

При ближайшем рассмотрении Альбедо выглядит как неудачная помесь Чета Бейкера и Джимми Баффетта. Его пальцы запятнаны чем-то коричневым, рукопожатие крепкое, но неприятно влажное и холодное, так что Кёртис спешит высвободить свою ладонь. Ростом Альбедо под метр девяносто, но рыхловат, с пивным брюшком. Тонкие темно-русые волосы собраны в хвост и на висках тронуты сединой. Все это дополняют красноватые слезящиеся глаза и запах виски с пивом изо рта.

У стойки бара пристроились две молодые женщины, спутницы Альбедо, одна светлокожая блондинка, другая смуглая и темноволосая — вероятно, латиноамериканка. Обе в расшитых блестками откровенных топах. Их лица не выражают ничего, кроме усталости и апатии. Женщины рассаживаются в стороны, освобождая два стула между ними; Альбедо хлопает Кёртиса по спине и подталкивает его к правому стулу. А когда сам он садится рядом, его ладонь с пьяной фамильярностью скользит вниз по куртке Кёртиса и нащупывает под ней заткнутый за пояс револьвер. У Кёртиса тотчас возникает мысль: «Не к добру это все, надо смываться при первом удобном случае».

Альбедо заказывает для Кёртиса бутылку «Короны» и представляет его женщинам как своего старинного друга.

— Мы вместе воевали в пустыне, — говорит он. — На первой иракской.

Имена у женщин необычные, явно иноземные. Но Кёртису нет до этого дела, и он тотчас их забывает, торопливо соображая, как ему следует держаться в этой странной ситуации.

— Ты следишь за новостями *оттуда*? — спрашивает Альбедо. — Что скажешь о куче дерьма, которую они наворотили?

— А что? Там уже началось?

— Вот-вот начнется, старик.

Альбедо качает головой с таким умудренным видом, словно у него есть доступ к самой последней сверхсекретной информации.

— Вот что я тебе скажу, — продолжает он, салютуя пивом. — Пусть лучше это достанется разгребать им, чем нам с тобой. Верно, братишка?

Кёртис кивает и молча прихлебывает из бутылки.

— Я только что просвещал моих юных подруг, которым не посчастливилось быть гражданками нашей великой страны, — говорит Альбедо. — Я пытался показать им всю охеренную бредовость того, что сейчас творится на Ближнем Востоке. Потому что первая война — *наша* война — была полным дерьмом. Тут никаких сомнений. Но вот *эта* куча дерьма на порядок больше *той*. Верно я говорю, Кёртис?

Кёртис приподнимает свое пиво и поворачивает подстаканник так, чтобы текст на нем располагался параллельно краю столешницы. Затем ставит бутылку обратно. Он не хочет ни говорить, ни даже думать на эту тему.

— Да тут сам черт ногу сломит, — говорит он наконец.

— В самую точку, старик! Ты подобрал-таки культурное выражение для всей этой грёбаной хрени!

На барной стойке появляются пачка сигарет и серебряная зажигалка, и Альбедо этак эффектно, со смаком закуривает. Он откидывается назад, балансируя на двух ножках стула, и Кёртису трудно держать его в поле зрения. Блондинка слева от Альбедо постоянно переводит взгляд с него на Кёртиса и обратно, морща лоб, как будто изо всех сил старается уяснить суть происходящего. Что-то в ней напоминает Кёртису о Балканах, но не в полной мере, — скорее, она украинка или словачка. Он понемногу успокаивается, оценивая обстановку. Его бутылка пока опустела только на четверть.

— Ну и как тебе жизнь на гражданке, Альбедо?

— Отлично, старик, отлично. Я не устаю наслаждаться свободой. И это место в самый раз по мне. Тут чего только не случается! Масса возможностей для парней вроде нас. Пока ты будешь в городе, я могу сделать несколько звонков, сведу тебя с нужными людьми. Надеюсь, ты не против?

— Было бы занятно. А ты давно здесь обосновался?

Альбедо демонстрирует акулью улыбку:

— Достаточно давно, чтобы врубиться в правила игры. Чтобы узнать все входы и выходы. Этот город живет обманом и чистоганом.

— Как и повсюду, куда ни сунься.

— Да, ты прав, старик. С этим не поспоришь. Но здесь обман и чистоган правят бал в открытую, без обиняков. И никаких тебе сраных условностей, как в большинстве других мест. Никаких намеков и тайных знаков, как в престижных клубах. Никаких искусственных препятствий для бизнеса. Здесь все имеет конкретную и справедливую цену.

— И чем ты сейчас занимаешься?

— Занимаюсь? В смысле, зашибаю баксы? — Альбедо ухмыляется и покачивает головой, давая понять, что вопрос сам по себе дурацкий. — Да я чем только не занимаюсь, старик! Берусь за любое дело, какое подвернется. А в последнее время они стали подворачиваться так часто, что я уже со всеми не управляюсь. Кое от чего приходится отказываться.

— А на постоянку?

— Есть и такая работа. Вот пару ночей в неделю я вожу этих двух дамочек по вызову. Не только их, но и других профессионалок. И одного этого уже хватает, чтобы заработать себе на жизнь: две ночи в неделю, восемь часов за ночь, водителем и охранником. Прикинь, здесь даже сраная отельная прислуга может иметь в год шестизначный доход! Это же город бесконечного бума, приятель. Раздолье для парней, знающих, что почем. Бум, бум, бум!

Кёртис вымучивает слабую улыбку. Пока Альбедо гонит банальный треп, это хорошо — пусть продолжает в том же духе вплоть до перебора очков. Рыбак не жалеет подкормки, но, похоже, не знает, как насадить приманку на крючок; и Кёртис начинает думать, что все обстоит не так уж плохо, как ему показалось вначале. Если только Альбедо не усыпляет его бдительность перед внезапным выпадом. Кёртис оглядывает орущую, возбужденную толпу. Где-то позади него автомат с резким металлическим звоном исполняет «Текилу»; знакомая мелодия выделяется на общем шумовом фоне, как лучик света, проникающий в темную комнату через замочную скважину. Его пиво выпито уже наполовину.

Смуглая девушка смотрит на него с улыбкой, и он отвечает ей вежливым кивком, гадая, почему она и ее подруга торчат здесь с Альбедо, вместо того чтобы заниматься своей работой. Или они это делают прямо сейчас, обрабатывая Кёртиса? Девушка наклоняется ближе к нему.

— Клевые у тебя очки, — говорит она.

Каждый ее слог легким дуновением касается шеи Кёртиса. Произношение сносное; должно быть, давно живет в Штатах.

— А у меня контактные линзы, — добавляет она.

Об этом можно догадаться по химическому, как жидкость для омывателей стекол, цвету ее зрачков. Она тянет руку к лицу Кёртиса.

— Можно примерить?

Кёртис разрешает.

— Слабые очки, — говорит она, возвращая их после примерки.

— Я брал их навскидку, без консультации окулиста.

— Как и я свои линзы. Тоже без консультации.

Она сонно хлопает накрашенными ресницами.

— *¿De dónde eres?*[1] — спрашивает Кёртис.

— Я с Кубы.

Об этом он мог бы догадаться по ее акценту с растянутыми гласными, выпадающим звукам «с» и по этой «консультасьон». Как вышло, что кубинка очутилась здесь вместо обычных для их диаспоры Майами, Тампы или Нью-Йорка? Но для дальнейших расспросов Кёртис недостаточно владеет испанским, да и нет особого желания развивать эту тему.

— *¿De qué región?*[2] — спрашивает он.

— Из Сантьяго-де-лас-Вегаса. Знаешь, где находится Сантьяго-де-лас-Вегас?

— *¿Está cerca de la Habana, verdad?*[3]

— Да. А ты бывал на Кубе?

— *Sí*, — говорит Кёртис, — я там бывал.

Однако он не уточняет, в каком месте и при каких обстоятельствах. «Если бы не уволился, мог бы и сейчас быть там», — думает Кёртис. Ему вспоминается ясное утро в апреле прошлого года на холме над бухтой Гранадильо. И вид на лагерь с оранжевыми тюремными робами, издали похожими на цветки кактуса, застрявшие в проволочной сетке.

— Ты хорошо говоришь по-испански, — заявляет девица, но звучит это не очень убедительно, и ее улыбка начинает увядать.

Теперь ее пальцы лежат на бедре Кёртиса, а нога поглаживает его лодыжку. Все происходит как-то автоматически, словно она заученно повторяет действия видеоинструктажа (не исключено, что так оно и есть).

Кёртис легонько шлёпает ладонью по ее блуждающей руке и поворачивается к Альбедо, который тем временем пытается объяснить блондинке, кто такая Кондолиза Райс. Тычком в плечо Кёртис привлекает его внимание.

— В чем дело, старик? — спрашивает Альбедо. — Еще по пиву?

— Как ты узнал, что я в городе?

---

[1] Откуда ты родом? *(исп.)*
[2] Из какой области? *(исп.)*
[3] Это пригород Гаваны, верно? *(исп.)*

Вопрос приводит Альбедо в замешательство, за которым следует показное удивление — просто чтобы выиграть пару секунд.

— Так ведь это никакой не секрет, — говорит он.

— Не секрет, конечно. Но откуда ты об этом узнал?

Они смотрят друг на друга. Лицо Альбедо вытягивается и застывает в момент смены выражений, на его шее пульсирует жилка. Кёртис полусознательно считает ее удары: один-два, три-четыре, пять-шесть...

— Деймон, — произносит наконец Альбедо. — Это он мне сказал. Позвонил мне вчера вечером и дал твой номер.

Кёртис смотрит на него с прищуром:

— А откуда ты знаешь Деймона?

— То есть как это — откуда? Я знаю его еще по пустыне, старик. Там же, где с ним познакомился и ты. К чему ты вообще клонишь?

— Я знаю Деймона с Леонард-Вуда, — говорит Кёртис. — Во время войны я был в Саудии, а он тогда плавал на «Окинаве». Я не встречался с Деймоном в Заливе.

Альбедо гасит в пепельнице сигарету, пытается сделать глоток из своей уже пустой бутылки и откидывается еще дальше назад, исчезая из поля зрения Кёртиса.

— Да какого черта, старик! — говорит он. — Не знаю, как ты, а лично я познакомился с ним там.

Кёртис ждет, когда Альбедо снова качнется вперед. Теперь он уже не выглядит растерянным; вместо этого в его глазах читается вызов. Похоже, он не настолько пьян, как сначала показалось Кёртису.

— Ладно, — говорит Кёртис. — А откуда я знаю *тебя*?

Альбедо смотрит на него в упор, затем пожимает плечами и отворачивается. Его указательный палец вытягивается из кулака, как рожок улитки из раковины.

— Еще «Корону», — говори он бармену.

— Мы с тобой вообще *знакомы*?

Альбедо вновь поворачивается к нему, и по его физиономии расплывается масляная улыбочка.

— Во всяком случае, — говорит он, — *сейчас* мы с тобой знакомы наверняка, не так ли? Шеф, дай-ка этому джентльмену еще одну...

— Нет, спасибо. С меня хватит.

— Да ладно тебе. Остынь, Кёртис. Любой друг Деймона — это ведь и твой друг, верно?

Опустошив свою бутылку, Кёртис подвигает ее к бармену и втирает влагу от запотевшего стекла в обветренную кожу на пальцах.

— Деймон сказал тебе, зачем я сюда приехал?

— Он говорил только, что ты выполняешь для него кое-какую работу. Разыскиваешь одного типа, который смылся из «Точки», не заплатив долг по расписке. Это все, что я знаю.

— А имя этого типа он тебе называл?

Черные глазки Альбедо уходят глубже в глазницы.

— Не припоминаю, — говорит он после паузы. — Кажется, не называл. А что, я могу его знать?

— Нет. Ты не можешь его знать.

— Я тут знаю кучу людей, Кёртис.

— Не сомневаюсь.

Альбедо получает от бармена очередное пиво, снова выуживает из кармана зажигалку и берет сигарету. Закуривая, он прикрывает огонек ладонью, и они с Кёртисом смотрят друг на друга сквозь клубы дыма. У Кёртиса начинают подергиваться веки и слезиться глаза. Он отодвигается вместе со стулом от барной стойки и снимает со своего бедра руку девушки. Та вздрагивает, как будто ее внезапно разбудили.

— Доброй ночи, — говорит он ей. — Приятно было пообщаться.

Альбедо также поднимается, взмахивает сигаретой и прочищает горло.

— Погоди, Кёртис! — говорит он. — Что ты так быстро загас, приятель?

— Мне пора идти.

— О чем ты говоришь? Ночь только начинается!

— У меня был трудный день.

— Я хочу тебе кое-что показать. Кое-что очень интересное.

— Как-нибудь в другой раз.

Альбедо смеется и кивает.

— Хорошо, хорошо, — говорит он и в то же время загораживает дорогу Кёртису.

Тот переносит вес тела на отставленную назад ногу и начинает прикидывать, в какое место нанести первый удар.

— Хотя бы запиши мой телефонный номер, старина.

— У меня он есть. Сохранился после твоего звонка.

На них уже смотрят некоторые посетители бара. Альбедо это замечает и с ухмылкой расслабляется — этакий безвредный увалень.

— О'кей, — говорит он. — О'кей, дружище. Имей в виду, ты меня обижаешь, уходя так скоро. Но подумай вот о чем. Я скажу тебе то же самое, что говорил Деймону. Я знаю этот город. И этот город знает меня. Я могу открыть для тебя множество дверей. Это не бахвальство. Спроси Деймона, если ты мне не веришь.

— Так я и сделаю.

Альбедо делает шаг в сторону. Его крупная рука поднимается ко рту, вставляет в него сигарету и на обратном пути зависает в воздухе. Кёртис глядит на эту руку, оценивая дистанцию; лицо Альбедо маячит выше, он с виду невозмутим, но внимательно следит за движениями Кёртиса. И только теперь этот человек наконец-то кажется ему знакомым. Нет, Кёртис не встречал его раньше, однако он неоднократно встречал людей этого типа — в пустыне, в Могадишо, в Гуантанамо, — и всякий раз был повод пожалеть о такой встрече.

Он хочет посмотреть в глаза Альбедо при прощании, но не получается: он слишком измучен и напряжен. И потому не отрывает взгляда от руки, которую пожимает.

— Пока, — говорит он. — Спасибо за пиво.

Он поворачивается и идет прочь. Параллельно движется компания парней баскетбольного роста. Затесавшись среди них, он дрейфует в направлении саксофонного канделябра, вестибюля и выхода на улицу. Но прежде чем вопли верзил в футе над его головой заглушат все прочие звуки, он успевает расслышать пьяный голос Альбедо:

— Ты никогда не найдешь этого типа, если будешь уходить из казино до двух ночи, морпех!

Еще через несколько ярдов он протискивается между двумя дылдами и ныряет в толпу — вновь безымянный и неприметный, просто один из многих. Никто не обращает на него внимания. Он чувствует, как случайные взгляды соскальзывают с него, как капельки воды с воска.

Толпа впереди уплотняется и замедляет шаг перед помостом, на котором мерцает хромом и черным лаком «харлей»; и в этот момент Кёртис бросает взгляд назад. Альбедо все еще стоит на прежнем месте, с двумя дамочками по бокам, и, щурясь, оглядывает круглый зал. Одной рукой он закрывает левое ухо, а к правому прижимает телефон и покачивается, как актиния в неспокойном море, при соприкосновениях с проходящими мимо людьми. А когда Кёртис вновь смотрит вперед, путь уже расчистился. Быстро и без помех достигнув дверей отеля, он выходит под неоновое сияние, на свежий ночной воздух.

8

Проехав на такси примерно милю вниз по Стрипу, Кёртис сует водителю двадцатку через отверстие в прозрачной перегородке и выскакивает из машины, не дожидаясь ее полной остановки. Скорым шагом добирается до двойных куполов «Аладдина», затем через подковообразную арку попадает внутрь пассажа, петляя между бутиками и машинально отмечая различные детали конструкций, украшений и вывесок: своды туннелей, портики, мозаики из цветных камней, узорные решетки, восьмиконечные звезды. «Хука гэлери», «Пашмина-бай-Тина», «Наполеон файн фэшнз», «Лаки ай дизайн». Псевдодождь льется с фальшивого неба. Всевозможные орнаменты — геометрические, растительные, изощренно-абстрактные — спешат заполнить каждый кусочек пространства, словно из страха перед пустотой. Любая поверхность здесь кажется невесомо-воздушной, пронизанной бесчисленными отверстиями.

Кёртис сворачивает направо перед двадцатифутовым светящимся стеклом, ошибочно приняв его за стену неонового минарета, и вдруг оказывается на парковке Одри-стрит, в квартале от Стрипа. Вокруг ни души, только над головой с воем проносятся монорельсовые поезда. Дойдя до задних дверей «Парижа», он оттуда по крытому переходу попадает в «Бэллис», а через это казино выходит на Фламинго-роуд, где берет еще одно такси. Вряд ли за ним следят, но он предпочитает перестраховаться. Он уже не экономит деньги Деймона — плевать на них, как и на самого Деймона, который без предупреждения подсунул ему какого-то нахрапистого ублюдка. Кёртис достает из кармана телефон, находит список контактов с единственным внесенным в него именем и нажимает вызов.

Он не знает, какой номер дал ему Деймон — домашний, рабочий или мобильный, — и он не слышит приветствия на том конце линии, только короткий сигнал, предлагающий оставить сообщение.

— Деймон, это Кёртис, — говорит он. — Я только что встречался с неким Альбедо, который уверяет, что ты его знаешь и поручил ему выйти со мной на связь. Прежде никогда его не видел и ничего о нем не слышал. Надеюсь, ты перезвонишь мне и объяснишь, что к чему, поскольку этот урод мне активно не нравится. О'кей? Знаю, у тебя сейчас пять утра. Извини, если разбудил. Пока.

Из осторожности, а также чтобы дать себе время подумать, Кёртис гонит таксиста на юг, до самого аэропорта, а потом обратно на север. Такси виляет из стороны в сторону, упрямо выискивая лазейки в медленном потоке ночного движения; Кёртис надвигает кепи на глаза и усаживается поудобнее, прислонившись головой к боковой панели. Смотрит на дисплей телефона, пока голубое свечение не угасает. В желудке появляется неприятное чувство, как при спуске на скоростном лифте.

Это еще ничего не значит. Совсем не обязательно за этим скрывается что-то дурное. Если Деймон предпринимает какие-то шаги, не ставя об этом в известность Кёртиса, — что ж, это вполне в стиле Деймона, от которого не дождешься даже списка покупок перед походом в продуктовый магазин: у него все строится на «принципе минимальной осведомленности». Кёртиса это бесит, но отчасти по той же причине он любит Деймона — с ним уж точно не соскучишься, — и отчасти поэтому Кёртис согласился на эту поездку. Когда имеешь дело с Деймоном, даже самое рутинное задание может обернуться увлекательным приключением, о котором ты потом будешь рассказывать своим внукам; а твоя изначальная неосведомленность является платой за участие. Подключаясь к его игре, необходимо какие-то вещи принять на веру, а какие-то сбросить со счетов. Кёртис знает его достаточно хорошо, чтобы сейчас не удивляться.

Конечно, далеко не все от этого в восторге. Слим Шейди — такое прозвище Даниэлла дала Деймону, и не потому, что он внешне смахивает на Маршалла Мэтерса. «Этот твой приятель, бледножопый прохиндей» — так она обозначает в разговоре Деймона, когда находится в дурном расположении духа (с недавних пор это случается частенько).

Кёртис давит пальцем на клавишу, и дисплей загорается снова: 2:06 утра. В трех часовых поясах к востоку отсюда Даниэлла, наверно, собирается на работу. Удобный момент для звонка, но Кёртис не может себя заставить. И даже не пытается придумать, что ей сказать. Хотя он уже не злится, разве что самую малость. Спрятав телефон, он прижимает ладони к глазам. Такси тормозит перед светофором и после смены сигнала трогается вновь; инерция сначала наклоняет Кёртиса вперед, а затем откидывает на спинку сиденья. Он поворачивается к окну и открывает глаза.

Это была первая крупная ссора за время их семейной жизни. Прежде случались размолвки с его уходом из дома — первая уже вскоре после новоселья, — но каждый раз он возвращался прежде, чем жена надевала пижаму перед сном. Ему тогда и уходить-то было некуда, — точнее, он не представлял себе место, куда мог бы уйти. А теперь такое место нашлось. И вот он здесь.

Он не хочет вспоминать подробности ссоры и вместо этого думает о бессонных часах в аэропорту, когда он скрючился на мягких сиденьях в зале ожидания, одинокий среди толпы пассажиров с задержанных рейсов. Старался уследить за монотонной чередой последних новостей на подвешенных под потолком телеэкранах, так что едва заметил восход солнца в окнах позади него, удвоенный отражением в Делавэре. Следил за тем, как обретает очертания война.

Перед его отъездом она дала выход давно копившемуся раздражению:

«Почему ты не можешь честно признать, что это снова тебя затягивает?»

Что ж, все верно. Она не ошибалась. Нервозность и вспыльчивость, дурные сны и бессонные ночи, от которых он с таким трудом избавлялся всякий раз — после пустыни, после Могадишо, после Косово, — теперь начали возвращаться.

«Я часто вижу подобное в ветеранском госпитале, — сказала она. — Это в порядке вещей. На подходе новая война, в которой ты уже не поучаствуешь, и это выбивает тебя из равновесия».

Но на самом деле Кёртиса выбивает из равновесия не война, а нечто другое. Его много что может выбить из равновесия, но только не война. На войне он как раз в своей тарелке. Война хотя бы имеет свою логику.

«И еще эта странная просьба Деймона — люди не получают работу таким путем, Кёртис. Ты хоть к себе самому-то прислушался? Лететь в Лас-Вегас и рыскать по казино — это занятие совсем не для тебя. Если ты не хочешь подумать о своем будущем, подумай хотя бы о моем. Попытайся. Потому что я, черт возьми, не намерена следующие тридцать-сорок лет отсиживать задницу, глядя на то, как ты получаешь пособие по инвалидности. Ты меня слышишь? Взрослые разумные люди так не поступают. По крайней мере, в реальном мире».

«Реальный мир»: это ее коронный удар при переходе от обороны к атаке. Она всегда произносит это выражение так, словно его смысл и значимость не подлежат обсуждению. Однако Кёртису все этим подразумеваемое — сопроводительные письма и резюме, учеба в муниципальном колледже, рефинансирование ипотеки и т. п. — кажется удаленным на миллион миль от того, что он считает реальностью. Шесть тысяч миль как минимум в данный момент. При мысли о том, что это и есть обычные заботы всякого трудоспособного взрослого американца, Кёртису становится дурно. Он никак не может избавиться от ощущения, что вся эта бытовая суета просто бессмысленна и нелепа в то время, когда назревает война. Ему это кажется по-детски наивным и нелогичным, как школьные спектакли, в которых Кёртис никогда не участвовал и которые тем более не может принимать всерьез сейчас.

Разумеется, война — это тоже своего рода игра, и он прекрасно это знает. Но на войне, по крайней мере, ставки очень высоки, горизонт возможностей расширен, а непосредственные цели ясны и однозначны, как белые линии разметки на траве футбольного поля. Ты готовишься к войне, и ты идешь на войну, либо война приходит к тебе; и там ты выживаешь либо умираешь. Кёртис не был уверен, что в этом «реальном мире» когда-нибудь сможет вновь почувствовать то биение жизни, какое чувствовал на войне.

Глаза слипаются, и он с трудом заставляет их вновь открыться. Когда такси останавливается на красный сигнал у казино «Фламинго», дорогу перед ними переходит группа юнцов, которую возглавляет парнишка в виниловых штанах, с голой грудью, синими волосами и светящейся палочкой, обвязанной шнурком и висящей на его тонкой шее. Парнишка пританцовывает и кружится на ходу, палочка то исчезает, то появляется, как прожектор маяка, а Кёртис вспоминает колонну иракских пленных в пластиковых наручниках, которых он вел по проходу в минном поле южнее Эль-Бургана в девяносто первом, ориентируясь по пятнам холодного зеленого света в вечерних сумерках и клубах черного нефтяного дыма. От этой искры вспыхивает еще одно воспоминание: как он позапрошлой ночью подлетал к Маккаррану и увидел огромное пятно света, возникающее посреди пустыни как бы из ничего, словно город состоял из одного только света, эпицентром и источником которого был Стрип.

Затем его будит таксист, дверца открывается, и Кёртис вылезает из машины перед входом в свой отель, ощупывая бумажник онемевшими спросонок пальцами и наблюдая за тем, как габаритные огни такси исчезают под элегантным белым пролетом моста Риальто. Еще какое-то время он стоит на том же месте, создавая помеху для пешеходов. Наконец он встряхивает головой, перемещается на движущийся тротуар и оглядывает ближайшие строения. Ряды трехлопастных арок и крестообразных декоративных отверстий, зубцы на крыше. Золотой знак зодиака на голубом диске часов. Бегущая строка новостей над часами обращена в сторону Стрипа. Тонированные окна отеля, в свою очередь, ловят и зеркально отражают информацию со световых панелей соседних зданий.

Когда Деймон обратился к нему с просьбой насчет Стэнли, Кёртис в тот же момент вспомнил об этом отеле — еще до того, как Деймон закончил свою фразу. Но сейчас он затрудняется объяснить, почему так случилось. Похоже, пребывание здесь вносит путаницу в его мысли — как будто реальное место блокирует саму *идею* этого места.

Уже на исходе его последней поездки в Вегас они, Кёртис и Стэнли, пешком добрались до этой самой точки. Они стояли перед мостом и глядели на гондолы, чьи силуэты скользили над зелеными кругами подводных огней. Молодой месяц, почти поглощенный земной тенью, слабо сиял на востоке. Стэнли говорил без умолку. Кёртис был очень пьян. Помнится, он уперся вытянутыми руками в одну из двух белых колонн на краю тротуара и глубоко дышал в попытке сдержать рвоту.

«Дож привез эти колонны из Греции, — рассказывал Стэнли. — Я, само собой, говорю о подлинных колоннах, а не об этих убогих подделках. Это было в двенадцатом веке. Так вот, дож — он был у них вроде короля, ты в курсе? — захватил их во время военной кампании против византийцев. Гибельной кампании. Вместе с этими колоннами они привезли в город чуму. Люди, понятно, были от этого не в восторге; они взбунтовались и убили дожа. А две колонны еще много лет валялись на пристани. Время от времени кто-нибудь говорил: „А не поставить ли нам эти штуковины вертикально?" Но колонны были такими большими и тяжелыми, что никто не мог сообразить, как это сделать. Однако нашелся один головастый парень, инженер, который сказал: „Я могу поднять их для вас, но взамен отдайте мне на откуп для азартных игр пространство между колоннами". Горожане согласились, и скоро обе колонны были воздвигнуты на Пьяцетте. Там-то все и началось, малыш. Первое в мире казино открылось далеко на востоке отсюда, четыре с лишним века назад, в тысяча шестьсот тридцать восьмом году, на набережной Гранд-канала. Я говорю о первом казино в современном понимании, какими их привыкли видеть мы с тобой. Казино как бизнес. Казино как особый тип деловых предприятий. Тех самых предприятий, что кормят и содержат меня вот уже сорок лет, всю мою сознательную жизнь. Когда я гляжу на эти пародийные города, которых с каждым годом становится все больше вдоль Стрипа — псевдо-Париж, псевдо-Нью-Йорк и так далее, — я спрашиваю себя: какого хрена они тут делают? Но уж если на то пошло, появление здесь вот этого псевдогорода хотя бы имеет смысл. Это священный город, малыш. Это Иерусалим азартных игроков».

Вот только говорил ли так Стэнли на самом деле? Или его речь вообразилась Кёртису уже задним числом, скомпоновалась из нескольких прослушанных вполуха и полузабытых разговоров, состоявшихся в разное время, с добавлением деталей из его собственной итальянской поездки — когда это было, в девяносто восьмом? Да и почему все сказанное тогда Стэнли должно иметь значение сейчас? Разве оно хоть как-то связано с его нынешним заданием? Какую тут можно найти зацепку?

«Проклятье, малыш, я чуть не забыл самое главное! То, из-за чего я, собственно, и начал рассказывать эту историю. Суть вот в чем: на самом деле дож привез из Греции *три* колонны. Не две, а три. Портовые рабочие сплоховали при разгрузке судна, и одна из колонн упала за борт. Она до сих пор лежит там, под слоем ила на дне лагуны. Отсюда урок, который ты должен усвоить, малыш: *полных подобий всегда должно быть три*. Всякий раз, как ты встретишь пару одинаковых вещей — не важно каких, — сразу начинай искать третью. И вполне возможно, ты ее найдешь. Это великая тайна, и сейчас я доверяю ее тебе».

Кёртис зевает, поводит плечами и направляется ко входу в отель. Устало бредет через вестибюль в сторону лифтов, мимо золотого фонтана в виде армиллярной сферы. Но потом замедляет шаг и останавливается.

На стене позади регистрационной стойки висит репродукция старинной карты: остров в форме индюшиной голени, наблюдаемый с высоты птичьего полета. Плод воображения средневекового картографа (который не мог в реальности увидеть остров под таким ракурсом), заключенный ушлыми дизайнерами в огромную позолоченную раму и превращенный в элемент гостиничного интерьера. Остров в окружении высоких парусников, тесно заполненный дворцами и куполами церквей, утыканный шпилями и колокольнями. Голубой зигзаг большого канала рассекает его западную часть. По краям картины разместились облака с головами херувимов, выдувающих благоприятные ветры. Сверху на остров взирает парочка бородатых богов. «MERCVRIVS PRECETERIS HVIC FAVSTE EMPORIIS ILLVSTRO»[1]. Кёртис долго смотрит на карту, пока до него не доходит, что он пытается разглядеть на ней Стэнли, с самодовольной ухмылочкой прогуливающегося по какой-нибудь миниатюрной площади. Клерки за стойкой начинают нервно переглядываться, наблюдая за Кёртисом. Он встряхивает головой и, развернувшись, удаляется.

Но теперь он идет не к лифтам, а в Большую галерею. Бродит между мраморными колоннами, под копиями старинных фресок, на которых пухлые ангелочки парят среди белых кучевых облаков. Кажется, он нащупал нить, но пока не уверен, куда она его приведет. Бесшумно ступая каучуковыми подошвами по каменным плитам пола, он минует вход в музей («ИСКУССТВО С ДРЕВНЕЙШИХ ВРЕМЕН ДО НАШИХ ДНЕЙ, выставка продлена до 4 мая!») и попадает в зал казино.

Здесь он без труда находит подружку Стэнли, которая играет одна против дилера за 25-долларовым столом для блэкджека, по соседству с зоной баккара. Она в джинсах и свободной розовой блузке на бретелях; волосы собраны и заколоты на затылке. Судя по всему, они с дилером — низеньким плотным азиатом — вошли в удобный для обоих ритм: короткие взгляды, односложные реплики, быстрое перемещение карт и фишек. Она выигрывает два раза подряд; столбики зеленых и черных фишек перед ней впечатляют. В этот раз она не отвлекается на периодические осмотры зала, — похоже, сейчас ей не до поисков Стэнли.

Кёртис берет стаканчик с апельсиновым соком, занимает позицию у игровых автоматов и наблюдает за ней оттуда. Потом достает из кармана одну из визиток Деймона с логотипом «Спектакуляра» и делает запись на ее обратной стороне фирменной ручкой отеля. Подходит ближе и останавливается у нее за спиной. Она в хорошей форме, судя по прямой посадке: мышцы спины и плеч должным образом натренированы. Стэнли часто гово-

---

[1] «Я, Меркурий, благосклонно проливаю свет на этот торговый город, превосходящий все прочие» *(лат.)*.

рил, что профессиональные игроки должны быть атлетами, ведь им приходится часами держать себя в постоянном напряжении за карточным столом, чтобы не прозевать удачный расклад. Кёртис пытается вспомнить, сколько лет эти двое проработали в связке.

Дилер — на его бейджике написано «Масуд» — бросает выразительный взгляд на Кёртиса. Через минуту он смотрит снова, и Кёртис делает шаг к столу, доставая бумажник из кармана джинсов. Он берет фишек на две сотни Деймоновых долларов и садится через пару мест от девушки — достаточно далеко, чтобы изгиб стола позволял держать ее в поле зрения. При этом он не забывает следить за картами, однако уже через дюжину сдач остается лишь с двумя зелеными фишками. Между тем девушка до сих пор не узнала Кёртиса; она даже ни разу не посмотрела ему в лицо.

При следующей сдаче она останавливается на шестнадцати. У Масуда восьмерка, он открывает еще шестерку, а затем перебирает с валетом. «Будь я здесь хозяином, — думает Кёртис, — давно бы уже выставил за дверь эту счетчицу карт». Забрав свой скромный выигрыш в виде одной фишки, он смотрит через стол: у нее на кону было четыреста баксов.

— Спасибо, — говорит он ей. — Вы сыграли рискованно.
— Однако это сработало, — говорит она, пожимая плечами.
— Похоже, вы сегодня в ударе?
Она отвечает не сразу и не поднимает взгляд.
— Сегодня мне везет, — произносит она. — А вы как?
— Пока что неважно, — говорит Кёртис. — Повсюду в пролете.
— Что ж, надеюсь, удача к вам вернется, — говорит она и наконец-то встречается глазами с Кёртисом. При этом лицо ее не выражает никаких эмоций. Еще через секунду она снова глядит на свои карты.

Три последующие сдачи окончательно выводят Кёртиса из игры. Он дает Масуду на чай последнюю купюру из своего бумажника и отходит от стола на прежнюю позицию у автоматов. Он подумывает о том, чтобы пойти к кассиру и обналичить один из дорожных чеков Деймона, но не хочет упускать из виду девушку. Впрочем, к этому моменту Кёртис и сам не верит, что сможет переждать ее бесконечную партию. Уже почти четыре утра, но людей в казино немало — хотя это же уик-энд, опять он забыл.

Он задерживается у бара, чтобы наполнить водой со льдом свой опустевший стакан, и возвращается на ковровое покрытие зала в ту минуту, когда Масуд заканчивает игру и, получив чаевые, уходит. Его место занимает филиппинка средних лет: это последняя смена. Подружка Стэнли делает еще несколько ставок — только для проформы и заодно проверяя, что из себя представляет эта сменщица, — после чего встает, неторопливо потягивается и идет со своими фишками к кассе.

Дождавшись, когда она получит деньги, Кёртис следует за девушкой мимо столов и нагоняет ее перед игровыми автоматами. Приближается к ней с левой стороны.

— Привет еще раз, — говорит он.

Она поворачивает голову и слабо улыбается. Но не замедляет шаг.

— Я вижу, вы сорвали недурной куш этой ночью, — говорит Кёртис.

— Да.

— И все это только на блэкджеке?

— Да. Послушайте, я сейчас не нуждаюсь в компании. Без обид.

— Я не обижаюсь. Вы ведь Вероника, верно?

Она резко останавливается. Кёртис по инерции делает шаг-другой, а потом разворачивается и становится прямо перед ней. Она машинально вскидывает руки, но тут же их опускает.

— В чем дело? — спрашивает она.

— Можно с вами минутку поговорить?

— А что такое? — шипит она, презрительно кривя губы. — Вы из секьюрити? Вот черт! Тогда предъявите свое удостоверение, а потом я поговорю с боссом вашей смены. Ничего вы мне не пришьете!

Кёртис слегка пятится и выставляет вперед ладони.

— Я не из секьюрити, — говорит он.

— Тогда что вам нужно?

— Вы меня не узнаете?

Она глядит ему в лицо. Прищурившись, как будто смотрит в темноте или сквозь толщу воды. Потом, уже без прищура, окидывает взглядом его куртку и ремень. Зрачки ее расширяются, кровь отливает от лица.

— Эй, послушайте, — говорит он. — Я вовсе не...

— Вы с востока. Из Атлантик-Сити. Верно?

Он мотает головой:

— С востока, но не из Атлантика. Я из Филадельфии.

Она напрягается, явно готовясь к бегству, но пока что не двигается с места. Дышит часто и неглубоко.

— И что дальше? — спрашивает она. — Что ты от меня хочешь?

— Я разыскиваю Стэнли.

Она фыркает и на секунду опускает взгляд на рисунок ковра.

— Вот как? Представь, не ты один занят этим дохлым делом, парниша.

— Вы не в курсе, где он сейчас?

— Без понятия. Не видела и не слышала его уже много дней. И не знаю, где его искать. О'кей? Но если бы и знала, ни хрена бы тебе не сказала, это уж точно. Уяснил? Или повторить еще раз?

— Эй, погоди секунду, угомонись. Я никакой не...

— Кто тебя прислал?

Кёртис растерянно моргает. В первый миг вопрос кажется странным, хотя ничего странного в нем нет. Просто он до сих пор не думал о себе как о чьем-то посланнике.

— Кто тебя прислал? — повторяет она. — На кого ты работаешь?

— Я... я ни на кого не работаю. Я здесь сам по себе. Я много лет знаю Стэнли.

— Брехня!

— Ладно, послушай. Один человек, Деймон Блэкберн из «Спектакуляра», мой старый друг, попросил меня помочь с поисками Стэнли.

Она заметно расслабляется, теперь уже больше сарказма, чем испуга. И к этому добавляется гнев.

— Надо же, Деймон Блэкберн! — говорит она. — Подумать только! Этот дерьмовый мир чересчур тесен.

— Но я действительно знаком со Стэнли, — продолжает Кёртис. — Это чистая правда. Я знаю его с самого детства. Когда-то он работал вместе с моим отцом.

Она снова щурится, вглядываясь в лицо Кёртиса. Похоже, пытается его вспомнить.

— Бадрудин Хассан, — говорит Кёртис. — Раньше отец звался Дональдом Стоуном. Мы с тобой встречались на его свадьбе пару лет назад.

Она кивает:

— О'кей, теперь припоминаю. А Деймон Блэкберн, случайно, не сообщил тебе, *зачем* он разыскивает Стэнли? Может, хотя бы намекнул?

Кёртис расставляет ноги пошире, чувствуя себя более уверенно.

— Да, — говорит он. — Пару месяцев назад Стэнли объявился в «Точке» и занял под расписку десять штук. Деймон тогда выступил поручителем. Но Стэнли до сих пор не сделал ни одной выплаты по долгу, а через четыре дня истекает срок. Деймон не хочет проблем ни для себя, ни для Стэнли. Он просто хочет с ним связаться, чтобы вместе найти выход из ситуации.

У нее отвисает челюсть, лицо выражает смесь недоверия и презрения. Она слишком много знает, чтобы купиться на историю, которой снабдил его Деймон. Она знает Стэнли гораздо лучше, чем его знает Кёртис. И все, что известно Кёртису, уж точно известно и ей. Так что у него нет никаких козырей, никакой возможности на нее повлиять.

— Просроченный долг? — говорит она. — Так тебе сказал Деймон?

— Да, так он и сказал.

— До чего же все просто.

Кёртис смотрит на нее секунду, а потом вздыхает:

— Вообще-то, все немного сложнее, чем я сказал.

Оба не двигаются с места. Люди обходят их, побрякивая монетами в пластмассовых ведерках. Пощелкивания и бип-сигналы игровых автоматов создают звуковой фон сродни птичьему щебету. А свысока на все это взирают крошечные немигающие глазки видеокамер.

— Только в этом и дело? — спрашивает она. — Деймон хочет, чтобы Стэнли ему позвонил? Я правильно понимаю?

— Да. Буду признателен, если ты передашь ему это, когда он объявится.

— Не думаю, что Стэнли сейчас горит желанием разговаривать с Деймоном Блэкберном, — говорит она. — Скорее он настроен с ним не связываться. Это просто к твоему сведению.

— Тогда, может, он поговорит со *мной*? Мы давно и хорошо знакомы. Он же благоразумный человек.

Она хохочет.

— Благоразумный! — повторяет она. — Да уж, благоразумный.

Кёртис медленно засовывает руку во внутренний карман, достает визитку Деймона и протягивает ее девушке.

— Мой телефон записан на обороте, — говорит он. — Как и мой номер в этом отеле. Я буду наверху. Передай Стэнли, что я жду его звонка. Попытаюсь его урезонить.

— Ну-ну, удачи тебе, — говорит она. — Желаю успеха в отважной попытке, парниша.

Она скрещивает руки на груди и оглядывает зал. За ближайшим столом для игры в кости тусуется пожилая пара — старик громко хохочет, а старушка машет руками, испуская задорные вопли; оба под градусом, и обоим далеко за семьдесят.

Вероника улыбается.

— Стэнли в последнее время совсем свихнулся, — говорит она. — Ты это знаешь?

— Мне так говорили.

Она продолжает смотреть на пожилую пару. Теперь она выглядит уставшей, совершенно измотанной. Кёртис вспоминает, что и сам он уже на пределе. Он не двигается и продолжает держать визитку в поднятой руке.

— Деймон прислал сюда кого-нибудь еще? — спрашивает она наконец.

Кёртис на секунду задумывается, прежде чем ответить.

— Нет, — говорит он, — только меня одного.

Вероника размыкает руки и берет визитку из его пальцев. Смотрит ему в лицо, затем на одежду, затем снова в лицо.

— Тебя зовут Кёртис, — говорит она. — Я не ошиблась?

9

Перед своей дверью он дважды проводит ключ-картой мимо сканера, злится, делает паузу, закрыв глаза, а потом прикладывает ребро карты к указательному пальцу левой руки и таким манером — двумя руками — направляет ее в прорезь. С легким щелчком замок срабатывает.

Никаких сообщений на факсе и автоответчике. Кёртис убирает револьвер в сейф, раздевается до трусов и майки, падает на широкую кровать. Но он слишком устал, чтобы заснуть. Слишком взвинчен. Слишком много думает. При всем том его мозг работает на холостых оборотах и никак не может зацепить шестерню передачи. Цифры часов на прикроватной тумбочке светятся, как горячие угольки. Остается девяносто один час. И обратный отсчет продолжается.

Он встает, идет в ванную, моет лицо и руки. Вода имеет каменный привкус, мыло в ней плохо мылится. Совсем не то что дома, где замучаешься смывать мыльную пену. Он подставляет под струю щетинистый затылок, втирает воду в веки.

Эта девчонка — Вероника — не из тех, кого легко запугать. Однако сегодня, когда Кёртис в первый раз произнес ее имя, ее испуганная реакция показалась ему непропорциональной тем обстоятельствам дела, в которые его посвятил Деймон. Он гадает, что может быть известно ей и не известно ему. Это его тревожит, но в то же время и тонизирует. Все-таки он правильно сделал, что согласился на эту поездку.

Прожектор, который ранее скользил лучом по его окну, теперь уже выключен, и номер освещается лишь мерцанием уличной иллюминации. Кёртис надевает один из белых гостиничных халатов и садится за стол в нише, глядя оттуда на город. Световая река из множества фар течет по Стрипу и далее по западной автостраде: визитеры-однодневки отбывают восвояси.

Тонкий серп месяца расплывается и набухает, опускаясь к горизонту. Где-то под ним находится гора Чарльстон, сейчас затерянная в тени. Кёртис представляет себе другой ее склон: мягкий свет на снежной шапке и ледяной ветер, обдувающий пик. Представляет себе вид из пустыни на сверкающий город. Как свечение моря в кильватерной струе корабля. Как огонь камина за решетчатым экраном или тонкой черной занавесью.

Яркие черточки движутся в небе за оконным стеклом — это ранние рейсы, покидающие Маккарран либо идущие на посадку. Кёртис зевает, следя за их навигационными огнями — красными и зелеными, — пересекающими вертикальный луч «Луксора». Опускает сухие веки, и тотчас этот город странным образом представляется ему живым существом. Аэропорт — это его рот, заглатывающий огоньки с небес и выплевывающий их обратно, как скорлупу от семечек. Улицы и автострады — это его вены и сухожилия. А Стрип — это его аорта — или толстая кишка.

Недолгое время спустя он просыпается от звука включившегося факса; ночь за окном уже приобрела синеватый оттенок. Его лоб находится в неуютном контакте с прохладным деревом столешницы. Он встает, запинается о ножку стола, одним рывком задергивает шторы, сбрасывает белый халат и падает на кровать, так и не удосужившись проверить факс. Не вспоминает он об этом и по пробуждении, каковое происходит перед самым полуднем.

Он также не помнит никаких снов, если они вообще были. Приподнимается на локте с одышкой и таким ощущением, будто вздремнул от силы пару минут. Смотрит на часы, чертыхается и сползает с постели. Подбирает с пола джинсы и, надев их, стоит посреди комнаты. Дыхание по-прежнему затруднено; возникает тревожное чувство — словно он опоздал на какую-то встречу, что-то проспал и пропустил. Потом, начиная вспоминать, он понемногу успокаивается. Вспоминает вчерашний день так, словно это происходило не с ним, а с другим человеком. Садится на край постели и снова стягивает джинсы, теперь уже без спешки.

Подходит к окну и раздвигает шторы. Солнце слабо светит сквозь дымку. Внизу туристы густыми субботними толпами перемещаются по мостам и бульварам, фотографируются у колокольни, на фоне лодок и колонн-близнецов. Кёртис включает телевизор: Буш и Блэр встречаются на Азорах, спасена похищенная девочка, в Китае вспышка неизвестной болезни. Бомбы пока еще не падают.

Телефонный звонок застает его в душе; он не успевает принять вызов. С полотенцем на бедрах, капая водой на ковер, он проверяет звонки и обнаруживает сразу три пропущенных: от Даниэллы, от Альбедо и от отца.

Голосовое сообщение от Даниэллы звучит фальшиво-бодро, но с долей робости и скрытым испугом.

— Мне жуть как не хочется отрывать тебя от приятного времяпрепровождения, — говорит она, — но будет неплохо, если ты мне позвонишь, когда найдешь для этого минутку. Просто чтобы я знала, что ты жив-здоров и не в тюрьме. Я пытаюсь распланировать свою неделю, только и всего. Я тебя люблю, Сэмми Ди. Не натвори там глупостей.

Кёртис удаляет это послание, и телефон начинает говорить уже голосом Альбедо:

— Хорошо провел ночь, спящий красавец? Моя подруга Эспеха очень расстроена тем, что не смогла узнать тебя поближе. Но я рад, что мы хотя бы смогли пересечься, тряхнуть стариной. Вспомнить былые деньки. Еще не выследил своего кидалу? У меня тут, похоже, нарисовались кое-какие зацепки. Звякни, если что.

А теперь очередь отца:

— Надеюсь, ты держишься подальше от греха, малыш. Я подумал о том, что ты сказал вчера, и вспомнил кое-что — вернее, кое-кого, с кем тебе не помешает связаться. Во время наших со Стэнли давних поездок в Лас-Вегас мы там всегда имели дело с одним японцем, которого Стэнли знал еще по Калифорнии. Его зовут Уолтер Кагами. Он в ту пору был шулером — профессиональным игроком, как Стэнли, — но потом вроде как завязал. Последнее, что я о нем слышал: живет в Вегасе, работает менеджером в одном заведении. Называется «Живое серебро», если не ошибаюсь. Вряд ли ты помнишь Уолтера, ты был тогда еще мал. Я и сам уже много лет с ним не контактировал. Другое дело — Стэнли, эти двое вполне могут общаться. Это мое предположение, и только. Но мало ли что, вдруг поможет? Люблю тебя, малыш. Мавия передает привет. Будь осторожен.

Кёртис роняет полотенце на ковер, находит блокнот и ручку, записывает имя Кагами и название казино. Проверяя выдвижные ящики стола в поисках телефонной книги, только теперь замечает в аппарате присланный ночью факс с перевернутым логотипом «Спектакуляра» внизу листа.

Расправив его на столе, видит корявый почерк Деймона:

> Албо аль бе беддо
> абедо в теме.
> Он поможет.
> Как успехки???????

Под надписью — очередная карикатура Деймона. Кёртис, выпучив глаза, с ужасом глядит на огромный секундомер в своей левой руке, в то же время остервенело мастурбируя правой. Зрачок его левого глаза гротескно скошен. Огромный, извергающий семя пенис нарисован с особым тщанием и густо заштрихован.

Кёртис спускает клочки послания в унитаз уже перед выходом из номера.

10

Когда он залезает в такси, там по радио звучит джаз — «Invisible» с первого альбома Орнетта, — и это помогает Кёртису расслабиться. Когда они поворачивают вправо со Стрипа, он садится вполоборота и вытягивает ноги по диагонали; в кабине пахнет сигаретами и мятой.

За рулем сидит араб лет шестидесяти, с гипсово-белой шевелюрой. Ведет машину спокойно и аккуратно. От него исходит уверенность, которой Кёртис невольно завидует. В карточке на прозрачной перегородке указано его имя — Саад, — а фамилию Кёртис не может прочесть без усилия, каковое ему предпринимать не хочется.

— Как идут дела? — спрашивает таксист.

— Пока неважно. Повсюду в пролете, — уже привычно отвечает Кёртис.

Таксист обвиняюще тычет пальцем в сторону «Миража» слева по ходу движения.

— Тогда вы поступаете правильно, покидая Стрип, — говорит он. — Очень разумный ход.

— Неужели?

— Именно так. Всегда полезно прошвырнуться по округе. Люди все время говорят о себе: «Ах, какой я везучий!» или «Ох, как мне не везет!» — но у каждого казино тоже есть свое везенье. Люди об этом забывают. Если у казино везучий день — типа крупье идет карта как по заказу, — вам надо перебраться в другое место. Глупцом будет тот, кто этого не сделает.

— Очень верное наблюдение.

На Индастриал-роуд светофор горит красным. Через перекресток катят чартерные автобусы. Орнетта Коулмана в эфире сменяет Арт Пеппер. Кёртис снова задерживает взгляд на карточке водителя.

— Вас зовут Саад? — спрашивает он.

— Да, Саад. Это мое имя.

— Вы мусульманин, Саад?

Водитель бросает на него жесткий взгляд через зеркало заднего вида; от прищуренных глаз расходятся глубокие морщины.

— Почему вы меня об этом спрашиваете, друг мой? — говорит он. — Может, вы из министерства внутренней безопасности? Думаете, я хочу взорвать одно из ваших казино, въехав туда на своем такси?

— Нет-нет. Дело в том, что мой отец — мусульманин. И он решительно не желает приезжать в этот город.

— А, понимаю. Ислам запрещает азартные игры.

Саад щелкает поворотником и выруливает на автостраду, уходящую в северном направлении.

— Я мусульманин, — говорит Саад, — но иногда я играю в рулетку. И еще иногда в видеопокер. Порой люблю пропустить бокал вина. Я не так часто совершаю молитвы, как следовало бы. Так что мусульманин из меня не самый лучший, это да. Вы сказали, ваш отец тоже мусульманин?

— Верно.

— Как Малькольм Икс?
— Да, типа того.
— Или Мохаммед Али? Карим Абдул-Джабар?
— Скорее, как Ахмад Джамал.
— Ахмад Джамал! Да! Очень хорошо. Или Тупак Шакур?
— Нет, — смеется Кёртис. — Только не Тупак Шакур. Не думаю, что Тупак был мусульманином. Его мама, возможно, была.
— Вы любите джаз? — Саад тянется к радио и прибавляет громкость. — Кул-джаз? Бибоп?
— Люблю. Мой отец играет джаз. На контрабасе.

Прежде чем вновь подать голос, Саад отбивает пальцами на потертом руле несколько тактов вместе с Филли Джо Джонсом.

— Я работал в ту ночь, когда застрелили Тупака Шакура, — говорит он. — Я был всего в миле от того места.
— Надо же!
— Выстрелов я не слышал. Но видел, как промчались копы. И «скорая помощь». Позднее видел черную машину, всю в дырках от пуль. То была жуткая ночь.

Кёртис не отвечает. Он смотрит в окно, но толком ничего не видит, погружаясь в воспоминания. Тренировка на школьном стадионе в Данбаре. Запах смятой ногами свежей травы. И вдруг — звуки сирен отовсюду. Полицейские машины несутся в сторону Адамс-Моргана. В небе кружат вертолеты. На крыльцо школы выбегает помощник директора и машет рукой тренеру Бэннеру. Больше двадцати лет прошло. Если точно: двадцать два года будет в этом месяце.

— Многие приезжают в этот город, чтобы умереть, — говорит Саад.
— Возможно. Но к Тупаку это относится вряд ли. Скорее всего, он просто приехал сюда посмотреть бой Тайсона.
— Может, и так. Кто знает?

Снова щелчки поворотника: они выезжают на бульвар Лейк-Мид, потом сворачивают направо, в сторону базы Неллис и Санрайз-Мэнора. Вдали маячат белые шпили мормонского храма, над которыми нависает Французова гора.

— Ваш отец, наверно, очень умный человек, — говорит Саад. — Или даже по-настоящему мудрый, если он размышляет о таких вещах. В этом городе все создано азартными играми. Вы согласны? Игра построила здания и дороги. Игра оплачивает труд людей. В том числе мой. Ну и все такое. А где есть игра, там всегда есть и смерть. Я понятно выражаюсь?

— Вполне.

— Вот почему мы играем. Чтоб ощутить изменчивость судьбы. Чтобы столкнуться с неведомым, с великим неведомым. Вы делаете ставку. Колесо крутится. Что будет дальше? Играя, вы готовите себя к смерти. Репетируете смерть. И она начинает притягивать вас к себе.

— Вы задвигаете этот спич для всех клиентов, Саад?

Таксист кхекает — этакий хриплый смешок заядлого курильщика — и хлопает ладонью по рулю.

— Только для вас, мой друг! Только для вас. Потому что вы серьезный человек. Заняты серьезными делами. Я это вижу по вашим глазам.

Кёртис улыбается и не отвечает.

— Взять хотя бы того парня, что умер здесь в прошлом году, — возвращается к теме Саад. — Англичанин. Рок-звезда.

— Не пойму, о ком вы.

— Ну как же, Бык. Тот, который всегда стоял на сцене как вкопанный.

Сквозь музыку из радиоприемника пробивается жиденькая электронная мелодия «Марсельезы»: это рингтон телефона Саада.

— Извините, — говорит он и отвечает на звонок. Сперва по-английски, затем переходит на арабский.

Кёртис пытается уловить общий смысл, но вскоре сдается: отдельные слова и фразы кажутся знакомыми, но он не может вспомнить их значения. Такси катит по Пекос-роуд, проезжает мост над безводным, одетым в бетон руслом реки. Домов на боковых улицах становится меньше. Низко над ними ревут двигатели взлетающих боевых самолетов. Кёртис откидывается на спинку сиденья и прикрывает глаза, пытаясь сосредоточиться на мыслях о Стэнли.

Но Стэнли изворотлив, зацепиться за него не удается даже умозрительно, и Кёртис снова возвращается к мыслям о себе. О своем отце. О Кагами. О Лос-Анджелесе конца пятидесятых.

Вот Арт Пеппер плетется в студию «Контемпорари» — белый наркоша со своим многострадальным саксом, в котором треснувшая пробка на стыке деталей заменена обычным лейкопластырем. «Пепер тоже служил в военной полиции, малыш. Охранял тюрьму в Лондоне во время войны». Столбы оранжевого пламени на севере. Почерневшее небо в два часа пополудни. Ядовитый дождь с золой и сажей. «Ижлис» — так по-ихнему будет «сидеть!», «инхад» — «встать!», «са туффатташ илаан» — «сейчас вы будете обысканы»...

Саад все еще болтает по телефону, перемежая арабскую речь английскими и французскими словами: «оранжевая тревога», «Эйр-Канада», «maison de passe»[1], «Фламинго-роуд», «dépanneur»[2], «о боже!», «Аладдин», «une ville lumière»[3], «он просто мудак, забудь о нем». Над их головами проносится F-15; Кёртис его не видит, но узнает по звуку двигателей. Они уже заехали далеко на юг от авиабазы и приближаются к северо-восточному концу долины. На холмах впереди маячат ряды белых домиков с красными черепичными крышами, которые вплотную подступают к границам авиабазы.

Кёртис уже начинает беспокоиться — что, если Саад, заболтавшись, пропустил нужный поворот? — когда они сворачивают в переулок за автозаправкой на углу бульвара Норт-Голливуд. Теперь вокруг только частное жилье, причем по мере продвижения вглубь квартала дома становятся все больше и новее, а расстояния между ними увеличиваются, пока собственно здания вообще не исчезают из виду — вдоль дороги тянутся только заборы с высокими решетчатыми воротами на подъездных аллеях. Водитель понижает передачу, и машина ползет в гору мимо гравийных карьеров и старого цементного завода, выписывая зигзаги среди осыпей, высохших ручьев и укрепленных габионами откосов. Наконец, после головокружительного поворота, они достигают гребня холма, откуда взору открывается вся долина, включая башни Стрипа, с «Луксором» и «Стратосферой» на

---

[1] «Дом свиданий» (*фр.*).
[2] «Ремонтник» (*фр.*).
[3] «Город света» (*фр.*) — прозвище Парижа, восходящее к эпохе Просвещения.

флангах, и вдали снежный пик Чарльстона — гроздь белых пятен, как будто подвешенная в воздухе, ибо склоны горы растворились в послеполуденной дымке.

Впереди мигает желтым светофор перед выездом на поперечное двухполосное шоссе, по которому в эту минуту несколько джипов везут на прицепах лодки из стеклопластика. Но Саад, не доезжая шоссе, резко берет влево, и такси ныряет в узкую, совсем недавно прорубленную в скале выемку. Впереди появляется надпись на большой плите светлого известняка: «ЖИВОЕ СЕРЕБРО, казино и курорт». Средних размеров автостоянка имеет форму полумесяца, повторяя изгиб склона; вдоль ее верхнего края выстроились «кадиллаки» и «линкольны» с небольшой примесью «лексусов» и «мерседесов». Пандусы зигзагами тянутся по склону, как оголенные корни деревьев; все места для инвалидов на парковке заняты.

Такси подъезжает к главному входу, представляющему собой портик с массивным дубовым архитравом и толстыми колоннами с отделкой из крупной речной гальки. Несколько бледнокожих синеволосых дам стоят в тени портика, держа на согнутых локтях бинго-сумочки и пластиковую тару для монет. У дверей висит бело-зеленый плакат с призывом: «НАЙДИ ГОРШОК ЗОЛОТА В ЖИВОМ СЕРЕБРЕ! День святого Патрика 17 марта».

Саад заканчивает свой телефонный марафон.

— Вот мы и приехали, мой друг, — говорит он. — Я уверен, здесь вам повезет.

— Это оказалось дальше, чем я ожидал, — говорит Кёртис, выуживая Деймоновы баксы из своего бумажника.

— Дальше практически некуда. За холмом уже земля правительства, затем озеро — и все.

— Не знал, что в таких местах разрешается строить казино.

Саад пожимает плечами:

— Зависит от того, сколько ты готов заплатить. И от того, кто твои друзья. Если с этим порядок, делай что хочешь.

Кёртис передает ему в отверстие свернутые купюры, и Саад принимает их с отработанной беспечностью, глядя на клиента в зеркало заднего вида. В его глазах заговорщицкая улыбка. Как будто им обоим доступно некое тайное знание об этом мире.

Кёртис вылезает из машины, а затем наклоняется к окну водителя.

— Еще секунду, Саад, — говорит он, — у тебя есть визитка?

11

Такси отъезжает, Кёртис глядит на карточку. «Саад Абугрейша», — написано там. И номер телефона.

Тротуар перед входом в казино, который из окна машины казался выложенным брусчаткой, в действительности слегка пружинит под ногами, — похоже, он сделан из молотых старых покрышек. Кёртис перекатывается с пятки на носок, проверяя его упругость и попутно вспоминая пол в кабинете физиотерапии военно-морского госпиталя в Бетесде, где он познакомился с Даниэллой.

Меж тем освобожденное Саадом место занимает кургузый автобус с эмблемой казино «Живое серебро»: стилизованная индейская пиктограмма в виде летящего ворона с разинутым клювом и хитровато поблескивающим глазом. Из автобуса выбирается группа старичков, которым помогают сопровождающие — пара юнцов с широченными улыбками и лужеными глотками. Синевласые дамы у портика терпеливо пережидают процесс высадки, чтобы потом забраться внутрь. Кёртис какое-то время стоит у дверей и созерцает эту сцену, сам не зная зачем. Потом разворачивается и входит в здание.

«Живое серебро» смотрится очень даже недурно для заведения на отшибе: небольшое, выдержанное в деревенском стиле, оно скорее сродни загородным клубам, чем бинго-залам или развлекательным центрам. Само здание напоминает скальный дворец анасази, воссозданный Фрэнком Ллойдом Райтом, — с голыми балками перекрытий и грубой кладкой из плитняка. Все это построено вокруг старого карьера, дно которого теперь стало внутренним двориком с водопадом и фонтаном посреди миниатюрного пруда. Из полукруглого окна в стене игорного зала видны земляничные деревья и кусты можжевельника, цилиндрические соцветия алоэ, а также увитые глицинией и страстоцветом беседки. По резиновому настилу бродят, что-то поклевывая, с полдюжины упитанных цесарок. Не считая их, дворик пуст.

По словам обслуги, Кагами появится здесь позже, у него какая-то деловая встреча. Кёртис берет стакан грейпфрутового сока и играет по маленькой в блэкджек, просто чтобы убить время. Все крупье здесь молоды, приветливы и дают клиентам лишние секунды на раздумья при наборе карт. Большая часть публики сосредоточена у автоматов, а также в просторной комнате для бинго. Столов для блэкджека всего четыре. Помимо дилера, Кёртису составляет компанию лишь пожилой джентльмен с шелковым платком на шее и кислородной маской на лице. Для «игроков по-крупному» выделена особая зона в нише за баром; и там, в полумраке, наблюдается оживление, какое Кёртис не предполагал увидеть в таком захолустье. По всем признакам это реальные денежные мешки: восточноазиатские тяжеловесы из числа тех, что делают основной оборот казино. Временами их вопли заглушают флейтовую музыку в стиле нью-эйдж, льющуюся из динамиков. Профессионал вроде Стэнли Гласса может зайти и порвать это заведение в клочья всего за какой-нибудь час, думает Кёртис. Возможно, именно по этой причине владельцы казино наняли менеджером такого человека, как Кагами.

Предсказание Саада начинает сбываться: Кёртис имеет в плюсе почти четыреста баксов, когда чья-то рука, легонько коснувшись плеча, отвлекает его от игры.

— Мистер Стоун? Мистер Кагами просит у вас прощения за задержку. Вы можете подождать в его офисе, куда он подойдет через несколько минут.

Офис Кагами представляет собой маленькую захламленную комнату в дальнем конце здания. Добротный письменный стол из дуба. Плетеный коврик навахо на истертом паркете. Панорамное окно с видом на юг: на дамбу и автостраду, ведущую в Хендерсон и далее в Боулдер-Сити. Умывальник и тесный клозет. Кушетка, на которой очень редко спят, судя по отсутствию вмятин и потертостей. На свободном участке стены меж двух книжных полок разместился ряд старых фотографий, и на одной из них Кёртис опознает смеющееся лицо своего отца. Похоже, снимок сделан рядом с «Тропиканой»; одежда и стиль очков намекают на конец семидесятых, хотя игроки-профессионалы имеют свой стиль и далеко не всегда следуют моде. Помимо отца на фото присутствует Стэнли, который выглядит каким-то отрешенным, а также азиат (по-видимому, Кагами), еще один незнакомый Кёртису мужчина, и в самом центре — Сэмми Дэвис-младший собственной персоной. Кёртис приближает лицо к фотографии, дотрагивается до рамки. С легкой улыбкой вспоминает Даниэллу, которая дала ему прозвище Сэмми Ди. Но улыбка быстро исчезает, сменяясь беспокойством. Чувством неловкости. Подозрением, что его дурачат. Как будто он играет некую подспудно навязанную ему роль, согласно ожиданиям невидимых зрителей. Или он сам выбрал эту роль?

Он переносит внимание на полки. Монографии по математике и физике в тусклых двуцветных обложках. Солидные иллюстрированные труды по индейскому искусству и археологии. Книги по истории, экономике, архитектуре Лас-Вегаса. «Птицы Северной Америки» Питерсона. Справочник «Джейн» по визуальной идентификации боевых самолетов. Все, что когда-либо было написано о подсчете карт в азартных играх, включая пятнадцать изданий «Победи дилера» Эдварда Торпа, причем большинство из них в старой редакции, до 1966 года.

— С этой самой книги все и началось, — доносится голос со стороны двери.

Изучая книжные полки, Кёртис прозевал появление Кагами. Он чертыхается про себя, стараясь не выглядеть удивленным или застигнутым врасплох.

— Я читал ее очень давно, — говорит он, поворачиваясь. — Старый экземпляр моего отца. Сейчас уже плохо помню суть. Мне никогда не хватало ума на такие вещи.

— А знаешь, где сейчас обретается этот тип? Я об Эде Торпе.

Кёртис отрицательно качает головой.

— Попробуй угадать. Вот так, навскидку. Ну же, давай.

Потрепанный желтый корешок книги, на которую перед тем смотрел Кёртис, слегка выдается из общего ряда на полке. Надавив пальцем на книгу, Кёртис ставит ее вровень с соседками.

— Уолл-стрит? — предполагает он.

— С первого раза. — Кагами, ухмыляясь, идет к нему через комнату. — Ты всегда был смышленым парнем.

Кагами примерно одного с ним роста, крепко сбит, в хорошей физической форме для своего возраста, — должно быть, он на пару лет старше отца Кёртиса, хотя выглядит моложе. На нем серые брюки с рисунком в елочку, коричневый твидовый пиджак, бежевая рубашка, стильный галстук с золотой булавкой. Очки с затемненными стеклами — классический атрибут профессионального игрока. Массивные перстни на пальцах. Во время рукопожатия он дружески сдавливает предплечье Кёртиса левой рукой.

— В последний раз, когда я тебя видел, — говорит Кагами, — тебе было лет шесть. Выглядишь молодцом, действительно молодцом. Насколько мне известно, ты теперь женатый человек.

— Да, сэр. В следующем месяце справим годовщину.

— Все еще в морской пехоте?

— Недавно вышел в отставку.

— Что ж, мои поздравления! Это хорошо. Похоже, ты свинтил оттуда очень даже вовремя.

Кагами делает шаг назад и осматривает его с ног до головы.

— Слыхал, тебя неслабо зацепило пару лет назад? — говорит он. — В Боснии, кажется?

— В Косово.

— Похоже, ты вполне оправился.

— Вполне, — говорит Кёртис. — Но пришлось поваляться в госпитале. Спасибо, что сразу меня приняли, мистер Кагами, хоть я и без предупреждения.

— Уолтер! Черт, зови меня Уолтером. Рад тебя видеть. Правда, не знаю, насколько смогу быть полезен. Ты ищешь Стэнли Гласса?

— Да, сэр. По просьбе моего друга. Мне сказали, что он иногда бывает здесь. Не подскажете, как с ним связаться?

Кагами обходит письменный стол, направляясь к окну. При этом каждый шаг приближает его к собственному отражению в стекле, на которое под косым углом падает солнечный свет.

— Я не знаю, как связаться со Стэнли, — говорит он. — Но еще недавно он был здесь. Я ужинал с ним на прошлой неделе.

— Он не говорил, как долго намерен оставаться в городе?

— Нет. Только сказал, что ездил на Восточное побережье и теперь ждет какого-то сообщения оттуда. Они с Вероникой объявились после полудня в прошлую среду. Девять дней назад. Я точно запомнил, потому что в тот самый день наша официантка умудрилась выйти в зал с пятном копоти на лбу. Стэнли еще отпустил шутку по этому поводу. Я бесплатно выделил им номер и сказал, что могут жить в нем неделю, но они уехали уже на следующее утро. Не сказали куда.

Кагами склоняет голову набок, словно хочет получше разглядеть что-то внизу за окном.

— Вероника училась в местном колледже, — говорит он. — Работала крупье в «Рио», а до того, кажется, в «Сизарсе». Она может пристроить Стэнли у кого-нибудь из своих тамошних знакомых.

— Я общался с Вероникой прошлой ночью. Она не знает, где сейчас Стэнли. Сама его разыскивает.

— И ты ей веришь?

Кёртис пытается поймать взгляд Кагами в оконном отражении, но это ему не удается.

— Не знаю, — говорит он. — С другой стороны, зачем ей врать?

— Когда я видел ее в последний раз, она была на взводе. В смысле, сильно нервничала.

— Да, и при встрече со мной ее тоже потряхивало. А как вам показался Стэнли?

Кагами медлит с ответом. Потом с усмешкой оборачивается.

— А каким обычно кажется Стэнли? — говорит он. — Слушай, Кёртис, вот что я предлагаю. Раз уж я не смог навести тебя на след Стэнли, то хотя бы могу хорошо покормить. У нас наверху — лучший ресторан в штате Невада. Я угощаю. Не все ж тебе гробить здоровье в тошниловках на Стрипе.

Из офиса Кагамы они коридором доходят до остекленного лифта в стиле модерн, прилепившегося к скалистому склону. Стенки кабины отделаны свинцовым хрусталем, а потолок представляет собой ажурный витраж в цветах пламенеющего заката. Лифт начинает неторопливый подъем к площадке, вырубленной в скале двадцатью футами выше.

— Славное у вас местечко, Уолтер. Как долго вы здесь работаете?

— Мы открылись два года назад. Я в этом проекте с самых первых дней.

— И как он продвигается?

— Паршиво. Возможно, ты не заметил, но большинство клиентов казино старше меня. А я уже далеко не юнец. Впрочем, наш владелец — тот еще сумасброд. Богатей из Силиконовой долины. Он готов нести убытки хоть десять, хоть пятнадцать лет подряд — столько, сколько потребуется городу на то, чтобы дорасти до этих пределов. Сам он еще молод. Рассчитывает на свое долголетие и свой толстый кошелек.

— Думаете, он прав?

Кагами смеется:

— Зависит от обстоятельств. Это как во всех случаях жизни: когда открывается окно возможностей, надо вовремя подсуетиться и туда влезть, а потом успеть вылезти обратно до его закрытия. Если успел — ты в выигрыше. Город быстро растет, и с этим хрен поспоришь. Но есть одна проблема: в наших краях совсем туго с водой. Все почему-то об этом забывают. Я говорю про всю эту долину. Уровень воды в озере Мид упал до самой низкой отметки за тридцать лет. Причина в глобальном потеплении, так что вода вряд ли вернется на прежний уровень. Когда-нибудь нас тут накроет жестокая засуха. Если еще до того нас не прикончит другая проблема: при землетрясении лавина махом снесет этот склон и все дома вплоть до Норт-Голливуда.

— Разве тут бывают землетрясения?

— Пока не было ни одного. Но если случится, нам хватит даже небольшого. Отсюда всего пара сотен ярдов до разлома Санрайз. Это активный разлом. Видел булыжники в колоннах перед входом, куда подъезжают автобусы с инвалидами? Гладкие такие круглые камни. Видел? Пять этих паршивцев уже выпадали из гнезд от сотрясений, и нам приходилось снова садить их на раствор. А если пойдут серьезные подвижки грунта и доктор Рихтер нарисует порядка пяти баллов по своей шкале, мы тут будем как кегли в боулинге для малолеток.

— Черт побери!

— Такие вот дела, — говорит Кагами. — Так или иначе, я отдам концы задолго до того, как это заведение начнет приносить прибыль.

Он вытирает ладонь о свой пиджак и прикладывает ее к безупречно чистому стеклу кабины. По мере подъема в поле зрения постепенно выдвигается мормонский храм у подножия горы. Вокруг него Кёртис видит крыши возводимых домов: светлое дерево стропил, аккуратные ряды обрешетки.

— Это первая нормальная, настоящая работа, какую я получил с тех пор, как мне стукнуло девятнадцать, — говорит Кагами. — Я был профессиональным игроком, как Стэнли. Но в конечном счете меня это измотало. Зарабатывать на хлеб, урывая клочки от прибылей казино, — это уже слишком для человека моих лет. Разве что ты работаешь с хорошей командой. Однако любые команды рано или поздно распадаются.

Кёртис переступает с ноги на ногу.

— Не представляю, как это удается Стэнли, — говорит он.

— У него все же есть Вероника. И нет выбора: Стэнли просто не умеет делать ничего другого.

Кагами задумчиво улыбается.

— Кроме того, у Стэнли всегда был особый, какой-то сверхъестественный дар, — добавляет он. — Только учти: я тебе этого не говорил.

Дверь лифта открывается перед небольшой стеклянной галереей, из которой они выходят на резиновую дорожку, окаймленную кустами розмарина и распускающимися пустынными ивами. На краю террасы примостился ресторанчик с надписью «Воронов уступ» на простой деревянной вывеске. Легкий бриз развевает края белых скатертей.

Кагами идет медленно, сунув руки в карманы.

— Ну и как поживает старина Дональд? — спрашивает он. — Много лет уже с ним не общался.

— У него все отлично. Только теперь его зовут не Дональд.

— Ах да, я и забыл. И кто он теперь?

— Бадрудин Хассан. Пару лет назад повторно женился. И снова гастролирует. Отлично себя чувствует в роли мусульманина и семьянина.

— Жена его, небось, молоденькая крошка?

— Насчет крошки не сказал бы, а что она гораздо моложе его, это да.

Кагами хмыкает и пинком откидывает камешек с резиновой дорожки.

— А как насчет тебя, малыш? — говорит он. — Чем намерен заняться такой парень после выхода в отставку? Гонять мячик по полю для гольфа?

Кёртис улыбается:

— Один приятель предлагает мне работу. Руководить службой безопасности казино. Сам он сейчас начальник смены в новом заведении в Атлантик-Сити. Мы с ним знакомы еще по корпусу.

— Может, я его знаю?

— Деймон Блэкберн. Работает в «Спектакуляре».

— Это в Приморском районе?

Кагами открывает ресторанную дверь и пропускает Кёртиса вперед.

— А не он ли тот самый друг, который попросил тебя разыскать Стэнли? — спрашивает он.

— Да, — говорит Кёртис. — Он самый.

Метрдотель почтительно приветствует Кагами и усаживает их за столик на самом краю террасы. Кёртис просматривает меню в кожаном переплете и выбирает бифштекс из короткого филея, а потом начинает разглядывать долину, держа ладонь козырьком над глазами. Где-то на гребне холма над ними перекликается пара воронов; Кёртис не может их разглядеть. Затем один из воронов слетает ниже и усаживается на крышу ресторана. Мормонский храм теперь виден полностью, внизу и чуть к северу. Отсюда он похож на дохлого жука с шестью задранными вверх лапками-шпилями и вздутой крышей-брюшком между ними. Золоченые верхушки шпилей отливают оранжевым в лучах предзакатного солнца.

Кагами беседует с официантом, заказывая вино и закуски. Официант кивает и удаляется, а Кагами переводит взгляд на Кёртиса и нагибается к нему через стол.

— Кёртис, — говорит он, — я не могу не спросить одну вещь. Ты сожалеешь о том, что в этот раз останешься не у дел? Я об Ираке?

— Что, война уже началась?

— Нет, об этом я не слышал. Хотя, судя по всему, начнется скоро. Полагаю, ты знаком со многими, кто сейчас находится там.

Кёртис делает глоток воды, затем еще один. Вода ледяная, однако бокал почти не запотел. Второй ворон присоединяется к своему напарнику на коньке крыши.

— Это все очень сложно, — говорит Кёртис. — По многим причинам я бы хотел быть там. Меня к этому готовили. И я сам готовил к этому новобранцев. Я бы хотел быть там и приглядывать за своими людьми. Но по большинству причин — по большинству действительно важных причин — я рад, что пересижу эту заварушку здесь. Я уже не тот малыш, каким вы меня помните. У меня есть жена, и нужно подумать о ней. Когда я получил ранение в Косово, это изменило мой взгляд на многие вещи.

— А если бы не уволился, ты был бы сейчас в Пустыне?

— Трудно сказать. Но вполне возможно, что так.

— Ты ведь служил в военной полиции?

— Это верно.

— На Филиппинах?

— Это было давно. Когда мой отец вышел из тюрьмы в восемьдесят девятом, я добился перевода во Вторую дивизию. Чтобы быть поближе к нему.

— Значит, ты был в Кэмп-Лежене?

— Именно так.

— А в Гуантанамо тебе служить не доводилось?

Кёртису кажется, что его желудок в верхней части, сразу под ребрами, как бы сжимается в комок, и он непроизвольно делает пару быстрых вдохов. Кагами это видит, и он ожидал примерно такой реакции.

— Да, — говорит Кёртис, — какое-то время.

Возвращается официант и ставит перед ними блюдо с жареными сдобными лепешками, перцами халапеньо, фаршированными козьим сыром, и небольшой запеченной тыквой. Открывает бутылку и наливает в бокалы вино. В очках Кагами удваивается отраженное солнце; теперь Кёртис совсем не видит его глаз.

Кагами дожидается ухода официанта, прежде чем заговорить вновь.

— И как долго ты там пробыл? — спрашивает он.

— Меня откомандировали в Гитмо год назад. Провел там шесть месяцев.

— Занимался узниками?

— Арестантами, да. Помогал переместить их на другой объект.

— В Кэмп-Дельта, я полагаю.

— Так точно.

Кагами отрезает себе ломтик тыквы, берет с блюда лепешку.

— И как оно там? — спрашивает он. — На этом объекте?

Слово «объект» он произносит так, будто чувствует в нем привкус тухлятины. Кёртис берет свой бокал, отпивает немного вина, затем делает глоток воды.

— Клетки из стальной проволоки, — говорит он. — Восемь на восемь на шесть с половиной футов. Там есть унитазы, койки, умывальники. Зона для прогулок.

— Прямо курорт!

— В лагере Икс-Рэй они пользовались общими туалетами и спали на полу, так что это уже прогресс. Они же плохие парни, Уолтер! Настоящие злобные ублюдки.

— Я слыхал, там и дети сидят. Двенадцати-тринадцати лет.

— Малолеток держат отдельно, на другом объекте, — говорит Кёртис.

Один из воронов описывает дугу по залу и шумно приземляется на середину стола в нескольких ярдах от них. Официант невозмутимо взмахивает полотенцем, прогоняя птицу, и та перелетает на каменное ограждение террасы. Вблизи ворон оказывается гораздо крупнее, чем Кёртис полагал ранее. Он и Кагами несколько секунд молча его разглядывают.

— Послушайте, — говорит Кёртис, — я не думаю, что кто-то может быть в восторге от таких вещей. Мне самому они совсем не по душе. И это, кстати, стало одной из причин моей отставки.

Он никому не говорил этого прежде и сейчас сам удивлен, услышав собственные слова. Он кладет в рот фаршированный перец и чувствует, как жжение распространяется от нёба в полость носа.

— Я вовсе не подвергаю тебя допросу, малыш, — говорит Кагами.

— По правде сказать, я не так уж много обо всем этом знаю, — говорит Кёртис. — Хотя Гитмо — это флотская база, но охраной в лагере ведает армия. Я занимался подготовкой к перемещению на новый объект. При этом с арестантами практически не контактировал.

— Ладно-ладно. Теперь это уже не твои проблемы, так ведь? Теперь ты вливаешься в нашу игорную индустрию.

— Да. Наконец-то у меня будет нормальная работа.

Кагами смеется.

— В секьюрити я часто вижу бывших вояк, — говорит он. — В том числе из военной полиции. Этот твой приятель в «Спектакуляре» — Деймон, кажется, — тоже служил там?

— Да, сначала там, а позднее в охране посольств. Был посольским морпехом в Боливии и Пакистане.

— Звучит серьезно.

— Деймон четко знает свое дело. Я буду рад работать с ним вместе.

— Вот и славно. Кстати, я что-то не припоминаю: ты говорил, *зачем* твоему другу понадобился Стэнли Гласс?

Кагами с улыбкой медленно крошит лепешку над своей тарелкой, отламывая кусочки размером с десятипенсовик. Глаза его по-прежнему скрыты за солнечными бликами очков, но по интонации вопроса Кёртис догадывается, что он слышал какие-то новости из Атлантик-Сити и уже смекнул, что к чему. Возможно, Кагами понял это еще до того, как они вошли в ресторан. А вся эта болтовня насчет Гуантанамо нужна была лишь для того, чтобы смутить Кёртиса, вывести его из равновесия. Кагами откуда-то известно его слабое место. Интересно, откуда?

Снова появляется официант с подносом; на сей раз это основные блюда. Кагами заказал тушеную утку с ежевичной подливкой, а бифштекс Кёртиса сопровождается чашкой дымящегося посоле. На пробу все очень вкусно.

Некоторое время они едят в молчании. Кёртис не торопится, периодически кладет вилку на край тарелки и оглядывает долину внизу. Он решает пока не отклоняться от изначальной версии, а там будет видно.

— Деймон хочет прояснить одно недоразумение, — говорит он. — Два месяца назад он поручился за Стэнли, когда тот взял в долг десять тысяч. Но Стэнли не делал никаких промежуточных выплат, а ночью во вторник — точнее, в полночь по восточному времени — срок истекает. Это грозит неприятностями им обоим. Деймон просто хочет без скандала уладить этот вопрос.

— И потому он попросил тебя съездить в Вегас?

— Так точно.

Кагами снимает очки и протирает стекла краем скатерти.

— Кёртис, — говорит он, — мы с тобой оба знаем, что это полная чушь. Десять кусков не бог весть какая сумма для казино вроде «Спектакуляра». И есть огромная разница между невыплаченным долгом и безвозвратной ссудой. У твоего приятеля не может быть серьезных проблем из-за этого поручительства. Очень мило, конечно, что он беспокоится о Стэнли, да только Стэнли сейчас знаменитость, чуть ли не живая легенда. Владельцы казино и кредитные агенты по всей стране готовы ублажать его подобными ссудами и другими способами, лишь бы он у них засветился хоть ненадолго, — и плевать им, в каких он там числится черных списках. На самом деле все казино любят профессиональных игроков, Кёртис. Они очень полезны для бизнеса. Они подобны святым: живые доказательства того, что спасение действительно возможно.

Кёртис смотрит на него и ничего не говорит. Он знает, что продолжение последует, надо только подождать. Ворон появляется из-под соседнего стола, чинно вышагивает по проходу и исчезает снова. Ветер сменяет направление. Откуда-то со стороны гор доносится гул двигателей низколетящего «Тандерболта» — Кёртис вспоминает о Заливе, но лишь на мгновение.

Кагами водружает очки обратно на нос.

— Недавно я услышал одну интересную историю, — говорит он. — Пару недель назад команда счетчиков неслабо прошлась по нескольким казино в Атлантик-Сити. Понятное дело, боссы не оглашают, сколько содрали с них эти ребята, но слухи ходят о каких-то сумасшедших суммах. Во всяком случае, менеджеры с первого взгляда на итоговые балансы в конце ночи поняли, что они пролетели по-крупному. Ты знаешь, Кёртис, когда еще счетчикам карт случалось сорвать такой куш, при этом не спалившись?

— Не знаю.

— Такого не случалось никогда. За все годы я слышал о трех-четырех похожих делах, но всякий раз это касалось какого-то *одного* казино. А эта команда порвала в клочья четыре или пять мест всего за двенадцать часов. Случай небывалый.

Кагами осушает бокал вина и вновь наполняет его из бутылки.

— Я заговорил об этой истории именно сейчас, потому что — странное дело — от рейда счетчиков сильнее всех пострадал именно «Спектакуляр». И что меня настораживает еще больше: это было *последнее* из всех заведений, которые они обобрали. Через несколько часов после других. Тебе это не кажется странным?

— Не отвлекайтесь на меня, продолжайте, — говорит Кёртис. — Я весь внимание.

— Как я узнал из надежных источников, служба безопасности «Точки» получила предупреждение насчет этих гастролеров и заранее приняла меры. Полная готовность, свистать всех наверх! Правда, в Атлантик-Сити охрана не может законно прижучить счетчиков карт, как это разрешается у нас в Вегасе, но есть другие способы, и ты наверняка о них знаешь. Насколько мне известно, «Спектакуляр» использовал полный набор допустимых трюков: снижение максимальных ставок, дополнительные перетасовки колоды и все такое. Многие обычные клиенты были в бешенстве. И тем не менее эта компашка ухитрилась-таки выпотрошить «Спектакуляр». С моей нынешней позиции — уже в качестве менеджера казино — это выглядит не так чтобы очень здорово.

— Да уж, ваша позиция к таким зрелищам не располагает.

Кагами ухмыляется и покачивает головой.

— Скажу тебе по секрету: на самом деле я им адски завидую, — говорит он. — Знаешь, я ведь и сам когда-то собирал команды такого рода, и некоторые из них работали отлично. Но эти ребята — да о них впору снимать голливудские боевики! В уик-энд перед Марди-Гра, когда в казино полно народу, они появляются невесть откуда, отслеживают перетасовки, считают карты, перемещаются от стола к столу и гасят дилеров одного за другим. И никто не заметил, как они поддерживают связь между собой. Даже в свою лучшую пору мы и близко не достигали такого уровня.

Кагами щелкает пальцами, как будто осененный догадкой.

— Однако! — говорит он. — Знаешь, кто мог бы собрать такую суперкоманду?

— Скажите это сами, Уолтер.

— Стэнли чертов Гласс, вот кто! А ты здесь рассказываешь, как твой дружок, некий Деймон Блэкберн из корпуса морской пехоты, одолжил Стэнли — великому игроку и создателю команд вроде той, о которой я только что говорил, — десять кусков из кассы казино как раз за шесть недель до того, как гастролеры разнесли в пух и прах добрую половину Атлантик-Сити. Не удивлюсь, если Деймон сейчас озабочен тем, как бы усидеть в своем кресле.

— Возможно, поэтому он так засуетился, — говорит Кёртис.

— По моим сведениям, в «Точке» уже полетели головы с плеч. Полиция Нью-Джерси разыскивает одного из дилеров, работавших той ночью. Руководство казино с ходу уволило распорядителя, а на следующий день — главу службы безопасности. Уж не эту ли вакансию ты думаешь занять, Кёртис?

Он отвечает кислой улыбкой.

— Понятно, что ты можешь получить это место только с подачи Деймона — при условии, что до того времени он не потеряет свое. Пока что он держится на плаву. Но если в среду утром имя Стэнли появится в списке неплательщиков «Спектакуляра», они там ударят в набат, и Деймон может собирать манатки на выход. Ну а поскольку ты давно знаком со Стэнли — они же старые друзья с твоим отцом, верно? — Деймон именно тебя попросил отыскать его и напомнить об оплате счета, пока еще не слишком поздно. А ты с этой сделки получишь хорошую должность в казино. Я все правильно излагаю, Кёртис?

— Да, сэр. Примерно так все и обрисовал мне Деймон.

Кёртис вертит в пальцах бокал с темным вином на донышке. Теперь он уже не так нервничает, хотя и чувствует себя неуютно, ожидая, чем закончит свою речь Кагами. И в процессе ожидания он вспоминает лицо Даниэллы, когда он сообщил ей о своем намерении работать с Деймоном. Также вспоминается лицо отца за плексигласовой перегородкой в тюрьме округа Колумбия, когда Кёртис сообщил ему, что бросает колледж и поступает на военную службу.

Кагами смеётся и вытирает губы салфеткой.

— Это дело может принять интересный оборот, — говорит он. — Позволь мне высказаться начистоту, о'кей? Что, если это не является простым недоразумением? Что, если Стэнли не отвечал на звонки Деймона потому, что цинично его использовал и потом попросту кинул? Что, если это Стэнли обчистил «Точку» и другие казино? Что, если это он собрал команду и потратил взятые у «Спектакуляра» деньги на её стартовое финансирование? Ему и прежде случалось проделывать подобные фокусы. Много раз.

— Я в курсе, — говорит Кёртис, — но то было тридцать лет назад. Стэнли уже не работает с большими командами. Вы сами только что сказали: ему это не нужно, у него есть Вероника. Кроме того, Стэнли и Деймон — друзья. Вам ли не знать, Уолтер, как бережно Стэнли относится к своим друзьям. И вы думаете, что он мог вот так поступить с Деймоном? Это уже был бы не Стэнли.

— Согласен. Но я также знаю, что Стэнли не терпит оскорблений или унижений от кого бы то ни было. Мог ли Деймон чем-то его разозлить?

— Ни о чём таком я не слышал.

— А ты и *не должен* был это услышать. Тебе эта история известна только со слов Деймона, ведь так? А когда ты в последний раз встречался со Стэнли, малыш?

Кёртис прикрывает глаза. Ему видится Стэнли на скамье в парке у вашингтонского Приливного пруда, развернувший веером колоду карт перед юными кузенами Мавии. Сама Мавия и отец Кёртиса шутливо-грозно кричат ему с водного велосипеда. На поверхности воды, как хлопья пены, колышутся вишнёвые лепестки. Слева, но вне поля его зрения, смеётся Даниэлла. Он ощущает её пальцы в своей ладони.

— Это было пару лет назад, — говорит Кёртис.

Кагами смотрит на заходящее солнце.

— Он сильно изменился, знаешь ли.
— Что вы имеете в виду?
— Во-первых, он болен. Не знаю, чем именно, но при нашей встрече в прошлую среду он опирался на трость. И в целом выглядел неважно.
— Насколько я знаю, Стэнли не проболел ни единого дня в своей жизни.
— Во-вторых, — продолжает Кагами, — он свихнулся. В последние два года Стэнли терял огромные суммы. Просто спускал их за игорным столом. Увлекся этими новомодными системами, в которых нет никакого смысла и никаких шансов на успех. У него натурально поехала крыша, Кёртис. Той же ночью он оставил шесть кусков в нашем казино, не моргнув и глазом. Хоть мне и не следует так поступать, я оттащил его в сторону и спросил, что за хрень он тут вытворяет. Напрямую, без экивоков, посоветовал ему не страдать ерундой и выбросить из головы всякие дурацкие системы.
— Прямо так и сказали?
— Практически слово в слово.
— И что он ответил?
— Он рассказал мне одну дзен-историю.
— Что-что?
— Историю про знаменитого японского лучника, который считается одним из величайших мастеров своего дела. Люди со всего света приезжают к нему учиться. Но хотя он уже стар и много-много лет стреляет из лука, ему еще только предстоит сделать свой самый лучший выстрел.
— И это все?
— Да. Стэнли всегда рассказывает мне дзен-истории. Типа такой шутливой игры между нами.
— Про лучника — это правда?
Кагами смотрит на него с раздражением, открывает рот, собираясь что-то сказать, но вместо этого поворачивается лицом к долине внизу.
— Уолтер, — говорит Кёртис, — сколько я помню Стэнли, он всегда носился со всякой мистикой. Но все это чисто показное. На самом деле он не верит ни в какие волшебные системы.
Кагами пожимает плечами.

— Возможно, поначалу это и было показным, — говорит он. — А может, в этом всегда присутствовала крупица веры. Искреннего желания. Фантазии. Или то была попытка выдать желаемое за действительное. Может, он слишком долго играл эту роль и наконец реально стал тем, кем прежде только притворялся. Или, черт возьми, все действия *любого* из нас являются таким же притворством. Кто знает?

Кагами макает кусочек утки в иссиня-черный соус и подносит его ко рту.

— Ты когда-нибудь подсчитывал карты, Кёртис? — спрашивает он. — По-настоящему, в игре?

— Нет, сэр. Я знаю, как это делается, но сам никогда не пробовал.

Кагами медленно пережевывает мясо, затем споласкивает рот водой и запивает вином.

— Представь такую ситуацию за столом блэкджека: у тебя все на мази, — здесь я говорю не об удаче, а о надежном подсчете, когда ты отследил перетасовку, имеешь перед собой слабого крупье, а большая часть колоды уже сдана, — и вот тут наступает момент твоего полного контроля над игрой. Ты знаешь свои карты, знаешь карты крупье и даже, исходя из базовой стратегии, можешь предугадать действия другого игрока, вплоть до выхода подрезной карты. Мне очень трудно описать это чувство. Оно сродни...

Тут Кагами поднимает глаза к потолку, как будто высматривает нужное слово, витающее в воздухе над ними. Лицо его оживляется и в то же время выглядит очень старым; солнечные искры вспыхивают на его золотых перстнях, в стеклах очков и в тонких черных волосах, а в густо-синем небе позади него уже проглядывают первые звезды.

— ...*всемогуществу*, — продолжает он. — И знаешь, малыш, это чувство может сотворить с твоими мозгами презабавные вещи. Очень легко обмануться и поверить, что весь мир — просто большая игра в блэкджек, и тебе достаточно лишь это осознать, уловить соответствия и научиться считать карты. Даже лучшие игроки — надеюсь, ты не сочтешь меня бахвалом за причисление к таковым и себя, — даже лучшие крайне редко достигают этого самого момента всемогущества. А Стэнли в нем *живет*.

Он живет в этом моменте безвылазно. И я думаю, что как раз это постепенно свело его с ума.

Кёртис не знает, что сказать. Он только кивает и смотрит вдаль.

— Я не очень-то убедителен, — говорит Кагами. — Ну и пусть, не суть важно. Главная моя мысль, Кёртис, заключается вот в чем: нельзя недооценивать способность человека верить в невероятное. Для примера взгляни хотя бы туда.

Кагами тычет большим пальцем в сторону мормонского храма.

— Люди в этом здании верят, что Америка была впервые заселена потомками пропавших колен Израиля. А твой отец считает, что белая раса была создана каким-то зловещим ученым-экспериментатором. Никогда не предугадаешь, за какую соломинку ухватится тонущий разум. Так что, малыш, не особо рассчитывай на встречу с прежним Стэнли, каким ты его помнишь.

Кёртис несколько секунд раздумывает над его словами.

— Я считаю так, — говорит он. — Возможно, Стэнли свихнулся. А может быть, и нет. Возможно, это он собрал команду, обчистившую «Точку», а может быть, и нет. Все это не имеет для меня большого значения. А имеет значение другое: скрывается он от *меня* или нет. Если скрывается, у меня нет никаких шансов его найти. А если нет, он будет не прочь со мной встретиться.

Внезапный порыв ветра, слетев с вершины горы, треплет скатерти и сбрасывает с края стола пустой поднос; где-то неподалеку удивленно каркает ворон. Впервые со времени приезда сюда Кёртис радуется тому, что надел теплую куртку.

Кагами улыбается. Это дружелюбная улыбка, без тени ехидства, но она может быть лишь прикрытием.

— Что ж, удачи тебе, малыш, — говорит он. — Если Стэнли объявится, я передам, чтобы он тебе позвонил.

— Буду очень признателен.

Ворон взлетает на каменный парапет непосредственно за спиной Кагами и с самодовольным видом чистит клювом перья. Затем каркает, и его хриплый голос эхом разносится по темнеющей долине. После этого он взмывает в воздух, делает пару кругов и поднимается к вершине, откуда ранее прилетел.

Кёртис кивком указывает на ворона.

— Удачное экзотическое дополнение, — говорит он. — Как вы приучили этих птиц залетать в ресторан?

— Приучили? — Кагами смеется. — Боже, да мы никак не можем от них отделаться! Они жили здесь до того, как мы начали закладывать фундамент. Отсюда и взялась эмблема казино. Наш босс называет их Биллом и Мелиндой. Но лично я не могу разобрать, кто из них кто.

Кагами вновь принимается за еду; его нож и вилка тихонько постукивают по тарелке.

— Был еще и третий, — говорит он, готовясь отправить в рот очередной кусок. — Но он был слишком наглым и агрессивным. Любил всякие блестящие вещицы и запросто мог сесть на стол перед самым твоим носом. А некоторые из наших почтенных клиенток питают страсть к ярким ювелирным украшениям... Словом, та еще была птичка. Босс назвал его Ларри Эллисоном.

— И что с ним случилось?

— Однажды рано утром я пришел сюда с зеркалом заднего вида от моей машины и «ремингтоном» двенадцатого калибра, который позаимствовал у своего приятеля. Хлоп-хлоп-хлоп крыльев, а потом: бабах! Шеф-повар приготовил для меня из старины Ларри энчиладас под соусом моле.

Кагами вытирает губы салфеткой и грустно улыбается, качая головой.

— Чертова куча мяса оказалась в этой птице. Вкус говенный. Но я всегда съедаю дичь, которую убил.

12

Один из челночных маршрутов «Живого серебра» ежечасно отправляется до Стрипа. В ожидании очередного автобуса Кёртис со стаканом содовой устраивается в тихом закутке напротив комнаты для бинго.

Жирная острая еда неважно улеглась в желудке: надо бы посетить туалет до прибытия автобуса. А пока что он пытается осмыслить информацию, полученную от Кагами, — сопоставить ее с тем, что узнал от Вероники и Деймона, выявить совпадения и нестыковки, — однако беспрестанные трели игровых автоматов мешают сосредоточиться. В конце концов он незаметно для себя переключается на наблюдение через приоткрытую дверь за тем, что происходит в комнате для бинго, привлеченный царящим там невозмутимым спокойствием.

В комнате расположились десятка два пожилых дам. Многие заполняют сразу по пять-шесть карточек, а иные умудряются по пятнадцать и даже больше, скрепляя их клеем-карандашом или липучкой. Розыгрыш ведет белая девчонка с брекетами на зубах; она объявляет выпавшие номера четким бесстрастным голосом, который упругими волнами разносится по комнате. Сам воздух кажется здесь уплотненным, лучше передающим звуки. Дамы похожи на жриц в процессе священнодействия. Голубые и розовые кудряшки подрагивают от внимательного напряжения; узловатые пальцы ловко орудуют маркерами, сжимая их на тот или иной атавистический манер. Ведущая прячет номера сразу же после того, как они были названы и продемонстрированы. Кёртис наблюдает за этим действом как зачарованный и в результате чуть не опаздывает на автобус.

Во время долгой поездки под уклон в направлении Стрипа он размышляет о Стэнли. Еще он думает о словах Кагами насчет блэкджека — об иллюзии полного контроля над игрой, — а также о бинго-старушках в тихой комнате, их поразительной сноровке в обращении с карточками и маркерами.

Все эти мысли начинают действовать на него угнетающе, а когда автобус уже подкатывает к его отелю, он отчего-то вспоминает футбольный матч в конце своего первого школьного сезона, когда он умудрился распознать готовящийся блиц еще задолго до снэпа — просто увидел его в глазах и лицах ребят из Баннекера, в манере их движения. Вспоминает внезапно снизошедшие на него спокойствие и ясность. Он вдруг ощутил себя пустым и невесомым. Дальнейший розыгрыш происходил как будто по его сценарию. Первым делом он резко отскакивает от защитного энда, стоящего против него на линии схватки, и тот падает, теряя равновесие. Теперь он свободен. Сдает еще назад, отступая в слепую зону. Активно размахивает руками. Выглядит нелепо. Но это срабатывает. И вот уже корнербек шпарит что есть сил, нагнув голову, — как ракета, нацеленная прямо в Кёртиса. Он падает на колено, упираясь рукой в газон. Слышен глухой треск, и это правильный, почти идеальный звук. Он по-своему прекрасен. Напоминает удар молотком по коробке с мелками. Боль скрючивает его, жжет изнутри. Но, даже не глядя на поле, он знает, что пас был отдан и удачно принят кем-то из своих. Рука оставалась в гипсе до февраля.

А через месяц после снятия гипса Рейгана подстрелили на выходе из вашингтонского «Хилтона», и Кёртис тогда же определился с тем, каким он хотел бы видеть свою будущую жизнь.

Ему кажется, что этот лифт никогда не остановится, с неторопливостью монгольфьера всплывая на высоту двадцати восьми этажей. Наконец лифт выпускает из своих недр Кёртиса, который уже на ходу расстегивает ремень, отпирает карточкой дверь номера, спускает штаны и срывает бумагу с рулона в хорошо продезинфицированном туалете — и все это как бы единым движением. Он еще долго сидит в ароматной темноте (мурашки по коже, едкий привкус во рту, холодный пот на затылке), прежде чем снять куртку и переложить кобуру с револьвером на мраморную раковину. Шторы на окнах в другом конце номера раздвинуты, и уличный свет, пульсирующий разными оттенками, просачивается в туалет через щель под дверью. Это напоминает Кёртису рождественские огни на елке, и он уже в который раз за день собирается позвонить жене. Пытается придумать, что ей скажет, потом воображает ее ответы и свои объяснения. Она видится ему на кухне с телефоном в руке. Возможно, греет молоко для горячего шоколада. Короткий белый халатик распахнут, на ногах пушистые красные тапочки. Форменная одежда для завтрашнего рабочего дня выглажена и теперь лежит на столике. Свободной рукой она упирается в дверцу холодильника, как будто из опасения, что та сама собой распахнется. Браслет из ракушек каури побрякивает о телефонную трубку. Брови нахмурены. Озабоченная морщинка на лбу. Эта морщинка, да еще пара колечек — вот и все, что она получила от Кёртиса за все время их брака.

«Мне очень жаль, Дани. Черт, я ужасно по тебе соскучился. Извини, сейчас не могу говорить». Ничего больше он придумать не может. Не может сообщить о своих планах, поскольку планов у него нет. Их, собственно, нет уже давно — с тех самых пор, как он после ранения вернулся из Косово, еще до их с Даниэллой знакомства. Последние пару лет он просто плывет по течению, лишь реагируя на внешние раздражители. Так что для начала надо бы разобраться с самим собой. Он спускает воду, раздевается, принимает душ, а потом ложится на кровать и начинает размышлять об этом.

Он по-прежнему думает об этом, когда оживает мобильник и на дисплее высвечивается его домашний номер в Филли. Он продолжает думать, пока телефон звонит, и после того, как он умолкает; а когда спустя минуту брякает сигнал о полученном сообщении, он все еще думает об этом.

Он включает телевизор, глушит звук и, пытаясь уследить за бегущей строкой внизу экрана, прыгает туда-сюда между Си-эн-эн, Си-эн-би-си и «Фокс-ньюс». Время от времени он погружается в дремоту. Так проходит несколько часов, и Кёртис вновь начинает испытывать голод. Он встает, одевается, запирает револьвер в сейфе и отправляется вниз, чтобы перехватить где-нибудь сэндвич.

Лифт доставляет его на второй этаж, в зону шопинга, и он шагает по темной брусчатке в ту сторону, где маячит холодный свет нарисованного неба. В пруду, завершающем крытый канал, гондольер подгоняет лодку к причалу, распевая свои песни над головами пассажиров, которые снимают его вихляющими цифровыми камерами. Голубизна воды бескомпромиссна и бесстрастна, как пустой киноэкран.

Справа по ходу возникает сводчатая галерея, ведущая к закусочным и ресторанам. Он направляется туда, но потом делает неверный поворот, вскоре осознает свою ошибку и тем не менее позволяет толпе делегатов какого-то съезда вынести его под высокую крышу площади Сан-Марко. Туристы мусолят безделушки в сувенирных ларьках под зонтиками; струнный квартет состязается с невидимым оперным певцом на балконе; за столиками на тротуаре гурманы вкушают ньокки и нисуаз с тунцом. А впереди, в самом центре площади, зеваки столпились вокруг живой статуи.

Кёртис подходит ближе. Статуя одета во все белое — белая хламида, белый шарф, круглая белая шапочка. Лицо и руки покрыты белилами. Кёртис затрудняется определить пол позирующего человека. Несколько минут он разглядывает статую в просвете между головами стоящих впереди и за это время не замечает ни единого моргания. Ничего не выражающий взгляд направлен в пустоту. Внезапно Кёртис осознает, что многие из созерцателей, включая его самого, почти так же неподвижны, как статуя. Эпидемия паралича. Встряхнувшись, он отделяется от этой группы.

Надо бы купить что-нибудь для Даниэллы — подарок в качестве извинения, — но все изделия здесь ручной работы, привезены из-за границы и слишком дорого стоят, да и Дани вряд ли понравятся вещицы такого рода. Маски со стразами, фолианты в кожаных переплетах, стеклянные пеликаны. Серебристое зеркало в хрустальной оправе. Деревянная марионетка с длиннющим носом-клювом.

Просматривая меню в «Таурс деликатессен», он начинает нервничать — ему кажется, что он находится не там, где следует. Стэнли сейчас может быть где-то неподалеку, но в это место он не забредет уж точно. Еще одна ресторанная зона расположена этажом ниже, по соседству с игорным залом. И Кёртис идет назад тем же маршрутом.

В процессе спуска лифта классическая музыка из динамиков сменяется балладой Фила Коллинза, а при открытии дверей белый шум казино обволакивает его, как пар в турецкой бане. Все предметы кажутся расплывчатыми и равноудаленными. Поскольку все военные сейчас находятся либо в Кувейте, либо на своих базах в состоянии готовности, Кёртис имеет основания полагать, что эта ночь в казино будет относительно спокойной; однако она таковой не кажется. Хоть в толпе и не мелькают армейские стрижки, но очереди у банкоматов не стали короче, шум и суета в зале на прежнем уровне, как и встречные потоки прибывающих и убывающих клиентов. Впрочем, это заведение никогда не было особо популярным среди служивых, так что они здесь погоды не делают. Перед дверьми туалетов группа мужчин в ожидании жен и подруг лениво бренчит монетами или штудирует пособия по базовой стратегии блэкджека. Большинство из них в возрасте Кёртиса или моложе.

Практически на автопилоте он совершает уже традиционный обход зала по часовой стрелке, подмечая отдельные, ранее упущенные детали: массивные канделябры, цветные узоры ковра, расположение видеокамер под потолком. Осматривает столы блэкджека, игровые автоматы, видеопокер, букмекерскую контору и отдельную зону для слот-машин с повышенным процентом выплат. Стэнли нигде нет, как и Вероники, — по крайней мере, в настоящий момент.

Он покупает филадельфийский сырный стейк в гриль-баре «Сан-Дженнаро» и усаживается за столик поближе к выходу. Только прикончив половину стейка и запив ее ледяным чаем, он наконец-то решается прослушать голосовое сообщение в своем мобильнике.

— Сэмми Ди, — говорит Даниэлла, меж тем как он, слегка клацая зубами, приступает к оставшейся части стейка, — это снова звонит твоя жена. Ты ведь помнишь, что у тебя есть жена? Помнишь, мы были в церкви с музыкой и цветами? Тебе тогда пришлось надеть смокинг — ты это помнишь? Не получая никаких известий, я начинаю подозревать, что тебе крепко досталось по башке или еще что похуже. Сегодня суббота, девять вечера по филадельфийскому времени, и мне жуть как хочется услышать от тебя хотя бы слово. Я знаю, у нас война на носу, и понимаю твое нежелание разговаривать прямо сейчас. Надеюсь, что понимаю. Но хотя бы позвони и скажи, что ты в порядке. А если не можешь...

Фраза прерывается, слышен вздох или всхлип, затем она продолжает:

— Послушай, Кёртис, я в последний раз наговорила тебе лишнего. Но я надеюсь, ты поймешь, почему я это сказала. Мне кажется, ты себя недо...

Кёртис удаляет сообщение, не дослушав. Часы на дисплее показывают 10:42. Почти два часа ночи в Филли. И все же ему кажется, что еще слишком рано. Он смотрит на телефон, пока часы не показывают 10:43, затем 10:44. И тогда он набирает текст: «Все нормально». Разглядывает буквы, мигающий курсор. Пожалуй, маловато. «Скоро позвоню, — приписывает он. — Люблю».

Он доедает последний кусочек, допивает чай и возвращается в казино. Снова обходит столы блэкджека, на сей раз медленнее, присматриваясь к лицам. Порядка полусотни партий с раздачей из восьми колод, несколько с шестью и парочка — с двумя колодами. Кёртис уделяет особое внимание последним — счетчики карт, скорее всего, будут за этими столами, — но ни одно лицо не кажется ему знакомым. Нынешняя смена в казино проработала уже три часа. Интересно, где сейчас Вероника?

Переместившись поближе к бару в центре зала, он выбирает покерный автомат в удобном для обзора месте, останавливает проходящую официантку и заказывает стакан клюквенного сока. Кажется, эта же самая девица обслуживала его прошлой ночью, хотя он в этом не уверен. Все они здесь как под копирку: высокие, миловидные, остроглазые. В нелепых бордово-золотых корсетах с оборочками на бедрах — типа воздушных гимнасток в цирке. Эта, небось, зашибает штук восемьдесят в год на одних только чаевых. Широкая улыбка застыла на ее лице, как скрывающий сцену занавес.

На протяжении следующих двадцати минут Кёртис периодически оглядывает зал. Думает о Даниэлле. О ее особом природном запахе, сдобренном запахами пота, больничных антисептиков и изопропилового спирта. Вспоминает свою руку, крепко обнимающую ее ниже талии. Тугую тяжесть ее бедер. Издаваемые ею звуки.

Звонит телефон, Кёртис вздрагивает и смотрит на дисплей. Незнакомый номер, код зоны 609. Может быть, это Деймон? Он перекладывает телефон в правую руку и затыкает пальцем левое ухо.

— Алло?

На другом конце молчание. Фоном идет множество голосов, музыка, какие-то электронные звуки. Там тоже казино. В Атлантик-Сити? Он задерживает дыхание, прислушивается.

Наконец раздается голос.

— Вряд ли она сегодня появится, — говорит этот голос. — Думаю, в прошлый раз ты ее напугал.

В первый момент Кёртис принимает говорящего за Альбедо. Однако это не Альбедо. Тембр ниже, и акцент не тот: Огайо или Западная Пенсильвания, никак не Аппалачи.

— Кто это? — спрашивает он.

— Человек, который тебе нужен. Как по-твоему, кто я?

— Стэнли?

Вопрос вырывается у Кёртиса непроизвольно, хотя он уже понял, что это не Стэнли. Судя по голосу, тот значительно моложе, белый и, возможно, невелик ростом. Присвистывает на звуке «с». Кёртис пытается разобрать другие шумы в трубке, которые могут подсказать его местонахождение.

— Только избавь меня от этой хрени со Стэнли, о'кей? — говорит голос. — Я тот человек, который тебе нужен *по-настоящему*.

— Откуда ты знаешь мой номер?

— Ты что, придуриваешься, Кёртис? Сам же раздал свой номер всем барменам и дилерам на Стрипе.

Стало быть, этот субъект находится в Вегасе. Кёртис начинает прокручивать в голове все казино, в которых был вчера, пытаясь найти сходство с посторонними шумами в трубке. С ходу не получается. Ему нужно выгадать больше времени.

— Чего ты хочешь? — спрашивает Кёртис.

Голос на том конце напряжен, как сжатая пружина или готовая к броску змея; чувствуется, что ему непросто выдерживать спокойный тон.

— Чего я действительно хочу, так это встретиться с Вероникой, — говорит он. — Но похоже, сегодня не получится. И все из-за тебя.

В нескольких футах от Кёртиса худая латиноамериканка средних лет срывает джекпот в автомате и, выпучив глаза, начинает скакать с воплями: «Есть! Есть! Ура!» Кёртис морщится и плотнее вгоняет палец в левое ухо, но тут вдруг осознает, что слышит ее крик также и в трубке. Он резко поворачивается на стуле и обводит взглядом огромный зал.

На том конце раздается легкий, едва слышный вздох.

— Что ж, хоть *кому-то* этой ночью свезло, — говорит субъект ровным голосом.

Канареечный присвист на слове «свезло» звучит очень отчетливо. Кёртис поднимается со стула, стараясь двигаться спокойно и осторожно. Оставляет в автомате пять так и не разыгранных долларов. Вроде бы никто не смотрит в его сторону. Надо подтолкнуть оппонента к продолжению разговора.

— Кончай дурью маяться, — говорит Кёртис. — Где ты сейчас находишься?

Сухой смешок в трубке.

— А где твоя куртка, Кёртис? — спрашивает он. — Что, решил выйти на прогулку без ствола? Возможно, это неплохая идея. Веронике не очень-то глянулся твой прикид прошлой ночью, так ведь?

В начале разговора Кёртис сидел спиной к «зоне высоких процентов». Сейчас на входе туда никто не стоит, но этот тип может прятаться в глубине. Кёртис направляется туда, попутно вглядываясь во все лица и забирая правее круглого бара.

— Все верно, приятель, — говорит он. — Я оставил куртку в номере. Так что выходи без опаски. Давай спокойно потолкуем.

Кёртис достигает зоны, пару секунд ее осматривает — людей там немного — и возвращается в главный зал, пытаясь поймать встречный взгляд или заметить какое-то необычное движение. Слой за слоем проверяет и отсеивает детали происходящего на все большем удалении от него.

— Такие вот дела, Кёртис, — говорит голос в трубке. — Ты никак не можешь меня вычислить. Пока что не можешь. Но ведь мы сейчас общаемся, разве тебе этого недостаточно?

Сквозь присвист в слове «сейчас» слышится запись вопящей в унисон толпы: «КОЛЕСО! ФОРТУНЫ!» При этом звук слабеет ближе к концу. Субъект где-то рядом с игровыми автоматами, и он находится в движении.

Кёртис резко сворачивает влево и оказывается на пути официантки с коктейлями, как раз попавшей в его слепую зону. Она тормозит, а его выставленный локоть пролетает лишь в паре дюймов от ее лица и сбивает с подноса три бокала: два клубничных «дайкири» и одну «отвертку». Все это падает ему на ботинки. Официантка проглатывает ругательство, вновь рисует на лице улыбку и цедит извинения сквозь стиснутые зубы. Еще одна официантка и два уборщика уже спешат к ней на помощь.

— Моя вина, моя вина, — бормочет Кёртис и делает шаг в сторону.

Телефон над ним издевается:

— Ты там полегче на поворотах!

Кёртис надеялся, что его неожиданный маневр спугнет оппонента, заставит его сменить позицию, но никакого движения возле автоматов не заметно. К ним приближается сотрудник казино в строгом костюме, озабоченный и рассерженный, но, прежде чем он успевает открыть рот, Кёртис поспешно говорит:

— Все в порядке, это моя вина. Извините, но сейчас я должен ответить на звонок.

— Послушай, — говорит голос в трубке, — я вижу, что застал тебя в неудачное время. Сейчас я отключусь, но перед тем хочу попросить тебя об услуге. Ты не передашь от меня весточку Деймону? Эй, Кёртис? Алло?

Кёртис извиняющимся жестом поднимает ладонь перед лицом сотрудника и поворачивается к автоматам.

— Да, я слушаю, — говорит он.

— Будь добр, передай Деймону — ты внимательно слушаешь? — передай ему, что я знаю о случившемся в Атлантик-Сити. Я знаю, что случилось и почему это случилось, и я до сих пор держал рот на замке. Скажи своему боссу, что я профессионал, что я готов заключить сделку, но только на моих условиях и только с надежными гарантиями моей безопасности. Ты сможешь все это запомнить?

— Из какого боевика ты поднабрался этой фигни? — спрашивает Кёртис. — Сдается мне, я тоже его смотрел.

Теперь он продвигается между рядами слот-машин. Троица японок играет в «Беверли хиллбиллиз». Толстяк орет на свою жену — непонятно что, поскольку его рот набит буррито. Беременная молодая женщина в майке с эмблемой «Эйзенхауэр лайонз» в одиночестве терзает «24 карата». Ни у кого из присутствующих движения губ не синхронизируются с голосом в телефоне.

Между тем в этом голосе все явственнее слышится раздражение.

— Я скоро с тобой свяжусь, — говорит он, — и сообщу мои условия. А до того времени завянь и не рыпайся. Держись от меня подальше. Ты можешь втирать очки Стэнли, Веронике и Уолтеру Кагами, но я-то знаю твою игру, и со мной это не пройдет. Передай Деймону...

В самом конце ряда автоматов, шагах в тридцати, спиной к Кёртису стоит низенький пухлый блондин в бейсболке и майке «Миража». Он вроде как читает путеводитель, но короткий отблеск от люстры выдает наличие вложенного в брошюру зеркальца размером примерно четыре на шесть дюймов. Кёртис на мгновение замирает, а потом опускает руку с телефоном и делает пару быстрых шагов в том направлении — но парень уже исчез.

В зале полно народу, а Кёртис не в лучшей физической форме. Продвижение через толпу кажется бесконечным. Он успевает на миг заметить парня уже в самом углу, но из того угла есть несколько выходов. Кёртис не видел его входящим в лифт или в китайский ресторан; так что, скорее всего, он заскочил в букмекерскую контору. Быстро взглянув налево и направо, Кёртис направляется туда же.

Здесь гораздо темнее, чем в главном зале: основными источниками света являются десятки мерцающих мониторов, и Кёртису требуется несколько секунд, чтобы привыкнуть к полумраку. Группа австралийцев смотрит футбольный матч, а большинство остальных экранов занято студенческим баскетболом. В самом дальнем углу Кёртис замечает на одном экране карту Ирака.

Он озирается в поисках бейсболки, а затем, не увидев ее, начинает высматривать светлые волосы и майку «Миража». Замечает козырек, торчащий из мусорной корзины. Он достает его и обнаруживает искомое кепи с пришпиленным к нему блондинистым париком. В следующий миг происходит движение слева от него: кто-то направляется к выходу.

Парень оказывается шустрым. Кёртис успевает лишь мельком его увидеть до поворота — теперь он уже темноволос, а майка скрыта под толстовкой с капюшоном. Когда Кёртису кажется, что он его вот-вот настигнет, тот вновь куда-то исчезает. Запыхавшийся Кёртис огибает следующий угол почти сразу за ним и ныряет в первую же дверь слева.

Это небольшое кафе, но людей в нем полно. Оркестр играет сальсу, мигают и кружатся разноцветные огни, белая по преимуществу публика пританцовывает с бездумными ухмылками на лицах. И Кёртис понимает, что проиграл. Неизвестно, сколько еще запасной одежды есть у этого парня. Надо было хотя бы присмотреться к его обуви. Какое-то время Кёртис стоит у дверей, переводя дыхание и ощущая холодную липкую сырость в левом ботинке, на который вылились напитки из бокалов. Затем возвращается в зал казино и набирает номер, с которого ему звонил парень.

Никакого ответа, и голосовая почта не срабатывает. После пяти безуспешных попыток Кёртис сдается, но все же сохраняет номер в памяти телефона, на всякий случай. Кончик пальца давит маленькие кнопки, набирая имя контакта, и на дисплее появляется слово «Свистун».

На обратном пути к лифтам он звонит Деймону. Как и прежде, тот не отвечает, и Кёртис начинает говорить после сигнала.

— Деймон, это я. Ты должен мне кое-что объяснить. Только что у меня вышел гнилой треп по телефону с каким-то мелким паразитом, который здесь, в Вегасе, набрал меня с кода шестьсот девять. Он просил передать тебе, что он знает правду о случившемся в Атлантик-Сити и хочет от тебя гарантии безопасности при встрече. А лично меня это все уже достало, потому что я ни хера не врубаюсь, кто такой этот паразит и что вообще творится с этим заданием. Ты понял, о чем я? Хватит уже пудрить мне мозги, мудила чертов! Ты должен со мной связаться — по телефону, а не через этот сраный факс! — и выложить все как есть. До той поры я и пальцем не шевельну по твоим делам начиная с этой самой минуты. Буду валяться в шезлонге у бассейна и транжирить твои дурные баксы. Ты меня слышишь? Ты должен быть со мной откровенным, старик. Потому что я сыт по горло. Пока.

Отперев дверь, Кёртис входит в свой номер. Под ногой бумажный шорох — что-то прилипло к влажной подошве его ботинка. Он поднимает с пола сложенный бланк отеля, попутно уловив запахи рома и апельсинового сока, и разворачивает его.

> Нужно поговорить
> Я наверху в номере 3113
> приходи сегодня после 11:30
> **ВЕРОНИКА**

Сейчас уже почти двенадцать. Кёртис делает шаг обратно к двери, но затем останавливается. И неожиданно чувствует себя почти счастливым. Чувствует себя в норме. Дело начало сдвигаться с мертвой точки.

Не включая свет в номере, он идет к сейфу, достает револьвер, проверяет барабан — пять латунных шляпок гильз аккуратно расположились по кругу — и закрепляет кобуру на поясе. Его кожаная куртка висит на стуле у окна. Надев ее, Кёртис оправляет нижний край и полы, чтобы надежнее скрыть оружие, и для проверки осматривает себя в настенном зеркале.

А из зеркала на него смотрит вторая пара глаз. Черных глаз на восково-бледном лице.

Рефлекторным движением он выхватывает револьвер, но в силу того же рефлекса целится в зеркальное отражение. Затем, чертыхнувшись, разворачивается. Одновременно фантом в зеркале искажается, перекашивается — как изображение на телеэкране, когда к нему подносят магнит, — и исчезает из виду. Кёртису становится нехорошо, возникает уже знакомое ощущение потери контроля над собственным телом: он стоит в полуприседе с дико выпученными глазами, попеременно направляя ствол в темные углы комнаты, хотя ясно понимает, что там никого нет. Просто его глаза — или его мозги — сыграли с ним дурную шутку.

Он распрямляется и прячет оружие в кобуру. Руки и нижняя челюсть чуть подрагивают из-за выброса адреналина; он прочищает горло и встряхивает головой, хмуро глядя на свое одинокое отражение в зеркале. Подобное случалось с ним и раньше, хотя эти приступы не были затяжными. Когда Кёртис в первый раз вернулся с Аравийского полуострова, призраки виделись ему часто: мертвые лица, мертвые тела или части тел — то, что оставалось от вражеских солдат после обработки их позиций «косилками маргариток» и бомбами объемного взрыва. В Кувейте мертвецы были просто раздражающим фактором — смотри внимательно под ноги, чтобы на них не наступить! — но по приезде домой они начали его прямо-таки преследовать: обугленные черепа, торчащие из окон машин, неестественно изогнутые руки и тому подобные видения терзали его на протяжении многих ночей, пока однажды это не прекратилось. А теперь, похоже, видения возвращаются, и по большому счету это его не удивляет. В последние дни многое стало возвращаться из прошлого.

Однако вот что странно: увиденное им в зеркале лицо не походило на воспоминание из пустыни. Да, это было несомненно мертвое лицо, и оно тоже показалось ему знакомым, но это лицо не ассоциировалось ни с одним из полей сражений, на которых ему довелось побывать. Более всего оно напоминало лицо Стэнли.

Кёртис не знает, что с этим делать; он даже думать об этом не хочет. Он снова прочищает горло, трет ладонями лицо. Он сам себе противен. А наверху его ждет Вероника.

Перед выходом он задерживается, чтобы включить свет и убедиться, что комната действительно пуста. Так оно и есть, разумеется. Бессмысленная попытка. Взгляд Кёртиса скользит по мозаичному полу, гардеробу из красного дерева, ажурной перегородке, столам и диванам, затем добирается до окон, отражение в которых позволяет ему разглядеть те части комнаты, которые не видны с его нынешней позиции: кровать, дверь в туалет, его собственную короткую тень в прихожей. Все в лучшем виде. Этот показной лоск напоминает ему об официантке, принимавшей его заказ в казино, а также о некоторых медсестрах в госпитале, которые настолько поднаторели в своем деле, что их обходительность становится ширмой, успешно скрывающей безразличие. Комната прекрасно обставлена, но не уютна. Она не может быть чьим-то домом.

На мгновение — только на одно мгновение — Кёртис со страхом представляет свою смерть в таком месте.

Комната как будто ждет, чтобы он поскорее ушел, что он и делает. Напоследок щелкает выключателем, и тьма смыкается за его спиной.

13

По расположению номеров на своем этаже Кёртис прикидывает, как будет удобнее добраться до Вероники, и сразу направляется к лестничной клетке в противоположном конце здания.

Четыре пролета. Он преодолевает их без спешки. Дверь открывается в коридор, идентичный только что им покинутому. Он медленно проходит мимо лифтов, ведя обратный отсчет номерам и внимательно прислушиваясь. Никаких звуков, кроме слабого гудения вентиляции. Не успевает он подумать, что все обитатели этажа сейчас проводят время в казино внизу, как впереди распахивается дверь, и в коридор выходят две женщины в меховых шубах до пят. Они прощаются с кем-то в комнате, им отвечает мужской голос, и дверь закрывается. На руках женщин ярко-красные перчатки из латекса; одна из них несет черный портфель-дипломат. Они лучезарно улыбаются Кёртису и, поздоровавшись, проходят мимо.

Добравшись до номера 3113, Кёртис задерживается перед дверью. За изгибом коридора негромко звякает лифт, прибывший по вызову тех самых женщин. Кёртис отходит от двери и старается расслышать какие-нибудь звуки в номерах слева, справа и напротив через коридор. В потолке над его головой стихает шум вентиляции. Чуть погодя она включается снова.

Кёртис стучит в дверь. Крошечная точка света в выпуклом дверном глазке гаснет. Потом дверь со щелчком открывается.

Лицо Вероники скрыто разукрашенной золотистой маской в виде кошачьей морды. Кёртис вздрагивает от неожиданности. Она смеется над ним — короткий нервный смешок — и отступает вглубь комнаты. Вычурная маска плохо гармонирует с ее босыми ногами, потертыми джинсами и мешковатым свитером.

— Привет, Кёртис, — говорит она. — Что-то ты нынче задерганный, а?

— Не ожидал увидеть маску.

— Извини, что напугала. Входи. И дверь запереть не забудь, о'кей?

Кёртис поворачивается и нажимает на дверную ручку, начиная предчувствовать подвох, но уже поздно: сзади слышится шорох, затем быстрый лязг передергиваемого затвора, и ему в шею чуть ниже уха упирается ствол пистолета. Надо признать, сработано быстро и четко.

— Подними руки, — говорит она. — Ноги шире плеч. Носки в стороны. Ну же! Теперь наклонись вперед и упрись руками в дверь. Выше руки! И не вздумай рыпаться.

Чувствуя, как сжимается мочевой пузырь и несколько горячих капель уже скользят по бедру, Кёртис всеми силами старается удержать внутри остальное. Такое случалось всякий раз, когда в него стреляли или готовились выстрелить; потом его мучил стыд при воспоминании о своих мокрых ляжках и темном пятне на штанах. Но сейчас, как ни странно, этот казус его почти успокаивает, напоминая, что он уже не раз через такое проходил.

— Кёртис, ты еще здесь? — спрашивает Вероника. — Или уходишь в аут?

Кёртис делает глубокий вдох.

— Мне уже лучше, — говорит он.

— Я не хочу тебя убивать. Сейчас я тебя обыщу. Замри и не двигайся.

Он опасается, что Вероника начнет обыск, не убирая взведенного оружия от его шеи, но она действует грамотно: ствол исчезает и, судя по звуку, перемещается за пояс ее джинсов. Потом она проводит руками вниз от его подмышек, достает револьвер из кобуры, кладет его на пол и толчком ноги отправляет куда-то к центру комнаты. Далее следует проверка всех карманов, каждый из которых она теребит и мнет снаружи, прежде чем засунуть в него руку. Вытащив снаряженный спидлоадер из куртки и бумажник из кармана джинсов, отправляет эти находки вслед за револьвером. Потом ощупывает паховую область, бедра и лодыжки. Все эти манипуляции она проделывает, не снимая золотой кошачьей маски.

Потом она отходит от Кёртиса и собирает с пола его вещи, а он остается стоять у двери в прежней позе. Больше всего ему сейчас хочется распахнуть эту дверь и умчаться по коридору прочь отсюда.

— Эй, там! — зовет он. — Закончила с обыском?

— Да. — Ее голос звучит приглушеннее из глубины комнаты. — Извини за меры предосторожности. Заходи и чувствуй себя как дома.

Оттолкнувшись от двери, он принимает вертикальное положение, оправляет одежду и поворачивается. Прямо над его головой горит лампочка; настольная лампа также направлена в его сторону, а часть комнаты позади нее теряется в тени.

Кёртис осторожно шагает вперед. Номер Вероники во многом похож на его собственный — может, чуть попросторнее, с двумя кроватями вместо одной двуспальной. Зато вид из окон Кёртиса лучше. Дверца платяного шкафа распахнута, внутри пусто. И чемоданов нигде не видно.

Вероника сидит на диване в полутьме; на столике перед ней лежат его разряженный револьвер, спидлоадер и пять запасных патронов россыпью. Ее пистолет — компактный «SIG», который можно спрятать в дамской сумочке, — пристроен на подушке у нее под рукой.

Кёртис останавливается. Ее маска поблескивает в слабом свете: золотая краска, стразы, кисточки из павлиньих перьев на кончиках ушей. Она роется в его бумажнике, поочередно рассматривая ветеранское удостоверение, медицинскую карточку военнослужащего, пенсильванские водительские права и разрешение на скрытное ношение оружия.

— Я полагала, ты женат, — говорит она.

— Так и есть. Я женат.

Она закрывает бумажник и протягивает его Кёртису. Ее глаза, едва различимые в прорезях маски, смотрят ему в лицо, а затем на его левую руку.

— А кольца-то нет, — говорит она. — Что происходит в Вегасе, то здесь и остается, верно, ковбой?

Кёртис не отвечает и не двигается.

— Да ладно тебе, Кёртис, — говорит Вероника. — Не корчи из себя обиженного. Как, по-твоему, я должна была поступить?

Кёртис делает пару шагов и забирает свой бумажник.

— В другой раз, прежде чем лапать снаружи карманы, спроси у задержанных, нет ли там иголок или других острых предметов, — говорит он.

— Это очень полезный совет. Благодарю. Знаешь, я, вообще-то, собиралась потолковать о Стэнли и Деймоне, но, если вместо этого ты хочешь поделится опытом арестов и обысков, я только за. Готова конспектировать.

Кёртис опускается в кресло и, взглянув на нее, покачивает перед глазами пальцем на манер стеклоочистителя.

— Ты не могла бы это снять? — спрашивает он.

Она тянется через голову и распускает черную ленточку у себя на затылке. Маска падает к ней на колени. Выглядит она как выжатый лимон. Кёртис вспоминает, как однажды близ сербской границы остановил грузовик с беженцами-цыганами, которые перед тем много недель не высыпались, то и дело попадали под обстрелы с разных сторон, прятались в заброшенных амбарах, при возможности воровали бензин и передвигались ночами, сами не зная, куда направляются. Вероника пока еще не в столь плохой кондиции, но все идет к тому.

— Стэнли купил это для меня в Новом Орлеане на прошлой неделе, — говорит она. — Это *gatto*[1], карнавальная маска. Мы были там на Марди-Гра.

— А я слышал, что вы провели Марди-Гра в Атлантик-Сити.

Она смотрит на него невозмутимо.

— Там мы были накануне, в пятницу и субботу, — говорит она, — а Лунди-Гра и Марди-Гра провели в Новом Орлеане. Стэнли очень расстроился из-за того, что мы пропустили «парад Тота». Но что поделаешь, надо ведь когда-то и на жизнь зарабатывать, ты согласен?

Вероника обматывает ленту вокруг маски, закрывая глазные отверстия, и потом левой рукой кладет ее на столик (при этом правая рука находится рядом с пистолетом). К тому времени глаза Кёртиса уже привыкли к полумраку, и он различает здесь еще два предмета: полупустой бокал и тонкую коричневую книж-

---

[1] Кот *(ит.)*.

ку. Эта книжка кажется ему знакомой, и он пытается вспомнить, где ее раньше видел.

— У меня предложение, — говорит Вероника. — Может, прекратим страдать фигней и ты просто скажешь мне, чего хочет Деймон?

Кёртис поднимает взгляд от стола.

— Насколько знаю, — говорит он, — все обстоит так, как я сказал тебе в прошлый раз. Деймон просто хочет связаться со Стэнли...

— Нет-нет. Только не начинай сначала эту убогую песню про долг и расписку. Это, в конце концов, оскорбительно. Давай ближе к делу. Что предлагает Деймон?

Кёртис качает головой:

— Я и не думал тебя оскорблять. Но я не могу решать дела за Деймона. Он прислал меня сюда не для переговоров. Я всего лишь передал его просьбу.

— Я этому не верю, — говорит она, наклоняется над столиком и, морща лоб, всматривается в его лицо так внимательно, словно собирается снять с его щеки выпавшую ресничку.

— Черт, да ты и впрямь на полном серьезе, — говорит она. — Ты находишься здесь потому, что Стэнли не заплатил по расписке. Это все, что тебе сказал Деймон.

— Не совсем. Он еще рассказал мне о счетчиках карт, которые грабанули «Точку».

— И еще он сказал тебе, что команду счетчиков собрал Стэнли, да?

— Нет, этого он мне не говорил. А их в самом деле собрал Стэнли?

Вероника игнорирует этот вопрос и откидывается на спинку дивана.

— Как по-твоему, ты единственный, кого Деймон отправил в Вегас?

— В этом я не уверен. Но о других посланцах ничего не знаю.

Кёртис рассматривает тусклый прямоугольник книги на полированном дереве столешницы.

— Тебя ищет кое-кто еще, — говорит он. — Только Деймон его сюда не посылал.

Вероника застывает в напряженной позе:

— Вот как? Расскажи подробнее.

— Я говорил с ним около часа назад. Небольшого роста. Щель между передними зубами.

— Белый?

— Не могу сказать наверняка. Не успел как следует разглядеть.

— Ты заметил щель между зубами, но не заметил цвет его кожи?

— Мы общались по телефону. Он присвистывает при разговоре.

— Недурно! — говорит она, поднимая бровь. — А ты сообразителен. Я впечатлена.

— Я был в казино, когда он позвонил. И он был там же. Он меня видел, а я его нет. То есть сначала. А когда я его засек, он дал деру.

— Охренительная история. Просто прелесть, прямо в духе Фуко.

— А это еще кто?

— Фуко? Он был французским философом. С виду вылитый Телли Савалас.

Она берет со столика бокал и допивает остатки. На сей раз правой рукой. Кёртис переводит дух. Видя, что Вероника впала в глубокую задумчивость, он ее не отвлекает. Взгляд его снова задерживается на книге. Эта книга не дает ему покоя, как знакомая песня, слова которой никак не удается вспомнить.

— Это какая-то шантрапа, — наконец подает голос Вероника. — У меня нет повода для беспокойства.

— Ты в этом уверена? Он ведь не случайно появился в этом казино. Он знал, где тебя искать.

— Но ведь не нашел, верно? Кстати, как и ты.

Она улыбается своим мыслям, глядя в пространство. Начинает покачиваться вперед-назад — должно быть, чтобы не задремать.

— Согласен, — говорит Кёртис. — Но тут вот какая штука. Большинство знакомых мне людей почему-то не имеют привычки открывать свою дверь с пушкой на изготовку, если только у них нет серьезных причин для тревоги.

— Очередной образчик народной мудрости из твоих уст, Кёртис. Тебе стоит вышить это крестиком на своей подушке.

— Такое чувство, будто мне не сочли нужным сообщить истинную суть дела. Это должно быть нечто посущественнее счета карт и долговых расписок. Если ты понимаешь, о чем я.

— О, я-то отлично понимаю, — говорит она. — А вот ты, со своей стороны, явно без понятия, во что вляпался. Я бы скорее купилась на твой мисс-марпловский треп, если бы не обнаружила короткоствол у тебя под курткой. А за ответами обращайся к своему дружку Деймону. У меня нет желания раскладывать перед тобой по полочкам все это дерьмо.

Теперь взгляд Вероники блуждает по комнате, при этом не задерживаясь на Кёртисе, и он понимает, что настал удобный момент, чтобы вызвать ее на откровенность. Уже довольно долго она остается одна, и ее это тяготит. Похоже, она созрела для беседы по душам хоть с кем-нибудь.

— Стало быть, — говорит он, — как я понял из твоих слов, Стэнли не занимал никаких денег в «Точке»?

— Ничего такого я не говорила. Но ты сам пораскинь мозгами, Кёртис. С чего бы это Стэнли обращаться за поручительством к Деймону?

Кёртис пожимает плечами:

— А с чего люди вообще берут деньги в долг? Сегодня я обедал с Уолтером Кагами, и он сказал, что в последнее время у Стэнли шла черная полоса. Он много просадил за игорными столами.

Вероника смеется.

— Ох уж этот Уолтер! — фыркает она. — Вот что я скажу тебе, Кёртис. Уолтер Кагами — очень милый человек, но он частенько несет дикий вздор.

— То есть Стэнли не нуждался в деньгах?

Она смотрит на него так, словно не может решить, кто перед ней: редкостный хитрец или редкостный болван.

— Скажи мне, Кёртис, насколько хорошо ты знаешь Стэнли Гласса?

Вопрос ставит его в тупик. Сформулировать четкий ответ не получается.

— Стэнли мне как родной, — говорит он. — Он старейший друг моего отца. Моя мама умерла, когда я был еще маленьким. А отец увяз в своих проблемах. И тогда мне помог Стэнли. Он разыскал родственников мамы, и они приняли меня в свою семью. А он помогал деньгами, да и не только деньгами. Я ему многим обязан.

— Значит, он для тебя скорее член семьи, чем друг.

— Я считаю его своим другом.

— Но ты не знаешь его как профессионала.

— Нет, — говорит Кёртис. — В этом качестве не знаю.

С минуту она сидит молча, что-то обдумывая.

— Это ведь ты познакомил его с Деймоном Блэкберном? — спрашивает она.

Кёртис кивает. Вероника смотрит на него, и лицо ее каменеет, словно она надела еще одну маску. Затем она берет с подушки пистолет.

Кёртис переносит вес тела на носки, готовясь опрокинуть кресло и прыгнуть в сторону, однако ствол пистолета направляется в потолок. Вероника вынимает обойму и кладет ее на стол рядом с лампой, потом извлекает патрон из патронника и кладет его туда же.

— Ты, наверное, считаешь Стэнли профессиональным игроком, — говорит она. — Но это неверно. Азартные игры — это не профессия Стэнли. Это способ его существования в нашем мире. Ты меня понимаешь?

— Как-то не очень.

Она откидывается на диванную спинку и садится по-турецки. Ногти на ее ногах покрашены в розовый цвет — и, похоже, совсем недавно.

— Ты в курсе, что он не считает карты? — спрашивает она.

— Не понял, повтори.

— Стэнли *никогда* не считает карты. Ты этого не знал? Ты вообще представляешь себе, что такое подсчет карт?

— В общих чертах — да.

— Не так давно мы со Стэнли работали в «Фоксвудзе», — продолжает она. — Я дала ему наводку на стол, который начал разогреваться. Когда я вернулась туда через двадцать минут, перед ним возвышалась целая гора фишек. Он полностью держал игру под контролем, не проиграв ни одной ставки. Менеджер уже собрался вмешаться, но Стэнли был начеку, быстро поменял мелкие фишки на крупные, и мы слиняли. Чуть погодя я спросила, какие карты оставались в колоде на момент его ухода, но он не смог мне ответить. Мое недоумение его развеселило. Представь себе, он вообще не напрягает мозги за игорным столом, он просто чувствует игру, и это для него естественно. Человек закончил всего пять классов средней школы и больше нигде не учился. Теория вероятностей для него темный лес. Он в нее даже и не верит.

— Не верит во что?

— В теорию вероятностей.

Она тянется к столику, берет бокал и замечает, что тот пуст. Смотрит на бокал озадаченно, как будто не понимая, как такое могло получиться.

— Выпьешь? — спрашивает она.

— Нет, спасибо.

— Тогда, может, плеснешь мне? Я бы сделала это сама, но все еще боюсь, что ты начнешь стрелять, стоит лишь отвернуться.

Взяв ее бокал, Кёртис направляется к мини-бару, на полке рядом с которым стоит початая бутылка бурбона, и наливает на два пальца. Потом снимает обертку с нового бокала и наливает себе.

— С точки зрения Стэнли, — говорит Вероника, — денежный выигрыш — это наименее интересное из того, что можно получить за карточным столом. Играть, не имея другой цели, кроме обогащения, — это все равно что...

Она принимает бокал от Кёртиса.

— ...все равно что использовать телефонный справочник только для сушки гербария. Или использовать англо-латинский словарь для перевода с латыни на английский.

— Секунду. Повтори-ка еще раз.

— Ладно, забудь. Неудачный пример. Здесь больше подходит сравнение с четырехкратным видением Уильяма Блейка. «Храни нас, Бог, от виденья единого и Ньютонова сна!» Улавливаешь?

— Я в этом ни черта не смыслю, — говорит Кёртис.

— О'кей. А ты что-нибудь смыслишь в таких вещах, как сфирот или гематрия?

Кёртис отвечает ей непонимающим взглядом.

— А как насчет каббалы?

— Только то, что слышал об этом от Мадонны. Меня мало трогают подобные вещи.

Вероника корчит гримасу и отхлебывает из бокала.

— Это какое-то еврейское учение, да? — спрашивает Кёртис. — Мистика всякая?

— Изначально еврейское. И главным образом еврейское. Хотя гои активно подключаются к этому делу по меньшей мере с пятнадцатого века. И прежде всего мистическое, верно, но в то же время это и система практической магии. Вот что особенно интересовало Стэнли.

— Говоря о практической магии, ты ведь не имеешь в виду Зигфрида и Роя?

— Нет, конечно же. Я говорю о практике использования талисманов, формул и заклинаний для вызова ангельских и демонических существ, чтобы они исполняли твои желания.

Кёртис растерянно моргает.

— Похоже, ты надо мной прикалываешься, — говорит он.

— И вовсе не прикалываюсь. По-твоему, Стэнли тоже приколист? Вопрос на хренову кучу баксов.

Кёртис не знает, что на это сказать. Он ставит на столик свой бокал. Потом берет в руки книгу — карманного формата, в мягкой обложке, с прошитым корешком. На ощупь сильно истертая обложка напоминает тонкую кожу или старую долларовую купюру. При первом же прикосновении к ней Кёртис каким-то образом понимает, что эта книга ранее принадлежала Стэнли. Она оказывается более плотной и увесистой, чем можно было ожидать по ее виду. Кёртис на секунду слегка ослабляет хватку и чувствует, как книга соскальзывает вниз между пальцами.

— Уолтер обеспокоен, — говорит Кёртис. — Он думает, что Стэнли тронулся умом. А ты утверждаешь, что он на старости лет ударился в религию?

— Многие люди в старости обращаются к религии и начинают посещать церковь, вместо того чтобы делать ставки в казино. Но со Стэнли все обстоит намного сложнее.

Вероника не отрывает взгляда от книги в руках Кёртиса. Возможно, ей это не нравится, но вместе с книгой он завладел и ее вниманием.

— Может быть, Уолтер и прав, — говорит она. — Может, Стэнли следует посадить под замок. Пусть себе играет в криббедж в каком-нибудь тихом уютном месте. Может, для него это будет самым лучшим исходом.

— И с каких пор он увлекся всем этим: магией, каббалистикой?

Вероника слабо улыбается:

— Вообще-то, слово «увлекся» применительно к Стэнли здесь не вполне уместно. Вот я этим действительно увлекаюсь. И я воспользовалась своими знаниями, чтобы лучше узнать Стэнли. Собственно, на этой почве мы с ним и сошлись. Он часто играл за моим столом, когда я работала крупье в «Рио». Однажды мы с ним разговорились. И тогда выяснилось, что его очень интересует развитие традиций герметической и каббалистической магии в философии Нового времени, уже после Пико. А я хотела знать, как с помощью игорной индустрии быстрее погасить мои студенческие кредиты. Так что мы оказались полезны друг другу и с той самой поры сделались друзьями — прямо не разлей вода. Однако Стэнли никогда не зацикливался на теоретических деталях. Он не намерен создавать свою систему или применять кем-то созданную. Плевать он хотел на гематрию как таковую. Его интересует только результат, чего можно добиться с ее помощью.

— И чего можно добиться с такой помощью?

— Считается, что с помощью гематрии можно выявлять скрытые послания, восходящие аж к Сотворению мира, и в конечном счете узнать тайные имена Бога. А если учесть, что Бог создал вселенную, произнеся ее имя, то знание этих имен теоретически дает прямой доступ к божественной сущности, а также возможность свободно перемещаться в пространстве и времени. Что может быть очень кстати, если, например, к тебе нагрянули гости из другого города и надо срочно раздобыть десятка два билетов на «Цирк дю Солей».

— А ты сама веришь в эту хренотень?

— Нет, конечно, — говорит Вероника. — Но мне интересно наблюдать за людьми, в это верящими. В пору студенчества я полагала, что все такие люди исчезли с лица планеты вскоре после тысяча шестьсот четырнадцатого года, когда Исаак Казобон уточнил время написания «Герметического корпуса». И потом вдруг оказалось, что я мотаюсь по американским казино в обществе одного из них.

Она делает еще глоток из бокала, следя за руками Кёртиса. Точнее, за книгой в его руках. Кофейного цвета обложка при слабом свете кажется лишенной всяких надписей, но на ощупь Кёртис чувствует рельеф букв на толстой бумаге. Он подносит книгу к лампе и пытается разобрать эти буквы.

Надпись гласит: «ЗЕРКАЛЬНЫЙ ВОР». В свое время тиснение было заполнено серебристой краской, остатки которой — блестящие точки по краям букв — можно заметить и сейчас, взглянув на книгу под углом. Кёртис тут же вспоминает (или воображает) эту серебристую пыльцу на руках Стэнли в полутьме прокуренного клуба где-то в Челси, или в Бенсонхерсте, или в Джексон-Хайтс. При этом Стэнли смеется, снимая колоду.

— Ты знаешь, что это за книга? — спрашивает Вероника.

— Я видел ее раньше.

— Это любимая книга Стэнли. Она у него с самого детства. В последние несколько месяцев он постоянно ее перечитывал.

— Странно, что он не прихватил ее с собой.

— Да, это в самом деле странно.

Кёртис открывает книгу и видит на первой странице надпись от руки выцветшими синими чернилами. Неровный старомодный почерк.

Стэнли!
Запомни это навсегда:
«Естество содержит в себе Естество, Естество овладевает Естеством, Естество ликует при встрече со своим Естеством и обращается в иные естества. И в других случаях все подобное радуется своему подобию, ибо уподобление есть причина дружества, и в этом сокрыта великая тайна многих философов».
Наилучшие пожелания собрату-безумцу! Да приведет тебя фортуна к твоему собственному opus magnum.

Удачи,
Эдриан Уэллс
6 марта 1958 г.

— Стэнли был знаком с автором?
— Да, но не знаю, насколько близко. Он отыскал Уэллса, когда жил в Калифорнии. Стэнли тебе не рассказывал эту историю?

Кёртис открывает следующую страницу. *«Прочь, когтеруких клеймителей злобная свора!»* — так начинается текст.

> ...Прочь, беспощадные твари, торговцы забвеньем,
> что отсекают причину от следствия, прочь!
> Скройтесь в унылой глуши таксономий и онтологий,
> самодовольно вращая мирские колеса Фортуны!
> Некому будет вкусить желчь ваших жалких потуг;
> мрачной тоски каталогов не возжелает никто.
> Взоры критичные долу! Ибо отважный Гривано,
> прозванный Вором Зеркальным, травит живым серебром
> ваши дремучие камни, темное бремя неся
> сквозь пелену облаков и липовый запах ночей.
>
> Не расставляйте силки из связующих нитей рутины!
> Не отвлекайте его грохотом счетных костей!
> Дайте свободный проход, повелители куцых гномонов
> (вы полируете золото, чтоб серебро посрамить),
> ибо сокровище тайное в его заплечном мешке —
> не что иное, как наипервейший рефлектор,
> диск равнополой Луны!
>   Пусть он идет без помех,
> разве что плач погребальный
>   вы издадите сквозь сон
>   в темной своей пустоте,
>   что лишена сновидений.

— Что за бредятина? — удивленно бормочет Кёртис.
— Эдриан Уэллс, — говорит Вероника скучным голосом, как будто произносила или слышала это уже невесть сколько раз, — был поэтом, публиковавшимся в пятидесятых — начале шестидесятых. Вращался в среде лос-анджелесских битников.

Кёртис бегло перелистывает страницы; где-то стихи выстроились четкими столбцами, а где-то они разбросаны так и сяк по желтоватой бумаге. Ближе к концу ему в глаза бросается одна фраза — *«И жатву сна снимает его флейта с клочков земли, принадлежащих мертвым»*, — которая звучит в его сознании, как бы произнесенная голосом Стэнли. Он уверен, что ранее слышал ее из уст Стэнли, но не может вспомнить, когда и при каких обстоятельствах это произошло; а еще миг спустя ниточка воспоминаний обрывается. Кёртис отлистывает страницы назад в попытке снова вытянуть из них голос Стэнли, пока не возвращается к самому началу, после чего захлопывает книгу и сжимает ее между ладоней. Гладкая обложка напоминает упругую живую кожу. Он бы, пожалуй, не слишком удивился, ощутив под ней биение пульса.

Вероника смотрит в окно. Широко раскрытые глаза блестят, как будто она уже готова заплакать или впасть в панику, однако дыхание ровное. Теперь ее ноги сложены в правильную позу лотоса; при этом она рассеянно покачивает большим пальцем левой ноги, тень которого то появляется, то исчезает на соседней подушке. Красные ногти поблескивают, как коралловые бусы.

— Если ты намерен и дальше разыскивать Стэнли — чего я тебе не советую, — эта книга вполне сгодится как отправная точка поиска.

— Выходит, этот... Уэллс — он был из битников?

— Скорее протобитник, поколением старше. Типа неудачливого попутчика, однако он дал хороший толчок их движению на ранней стадии. Можно сказать так: он присутствовал на сцене, но не в составе труппы.

Кёртис покачивает головой и прихлебывает бурбон, который начинает оказывать свое действие. Ему представляется, что только он сам, книга в его руках и глаза Вероники остаются неподвижными объектами в комнате, а все остальное плывет и кружится, как опавшие листья на поверхности пруда.

— Стэнли получил эту книгу от самого Уэллса?

Вероника закрывает глаза, и Кёртису кажется, что она задремала. А когда глаза вновь открываются, они смотрят на него в упор.

— Поверить не могу, что Стэнли не рассказывал тебе эту историю, — говорит она.

SEPARATIO
Февраль 1958 г.

Все как всегда и вместе с тем все по-другому, потому что между зеркальцем и мной было то же расстояние, та же прерванная связь, которая, как мне казалось, всегда существовала между совершенными мною вчера поступками и моим сегодняшним их восприятием.

Александр Трокки. Молодой Адам (1957)[1]

---

[1] Перевод Е. Абаджевой.

14

Низкие тучи собираются над океаном, скрывая закатное зимнее солнце, и длинные волны все агрессивнее набегают на пляж. Изредка солнце еще появляется в разрывах туч, окрашивая в розовый цвет колоннады и крылатых львов на фризе отеля «Сан-Марко».

На углу набережной и Маркет-стрит стоит игорный павильон с заколоченными окнами и выцветшими буквами «МОСТ ФОРТУНЫ» на южной стене. Здесь и расположился юнец, предлагая прохожим сыграть в свою игру. Червовый король, семерка червей и семерка бубен, каждая карта слегка перегнута пополам вдоль длинной оси — троица миниатюрных двускатных крыш, плавно скользящих по картонной коробке из-под сухих завтраков.

Теперь представим облик этого юнца, сидящего на земле под круглой аркой: низкорослый и мускулистый, лет шестнадцати, притом что коротко стриженные вьющиеся волосы уже начинают редеть. Он в голубых джинсах и новых — то есть недавно украденных — туфлях на каучуковой подошве; рукава бледно-розовой рубашки закатаны выше локтей. Потертая рабочая куртка лежит рядом, и, хотя прохладный вечерний воздух заставляет его руки покрыться гусиной кожей, юнец не спешит ее надеть. Тротуар перед ним замусорен песком, осколками оконных стекол и кусками штукатурки с павильонного фасада. Колени его упираются в криво сложенную бульварную газету «Зеркальные новости» за прошлую неделю. Видны заголовки: «Фейсал и Хуссейн провозглашают создание Арабской Федерации», «„Доджерсы" готовы к переезду в Лос-Анджелес». Бумага покоробилась от морской воды и пожелтела на солнце.

С недавних пор юнец именует себя Стэнли. В апреле прошлого года, покидая Нью-Йорк на балтиморском поезде, он взял имя Эдриан Гривано, под которым добрался до Литл-Рока, но там всего за пять часов дважды нарвался на копов и счел за благо придумать что-то новое, еще не засвеченное в полицейских протоколах. Имя Стэнли он позаимствовал из надписи на боку автобуса, стоявшего перед какой-то автомастерской. В Оклахоме и Миссури он был Эдрианом Стэнли, в Колорадо и Нью-Мексико — Стэнли Уэллсом, а в середине декабря, при въезде на территорию штата Калифорния, хотел было назваться Эдрианом Уэллсом — так некоторые пауки приманивают добычу, маскируясь под ей подобных, — но потом здраво рассудил, что это может обернуться лишними проблемами.

Большинство этих имен взяты из книги, которую он всегда носит во внутреннем кармане куртки, — книги стихов, много раз им перечитанных и уже выученных наизусть. Это очень странная книга; в ней крайне трудно найти пассажи, которые не ставили бы его в тупик. Но она открыла Стэнли одну истину, в которую он свято верит: называя любую вещь ее настоящим именем, ты обретаешь над ней власть. Так что надо быть осторожным. Свое настоящее имя он давно уже не использует и никогда не произносит вслух.

Променад заполняется людьми, покидающими пляж. В проблесках солнца мельтешение длинных теней создает калейдоскопический эффект, и кажется, что быстро перемещаемые карты сами собой танцуют в воздухе.

Но это впечатления стороннего зрителя, а не Стэнли. Он целиком сосредоточен на манипуляциях с картами, периодически шлепая ими по коробке. Память — это навык, а также привычка. Он еще слишком юн. Что он может помнить?

15

Солнце исчезает окончательно. Гряда облаков, теперь уже плотных и непроницаемых, стирает вершины гор и гасит огни Малибу на той стороне залива. Пирс с аттракционами безлюден, сейчас там идет реконструкция; зато Лоуренс Велк до отказа набивает «Арагон» своей публикой: крепыши-ротарианцы со своими женами подкатывают из Реседы или Ван-Найса и пробираются по замызганным улочкам на «империалах» и «роудмастерах», подгоняемые надеждой хоть мельком засветиться своими физиями в телеэфире. А в какой-то миле к югу отсюда толпа на набережной уже состоит из людей другого сорта — буровиков с нефтепромысла, сварщиков с авиазавода «Дугласа», рабочих с землечерпалок, углубляющих дно в новой гавани, отпускных пилотов и техников с базы «Эдвардс», — которым интересны другие развлечения.

В кармане рубашки у Стэнли несколько мятых купюр — однодолларовые плюс пара пятерок, — и он по мелочи заключает пари с кем-нибудь из прохожих. Иногда выигрывает, иногда проигрывает — с таким расчетом, чтобы в целом оставаться при своих, пока не появится годный для раскрутки объект. И он появляется: коренастый гонщик-хотроддер с прической «утиный хвост», чуток запущенной и длинноватой для этого стиля. Его тянет за руку бойкая девчонка-тинейджер в пиратских штанах и с ковбойским платком на шее. Парень достаточно трезв, чтобы сохранять концентрацию внимания, но и достаточно пьян, чтобы легко впасть в азарт, — как раз в настроении развлечься, потратив толику деньжат. Стэнли отклоняется назад и щелкает пальцами правой руки.

В тот же миг молодой человек, дымящий сигаретой под фонарным столбом шагах в двадцати от Стэнли, начинает движение в сторону аркады. Он шагает нетвердо, чуть враскачку — хоть и не употреблял спиртного. Приблизившись к гонщику, он отзывает его вместе с подружкой на край променада и что-то им говорит, жестом указывая на Стэнли, к которому затем и направляется, попыхивая чинариком в сгущающихся сумерках.

— Попробуешь снова, приятель? — обращается к нему Стэнли, не поднимая взгляд от карт.

— Сейчас мне должно повезти, — говорит молодой человек. — Я хочу отыграться.

Он достает из кармана новенькую долларовую купюру, разжимает пальцы, и та, кружась в воздухе, опускается на коробку перед Стэнли.

Молодого человека зовут Клаудио, он худощав и угловат, с большими темными глазами и ухоженной прической а-ля Пресли. На нем серый в коричневую крапинку спортивный пиджак, прикрывающий складки от сгибов на модной накрахмаленной сорочке, и галстук-селедка. Четыре пальца его правой руки по очереди — от мизинца до указательного и потом в обратном порядке — нервно постукивают по кончику большого пальца.

Стэнли перекладывает доллар Клаудио с коробки на асфальт, присовокупляет к нему одну из своих банкнот, и карты начинают кружение. Его руки двигаются плавно, без спешки, как бы даже с ленцой. Но вот карты замирают. Клаудио делает выбор, попадает на одну из красных семерок, и его доллар перекочевывает в карман Стэнли.

— Попробую еще раз, — говорит Клаудио.

Девчонка подходит к ним, когда Клаудио проигрывает второй доллар; ее приятель подтягивается следом. Они наблюдают за тем, как Клаудио, один раз угадав, потом дважды проигрывает. Гонщик уже заинтересовался.

— Левая, — говорит Клаудио.

— Да нет же, средняя! — вмешивается гонщик. — Король в середине, точняк.

Стэнли открывает левую семерку и забирает доллар Клаудио.

— Хватит мелочиться! — заявляет Клаудио. — Играть так играть.

И кладет на картонку пять долларов. Гонщик приподнимает брови. Стэнли отвечает своей пятеркой, а затем показывает карты — король в левой руке, обе семерки в правой — и начинает свои манипуляции.

Гонщик что-то шепчет подружке, указывая пальцем.

Клаудио напряженно следит за картами, моргает и встряхивает головой.

— Та, что справа, — говорит гонщик.

Стэнли бросает на него сердитый взгляд.

Клаудио кусает губу в раздумьях.

— Правая, — говорит он неуверенно.

Стэнли открывает короля, вручает Клаудио две пятерки и переводит взгляд на гонщика.

— Послушай, приятель, — говорит он, — ты или ставь на кон бабки, или держи свой длинный язык за зубами.

И гонщик достает свой бумажник.

Он без труда отслеживает червового короля, и Стэнли дважды позволяет ему выиграть.

— Могу я делать ставки с ним на пару? — спрашивает Клаудио. — Могу я поставить на этого парня?

Стэнли отклоняется назад и глядит мимо них, притворяясь, что обдумывает предложение. Неподалеку, рядом с тележкой мороженщика, расположилась парочка мелких местечковых бандитов. Сидят, курят и наблюдают за тем, как работает Стэнли. Лица хищные, глаза голодные.

— Ладно, — говорит Стэнли. — Но ты должен молчать. Это *его* игра.

Клаудио ставит на кон пятерку. Гонщик после секундного колебания добавляет столько же от себя.

Стэнли показывает карты — король и семерка червей в правой руке, король впереди. Но, выкладывая карты на коробку, он меняет их местами. Так быстро, что даже готовый к подвоху наблюдатель не смог бы заметить. Карты кружатся, как чайки. Затем Стэнли располагает их рядком и смотрит на гонщика.

— Король справа, — говорит тот.

Стэнли открывает карту: это семерка.

— Вот дерьмо! — говорит гонщик.

— Что? — изумляется Клаудио. — Как такое могло получиться?

Гонщик переводит взгляд с него на Стэнли и обратно.

— Ставлю по новой! — говорит Клаудио.

В следующем розыгрыше Стэнли отбирает у них еще по пятерке. Клаудио громко проклинает эту игру и вместе с ней недотепу-гонщика, а затем удаляется вихляющей походкой. Гонщик в замешательстве смотрит ему вслед, беззвучно шевеля губами. Стэнли пользуется моментом, чтобы оглядеться. Бандитская парочка куда-то слиняла. Он собирает карты и меняет позу: теперь он сидит на корточках, как будто готовясь встать и уйти.

— Эй, погоди секунду, приятель! — говорит гонщик.

— Мне пора, — говорит Стэнли. — Где-то здесь крутится переодетый коп.

— Дай мне еще одну попытку. Удвоим ставки.

Стэнли вновь опускается на колени, повторяет предыдущий фокус, открывает указанную карту и забирает его десятку.

Гонщик смотрит на него со злобой. Сейчас самое время закругляться, но Стэнли пока не готов. Он вошел во вкус, а этот клоун так и напрашивается, чтобы его надули.

— Не подфартило, бывает, — говорит Стэнли. — Последняя попытка? Ва-банк?

Гонщик часто-часто дышит, притопывает носком ботинка, вдавливает кулак в раскрытую ладонь другой руки. Все это выглядит очень комично, однако лицо Стэнли остается невозмутимым. На запястье хотроддера он замечает небрежно выполненную татуировку: что-то вроде вороны. С каждым его выдохом до Стэнли доносится запах алкоголя.

— Пойдем, Майк, — зовет девчонка. — Пойдем отсюда.

— Ты в минусе на двадцать баксов, приятель, — говорит Стэнли. — Хочешь уйти, не попробовав отыграться? Смотри сюда, это будет несложно.

Стэнли показывает карты — на сей раз король оказывается позади бубновой семерки — и начинает работать, незаметно исполнив подмену. Движения его настолько замедленны, что и ребенок мог бы их отследить.

— Ничего не упустил, Майк? — говорит он. — Твой последний шанс. Легкие деньги, чувак.

Гонщик поднимает глаза вверх, задумчиво щурится, потом снова смотрит на карты. Достает из бумажника две десятки.

— Средняя, — говорит он. — Король посередине.

— Ты в этом уверен?

— Да.

Стэнли берет у него две купюры, складывает их несколько раз, получая жесткий прямоугольник, а затем этим прямоугольником переворачивает за край среднюю карту. Семерка бубен.

— Что за херня! — восклицает гонщик. Ноздри его раздуваются, руки сжимаются в кулаки.

— А вот и чертов коп нарисовался, — говорит Стэнли, глядя вдоль набережной.

Карты и деньги мигом исчезают в его кармане; он хватает куртку и забрасывает ее на плечо. Девчонка теперь напугана, таращит глаза и вертит головой; но гонщик продолжает орать, брызжа слюной в лицо Стэнли.

— Там коп! Надо рвать когти! — говорит ему Стэнли. — Смываемся в разные стороны.

Он круто разворачивается и уходит прочь. А навстречу ему быстро шагает Клаудио, который, проскочив мимо Стэнли, натыкается на преследователя и как бы ненароком преграждает ему путь.

— Ты выиграл? — цепляется к нему Клаудио. — Ты отыграл мои деньги?

Слышатся вопли и ругань, когда гонщик отбрасывает Клаудио на кого-то из проходящих мимо людей, но Стэнли не оглядывается. Сделав два последовательных поворота направо, он выходит на Спидуэй и перебегает узкую улицу перед носом ползущего в пробке «десото».

Теперь он оказывается позади все того же павильона, но набережная отсюда не видна. Вдали над улицей висит крытый пешеходный мостик, соединяя вторые этажи двух старых отелей и обрамляя сияющий неон Виндворд-авеню, которая смотрится с этого ракурса, как сквозь замочную скважину. Силуэты людей передвигаются по мостику в обоих направлениях, пересекаясь и накладываясь друг на друга; никто не поворачивает головы в сторону Стэнли, и следом за ним никто не идет. Он замедляет шаг, дожидается, когда его обгонит все тот же «десото», а потом еще несколько машин, и сворачивает в ближайший переулок.

Хорайзон-корт упирается концами в два Т-образных перекрестка — Спидуэй здесь, Пасифик-авеню напротив — и, как все местные улицы, освещается цепочкой фонарей, подвешенных на толстых кабелях над проезжей частью. На полпути вдоль квартала есть темная зона — несколько дней назад Стэнли разбил там фонарь с помощью примитивной пращи и яйцеобразного голыша из розового кварца. *«Травит живым серебром ваши дремучие камни»*, — мельком всплывает в памяти, когда он спешит к тому месту и, предварительно оглядевшись, ныряет в дверной проем заброшенного магазина.

Там он первым делом нащупывает в темноте заранее приготовленную сосновую доску и подпирает ею дверь между ручкой из кованого железа и выбоиной в бетонном полу. Затем щелкает отцовской зажигалкой с клеймом «MIOJ» и подносит пламя к свечному огарку, закрепленному на перевернутой банке из-под венских сосисок. Слабый желтый огонек кое-как освещает комнату.

Стэнли до сих пор не может понять, чем здесь торговали прежде. Пыльные прилавки со стеклянным верхом и следы от крепления к стенам ныне отсутствующих шкафов-витрин напоминают ювелирный магазин его двоюродного деда в Уильямсберге — он побывал там однажды в раннем детстве и повторно в прошлом году, на сей раз как соучастник кражи, — но с этим магазином все равно что-то не так. В подсобном помещении стоят два верстака с просверленными в них отверстиями под болты большого диаметра, явно для крепления какого-то массивного оборудования. Там же в сумрачных углах попадаются всякие странные вещи, от крошечных винтиков и проволочных полуколец до россыпей искрящегося белого порошка. Клаудио говорил, что порошок остался после шлифовки стекла, — хотя откуда бы ему знать такие вещи?

В прибрежных кварталах, на протяжении мили между Роузавеню и Вашингтонским бульваром, полно заброшенных зданий — бывших бинго-залов, подпольных фабрик, притонов и прочих теневых заведений, — но Стэнли остановил свой выбор на этом магазине, потому что он мал, неприметен, расположен в центре квартала и выходит задним окном на парковочную площадку. После двух дней поисков подходящего укрытия и двух бессонных ночей, когда они бегали от патрульных копов или тряслись от холода на пляже, Стэнли разбил уличный фонарь перед этим зданием и взломал дверь, после чего они с Клаудио занялись обустройством нового логова: высадили оконное стекло в подсобке и передвинули к задней стене один из верстаков, тем самым подготовив путь отхода, а также соорудили тайник для своих скудных пожитков, пробив дыру в гипсовой панели.

И вот сейчас Стэнли берет свечу и наклоняется к этой дыре. Армейский вещмешок его отца на месте, засунутый подальше от посторонних глаз. Прежде чем его извлечь и открыть, Стэнли отвинчивает крышку фляги и делает несколько глотков воды. Все его имущество — одеяло, консервы, смена одежды — постоянно хранится в мешке на тот случай, если придется срочно рвать когти. Стэнли выкладывает на пол кое-что из верхних вещей, чтобы поглубже припрятать наличку. Пересчитывает деньги, хотя и без того знает сумму: пятьдесят девять долларов. Они с Клаудио утроили свой капитал всего за пару часов и при этом не нарвались на арест или мордобой. Пока что им везет.

Однако Клаудио уже пора быть здесь. У Стэнли нет часов, его вообще не заботит время, но он знает, что Клаудио хватило бы нескольких минут, чтобы отделаться от гонщика и вернуться на базу. А прошло уже явно больше. Может, Стэнли не расслышал условный тройной стук в дверь? Возможно, хотя вряд ли.

Он засовывает деньги и три игральных карты между банками сардин — на всякий случай оставив в кармане несколько баксов и одну пятерку, — укладывает обратно в мешок вынутые перед тем вещи, достает из куртки «Зеркального вора», помещает его на самый верх и затягивает горловину. На секунду задерживается, чтобы нащупать сквозь старый истончившийся брезент контуры книги, подбадривая себя мыслью о том, что уже очень скоро его жизнь радикально изменится. Потом убирает мешок поглубже в дыру и задувает свечку.

16

Он предпочитает не идти по тротуару спиной к водителям — возможно, гонщик сейчас где-то рядом за рулем своего хот-рода — и потому делает крюк: проходит три квартала до Винворда, пересекает улицу и поворачивает направо, к океану. Глаза его также в беспрестанном движении, в такт шагам вглядываясь то в лица за ветровыми стеклами встречных машин, то в пешеходов, курсирующих между берегом и городом. К этому времени уличные фонари уже обзавелись туманными ореолами, а толпы гуляющих обывателей в основном рассеялись. Вместо них из сумрака возникают образы, хорошо ему знакомые еще по нью-йоркской 42-й улице: буйно-пьяные морячки и солдатики, «принцессы панелей» на рабочей прогулке, расфуфыренные черные деляги, впалощекие наркоманы, готовые ради дозы стибрить все, что плохо лежит. В свете тихо зудящей неоновой вывески миссионеров — «ИИСУС СПАСАЕТ» — каждая пара глаз отливает красным, а каждый нос отбрасывает длинную тень, как гномон солнечных часов.

Стэнли достигает променада, где уже совсем пустынно, и внимательно смотрит сначала в одну, потом в другую сторону. Гонщика и его подружки не видать, зато Клаудио обнаруживается почти сразу: он сидит сгорбившись на скамейке в двух сотнях шагов от Стэнли, примерно в квартале к северу от заколоченного павильона. А перед ним маячит троица отморозков в подвернутых джинсах и мотоциклетных куртках. Сначала Стэнли думает, что это ограбление, но потом отмечает их лениво-расслабленные позы, словно они кого-то дожидаются. Клаудио слегка раскачивается, держась руками за голову, — продолжает корчить из себя пьяного. Стэнли ухмыляется. Этот парень, конечно, не Марлон Брандо, но в умении лицедействовать ему не откажешь.

Двое из троицы — те самые, которые недавно наблюдали за охмурением гонщика. Третий, видимо, в ту пору ошивался в иных местах. Поодиночке такие обычно не ходят, а это значит, что должен быть как минимум еще четвертый, — возможно, он отправился за остальными членами банды. Когда все будут в сборе, они вытрясут из Клаудио наводку на Стэнли и потом возьмут в оборот их обоих за то, что промышляли на «чужой территории». Действуют примитивно, нахрапом, а их конечной целью является Стэнли, тут уже без вариантов.

Он застегивает молнию куртки, чтобы раньше времени не демаскировать себя светлой рубашкой, и начинает продвигаться в их сторону. Зная по опыту, что люди, сосредоточившись на каком-либо занятии, не замечают происходящего рядом — или не реагируют, даже заметив, — Стэнли не слишком осторожничает. Пройдя половину пути, он сворачивает влево, на пляж, а по выходе за пределы освещенной фонарями зоны, снова берет правее и движется параллельно набережной. Туман оседает на пляж, образуя влажную корочку, которую продавливают его новые туфли; а под корочкой песок сух и рассыпчат. Остановившись, Стэнли наклоняется, зачерпывает одну за другой две пригоршни сухого песка из собственных следов и наполняет правый боковой карман джинсов. В левый карман он помещает свернутую долларовую купюру.

Поскольку туман сгущается, а с набережной ему в лицо светят фонари и вывески, Стэнли трудно разглядеть, что там происходит. Но все же он засекает момент появления свежих сил неприятеля в трехстах ярдах отсюда: шесть или семь человек врезаются в толпу на углу Брукс-авеню — об этом можно догадаться по возмущенной реакции людей, которых они расталкивают. Дальше толпа становится еще плотнее, и их продвижение замедляется. По прикидке Стэнли, они будут здесь минуты через четыре.

— Привет, чуваки, — говорит он, неторопливо приближаясь к скамье, на которой сидит Клаудио. — Я пришел за своим другом.

Троица смотрит на него оторопело. Потом двое, стоящие ближе к правой стороне скамьи, поворачиваются к третьему, который, видимо, у них за вожака. Этот чуть постарше, жилистый и чернявый, с тонким розовым шрамом от брови до корней волос. Руки его также покрыты шрамами: следствие частых — или же немногих, но бестолковых — драк на ножах. Двое других — совсем еще молодняк: у одного красные глаза и течь из носа, характерные для нюхателей клея, а у второго белые волосы и россыпь прыщей на роже.

Стэнли протискивается между этими двумя и дергает Клаудио за руку.

— Э, дружище, да ты вообще в хлам! — говорит он. — Парни, не поможете мне его поднять?

— Не так быстро, говнюк, — говорит их старший.

Стэнли игнорирует эти слова и рывком поднимает Клаудио со скамьи.

— Я хочу домой, — стонет Клаудио. — Мне нехорошо.

— Слышь, ты, — говорит вожак, опуская руку на плечо Стэнли. — Мы в курсе, что вы тут недавно разводили лохов. Скажи своему корешу, пусть не ломает дурку. У нас к вам конкретная предъява.

Стэнли не стряхивает его руку с плеча и вообще не двигается. По их речам и ухваткам нетрудно догадаться, что эта братва не менее десятка раз просмотрела «Школьные джунгли», но он воздерживается от саркастических реплик по этому поводу.

— Вот как? — говорит Стэнли. — Ну тогда выкладывай.
— Ты знаешь, кто мы такие?

Стэнли поворачивается к нему всем корпусом:
— А я должен это знать?
— Еще как должен! Мы «Береговые псы».

Стэнли медленно оглядывает его с ног до головы.
— «Береговые псы», — задумчиво повторяет он, словно что-то припоминая.

— Так и есть. И это *наш* район. Никто не может здесь пастись без нашего разрешения. Сколько ты сегодня наварил?

Стэнли пожимает плечами, отводя взгляд.
— Двадцать баксов, — говорит он.
— Не гони пургу!
— А сколько вам надо отстегивать?

— Сейчас ты отдашь все без остатка, урод! Потому что не спросил разрешения. А если намылился и дальше работать на нашем берегу, будешь отстегивать половину навара. Ну-ка выверни карманы!

— Туале-е-ет, — ноет Клаудио, цепляясь за Стэнли. — Мне надо отли-ить...

Стэнли спокойно смотрит на вожака. Потом, поверх его плеча, смотрит на остальную банду, которая сейчас в паре кварталов отсюда и быстро приближается.

— А если я пошлю вас на хер вместе с предъявами? — интересуется Стэнли.

— Тогда мы тебя отметелим. Здесь и сейчас. И будем это делать всякий раз, когда вас встретим. Тебя и твоего дружка-педика.

— Да, — говорит прыщавый блондин, придвигаясь ближе и дыша в шею Стэнли. — Мы здесь не жалуем пидорню.

Он произносит эту фразу с особым смаком, — должно быть, у него это излюбленная тема. А у Стэнли окончательно созревает план действий.

— Ваша взяла, чуваки, — говорит он. — Но пару баксов я все же оставлю. Мы с другом сегодня еще ничего не ели.

Он выворачивает левый карман и демонстрирует долларовую бумажку. Потом отпихивает Клаудио, и тот повисает на нюхателе клея, не прекращая жалобно стенать. Стэнли лезет в правый карман, загребает песок и достает сжатую в кулак руку, одновременно левой рукой протягивая доллар вожаку. Несколько песчинок просачиваются между пальцев, но никто этого не замечает.

— Остальные у меня в носке, — говорит он и ставит ногу на край скамьи.

Вожак тянется к доллару, но не заканчивает это движение, видать почуяв что-то неладное.

— Держи пока сам, — говорит он.

Между тем белобрысый, разглядев свою братву на подходе, машет рукой и открывает рот для призывного крика. В тот же миг Стэнли мечет песок в лицо вожаку, отталкивается ногой от скамейки и в броске бьет локтем по физиономии белобрысого. Попадает по носу, кровь хлещет струей, а у Стэнли от локтевого отростка до пальцев пробегает волна зудящей боли. Вожак выхватывает нож из кармана куртки и машет им вслепую; его рука скользит по волосам Стэнли. Пригнувшись и отскочив назад — как учил его отец, — Стэнли бьет противника ногой в пах. Уже слышны вопли остальных «псов» и топот их ботинок.

Вмиг протрезвевший Клаудио наносит нюхателю клея удар под дых, а когда тот складывается пополам, зажимает под мышкой его голову. В таком положении они передвигаются по тротуару, вращаясь как двойная звезда. Стэнли подскакивает сбоку и апперкотом вырубает нюхателя, который мешком оседает на землю.

— Драпаем! — кричит Стэнли приятелю. — Беги! Беги!

Клаудио с недоумением смотрит вслед уже набирающему скорость Стэнли — он все еще не заметил новую опасность, — однако следует его примеру. Легкий и длинноногий, он скоро его настигает. Стэнли не покидает набережную, лавируя между пешеходами и временами делая резкий зигзаг влево как бы с намерением повернуть за угол. «Псы» далеко позади, но постепенно они сокращают дистанцию. Клаудио удрал бы от них без проблем (его прабабушка была чистокровной индианкой из какого-то племени, знаменитого своими бегунами, хотя сам он по виду не тянет даже на мексиканца, что уж там говорить об индейцах), а вот Стэнли далеко не так быстр. Пружинистые каучуковые подошвы новых туфель придают ему дополнительное ускорение, но он уже чувствует, как на пятках вздуваются волдыри. Мелькают лица прохожих, как отражения в кривых зеркалах: удивленные, сердитые, смеющиеся. Впервые в жизни Стэнли был бы почти рад появлению копов.

Но копов нигде не видать, а свора за их спинами уже поднимает лай. Сначала только двое из них, но потом подхватывают и остальные: ритмичный хор низких рыкающих «гаф!» и злобно-визгливых «тяв!», звучащих то в унисон, то в разнобой и эхом проносящихся вдоль колоннады. Дешевый и тупой прием, характерный для подобного отребья, но тем не менее червячок рефлекторного страха ползет по спине Стэнли, заставляя его еще прибавить ходу.

Перед светофором на Пасифик-авеню Стэнли выбегает на проезжую часть и несется дальше посередине улицы. Машины катят мимо в обоих направлениях. Водители осыпают его бранью, кто-то нервно сигналит. Клаудио, сбитый с толку этим его маневром, застревает на тротуаре. Стэнли оглядывается, проверяя, бежит ли за ним Клаудио, а когда он снова переводит взгляд вперед, на него почти в упор таращится, оскалив зубы и тыча пальцем, подружка того самого гонщика. Она стоит, как в колеснице, на пассажирском сиденье старенького «форда» с форсированным движком. Проскочив мимо нее, он слышит скрип открываемой водительской двери, а потом голос гонщика:

— Эй ты! А ну стоять!

Стэнли притормаживает, разворачивается и пробегает несколько шажков задом наперед, ожидая, когда с ним поравняется Клаудио, вновь набирающий скорость на тротуаре. Гонщик размахивает пустой бутылкой, освещаемый снизу фарами «нэша», который застопорился позади его родстера. А еще дальше Стэнли видит на фоне освещенных витрин силуэты «береговых псов». Они также выбегают на середину улицы; первому из них перекрывает путь распахнутая дверь «форда», и он с проклятиями начинает ее огибать, а гонщик бьет его по плечу бутылкой. Водитель «нэша» пытается сдать назад.

Стэнли и Клаудио пересекают круговой перекресток с газоном в центре, а затем бегут через парковку, стараясь держаться в тени. Поворачивают направо, затем налево. Впереди широкая улица, застроенная частными домами; мелькают обветшалые бунгало, просевшие веранды с перилами из металлических труб. Насыщенный влагой воздух приглушает городские огни, небо имеет цвет морских водорослей, а на его фоне темнеют разлапистые кроны пальм и буровые вышки нефтепромысла в четверти мили впереди. А позади не слышно ничего, кроме отдаленного шума транспорта. Стэнли сбавляет скорость и начинает понемногу приходить в себя.

— Что за дикие звуки там были? — спрашивает Клаудио, который даже не запыхался.

— Это «псы», которые за нами гнались. Кто еще это мог быть, по-твоему?

Клаудио смотрит на него с удивлением.

— Но мы же вырубили всех троих, — говорит он.

— Не те самые, дурья башка, а еще дюжина их корешей. Ты разве не видел?

Клаудио морщит лоб и бросает скептический взгляд через плечо.

— Каких еще корешей? — говорит он.

Они доходят до пересечения авеню с улицей поменьше. Стэнли вглядывается в таблички на угловом доме: Кордова-корт с одной стороны и Риальто-авеню с другой. Они всего лишь в квартале от Виндворда, но этот район кажется более мирным и патриархальным. Примерно половина домов освещена изнутри — некоторые лишь мерцающим голубоватым светом экранов. Где-то справа звучит спокойный мелодичный джаз. Из открытого окна доносится негромкий женский смех.

— Кстати, это был чертовски сильный ход, — говорит Стэнли, — зажать его голову под мышкой. Толково сработано.

— Тебе понравилось?

— Нет, я прикалываюсь, — говорит Стэнли. — Ты называешь такие похвалы сарказмом. Братишка, тебе надо научиться хотя бы простейшим приемам драки.

Клаудио готовится возразить, когда сзади раздается топот и затем лай с подвывом — жуткий, получеловеческий, напоминающий завывание гончих в киношных сценах охоты. Стэнли и Клаудио срываются с места и мчатся через неухоженные лужайки перед домами; при этом поле зрения Стэнли сужается, превращаясь в туннель, залитый белым светом, а топот собственных ног звучит гулко, как будто он слышит его через приставленную к уху жестянку из-под кофе. Кордова-корт загибается вправо, но Стэнли продолжает бег прямо, к темному кособокому коттеджу, успев дернуть Клаудио за рукав и оглянуться для проверки, не появились ли из-за угла «псы». Тех пока не видно.

Левее коттеджа виден заборчик из гнилых досок, скрепленных проволокой. Стэнли с разбега прыгает через него, но запинается и падает в бурьян; колени утопают в рыхлой земле, а плечо с хрустом сминает тонкую трельяжную решетку. Следом за ним — с грацией антилопы — барьер берет Клаудио и ловко приземляется на обе ноги, но Стэнли сразу хватает его за лодыжку и также валит на землю.

С улицы снова доносится вой: враги приближаются, численность их неизвестна. Стэнли наваливается на Клаудио и зажимает ему рот ладонью. Вскоре он слышит, как «псы», тихо переговариваясь, прочесывают ближайшие дворы. Грудь Клаудио поднимается и опускается равномерно, контрастируя с хриплым прерывистым дыханием и бешеным сердцебиением Стэнли.

На крыльце соседнего дома загорается лампочка, сгущая тени в саду и освещая двух «псов», крадущихся вдоль давно не стриженной самшитовой изгороди. Скрипит дверь, и мужской голос спрашивает:

— Эй, кто там бродит?

Трещат кусты: «псы» уходят обратно к дороге. Остается пролежать тихо еще несколько минут, и дело в шляпе. Стэнли делает глубокий вдох, чтобы успокоиться. А когда он вновь наполняет легкие воздухом, тот приносит множество запахов, которые ему хорошо знакомы, но определить которые по отдельности он не в состоянии: розмарин, чеснок, хрен, мята, лимонная вербена, а также примятые их телами стебли томатов и сорняков. Вместо этих названий Стэнли приходят в голову кулинарные ассоциации: бабушка жарит картофельные блинчики, мама нарезает кубиками мясо ягненка, соседская женщина, чье имя он позабыл, готовит в кастрюльке томатный соус, а напоследок видятся руки деда с горькими травами на еврейскую Пасху. Такое чувство, будто этот клочок земли, отделенный всем пространством континента от места его рождения, опознает Стэнли и принимает его как родного. «Добро пожаловать, — говорит эта земля, — мы все тебя заждались».

Стэнли испытывает такой прилив радости и спокойной уверенности, что ему приходится вонзить зубы в лацкан пиджака Клаудио, чтобы не рассмеяться или не завопить. Черные глаза Клаудио удивленно расширяются, но он не произносит ни слова. Вместо этого проводит рукой по щеке Стэнли и по его спутанным волосам, а затем поудобнее укладывает его голову чуть повыше своего нагрудного кармашка. Стэнли чувствует его теплую шею своим лбом, липким от пота и росы. И так они лежат еще долгое время после того, как становится ясно, что опасность миновала.

17

Следующая неделя приносит дожди, которые смывают остатки февраля с прибрежных улиц. Стэнли и Клаудио почти все время проводят под одеялами в своем логове, разгоняя скуку чтением книг и журналов, для утепления сваленных у них в ногах. Клаудио просматривает кипу глянцевых изданий, которые Стэнли украл для него с уличного стенда на Маркет-стрит, — «Фотоигра», «Современный экран», «Зеркало кино», — то и дело совершая для себя маленькие открытия:

— Оказывается, Табу Хантеру подбирает роли тот же агент, который работает с Роком Хадсоном. И с Рори Кэлхуном. Готов поспорить, все их имена ненастоящие.

Стэнли читает «Зеркального вора». Книга состоит из отдельных стихотворений, но все они сводятся к единому сюжету: алхимик и шпион по имени Гривано крадет магическое зеркало и спасается от преследователей на улицах загадочного, наводненного призраками города. Стэнли давно уже перестал ломать голову над этой историей. В лучшем случае это просто игра авторской фантазии, а в худшем — средство маскировки, скрывающее потаенный смысл книги, какой-то великий секрет, в ней зашифрованный. Он уверен, что такое нагромождение туманных намеков не может быть случайным.

В процессе чтения его глаза неотрывно скользят по строкам, как игла проигрывателя по пластинке, раскладывая слова на буквы и затем выстраивая их в сплошные линии. Он ищет ключ: какую-нибудь щелочку в этой непроницаемой маске, какой-нибудь кончик нити, за который можно потянуть. Он использует разные ухищрения — читает наискось и снизу вверх, читает по первым буквам после пробелов и т. п., — но слова всякий раз смыкают ряды, как плитки в мозаике, как выстроенные для опознания и глумливо взирающие на него жуликоватые субъекты. Что ж, на то они и подозреваемые.

На обороте титульного листа, помимо выходных данных — «Стихотворное повествование Эдриана Уэллса, издательство „Сешат букс", Лос-Анджелес, копирайт 1954 г.», — есть краткая надпись от руки, оставленная неведомо кем при передаче этой книги человеку по имени Алан. Стэнли так и не смог разобрать этот косой размашистый почерк: одно из слов смутно похоже на «салат», другое можно прочесть как «нагой». Впрочем, он давно уже отказался от попыток дешифровки. Имя Эдриана Уэллса в печатном тексте над этой надписью перечеркнуто жирной волнистой линией, черными чернилами. Прежде, открывая книгу, Стэнли всякий раз задерживался на этой странице и гадал, зачем кому-то понадобилось таким манером зачеркивать имя, но в последнее время он об этом уже не думает.

Иногда он, сомкнув веки, закрывает книгу, ставит ее корешком на ладонь и, придерживая с боков пальцами, представляет себе некую темную фигуру — Уэллса, Гривано, себя самого, — в мокром плаще и широкополой шляпе крадущуюся по улицам с какой-то неведомой целью: блуждающий пробел на фоне серого размытого пейзажа. Стэнли удерживает этот образ в сознании как можно дольше, пока его не вытесняют тревожные мысли (что, если Уэллс покинул этот город? что, если он умер?), и тогда он, раздвигая пальцы, позволяет книге раскрыться, а потом читает первую строку, на какую упадет взгляд, — в надежде, что она даст подсказку. Он понимает, что в этих попытках нет никакой логики — или, скорее, в них присутствует логика самой книги, а не логика реального мира, — но так и должно быть. Собственно, точка соприкосновения книги с реальностью как раз и есть то, что он ищет.

Порой он натыкается на строку, четко задающую направление поиска: *Я ищу твою маску, Гривано, на карнавале извечном, у самой границы воды.* Но гораздо чаще попадается невесть что типа:

> Вынес Омфалы супруг свой приговор! Ты запятнан
> поиском тайн нечестиво-оккультных, однако
> шепчет камыш и по всему свету разносит
> злую молву о златотворца позоре.

А порой случайно выбранный пассаж завладевает его вниманием по причинам, ему самому непонятным:

> *Acqua alta* снова! Сапоги Гривано
> попирают с плеском двойников своих.
> Только не гляди ты на былых собратьев —
> нынче на колоннах бестии висят!
> Сам же, двухголовый, в двух мирах блуждаешь,
> отвечая взглядом своему подобью —
> в молчаливом море отраженный лик.

Отсюда Стэнли перескакивает сразу на последнюю страницу, к финальным строкам, под которыми стоит дата — 17 февраля 1953 года — и указаны два географических названия: этот город и этот штат. Вот она, зацепка, приведшая его сюда.

Когда Стэнли и Клаудио начинают тяготиться чтением, тяготиться друг другом и самими собой, они предпринимают походы в кино. Премьерные кинозалы в Санта-Монике предлагают наилучший выбор красивых душещипательных мелодрам, до которых охоч Клаудио, тогда как Стэнли предпочитает «Фокс» на бульваре Линкольна: до него ближе, билеты вдвое дешевле, и там крутят малобюджетные вестерны или ужастики, которые ему больше по вкусу.

Но в сезон дождей «Фокс» — место небезопасное. Стэнли и Клаудио отправляются туда через несколько дней после своего бегства от «псов». Пересекают Эббот-Кинни, Электрик-авеню и далее следуют по 4-й авеню и Вернону, прикрываясь кронами эвкалиптов и гевей, но все равно промокают до нитки к моменту появления впереди неоновой вывески кинотеатра. Дрожь продолжает бить Стэнли и потом, когда они занимают места в зале. Начинается первая часть фильма, и, как всегда, Стэнли требуется несколько минут, чтобы привыкнуть к раздражающему стрекоту проектора и мелкой дрожи кадров на экране.

Это ужастик про чудовищ: после извержения вулкана из недр земли выбираются гигантские скорпионы, атакующие Мехико. Стэнли выбрал этот фильм потому, что в нем много мексиканских актеров, возможно, известных Клаудио. Кроме того, ему интересно посмотреть, как эти киношники сделают скорпионов. Обычно Стэнли не хватает терпения высидеть сеанс от начала и до конца, но его завораживают монстры типа Имира в «20 миллионов миль от Земли» или динозавра в «Звере из горной пещеры». Это увлечение началось с «Могучего Джо Янга» — первой картины такого рода, увиденной им в «Лидо» на Фордхэм-роуд. Стэнли тогда было восемь лет; отец оставил его в кинотеатре, а сам отправился на свидание с какой-то девчонкой в том же квартале. Практически сразу он понял, как происходит «оживление» чудовищ: догадался о невидимых руках, меняющих позы фигур в промежутках между кадрами, и тогда же уверился, что нашел некий ключ, маленький секрет, за которым скрываются куда более важные тайны. Суть фокуса заключалась не в фальшивых монстрах-чучелах и даже не в покадровой анимации как таковой; фокус все время был в его собственной голове. В его глазах, которые обманывали сами себя.

Фильм стартует по заезженному шаблону — с псевдокинохроники, показывающей вулканическое извержение, — а затем на сцене появляются два главных героя: ироничный американский геолог и его смазливый мексиканский коллега. Постепенно приключения этих бесстрашных и неунывающих людей затягивают Стэнли, — в конце концов, разве он и Клаудио не одного с ними поля ягоды? Два исследователя в далеком краю, полном опасностей, и положиться им не на кого, кроме как друг на друга. Такого рода истории Стэнли готов смотреть чуть ли не до бесконечности: герои знай себе катят на джипе по бездорожью, пробираются сквозь джунгли, преодолевают горные хребты среди потоков лавы под затмевающими солнце облаками пепла. При этом близкое присутствие скорпионов-убийц уже ощущается, и, хотя сами они пока что не возникали в кадре и даже не были упомянуты в разговорах героев, предчувствие чего-то страшного и загадочного уже нависает над всем этим киноландшафтом.

Затем, по тому же шаблону, вступает в игру главная героиня — а заодно и неизбежный в таких случаях маленький мальчик с собакой, этакий проказливый херувим, — и Стэнли начинает терять интерес к происходящему на экране. Дела не становятся лучше и с появлением долгожданных скорпионов. Сначала они смотрятся недурно, вполне ужасающими и реалистичными, но создателям фильма явно не хватило отснятого материала, из-за чего одни и те же кадры с монстрами повторяются по нескольку раз, а корявый крупный план пучеглазой головы скорпиона, пускающей струйки ядовитой слюны, используется так часто, что Стэнли теряет счет повторам. Под конец съемок у продюсеров, видно, совсем захромали финансы; в последней части они все реже задействуют кукольных тварей и вместо них показывают только черную тень скорпиона, наложенную на кадры с панически бегущими мексиканцами.

Стэнли уже почти не смотрит на экран — он пытается вспомнить, не этот ли самый парень играл геолога в «Дне конца света», гадая, простое это совпадение или у актера на самом деле был какой-то опыт по геологической части, — когда ему сзади в шею внезапно впивается горящая сигарета. Машинально хлопнув ладонью по больному месту, он оборачивается, но непосредственно за ним никого нет. Он начинает оглядывать полупустой зал, прикрывая сбоку глаза от экранного света, и тут в спинку его кресла врезается еще один окурок, рассыпаясь веером оранжевых искр. И теперь уже он видит шестерых «псов», которые сидят по ту сторону прохода, через несколько рядов от них. Лица Стэнли разглядеть не может, но башка белобрысого хорошо заметна в пульсирующем свете проектора. Некоторые закинули ноги в грязных кедах на спинки передних сидений, и все они курят либо готовятся закурить — для следующего залпа чинариков.

Стэнли хлопает Клаудио по колену и тычет большим пальцем в сторону «псов». Оба сразу поднимаются, идут по проходу вперед, затем, пригибаясь, сворачивают перед самым экраном и покидают зал через выход в дальнем углу. На улице перед кинотеатром они задерживаются, чтобы проверить, последуют ли за ними «псы». Те появляются в фойе, но им явно не хватает куража для погони под дождем. Стэнли смаргивает капли с ресниц и оглядывается через плечо, дожидаясь разрыва в потоке машин, чтобы перебежать через улицу. «Псы» сгрудились под козырьком и сквозь ливень выглядят бесформенной массой, выдыхающей клубами алкогольный пар.

— Предлагаю с этого дня смотреть фильмы только в Санта-Монике, — говорит Клаудио.

Освещаемый свечой снизу, он стоит нагишом в задней комнате магазинчика на Хорайзон-корт. Стэнли натянул бечевку между старыми настенными креплениями, завязав ее мичманским узлом, и Клаудио развешивает на ней свою промокшую одежду. Сам Стэнли, злой и раздраженный, пристроился в углу, закутавшись в отцовское армейское одеяло; грубая шерсть царапает голую кожу.

— Не позволяй этим гадам себя запугать, — говорит он. — Сегодня нам просто не подфартило. На своем районе в Бруклине мы с братвой пережидали плохую погоду таким же манером: смотрели дрянные фильмы. Я должен был сообразить, что они подтянутся к «Фоксу».

— Они нам еще попортят крови.

— Не думаю. В прошлый раз мы их порядком взбесили, но при этом выставили клоунами перед всей округой. Если не будем мозолить им глаза, они оставят нас в покое.

— А что с твоими карточными фокусами? Как нам теперь добывать деньги?

— Деньги? — Стэнли смеется и качает головой, как будто разговаривает с несмышленышем. — Деньги — это главный фокус из всех, какие есть. Они нужны только для того, чтобы сделать еще больше денег. Но все, за что ты платишь, можно просто взять даром.

Клаудио глядит на него скептически и вытирает влажные ладони о свой впалый живот.

— Что, не веришь? — спрашивает Стэнли. — Тогда назови мне любую вещь, какую хочешь. И я принесу ее сюда меньше чем через час. Принесу сразу пару таких вещей. Давай устроим проверку на вшивость.

— Тебя поймают.

— Никто меня не поймает. Ну же, что бы ты сейчас хотел? Часы? Красивые часы? Я добуду пару отличных часов, тебе и мне. Одинаковых.

— Не стоит выходить на улицу среди дня. И тебе надо подстричься. Выглядишь как бродяга и вор.

— Ничего подобного! — возражает Стэнли. — Я выгляжу как приличный американский юноша.

И он проводит рукой по своим спутанным кудрям.

— Ты похож на обезьяну. Грязная американская мартышка.

Клаудио, хитро ухмыляясь, приближается и загребает в горсть волосы Стэнли. Одеяло падает на пол; Стэнли бьет Клаудио по руке и отталкивает его, но затем вновь притягивает к себе.

Дождь прекращается только через двое суток; Стэнли к тому времени уже измаялся от безделья и рвется на прогулку. Прохладным ранним утром он вытаскивает Клаудио на круговой перекресток, где они завтракают কradеными апельсинами и бисквитными батончиками. На кольцо выезжает рейсовый автобус до Санта-Моники. Разом встрепенувшись, Клаудио сует в липкие руки Стэнли свой недоеденный апельсин и мчится к остановке. Уже на другой стороне Мейн-стрит он с улыбкой оборачивается, и Стэнли улыбается в ответ. Этот обмен улыбками через оживленную улицу подразумевает не только взаимное доверие, но и многое сверх того. Клаудио исчезает за автобусом, потом силуэтом появляется за его окнами и наконец устраивается на сиденье. Стэнли смотрит на его остроносый профиль — периодически закрываемый пассажирами в проходе или грузовиками на улице, — пока автобус не отъезжает от остановки.

Он направляется к набережной, пересекает променад и спускается к пляжу, на ходу доедая последнюю ярко-оранжевую дольку и облизывая пальцы. Крошит апельсиновую кожуру и бросает ее чайкам, копошащимся в полосе прибоя. Схватив добычу, птицы сразу взлетают, но затем разочарованно роняют кожурки в воду, где на них, в свою очередь, пикируют другие чайки. Синева океана под стать небу, только он непрозрачен и покрыт серебристыми штрихами солнечных бликов. Ряды пенистых волн вздымаются в полусотне ярдов от берега, на мгновения образуют пустоты под загибом гребня и со звуком, напоминающим щелчок тяжелого кнута, обрушиваются на берег. Раскатистый рык прибоя эхом разносится над набережной.

Стэнли вытирает губы, ощущая вкус цитрусового сока на пальцах, и вспоминает зимний сбор урожая в Риверсайде. В первую неделю работы он съел, наверное, столько фруктов, сколько весит сам: сладких клементин, ярких крапчатых валенсий, навелов размером с шар для бочче. А в прошлом месяце, когда они с Клаудио улизнули с плантации, чтобы автостопом добраться до Лос-Анджелеса, оба сгоряча поклялись никогда больше не притрагиваться к цитрусовым. Однако теперь они снова поедали их в охотку.

Стэнли познакомился с Клаудио, когда они оказались в одной бригаде сборщиков. Поначалу Клаудио произвел неважнецкое впечатление: этакий типчик себе на уме, не имеющий привычки к сельскому труду (как, впрочем, не имел ее и Стэнли).

Скорее всего, этот Клаудио где-то напакостил и дал деру от правосудия или же просто захотел побродить по свету: блудный отпрыск из какого-нибудь особняка на высоком холме. И еще Стэнли считал его лодырем и симулянтом, безнаказанно увиливавшим от самых неприятных работ, поскольку босс не говорил по-испански и нуждался в нем как в переводчике. Первое время они игнорировали друг друга. Однако все белые работники в их бригаде были гораздо старше Стэнли, да и вообще неразговорчивы, а мексиканцы явно сторонились Клаудио. И в конце концов эти двое начали общаться.

Стэнли никогда не задавал вопросов, так что прошлое Клаудио выяснялось постепенно, урывками. Младший из тринадцати детей от двух матерей, он рос всем обеспеченным и никем не замечаемым барчонком в большой усадьбе неподалеку от Эрмосильо. Его отец был прославленным генералом — сражался против Панчо Вильи при Селае и против «кристерос» в Халиско, — а отцовские братья, пойдя по жизни своими путями, стали видными юристами, банкирами и государственными деятелями. Клаудио много времени проводил в городе, где не вылезал из кинотеатров и учился английскому у Кэри Гранта или Кэтрин Хепберн, прикрывая ладошкой субтитры внизу экрана. А когда стал постарше, начал потихоньку готовиться к побегу на север.

Эти истории Клаудио рассказывал Стэнли во время работы, или — шепотом — по ночам в спальном бараке, или когда они ночевали в роще и там под посеребренной лунным светом листвой строили планы на будущее. Там Стэнли обычно лежал и смотрел на шевелящиеся губы Клаудио, пока смысл речей не ускользал от него окончательно.

Теперь ему нравится Клаудио. Он никогда не устает от его общества. За время долгого путешествия через всю страну он много раз мечтал о верном спутнике, который разделил бы с ним все приключения, который был бы всегда готов его выслушать и рассказать взамен свои истории; и вот появился странноватый мексиканец, вроде бы подходящий на эту роль. Это же здорово — иметь напарника. С ним открываются возможности, в иных случаях недоступные.

Однако есть и такие вещи, которые Стэнли предпочитает делать в одиночку.

Когда вся кожура израсходована, а чайки разлетелись кто куда, Стэнли, глубоко вздохнув, идет обратно к набережной. Солнце уже высоко поднялось над городом: высокие здания, фонарные столбы и пальмы распластали свои тени на пляжном песке, а под портиками вдоль обращенных к морю фасадов сгустился полумрак. По мере своего продвижения Стэнли читает вывески над входами: «Чоп Суи», отель «Сан-Марко», «Центральная фармацевтическая компания». На углу Маркет-стрит полосатый флаг обмотался вокруг белого столба; минуя его, Стэнли машинально пытается пригладить рукой свои непослушные кудри.

А на берегу наслаждается ясной погодой обычная для этого времени публика: пожилая дама в широкой и длинной накидке сутулится под зонтиком; бородатый художник в заляпанной краской робе пристает к двум смеющимся женщинам; упитанный бюргер выгуливает уродливую собаку, напевая на чужестранном языке. Никто из этих людей не представляет интереса для Стэнли. Он переводит взгляд на здания, отмечая их формы, отделку и то, как ложится свет на стены и на улицу перед ними. Глаза фиксируют отдельные детали: ряды стрельчатых окон, выступающую из-под старой лепнины кирпичную кладку, ухмылки маскаронов на капителях чугунных колонн. С некоторых пор он тренирует в себе видение не только предметов, но и их отсутствия, что удается лишь при взгляде искоса, как бы ненароком, и позволяет уловить связь с прошлым великолепием данного места. Хотя, конечно, это всего лишь иллюзии, тени реальных вещей, едва заметные сквозь пелену минувших лет — как призрак привидения.

Это город Эдриана Уэллса, упомянутый в книге, — а значит, это и город Гривано, насколько таковым вообще может быть какой-нибудь земной город. Стэнли хочет освоить манеру передвижения Гривано: по-кошачьи бесшумно, начиная шаг не с пятки, а с подушечки стопы. Не прячась, но притом оставаясь невидимым. Всякий раз, когда на тротуаре впереди возникает свободное от пешеходов пространство, он закрывает глаза и начинает шагать вслепую, воображая неровности древней булыжной мостовой под мягкими подошвами, вес тонкого клинка на своем боку и длинный черный плащ на плечах, развеваемый ночным ветром. Сама по себе ночь — это дополнительный покров. Он не знает, откуда у него возник столь отчетливый образ Гривано; в книге Уэллса его внешний вид ни разу не описан. Стэнли приходит в голову, что источником мог послужить какой-нибудь киногерой: скажем, Стюарт Грейнджер в роли Скарамуша или даже Зорро из фильма, который он видел еще в детстве. После нескольких шагов он открывает глаза, щурится от солнца и корректирует траекторию своего движения.

Он приближается к группе старых бинго-павильонов, часть из которых закрыта, а другие переоборудованы в залы игровых автоматов. Изнутри доносятся молодые голоса и грохот пинбольных шариков. Он бы охотно вошел и сыграл несколько партий — у него это неплохо получается, — но там могут появиться и «псы», а он сейчас не готов к столкновению, еще не продумал стратегию борьбы с этой шпаной. Если придется, он будет воевать. Возможно, для того чтобы они отстали, будет достаточно выбить из игры пару-тройку «псов». И не просто выбить на короткое время, а отправить их в больницу или даже на кладбище, чтобы другие отнеслись к нему серьезно. Вот только он не уверен, стоит ли нарываться на все эти проблемы, а посему лучше до поры вести себя тихо и не высовываться.

Удаляясь от берега, он пересекает Спидуэй и идет мимо жилых зданий из красного кирпича с магазинчиками на первых этажах. Вымытые дождем улицы сияют чистотой, словно ждут инспекции большого начальства. Исчезли обычные запахи жареной пищи, разлитого алкоголя, блевотины и мочи, доносившиеся из переулков и подворотен, но зато их сменили ранее не ощутимые запахи нефтепромысла, напоминающие смесь из вони переспелых фруктов и тухлых яиц. За бульваром Эббот-Кинни многоэтажки исчезают, уступая место заросшим сорной травой лужайкам за щербатым штакетником и садам, огороженным старыми железнодорожными шпалами. Для этого времени года здесь очень много цветов и свежей зелени: мирт и самшит, хвощи и олеандры, жасмин и ломонос на обрешеченных верандах, космея и алтей вдоль изгородей. Корни слабо держатся за песчаную почву, и длинные стебли растений при всякой возможности норовят прислониться к заборчикам или стенам, укрепляясь и разрастаясь в ущерб своим не столь везучим соседям по грядке.

На другой стороне улицы патриарх с косматой белой гривой толкает по крошечному газону старомодную косилку, тяжело переставляя облепленные сырой травой сандалии. Он таращится на Стэнли, сузив глаза до щелочек за толстыми линзами очков. Стэнли отворачивается.

Ему не известны никакие приметы Уэллса. Он мог бы, сам того не зная, разминуться с ним на улице — и не исключено, что такое уже случалось. Это вполне естественно, однако ему трудно с этим смириться. В своих мечтах Стэнли всегда узнает Уэллса без проблем: их пути пересекаются, взгляды встречаются, и он по ироничному и озорному выражению на лице этого человека тотчас понимает, что перед ним Уэллс. В его фантазиях Уэллс также сразу опознает Стэнли. Как родственную душу. Как молодого человека, встречи с которым он давно ждет.

Стэнли осознает ребяческую наивность этих мечтаний. Разумеется, на самом деле ему следует наводить справки, общаться с местными, но он не знает, как лучше это устроить. Он научился не привлекать к себе лишнего внимания — что далось ему не так уж легко — и теперь вовсе не рад перспективе сделаться более заметным. За исключением карточных трюков и случайных приработков, он годами не имел прямых контактов с миром добропорядочных и законопослушных граждан. Эти люди — выгуливающие собак, подстригающие газоны, занятые своими каждодневными делами — представляются ему существами другого вида.

Размышляя об этом, Стэнли слышит отцовский голос, произносящий те же самые слова, и улыбается. Вспоминает отца, в парадной форме сидящего на кухне бруклинской квартиры и прихлебывающего молочный напиток. Все прочие — его дед, его дядя, его мама и сам Стэнли — молча стоят перед ним. Стэнли не отрывает взгляда от боевых наград на отцовской груди: медали «За тихоокеанскую кампанию» и «Бронзовой звезды». Всякий раз, когда отец смеется, они начинают похлопывать его по мундиру оливкового цвета.

Чуть позже отец доверил Стэнли протащить его новенький вещмешок часть пути до метро на Бедфорд-авеню и одарил его пригоршней сверкающих десятицентовиков.

— Сваливай оттуда, как только сможешь, — напоследок сказал ему отец, — иначе эти пиявки по капле высосут всю твою кровь.

К тому времени, как красные китаезы укокошили отца (что он сам и предсказывал), Стэнли уже вел незаметную жизнь под стать таракану: тихо проникал в квартиру, когда нуждался в еде и укрытии, и так же тихо исчезал снова, чтобы далее рыскать по окрестностям. Он так и называл себя в ту пору: тараканом. И даже гордился этим сравнением. А спустя еще год, когда умер дед, а мама навсегда потеряла дар речи, Стэнли покинул дом окончательно.

Здание справа от него снизу доверху обросло ползучей бугенвиллеей: только покосившееся крыльцо и пара мансардных окон еще видны среди изумрудной зелени и матово-красных прицветников. Стэнли никак не ожидал обнаружить столь заросшее строение в центре большого города. Что-то движется во дворике среди вьющихся стеблей, — оказывается, это кошка. Затем он видит еще несколько, около дюжины. Один изможденный серый перс глядит на него с крыльца; он так отощал, что кажется бестелесным, состоящим только из пары желтых глаз и комка шерсти.

Стэнли идет дальше. Шум прибоя стихает у него за спиной. Он размышляет о кошках и заброшенных домах. Об Уэллсе. О Гривано. О черных скорпионах и неведомо чьих глазах, следящих за тобой из глубины джунглей.

Он резко останавливается на тротуаре. «Парикмахерская — вот что мне сейчас нужно», — думает он.

18

Два часа спустя, когда прибывает автобус из Санта-Моники, Стэнли ждет его на остановке, придерживая за горловину отцовский вещмешок. Он перехватывает Клаудио в дверях, заталкивает его обратно в салон, влезает туда сам, платит за проезд и опускается на сиденье. Краденые банки сардин брякают в мешке, когда он пристраивает его у себя на коленях.

— Мы едем в Голливуд, — говорит Стэнли.

Клаудио застывает в проходе с отвисшей челюстью. Потом кладет ладонь на короткую стрижку Стэнли.

— Твои волосы, — бормочет он.

Стэнли перехватывает его руку и рывком усаживает Клаудио рядом с собой.

— Оставь это, — говорит он. — Ты слышал, что я сказал? Едем в Голливуд.

— Ты стал похож на солдата, — говорит Клаудио.

Пока автобус едет на юг до конечной станции, а затем вновь направляется на север, Стэнли рассказывает Клаудио то, что узнал от парикмахера. Оказывается, Эдриан Уэллс теперь связан с кинобизнесом: пишет сценарии фильмов и даже иногда их режиссирует. Совсем недавно он закончил съемки неподалеку отсюда, на набережной, и сейчас в Голливуде занимается монтажом отснятых материалов.

— У него там играют несколько больших звезд, — говорит Стэнли. — Даже мне знакомы их имена. Для тебя это может стать звездным часом, приятель.

Клаудио пытается выглядеть спокойным, осмысливая только что услышанное, но Стэнли видит, как его руки от волнения покрываются пупырышками.

— С какой студией Уэллс заключил контракт? — спрашивает он.

— Вроде бы с «Юниверсал пикчерз». По крайней мере, так сказал парикмахер.

— Насколько мне известно, «Юниверсал» находится не в Голливуде, — говорит Клаудио. — Их площадка и офисы расположены за городом. Как нам найти это место?

— Найдем, — заверяет его Стэнли. — Разве это так уж трудно?

Они делают пересадку на бульваре Санта-Моника и направляются вглубь города, мимо прямоугольной белой башни мормонского храма, мимо студии «Фокс» и гольф-клуба, через Беверли-Хиллз. Стэнли не перестает удивляться тому, что кто-то называет эту местность городом. Скорее, это выглядит, как если бы нормальный город порезали на куски и разбросали с самолета куда попало: высокие здания группами или в одиночку без всякого порядка усеивают долину, а улицы с магазинами и частными домами протянулись между ними, подобно нитям грибницы. И всякий раз, когда Стэнли кажется, что они наконец-то добрались до настоящих городских кварталов, через минуту обнаруживается, что это совсем не так.

На перекрестке с Уилширским бульваром они меняются местами. Клаудио пересаживается к окну, чтобы высматривать лица знаменитостей в проезжающих «роллс-ройсах» и «корветах», а Стэнли вполуха слушает его комментарии, параллельно обдумывая план дальнейших действий. Ему бы впору радоваться такой подсказке, существенно облегчающей поиск Уэллса, однако в этом смутно ощущается какая-то неправильность. Не то чтобы он сомневался в словах парикмахера — у того не было никаких причин сбивать Стэнли со следа, — просто полученные сведения не согласуются с тем образом Уэллса, который сложился у него в голове. И это его немного пугает. Так и хочется воскликнуть: «Да при чем тут кино?!» Стэнли чувствует себя обманутым, хотя и не может толком обосновать это чувство. Просто его коробит от мысли, что Уэллс этой книгой создал столь искаженное представление о самом себе — или, хуже того, не создал никакого представления вообще.

Выбравшись из автобуса, они полчаса бестолково блуждают по бульвару, пока Клаудио не получает наводку перед отелем «Сансет тауэр» от служителя-мексиканца, проболтав с ним гораздо дольше, чем это казалось Стэнли необходимым. Теперь им нужно дойти до остановки 22-го маршрута, который направляется к холмам за городом. Идут они неспешно, глядя по сторонам, и по пути Стэнли комментирует архитектурные выверты здешних кинотеатров: массивные колонны и фараоновы головы «Египта», мавританские стены с бойницами «Эль-Капитана». Клаудио слушает и кивает, то и дело нервно поглядывая на огромные белые буквы близ вершины холма к северу от них, словно боясь пропустить момент их исчезновения в наползающей дымке.

На подходе к «Китайскому театру Граумана» Клаудио внезапно ускоряется, что-то пробормотав по-испански, и выбегает на широкую площадку перед его фасадом. Стэнли со скептической усмешкой следует за ним, а между тем Клаудио уже замер в состоянии полутранса, глядя себе под ноги, словно в попытке найти утерянную монету. Стэнли смотрит вниз и видит отпечатки рук и ступней, а также имена и надписи, некогда оставленные в жидком цементном растворе. В первый момент это вызывает у него ассоциацию с граффити типа «ГГ + ВК» и отпечатками крылатых семян клена на бетонных дорожках нью-йоркского парка. Затем он присматривается к этим надписям и замедляет шаг.

Кармен Миранда. Джанет Гейнор. Эдди Кантор. «Приветствую тебя, Сид». Мэри Пикфорд. Джинджер Роджерс. Фред Астер. Параллельные полосы от коньков Сони Хени. «Мои поздравления, Сид, вовеки». Круглые очки Гарольда Ллойда. Лоретта Янг. Тайрон Пауэр. «Сиду — по стопам моего отца». Перемещаясь к очередной надписи, Стэнли представляет себе минуту, когда она была сделана: как звезды смеются под огнем фотовспышек и картинно машут испачканными в цементе руками. Подобно детям, играющим в грязи. «Таково, значит, быть знаменитыми», — думает он.

Он поворачивается, готовый отпустить язвительную шутку, но его останавливает выражение лица Клаудио: столь откровенно восторженное, столь перенасыщенное благоговением, что Стэнли сей же миг разражается хохотом. Он даже садится прямо на бетон — рядом с отпечатком копыта Чемпиона, любимого коня Джина Отри, — чтобы перевести дух.

Двадцать второй автобус после краткой остановки у белой раковины «Голливудской чаши» углубляется в засушливую холмистую местность и наконец высаживает их перед входом на территорию «Юниверсал-Сити». Стэнли ожидал увидеть здесь поток машин с покидающими студию после смены рядовыми бойцами шоу-бизнеса, но никакого движения через ворота не происходит. При первом же взгляде на будку охранника он догадывается, что им тут ничего не светит, но все же решает попробовать.

— Извините за беспокойство, — говорит Стэнли, приблизившись к охраннику, — я приехал, чтобы повидаться с Эдрианом Уэллсом.

Охранник — плосконосый, с резкими морщинами на лице — закрывает роман Германа Вука, используя в качестве закладки вынутый из-за уха карандаш, и смотрит на Стэнли и Клаудио. Взгляд голубых глаз внимателен, но лишен всякого выражения.

— Эдриан Уэллс... — повторяет он.

— Верно.

— Не припоминаю такого, — говорит охранник. — Где находится его офис?

— Он здесь монтирует фильм. Он сценарист. И режиссер.

Охранник качает головой.

— Этот не из наших, — говорит он. — Может, он просто арендует здесь одну из монтажных?

— Может, и так.

— Что ж, первым делом вам надо выяснить, в каком корпусе он находится, затем он должен позвонить сюда, чтобы я занес вас в список визитеров, и тогда я вас пропущу.

До этого момента Стэнли мучительно пытался придумать ответ на ожидаемое: «У вас назначена встреча?», но этот вопрос так и не прозвучал. «По виду человека всегда можно определить, был ли он на войне», — говаривал его отец, не вдаваясь в подробные пояснения. И вот сейчас, глядя на этого человека, Стэнли отчетливо понимает, что он побывал на войне.

— Я не хочу доставлять людям лишние хлопоты, — говорит Стэнли. — Если вы просто пропустите меня и моего друга внутрь, мы найдем его сами, я в этом уверен.

Страж кривит губы в улыбочке.

— А вот я в этом совсем не уверен, — говорит он. — У меня за спиной больше двух сотен акров студийной собственности. И я не хочу разыскивать вас там, когда вы потеряетесь.

Стэнли понимающе кивает и смотрит на асфальт у себя под ногами. Волоски, приставшие к воротнику после стрижки, неприятно колют шею. Он вновь поднимает голову.

— Послушайте, — говорит он, — я проделал долгий путь, чтобы встретиться с этим человеком. И я не собираюсь вас дурачить. Я знаю, что ваша работа заключается как раз в том, чтобы не пускать внутрь посторонних вроде меня. Но я даю вам слово: если вы нас впустите, мы не создадим вам никаких проблем. О'кей?

Эта речь не производит впечатления на охранника.

— В любом случае этот ваш человек должен скоро уже закруглиться с работой, — говорит он. — Может, вам стоит его дождаться и потом побеседовать где-нибудь на стороне, пропустить по стаканчику... — Он еще раз оглядывает Стэнли и Клаудио. — Или по молочному коктейлю.

— Спасибо за то, что уделили нам время, — говорит Стэнли, и они идут прочь от будки.

В нескольких сотнях ярдов на юг вдоль Голливудской трассы начинается подъем на западный склон Кауэнги. Преодолевая его, они проходят через эвкалиптовую рощу и попадают в сонно-безлюдный поселок с узкими улицами и далеко отстоящими друг от друга домами. Ближе к концу подъема, на заросшей лужайке перед одним из домов, валяются пачки газет за три последних дня. Стэнли сворачивает на выложенную плитняком дорожку и открывает деревянные ворота.

На заднем дворе полно изжеванных теннисных мячиков и кучек засохшего собачьего дерма, но никаких собак не видно. В ограде есть лаз — две раздвинутые доски с клочками черной шерсти на щербинах, — которым пользуется Стэнли, тогда как Клаудио берет препятствие прыжком. Немного погодя, продравшись через густую высокую траву, они оказываются на краю клиновидного утеса над пересохшим ручьем. С этой позиции открывается вид на заходящее за горы солнце, на реку Лос-Анджелес в бетонном русле и на обширный комплекс строений «Юниверсала» прямо под ними. Из зарослей сумаха шумно взмывают синицы и, перекликаясь, уносятся вниз по склону. Ласточки стремительно рассекают воздух и возвращаются в свои гнезда на откосах вдоль трассы. Вдали, среди полыни и вечнозеленых дубков, можно разглядеть проволочную ограду, которая бледной полосой тянется примерно на четверть мили к северо-востоку, а потом загибается и исчезает из виду. Осматривая улочки между студийными павильонами и офисными зданиями, Стэнли не замечает там никакого движения.

Какое-то время они сидят на утесе и жуют вялые прошлогодние яблоки, а когда до них добирается тень от гор, бросают огрызки в сухое русло и начинают спуск.

Следующие полчаса они проводят в кустах перед оградой, сквозь сетку наблюдая за территорией студии. Небо становится темно-синим, на улочках загораются фонари, но не видно никаких признаков жизни; лишь однажды по дальнему зданию проскальзывает свет фар. Пора действовать. Стэнли и Клаудио снимают свои куртки, и Стэнли вставляет их одну в другую, просовывая рукава Клаудио внутрь своих. При этом из карманов сыпется песок, попавший туда во время их ночевок на пляже, побуждая его на секунду задуматься о множестве посещенных им мест и огромности расстояний, которые ему довелось преодолеть.

Затем он вручает куртки Клаудио и, примерившись, с разбега бросается на один из столбов ограждения. В последний момент Клаудио подхватывает ногу Стэнли и толкает его вверх. Удар выворачивает из рыхлого грунта бетонную чушку в основании столба, и тот клонится назад вместе с повисшим на нем Стэнли. А тот уже зацепился за верхнюю перекладину, над которой натянуты четыре ряда колючей проволоки. Клаудио подает ему куртки, Стэнли накрывает ими колючку и переваливается на ту сторону. Поднявшись с земли после неловкого падения и отряхивая с себя пыль, он обнаруживает Клаудио уже здесь, на внутренней стороне ограды, — тот подпрыгивает, дюйм за дюймом стягивая их одежду с проволоки.

Они минуют импозантный фасад здания суда (само здание за фасадом отсутствует) и обходят ложе искусственного озера, вода из которого спущена, а береговые скаты облеплены черной ряской. Ветерок, дующий с перевала Кауэнга, шевелит кроны деревьев, просеивая сквозь листву свет немногочисленных фонарей. Двигаясь в западном направлении, они обнаруживают все новые бутафорские постройки, включая соломенные хижины среди пальм, замызганный горняцкий поселок и типичную мексиканскую деревушку. Тут и там разбросанные окурки и корявые граффити дают понять, что они далеко не первые незваные гости, перебравшиеся через ограду. В отдалении возникают и плывут в их сторону лучи фар; они замирают у стены, пережидая их неторопливое двойное касание.

Постоянно слышится глухой шум — то ли падающей воды, то ли каких-то невидимых механизмов, то ли просто ветра, понять невозможно. Они ускоряют шаг, продираются через живую изгородь и видят новые декорации, на сей раз более изощренные: корпус огромного паровоза, зубчатые стены средневекового замка, отрезок старомодно-экстравагантной улицы.

— Это, случайно, не Париж? — спрашивает Стэнли, шагая по булыжной мостовой. — Как по-твоему?

— Да, — говорит Клаудио, озираясь. — Это Европа. Должно быть, Париж.

— А ты бывал в Париже?

— Никогда.

— Тогда с чего ты взял, что это Париж? Здесь нет Эйфелевой башни и всего прочего, что там есть у них.

Клаудио глядит мимо него.

— Ты первый упомянул Париж, — говорит он. — Я только повторил за тобой.

— Может, мы считаем это Парижем только потому, что он похож на тот Париж, каким его показывают в фильмах? А что, если настоящий Париж не имеет ничего общего с киношным? Может, настоящий Париж больше похож на Китай. Откуда нам знать?

Впереди появляется круглый фонтан, украшенный четырьмя крылатыми львами; его высохшая чаша заполнена шарами перекати-поля, занесенными из ближайшего псевдогородка Дикого Запада. Ветер слабеет и меняет направление, принося запах гари, от которого у Стэнли щиплет в носу.

— Да тут вообще запустение, — говорит он.

— А здесь никто и не жил. Это все ненастоящее.

— Сам понимаю, не такой уж я тупой. Я хотел сказать, что все эти штуковины давно никто не использует. Похоже, лавочка закрылась.

Клаудио заметно нервничает.

— Теперь съемки чаще проходят на натуре, — говорит он. — Так оно правдоподобнее... Ты чувствуешь, пахнет горелым?

Повернув за угол, они натыкаются на гору обугленного гипсокартона и покореженных ферм: декорации городского квартала, недавно уничтоженные пожаром. Мостовая и сточные канавы покрыты толстым слоем сажи и пепла, которые с шорохом струятся по их лодыжкам при порывах ветра. Смрад такой, что становится трудно дышать. Стэнли осматривает уцелевшие сооружения по соседству, дабы понять, что здесь находилось — то есть подразумевалось — прежде. Видит фасады универмагов и театров, нижние этажи небоскребов в гранитной облицовке. Это Нью-Йорк.

Они спешат удалиться от пожарища. Следующий квартал состоит из солидных особняков с черными балюстрадами и решетчатыми окнами, а вдоль тротуаров выстроились изогнутые крючком фонари. Бруклин как под копирку. И хотя в действительности здесь нет ничего общего с городом, в котором он вырос, Стэнли знает, что на киноэкране он принял бы это за реальный Нью-Йорк, ничуточки не усомнившись. Он вспоминает ранее виденные фильмы с изображением хорошо знакомых улиц. Некоторые из них вполне могли быть сняты в этих самых декорациях. Сейчас, уже задним числом, он вспоминает, что подобные сцены всякий раз казались ему какими-то неестественными, но до сей минуты и в голову не приходило, что даже дома и улицы там могли быть подделкой. И он чувствует себя одураченным.

— Стэнли! — слышится громкий шепот Клаудио, который призывно машет из закутка между стеной и крыльцом, куда сам он успел забиться.

Однако уже поздно: на Стэнли падает свет фар. Машина по инерции продолжает разворот, и лучи уходят в сторону, оставляя его в темноте, но тут же раздается визг тормозов.

Стэнли и Клаудио пускаются наутек, сворачивают за угол, перебегают улицу и прячутся в кустах рядом с муляжом новоанглийской церквушки. С того места, где они только что стояли, доносится хлопок автомобильной двери, потом еще один.

— Тебя засекли? — спрашивает Клаудио.

— Ясное дело.
— И что теперь?

Стэнли не отвечает. Отсюда недалеко до проволочной ограды, но на ее преодоление может не хватить времени. Кроме того, ограда в этом месте вплотную подходит к реке, и спрыгивать с нее придется на забетонированный береговой откос, что в темноте чревато травмами. Но и бежать вглубь незнакомой студийной территории рискованно: они могут очутиться в тупике, где их возьмут тепленькими. А путь, которым они сюда пришли, теперь перекрыт.

Два белых луча обшаривают фасады особняков на только что покинутой ими улице. Очень яркие лучи — должно быть, от прожекторных фонарей с мощными аккумуляторами. Эти студийные охранники передвигаются в манере копов — сохраняя между собой дистанцию и не направляя свет друг на друга, — и Стэнли понимает, что сбить их со следа будет непросто. У стража ворот он пистолета не заметил, но насчет этих двоих можно не сомневаться: они идут сквозь темноту решительно, как люди со стволами.

— Надо делать ноги, — шепчет Клаудио. — Они нас найдут.
— Сиди тихо, и все обойдется.
— Нет смысла сидеть здесь. И нам не найти надежного укрытия. Они тут знают каждый закоулок.
— Если сейчас побежим, станем для них мишенями. Они только этого и ждут: спугнуть нас, чтобы потом подстрелить. Я проделал такой путь не затем, чтобы схлопотать пулю от этих клоунов.
— Послушай, Стэнли, твоего Уэллса здесь нет. Здесь вообще никого нет, кроме охраны. Нам незачем тут оставаться.

Охранники уже подошли достаточно близко, чтобы можно было разглядеть их лица: красивые, спокойные, уверенные. У каждого в правой руке револьвер, судя по виду — стандартный полицейский «кольт» 38-го калибра. Скорее всего, это копы, которые по ночам, в свободное от службы время, подрабатывают в охране. Такие без колебаний спустят курок. Стэнли прикидывает варианты: что, если Клаудио отвлечет одного из них, и тогда можно будет увести за собой второго, а потом внезапно напасть на него и завладеть оружием. Скажем, добраться до кучи обломков, которую они проходили ранее, а уж там наверняка найдется что-нибудь увесистое, типа куска арматуры, которым можно проломить череп.

— Я к ним выйду, — говорит Клаудио.

— Что?

— Я сейчас к ним выйду. А когда они меня задержат и уведут, ты выберешься тем же путем через ограду. Встретимся на трассе, у автобусной остановки.

Стэнли перестает следить за перемещениями фонарей и поворачивается к приятелю.

— Ты вконец уже сбрендил? — шипит он. — Что значит «ты к ним выйдешь»? И что ты будешь делать?

Клаудио продолжает смотреть на охранников, переводя взгляд с одного на другого; Стэнли ощущает на своем плече его твердую и теплую ладонь.

— Я с ними поговорю.

Стэнли тяжело вздыхает.

— Если они сдадут тебя в участок, тебе крышка, — говорит он. — В лучшем случае тебя вышлют обратно в Мексику. Ты *этого* хочешь?

— Они не сдадут меня в участок.

— Да? А с чего ты так решил, умник?

— Я буду плакать и всячески извиняться. Это не проблема. — Он ухмыляется, глядя на Стэнли. — И потом, я выгляжу как приличный американский юноша.

Стэнли открывает рот, чтобы возразить, но Клаудио уже поднимается и выходит из кустов.

— Если через час меня не будет на остановке, — говорит он вполголоса, — возвращайся на берег. Встретимся в нашем логове.

И вот уже он медленно идет посередине улицы с высоко поднятыми руками. Стэнли наблюдает из укрытия. Лучи фонарей, скользнув по мостовой, скрещиваются на Клаудио, и его темный силуэт четко обрисовывается в ореоле их света.

— Добрый вечер, друзья, — говорит он громко. — Кажется, я заблудился.

Стук сердца отдается в горле и висках Стэнли. Он лежит на земле, боясь пошевелиться. Охранники приближаются к Клаудио, невидимые за слепящим светом своих фонарей. Их дальнейшего разговора Стэнли не слышит. Один из лучей перемещается от Клаудио в сторону кустов, из которых тот появился. Стэнли зарывается лицом в перегной.

Луч проходит над ним — один, два, три раза. Выждав после этого примерно полминуты, он поднимает голову. Охранники уже спрятали оружие в кобуры; один из них светит в спину Клаудио, тогда как второй стоит спереди, положив руку ему на шею. Похоже, он выкручивает Клаудио ухо, как учитель школьнику; с другой стороны, этот жест можно счесть и вполне дружелюбным. Его фонарь направлен снизу в подбородок Клаудио, чье выражение лица прочесть невозможно: глаза и рот скрыты черными тенями. В следующий момент все трое разворачиваются и вскоре исчезают за углом.

Стэнли не двигается, прислушиваясь к звуку запускаемого двигателя и шороху колес; свет фар в каньоне меж бутафорских фасадов понемногу слабеет. Все это, как ему кажется, длится неимоверно долго. Наконец вокруг снова тьма и тишина. Стэнли встает и быстрым шагом направляется к погорелому кварталу и далее, повторяя их с Клаудио путь в обратном направлении.

До места, где они проникли на территорию студии, он добирается за считаные минуты, но после двух неудачных попыток перелезть через ограждение понимает, что в одиночку ему это не по силам. Теперь необходимо наклонить столб наружу, но сделать это без помощи Клаудио он не может. Надо искать другие варианты. Поскольку к югу отсюда слишком много огней и жилых домов, он идет в противоположную сторону, к реке, высматривая, не удастся ли где-нибудь пролезть под нижним краем сетки. Но это безнадежно: повсюду между столбами в дюйме от земли туго натянут проволочный трос. В конце концов он доходит до крутого поворота ограды, где угловой столб снабжен дополнительной опорной стойкой, и это дает ему шанс. Он перебрасывает через ограду свою куртку, за ней вещевой мешок и вздрагивает от шума, с которым тот падает на твердую почву. Потом начинает взбираться сам, цепляясь пальцами и носками ботинок за сетку. Уже на самом верху страх и нетерпение приводят к излишней спешке, он неудачно переносит ногу через колючую проволоку, джинсы рвутся и расползаются в районе голени, на несколько секунд Стэнли беспомощно зависает, клонясь вперед, — еще немного, и под действием собственного веса он полетит с этой высоты вниз головой. Но ему все же удается сохранить равновесие, сделать паузу и отдышаться — глядя на черный гребень горы Ли, затмевающий огни большого города, — а затем потихоньку высвободить ногу и спрыгнуть на землю.

Теперь он идет вдоль ограждения на юг, пока не появляются уличные фонари, асфальт под ногами и свет в окнах домов, где пожилые пары играют в кункен, а семьи с детьми поудобнее устраиваются перед телевизорами. Кровь на ободранной лодыжке подсохла, и он переходит на бег, ибо не уверен в том, сколько сейчас времени. Клаудио назначил встречу через час, а, по ощущениям Стэнли, уже прошло никак не меньше с момента их расставания — ни тот ни другой, понятно, не имеют часов.

Когда он выходит к автобусной остановке, Клаудио там нет. Стэнли бросает вещмешок на скамью и садится. Потом встает и смотрит на запертые ворота и студийные владения за ними. Там не заметно никакого движения, даже отсветов автомобильных фар. На востоке темный массив Кауэнги обретает все более отчетливые контуры на фоне фиолетового неба, и через несколько минут из-за горы появляется красноватая, слегка ущербная луна. Стэнли наблюдает за тем, как она плывет по небосводу, постепенно сменяя цвет на желтый, а затем на серебристо-белый.

Он вновь садится на скамью и достает из мешка «Зеркального вора». Фонарь над ним дает достаточно света, но Стэнли не читает, не может сконцентрироваться. На миг у него возникает желание со всей силы швырнуть эту книгу в сторону ворот. Он представляет себе, как в полете она превращается в огненный вал и дочиста выжигает всю долину — или оборачивается гигантской совой, летит сквозь тьму, находит Клаудио и переносит его в безопасное место. Стэнли верит, что книга на такое способна. Он верит в ее чудотворную силу.

Но бросок остается лишь воображаемым. Закрытая книга бездельно лежит у него на коленях, как заклинивший пистолет, а Стэнли цитирует ее содержимое по памяти.

> Створки врат Онира к западу раскрылись,
> как оскал разверстый черепа пустого.
> И сквозь сон Гривано смехом поощряет
> яростный огонь: «В нем вся суть процесса, —
> говорит алхимик. — Пусть пылает ярче
> и не угасает». Это верный способ:
> лишние субстанции пламя удалит,
> бот-бар-бот за дверцей раскаленной печи
> под покровом ночи новый день творит.

Интересно, а как поступил бы на его месте Гривано? Вопрос нелепый по множеству причин. И прежде всего потому, что Гривано действовал бы в одиночку — или, по крайней мере, только с теми сообщниками, которых он смог бы покинуть без сожаления. Стэнли, конечно, не обладает набором знаний Эдриана Уэллса по разным предметам — истории, алхимии, древним языкам, магии, — но в темных делах у него есть кое-какой опыт. И Уэллс наверняка знает в них толк.

Последний ночной автобус притормаживает перед остановкой и следует дальше без Стэнли. Он тоскливо думает, как потом будет добираться до побережья. Откладывает книгу, встает и начинает нервно ходить вокруг скамейки, время от времени нагибаясь, чтобы отскрести с ноги засохшую кровь. Проезжающая по трассе патрульная машина сбрасывает скорость. Копы смотрят на Стэнли, он смотрит на копов. Машина останавливается, но через пару секунд вновь набирает ход. Стэнли провожает копов громкой бранью. Потом он ругает Клаудио, ругает себя — и так, бормоча проклятия, возобновляет хождение по кругу. А еще через какое-то время начинает стонать, обхватив себя руками и сгибаясь пополам, испытывая непривычное чувство: не столько страх, сколько физиологический позыв, как перед чихом или опорожнением кишечника.

Вдали на территории студии появляются горящие фары. Стэнли опускается на скамью и ждет их приближения. Белый седан без номеров подкатывает к воротам. Открывается задняя дверь, из салона вылезает Клаудио. Он наклоняется к окошку водителя, что-то говорит, затем поднимает ладонь в прощальном жесте и проходит через калитку. Белая машина разворачивается и уезжает туда, откуда приехала. Клаудио идет к автобусной остановке, сунув руки в карманы. Стэнли обозначает себя взмахом руки. Клаудио не машет ему в ответ.

Когда Клаудио вступает в круг света от фонаря над остановкой, Стэнли бросается к нему, хватает за плечи и начинает трясти.

— Черт побери, чувак! — восклицает он.

Клаудио вырывается из его рук и отталкивает Стэнли, который пятится обратно до скамьи. Клаудио выставляет вперед подбородок и яростно кривит рот.

— Отвали, кретин! — говорит он.

— Да что с тобой? Я просто рад тебя видеть целехоньким, только и всего. Что случилось?

Клаудио отворачивается, качая головой. Потом снова смотрит на Стэнли.

— Тот фильм, который снимал твой Уэллс на берегу, — как он называется?

— Не помню, — говорит Стэнли. — Кажется, парикмахер этого не сказал.

— По твоим словам, в нем снимались большие звезды, чьи имена знакомы даже тебе, так? Ты можешь сейчас назвать эти имена, Стэнли?

— Вряд ли я вспомню, чувак. Эта голливудская фигня не держится у меня в голове...

— Может, среди них был мистер Чарлтон Хестон?

Стэнли на секунду задумывается.

— А ведь и впрямь! — говорит он. — Там был Чарлтон Хестон! Мастер с ним даже встречался. Вроде как Чарлтон Хестон заходил в его салон вместе с какой-то известной актрисой.

— Ее звали Марлен Дитрих? — уточняет Клаудио. — Или Джанет Ли?

— Кажется, вторая. Джанет. Насколько помню.

Клаудио подходит к нему почти вплотную. Его дыхание убыстряется. Он смотрит на Стэнли темными бездонными глазами.

— А ты уверен, — произносит он свистящим шепотом, — что парикмахер называл имя *Эдриан*, говоря об Уэллсе?

19

В город они возвращаются пешком, ориентируясь сначала по луне, затем по общему уклону местности от перевала к морю и, наконец, по периодически проглядывающей сквозь придорожную листву гигантской надписи «ГОЛЛИВУД». К тому времени, как они добираются до бульвара Санта-Моника, оба уже вконец отупели от усталости, так что сил хватает лишь на то, чтобы перелезть через каменную ограду кладбища и вскрыть дверь какого-то помпезного склепа. Остаток ночи они проводят в полудреме на холодных мраморных плитах, за все это время обменявшись едва ли парой слов.

Утро начинается густым туманом, который, однако, быстро идет на убыль — соскальзывает с города, как стянутая кем-то драпировка. Пока Клаудио не проснулся, Стэнли разминает затекшие ноги, прогуливаясь среди могил: прямоугольников подстриженной травы с каменными ангелами, обелисками и склепами среди темных стволов пальм и кедров. Ничего подобного ему еще видеть не доводилось, даже в воображении. Скрестив руки и потирая стынущие локти, он думает об умерших людях, которых когда-то знал, и о том, что с ними случилось впоследствии, куда они ушли после смерти.

Он достает из вещмешка флягу с водой и относительно чистую тряпочку, промывает и перевязывает рану на ноге. Надо будет украсть новые джинсы — старые порваны и запачканы кровью. Покончив с перевязкой, он достает пакет крекеров, банку сардин и «Зеркального вора», садится на камень, подкрепляется и листает страницы, одновременно прислушиваясь к шуму машин на бульваре, крикам чаек в облаках и прочим звукам пробуждающегося города.

> Гривано затаился
>   среди костей и змей.
> Аргоубийцы крылья
>   над гребнем Белых скал
> уносят его в край теней и снов.
> Вот Океана даль, где сгинул Ариан!
> Но мученичество не под стать Гривано.
>   Он отступник!
> И жатву сна снимает его флейта
> с клочков земли, принадлежащих мертвым.

Когда Клаудио вылезает из склепа, он сам на себя не похож — хмурый, задумчиво-молчаливый, — но Стэнли его тормошит, выводя из этого состояния и привлекая к решению насущной проблемы: надо поскорее вернуться в убежище, притом что с деньгами у них совсем плохо. Пройдя несколько кварталов, они замечают на крыльце двухэтажного дома два больших пакета с пустыми бутылками из-под содовой, быстро и аккуратно их подхватывают, стараясь не выдать себя звоном, и спешат дальше по бульвару. Открытая аптека попадается только через милю, зато вырученной за стеклотару суммы хватает не только на автобус до пляжа, но еще и на полноценный завтрак.

Они заходят в оживленный кафетерий «Барниз» на повороте бульвара — здесь Санта-Моника загибается к югу, в сторону океана, — и заказывают кофе, бекон и оладьи. Большинство посетителей одето по-деловому, в костюмах и шляпах — видимо, сотрудники «Парамаунта» или «Голдвина», заскочившие перекусить по пути на работу, а также врачи-евреи из Синайского медицинского центра. За дальним угловым столиком сидят вразвалку, пуская кольцами сигаретный дым, стиляги с осоловелыми глазами — эти еще не ложились после ночных гуляний. У стойки бара владелец заведения беседует с двумя субтильными женоподобными типами в коротких курточках одинакового фасона, при этом находясь всего в полушаге от надписи черным по розовому: «ПЕДЕРАСТАМ ЗДЕСЬ НЕ МЕСТО». Стэнли и Клаудио озадаченно переглядываются. Это что, прикол такой? Он хоть понимает, с кем сам сейчас болтает?

Когда они выходят на улицу, к остановке как раз подруливает автобус номер 75, направляющийся в сторону берега, но тут Клаудио оглядывается на только что покинутый ресторанчик и застывает как вкопанный.

— Рамон Новарро, — шепчет он.

— Кто?

— Рамон Новарро! Вон там, заходит в кафешку!

Клаудио уже готов броситься вслед за своим кумиром, но Стэнли его перехватывает и запихивает в автобус.

— Угомонись, — говорит он. — Мы едем обратно.

Едва опустившись на сиденье, Клаудио прилипает носом к мутному от копоти стеклу и глядит назад, выворачивая шею.

— Поверить не могу, — говорит он. — Рамон Новарро завтракает в том же самом месте! Надо было с ним поговорить.

— Да кто он такой?

— Рамон Новарро! Звездная роль в «Бен-Гуре»! Играл в «Арабе» и «Узнике замка Зенда»! Это же эпохальные фильмы!

И пока автобус катит мимо фонтанов и беседок Беверли-парка, Клаудио взахлеб расписывает ему карьеру Рамона Новарро, перемежая факты биографии сюжетами его фильмов, что в результате образует сумбурную мешанину, восторженно-романтическую по тону и совершенно невразумительную по смыслу. Стэнли слушает его лишь краем уха. Опустив голову и сомкнув веки, он позволяет урчанию мотора потихоньку себя убаюкивать. Ему видится Клаудио одиноким мальчишкой в Эрмосильо: как он перелистывает тонкими пальцами выцветшие страницы американских журналов и как широко распахиваются его черные глаза, когда гаснет свет в кинозале перед началом сеанса...

Время уже близится к полудню, когда перед ними открывается вид на океан. По пути через Санта-Монику они пополняют свои запасы в паре бакалейных лавок: пока Клаудио отводит глаза продавцам — «чертов мексикашка ни бельмеса по-английски!», — Стэнли разживается фруктами, крекерами и мясными консервами. В качестве бонуса он прихватывает кварту молока и пару шоколадных батончиков, но Клаудио не впечатляет и это. Вместе с усталостью растет и его раздражение. Туман рассеивается. Становится теплее.

Клаудио запивает шоколад молоком и передает бутылку Стэнли.

— Что будем делать теперь? — спрашивает он.

— Не знаю. Можем поваляться на пляже. Вздремнем. Или ты не об этом?

— Я о том, как мы раздобудем деньги?

Голос его звучит отрешенно, механически, словно он затевает старый спор только по привычке, чтобы отвлечься от каких-то других мыслей. Стэнли бросает на него быстрый взгляд.

— Деньги? — переспрашивает он и бряцает консервами, встряхивая свой мешок. — У нас тут еды на три дня. Нагрузился так, что еле тащу. На что нам еще нужны деньги?

Лицо Клаудио искажается гримасой, но взгляд остается неподвижным.

— Деньги нужны на жилье, — говорит он. — Чтобы найти подходящее место и там обосноваться.

— Обосноваться? Что значит «обосноваться»? Ты хотя бы понимаешь значение этого слова?

— Я понимаю его значение. И я понимаю, что мы не можем дальше продолжать в том же духе.

Стэнли встает и закидывает вещмешок на плечо.

— Вот, значит, как? Говори за себя, приятель. Я живу таким манером с двенадцати лет. Если тебе это не подходит, очень жаль. Слабак ты гомосячий.

Клаудио бледнеет, но не поддается на провокацию, и Стэнли уже начинает сожалеть о сказанном.

— Я тебе помогал, — говорит Клаудио. — Я помогал искать нужного тебе человека. Теперь твоя очередь помочь мне.

— Ну да, конечно, ты помогал. Ты ведь совсем не хотел повидать Голливуд, верно? Эта поездка была великой жертвой с твоей стороны. Чем я могу тебе отплатить?

Чайки беззвучно парят над ними в прозрачном воздухе; их четкие тени с расправленными неподвижными крыльями скользят по асфальту, как подвески-мобили над колыбелью младенца.

Стэнли сходит с променада на песок. Клаудио следует за ним. Ближе к воде ветер становится холоднее; на пляже почти нет людей. Мимо проходят две старухи с вязанками отполированного волнами плавника. Неподалеку голый по пояс худой мужчина в черном берете стоит перед мольбертом, грунтуя холст. Кулики убегают от идущих вдоль полосы прибоя Стэнли и Клаудио, останавливаются, но с их приближением вновь ударяются в бегство.

К югу пляж раздается вширь, и когда они оказываются на достаточном расстоянии от набережной — то есть достаточно далеко, чтобы патрульные копы поленились делать крюк ради каких-то бродяг, — Стэнли садится на песок. Прилив в самом разгаре: высокие волны накатывают на берег, смывая храмы и башни тщательно воздвигнутого кем-то песочного города. Плоская черная деревяшка застряла там, где раньше была главная городская площадь; Клаудио нагибается, чтобы ее поднять. Похоже на обгорелую доску от старого корабля, густо облепленную ракушками и, вероятно, не один год проплававшую в океане. Клаудио бросает находку в следующую волну, которая уносит ее с откатом. Вдали, за пенистыми валами прибоя, море предстает однотонной, мерцающей серебристой полосой.

В конце концов Клаудио присаживается рядом со Стэнли. Тот отряхивает песок с ладони и проводит ею снизу вверх по худой спине приятеля. Клаудио вздрагивает, но потом расслабляется.

— Ты поможешь мне добыть деньги, — говорит он.

Стэнли глядит на горизонт, усеянный солнечными бликами, пока не начинают слезиться глаза.

— Предлагаешь вернуться к трюку с картами? — спрашивает он. — Это давало недурной доход.

— Те гопники снова к нам прицепятся.

— Можем делать это в городе. Переберемся поближе к Голливуду.

— Нет смысла. В каждом районе свои банды.

Клаудио закатывает рваную штанину Стэнли, снимает повязку с голени, молча осматривает рану и вновь ее перевязывает. Кладет руку на колено Стэнли. Потом сдвигает ее на бедро.

Стэнли склоняется к нему и в этот момент замечает что-то на волнах справа от них.

— Ты это видишь? — спрашивает он.

— Что?

— Да вон же! — Стэнли показывает пальцем.

На полпути до линии волнорезов гладкие волны качают, то поднимая, то скрывая, три черных сферических предмета. Они похожи на головы водолазов, всплывших, чтобы понаблюдать за берегом.

— Не вижу.

— Приглядись! Там их три штуки.

Стэнли становится на колени позади Клаудио и кладет ему на плечо руку, вытянутую в направлении непонятных предметов.

— Смотри внимательно, — говорит он. — Вон там.

Так они сидят с минуту. Рука Стэнли приподнимается и опускается в такт дыханию Клаудио. Одна сфера скрывается под водой, за ней вторая, а потом и третья.

— Теперь исчезли. Ты видел?

Клаудио отвечает не сразу.

— Там ничего не было, — говорит он.

Стэнли откидывается спиной на песок. Закрывает глаза.

— Черт побери, — бормочет он, — мне надо поспать.

Солнце греет его лицо, его веки. Рука Клаудио дотрагивается до его живота.

— А как ты добывал деньги в Нью-Йорке? — спрашивает Клаудио.

Стэнли через песок чувствует спиной удары волн, и это убаюкивает его так же, как ранее рокот автобусного мотора.

— Разными способами, — говорит он.

— Какими, например?

— Чтобы такое проворачивать, нужно сколотить команду. Нам эти способы не подходят.

— Неужто нет ничего подходящего для работы на пару? Ты уверен?

Стэнли делает глубокий вдох. Шум моря, как в поднесенной к уху раковине, нагоняет сон.

— Пожалуй, мы могли бы облегчать ужратиков, — сонно бормочет он.

— Кого?

— Ужратиков. Пьянчуг, ужратых в стельку. Избавлять их от бумажников. Это несложно.

— И при этом их бить?

— Не обязательно, разве что они полезут на рожон. Да и тогда они часто падают сами раньше, чем их ударишь. А в большинстве случаев они даже не понимают, что происходит.

— Мне не очень-то нравится эта идея.

— Хорошо. Когда придумаешь что-нибудь получше, дай мне знать.

— У меня есть идеи, — говорит Клаудио.

Стэнли кажется, что он спал всего пару секунд, но когда он пробуждается, чувствуя себя летящим в пропасть, в горле у него пересохло, на губы налипли песчинки, и все вокруг залито оранжевым светом. Солнце раздулось до чудовищных размеров, но его диск не раскален и уже частично погрузился за линию горизонта. Клаудио ушел.

Он с трудом поднимается на ноги, сердце гулко колотится в груди. Прилив отступает, но волны покрупнее еще оставляют пенный след всего в нескольких ярдах от него. В очередной набегающей волне, под самым гребнем, Стэнли видит темный продолговатый предмет, похожий на бревно или ствол пальмы, смытой с какого-то берега. Затем вдруг возникает пара блестящих глаз, и предмет, изогнувшись дугой, стремительно исчезает в толще воды. Чуть подальше среди волн мелькают два его собрата. Тюлени. Морские львы. Вот тебе и давешние водолазы. Стэнли смеется над собой.

На набережной загораются фонари, перед аркадами кипит людской водоворот, слышатся крики и смех. Поодаль в тени сжимают горлышки бутылок угрюмые личности, обшаривая глазами толпу. У входа в павильон Стэнли замечает парочку «береговых псов», но их лица ему незнакомы: должно быть, из нового пополнения банды, совсем еще зеленые. Он опускает вещмешок на скамью, роется в его недрах и на самом дне, среди банок с консервами, находит самодельный кистень с «билом» в виде клинообразного кожаного мешочка, наполненного крупной дробью. Стэнли изготовил его из подручных материалов несколько месяцев назад на одном из ранчо в Колорадо — или в Нью-Мексико. Он засовывает его сзади за ремень джинсов, прикрывает курткой и завязывает мешок.

Двигаясь вдоль набережной, Стэнли всматривается в толпу, особое внимание уделяя сплоченным группам, — у него такое подозрение, что Клаудио сейчас уже не в одиночестве. Но пока что его не видно ни под арками, ни на скамейках. Напротив пирса Стэнли разворачивается и вновь идет на юг, попутно заглядывая в боковые переулки. Трескучий рев множества мотоциклетных двигателей на одной из соседних улиц сигнализирует о движении целой орды байкеров. Это значит, что «псы» этим вечером будут рыскать поближе к берегу, избегая стычек с заведомо проигрышным исходом. Стэнли прибавляет шагу.

Навстречу ему по тротуару движется компания нарочито неряшливых хипстеров: два бородача в плетеных сандалиях, грязно-блондинистая девица в черном трико, белый парень с саксофонным футляром под мышкой и негр с трубой. Немного не доходя до Стэнли, они сворачивают вправо, на Дадли-авеню. При этом блондинка через плечо бросает на него какой-то странный, как бы узнающий и понимающий взгляд. Стэнли идет своей дорогой, а громкие голоса хипстеров, отражаясь от стен, еще какое-то время слышатся позади. В общих чертах они похожи на много раз виденных им обитателей Гринвич-Виллидж, только более загорелые и отвязные. Впечатления от их вида, звуков и запахов еще долго, на протяжении нескольких кварталов, не отпускают Стэнли, вызывая необъяснимое беспокойство.

В таких рассеянных чувствах он перед Уэйв-Крест-авеню едва не проходит мимо Клаудио, сидящего на скамейке рядом с красивым худощавым мужчиной в мятой цветастой рубашке и некогда элегантных брюках. Мужчина говорит по-испански с заметным американским акцентом, сопровождая свою речь смехом и взмахами левой руки, то и дело касающейся податливого плеча Клаудио. Стэнли маячит на углу, пока не убеждается, что Клаудио его заметил. Тогда он переходит на другую сторону улицы. Клаудио избегает встречаться с ним взглядом. Вместо этого он раз за разом с улыбкой поворачивается к собеседнику.

Сверкающий никелем и черным лаком «монклер», скрипнув тормозами, останавливается на перекрестке; из его открытых окон звучит саксофон Чака Рио. Не вставая со скамьи, красавчик имитирует танцевальные па, подпевая и выкрикивая «Текила!» в наползающие сумерки. Клаудио смеется и легонько хлопает его по колену. Мужчина наклоняется к бутылке в бумажном пакете у своих ног, и его длинные пальцы промахиваются мимо горлышка на целый дюйм. Стэнли прислоняется к стене, скрестив руки и стараясь дышать ровнее. Он чувствует, как пульсирует кровь в пораненной голени, тычками надавливая на тугую повязку. Кистень за ремнем напоминает о себе, упираясь в его копчик.

Клаудио поворачивается к Стэнли и манит его пальцем. Стэнли переходит улицу и приближается к ним гуляющей походкой, полуприкрыв глаза и изобразив на лице улыбку.

— Чарли, — обращается Клаудио к мужчине, — познакомься с моим другом Стэнли. Стэнли, это Чарли.

— *Encantado de conocerle, Señor*[1], — говорит мужчина и протягивает нетвердую руку. Пожатие влажное и слишком затянутое; Клаудио смеется.

— Взаимно, — говорит Стэнли.

— Чарли сочиняет рекламные тексты, — говорит Клаудио. — Он рекламщик.

— *Вы заметили, как много ваших соседей обзавелось мебелью от фирмы «Герман Миллер»?* — произносит Чарли, пародируя голос радиодиктора. — *В Детройте это ни для кого не секрет: пример «Эдсела» оказался заразительным!*

Стэнли приседает на корточки перед скамьей и смотрит в лицо Чарли, зрачки которого мечутся в глазницах, как июньские светлячки.

— Эй, Чарли, что ты там пьешь? — спрашивает Стэнли.

— Бу-ба бу-бу ба-бу бу-бу! — напевает Чарли, слегка брызгая слюной на Стэнли при каждом «б». — Лимон и соль в мартини? Карамба!

---

[1] Очень приятно познакомиться, сеньор *(исп.)*.

Однако Стэнли улавливает в его дыхании запах джина: в пакете бутылка «Сиграмса». Он мрачно смотрит на Клаудио, который не отводит глаза, но те кажутся остекленевшими, а что скрывается за этим стеклом, понять невозможно.

— Может, переместимся к воде? — предлагает Стэнли. — Что скажешь, Чарли?

— Чарли пригласил меня в свою берлогу, — говорит Клаудио.

— Куда?

— И тебя я тоже приглашаю, — говорит Чарли. — Двое — это хорошо, а трое — еще лучше. Чем больше компания, тем веселее. Согласен?

— Нет, — говорит Стэнли. — Давай лучше спустимся к воде. Вода сейчас такая приятная, Чарли. Она освежает. Тебя это взбодрит.

— Это хорошо, очень хорошо, — говорит Чарли. — Отличная мысль. Я люблю воду. Я люблю нырнуть в нее и...

Он поворачивается к Клаудио:

— Как тебе эта идея, друг мой? Ты не против? Хосе? Нет, извини! Э-э... твое имя? Кассиус? Мой тощенький голодный друг. Нет? Клавдиус? К-к-клавдиус? Нет, погоди... сейчас вспомню, сейчас... *Насаживай приманку на крючок, и эта рыбка клюнет. Самое время идти к воде. Чтоб мою книгу утопить на дне морской пучины, куда еще не опускался лот.*

Стэнли берет его за правую руку и тянет на себя. Это похоже на вытягивание растаявшей ириски: вроде бы дело продвигается, но Чарли при этом остается на скамье и еще успевает сцапать свою бутылку. Клаудио подхватывает его под левую руку, и наконец он поднимается на ноги.

Они ведут Чарли через променад, навстречу рокочущим звукам прибоя. Их руки смыкаются на его талии. Они не смотрят друг на друга. Теперь, будучи так близко, Стэнли может определить, что Чарли — пьянчуга со стажем, далеко скатившийся по наклонной: его тело под одеждой иссохло, как костяк огородного пугала, пряди светлых волос сухие и ломкие. Много с такого не возьмешь, разве что карманную мелочь. Зря он в это ввязался, овчинка явно не стоит выделки.

После нескольких шагов по песку, уже на краю освещенного фонарями пространства, Чарли начинает упираться.

— Ты в порядке, старина? — спрашивает Стэнли.

— Не хочу в воду, — ноет Чарли. — Я еще не готов.

— Ты о чем?

— Я сказал...

Ноги Чарли зарываются в песок, он распрямляет спину и принимает подобие строевой стойки «вольно». Речь его становится внятной, а произношение — чистым и правильным, как у бостонского «брамина».

— Я сказал, что еще *не готов войти в воду*. Если вы не возражаете.

Свободная рука Стэнли перемещается за спину, пальцы смыкаются на плетеной рукоятке. Но когда он снимает другую руку с талии Чарли, тот падает ничком, увлекая за собой Клаудио. Оба оказываются на песке еще до того, как Стэнли вытаскивает кистень из-за ремня. В нос ему ударяет запах алкоголя и можжевельника, снизу доносится мягкое бульканье вытекающей из бутылки жидкости. Смех Чарли звучит глухо, большей частью уходя в песок.

Оглянувшись по сторонам, Стэнли перекладывает кистень в боковой карман.

— Давай не будем шуметь, Чарли, — говорит он. — Хорошо?

Клаудио переворачивает Чарли на спину.

— Тихо! — говорит Чарли, выплевывая песок и похлопывая Клаудио по щеке. — Ш-ш-ш-ш! *Молчание — это лучший глашатай радости*, не правда ли, Тадзио? *Говори тише, если речь идет о любви*.

Стэнли опускается на колени рядом с Чарли и ощупывает карманы его брюк в поисках бумажника. Небо уже почернело, за исключением синеватой полосы на горизонте. На этом фоне к северу от них причудливыми силуэтами вырисовываются недостроенные аттракционы на пирсе. В процессе обыска Стэнли отвлекает Чарли разговорами.

— Ну и каково это — быть рекламщиком? — интересуется он.

— Нет, нет, нет, *нет*, — говорит Чарли. — Я не рекламщик, я атман. Я душа, дух, абсолют. Так же как и ты. И как он. Как все мы. Понимаешь?

— Так ты не сочиняешь рекламу?
— Больше нет. Давно забросил это дело.
— Тогда чем ты занимаешься, Чарли? Кроме пьянства, разумеется?
— Я поэт, — говорит Чарли.

Стэнли вынимает руку из его кармана и рассеянным движением разглаживает смятую материю. Где-то южнее два долгих гудка оповещают о надвигающемся тумане. Полная желтая луна повисла над городом; Стэнли смотрит на ее отражение, рассеянное бликами по океанским волнам. «Ну конечно же, — думает он. — Конечно же, именно так все и должно было произойти».

— Чарли, — говорит он, — скажи мне, ты, случайно, не знаешь такого Эдриана Уэллса?

20

Кавалькада байкеров заворачивает с набережной на Брукс-авеню, когда к этому перекрестку с другой стороны приближаются Стэнли и Клаудио. Девчонки в бриджах и юбках клеш затыкают пальцами уши и широко открывают рты, пока лучи фар описывают дугу на стенах зданий, а выхлопы форсированных двигателей вносят ощутимые коррективы в состав окружающей атмосферы. Перед винным магазином на Бриз-авеню припаркованы два «харлея»; их трубки и диски, хромированные и отполированные до зеркальности, практически невидимы в полутьме и демаскируются лишь искривленными отражениями проходящих мимо людей. Впрочем, Стэнли уделяет крутым байкам лишь один мимолетный взгляд.

— Ну что, убедился? — говорит Клаудио. — Я великий сыщик.

— Не великий, а просто удачливый, — говорит Стэнли. — Ты случайно подцепил пьянчугу, который пригодился *мне*, но он оказался не тем, кого искал *ты*. У этого при себе не было ни цента.

— Выходит, это ты у нас счастливчик? А все потому, что тебе посчастливилось иметь напарником такого великого и удачливого сыщика.

— Только не говори мне об удаче, — ворчит Стэнли.

Они перемещаются на север вдоль берега, и через несколько кварталов Стэнли видит пару знакомых лиц, возникающих в дверях игорного павильона: это вожак «псов», с которыми они сталкивались пару недель назад, и его подручный, прыщавый блондин. Оба кавалера при дамах — грудастой остроносой девице у босса и мексиканке-полукровке у белобрысого — и в данную минуту мало интересуются происходящим вокруг. Стэнли и Клаудио, на секунду замешкавшись, продолжают идти прежним курсом. Вожак замечает их уже на подходе. Стэнли встречается с ним взглядом и, не отводя глаз, делает невозмутимое лицо. Сощурившись, вожак изображает кривую ухмылку и слегка кивает Стэнли — отнюдь не дружелюбно, но и не без респекта, — а затем вновь поворачивается к своей спутнице. Стэнли и Клаудио беспрепятственно проходят мимо них.

Луна поднимается выше и сияет ярче, и в ее голубовато-серебристом свете Стэнли различает отдельные аттракционы на пирсе: американские горки, карусель, «ковер-самолет» с нарисованными минаретами и луковичными куполами. Они уже недалеко от цели. Пьяный Чарли дал очень путаные указания, но Стэнли сразу понял, куда идти. Он ранее бывал на Дадли-авеню и сейчас прямиком направляется к этому кафе, которое и возникает за поворотом — ярко освещенное и весьма людное. Они переходят улицу, и Стэнли открывает дверь.

Помещение вытянуто в длину, с проходом между двумя рядами восьмиугольных столиков. Выбеленные стены покрыты размашистыми черными надписями вперемежку с абстрактными полотнами: какой-то сумбур из пересекающихся линий, загогулин, брызг и клякс. Дальний угол зала отгорожен неширокой стойкой бара с медной кофеваркой эспрессо, а по ту сторону стойки расположились старая плита, негромко урчащий холодильник и очкарик-бармен в покрытой кофейными пятнами тенниске. Уже знакомая Стэнли компания хипстеров рассредоточена по залу: музыканты сидят ближе к бару, а блондинка пристроилась у стены слева. Она встречает Стэнли пристальным взглядом из-под полуопущенных век. Больше никто не обращает на него внимания. Сигаретный дым спиралями плывет вверх от всех столиков, и молочно-белая мгла под потолком как бы кристаллизуется в матовых шарах ламп.

Пятачок рядом с прилавком занимает ударная установка, перед которой лицом к публике стоит молодой человек в джинсах и свитере и, раскрыв блокнот, читает из него вслух. В правой руке он держит карандаш, словно только что закончил писать то, что сейчас озвучивает.

— *Я вижу священный град твоими глазами, Герман Мелвилл!* — вещает он. — *Свет новой луны — это твой свет, Герман Мелвилл, и мои шаги попадают в такт твоим слогам.*

«Должно быть, стихи», — думает Стэнли и тут же сам удивляется: с чего он это взял? Эти фразы мало похожи на язык «Зеркального вора», до сих пор бывшего единственной известной ему поэзией, если не считать нескольких рифмованных строк, которые выкрикивали кидалы на 42-й улице, завлекая падких на звучные цитаты студентов. Тогда почему он так сразу посчитал эту речь именно стихами, а не каким-нибудь хипстерским жаргоном?

Парень в свитере продолжает чтение нараспев, с подвывом — поминая Будду и Заратустру, русский спутник и «Дженерал моторс», — но Стэнли уже не прислушивается, вместо этого осматривая зал, который заполнен на три четверти. Новые посетители, не задерживаясь у входа, пробираются на свободные места. Табачный дым застилает глаза Стэнли, и все происходящее в зале видится как сквозь вощеную бумагу. За столом возле ударной установки он замечает пожилого человека в очках с роговой оправой и твидовой кепке; на вид ему лет шестьдесят — вдвое больше, чем любому из присутствующих. Он слушает поэта, время от времени слегка кивая. Справа от него сидит чернобородый лысоватый тип весьма устрашающего обличья. Стул напротив него не занят.

Стэнли толкает локтем Клаудио.

— Подожди меня здесь, — говорит он. — Я не задержусь.

Путь к тому столу заблокирован чтецом, и Стэнли приходится пролезать между ним и большим барабаном. Поэт отрывается от блокнота, замолкает и недоуменно глядит на Стэнли, а потом начинает искать место в тексте, на котором прервался.

Стэнли проскальзывает на свободный стул. Бородач встречает его хмурым взглядом, но в остальном никак не реагирует.

Стэнли наклоняется через стол к пожилому мужчине.

— Извините, мистер... — начинает он шепотом.

— Ш-ш-ш... — прерывает его мужчина, поднося палец к губам. — Не сейчас.

Между тем поэт снова поймал кураж — теперь он кричит что-то о башнях и пирамидах, о новом Ренессансе, об Атлантиде, встающей из волн Тихого океана. Публика подбадривает его возгласами, но Стэнли это одобрение кажется ненатуральным, как будто отрепетированным. Он нетерпеливо постукивает каблуком по гладкому полу, пока декламация не завершается на высокой ноте, после чего все хипстеры начинают щелкать пальцами, — должно быть, так у них принято вместо аплодисментов. Стэнли снова наклоняется через стол.

— Извините, — говорит он.

Мужчина исполняет еще несколько смачных щелчков, прежде чем взглянуть на Стэнли, надменно выгибая бровь.

— Чем могу вам помочь, молодой человек?

— Вы Эдриан Уэллс?

Бровь опускается, а лицо его искажает негодующая гримаса. Бородач подавляет смешок, поднимая глаза к потолку.

— Мой юный друг, — говорит мужчина, — я Лоуренс Липтон.

Он произносит это так, словно Стэнли наверняка слышал это имя и должен отреагировать соответственно. Кто-то нависает над плечом Стэнли: это чтец, желающий вернуть свое место за столиком. Стэнли вежливо улыбается пожилому мужчине.

— О'кей, — говорит он. — Но, может быть, вы *знаете* Эдриана Уэллса?

Липтон молча смотрит на него секунду-другую, выказывая нарастающее раздражение, а потом дважды стучит костяшками пальцев по белой пластмассе столешницы и рывком поднимается на ноги.

— Я знаю *всех*, — ворчит он и уже мимо Стэнли обращается к поэту: — Можешь сесть на мое место, Джон. Мне надо пообщаться с музыкантами.

Стэнли встает вслед за ним с намерением все же добиться ответа, но бородач задерживает его, беря за локоть — не грубо, но цепко.

— Погоди, — говорит он. — Эдриан Уэллс иногда здесь бывает. Приходит послушать джазовый речитатив.

— А сегодня он здесь?

— Пока нет.

— Что такое джазовый речитатив?

Липтон, обходящий стол, останавливается перед ударной установкой, медленно поворачивается и раздвигает руки на манер эстрадного фокусника или ведущего телевикторины. Этот жест, похоже, призван объять не только эту сцену и этот зал, но и все побережье в придачу.

— Вот это! — говорит он. — Это все и есть наш джазовый речитатив!

— Стюарт, — представляется бородач и протягивает Стэнли толстую квадратную ладонь.

— Стэнли, — отвечает Стэнли.

— Так что тебе нужно от Эдриана Уэллса? Ты его пропавший сын или типа того? Хочешь востребовать наследство?

— Я прочел его книгу, — говорит Стэнли, — и хочу с ним встретиться.

— Он что, издал книгу?

— Кто издал книгу?

Последний вопрос задает молодой поэт, садясь на освобожденный Липтоном стул.

— Эдриан Уэллс.

— Не слыхал о таком.

— Он живет недалеко отсюда, — говорит Стюарт. — Ларри с ним знаком. Он читал нам одну свою вещь вскоре после открытия кафе. Ты наверняка его здесь видел. Сначала кажется нелюдимым, но, если его немного подмаслить, может завернуть неслабую речугу. Ах да, Стэнли, познакомься — это Джон.

Поэт с заминкой протягивает руку. Стэнли также без спешки отвечает на рукопожатие.

— Запал на Уэллса, да? — спрашивает Стюарт. — А кто еще тебе в кайф?

— Не понял вопроса, — говорит Стэнли.

— Я о поэтах. Кого еще ты любишь?

Стэнли задумчиво упирается взглядом в столешницу, заляпанную свечным воском, обколотую по краям и в нескольких местах обожженную сигаретами. Затем снова смотрит на собеседника и пожимает плечами.

Стюарт оглаживает бороду, созерцая струйки дыма на фоне светящихся шаров над головой.

— Уэллс мне нравится, — говорит он. — В уме и таланте ему не откажешь. Но вот что я тебе скажу: его стихи сейчас совсем не в тему. Взять, например, Элиота — я от него реально тащусь, «Бесплодная земля» вообще срывает крышу. Но в наши дни гоняться за хвостом старого опоссума — это полный отстой. Стихи всех этих старперов — Пэтчена, Рексрота, Эдриана Уэллса, Кёртиса Цана, да и зачастую самого Ларри, — это как секс в презервативе. С мозгами у них порядок, а вот под ребрами, похоже, все усохло, причем сами они об этом даже не подозревают.

Ближе к центру стола из пластикового покрытия вырезан ромбовидный кусок, обнажая древесное волокно. В этом месте, частично прикрытом подсвечником с толстой красной свечой, кто-то наклеил трехцентовую марку с надписью «РЕЛИГИОЗНАЯ СВОБОДА В АМЕРИКЕ» и нарисовал вокруг множество символов: звезды, полумесяцы, кресты (включая древнеегипетский), пентаграммы и разные магические знаки. Почти все они так или иначе уже попадались на глаза Стэнли, но значение большинства ему неизвестно.

— Их поэзия напоминает кул-джаз, усекаешь? — продолжает Стюарт. — Тот же случай, что с кошками Элиота, которые отлично умеют сформулировать проблему, но даже не пытаются найти ее решение. И в результате все катится в никуда. Мы, нынешние поэты, должны продолжить дело Элиота с того места, где он остановился, когда гром говорит: *«Шанти, шанти, шанти»*.

Джон тычет большим пальцем в сторону входной двери.

— Кстати, о движении в никуда, — говорит он. — Взгляни, кто там нарисовался.

Стюарт поворачивает голову к двери. Стэнли следует его примеру и видит стоящую там невысокую черноволосую девушку с каким-то сонно-потерянным выражением лица. Позади, держа руку на ее шее, маячит мужчина с клювовидным носом и обезьяньими надбровными дугами. У него серая, цвета вареного мяса, кожа; крошечные глазки блестят на безжизненном во всех прочих отношениях лице. Девушка — при тонкой талии у нее широкие бедра и плечи — недурна собой, хотя уже понятно, что красота ее недолговечна. Даже плотная дымовая завеса не мешает Стэнли тотчас же распознать в этих двоих законченных наркоманов. В данный момент они выглядят как чревовещатель и его кукла.

— Это ведь не он? — спрашивает Стэнли.

— Уэллс? — Стюарт смеется. — Нет, чувак. Это скорее *прямая противоположность* Уэллса.

— Что он здесь делает? — удивляется Джон. — Я думал, он давно уже уехал. Разве они с Лин не собирались вернуться в Нью-Йорк?

— Они собирались, но я уговорил его остаться до хода рыбы, — говорит Стюарт. — Не в обычаях Алекса пропускать пиршество.

— Рыба? Но до нереста еще недели две.

— Нет, это случится уже завтра. Сегодня полнолуние, усек?

— Что за бред ты несешь, Стюарт? Никакого хода рыбы завтра не будет. Слишком рано, вода еще холодная.

Стюарт ухмыляется:

— А вот тут ты не прав, старик. Прошлой ночью мы с Бобом и Чарли ходили к океану пообщаться с Нептуном и его нимфами. Слово морского царя — это закон. Все уже решено: ход рыбы начнется завтра.

За спиной Стэнли негр играет гаммы на трубе с сурдинкой; затем и саксофонист начинает настраивать свой инструмент. Блондинка и еще несколько хипстеров перемещаются поближе к стойке бара, рассаживаясь прямо на полу или упираясь спинами в стену. Липтон взмахом подает знак Стюарту, сжимая в другой руке пачку мятой писчей бумаги.

— Ну вот, мой выход, — говорит Стюарт.

Он встает, вытягивает из заднего кармана блокнот и занимает место перед ударной установкой. Стоя, он оказывается ниже, чем можно было ожидать, лишь ненамного превосходя ростом Стэнли. Липтон, хлопнув Стюарта по спине, усаживается на освобожденный им стул.

Стэнли вылезает из-за стола, протискивается мимо Липтона и трогает Стюарта за плечо.

— Стюарт, мне нужна твоя помощь, — говорит он. — Как мне найти Уэллса?

Стюарт листает свой блокнот и отвечает, не отрываясь от этого занятия:

— Если он появится здесь этим вечером, я тебя с ним сведу.

— Можешь сказать, где он живет? Или где он работает? У тебя есть номер его телефона?

— Ничего этого я не знаю, — говорит Стюарт, со вздохом закрывая блокнот. — Послушай, мне сейчас выступать. Я помогу тебе найти Уэллса попозже. Успокойся и подожди немного, о'кей?

Стэнли опускает взгляд и слева от себя видит сидящую на полу блондинку, которая пялится на него самым откровенным образом. Ее глаза — серо-карие, фарфорово-кукольные — широко открыты. От этого Стэнли становится не по себе; он разворачивается и, сунув руки в карманы, идет к выходу.

Клаудио расположился за столиком у самой двери в молодежной компании: три девчонки сидят, а два парня стоят позади них, опираясь на спинки стульев. Клаудио привычно корчит из себя несчастного страдальца и находится примерно на середине душераздирающей истории о злоключениях иммигранта-мексиканца где-то в аризонской пустыне. Парни наклоняются к нему, чтобы лучше слышать, а каждая из трех девиц уже готова приютить бедного юношу в своем доме, чтобы вволю пичкать его пирожными и наряжать в модные тряпки.

Справа от Стэнли происходит какое-то еле уловимое движение: это человек с носом-клювом. Он придвигается все ближе, и у Стэнли возникает тревожное, но не сказать чтобы уж очень неприятное чувство, подзабытое со времени отъезда из Нью-Йорка: просто этот тип подбирается к нему точь-в-точь как тамошние карманники. Знакомое чувство его даже радует, хоть за этим могут последовать проблемы. Стэнли стоит спокойно, смотрит прямо перед собой.

— Вижу, ты здесь впервые, — говорит человек справа. — Я Алекс.

— Стэнли.

Алекс кивком указывает на Клаудио:

— Смазливый педик ловко взял их в оборот. Времени зря не теряет, да?

Стэнли не отвечает, ограничиваясь нейтральной улыбкой.

— Он ведь твой напарник, — говорит Алекс. — Хорошо с ним работается?

Тут Стэнли припоминает, что Алекс появился в кафе лишь пару минут назад и потому не мог видеть их с Клаудио вместе — во всяком случае, здесь. Он поворачивается лицом к собеседнику.

Алекс демонстрирует свой профиль Старик-горы, глядя куда-то в пространство.

— Сейчас вы с ним на мели, — говорит он. — Я угадал? И жить вам негде.

У него иностранный акцент: похож на британский, но не совсем. Возможно, ирландский или шотландский — Стэнли слабо разбирается в таких деталях.

— Ничего стыдного в этом нет, — продолжает Алекс. — Хотя порой приходится очень тяжко. Мне самому случалось бывать на мели. Но всякий раз это был мой *осознанный выбор*. Уверен, ты меня понимаешь. Скажи, а этот твой приятель — он и натурой приторговывает?

Стэнли волевым усилием гасит вспышку гнева, не давая ей проявиться в его лице и голосе.

— Нет, — говорит он, — этим он не торгует. А что, вы сами крутитесь в этом бизнесе?

— Он мог бы недурно зарабатывать, — говорит Алекс. — Не здесь, конечно же. Но я знаю много подходящих мест.

— Его это не интересует.

Алекс ненадолго задерживает взгляд на Стэнли. Глаза его сужаются до щелочек.

— Ты из Нью-Йорка, — констатирует он. — Это ясно по твоему выговору. Из какого района?

— Из Бруклина.

— А конкретнее? Флэтбуш? Боро-Парк?

— Уильямсберг.
— Ты еврей?
— Да, — говорит Стэнли. — Он самый.
— Далековато забрел от родного дома, тебе не кажется?
— Думаю, не дальше, чем вы от своего.
— Тут ты прав. Что привело тебя в Калифорнию?
— Я здесь по работе.
— И что за работа?

Стэнли напускает на себя серьезность:
— Подношу биты «доджерсам».

В первый миг Алекс выглядит озадаченным, а затем разражается хохотом. Множество глаз направляется в их сторону. Такое внимание к его персоне вовсе не входит в планы Стэнли. Он замирает, тупо глядя себе под ноги, и так стоит столбом, пока окружающие не возвращаются к своим прежним занятиям.

Алекс захлебывается смехом. В конце концов он умолкает и еще какое-то время приходит в себя.
— Со мной тут жена, — говорит он. — Ее зовут Лин. Гражданский брак, никаких церемоний. Но это не мешает нам быть супружеской парой.

При этом он не указывает Стэнли на свою жену и даже не глядит ее сторону. А та прислонилась к стене рядом со столиком, за которым обмениваются репликами три женщины, игнорируя Лин, словно она невидимка.
— На днях мы покидаем этот город, — говорит Алекс. — Едем в Лас-Вегас. Ты бывал там?
— Не доводилось.
— Лин там устроится танцовщицей. Точнее сказать, стриптизершей. Если что, и по полной обслужит клиента, за отдельную плату. В этом нет ничего постыдного. Каждый из нас может делать не более того, на что способен. Так было всегда.
— А что будете делать вы?
— Я писатель, — говорит Алекс. — Я намерен писать.

В другом конце зала Липтон, размахивая листками, громогласно выдает что-то вроде вступления. Стюарт стоит рядом с ним, уперев руки в боки, закрыв глаза и задрав нос к потолку. За ударными инструментами сидит лохматый белый парень, выбивая легкую дробь на малом барабане и цоколе тарелки. Блондинка поднимается с пола, скользя спиной по стене. Надпись черным над ее головой гласит: «ИСКУССТВО ЭТО ЛЮБОВЬ ЭТО БОГ».

Алекс продолжает говорить вполголоса; Стэнли внимательно прислушивается к его словам, хотя и делает вид, что ему это неинтересно.

— Нам было трудно добыть средства для этой поездки, — говорит Алекс. — А ты вроде парень ловкий и сообразительный. Думаю, мы можем помочь друг другу. У меня есть связи, которые будут тебе полезны.

— А у меня в этих краях нет связей, — говорит Стэнли. — Вам от меня не будет пользы, только зря потратите время.

— Ты желанный гость в этом месте, — говорит Алекс. — Здесь приветствуются все, кто способен нестандартно мыслить и действовать. Однако это не твой мир. И никогда им не станет. Точно так же, как твой мир никогда не станет моим. Таких, как ты, называют «проблемной молодежью» — глупое и оскорбительное клеймо, отвергающее бесценный жизненный опыт, когда он не подкреплен документами. И от этого клейма нелегко избавиться. Я не предлагаю тебе мое понимание, да ты в нем и не нуждаешься. Что я предлагаю, так это уважительные партнерские отношения. Уверен, это принесет пользу нам обоим.

Последние слова Алекса тонут в звуках туша; он крепко хлопает Стэнли по спине, прощально касается двумя пальцами края невидимой шляпы и начинает перемещаться ближе к оркестру. Барабанщик пробегает палочками по всем своим инструментам, после чего Стюарт — все так же с закрытыми глазами, помахивая блокнотом — начинает декламацию.

— *Серебро!* — кричит он, заполняя голосом весь зал. — *Темнота! Эхо! Собери все, что принадлежит тебе, о Святая Дева! И я добавлю к этому мой голос!*

Кажется, что пространство внутри кафе сжимается, а воздух загустевает; короткие волосы на стриженом затылке Стэнли поднимаются дыбом, словно при встрече с привидением.

Стюарт использует простой, почти разговорный язык, но теперь голос его совершенно изменился — стал мелодичным и завораживающим, как у заклинателя или гипнотизера; при этом Стэнли все труднее следить за смыслом сказанного. Ритм его фраз порой совпадает с ритмом ударных, а порой вступает с ним в диссонанс. Духовые звучат сумбурно, выдавая невнятные, блеющие трели в паузах, когда чтец переводит дыхание. Одна промелькнувшая фраза привлекает внимание Стэнли: «*Я дотягиваюсь до горячих углей и плюю на свои обожженные пальцы*». Это напоминает ему историю Моисея в Египте, которую часто рассказывал дед. Стэнли представляет себе Стюарта волокущим каменные скрижали вниз по склону священной горы под жаркими лучами солнца и ухмыляется этой мысли.

От дыма у Стэнли саднит горло и слегка кружится голова. Поврежденная нога ноет и подрагивает, и он прислоняется к стене рядом с косяком входной двери. По другую сторону от двери в похожей позе стоит пузатый рыжебородый мужчина средних лет в очках с черной оправой и твидовой кепке. Стэнли на миг встречается с ним глазами, а потом оба вновь обращают взгляды на представление в глубине зала — застывшие, как пара атлантов; лишь бас-барабан отзывается легкой пульсацией в их желудках и на их лицах.

— *Прошлой ночью на бульваре Эббот-Кинни я повстречал архангела Сариэля*, — вещает Стюарт. — *С виду вылитый Роберт Райан. Порядком помятый, давненько не бритый.*

Липтон кивает в такт музыке и бьет кулаком по открытой ладони другой руки. Алекс добирается до Лин у левой стены и становится так, что Стэнли уже не видит ее лица. А прямо перед ним Клаудио вальяжно развалился на стуле меж двумя девицами-хипстерами. Он дурашливой улыбкой отвечает на взгляд Стэнли. Парень явно забыл о цели их появления здесь. Если он вообще понимает эту цель.

Тем временем блондинка продвигается через зал в направлении выхода, огибая столы и сидящих на полу людей, как бумажный стаканчик, несомый извилистым горным ручьем. Все это время она продолжает смотреть на Стэнли, пока не оказывается в нескольких футах от него. Но подходит она не к нему, а к его рыжебородому соседу и что-то шепчет ему на ухо, встав на цыпочки и упираясь рукой в его живот. Ее поза — корпус наклонен вперед, ноги выпрямлены в коленях, зад слегка выпячен под облегающим черным платьем — кажется скопированной с красоток в модных журналах. «Уж не для меня ли этот выпендреж?» — озадачивается Стэнли. Бородач только моргает, не выказывая никакой реакции на ее слова.

Закончив говорить, она чмокает мужчину в щеку и повторяет свой путь в обратном направлении, не оглядываясь на Стэнли или бородача. На это опять же уходит немало времени, а когда она занимает прежнее место в дальнем конце зала, мужчина отделяется от стены, разворачивается и толкает входную дверь.

Стэнли наблюдает за ним через просветы между намалеванными на стекле буквами. Мужчина останавливается на тротуаре, набивает и раскуривает трубку. Затем переходит улицу. На той стороне его ждет маленькая кривоногая собачонка, чей поводок привязан к мусорной урне. Бородач отвязывает собаку и идет с ней в направлении пляжа. От моря навстречу им тянутся щупальца тумана, и человек с собакой исчезают в нем, еще не достигнув набережной.

Между тем внутри кафе трубач-негр уже не подстраивается под паузы в декламации Стюарта, вместо этого безостановочно повторяя причудливо-мрачную мелодическую фразу, которую жалобным остинато подхватывает саксофонист. Барабанная бочка гремит все сильнее и чаще; постепенно звуки всех инструментов сливаются в утробный рокот, как будто исходящий из глубин земли. А в речитативе Стюарта уже не разобрать ни единого слова — это какой-то поток тарабарщины, который только имитирует осмысленную речь, ни в коей мере не являясь таковой. Стэнли обводит взглядом помещение кафе — Джон стоит на своем стуле, Алекс запускает руку под юбку Лин, блондинка сползает вниз по стене и исчезает из виду — и закрывает глаза. Музыка летит через зал и пронзает Стэнли, пришпиливает его к кирпичной стене. Он уже не может отличить сакс от трубы, трубу от ударных, а ударные от голоса Стюарта. А потом отдельные звуки исчезают, растворяются в самих себе, переходят в монотонный шум, который проникает повсюду...

Мгновение спустя Стэнли обнаруживает, что сидит на тротуаре перед кафе. Он жадно вдыхает свежий воздух, не понимая, как тут очутился. Музыка у него за спиной звучит приглушенно, временами усиливаясь и проясняясь, когда кто-нибудь открывает дверь. Он проверяет перевязанную ногу: рана снова открылась. Коричневое пятно на повязке становится темнее и расширяется книзу.

На Дадли-авеню не видно ни души вплоть до набережной, где под фонарями еще мелькают отдельные прохожие, но никто из них не держит на поводке собаку. Туман все шире расползается над океаном, и полная луна в мутном ореоле светит сквозь него, как сквозь нейлоновый чулок. Когда Стэнли вновь переводит взгляд на набережную, там больше не наблюдается никакого движения. Воздух тяжелый, застойный — как в непроветренном помещении. Все вокруг кажется нереальным, словно это не улица, а съемочный павильон, созданный специально для эпизода с участием Стэнли и рыжебородого мужчины.

При вставании с земли сильно кружится голова. Он опускает веки и ждет, когда под ними замедлится и потускнеет разноцветный калейдоскоп. Затем, снова открыв глаза, со всей возможной скоростью хромает в сторону пляжа.

21

Гребни волнорезов, подсвеченные огнями города, медно-красными полосками обозначаются во тьме; шум волн напоминает сонное дыхание невидимых существ. Стэнли взмок, добираясь до променада, но ноги пока еще держат, и он не сбавляет шаг. Цепочки затуманенных уличных фонарей, как ожерелья со стразами, тянутся вплоть до Санта-Моники и нефтепромысла, но нигде под ними не видно человека с собакой.

Группы людей наблюдаются к югу, на Виндворд-авеню, и к северу, перед танцзалом «Авалон», но на данном отрезке набережная почти безлюдна. Два байкера в кожаных куртках и джинсах — без мотоциклов, но зато с мороженым в вафельных рожках — появляются справа. Один из них, проходя мимо, задерживает взгляд на Стэнли.

— Отвали, — говорит Стэнли.

Байкер пожимает плечами, оба продолжают свой путь, и Стэнли остается в одиночестве. Он прикидывает время — уже явно за полночь — и думает о возвращении в кафе. «Береговые псы», должно быть, рыщут по округе, а в его нынешнем состоянии нарываться на них крайне нежелательно. Что до рыжебородого, то он, вполне вероятно, уже спит у себя дома.

Стэнли смотрит на юг вдоль набережной, поочередно фокусируясь на каждой фигуре в пределах видимости. Над крышами можно разглядеть мутные зеленые огоньки далеких нефтяных вышек. Он слышит звук двухмоторного самолета и видит лучи его посадочных фар, нацеленные на полосу, — как две кометы, задом наперед рассекающие туман. Проследив за самолетом вплоть до его исчезновения за домами, он спускается на пляж и прикрывает ладонью глаза, чтобы расширились зрачки. Луна голубым размытым пятном висит высоко над водой, освещая весь западный небосклон.

Когда песок под ногами становится влажным и плотным, он опускается на колени и смотрит вдоль полосы прибоя сначала в одну, потом в другую сторону, для начала оценивая распределение света: белый песок, темное море, переменчивые блики на волнах. Это прием его собственного изобретения. Во время долгого путешествия через всю страну он развлекался нехитрой игрой: смотрел на узкую щель в приоткрытой двери товарного вагона и считал те или иные предметы, мелькавшие в этом просвете: мосты, дороги, сараи, птичьи гнезда. Поначалу он, как водится в таких случаях, устраивал состязания с другими бродягами — кто больше предметов насчитает, — но эта игра вскоре начала раздражать. Ни у кого не получалось на равных бороться со Стэнли; зачастую бродяги отказывались верить, что некоторые вещи (без труда им замечаемые) вообще возможно разглядеть в таких условиях. Стэнли продолжал игру, но теперь уже только сам с собой, постепенно усложняя задачи: пробуя считать телеграфные столбы, взлетающих голубей, угольные вагоны-гондолы во встречных составах; а однажды — правда, при малой скорости поезда — даже подсчитал все шпалы соседнего пути на отрезке между Уинслоу и Флагстаффом. Тут весь фокус заключается в том, чтобы синхронизировать свое зрение с ритмом световых проблесков между объектами. Эта пульсация света стала для Стэнли чем-то вроде кода или ключа, открывающего доступ к самым разным вещам.

В начале сентября прошлого года, за воскресной игрой в покер на ранчо в Нью-Мексико (или в Колорадо), ему вдруг пришло в голову, что эта его способность вполне может быть применима к игральным картам. Но с тех пор он не особо продвинулся в развитии этой теории, занятый другими, более насущными делами.

Отражение лунного диска колышется на воде, рассеиваясь множеством бликующих овалов и черточек; глаза Стэнли понемногу трансформируют все эти блики в однородный нейтральный фон. И вот уже в двухстах ярдах к югу, примерно на полпути до Брукс-авеню, вырисовывается пока что бесформенное темное пятно: рыжебородый человек с собакой. Они перемещаются не по прямой, а произвольными зигзагами. Стэнли начинает движение им навстречу, держась ближе к набережной, чтобы не упускать их из виду на фоне более светлого неба. Лица мужчины он разглядеть не может, но силуэт его вполне отчетлив. Кистень в боковом кармане натер ногу, и Стэнли перемещает его назад под куртку.

Сменивший направление ветер доносит до него облачко табачного дыма. Человек что-то напевает — то ли сам себе, то ли своей собаке — на непонятном Стэнли языке. Это не испанский, на котором говорит Клаудио, и не итальянский, который он слышал от соседки в Нью-Йорке, но в чем-то сродни им обоим. Теперь человек идет прямо на Стэнли; дистанция между ними быстро сокращается. Стэнли останавливается и молча ждет. Он видит оранжевый огонек затяжки, дрожание горячего воздуха над ним и уплывающую струйку дыма. Сама ночь кажется хрупкой, словно ее скрепляет незримая стеклянная арматура, — и вся эта конструкция может быть разбита вдребезги одним-единственным словом.

Человек замечает Стэнли, только оказавшись в пяти шагах от него. Он вздрагивает и останавливается. Собака натягивает поводок, принюхивается, затем подпрыгивает на месте как ужаленная и поднимает истошный лай.

— Привет, — говорит Стэнли. — Извините.

Мужчина перекладывает поводок в левую руку, а его правая рука смещается за спину (поверх свитера на нем твидовый пиджак). Стэнли судорожно сглатывает комок в горле.

— Я тебя отсюда не увидел, — говорит мужчина. — Нельзя так пугать.

Голос у него напряженный, хотя звучит ровно, без срывов. Похоже, он и впрямь напуган.

— Все в порядке, мистер, — говорит Стэнли. — Я ничего дурного не замышляю.

Рыжебородый, однако, не убирает руку из-за спины.

— Не советую бродить по пляжу среди ночи, — говорит он. — Тут небезопасно.

Стэнли выставляет перед собой раскрытые ладони, но мужчину этот жест не успокаивает. Его силуэт слегка сокращается в габаритах, — стало быть, сгруппировался, готовится. Того и жди, засветит ствол. Прежде Стэнли много размышлял над словами, которые скажет при этой встрече, но теперь, как назло, ничего не приходит в голову. Слова ускользают, не успевая оформиться во что-то связное, и он лишь беспомощно открывает и закрывает рот.

— Эдриан Уэллс? — произносит он наконец.

Человек замирает, не издавая ни звука, — темная клякса на серебристом занавесе неба и ночного океана. Так оба и стоят, онемев, невесть сколько времени. Тишину прерывает ворчание собаки, роющей лапами песок.

— Кто ты такой? — спрашивает мужчина.

Когда Стэнли отвечает, собственный голос кажется ему абсолютно незнакомым. Раньше бывало, что в моменты испуга он начинал говорить своим детским, тоненьким голоском, а в других случаях, когда он был очень расстроен или утомлен, его голос странным образом старел, превращался в голос того человека, каким ему еще только предстояло стать через много лет. Однако теперешний голос не похож ни на один из этих двух. Он принадлежит кому-то другому из совсем другой жизни. Вслушайся в него сейчас, ибо ты никогда не услышишь этот голос вновь.

— Вы Эдриан Уэллс? — спрашивает Стэнли.

Хотя он и так уже знает ответ. И он уже не боится.

22

Уэллс делает шаг назад, наматывая на руку собачий поводок. Его заметно потряхивает. Староват уже для ночных приключений.

— Не подходи ближе, — предупреждает он. — У меня пистолет, и, если что, я им воспользуюсь.

— Я вас искал, мистер Уэллс, — говорит Стэнли. — Ничего против вас не имею. И против вашей собаки тоже. Вообще-то, я хотел поговорить о вашей книге.

Слышно, как Уэллс переводит дух.

— Моя книга... — бормочет он.

— Да, сэр, ваша книга. «Зеркальный вор».

До сих пор Стэнли ни разу не произносил название книги вслух. И сожалеет, что сделал это сейчас, ибо, повиснув в воздухе, оно кажется каким-то вялым, безжизненным, не соответствующим тому, что оно обозначает.

— Кто ты? Кто тебя сюда прислал? — спрашивает Уэллс.

Второй из этих вопросов удивляет Стэнли.

— Никто меня не присылал, — говорит он. — Я сам по себе.

Уэллс распрямляется, принимая более естественную позу, и произносит что-то на иностранном языке. По звуку похоже на иврит.

— Что, простите? — говорит Стэнли.

Уэллс повторяет фразу. Нет, это звучит не как иврит.

— Сожалею, мистер Уэллс, но я ни черта не понял из того, что вы сказали.

— Как тебя зовут, сынок?

— Стэнли.

— А полное имя?

Стэнли при таком слабом свете не может разглядеть выражение лица Уэллса. Его короткие пальцы все так же рассеянно перебирают собачий поводок. В очках отражаются желтые огни набережной, и каждая линза, рассеченная посередине вертикальной полосой, напоминает кошачий зрачок. Далеко не сразу Стэнли опознает в этих вертикальных полосах свое собственное отражение.

— Гласс, — говорит Стэнли. — Меня зовут Стэнли Гласс. Сэр.

Правая рука Уэллса появляется из-за спины. Он вытирает ладонь о полу пиджака и опускает ее на бедро.

— Я видел тебя сегодня, — говорит он. — В кафе. Почему ты не обратился ко мне там?

— Я не был уверен. То есть у меня возникла мысль, что это вы, но уже с опозданием. Э-э... может, вам стоит слегка отпустить поводок, мистер Уэллс?

К этому моменту уже почти весь поводок намотан на пальцы Уэллса, и собака, частично оторванная от земли, извивается у его ног, меся воздух передними лапами. Ее ворчание сменяется слабым хрипом.

— Ох, да, — спохватывается Уэллс.

Стэнли смотрит на океан, потом на песок и переминается с ноги на ногу. Он снова начинает нервничать. У него накопилась масса вопросов, но все они смешались в голове, образовали подобие лабиринта, ни один из путей которого не ведет к нормальной человеческой речи. Он и не предполагал, что это окажется так сложно.

— Я прочел вашу книгу, — говорит он.
— Понятно.
— И я хочу кое-что уточнить.
— Да, я слушаю.
— Но я не знаю, как правильно задать вопросы.

За спиной Уэллса негромко плещут волны. Далее по берегу, в районе гавани, завывает туманный гудок. Возможно, этот вой и не прекращался всю ночь, просто Стэнли раньше не обращал на него внимания.

— Ты не против, если мы вернемся на набережную? — говорит Уэллс. — Ночью по этому пляжу бродят наркоманы и всякая шпана, так что лучше не оставаться надолго в темноте.

— Хорошо, согласен.

Уэллс выходит на тропу, по диагонали удаляющуюся от воды; собака трусит за ним. Стэнли идет следом, а затем продвигается вперед, чтобы поравняться с Уэллсом.

— Сожалею, что наше знакомство началось не лучшим образом, — говорит Уэллс. — Недавние события вынудили меня позаботиться о своей безопасности, и, возможно, я слегка перестраховался. Впрочем, на то есть основания. Как бы то ни было, надеюсь, ты меня извинишь. Обычно во время прогулок я не забираюсь к северу от Виндворд-авеню, но сегодня, с дозволения Помпея, мы можем предпринять небольшую экскурсию по городу. Ты не против, старина?

Стэнли открывает рот для ответа, но в следующий миг понимает, что вопрос был адресован не ему, а псу. Последний никак не реагирует, плетясь позади и тихонько пофыркивая при каждом шаге.

С приближением к уличным фонарям все четче вырисовываются черты лица Уэллса: широкого, загорелого, с маленьким носом, морщинистым лбом и резкими складками вокруг рта. Большие голубые глаза. Седые пряди в волосах и бороде. В целом вполне заурядная внешность. По прикидке Стэнли, ему около пятидесяти.

Они выходят на набережную у северной оконечности длинной колоннады. Уэллс останавливается, прочищает трубку над урной и достает из кармана жестянку с табаком. Пес мочится на урну, задирая лапу почти вертикально и балансируя, как заправский эквилибрист. У него лоснящаяся бело-рыжая шерсть, глаза навыкате и короткая, на редкость уродливая морда. При взгляде вверх из-под мохнатых ушей он напоминает Уинстона Черчилля в парике а-ля Морин О'Хара.

— По твоим словам, ты меня разыскивал, — говорит Уэллс. — Не припоминаю, чтобы видел тебя в кафе до этого вечера. Ты живешь где-то неподалеку?

— Мы с приятелем ночуем в заброшенном доме на Хорайзон-Корт. Приехали сюда три недели назад. А до того работали на плантациях в Риверсайде.

— Но сами вы родом не из Риверсайда, я полагаю.

— Нет, сэр. Мой приятель — мексиканец-нелегал, а я приехал из Бруклина.

— Из Бруклина? Далеко ты забрался от дома. А сколько тебе лет, могу я спросить?

— Шестнадцать.

— Родители знают, где ты находишься?

— Отца убили в Корее, а мама умом тронулась, так что меня дома никто не ждет.

— Очень жаль это слышать. В каких частях служил твой отец?

— В Седьмой пехотной дивизии. Воевал с япошками на Окинаве, потом с филиппинцами. Пошел на сверхсрочную и погиб осенью пятьдесят первого.

— Уверен, он был храбрым солдатом и любил свою страну.

— Да, он был храбрым. И ему нравилось служить в армии. А насчет любви к стране он особо не распространялся.

Уэллс улыбается, сжимает зубами черенок трубки, чиркает спичкой, дает ей разгореться и прикуривает, кругами водя огонь над вересковой чашечкой. Когда табак разгорается, он выбивает трубку и начинает наполнять ее снова.

— Я тоже служил в армии, — говорит он. — Был в Анцио летом сорок четвертого. Но я занимался канцелярской работой — я ведь бухгалтер по профессии — и обычно находился далеко от передовой. Был очень рад, когда война закончилась. Мне она совсем не по нутру.

Он поднимает взгляд от трубки и щурится.

— А ведь я встречал тебя однажды еще до кафе. Ты жонглировал картами на набережной.

— Было такое дело.

— Я выиграл у тебя доллар.

Стэнли стыдливо опускает глаза.

— Вы очень умно сделали, прекратив на этом игру, — говорит он. — Я никому не уступаю больше одного доллара.

— Э, да ты настоящий игрок! — говорит Уэллс. — Ты живешь за счет мастерства и удачи. Черт побери, как я тебе завидую! Это было одной из моих романтических фантазий с юных лет. Я мечтал быть игроком на больших речных пароходах. В белом льняном костюме и с дерринджером в кармане.

— Вы неверно обо мне судите, мистер Уэллс. Та игра на набережной была чистой воды надувательством. Мне, конечно, случалось перекинуться в картишки по-обычному, но я уж никак не профессиональный игрок.

— Ты он самый и есть, — настаивает Уэллс. — Без сомнения. Ты можешь в любой момент контролировать карты, но ты никогда не знаешь наверняка, что думает и как поступит другой игрок — твой оппонент, которого ты хочешь надуть. То есть даже при заведомой форе ты все равно полагаешься на удачу. А это и есть главное свойство азартных игр, не так ли?

Стэнли задумчиво морщит лоб.

— Пожалуй, — соглашается он.

Уэллс снова раскуривает трубку, неторопливыми взмахами кисти гасит спичку, бросает ее в урну и задумчиво смотрит в пространство, делая несколько затяжек подряд. Потом вынимает трубку изо рта и указывает черенком в направлении зала игровых автоматов на ближайшем углу.

— Это может тебя заинтересовать, — говорит он. — Все эти здания вдоль набережной были построены в тысяча девятьсот пятом. Тогда только начали прокладывать бульвар Эббот-Кинни. С той поры их не перестраивали и не ремонтировали — запустили до безобразия, как говорят в таких случаях, — но и сейчас еще можно получить представление об их прежнем облике. Например, в архитектуре аркад заметна смесь византийских и готических мотивов. Если не ошибаюсь, выполнено в стиле Бартоломео Бона. Ты не против сейчас прогуляться до Виндворда?

Собака теперь бежит впереди, натягивая поводок, словно знает дорогу. Туман обволакивает уличные фонари, под которыми кое-где виднеются сгорбленные фигуры бродяг. Через два квартала Стэнли замечает пятерых «псов», от нечего делать играющих в ножички на песке. Некоторые лица кажутся ему знакомыми: то ли по встрече в кинотеатре, то ли по преследованию на улице. Они также его узнают и выкрикивают оскорбления, однако не нападают, и Стэнли с Уэллсом проходят мимо, причем Уэллс даже не поворачивает головы в их сторону.

Когда левее показывается павильон «Мост Фортуны», Уэллс оживляется и машет рукой в сторону его заколоченных окон.

— Ты выбрал удачное место для старта, — говорит он. — Можно сказать, историческое. Как раз отсюда начинал свою карьеру Билл Харра. В тридцатых это заведение пользовалось большой популярностью. Там играли в бинго. Ты знаком с этой игрой?

— Не особо. Название слышал, но сам никогда не играл.

— Так я и думал. Бинго тебе и не подходит, честно говоря. Это весьма странная игра. Непривычно «авторитарная», если сравнить ее с другими азартными играми. Ты платишь деньги, берешь карточки, а потом остается только сидеть, слушать голос ведущего и ждать результатов. В конечном счете ты просто принимаешь то, что выпадет на твою долю. Впрочем, это не так уж и странно, если учесть, что история бинго тесно связана с историей итальянского государства. Как бы то ни было, несмотря на принцип «довлеющего авторитета», положенный в основу этой игры (или как раз из-за этого принципа?), муниципальные власти Лос-Анджелеса ее решительно невзлюбили. Тогда Билл Харра перенес свою деятельность в Неваду и там уже развернулся по полной программе. Его примеру вскоре последовали и другие. Мафиози Тони Корнеро, чьи плавучие казино курсировали вдоль этого побережья, в тех же тридцатых открыл самый большой игорный дом в Лас-Вегасе. Ты бывал в Неваде, Стэнли?

— Не уверен. Возможно, я через нее проезжал.

— Я бывал там довольно часто. По делам, сразу после войны. Ты в курсе, что когда-то вся территория Невады была покрыта громадными озерами? Я бы даже сказал: внутренними морями. Это было в эпоху плейстоцена, то есть совсем недавно с геологической точки зрения. А теперь Невада — это сплошная пустыня. Куда же подевались все эти озера? Может, когда-нибудь они появятся вновь? Давай-ка свернем здесь.

Они срезают путь через портик отеля «Сан-Марко» и, удаляясь от берега, проходят мимо нескольких магазинчиков, ресторана, ларька хот-догов, журнального киоска. Все они уже давно закрыты и погружены в темноту. Подсвеченные часы над входом в хозяйственный магазин показывают без малого час ночи. Впереди, под неоновой вывеской «ИИСУС СПАСАЕТ», движется какая-то фигура: то ли очень крупная собака, то ли человек на четвереньках. Стэнли не успевает это выяснить до того, как фигура исчезает в тени.

— Так с какой целью ты приехал в Лос-Анджелес? — спрашивает Уэллс.

Стэнли уже решил, что будет неразумно сразу выкладывать всю правду — во всяком случае, до тех пор, пока он не подберет верные формулировки для вопросов, которые хочет задать Уэллсу.

— Просто ветром занесло, — говорит он. — Путешествовал по стране, оказался здесь, ну и подумал, что будет неплохо вас найти.

— Очень польщен таким вниманием. А где ты раздобыл мою книгу?

— У одного знакомого в Нижнем Ист-Сайде.

— В Манхэттене? — говорит Уэллс. — Это само по себе примечательно. Ты знаешь, мы ведь напечатали всего три сотни экземпляров. Около сотни до сих пор лежит у меня на чердаке. Интересно, какими путями эта книга попала в Нью-Йорк?

— Я нашел ее среди кучи барахла в доме одного парня, который перед тем уплыл на остров Райкерс. Там было много всякой поэзии. Но поскольку он сейчас мотает срок за перепродажу краденого, вряд ли удастся выяснить, как он раздобыл эту книгу.

— Возможно, ему приглянулось название.

— Может, и так.

По кольцу гоняют полдюжины «харлеев», и рев их двигателей вынуждает Стэнли и Уэллса замолчать. Уэллс направляется в обход против часовой стрелки; при этом собака, понурив голову и прижимая уши, забирает правее на всю длину поводка, дабы держаться как можно дальше от этой ревущей вакханалии.

Когда байкеры остаются в двух кварталах позади, Уэллс возобновляет беседу:

— С моей стороны не совсем корректно задавать этот вопрос, но я все же спрошу. По твоим словам, у того парня было много разных книг стихов. Ты взял еще какие-нибудь, кроме этой?

— Нет, сэр. Только вашу.

— А почему только мою, хотелось бы знать? Почему не другие?

Стэнли отвечает, только пройдя несколько шагов:

— Вообще-то, я и сам этим удивлен. В первую очередь, насколько помню, мне понравился ее вид. Другие мне показались дешевками. Не обязательно в том смысле, что грошовые издания. Некоторые, наоборот, выглядели так помпезно, будто ты должен весь трепетать перед их величием, но при этом была в них какая-то фальшь. А ваша книга выглядела так, словно кто-то ее в самом деле *сотворил*. Мне это понравилось.

— Моему издателю польстили бы такие слова, — говорит Уэллс. — И я бы непременно передал их ему, только он сейчас скрывается от кредиторов в Мексике... Здесь перейдем на другую сторону.

Достигнув тротуара на противоположной стороне улицы, Стэнли продолжает:

— Есть еще кое-что. Когда я попробовал читать вашу книгу, я почти ничего не понял. Я даже не смог понять, о чем она вообще. Но чувствовалось, что кто-то над ней много и долго трудился. И это меня зацепило. Потому что... ну, скажем так: вот передо мной сложная штука, сделанная кем-то. Я наткнулся на нее случайно, среди кучи барахла на полу в каком-то воровском притоне. И я ни черта не смог в ней понять! Меня это натурально взбесило! Не то чтобы я решил уберечь ее от мусорного бака или типа того. Как мне кажется, самой этой книге абсолютно не важно, что с ней случится, будет ее кто-нибудь читать или нет. Но всякий раз, когда я ее открываю, она наводит меня на мысли о самых безумных и невероятных вещах в этом мире, о которых я не имею ни малейшего понятия. О которых я даже никогда не слышал. Полагаю, именно это не дает мне покоя, мистер Уэллс.

Уэллс тихо смеется — этакий самодовольный, покровительственный смешок, который совсем не нравится Стэнли.

— Может, объясните, что в этом смешного? — спрашивает он.

Уэллс покачивает головой.

— Теперь направо, — говорит он.

Они сворачивают с Виндворд-авеню на Алтайр-Плейс. Уличных фонарей здесь гораздо меньше, да и те затерялись среди пальм и эвкалиптов. Теперь лицо Уэллса почти все время в тени, и Стэнли труднее прочесть его выражение.

— Я смеюсь не над тобой, — говорит Уэллс. — Меня позабавила твоя характеристика этой книги, только и всего. Причина, по которой тебе захотелось ее прочесть, во многом схожа с той, по которой я захотел ее написать. Тяга к неведомому. Точнее говоря — к невидимому. Я потратил несколько лет и предпринял много попыток, прежде чем распознал в себе эту тягу. И сейчас мне было приятно услышать твои слова. Позволь задать еще один некорректный вопрос: тебе *понравилась* моя книга, Стэнли?

Этот вопрос ставит Стэнли в тупик. И никакой ответ не приходит в голову. Молчание тянется, отмеряемое звуками шагов и ритмичным пыхтением собачонки.

— Сказать по правде, я никогда не думал о ней в таком ключе, — говорит он. — Даже не знаю, что ответить. Я прочел ее, наверное, раз двести и выучил наизусть от корки до корки. Могу доказать это прямо сейчас, если хотите. Но я так и не понял, нравится она мне или нет.

Они доходят до участка дороги, где в шеренге деревьев возникает разрыв. Стэнли пользуется этим, чтобы при свете фонарей осмотреться. Нестриженые лужайки и ветхие коттеджи выглядят знакомыми: где-то в этих местах они с Клаудио прятались от «псов».

— Иногда она мне нравится, — продолжает Стэнли, — а иногда я ее прямо ненавижу. Но *скучать* с ней мне не приходилось ни разу. Мистер Уэллс, я думаю, пора сознаться, что я проделал этот путь специально ради встречи с вами. Я соврал, когда вначале говорил, что оказался здесь случайно. Мое путешествие через всю страну вовсе не было бесцельным. Мне пришлось покинуть Нью-Йорк по причинам, о которых сейчас распространяться незачем, но с самого начала я поставил себе целью отыскать вас. Это заняло куда больше времени, чем я ожидал. Надеюсь, вас не расстроили мои слова и вы не передумаете со мной общаться.

— Нет, конечно же не передумаю, — говорит Уэллс, но голос его в темноте звучит натянуто и неубедительно.

Возможно, Стэнли допустил ошибку, выложив все начистоту. «Ну и плевать», — думает он. Нога болит все сильнее, и уже нет сил на то, чтобы осторожничать, выбирая правильный подход к Уэллсу.

Какое-то время Уэллс хранит молчание. Его трубка погасла. Алтайр-Плейс заканчивается, вливаясь в Кабрильо-авеню. Здесь чуть не каждый второй фонарь перегорел либо разбит. На краю тусклого круга света от одной из уцелевших ламп с жуткими визгами дерутся две здоровенные крысы. Собака напрягается и навостряет уши.

— Я рад нашей встрече, — говорит Уэллс. — Но, боюсь, мне придется тебя разочаровать. Этот факт нелегко принять, но необходимо помнить: книги всегда знают больше, чем их авторы. Книги всегда мудрее авторов. Звучит абсурдно, однако это правда. Попадая в большой мир, книги начинают жить своей жизнью и обзаводятся собственными идеями. Честно говоря, я сам уже больше года не заглядывал на страницы «Зеркального вора». А в последний раз, когда я это делал, мне не удалось вспомнить многое из того, что я когда-то хотел сказать своими стихами. Смысл некоторых строк и вовсе остается для меня загадкой с тех самых пор, как я их написал... От перекрестка пойдем вправо по Наварре.

Асфальт здесь покрыт трещинами и выбоинами, из которых проросла сорная трава. Дома на левой стороне улицы отступают дальше от проезжей части; на болотистой лужайке перед одним из них виден заросший тростником пруд. Глаза Стэнли уже привыкли к сумраку, и ему удается разглядеть пару человеческих ног в черных ботинках и грязных джинсах, торчащих из примятых в этом месте тростниковых зарослей. Ноги не шевелятся. Неподалеку припаркован мотоцикл. Окна в доме темны. Стэнли чувствует запах цветов, но нигде их не видит.

— Я понимаю твои чувства, — продолжает Уэллс. — Понимаю, почему ты сюда приехал. По крайней мере, мне кажется, что понимаю. Однажды я сам сделал нечто подобное. Ты читал Эзру Паунда?

— Нет, сэр.

— Ты хотя бы знаешь, кто такой Эзра Паунд?

— Он пишет стихи?

— Да.

— Я не читал никаких стихов, кроме тех, что есть в вашей книге.

— Вот как? — удивляется Уэллс. — Это ж надо! Хотя, думаю, для начала она сгодится не хуже любой другой. А в дальнейшем я могу подобрать для тебя что-нибудь еще из моей библиотеки.

Через несколько домов из-за живой изгороди доносится шум вечеринки: пьяные голоса и «Бумажная луна» в исполнении джазового квартета. А на следующем перекрестке Стэнли видит табличку с названием улицы — «РИАЛТО», — знакомым ему по книге Уэллса, и чувствует, как начинают шевелиться волосы на макушке.

Уэллс прибавляет шагу.

— Когда я был в Италии вскоре после окончания войны, — говорит он, — я приехал в Пизу, где тогда сидел в военной тюрьме Эзра Паунд. Он ожидал отправки в Штаты, чтобы предстать перед судом по обвинению в государственной измене. В ту пору все были уверены, что ему вынесут смертный приговор. Стихи Паунда очень много значили для меня и сыграли важную роль в переломный период моей жизни. Но его поведение во время войны вызывало у меня много вопросов, и я надеялся найти объяснения при личной встрече в Пизе... Сейчас направо.

Они сворачивают на Гранд-бульвар. Улица становится шире, и между рядами пальм просвечивает туманное небо.

— Но мне так и не удалось с ним пообщаться, — продолжает Уэллс. — Разговаривать с ним нельзя было никому, даже военным полицейским. Я смог лишь поглядеть на него со стороны. Его держали в одиночной камере размером шесть на восемь футов, с рубероидной крышей на деревянной раме. Он был в военной форме, без ремня и шнурков. В том лагере находилось больше трех тысяч заключенных, главным образом закоренелых негодяев — воров, убийц, насильников, — и почти все они жили в обычных палатках на огороженном пустыре. Одиночных камер, как у Паунда, там было не больше десяти. И только в его камере стены состояли из стальных балок и оцинкованной сетки, из-за чего он всегда был открыт солнцу, ветру, косому дождю и посторонним взглядам. Видеть его можно было в любое время, но говорить с ним запрещалось. Согласно обвинительной формуле армейских юристов, язык был оружием, с помощью которого он совершал свои преступления. Поэтому единственным языком, который он мог пользоваться в заключении, был язык сознания, язык памяти. По его виду я понял, что он совершенно раздавлен. Я уехал из Пизы огорченным и разочарованным. Но через несколько лет — когда он был объявлен сумасшедшим и помещен в клинику Святой Елизаветы — я понял, что такие меры со стороны армии означали признание огромной силы его таланта. В каком-то смысле мне даже повезло, что я не смог с ним поговорить. Больше, чем сейчас повезло тебе... Теперь левее, на Ривьеру.

Они приближаются к нефтепромыслу. Стэнли уже слышит вздохи и шипение механизмов и улавливает характерные запахи сладковатого бутана, горячего асфальта и отдающей фекалиями серы. В конце бульвара виден станок-качалка, который беспрестанно кивает, отбрасывая причудливые тени к подножию буровых вышек. Огоньки позади него исчезают и появляются с каждым подъемом и опусканием балансира.

— Я уже собирался сказать, что молчание Паунда было сильнее всяких слов, — говорит Уэллс, — но это не так. Само по себе его молчание было пустым и бессильным. Как любая тишина. Тут скорее дело в *образе* его молчания. Зрелище Паунда, запертого в той клетке. И этот образ останется со мной навсегда. Конечно же, измененный, так или иначе встроенный в мою собственную мифологию. В том-то и весь фокус. Наша память о языке в целом устойчива. Но часто ли мы можем вспомнить конкретные слова? Нет, гораздо чаще нам вспоминаются образы. А они имеют свойство ускользать и размываться. Вот почему на протяжении всей истории люди придумывали разные способы их фиксации. Ведь недаром тираны изгоняют или бросают в тюрьму именно поэтов — даже таких воспевающих тиранию поэтов, как Паунд, — и в то же время всячески привечают художников, скульпторов, кинематографистов, архитекторов... Давай-ка немного постоим здесь, Стэнли. Поглядим на Луну.

Они останавливаются в нескольких ярдах от окруженной забором нефтекачалки. Стэнли слышит мягкий рокот электропривода, пыхтение и постанывание балансира. На дороге еще изредка появляются автомобили, большей частью патрульные копы; свет фар скользит по клочковатой траве, когда они разворачиваются перед выездом на бульвар. Собачонка что-то вынюхивает, тычась тупым носом в ржавые железки и осколки стекла, а Уэллс стоит неподвижно, не отрывая взгляда от бледного круга на западном небосклоне. Опускаясь к горизонту, Луна как будто становится больше; при этом края ее диска видны очень четко, даже несмотря на туман.

— Этого много в вашей книге, — говорит Стэнли.

— Ты о чем?

— О Луне. Она часто упоминается в книге.

— Да, — говорит Уэллс. — Пожалуй, что так.

— Например, когда Гривано плывет на лодке. Во время побега. У него там выходит целый диалог с Луной.

— Да, там есть и такое.

— *Мой свет ничего не таит,* — цитирует Стэнли. — *Спасенье мое, как и мое возрожденье, будет сокрыто в тебе. И я ищу твою маску, Гривано, на карнавале извечном, у самой границы воды.*

— У тебя превосходная память.

— Или вот еще, в его сне. *Я тружусь под присмотром слепых соглядатаев ночи, Селена, и воздвигаю твой град из кирпичей сновидений.*

Уэллс перекладывает поводок в другую руку.

— Ты прав, здесь тоже о Луне, — говорит он.

— И даже в самом начале. В ругательном предисловии. *Ибо сокровище тайное в его заплечном мешке — не что иное...*

— *...как наипервейший рефлектор.* Именно так. Эта книга не зря называется «Зеркальный вор». И далеко не всегда зеркало тут следует понимать буквально. Гривано — алхимик, он мыслит неоплатоническими категориями, почерпнутыми из священных текстов Гермеса Трисмегиста, твоего высшего покровителя. Для Гривано весь мир — это всего лишь отражение, материальная эманация идеи в сознании Бога. А постичь Божественное сознание мы способны не более, чем глядеть широко открытыми глазами на солнце в зените. Потому мы предпочитаем смотреть на Луну, которую делают видимой для нас те же солнечные лучи, отраженные от ее поверхности. Луна символизирует *Opus*

Magnum — Великое Делание алхимика, который через отражение пытается проследить ход мыслей Всевышнего, чтобы в какой-то мере Ему уподобиться. И в любом зеркале присутствует частица этой лунной сущности.

— Да, это я понимаю, — говорит Стэнли. — Так и написано в вашей книге.

— Я... что-то я не припомню, чтобы в книге это было изложено таким образом.

— Нет, в книге это разбросано по разным местам, но понять можно вполне, если свести воедино все сказанное. Я малограмотный, мистер Уэллс, но это не значит, что я тупой.

Уэллс открывает рот и, помолчав, издает вздох, явно недовольный собой.

— Извини, — говорит он. — При разговоре о подобных вещах трудно подобрать такой тон, чтобы не выглядеть педантичным умником или банальным любителем напускать туману. Тем более когда я не знаю, что именно знаешь ты.

Стэнли сует руки в карманы куртки. Материя сзади натягивается и плотнее прижимает к спине кистень.

— Думаю, проблема в том, что я никогда не умел задавать правильные вопросы, — говорит он. — Спасибо, что проявили терпение.

Пара кем-то потревоженных чаек, крича и хлопая крыльями, взлетает с буровой вышки к югу от них. Стэнли и Уэллс вздрагивают. Собака замирает в стойке, подняв голову от земли.

— Пора идти, — говорит Уэллс. — Место, которое я хочу тебе показать, находится неподалеку.

Они пересекают бульвар, идущий в восточном направлении, и углубляются в еще один квартал заброшенных одноэтажных домов. Буровые вышки торчат на пустых участках, а иногда прямо на газонах перед темными покосившимися коттеджами с выбитыми окнами. На левой стороне улицы, с заездом на тротуар, застыл «кайзер-фрейзер» в окружении битых бутылок и раздавленных сигаретных окурков; три из четырех его колес проколоты. Береговые недруги Стэнли и здесь оставили свои отметины, намалевав оскаленные собачьи морды на дверях и капоте машины. Их дополняет надпись кривыми буквами, демонстрирующая уровень грамотности авторов: «ПЫСЫ». Стэнли усмехается про себя.

— Мы тут недавно вспоминали о прошлых войнах и великих битвах, — говорит Уэллс. — А ведь эти битвы могут происходить на самых разных уровнях. Мы и сейчас, можно сказать, идем по полю боя. Я часто размышляю о том, что во всех этих конфликтах — великих и малых — на самом деле идет борьба за контроль над памятью. Не только за право помнить, но и за право забывать. Избирательно забывать.

На пути возникает протока, которую они переходят по горбатому мостику. Глядя с него вниз, Стэнли видит отражение затуманенной Луны, дополняемое блеском масляных разводов на поверхности стоячей воды. Правее, в полусотне ярдов, можно разглядеть место слияния протоки с каналом пошире, параллельным той улице, по которой продвигаются они. Через квартал им встречается еще один мостик, потом еще, и тут Стэнли осознает, что вся округа покрыта сетью заросших и замусоренных каналов, как бы дублирующих сетку улиц. Когда Уэллс и его собака первыми проходят вдоль перил очередного моста, следующий за ними Стэнли слышит, как эхо их шагов отзывается внизу крысиной возней и недовольным кряканьем разбуженных уток.

— Эта часть города не просто так получила свое название, — говорит Уэллс. — Во всяком случае, к этому имелись реальные предпосылки. Почти все улицы, по которым мы с тобой сегодня шли, когда-то были каналами. Круговой перекресток на Виндворде был в ту пору лагуной. Улица Риальто, Гранд-бульвар, отель «Сан-Марко» — эти названия изначально являлись описательными, а не просто символическими. Но власти Лос-Анджелеса в двадцать девятом году распорядились засыпать большинство каналов — ради удобства автомобильного движения, насколько я понимаю, — и местный ландшафт по большей части утратил свою оригинальность. Я был в курсе истории этих мест, когда посещал их во время работы над книгой.

Уэллс вынимает изо рта трубку и, выбив на ладонь пепел, стряхивает его в канал. Вновь появляется из кармана жестянка с табаком.

— Интеллектуальная традиция, в рамках которой пребывал Гривано, — говорит он, — была синкретичной и утопичной, притом что происходило это на переломе веков. И, как во всех утопических традициях — вспомним Платона, Августина, Томаса Мора, Кампанеллу, — метафоры ее тесно связаны с городским ландшафтом. То же касается и всей герметической литературы. В трактате «Асклепий», к примеру, есть пророчество о городе, который будет возведен далеко на заходе солнца — то есть на западе — и в который после возвращения египетских богов устремятся по суше и по морю все смертные народы. В «Пикатриксе» описан возведенный Гермесом Трисмегистом город Адоцентин, где магические образы — заметь, образы! — обеспечивают добродетельность и благополучие каждого жителя. Архитектура города является отражением архитектуры Небес. Только представь, что под этим подразумевается! Попадая в такой идеальный город, мы и сами неизбежно становимся идеальными людьми. Это практически рай на земле.

Отражение Луны в канале разбивает плывущая крыса; волны от ее следа буквой «V» с геометрической точностью расходятся в стороны. Уэллс следит за ней, набивая трубку. Затем прикуривает и бросает горящую спичку в воду. Из точки ее падения возникает и расширяется, только чтобы исчезнуть через пару секунд, кольцо сине-зеленого пламени.

— Мы думаем о городе как о местности, — говорит Уэллс, — хотя, по сути, он таковым не является. Вот горы — это местность. Пустыня — это местность. Кстати, в данный момент мы, можно сказать, находимся в пустыне. А города — это идеи. Существующие независимо от их географического положения. Они могут исчезать — внезапно или постепенно, — а потом вновь появляться в тысячах миль от прежнего места. Зачастую в сильно измененном или уменьшенном виде. Воссозданные города никогда не бывают точными копиями предыдущих, но сама идея, положенная в их основу, так или иначе сохраняется. «Что находится внизу, подобно тому, что находится вверху», как описывают это алхимики. Попытка достичь совершенства Единого, давшего начало всем вещам, — в этом, на мой взгляд, самая суть истории Гривано. По крайней мере, именно это я имел в виду, когда писал свою книгу. Вот почему я решил показать тебе это место. Ну а теперь пора возвращаться.

Они идут в обратном направлении вплоть до бульвара, а потом берут левее, чтобы выйти к набережной самым коротким путем. Стэнли размышляет над тем, что узнал от Уэллса, пытаясь нащупать ниточки, которые могут привести к прояснению других занимающих его вопросов. Он доволен, что Уэллс разговорился, но услышанное приводит его в замешательство. Такое впечатление, что Уэллс ведет речь о какой-то другой книге, а не о той, которую читал Стэнли.

— А что вы там говорили насчет моего высшего покровителя? — спрашивает Стэнли. — Что это значит?

— Это?.. Ах да! Гермес Трисмегист. Ты знаешь, кто это такой?

— Я знаю только, кем вы изобразили его в книге. Кто-то вроде бога или колдуна, который жил очень давно.

— Ученые эпохи Возрождения считали его египетским вариантом Моисея и отождествляли с Тотом — богом мудрости, который дал людям законы и изобрел письменность, — а также с греческим Гермесом, посланцем верховных богов, ведавшим исцелением, магией и тайным знанием. В качестве посредника между мирами он легко пересекал любые границы и потому считался покровителем воров, ученых, алхимиков и, разумеется, азартных игроков вроде тебя. Вот на это я и намекал.

— Значит, вы его не выдумали?

— Боже мой, нет! Конечно же нет. Понадобились сотни людей, ошибочно толковавших слова друг друга на протяжении тысячелетий, чтобы в конечном счете был выдуман Трижды Величайший Гермес. Среди них были нищие поэты, ютившиеся на чердаках, и пьяные барды, с пением танцевавшие вокруг огромных костров, и усталые матери, певшие колыбельные своим детям. И я тоже добавил свою толику сумбура, пристроившись в хвост этой длинной и нестройной колонны соавторов.

Они выходят на променад намного южнее игорных павильонов. Здесь, на просторных приусадебных участках, расположились фасадами к морю особняки, некогда роскошные, а ныне пришедшие в упадок, — типичные жертвы непогоды и небрежения. Редкие попытки что-то подновить и подправить (следы свежей краски на покосившихся верандах, гипсовая скульптура херувима в оголенном палисаднике, аккуратные ряды цветов по краям щербатой галечной дорожки) только усугубляют безрадостную картину обветшания. Старая лодка во дворе одного из особняков — длинная, черная, с железным выступом на носу — наполовину погребена в песке и превращена в цветочную клумбу; ее дырявый корпус усеян барвинками, кореопсисами и алтеями, лепестки которых при свете фонарей имеют одинаково бледный серо-коричневый вид.

Стэнли молчит, машинально считая широкие доски и перешагивая через дыры в настиле. Он думает о канатоходцах, которым нельзя смотреть вниз, нельзя думать о ненадежности опоры у себя под ногами. И он все больше сомневается в том, что прогулка по этой части набережной была удачной идеей.

— А как насчет Гривано? — спрашивает он.

— Гривано?

— Его-то вы взяли с потолка, разве нет?

Уэллс вздыхает, глядя на океан.

— С Гривано я позволил себе кое-какие вольности, — говорит он. — В исторических документах он мелькает лишь слабой тенью. И я постарался заполнить пробелы своим воображением. Собственно, как раз эта пустота вокруг Гривано и создала предпосылки для написания книги.

Стэнли останавливается. Уэллс и собака делают еще несколько шагов, а затем разворачиваются и вопросительно смотрят на него.

— Вы хотите сказать, что Гривано был реальным человеком? — уточняет Стэнли.

— Он мною не вымышлен, это факт. Я обнаружил краткое и довольно загадочное упоминание о нем в письмах одной монахини, Джустины Глиссенти, когда занимался изучением старинных документов по совсем другому поводу, и меня привлекли возникающие в этой связи метафорические возможности.

— Вы меня разыгрываете.

— Ничего подобного. Из писем сестры Джустины я узнал только, что Совет десяти выдал ордер на арест некоего Веттора Гривано летом тысяча пятьсот девяносто второго года, обвинив его в заговоре с целью выведать у мастеров острова Мурано секреты производства тамошних знаменитых зеркал в интересах неназванной иностранной державы. В те дни такое обвинение могло повлечь за собой тюрьму или ссылку на галеры, а если обвиняемому удавалось сбежать из города, по его следам направляли профессиональных убийц. Словом, дело было нешуточное. Как ты уже, наверное, понял из моей книги, муранские производители художественного стекла и зеркал фактически обладали монополией в этой области, и так продолжалось вплоть до восемнадцатого века, на основании чего можно сделать вывод, что реальный Гривано не преуспел в своей попытке. Из других источников я выяснил, что он был врачом и алхимиком, имел степень доктора Болонского университета, а его предки служили в колониальной администрации Кипра до захвата этого острова Османской империей. Все остальное в его биографии я — по твоему выражению — взял с потолка.

— А сколько вообще правды в вашей книге?

— Я предпочел бы не развивать эту тему, Стэнли. Говоря о «правде», ты, видимо, подразумеваешь «факты». Но есть и другие понимания правды. Я отношу себя к поэтам старой школы и представляю свое положение примерно так, как его обрисовал один английский современник Гривано, сэр Филип Сидни, сказавший: «Поэт никогда ничего не утверждает и потому никогда не лжет». В повседневной жизни я, как уже говорил, бухгалтер. Много лет занимался этим делом в военно-воздушных силах, а потом в аэрокосмической индустрии. Я допускаю — точнее, я знаю наверняка, — что искусственная упорядоченность моей профессии вполне может служить источником спокойного удовлетворения. В свое личное время, между приходом с работы и отходом ко сну, я не прочь заняться чем-нибудь нетривиальным, но только под настроение и по своему выбору. Так что, надеюсь, ты поймешь мое нежелание ввязываться сейчас в какие-то метафизические дискуссии, которые в лучшем случае могут быть занимательными, но по сути являются банальным пустословием.

Лицо Уэллса невозмутимо, но чувствуется, что он доволен собой: укрылся за многословной отговоркой, как за ширмой. Стэнли знает, что в этой ширме есть прорехи, но пока не может их найти. Он слышит дыхание Уэллса и свое собственное дыхание, и вдруг ему становятся противны эти звуки: две пары мясисто-слизистых мешков всасывают и выпускают из себя воздух, в то время как их несет на себе, равномерно вращаясь, объятый полумраком большой мир.

Собачонка, пуская слюни, елозит под ногами у Стэнли. Он закрывает глаза, сжимает кулаки и переносит вес на левую ногу, готовя правую к хорошему пинку. Ему уже представляется этот пес в полете над пляжем, с поводком, развевающимся как хвост воздушного змея. А также лицо шокированного Уэллса, когда петля поводка вдруг вырвется из его желтых прокуренных пальцев.

Вот только знать бы, не соврал ли Уэллс насчет своей пушки; а если не соврал, то насколько он готов пустить ее в ход. Такие рыхлые жирдяи иногда бывают непредсказуемыми.

Стэнли выпрямляется, разжимает кулаки и заставляет себя улыбнуться. Уэллс глядит на него выжидающе. Застыв на мгновение, оба выглядят в лунном свете как мраморные статуи самих себя.

— Мистер Уэллс, — говорит Стэнли, — мне все-таки очень хотелось бы знать, что в вашей чертовой книге является правдой?

PREPARATIO
20 мая 1592 г.

И он, увидев в Природе изображение, похожее на него самого, — а это было его собственное отражение в воде, — воспылал к ней любовью и возжелал поселиться здесь. В то же мгновение, как он это возжелал, он это и совершил и вселился в бессловесный образ. Природа заключила своего возлюбленного в объятия, и они соединились во взаимной любви.

«Герметический корпус», трактат «Пойманор»[1]

---

[1] Перевод К. Богуцкого.

23

Служитель одну за другой возжигает свечи, и священник открывает Псалтирь. По мере того как разгораются длинные фитили, в нише над алтарем возникает образ Девы Марии — недвижный серый силуэт на мерцающем золотом фоне. Ее глаза из стеклянной смальты ловят неровные отблески пламени, и этот взгляд кажется направленным повсюду.

Пальцы священника переворачивают листы плотной бумаги, которые пружинисто распрямляются после сгиба.

— *Venite exultemus Domino iubilemus Deo salutari nostro*, — читает он нараспев. — *Предстанем лицу Его со славословием, в песнях воскликнем Ему.*

В алтаре позади священника покоятся мощи святого Доната, а на стене за алтарем висят кости дракона, коего сей чудотворец поверг одним плевком в разверстую пасть. Потолочный свод напоминает формой перевернутый корпус корабля.

Даже в этот час, задолго до рассвета, базилика не безлюдна. В проходах перемещаются одиночные фигуры: мучимые бессонницей рыбаки, отработавшие смену стеклодувы, вдовы под вуалями, нетерпеливо ждущие второго пришествия. Некоторые преклоняют колени и бормочут молитвы. В притворе, у подножия мраморной колонны, похрапывает пьянчуга.

В южной части короткого поперечного нефа вдоль стенной кладки из неровных камней медленно движется человек. Его осторожные, размеренные шаги сопровождаются легким постукиванием трости, глаза опущены долу, к изображениям на мозаичном полу: орлам и грифонам; петухам, несущим связанную лису; павлинам, вкушающим из чаши для причастия. Восковые свечи над его головой горят чистым пламенем, и в этом свете поверхность пола с фигурными плитками из порфира и серпентина кажется зыбкой, плывучей и волнообразной, тающей под собой бездонные глубины. При ходьбе человек высоко — на манер шагающей по болоту цапли — приподнимает ноги в черных сафьяновых сапогах.

Теперь представим облик этого мужчины в колоннаде древнего собора: сухощавый и жилистый, примерно тридцати пяти лет, в черной мантии доктора Болонского университета. Раздвоенная бородка и светло-рыжие волосы подстрижены чуть короче общепринятого по моде его времени. Он не похож на большинство ночных посетителей церкви — чумазых, оборванных и завшивевших. Бархатная шапочка и строгий парчовый колет свидетельствуют как о материальном благополучии, так и о нежелании выставлять его напоказ. Судя по асимметричным и жестким чертам лица, человек этот появился на свет в результате непростых родов, а впоследствии перенес немало лишений и тягот. В нем смутно ощущается какая-то отстраненность и чужеродность, что его знакомые обычно приписывают незаурядной эрудиции либо долгому пребыванию в дальних краях; но тут они ошибаются.

— *Его — море, Он создал его,* — продолжает священник. — *И сушу образовали руки Его.*

С канала наползает туман, море сливается воедино с ночной тьмой и сквозь толстые дубовые двери дотягивается своим холодным дыханием до собравшихся в церкви. Человек в черной мантии зябко поводит плечами и направляется к выходу.

Пусть этот человек и будет тем самым Гривано, Зеркальным вором. Отдадим это имя ему. Ибо кто еще может на него претендовать?

24

Выйдя из храма, Гривано слышит отголоски гимна «Te Deum», исполняемого в женском монастыре в двухстах шагах к северу. Яркий полумесяц висит на западном небосклоне; площадь Сан-Донато почти пуста. Вдали, за широким каналом, горят факелы процессии, покидающей новый дворец Тревизан. Перед входом в баптистерий два мальчишки-фонарщика, зевая, препираются с парой простоватых и грубых ночных стражников. Спускаясь с церковного крыльца, Гривано призывно поднимает трость; один из мальчишек спешит к нему, на ходу вставляя новую свечу в окованный жестью переносной фонарь.

— Свет к вашим услугам, дотторе, — говорит он.

— Ты знаешь заведение под названием «Саламандра»?

— Конечно, дотторе. Это за длинным мостом, недалеко от Сан-Пьетро-Мартире. Желаете лодку?

— Нет, пройдусь пешком, — говорит Гривано.

Они пересекают площадь и направляются вдоль канала на юг, а затем на запад — до его слияния с каналом побольше. В просвете между зданиями ненадолго открывается вид на лагуну и огни города в миле отсюда: Гривано находит взглядом цепочку огоньков Арсенала и далеко за ними яркий оранжевый свет на колокольне собора Сан-Марко. Море спокойно. Несколько мелких судов уже вышли в плавание, судя по мерцающим точкам их носовых фонарей. Гривано гадает, нет ли среди них лодки Обиццо.

С приближением к мосту широкая набережная становится все более оживленной. Местные торговцы тащат к причалам объемистые тюки с текстилем, толкают тележки с бронзовым литьем, керамикой и стеклянными изделиями, торопясь пересечь лагуну и занять места на площади Сан-Марко до начала праздничной толчеи. Неделю назад, когда Гривано приезжал сюда для встречи с нужными людьми, многие лавки на острове Мурано уже закрылись в преддверии Ла-Сенсы, а их владельцы загодя перенесли торговые операции в город. Иное дело в Риальто, где купеческим гильдиям пришлось пустить в ход все средства, от уговоров до прямых угроз, побуждая своих членов временно покинуть удобные магазины и развернуть торговлю на главной площади. Для гильдий это было нелегкой задачей: если весь город, по сути, — это один большой рынок, кому охота дополнительно суетиться из-за очередной ярмарки?

С верхней точки горбатого моста Гривано созерцает дрожащий воздух над зданиями впереди: это поднимается к небу тепло от печей стекольных заводов, постоянная температура в которых поддерживается неделями и даже месяцами. Рядом с мостом причалены и ожидают разгрузки баржи с ольховыми дровами.

Фонарщик ведет его мимо церкви Сан-Пьетро-Мартире к небольшой, но даже в этот час многолюдной площади. Куда ни глянь, здесь повсюду рабочие-стеклодувы — краснолицые, покрытые сажей, с налитыми кровью глазами, словно они только что вернулись с поля битвы. У колодца в центре площади один работяга внезапно накидывается на другого, сопровождая брань ударами тяжелых кулаков по его голове и плечам. У атакующего предплечье — видимо, обожженное — толсто обмотано тряпьем; избиваемый совсем молод, почти мальчишка. Когда он падает, противник продолжает наносить удары ногами, пока лицо жертвы не превращается в кровавое месиво. Только после этого двое дюжих парней неторопливо, как бы нехотя, вмешиваются и растаскивают их в разные стороны.

— Вот, дотторе, — говорит мальчишка, останавливаясь перед ничем не примечательным двухэтажным зданием, — это «Саламандра».

Гривано дает ему несколько медяков и отсылает прочь. На здании нет никаких вывесок, как нет и ставней, которые заменены прямоугольниками чистого зеленоватого стекла; сквозь шторы просачивается свет. В двери тоже есть окошко, но стекло в нем ярко-оранжевое с полупрозрачным алым силуэтом ящерицы в центре. Дверь с готовностью распахивается от легкого толчка.

Он не знает, чего ждать в таком месте — пьяных картежников с кинжалами на изготовку или полураздетых шлюх, — но внутри все тихо и спокойно. Просторная комната с восемью столами освещается несколькими масляными лампами и пламенем камина у дальней стены; старуха-хозяйка и, вероятно, ее взрослый сын обслуживают посетителей за длинным прилавком; под потолком развешены колбасы, окорока и прочие копчености. В углу молодой человек перебирает струны лютни и мурлычет мелодию без слов. С полдюжины рабочих расположились тут и там; кто-то ест, кто-то потягивает вино. Гривано с порога замечает двух нужных ему людей, но не сразу проходит вглубь помещения, дожидаясь, когда старуха примет у него трость и мантию.

— Не откажетесь от супа, дотторе? Могу предложить отменную колбасу. И жареного фазана.

— Еды не нужно, только вино.

Гривано усаживается за свободный стол. И тотчас же к нему со шляпой в руке приближается мастер-стекольщик Серена.

— Мое почтение, дотторе.

— Приветствую вас, маэстро. Не составите компанию?

— Благодарю, дотторе. Позвольте представить вам моего старшего сына Алессандро.

Это мальчик двенадцати или тринадцати лет. Лицо серьезное, на руках заметны мелкие шрамы — следы контактов с раскаленной печью. Кланяется уважительно и с достоинством. Взгляд — как у взрослого мужчины, и Гривано на мгновение вспоминает собственную юность: ему и Жаворонку было примерно по столько же, когда они отправились с Кипра в Падую. Но в ту пору они еще не умели держаться с такой спокойной уверенностью.

— Ты помогаешь отцу в мастерской? — спрашивает Гривано.

— Да, дотторе.

— Он также учится в школе августинцев, — говорит Серена. — Делает успехи.

Широкой ладонью он ворошит каштановые волосы мальчика. Только сейчас Гривано замечает, что у него отсутствуют кончики трех пальцев, которые завершаются многоцветными узелками рубцовой ткани.

— Тебе нравится учеба, Алессандро? — спрашивает он.

— Нет, дотторе.

Серена смеется:

— Ему больше по нраву работа со стеклом. Он считает учебу бесполезной тратой времени. Кое в чем я с ним согласен. Например, святые отцы заставляют его учить латынь и придворный язык. А зачем? Для торговца полезнее знать английский, вы согласны? Или голландский.

При этих словах мастер бросает на Гривано многозначительный взгляд, заставляющий его насторожиться.

— Это языки, на которых общается знать, маэстро, — говорит Гривано. — А торговцы хотят поставлять свои товары знати, разве не так?

— Торговцы хотят иметь дело с теми, у кого есть деньги и рынки сбыта, — говорит Серена. — Как у англичан. И у голландцев.

Пока Серена усаживается на стул, подставленный его сыном, Гривано украдкой бросает взгляд через комнату. Зеркальщик Верцелин не покинул свое место рядом с камином. Теперь он наклонился вперед и положил голову на стол, но Гривано опознает его по характерному дрожанию ног.

Серена между тем выкладывает на стол плоский сверток:

— Вы дали мне превосходные чертежи, дотторе. Очень четкие и детальные.

— Да. Только делал их не я.

Серена улыбается.

— В таком случае передайте мой поклон вашему другу-чертежнику, — говорит он и, перегнувшись через стол, понижает голос. — Я понимаю, почему ваш друг желает оставаться в тени. Не каждый возьмется за такую работу. По нынешним временам тем более.

— Хотите пойти на попятную?

— Я сделаю все, как договаривались, дотторе. Но мне придется быть особо осмотрительным при выборе помощников. Как вы знаете, с некоторых пор в патриархате набрали силу — как бы точнее выразиться? — ревнители благочестия. И рвение их растет день ото дня. За это, разумеется, мы все возносим хвалу Господу. Однако многим из нас становится не по себе, когда вещи, ранее считавшиеся безобидными чудачествами, вдруг объявляются ересью. Я сталкиваюсь с этим и у себя в мастерской. Поэтому надо быть очень осторожным. Для этой работы потребуется еще и мастер-медник, которому можно было бы доверять. По счастью, у меня есть такой на примете.

Гривано кивает и собирается ответить, когда со стороны очага доносится громкий вопль. Верцелин резко откидывается на спинку стула, вертит головой и что-то невнятно выкрикивает, а затем снова распластывается на столе. Лютнист бросает на него сердитый взгляд, но не прерывает игру.

— Он пьян? — спрашивает Гривано.

— Он безумен.

Гривано смотрит на Серену, старательно изображая удивление. Мастер пожимает плечами.

— С ними такое случается, — говорит он.

— С кем?

— С зеркальщиками. Они сходят с ума. И никто не знает почему. Возможно, это у них наследственное.

Гривано снова глядит на Верцелина. Тот перекатывается лбом по столу, расплескивая вино из стоящей тут же кружки.

— Он еще в состоянии работать? — спрашивает Гривано таким тоном, словно эта мысль только что пришла ему в голову.

Серена не спешит с ответом. Вместо этого он откидывает в стороны складки белого холста, в который завернут лежащий перед ним предмет.

Под холстом обнаруживается дыра в столешнице. То есть так кажется Гривано, но когда он наклоняется вперед, ожидая увидеть в отверстии ноги Серены, его глаза вместо этого видят потолочные балки, а затем лицо — его собственное лицо, — причем с потрясающей ясностью. Чтобы сохранить равновесие, он упирается рукой в поверхность стола.

— Смелее, дотторе. Возьмите его.

Гривано засовывает тонкие пальцы под холст и подносит зеркало к своему лицу. Оно около фута в длину при ширине в несколько дюймов, с закругленными углами — все в точном соответствии с чертежом Тристана. Стекло идеально плоское и чистое, толщина равномерная. Гривано поворачивает его к огню, чтобы проверить качество амальгамы: все безупречно. Зайчик отраженного света мечется по стене над камином и исчезает с возвращением зеркала в прежнее положение.

— Его сделал Верцелин? — спрашивает Гривано.

Серена поглаживает свою густую бороду, глядя на Верцелина.

— Сделал, — говорит он, — или, скажем так, поучаствовал в его создании.

— Оно великолепно! Не вижу ни одного изъяна.

— Да, изъянов почти нет.

— Не увидев своими глазами, не поверил бы, что в вашей мастерской могут делать столь чистое стекло.

Серена хмыкает:

— Можно сделать и почище этого, дотторе. При большом желании. Но если вы попросите меня об этом — чего, надеюсь, не случится, — я скажу вам, что вот это зеркало и так уже *слишком* чистое. Вашему другу следует держать его в сухом месте, иначе года через два... — он пфыкает, сложив губы трубочкой, — оно пропадет. Растает, как сахарный леденец. Слишком чистое стекло не переносит влаги, дотторе. Поэтому ваш друг должен при хранении оборачивать зеркало высушенными водорослями. Заплатив такие деньги, есть резон заботиться о долговечности покупки.

Гривано его почти не слушает, разглядывая свое отражение. Как и у всякого благородного господина, у него имеется небольшое зеркало из полированной стали, и за прошедшие годы он привык узнавать в нем себя. Но, как выясняется, старое зеркало ему лгало. Только сейчас он впервые видит себя таким, каким его видят — и всегда видели — другие люди: форма головы, мимика и объем, занимаемый им в пространстве. Он изучает следы давних травм на своем лице, как географическую карту: вот шрам на челюсти от янычарской стрелы, вот зарубка на ухе от бритвы, которой полоснула его шлюха в Силистре, вот осколок переднего зуба, оставшийся после удара персидского онбаши за мгновение до мушкетного выстрела. Коротко вздохнув, Гривано накрывает зеркало холстом и двигает сверток обратно через стол.

— Сколько времени уйдет на изготовление рамы? — спрашивает он.

— Немного. Не более одного дня.

— Моему другу не нужна такая срочность.

— А я не хочу дольше необходимого держать эту вещь у себя в мастерской.

Мастер сует руку за пазуху (Гривано мельком отмечает добротность материи и чистоту его костюма) и достает лист бумаги, сложенный и скрепленный печатью с изображением античной сирены — знаком его мастерской.

— Передайте это вашему другу, — говорит он. — Здесь расчет стоимости, а также список изменений, которые я внес в его проект. Если что-то его не устроит, вы должны известить меня завтра до заката. Не получив никаких известий, буду считать это согласием и тогда завершу работу.

Гривано берет бумагу и прячет ее в карман. В этот момент у камина происходит движение: Верцелин, пошатываясь, поднимается на ноги. Лютнист не смотрит в его сторону, притворяясь, что настраивает свой инструмент.

— Господи Иисусе! — кричит Верцелин, добавляя к этому несколько слов, которые Гривано не может разобрать.

Струйка слюны болтается на бороде зеркальщика, позолоченной светом очага. Гривано замечает пару темных пятен на столе, только что покинутом Верцелином. То, что побольше, — это пролитое вино, а меньшее, судя по всему, — это слюна.

Верцелин идет через комнату, судорожно подергиваясь при каждом шаге.

— Он среди нас, братья! — громким шепотом возглашает он, указывая на Гривано. — Обетования! Обетования Господни! Он сулит нам избавление!

Гривано смотрит на него, не моргнув глазом. Рубашка Верцелина спереди промокла от пота и слюны. «Удивительно, как в нем сохранилось столько влаги после многих часов, проведенных у печей, — думает Гривано. — Без сомнения, он долго не протянет. Но все же надо подстраховаться».

Верцелин произносит слова с усилием, как будто выдавливает их из себя одно за другим.

— Я воззвал к нему! — говорит он. — Я его пророк! Павлин суть священная птица, не так ли? Разве он не священная птица? Он ходит по нашим улицам! Следуйте за ним, братья!

С этими словами он покидает таверну. Гривано старается ничем не выдать свое беспокойство.

— Это не совсем то благочестие, о котором я только что упоминал, — замечает Серена.

— Я не успел с ним поговорить.

— От этого разговора было бы мало толку, дотторе.

— Но у меня деньги для него. Плата за зеркало.

— За зеркало плачу ему *я*, дотторе. А вы платите *мне* за выполненную работу.

Серена смотрит на собеседника с прищуром, как будто удивляясь его непониманию, но Гривано не замечает этого взгляда, уже поднимается из-за стола.

— Я приду за готовой вещью через два дня, — говорит он. — Если с работой возникнет задержка, предупредите меня письмом. Я остановился в «Белом орле».

Считаные секунды уходят на оплату вина и получение обратно мантии и трости. Но когда он, попрощавшись, выходит на площадь, Верцелина уже нигде не видно. Вряд ли он смог уйти далеко в его нынешней кондиции, но как узнать, в какую сторону он двинулся? Гривано озирается в поисках мальчишки, который привел его сюда, но того уже и след простыл. Разумеется, можно обратиться с расспросами к любому из находящихся поблизости работяг, однако он не хочет оставлять за собой больше следов, чем это необходимо.

Он сворачивает вправо, на Стекольную улицу — длинную, прямую и ярко освещенную наддверными фонарями и раскаленными добела печами за окнами цехов. Улица упирается в узкий, забитый лодками канал, и, если Верцелин пошел в эту сторону, найти его будет нетрудно.

Гривано шагает быстро, зажав трость под мышкой и поглядывая на разноцветные эмблемы мастерских: ангел, сирена, дракон, петушок с червяком в клюве... Все ставни открыты, выставляя напоказ образцы изделий, и он периодически вздрагивает, встречая в отражениях свой собственный тревожный взгляд.

25

Пройдя сотню шагов, Верцелин сразу за маленьким рыбным рынком останавливается перед мастерской Мотты и громогласно обращается к своим коллегам внутри. Витрины мастерской заполнены зеркалами всех видов — овальными, круглыми и прямоугольными, карманными и настенными, с рамами из резного дерева, кованого железа или халцедонового стекла, — и сейчас они отражают разные части его тела: где-то видна только впалая грудь, где-то — трясущиеся ноги, а где-то — разинутый в беззвучном вопле рот.

— Я узрел Господа! — кричит он. — Я обрел Его, и все мы Его обрели! Но что толку в этом, если мы за Ним не последуем?

Никто в мастерской не выглядывает из окон; прохожие по широкой дуге огибают чокнутого пьянчугу. Мостовая перед ним покрывается брызгами летящей изо рта пены.

Гривано наблюдает эту сценку, стоя у причала неподалеку. «Пожалуй, так даже лучше, — размышляет он. — Хорошо, что мы с ним покинули таверну порознь. Кроме того, у меня теперь есть еще время подумать. Обиццо с лодкой уже должен быть на месте. Вопрос лишь в том, как задать Верцелину правильное направление». За годы учебы в Болонском университете Гривано повидал слишком много сумасшедших, чтобы верить в возможность как-то влиять на их поступки; и сейчас, за неимением лучших идей, он решает действовать по наитию.

Неторопливой походкой он начинает продвигаться вперед, демонстративно игнорируя зеркальщика. Верцелин замолкает, уставившись на Гривано воспаленными глазами; его лицо конвульсивно подергивается. Меж тем Гривано минует его и продолжает свой путь вдоль набережной, постукивая по мостовой железным наконечником трости.

Озадаченный Верцелин издает серию невнятных истерических возгласов, на что Гривано никак не реагирует. Вправо от набережной открывается проход: это Гончарная улица. Гривано сворачивает туда. Здесь тоже имеются стекольные мастерские, а кроме них, еще фабрика расписной керамики и парочка дешевых трактиров. Окна других заведений на этой улице закрыты ставнями без признаков света в щелях. Через полквартала Гривано ныряет в дверную нишу запертой лавки текстильщика и ждет.

Верцелин следует за ним на небольшой дистанции. С каждым шагом его заносит влево, после чего он корректирует курс, как судно при сильном боковом ветре. Редкие пешеходы шарахаются в стороны, уступая ему дорогу. При этом он не прерывает свой невнятный монолог:

— Павлин... священная птица... священная птица... священная птица...

Гривано выходит из ниши; луна светит ему в лицо.

— Верцелин, — говорит он.

Верцелин моргает, присматриваясь.

— Дотторе? Дотторе Гривано?

— Да, это я.

— Я тебя вообразил, — говорит Верцелин. — Я вызвал тебя из зеркала.

— Нам надо идти, Верцелин. Ты понимаешь? Мы должны срочно покинуть Мурано.

Верцелин смотрит на него с недоумением, а потом закрывает глаза и трясет головой, как ребенок, впервые попробовавший на вкус сырой лук.

— Послушай меня, Верцелин. Гильдия стеклодувов и Совет десяти узнали о наших намерениях. Сбиры уже идут по твоему следу. Неподалеку отсюда нас ждет лодка, на которой мы уплывем в Кьоджу, но надо поспешить.

Верцелин гримасничает, уставившись на свои непослушные ноги. Гривано наблюдает за сменой чувств на его лице, но вскоре все эти чувства поглощает выражение предельной усталости.

— Я пойду с тобой, — бормочет Верцелин. — Я смотрел... в зеркало... там я увидел... я готов идти...

Высмотрев еще не запачканное место на рукаве Верцелина и цепко за него ухватившись, Гривано ведет зеркальщика по улице. Впереди видна площадь с колодцем, из которого набирают воду рано вставшие жены торговцев. Не доходя площади, они сворачивают в переулок и следуют параллельно каналу. Неподалеку в мастерских работают гончары, напевая сентиментальную песню об утонувшем моряке, но прохожие им с Верцелином не попадаются.

Гривано вполголоса торопливо излагает Верцелину план действий:

— Из Кьоджи мы поплывем в Рагузу, а там нас ждет английское судно, на котором мы доберемся до Амстердама. С Божьей помощью окажемся там через три недели. Тогда все, что останется гильдии, — это с удвоенным усердием молиться святому Антонию.

— Не хочу, — говорит Верцелин. — Не хочу в Амстердам. Еретики! Там полно еретиков.

— Тогда тебе придется обратить их всех в истинную веру. Что скажешь, Алегрето?

Верцелин уже перестал трястись, но его ноги по-прежнему заплетаются, а речь невнятна из-за обильного слюнотечения.

— Не могу работать, — говорит он. — Больше не могу держать стекло. Мои руки, дотторе! Мои руки!

Гривано крепче сжимает его предплечье и глядит вперед. Там уже показалась лагуна, а также пустынная часть набережной, где должен причалить Обиццо.

— Тебе не придется лично работать со стеклом в Амстердаме, — говорит Гривано, продолжая тянуть его вперед. — Для тебя там уже подобрали хороших, опытных мастеров. Ты должен будешь только научить их своим методам.

— Я болен, — стонет Верцелин. — *Я видел!* Времени не осталось, времени нет совсем. А ты *видел*? Ты *последуешь*?

— Конечно, маэстро, — говорит Гривано. — Конечно, я последую.

На окне лавки слева и чуть позади них шумно распахиваются ставни, но Гривано не оглядывается.

— Я узрел Его! — шепчет Верцелин, хватая Гривано за руку. — В моем зеркале! Я видел, я видел. Я держал зеркало для самого Христа, дотторе! Это ли не второе пришествие? А ты видел Его, дотторе? Видел? Какой смысл в откровении, если ты о нем никому не рассказываешь?

Они выходят на набережную. Перед ними лагуна, темная, уходящая вдаль, с огоньками судов, рассеянными на пространстве от Террафермы до Гранд-канала. Из ближайших домов слышатся звуки храпа, приглушенных разговоров, занимающейся любовью парочки, но на улице никого нет. В сотне ярдов к югу расположена дубовая рощица; и там, на нижней ветке одного из деревьев, Гривано замечает развернутый кусок белого полотна.

— Идем, — шепчет он Верцелину. — Быстрее.

— Я много работал, — говорит Верцелин. — Тяжелый труд. И теперь я вижу. Павлин — это священная птица, дотторе. Сосчитайте глаза на его хвосте.

Гривано быстро оглядывает балконы и окна, — кажется, никто за ними не следит. Они уже почти дошли до деревьев. На пирсе впереди два котенка поедают отсеченную рыбью голову; кроме них и волн, никакого постороннего движения не заметно. Гривано пропускает Верцелина вперед, придерживая его за плечо.

Ветвь с белеющей тряпкой нацелена на сваю, к которой привязано маленькое сандоло Обиццо. Тот удалил сиденья и бросил на дно лодки кусок дерюги, частично прикрывающей свернутую кольцом пеньковую веревку и выщербленный блок известняка. Сам Обиццо в скрывающей лицо широкополой шляпе и потертой матросской куртке скрючился на корме. Когда Гривано и Верцелин подходят ближе, он встает и продвигается к носу лодки.

Верцелин с изумленным возгласом застывает на месте. Даже при его помраченном сознании, он тотчас узнает Обиццо.

— Ты?! — произносит он.

Гривано берет свою трость обеими руками и наносит удар в основание черепа Верцелина. Тот клонится вперед, а Гривано сует трость под его подбородок, чуть выше щитовидного хряща, потом заводит правый конец трости себе за голову и, пользуясь ею как рычагом, резким движением левой руки вверх переламывает Верцелину гортань.

Верцелин еще борется, рассекает воздух скрюченными пальцами, и Гривано освободившейся правой рукой ловит его запястье. Обиццо уже схватил Верцелина за ноги и с яростной гримасой тянет их в стороны, словно пытается разодрать пополам молодое деревце с раздвоенным стволом. Оторванный от земли, Верцелин извивается и размахивает единственной свободной конечностью. Слышится глухой звук — это головка бедренной кости выходит из суставной впадины, — после чего Верцелин, обмякнув, тяжелеет и перестает дергаться.

«Как Антей», — думает Гривано. Он еще какое-то время не ослабляет захват, пережимая тростью сонную артерию. Уже много лет он не использовал этот прием. В памяти стремительно мелькают другие люди, убитые подобным образом: их запахи, их кожа на ощупь, их последние вздохи.

— Ну же, пора, черт возьми! — шепчет Обиццо.

В ходе борьбы он уронил свою шляпу и теперь поднимает ее с земли, надевает, поправляет поля и взглядом бездомного пса скользит по огонькам в ближайших зданиях. Здесь, на острове Мурано, любая живая душа опознает его в момент.

— Готов, — говорит Гривано, — бери его за ноги.

Они кладут мертвого Верцелина на дно лодки и накрывают его дерюгой. Гривано обматывает веревкой его ноги, плечи, грудь и под конец затягивает петлю хирургическим узлом.

Обиццо встает на корме и берется за длинное весло.

— Этого достаточно, дотторе, — говорит он. — Теперь отдайте швартовы.

Гривано выпрыгивает на пирс и отвязывает канат от сваи.

— Затопи его в проливе напротив Сан-Николо, — говорит он. — Если веревка лопнет, его унесет в открытое море.

— Когда я получу от вас известия?

Гривано бросает причальный канат на нос сандоло.

— Я сам найду тебя в Риальто, — говорит он.

— Когда?

Этот вопрос Гривано оставляет без ответа. Он следит за тем, как Обиццо разворачивает лодку. При движениях весла вверх рукава его куртки сползают, обнажая мощные руки, и Гривано гадает, какими байками он кормит пассажиров, когда те интересуются происхождением многочисленных шрамов на его коже. После нескольких длинных гребков и гневного взгляда через плечо Обиццо исчезает в темноте.

Сверху доносятся унылые крики диких гусей. Гривано поднимает голову, но разглядеть пролетающих птиц не удается. Когда в небе снова становится тихо, он снимает с ветви дуба кусок белой материи и, вытерев им слюну Верцелина с мантии и трости, бросает лоскут в воду. Затем он кружным путем возвращается на Стекольную улицу, а по ней — то и дело поглядывая на окна слева и справа — к длинному мосту.

Постоялый двор на улице Сан-Бернардо: здесь всегда полно людей днем, но тихо в ночные часы, на входной двери нет запоров, а лестница в комнаты постояльцев наверху ведет сразу из прихожей. Вдова-хозяйка если и услышит его шаги, то вряд ли запомнит, в котором часу это случилось. Уже в своей комнате, задвинув засов, он прикладывается лбом к поверхности двери и глубоко дышит, ожидая, когда успокоится сердцебиение. Потом зажигает керамическую лампу на столике, вешает одежду на крючки рядом с кроватью и развязывает свой кошель.

Две понюшки базилика снимают напряжение, но спать нельзя — ему скоро возвращаться в Риальто. Он проделывает несколько гимнастических упражнений, которым обучился во дворце Топкапы, а потом ломает восковую печать на письме Серены к Тристану. Развернув толстую тряпичную бумагу, обнаруживает внутри еще одно письмо с такой же печатью и откладывает его в сторону. Затем расправляет внешний лист и держит его над огнем лампы, пока на бумаге не проступают письмена.

26

Промозглый ветерок гонит клочья тумана над лагуной, открывая вид на колокольню Сан-Микеле правее высокого носа гондолы. Помимо Гривано, в лодке лишь два пассажира: молчаливые тирольские купцы со свертками, крепко зажатыми между коленей. Гондольер не в настроении петь; периодически он перестает грести, чтобы прочистить нос и поплотнее запахнуть куртку, ежась от утренней прохлады.

У Гривано также намечается насморк и побаливает горло — сказывается бессонная и беспокойная ночь. Таких ночей за последний год у него было множество: недавнее трудное путешествие, а перед тем долгие бдения над книгами и манускриптами при подготовке к диспуту о Галене с напыщенными ректорами, которые читали «Канон» Авиценны только в переводе и не читали ар-Рази вообще. Очень часто рассвет заставал Гривано за столом перед грудой книг или в его крошечной лаборатории при завершении сложного алхимического эксперимента; после чего он тер воспаленные глаза, накидывал плащ и выходил на прогулку среди овеваемых утренним бризом колоннад Болоньи с таким чувством, словно ему вот-вот удастся найти способ остановить время и освободиться от мирской суеты. Приятно было сознавать, что никто из окружающих не ведает о результатах его сегодняшних трудов — о том, каким образом он распорядился очередным днем, который для него все еще продолжался, тогда как для них уже стал рутинным прошлым. Но у этого, конечно, была и оборотная сторона. Глядя на гладкие лица студентов вдвое моложе его, спросонок спешащих на лекции, Гривано покусывал губы и не без чувства досады размышлял о своей фатальной чуждости их миру: под стать пауку на распустившемся цветке или подкинутому в гнездо кукушонку.

Белые вспышки сквозь туман по правому борту: это машет крыльями цапля. Через секунду Гривано видит уже десятки этих птиц, свивших гнезда на старых ивах в восточном конце островка Сан-Кристофоро. Время отлива: покрытые тиной камни выступают из воды на отмелях, тяжелые запахи моря наполняют воздух. Гривано подносит к лицу платок, пропитанный мятной эссенцией, и наблюдает за тем, как двое рыбаков неподалеку вытягивают из воды свои ловушки. Когда он снова поворачивает голову по ходу движения лодки, перед ним уже высятся квадратные угловые башни Арсенала.

Пассажиры выбираются на причал. Тирольцы спешат на юг, синхронно закинув на плечи одинаковые свертки. Гривано отходит в сторону и провожает их взглядом, а гондольер, шмыгая носом, уже торгуется с новыми клиентами. Туман рассеялся окончательно, и над горизонтом зависли снежные шапки альпийских вершин, как известковые пробелы на облупившейся старой фреске.

Запах кипящей смолы из Арсенала подавляет миазмы отлива, и Гривано прячет платок в карман. Столбы белого и черного дыма поднимаются вертикально вверх призрачными собратьями новой колокольни Сан-Франческо-делла-Винья, во многом повторяющей свою сестру на главной площади: потоньше и чуть пониже, но с такой же острой пирамидальной крышей, уже успевшей пострадать от молний. Прикрывая глаза козырьком ладони, Гривано оглядывает колокольню и замечает, что окна в ее стене, выходящей к Арсеналу, заложены кирпичом. «Чтобы не давать обзор шпионам», — догадывается он. Ибо Гривано и его сообщники — наверняка не единственные иностранные агенты, строящие козни против Совета десяти.

В начале долгого пути до Риальто он старается шагать помедленнее — чтобы следить за обстановкой, не выделяясь из толпы, — но это ему не удается. Все сильнее болят голова и шея, а карнавальные маски на лицах прохожих выглядят все более зловещими; и вот он уже несется вперед, практически не замечая ничего вокруг. Когда он переходит по мостику один из нешироких внутренних каналов, со дна вдруг, шумно пузырясь, поднимается выброс газа. Внезапный позыв к рвоте вынуждает его остановиться и перегнуться через каменную балюстраду.

Пятно черного ила расплывается на изумрудной поверхности воды, и Гривано думает о Верцелине где-то на дне лагуны, с каменным грузом в ногах. По крайней мере, он обрел покой. Никакие снадобья ему бы уже не помогли.

Гривано дышит через платок, и запах мяты помогает привести в порядок мысли. Он и не предполагал, насколько это будет тяжело: ни на секунду не выпускать из памяти перечень всех совершенных им преступлений и обманов. Малейшие несоответствия ранее придуманной легенде или оброненное вскользь невинное вроде бы замечание, достигнув не тех ушей, могут стать для него роковыми.

Но и это еще не самое худшее: по мере продвижения к намеченной цели ему все сильнее хочется сделать остановку или вообще выйти из этой игры. Изначально задание хасеки-султан казалось достаточно простым и недвусмысленным: отыскать мастеров, преуспевших в изготовлении зеркал высочайшего качества, коими славился на весь цивилизованный мир остров Мурано, и доставить этих людей в Константинополь, чтобы они могли наладить аналогичное производство для османского двора. Но вскоре — к своей досаде, если не к удивлению — Гривано выяснил, что изготовление зеркал — это довольно сложный процесс, требующий участия как минимум двух разных специалистов: стекольщика, знающего формулы и технологию получения кристаллической субстанции почти идеальной прозрачности, и собственно зеркальщика, который формирует из этой субстанции плоские листы и наносит на них отражающий слой из особого сплава. Зеркала Мурано пользовались огромным и все возрастающим спросом при европейских дворах, так что люди, ведавшие секретом их производства, могли потягаться доходами с любым турецким пашой. Как убедить этих людей покинуть родной остров, где все отлажено вплоть до ежедневных поставок сырья с разных концов света и где их отцы и деды трудились веками, постепенно оттачивая свое мастерство? Как убедить их ринуться в авантюру и начать все с нуля в магометанской стране с чужим языком и совершенно чуждыми обычаями? Для решения такой задачи надобно обладать едва ли не сверхъестественной риторической изощренностью.

Вот почему Гривано им лгал. Ознакомившись в целом с положением дел в данной отрасли, он пришел к выводу, что в качестве перспективного места работы жителей Мурано с гораздо большей вероятностью может заинтересовать Амстердам — еще один город каналов с бурно развивающимся стекольным производством. И Серена, каковы бы ни были его мотивы, действительно сразу заинтересовался. То же самое Верцелин, — во всяком случае, так оно выглядело до тех пор, пока Гривано не обнаружил, что зеркальщиком руководили не какие-то хитроумные соображения, а тяжелый недуг, повредивший его рассудок. В результате весь план оказался под угрозой. Сумасбродные выходки этого глупца не позволяли допустить его к проекту хасеки-султан, и в то же время его бредовые речи были не настолько лишены смысла, чтобы какие-то упоминания о предстоящем отъезде на север были просто проигнорированы властями. В конечном счете выбора не оставалось. Бедняга сам вынес себе приговор.

Зато Обиццо подходит идеально. Уже в сотый раз Гривано удивляется, как это Наркис ухитрился найти такой экземпляр: опытный мастер-зеркальщик, в относительно здравом уме, да еще и в розыске: за его голову обещана награда в восемьдесят дукатов. Отныне, после событий этой ночи, его судьба накрепко связана с судьбой Гривано. Разумеется, как и большинство зеркальщиков, он вспыльчив и раздражителен — будет непросто обуздать его, когда в конце пути Обиццо увидит город, ничуть не похожий на обещанный ему Амстердам. Но Гривано с ним справится так или иначе. Воистину этот человек послан ему богом. Другой вопрос — *чей* бог его послал? — ответа не находит.

Неподалеку раздается громкий смех, а потом звучит куплет похабной песни. Гривано поворачивает голову и видит компанию молодых нобилей, нарядившихся китайцами, в сопровождении пары шлюх в масках. Они подходят к старому зданию напротив моста и начинают барабанить в его тяжелую дверь. Эти гуляки совсем недавно подверглись нападению клоуна-маттачино, судя по резкому запаху мускуса, который не может перебить даже мятная эссенция носового платка. Один из «китайцев» нагло таращит на него подведенные сурьмой глаза. Развернувшись,

Гривано возвращается на тот берег канала, с какого только что пришел.

Приближаясь к площади Санта-Джустина, он ожидает увидеть монумент в честь битвы при Лепанто, но, странное дело, не находит здесь ничего подобного. Стены церкви на площади растрескались и просели. Гривано заглядывает внутрь — там только пара сизых голубей разгуливает в притворе да бледный свет, проникая сквозь дыры в крыше, пятнает каменные плиты пола. Мрачно улыбнувшись, он продолжает путь в южном направлении. Как быстро меняются времена. И каким сладостным порой кажется забвение.

Осталась последняя ночь празднеств. Две недели назад, в День Вознесения Господня, Гривано был почетным гостем на галере Контарини: он стоял на увитой гирляндами высокой корме рядом с самим Джакомо Контарини и, когда ближе к устью лагуны качка усилилась, подставил старику для опоры свое крепкое плечо. Он видел, как дож Чиконья пошатывается на палубе буцентавра, и слышал его неожиданно громкий и ясный голос, разносящийся над волнами: «Мы обручаемся с тобой, о море, в знак истинного и вечного владычества», хотя советникам пришлось изрядно попотеть, удерживая владыку в стоячем положении, пока он не перекинул обручальное кольцо через фальшборт. А вечером того же дня Гривано причастился Святых Тайн на острове Лидо, неподалеку от стрельбища, где они с Жаворонком проходили военную подготовку двадцать два года назад. Впоследствии ему пришлось высидеть изнурительно долгий банкет только ради мимолетной аудиенции с Чиконьей. «Республика благодарна тебе, сын мой, за геройские подвиги на ее службе». Сморщенный старичок-дож явно не имел понятия, кто такой Гривано и в чем состоит его геройство; он начал клевать носом еще до того, как последнее слово слетело с его уст, а спустя какие-то мгновения Гривано был оттеснен в сторону под огненные всплески фейерверков над городскими крышами вдали. Быть может, оно и к лучшему.

В тот день он был только рад, что пропустил гулянья на площади Сан-Марко — прихотливое сочетание моральной деградации и деловой предприимчивости, — но сейчас у него вдруг возникает желание побывать там до завершения празднеств, чтобы хоть напоследок окунуться в эту феерическую атмосферу. Попытки срезать путь переулками трижды заводят его в тупик, после чего он возвращается к каналу и следует вдоль него, мимо арочных окон Сан-Лоренцо, слыша стук молотков и пение невидимых снизу рабочих на крыше церкви, затем проталкивается через мост, заполненный греками в лиловых фесках, и достигает тротуара на другой стороне. Чуть погодя снова переходит мост, минует строгий фасад Сан-Антонина, готические палаццо на Кампо-делла-Брагора и уже начинает подозревать, что сбился с пути, когда за очередным поворотом впереди возникает Рива-дельи-Скьявони и обширное водное пространство за набережной, сверкающее как покрывало из стеклянных бусин.

Он выбирается из потока людей, чтобы посмотреть через пролив на монументальный Сан-Джорджо-Маджоре. Когда они с Жаворонком впервые прибыли в этот город, строительство собора еще только начиналось. Западнее, на Джудекке, высится величественная и строгая Иль Реденторе — церковь Спасителя, которую он вообще видит впервые. Фасады обеих новостроек отделаны белым истрийским камнем, который ослепительно блестит на солнце. Фантастические сооружения в фантастическом городе. Своей загадочностью они напоминают Гривано античные руины Эфеса, нисколько не проигрывая в таком сравнении. Совсем не трудно поверить в то, что за этими массивными дверями таится иной мир, недоступный взору простых смертных.

Мимо набережной, набирая ход, мчится пеота навстречу показавшейся из-за мыса каракке. Такое чувство, будто киль и весла лодки едва касаются воды. В этот миг странная мысль посещает Гривано: вот бы стереть из памяти свои первые впечатления от этого города (они с Жаворонком тогда боролись на носу корабля за лучшее место для обзора), чтобы сейчас увидеть все это свежим взглядом, уже после того, как он за прошедшие годы повидал немало архитектурных чудес, включая лабиринты тунисской цитадели, пирамиды Гизы и скальные храмы к югу от Мертвого моря. Он опирается на причальный столбик, закрывает глаза и пробует воссоздать ощущения первых дней карантина в Маламокко, когда он стоял у парапета крепостной стены над лагуной, глядя на штормящее море. Жаворонок был рядом, что-то напевая и кривляясь перед крестьянскими девчонками — «Мой благородный друг и я направляемся в Падуанский университет, чтобы стать врачами. Идите сюда, и я устрою вам полный осмотр!» — тогда как Гривано, противясь натиску ветра, пытался разглядеть сквозь марево брызг далекие колокольни и купола.

Бессонная ночь вновь дает о себе знать: он вздрагивает, выходя из полудремы и цепляясь за столбик, чтобы не свалиться в воду. Упавшая трость катится по мостовой, но Гривано успевает придавить ее ногой и, наклонившись, поднимает.

Неподалеку на причале собрались купцы, которые внимательно наблюдают за приближающейся караккой. Гривано следует их примеру. Прежде всего ему бросаются в глаза остатки грот-мачты, частично расщепленной, частично подрубленной на высоте плеча: кто-то явно поработал топором, чтобы освободить судно от поврежденной мачты, сбросив ее с подветренного борта. Когда каракка подходит еще ближе, обнаруживается, что ее корпус утыкан стрелами, испещрен свинцовой картечью и покрыт ржаво-красными потеками.

— Сжалься над нами, Господи! — стонет один из купцов. — Снова пираты...

— Думаешь, это ускоки? — спрашивает другой.

— А кто же еще, дурья твоя голова? Видишь, сколько крови стекло с палубы? Там было пиршество каннибалов, не иначе... — Купец сердито сплевывает в набегающие волны. — Кто-нибудь должен сообщить старой развалине Чиконье, что невеста-море наставляет ему рога с самим дьяволом, а мерзкие отродья этой парочки вовсю резвятся у наших берегов.

Гривано разворачивается и покидает причал. Впереди труппа акробатов-цыган устраивает представление на фундаменте строящейся тюрьмы. Гривано пробирается через толпу, минует аркады Дворца дожей и подходит к двум огромным колоннам на Пьяцетте. Между ними разместились пять игорных столов, где азартный люд трясет глиняные кубки и бросает кости под надзором распорядителей в масках. К каждому столу тянется очередь из городских обывателей и приезжих селян. Новое здание библиотеки Сан-Марко заметно сузило Пьяцетту, превратив ее в подобие ущелья, по всей длине которого сейчас тянутся ярмарочные ряды. От прилавка к прилавку снуют зеваки и покупатели: коренастые крестьянки с Террафермы; немецкие пилигримы, запасающиеся провизией на пути к Святой земле; новобрачные в серебристых вуалях и шелковых платьях. Собравшись с духом, Гривано ныряет в эту толчею.

Гротескная роскошь, выставленная напоказ! Шкатулки с изысканной гравировкой, расписные вазы и статуэтки. Изобилие парфюмерных продуктов: порошки в пакетиках, эссенции во флаконах, ароматные шарики в специальных футлярах. Карманные молитвенники по соседству с гравюрами непристойного характера. Шпалеры с узорами из фальшивого жемчуга. Обувные и галантерейные прилавки ломятся от товаров: башмаков, гребней, шляп, чулок и прочего. Продавцы красок для волос взвешивают размолотые пигменты, насыпая их аккуратными кучками. Золотых дел мастера, медники и жестянщики завлекают клиентов фигурами фантастических зверей, прямо на месте создавая их из фольги и проволоки. Перед лавками оружейников темные личности с пустыми глазами придирчиво выбирают кинжалы, проверяя их остроту. Греки торгуют кожей, ломбардцы — тканями, славяне — шерстью.

Следуя вдоль рядов, Гривано внезапно осознает, что он только что на несколько минут совершенно забыл о своей миссии, ослабил мысленный контроль над хитросплетением интриг, полностью занимавших его в последнее время. И в эти недолгие минуты он действительно являлся тем, кем выглядел: вальяжным господином, совершающим покупки. Подобное случалось с ним крайне редко со времени прибытия в этот город несколько недель назад, а возвращение к реальности всегда сопровождалось тревогой — как у человека, который вдруг вспомнил об оставленном где-то кошельке. Но сейчас Гривано вдруг приходит в голову, что он в наименьшей степени подвержен риску именно в таком раскрепощенном состоянии: присматриваясь к товарам на ярмарке, развлекая своих покровителей из семейства Контарини, дискутируя на разные отвлеченные темы с учеными мужами. Притворство не может быть разоблачено, если человек не притворяется. Интересно, сможет ли он когда-нибудь забыться — то есть выбросить из головы перечень своих измен и вымыслов — до такой степени, что встретит нападки разоблачителей самым искренним и неподдельным изумлением?

Перед входом в собор появляются два *маттачини* и, раскручивая пращи, начинают метать в гуляющих «бомбы» из яичной скорлупы с мускусной начинкой. Люди с криками подаются в стороны. Воспользовавшись просветом в толпе, Гривано быстро огибает лоджетту перед колокольней и выходит на основную часть площади. Это место он особенно часто и отчетливо, вплоть до мелких деталей, представлял себе на протяжении двадцатилетних странствий; трудно даже поверить, что они с Жаворонком когда-то провели здесь всего лишь несколько дней. Воспоминания о площади Сан-Марко служили ему чем-то вроде маяка в самых разных жизненных ситуациях, помогали справляться с душевным смятением и преодолевать трудности. Но, наконец-то вернувшись сюда, он с удивлением обнаруживает массу несовпадений между реальностью и своей памятью, которая все эти годы невольно подстраивалась под воображение, что-то преувеличивая, что-то меняя, а что-то и удаляя совсем. И сейчас он очутился не в том самом городе своей давней мечты, а в похожем на него месте, где мечта не стала явью, но и не исчезла, постоянно давая знать о своем призрачном присутствии.

Уже завершая круг по площади, он с опозданием замечает, что здесь стало просторнее. Старый гостиный двор для паломников был снесен — его место заняло пока еще недостроенное здание Новой прокурации в этаком вычурно-классическом стиле, — и в результате трапециевидная площадь несколько раздалась в ширину. И сейчас на этом обширном пространстве публике представлены изделия наилучших местных мастеров. Вот стекольный ряд: дельфины в прыжке, вздыбленные драконы, извивающиеся змеи, целая стеклянная армада под всеми парусами. Гривано подходит поближе, чтобы полюбоваться миниатюрным замком из разноцветного стекла — с алыми флагами на башнях, примыкающей зеленой рощицей и крепостным рвом, в котором пузырится золотистое вино.

Но все эти диковины бледнеют по сравнению с выставкой зеркальщиков. Разные мастерские объединились для создания общего павильона — с центральным проходом меж деревянных колонн и стропил, — внутренние стены которого увешаны бесчисленным множеством зеркал. У входа, под вывеской с надписью «VIRTUTUM SYDERA MICANT»[1], пятеро горластых членов гильдии зазывают посетителей, приподнимая шапки и не очень стройно, но зато с чувством распевая песенку на мелодию старинной фроттолы, которую в свое время пел Жаворонок, хотя Гривано сейчас не может вспомнить ее оригинальные слова.

> Все просто, синьоры! Тут справится всякий,
> Коль тайну узнает, — и это не враки!
> Хотите увидеть? Не здесь, не сейчас.
> Зато мы в Мурано порадуем вас!

Когда Гривано, локтями проложив себе путь, переступает порог павильона, его с разных сторон — слева, справа, сверху — вмиг окружают его же уменьшенные копии. Отражения многократно повторяются в зеркалах напротив друг друга, с каждым новым повтором убывая в размерах. И вот уже все зеркальные поверхности, мимо которых он идет, показывают бесконечную череду помещений, и в центре каждого из них — живая пустота в образе Гривано. Он выхватывает из кармана платок и спешит к выходу в противоположном конце павильона.

Толпы людей в маскарадных костюмах, горы сверкающих предметов роскоши — все это могло бы доставлять удовольствие, если бы Гривано явился сюда отдохнувшим и беззаботным, но в его нынешнем состоянии это лишь провоцирует череду нездоровых ассоциаций, и теперь он уже сожалеет, что пришел. У подножия часовой башни он покупает булочку с миндалем, посыпанную сахарной пудрой, и съедает ее, прогуливаясь вдоль фасада базилики, глядя на позолоту и мрамор, на холодный серпентин и чувственный порфир — уже потускневшие, покрытые налетом времени. Мозаика над северной аркой изображает тайный вывоз мощей апостола Марка из нечестивой Александрии. Эта мозаичная картина вызывает в памяти ряд других, быстро сменяющихся картинок из прошлого.

Первая встреча с Наркисом — без малого тринадцать лет назад, когда тот разбудил Гривано среди ночи в его комнате в Ди-

---

[1] «Сияют созвездия достоинств» *(лат.)*.

ван-Мейданы. «Я пришел к тебе, Тарджуман-эфенди, по воле хасеки-султан. У нее есть интересное предложение».

Спустя неделю — ожидание под обелиском на античном ипподроме. Какие-то люди скрываются в тени; их дыхание клубится в лунном свете. «Спасайтесь, господин! Демоны гонятся за мной по пятам!» Получение свертка из трясущихся рук Полидоро — несчастного Полидоро, воришки, раба и глупца, — под грозные окрики подбегающей стражи.

Позднее той же ночью — посольство Республики в Галате. Затаив дыхание, он следит за тем, как посол раскрывает сверток. Внутри — аккуратно сложенный кусок потемневшей человеческой кожи с короткими рыжеватыми волосками. Старик-посол имеет бледно-зеленый вид, трясет головой и с осторожностью подбирает слова: «Можете не сомневаться, синьор, вы будете должным образом вознаграждены за то, что вернули христианскому миру останки его легендарного героя».

Героя или не героя, но чьи-то останки Гривано вернул, это факт. А через месяц он покинул Золотой Рог на борту лукканской галеры, направлявшейся в Равенну. С рекомендательным письмом для ректоров Болонского университета во внутреннем кармане и — впервые в своей жизни — с черным плащом гражданина Республики на плечах. Очередное преображение свершилось.

Гривано отказывается от первоначального намерения добраться до «Белого орла» пешком через Мерчерию и новый мост Риальто (очень хотелось на него взглянуть), поскольку там наверняка будет столпотворение, а он уже сыт по горло праздничной суетой. Вместо этого, покинув площадь через арку в здании Старой прокурации, он кратчайшим путем направляется к пристани на Гранд-канале, чтобы там нанять лодку. Он быстро движется против основного потока гуляющих, нагнув голову и взмахами трости отгоняя с дороги назойливых провинциальных шлюх. Постепенно толпа редеет, идти становится легче.

На площади Сан-Лука он позволяет себе сделать паузу и посмотреть представление бродячих актеров. Те разыгрывают сатирическую сценку про шарлатана-алхимика. По ходу действия

Гривано все больше убеждается, что это не простые уличные шуты. Во-первых, среди зрителей не снуют, как обычно, мальчишки-подручные, подставляя шапки для монет. Во-вторых, играющий шарлатана актер действительно имеет кое-какие познания в латыни и алхимии. И в-третьих, язвительные шутки, в том числе по адресу Филиппа Испанского и Святого престола, содержат отнюдь не шуточные намеки, каковые могли бы выйти их авторам боком при выступлении на площади Сан-Марко.

— Всякий низший металл, — разглагольствует псевдоалхимик, — жаждет обратиться во злато подобно тому, как всякий желудь жаждет стать дубом.

— Ближе к делу! — прерывает его актер в носатой маске хитроумного еврея. — Я жажду следовать прямой тропой к древу познания, о коем вы упоминали, дотторе, но вы пока что водите меня кругами по кустам и буеракам!

«Алхимик» изображает негодование.

— Высокоумная многоречивость суть надежнейшая защита для тайного знания, мой простоватый друг, — поясняет он, — точно так же, как самые сладкие плоды укрыты под листьями и защищены острыми шипами.

— Речь этого алхимика ветвиста, как рога оленя, — обращается к публике «еврей». — Только сдается мне, что под его рогами мозгов не больше, чем у белки, бегущей в колесе.

Спор продолжается, Гривано смеется их шуткам, слегка морщится, распознавая пародию на риторические приемы болонских диспутантов, и аплодирует в конце представления, когда подгоняемый пинками «алхимик» убегает в сторону площади Сан-Патерниан, притворяясь, что у него из-под мантии сыплются на мостовую золотые слитки. Гривано собирается последовать за ними и выяснить, кто эти столь просвещенные клоуны, когда над площадью внезапно проносится многоголосый вздох, сопровождаемый женским визгом.

Из бокового переулка выдвигается какая-то темная фигура. Подобно большинству присутствующих, она в маскарадном костюме, однако этот наряд никак не назовешь праздничным: черная широкополая шляпа, длинный черный плащ из провощенной ткани и жуткая бронзовая маска чумного доктора, похожая на голову уродливой тропической птицы. Горожане пятятся и осеняют себя крестным знамением; слышны проклятия, но никто не решается встать на пути устрашающей фигуры. Несколько не скрытых за масками лиц искажены страданием и страхом: слишком свежа еще память о последнем нашествии чумы.

Семнадцать лет минуло с тех пор. Хотя Гривано тогда был в Константинополе, до него доходили известия о здешней катастрофической ситуации: погибла четверть населения города, включая последних членов его семьи — тех, кто успел бежать с Кипра, прежде чем все гавани были заняты войсками султана. Память об этом бедствии, как незримый шрам, до сих пор присутствует на каждой улице и каждой площади. Во время обычного карнавала, когда разрешены многие вольности, костюм этого человека можно было бы приписать лишь его на редкость дурному вкусу; но в праздник Вознесения такое попросту немыслимо. Или это еще одна провокационная выходка тех же бродячих актеров? Гривано высматривает в толпе других участников этого спектакля, но там не происходит никакого движения: все окружающие застыли и съежились, как морские анемоны во время отлива.

А когда он, оглядев площадь, вновь поворачивается к чумному доктору, тот уже прямо перед ним. Гривано делает шаг в сторону, уступая дорогу, но фигура отклоняется туда же и продолжает сокращать дистанцию медленными ровными шагами, как в кошмарном сне. Дымок с запахом асафетиды струится из отверстий в бронзовом клюве; правая рука в перчатке сжимает тонкий ясеневый хлыст. Темные, частично подсохшие пятна на робе могут быть желчью или кровью.

В паре шагов от Гривано фигура останавливается и замирает как статуя, не издавая ни звука. Гривано всматривается в глазные отверстия маски, но они прикрыты полушариями из дутого стекла, разглядеть за которыми что-либо невозможно. И без того уже измотанные нервы Гривано натягиваются, как якорные канаты при шквальном ветре.

Он уже открывает рот, чтобы с резким упреком обратиться к незнакомцу, когда тот стремительным и в то же время плавным движением поднимает свой хлыст и приставляет его к шее Гривано. Кончик упирается в кожу сбоку под челюстью, как будто измеряя его пульс. Гривано подается назад, отбивает хлыст своей тростью, а затем, обеими руками перехватив трость за нижнюю часть, наносит удар массивным серебряным набалдашником в область ключицы противника.

Трость впустую рассекает воздух; Гривано теряет равновесие и, чтобы не упасть, приседает с упором на выставленную вперед ногу. Когда он выпрямляется, хлыст с оттяжкой бьет его по руке, и трость падает на мостовую. Инстинктивно Гривано поднимает кулаки, защищая лицо. Теперь он уже спокоен и даже испытывает некоторое облегчение оттого, что наконец-то снова ведет нормальный бой. Смотрит ровно, чтобы не выдать своих намерений. Прикидывает расстояние до лежащей на земле трости и до своего стилета, спрятанного за голенищем сапога.

— Прибейте ублюдка, дотторе! — слышится голос из толпы.

Чумной доктор стоит неподвижно, с опущенными руками. Гривано делает ложный выпад, одновременно дотягиваясь ногой до трости и толкая ее назад. Тут же отскакивает, цепляет носком катящуюся трость и подбрасывает ее себе в руку. Красивый ход — и он собой доволен, — но, когда Гривано заносит трость для повторного удара, чумного доктора перед ним уже нет.

Черная фигура легким шагом, без видимой спешки удаляется в сторону Литейной улицы. Она кажется почти невесомой и притом способной резко изменять траекторию движения. Гривано по-прежнему стоит в атакующей позе, с занесенной тростью. Надо полагать, вид у него глупый. Он расслабляется, поправляет одежду и с решительным стуком опускает железный кончик трости на мостовую.

Площадь пустеет. Люди стараются не встречаться с ним глазами, испытывая неловкость то ли за него, то ли за свой недавний испуг. Рядом возникает водонос и протягивает ему свой черпак; Гривано с благодарностью утоляет жажду.

— Этот шлюхин сын вовремя дал деру, дотторе, — говорит водонос, но без энтузиазма в голосе. — Вы бы задали ему трепку!

— Ты знаешь, кто это был? — спрашивает Гривано.

Водонос пожимает плечами и переступает с ноги на ногу.

— Какой-то подонок без малейших понятий о приличиях, — говорит он. — Возможно, с материка.

Гривано возвращает ему черпак.

— Я давно не был в вашем городе, друг мой, — говорит он. — Скажи, часто ли здесь появляются люди в таких костюмах?

— В последнее время их не было видно, — крестясь, отвечает водонос. — В последнее время их не было.

27

Луч оранжевого света рассекает комнату, как огненный клинок, а шум, который Гривано спросонок принял за цокот копыт на улице, оказывается настойчивым стуком в дверь. Он встает с постели нагишом и уже кладет руку на засов, но тут вспоминает о своих татуировках с полковыми эмблемами.

— Сейчас, — говорит он. — Подождите минуту.

Стук прекращается. Он снимает с крючка рубаху, одним движением накидывает ее через голову и, надевая штаны, быстро оглядывает помещение. Перед тем как прилечь (совсем ненадолго, только чтобы дать отдых глазам), он писал отчет для Наркиса и оставил его на столе вместе с полированной деревянной решеткой для шифрования. Гривано прячет решетку под листом бумаги и открывает дверь.

Анцоло, владелец «Белого орла», стоит в коридоре спиной к нему, разглядывая гравюру на противоположной стене. Когда он поворачивается, лицо его выражает легкое вежливое удивление, как будто они с Гривано повстречались совершенно случайно.

— А, — говорит он, — добрый день, дотторе.

— Что случилось, Анцоло?

— Сожалею, что вынужден вас побеспокоить, дотторе. Дело в том, что внизу находится дотторе Тристан де Ниш. Он утверждает, что у вас была договоренность о встрече.

Анцоло образцовый хозяин гостиницы — его выдержке и непринужденной обходительности может позавидовать любой придворный вельможа, — но сейчас в его манерах сквозит тень сомнения: он не уверен в правильности своих действий применительно к данному случаю. Подобные сомнения окружающих сопутствуют Тристану, где бы он ни появлялся.

— Все верно, — говорит Гривано. — Я скоро спущусь. Пожалуйста, передайте дотторе де Нишу мои извинения по поводу задержки и позаботьтесь о его удобстве. Мы с ним поужинаем в большом зале.

Анцоло удаляется, а Гривано, заперев дверь, берет паузу, чтобы собраться с мыслями. Ему только что виделись на редкость яркие и реалистичные сны, остатки которых, беспорядочно перемешавшись, теперь покидают его сознание: фрагменты внутри фрагментов, как те зеркала в павильоне. Его мать и младшая сестра, распростертые на белокаменных ступенях новой церкви Спасителя, с закатившимися глазами и улыбками на устах — жертвы чумы. Его отец и старшие братья, окровавленные, но непобежденные, перед городскими воротами Фамагусты вручают Гривано плащ, сшитый из его собственной кожи. Он гадает, что могут предвещать эти странные сновидения в свете его нынешней миссии, и удивляется, почему им так и не удалось по-настоящему его встревожить.

Взяв со стола шифровальную решетку, он открывает свой массивный дорожный сундук орехового дерева. Раздвигает аккуратно сложенные вещи — запасные рубашки и штаны, тяжелые сапоги, плащ с капюшоном, рапиру и новый пистолет с ударно-кремневым замком, недавно купленный в Равенне, — и добирается до книг. Под ними в днище сундука есть неглубокое потайное отделение, в котором Гривано и прячет решетку. Затем он приводит в порядок содержимое сундука, опускает крышку и со щелчком поворачивает в замке латунный ключ.

Когда Гривано вешает ключ на шею, ему вдруг вспоминается чумной доктор. Он подставляет кисть руки под солнечный луч, чтобы рассмотреть то место, куда пришелся удар ясеневым хлыстом, но не обнаруживает ни ссадины, ни синяка. Неизбежно возникает вопрос: а что, если и тот случай также был частью сна? Но эту мысль он тотчас отвергает. Сгибает пальцы, смотрит, как натягиваются под кожей сухожилия, и, убедившись, что с рукой все в порядке, возвращается к своим делам.

На полу по соседству с большим сундуком стоит еще один, куда меньших размеров. Гривано достает из него квадратный кусок белой ткани и узкий керамический сосуд, заткнутый пробкой. Сосуд наполовину заполнен порошком из корней якобеи. Гривано высыпает порошок на ткань, завязывает ее узелком и прячет обратно во врачебный сундучок. Потом, свернув трубочкой свое послание к Наркису, помещает его в сосуд и затыкает пробкой.

Начинают звонить колокола церкви Сан-Апонал, чуть-чуть опередив колокольню Сан-Сильвестро, расположенную далее к югу. Гривано насчитывает двадцать три удара. Пригладив гребенкой волосы и бороду, он надевает башмаки, дублет и черный плащ. Уголок шторы зажат рамой окна в восточной стене комнаты. Гривано на секунду приподнимает скользящую раму, и штора, высвободившись, перекрывает солнечный луч. Прихватив сосуд, письмо с печатью Серены и свою трость, Гривано спускается на первый этаж.

Этим вечером в «Белом орле» не так многолюдно, как можно было бы ожидать. В период Ла-Сенсы большинство гостиниц Риальто, как правило, увеличивают число постояльцев вдвое-втрое против обычного, но дорожащий своей репутацией Анцоло не допускает наплыва гостей сверх того, что могут качественно обслужить восемь его работников. Гостиница недешевая, особенно если снимаешь комнату в одиночку, но оно и впрямь того стоит. Это Наркис порекомендовал ему остановиться в «Белом орле». Интересно, как он узнал столько подробностей об этой гостинице, если закон запрещает неверным бывать в таких местах?

Почти все столы в обеденном зале заняты. Часть постояльцев уже знакома Гривано по предыдущим трапезам. Два толстых франкфуртских купца силятся понять косноязычные разглагольствования одноглазого капитана галеры; богемские пилигримы с безумным блеском в глазах изучают карту Иерусалима; парочка потасканных дворянчиков из Савойи спесиво игнорирует парочку потрепанных дворянчиков из Милана.

Тристан сидит за столом в самом центре зала. Он погружен в чтение книги формата ин-октаво, в то время как его права рука — словно сама собой, независимо от хозяина — производит ряд манипуляций: перелистывает страницу, берет с блюда орех, подносит к губам бокал вина, перелистывает следующую страницу, и цикл повторяется. Он не замечает подошедшего Гривано, и тот, выдержав паузу, обозначает себя покашливанием.

Тристан моргает, отрывается от чтения и смотрит перед собой отсутствующим взглядом, как будто все еще находится во власти книги. Лишь через пару секунд он поднимает глаза, издает радостный возглас и широко улыбается.

— Доктор Гривано! — говорит он, вставая для приветствия. — Глубоко признателен вам за то, что согласились уделить мне время.

По своему обыкновению, они сразу переходят на латынь. Стиль Тристана меняется в зависимости от ситуации — он может быть официальным, вдохновенно-поэтическим или утонченно-вежливым. Это классический язык, почерпнутый из книг, и он сильно отличается от разговорной университетской латыни Гривано. Из трех языков, понятных им обоим, Тристану удобнее всего общаться на этом. Кроме того, в людных местах латынь делает их беседу менее доступной для посторонних ушей.

— Могу я узнать, как поживает сенатор Контарини? — говорит Тристан, опускаясь на свой стул. — Его все так же мучает бессонница?

— Я не виделся с сенатором в последние дни. Собираюсь навестить его завтра. Обязательно передам ему ваши наилучшие пожелания.

— Заранее вам благодарен. Полагаю, вы прописали ему отвар первоцвета?

— Вино из первоцвета, — говорит Гривано. — Принимая во внимание его возраст и темперамент, я счел это средство более подходящим. Позвольте поинтересоваться, что за книгу вы читаете?

Тристан отводит глаза и смущенно улыбается. У него очень белые, идеально ровные зубы.

— Это? — Он бережно проводит ладонью по обложке. — Это Ноланец.

— Ноланец?

Тристан открывает рот, но, взглянув на собеседника, закрывает его и вместо ответа подвигает книгу через стол.

В этот момент рядом появляется одна из фриульских служанок Анцоло с кувшином сладкого белого вина. Гривано не успевает наполнить свой бокал, как другая служанка приносит ужин: блюдо мелких молодых артишоков, рисовую кашу и фаршированных ломбардских перепелов. Обе девицы хихикают и краснеют под взглядом Тристана и, обслужив клиентов, тотчас убегают на кухню.

— О! — произносит Тристан, взмахами ладони направляя пар от кушаний к своему носу. — О-о-о!

Гривано улыбается. Тристан являет собой образчик мужской красоты, пожалуй даже в несколько утрированном виде: густые черные кудри, темные глаза с длинными ресницами, гладкая кожа цвета старого бренди. Искусный врач, обласканный аристократами, он давно уже мог бы через удачный брак породниться с высшей знатью, не препятствуй тому особые обстоятельства. Их однажды прояснил Гривано старый Контарини: «Он из португальских крещеных евреев. Как и всех португальцев, его здесь считают в лучшем случае скрытым иудеем, а в худшем — безбожником и султанским шпионом. Я, конечно, вас с ним познакомлю — наверняка вам двоим будет интересно пообщаться, — но предупреждаю: соблюдайте осторожность, имея дело с этим человеком. Он очень любезный и занимательный собеседник, но благонадежностью не отличается».

Произнеся короткую молитву и перекрестившись, они приступают к трапезе. Пока Тристан разделывает своего перепела, Гривано открывает книгу на титульной странице. «De triplici minimo et mensura»[1] — гласит название. Далее открывается длинная поэма на латыни — подражание Лукрецию, весьма изобретательное, хоть и не столь изящное по слогу, — и далее страница с изображением геометрических фигур: кругов и звезд, обрамленных цветами, листьями и медовыми сотами. Без сомнения, магические знаки. Гривано захлопывает книгу и возвращает ее Тристану.

---

[1] «О трояком наименьшем и мере» (*лат.*).

— Стало быть, Ноланец, — произносит он задумчиво.

— Он был доминиканским монахом, — поясняет Тристан, распробовав птицу и вытерев губы салфеткой. — Но давно уже исключён из ордена. Его обвинили в невоздержанности и в распространении еретических идей.

— Каких, например?

— Противоречащих Аристотелю. Гелиоцентрическая система мира. Тайны Древнего Египта. Существование бесконечных миров. Однако я не думаю, что здесь подходящее место для обсуждения таких вещей.

Тристан отправляет в рот очередной кусок и, подвигав челюстью, извлекает наружу две дочиста обглоданные косточки.

— Ноланец, — продолжает он, — много лет провёл при дворах христианских монархов: у Рудольфа Второго в Праге, у Елизаветы в Англии, у злосчастного Генриха Третьего в Париже. Всё надеялся найти короля-философа — просвещённого монарха, способного воспринять его учение.

— А где он находится сейчас?

— Сейчас он здесь, гостит у синьора Джованни Мочениго и обучает его искусству запоминания, которое столь успешно практиковали великие ораторы Античности. Вот почему я сейчас читаю его книгу.

— Значит, этот Ноланец ещё и оратор?

— О нет, — говорит Тристан, аккуратно раскладывая косточки на своей тарелке. — Великим оратором его не назовёшь. Он следует учению Фомы Аквинского в том, что искусство есть прежде всего продукт памяти и усердия. Но, как мне кажется, он заходит гораздо дальше, чем это считал допустимым Аквинат.

Гривано морщит лоб и прихлёбывает вино.

— Джованни Мочениго, — повторяет он. — Он ведь поддерживает политику дожа, не так ли?

— Да, насколько я знаю, в плане политических пристрастий Мочениго склоняется на сторону Испании и Папы.

— Но если Ноланец, как вы сказали, известен своей тягой к запретным знаниям, разумно ли с его стороны устраиваться домашним учителем к человеку с такими взглядами?

Тристан пожимает плечами.

— Я и сам этому удивляюсь, — говорит он. — Но возможно, то, что нам с вами кажется неразумным, Ноланец рассматривает как важную часть своего плана. Быть может, он надеется найти в новом Папе человека, восприимчивого к его учению. Это не так уж и немыслимо. В конце концов, Мирандола ведь пользовался папским покровительством.

— Его покровителем был Александр Шестой, — говорит Гривано. — Вряд ли этот случай можно считать показательным. Неужели Ноланец стремится к тому же — к возвращению эпохи Борджиа?

— Вы сможете спросить его об этом лично, если будет желание. Завтра вечером он должен выступить на собрании Уранической академии, которое, как обычно, пройдет в палаццо моих благодетелей, братьев Морозини. Они просили меня передать вам приглашение от их имени. Среди членов академии много влиятельных людей, Веттор. Войти в их круг — это большая честь. Скажу без преувеличения: именно они держат в своих руках будущее Республики.

Гривано зачерпывает ложкой рисовую кашу, щедро сдобренную говяжьим бульоном и грибами, и медленно жует, пытаясь вообразить, что бы посоветовал ему Наркис. Последний раз они беседовали с глазу на глаз пять месяцев назад в Равенне. «Лучший способ скрыть большой заговор, Тарджуман-эфенди, — это спрятать его под маской мелкой интриги». Местом встречи была тихая таверна в переулке за древним арианским собором. Наркис выглядел бодрым и крепким, а скромность наряда — простой кафтан и чалма — нисколько не умаляла его чувства собственной важности. «Подставься под удар. Дай властям повод изобличить тебя в каком-нибудь неблаговидном поступке. Таким образом ты уподобишься ящерке, для обмана врага отбрасывающей свой хвост».

Должно быть, именно эта стратегия крылась за настоятельным советом Наркиса поскорее свести знакомство с Тристаном — дабы ввязаться в мелкую интригу, маскирующую заговор. И такая возможность не замедлила подвернуться, когда Тристан предложил Гривано выступить солидным посредником в его сделке с зеркальщиками Мурано. Это щекотливое поручение — достаточно подозрительное, чтобы заинтересовать инквизиторов, но пустяковое по сравнению с действительными замыслами Гривано, — помимо всего прочего, стало отличным прикрытием для другого рода тайных переговоров с Верцелином и Сереной. Все вышло настолько гладко, что тут уже не грех и усомниться: а что, если этому «подарку небес» поспособствовали некие вполне земные силы? Он до сих пор не имеет понятия, в какой мере Тристан осведомлен об истинной цели его прибытия в этот город.

— Почту за великую честь принять приглашение, — говорит Гривано.

Одна из служанок приносит блюдо цукатов из лимонных корочек и собирает со стола грязную посуду; Тристан прерывает ее легким прикосновением к руке и, наклонившись поближе к девушке, проникновенным шепотом нахваливает ужин. У той начинают дрожать губы и ресницы, а Гривано между тем обращает внимание на тарелку в ее руке: там Тристан воссоздал из обглоданных косточек скелет перепела, заменив отсутствующий череп артишоком.

— Ах да, Веттор, — говорит Тристан, когда они уже встают из-за стола, словно только что вспомнив о главной причине их встречи, — как прошла ваша поездка в Мурано?

— Вполне успешно, — говорит Гривано. — Я побеседовал с зеркальщиком, который уже готов приступить к изготовлению рамы.

— А само зеркало?

Гривано смотрит вниз, собирая свои вещи — трость, запечатанный сосуд — и сохраняя спокойно-равнодушный вид.

— Наша встреча была недолгой, — говорит он. — Зеркало изготовлено. Сейчас оно у мастера.

— Как оно выглядит?

В этом вопросе слышна тревога — не в интонации, а в самом тембре голоса, подобно аккомпанирующему звуку ребаба. Гривано вежливо улыбается.

— Оно безупречно, — говорит он.

В последний момент перед выходом из «Белого орла» на сумеречную улицу он быстро вручает Тристану письмо с печатью Серены.

— Безупречно? — переспрашивает Тристан, пряча письмо в карман дублета. — Вы в этом уверены?

— По словам мастера, оно даже слишком идеальное.

— Боюсь, я вас не понимаю, Веттор. Что это значит «слишком идеальное»?

— Он сказал, что очень чистые зеркала чувствительны к влаге. И потому недолговечны.

На лицо Тристана набегает тень. Теперь это скорее замешательство, чем тревога, — как у человека, столь редко встречающего на своем пути препятствия, что ему не сразу удается их распознать. И тут же это выражение сменяется его привычной сияющей улыбкой.

— Ах, друг мой, — говорит Тристан, — это не суть важно. В конце концов, есть ли вообще что-то долговечное в этом мире?

При прощальном объятии их плащи на миг сливаются в одно черное пятно на фоне уличной сутолоки, как спелый плод среди колышимой ветром листвы.

— Завтра вечером! — кричит Тристан, уже отойдя на несколько шагов. — Банкет начнется на закате, а сразу после него симпозиум! Не опаздывайте!

— Завтра вечером! — откликается Гривано.

Удаляясь в сторону Бочарной улицы, Тристан задерживается перед пухленькой шлюхой, чтобы ущипнуть ее за подбородок и оценить глубину декольте, а потом обменивается приветствиями с троицей левантинских евреев в желтых тюрбанах. Он держится свободно и раскованно, однако причиной тому может быть не столько уверенность в себе, сколько осознание собственной обреченности и внутреннее примирение с неизбежным. Глядя ему вслед, Гривано размышляет о том, что неотвратимость адских мук способна придать человеку смелости точно так же, как твердая вера в спасение души. Он отчетливо видит внутренний свет, исходящий от Тристана, но пока что не может определить природу этого света.

Тристан исчезает за поворотом. Улица погружена в тень; большинство магазинов на всем ее протяжении либо уже закрылись, либо закрываются. Гривано какое-то время стоит, созерцая уличную суету, пока не начинает воспринимать ее как нечто абстрактно-поверхностное: хаотическое смешение красок, материй, жестов и лиц. Но вот в потоке людей возникает разрыв, Гривано вступает в него и, дойдя до угла, сворачивает на Бочарную улицу в южном направлении.

Лавка аптекаря находится неподалеку, на площади Карампане, — она указана как следующее место встречи в зашифрованном списке, который дал ему Наркис перед расставанием в Равенне. Гривано надеется, что либо сам Наркис, либо один из его агентов (а у него здесь наверняка есть и другие агенты) заметил поданный им условный знак: угол шторы, зажатый оконной рамой. Отныне надо ускоряться с выполнением их миссии.

С последним дневным звоном колоколов Сан-Апонала он добирается до аптеки и сквозь щели в закрытых ставнях замечает ее владельца, расставляющего на полках коробочки, флаконы и пакетики. Гривано останавливается на противоположной стороне улицы и ждет, притворяясь, что разглядывает щипцы и клещи на лотке скобянщика, который также сворачивает свою торговлю. Наркиса пока не видно, — впрочем, он и не должен быть на виду.

В аптеку заходит посыльный из ближайшего палаццо, и Гривано проскальзывает в дверь вслед за ним. Пока владелец продает клиенту настой вербены, Гривано рассеянно перебирает пучки трав и связки корешков на прилавке, а после ухода слуги приближается к аптекарю, перед тем оставив сосуд с письмом среди лекарственных растений.

— Добрый день, маэстро, — говорит он. — У вас найдется двухлетняя черная белена хорошего качества?

Еще не договорив, Гривано чувствует легкое движение воздуха, замечает перепад света от приоткрытой двери и догадывается, что Наркис вошел в лавку следом за ним; но оглянуться и проверить это он не решается.

Аптекарь, упитанный педантичный словенец в толстых очках фламандского стекла, роясь в одном из ящиков, предупреждает:

— Это средство очень сильное. Не используйте его в закрытой комнате. Даже не открывайте склянку. Если почувствуете сонливость или начнут возникать странные видения, сразу заткните ее пробкой и пошире откройте окно, а сами выйдите прогуляться. Надо быть очень, очень осторожным. Вы меня поняли?

— Конечно, маэстро, конечно, — говорит Гривано.

Аптекарь достает из ящика стеклянный цилиндр, открывает плотно пригнанную пробку — едкий запах вызывает гримасы на лицах обоих — и нашаривает под прилавком пустую склянку.

— Не трудитесь, маэстро, я захватил свой сосуд, — говорит Гривано, после чего изображает недоумение, оглядывая прилавок, ощупывая свой пояс и кошель.

— Прошу прощения, дотторе, вы не это ищете? — раздается голос у него за спиной.

Впервые за тринадцать лет знакомства с Наркисом он слышит, как тот говорит на родном языке Гривано. У него жесткий, режущий слух акцент: слова звучат ненатурально, как будто их произносит не человек, а какая-то дрессированная птица.

Гривано разворачивается — позволяя себе лишь мимолетный взгляд на безволосое лицо и белую чалму Наркиса — и принимает пустой сосуд из его рук.

— Да, этот самый, — говорит он рассеянно. — Благодарю вас.

Аптекарь вытряхивает на весы кучку листьев, часть из них убирает обратно в свой цилиндр, уравновешивая чаши, и заламывает астрономическую цену, которую Гривано платит без возражений. Отмеренное снадобье перемещается в его сосуд, который тут же закупоривается пробкой.

— Очень сильно действует. — Аптекарь предостерегающе покачивает пальцем. — С этим шутить нельзя.

Более не взглянув на Наркиса и торопясь увеличить дистанцию между ними, Гривано покидает лавку и быстрым шагом направляется в «Белый орел». Он знает, что его отчет будет прочитан в течение часа — сделать это с помощью такой же решетки куда легче, чем составить зашифрованное послание, — но неизвестно, когда Наркис подготовит ответ. Между тем тысяча глаз Совета десяти смотрит отовсюду — с каждого балкона, из каждого окна. А где-то на дне лагуны раздувшийся труп Верцелина норовит освободиться от раскисающих пут и всплыть на поверхность.

Гривано присматривается к лицам, настораживаясь, если какое-то из них кажется знакомым. Он знает точно, что сбиры следовали за ним по пятам в первые дни пребывания в городе, — вполне понятная предосторожность, учитывая сведения, какими могут располагать о нем местные власти, — но не уверен, что такая плотная слежка продолжается до сих пор. Без сомнения, рассеянные повсюду информаторы доложат начальству о замеченных ими подозрительных действиях, однако сегодня он таких действий не совершал. Гривано врач, а люди его профессии часто посещают аптеки, ничего странного тут нет.

Уже на подходе к гостинице его внимание привлекает одна фигура: крестьянская девушка лет двадцати стоит у обшарпанной стены столярной мастерской, наклонившись, согнув ногу в колене и разглядывая свою грязную пятку; пустой башмак лежит рядом на мостовой. На кистях ее рук виден густой коричневый налет после недавней работы: дубления кожи или окраски тканей. Сдвинутый головной платок открывает ежик отрастающих после бритья рыжевато-русых волос, словно она лечилась от стригущего лишая или побывала под следствием инквизиции. Она сосредоточенно ковыряет ногтями ступню, не обращая внимания на прохожих.

Что-то в этой девице кажется ему знакомым, хотя Гривано почти уверен, что не встречался с ней прежде. Он подходит ближе, присматривается. Безрукавная блуза обнажает ее довольно мускулистые предплечья, которые из-за сильного загара мало отличаются по цвету от испачканных запястий. Черты лица острые, угловатые, скорее мальчишеские. Пальцы ноги подогнуты, кроме большого, на сгибе которого Гривано замечает крупную бородавку-шипицу.

— Больно? — интересуется он.

Несколько долгих мгновений девушка не поднимает взгляд.

— Мешает ходить, — наконец отвечает она.

— На такой случай имеется снадобье. Надо попробовать его, прежде чем просить цирюльника срезать нарост.

Она сердито хмурится, но гнев ее, похоже, направлен не на Гривано.

— И как бедная девушка за это расплатится? — спрашивает она.

Гривано с улыбкой разводит руками.

Девушка глядит на него пристально, и лицо ее понемногу мрачнеет. Потом она переводит взгляд на свою ступню.

— Дело к ночи, дотторе, — говорит она. — Скажите, сколько стоит ваше снадобье, а я назову цену моим раздвинутым ногам. И тогда мы, может быть, сторгуемся.

У Гривано на миг отвисает челюсть. Он закрывает рот, скрипнув зубами. Девушка плюет на кончики своих пальцев и трет ими шипицу, которая теперь ярче выделяется на фоне заскорузлой кожи.

— Вот оно как, — произносит Гривано голосом, который ему самому кажется мерзким. — Неужели весь этот город предался блуду в честь праздника? Или вы, потаскухи, понаехали сюда из дальних краев? Должно быть, сейчас все бордели отсюда до Мюнхена стоят в запустении.

— Может, кто-нибудь и ответит вам на этот вопрос, дотторе, но не я. Спросите у сутенера-баварца, если такого встретите. Могу я опереться на вашу руку?

Она снова в упор смотрит на Гривано. На миг у него возникает желание свернуть эту острую мальчишескую скулу ударом своей трости. Но вместо этого он подставляет согнутую в локте руку, опираясь на которую девица надевает свой башмак.

— Спасибо, — говорит она. — Желаю вам удачи.

Гривано остается стоять у стены, наблюдая за тем, как она хромает прочь. Ее покрытая платком голова выделяется среди толпы, идущей в сторону Мерчерии. Гривано ждет, что она вот-вот остановится, чтобы предложить свое тело каким-нибудь купцам, паломникам или матросам, а затем удалиться с одним или сразу несколькими мужчинами в темный проулок для грубых плотских утех, — но она идет прямо, пока не исчезает из виду.

Позднее, уже в «Белом орле», поднимаясь по лестнице в свою комнату, Гривано вспоминает одно давнее утро, когда они с братьями ехали верхом по дороге из Никосии в Ларнаку и встретили небольшую процессию: несколько девушек-киприоток и ослик с тележкой. Они направлялись на городской рынок и все, включая самую юную из девушек, были нагружены мешками с хной. Сгибаясь под их тяжестью, девушки не отрывали глаз от разбитой поверхности старой римской дороги. Проезжая мимо, Маффео плюнул в их сторону, а Дольфино привстал в седле и показал им свой член. Сейчас все эти девушки, возможно, мертвы — убиты солдатами Лала Мустафы во время вторжения, — или попали в гаремы, или растят в своем селении детей, рожденных от турецких насильников. А может, их нынешняя жизнь ничуть не изменилась по сравнению с тем, как они жили тогда. В то ясное утро далеко на западе темно-зеленой тенью маячили кедровые леса Троодоса; и он помнит, как внимательно, не мигая, смотрел на эту тень после того, как отвел взгляд от девушек.

Их крепкие руки были окрашены коричневой хной по самые локти, как и их ноги ниже колен. Только ногти на каждом их пальце выделялись бледно-розовыми овалами на коричневом фоне. Должно быть, именно эта деталь из прошлого и породила иллюзию узнавания при встрече с той уличной девкой.

28

Утро выдалось хмурым, затянутым белой мглой, которая задерживает свет в густом воздухе над черепичными крышами и делает Гранд-канал похожим на реку из серебристой ртути. Но солнце все же пробивается сквозь дымку, согревает тело Гривано под черным одеянием, и он кажется себе невесомым, готовым взмыть ввысь, как китайский фонарик. Осталось несколько месяцев до завершения тысячного года Хиджры, и сейчас уже нетрудно представить себе пророка, пробуждающегося в своей гробнице. И этот день возвестит о скором конце света.

Гривано подносит ладонь козырьком к глазам, высматривая свободную лодку. Седоватый гребец резким движением весла направляет к причалу небольшое черное сандоло, и Гривано перешагивает через борт.

— К дому Контарини, — говорит он. — У пристани Сан-Самуэле.

Ответом служит взмах руки с растопыренными пальцами и невнятное блеяние: у лодочника нет языка. Гривано отсчитывает ему в ладонь газетты и усаживается на скамью под навесом. Пока длинное весло ритмично месит воду, он оглядывается через плечо на размытые дымкой очертания нового моста, единственный арочный пролет которого походит на изогнутую бровь над глазом всплывающего левиафана. Но вот лодка забирает западнее, и мост исчезает из виду.

Широкая водная улица Гранд-канала вымощена солнечными бликами, которые сейчас сияют ярче, нежели само небо. Подоконники и балюстрады прибрежных зданий покрыты узорчатыми коврами из Каира, Герата или Кашана, но окна над коврами зияют непроницаемой пустотой. Многолюдная и шумная Рива-дель-Вин осталась позади, и до Гривано временами доносятся смех и приглушенные голоса незримых дочерей Республики, подставляющих бледному солнцу свои завитые прически где-то на верхних террасах зданий.

Сандоло покачивается на волнах, веки Гривано тяжелеют, и он в борьбе с дремотой пытается вообразить, какие чудовищные богохульства или оскорбления в чей-то адрес должен был произнести лодочник, чтобы лишиться из-за этого языка. Впрочем, у всех без исключения гондольеров речь пересыпана богохульствами, которые являются их столь же неотъемлемой принадлежностью, как весло. Так что, скорее всего, этот угрюмый молчун был наказан за клевету. Эта мысль доставляет некоторое удовлетворение Гривано, напоминая, что его возможные обвинители сами рискуют быть обвиненными в клевете с перспективой остаться безъязыкими. И Гривано улыбается, подставляя лицо солнечным лучам.

Он не уверен, что Наркис одобрил бы такую трату времени — ибо проведение большей части дня в доме сенатора Контарини никоим образом не способствует их тайной миссии, — и тем не менее Гривано считает этот визит оправданным. Покровительство сенатора — это единственное, что делает его значимой фигурой и позволяет завести связи в высших кругах, что и поручал ему Наркис; следовательно, поддержание контактов с семьей Контарини в его интересах. Вряд ли Наркис будет сильно возражать, если Гривано проявит некоторую инициативу и уделит время изысканной трапезе в обществе самых выдающихся умов христианского мира. И потом, как еще Гривано провести этот день? Запереться в комнате и ждать ответного письма Наркиса, которое придет неизвестно когда — возможно, спустя недели?

Впереди, на внутренней стороне южного изгиба Гранд-канала, появляется внушительный фасад дворца Контарини, подступающий к самой воде, вровень с соседними палаццо. Когда они подплывают ближе, от «водных ворот» дворца отчаливает изящная лакированная гондола с рослым гребцом-эфиопом в золоченой ливрее. Похоже, на званом обеде будет немало важных персон.

Марко, младший сын сенатора, встречает Гривано объятиями под широкой аркой входа.

— Спасибо, что почтили нас своим визитом, дотторе, — говорит молодой человек, направляя его к парадной лестнице. — Сегодня погода благоприятствует, и отец распорядился накрыть стол в саду.

Один из племянников Марко, круглолицый мальчик лет семи, берет Гривано за руку и ведет его по двум лестничным пролетам в парадный зал главного этажа. Предметы обстановки, знакомые ему по прежним визитам, — рыцарские доспехи, щиты, скрещенные мечи и копья в обрамлении старых знамен с гербами и девизами, которые он помнит еще с детства, — все это сейчас убрано в дальний конец зала, а вдоль боковых стен разместились складные деревянные ширмы, свернутые шторы и подмостки с лесенками. Гривано хочет осмотреться и замедляет было шаг, но мальчик тянет его дальше, пока они не оказываются в залитом светом внутреннем дворе палаццо.

Здесь, меж двух ровных рядов миндальных деревьев с уже зеленеющими плодами, установлен длинный стол под зонтами от солнца. С дюжину лакеев — вдвое больше обычного количества, нанимаемого на период празднеств в помощь постоянной прислуге, — размещают на столе кубки и столовые приборы. Гривано узнает кое-кого из гостей, ранее представленных ему на разных торжественных церемониях, но большинство присутствующих ему незнакомо.

Сам сенатор, стоящий на краю газона, выглядит свежим и бодрым, а бархатная мантия с опушкой из меха рыси придает величественность его облику. Он тепло приветствует Гривано, похлопывая его по спине широкими ладонями.

— Рад видеть вас в добром здравии, сенатор, — говорит Гривано.

Сенатор отвечает на придворном языке, а не на местном диалекте, — стало быть, здесь есть гости из других частей Италии.

— Не могу не отдать должное вам и вашему снадобью, дотторе, — говорит он. — Благодаря ему я окреп настолько, что и сам с трудом себя узнаю.

Он поворачивает голову к стоящему справа от него худому лысоватому мужчине с землистым цветом лица.

— Это тот самый герой, о котором я вам рассказывал, друг мой, — говорит он. — Дotторе Веттор Гривано, уроженец Кипра, как и я. Он провел годы в застенках нехристей, совершил рискованный побег из Константинополя и, кроме того, вернул Республике останки доблестного Маркантонио Брагадина. Посвятив себя не только отважным деяниям, но и в равной мере наукам, он с отличием окончил Болонский университет и приехал в наш город, чтобы начать здесь свою врачебную карьеру. Дотторе Гривано, вы, кажется, еще не знакомы с синьором делла Порта из Неаполя?

Гривано и неаполитанец обмениваются вежливыми поклонами.

— Отец дотторе Гривано, — продолжает Контарини, — был старшим секретарем моего родственника, Пьетро Глиссенти, последнего казначея Кипра, и верно служил ему до тех пор, пока оба не пали жертвами резни в Фамагусте. Одного этого было бы достаточно для глубокой признательности семьи Контарини, но вдобавок дотторе Гривано недавно излечил меня от бессонницы, которой я страдал много месяцев. Думаю, вам следует проконсультироваться с ним насчет своих недугов, Джован. Он лучший специалист, какого только можно найти.

— У вас какие-то проблемы со здоровьем, синьор? — спрашивает Гривано.

Тихий голос неаполитанца шелестит, как перебираемая стопка бумаг.

— Ничего подобного, — говорит он. — Я хорошо себя чувствую.

Контарини наклоняется к Гривано и понижает голос.

— У него бывают приступы кашля, — говорит он. — Порой мне кажется, что он вот-вот выкашляет собственное сердце и оно шлепнется на пол, как лягушка. Хуже всего после приема пищи, вот почему он отказывается трапезничать вместе с нами.

Даже трудно поверить, дотторе, что столь ужасающие звуки могут исходить из легких такого субтильного господина.

— Надеюсь, вы простите меня за неучтивость, сенатор, — говорит неаполитанец, — но, как вы и сами, наверно, заметили, солнце близится к зениту. С вашего позволения, я прослежу за приготовлениями детей.

Откланявшись, делла Порта пересекает двор в направлении главного зала. Контарини трогает Гривано за руку и заговорщицки подмигивает, прежде чем поприветствовать кого-то еще. После секундного замешательства Гривано отходит к остальным гостям, высматривая знакомые лица и размышляя о неаполитанце. Делла Порта. Из Неаполя. Что это ему напоминает?

Лакеи начинают рассаживать гостей. За столом соседями Гривано оказываются молчаливая девушка с лицом под густой вуалью и престарелый глухой господин по имени Барбаро, один из прокураторов Сан-Марко, который вплоть до подачи первого блюда неустанно и громогласно клянет гильдию стеклодувов.

— Стекольные заводы Медичи, — кричит старик Барбаро, — выпускают вполне добротные линзы, но в этом плане им далеко до голландцев. А откуда, скажите, взялись все их лучшие мастера? Они переехали к ним от нас! Мы обхаживаем глав нашей гильдии как купеческих принцев, а они ведут себя под стать продажным девкам!

Гривано хочет вежливо возразить — хотя в этом мало смысла, ибо прокуратор все равно не услышит возражений, — и уже начинает перебирать в памяти все немногое, что знает об оптике, но тут всплывает другой, ранее занимавший его вопрос.

— Прошу прощения, синьорина, — шепотом обращается он к девушке под вуалью. — Мне только что был представлен синьор делла Порта из Неаполя. Это, случайно, не Джамбаттиста делла Порта, автор «Натуральной магии» и знаменитого труда по физиогномике?

Глаза девушки смотрят на него сквозь серые кружева, но с ее губ не слетает ни звука.

— Или, может статься, — продолжает Гривано, — он более известен вам не как выдающийся ученый, а как драматург, автор популярных комедий «Пенелопа», «Дева» и «Олимпия»?

Девушка отвечает тихим контральто, четко выговаривая каждое слово.

— Я готова признать, что синьор делла Порта выдается из ряда вон, — говорит она. — И он определенно занимается наукой. Полагаю, на этих основаниях его вполне можно назвать «выдающимся ученым».

— Кажется, вы ставите под сомнение научные заслуги синьора делла Порты?

— Отнюдь,дотторе. Я внимательно прочла оба издания «Натуральной магии» и не смею оспаривать его заслуги. Кроме того, весьма скромное образование, полученное в монастырской школе, не дает мне права рассуждать о подобных вещах. Я могу лишь, как попугай, повторять то, что слышала во время дискуссий моих более просвещенных родственников.

— А что именно вы слышали, могу я спросить?

Она смотрит прямо перед собой, и голос ее звучит еще тише.

— Если все сообщество людей науки сравнить с семейством музыкальных инструментов, — говорит она, — то Джамбаттиста делла Порта выступит в роли церковного колокола. Его труды отличает завидная ясность изложения, но никак не глубина или размах мысли.

Рассмеявшись, Гривано ловит на себе гневный взгляд престарелого прокуратора, продолжающего свою речь. Пока он обдумывает остроумный ответ девушке — скажем, с упоминанием колокольного звона, который можно «слышать, не зная, где он», — появляются слуги с огромными блюдами: тут и окорок, томленный в вине с каперсами, и свиные языки с виноградом, и кексы с пряностями или марципаном. Гривано потирает руки, поворачиваясь к девушке с намерением шутливо прокомментировать начало пиршества, и в этот самый момент она поднимает вуаль.

Это можно сравнить с падением Икара в океан: бесконечно долгим падением с неимоверной высоты, когда к этому можно привыкнуть и вообще забыть о том, что ты падаешь, — вплоть до удара о поверхность воды. Что с ним сейчас и случилось. Его легкие отказываются втягивать воздух; конечности как будто превращаются в желе. Он почти бессознательно встает вместе со всеми для молитвы и затем во время тоста Контарини, периодически поднимает кубок с мозельским вином, но при этом не слышит ничего, кроме шума собственной крови в ушах.

Чем может быть вызван столь внезапный приступ? Он не встречал эту девушку прежде и не имеет понятия, кто она такая. Кремовый оттенок кожи, заостренные черты лица, вызывающе-упрямый взгляд — да ее и красивой-то не назовешь, разве что в самом общем смысле, поскольку цветущая юность прекрасна всегда. Возможно, дело в ее природном запахе. Гривано не столько зачарован, сколько испуган. Он более не решается смотреть ей в лицо. Вместо этого его глаза неотрывно сфокусировались на столешнице и, кажется, вот-вот прожгут ее насквозь, подобно гибельным зеркалам Архимеда. В то же время перед его мысленным взором возникает другая картина: мертвый Жаворонок и розовые куски мяса, вырванные пушечным ядром из его тела и разбросанные по квартердеку «Черно-золотого орла». Но почему именно этот образ преследует его сейчас?

Старик-прокуратор возобновляет свои гневные речи; при этом с его губ, надвое деля подбородок, стекает струйка коричневого соуса.

— Наши стеклодувы недостаточно лояльны и плохо управляемы! Они могли бы с легкостью раздавить конкурентов из Флоренции и Амстердама, но они не желают учиться, не желают меняться, им недостает научных знаний! Вот скажите: чем город Святого Марка превосходит город Святого Петра? Да тем, что над ним никогда не довлели языческие традиции! Благодаря этому мы смогли поднять стекольное производство до уровня великого искусства — и по сей день это единственная сфера деятельности, в которой наши современники обошли своих языческих предтеч. Казалось бы, в этой ситуации мастерские Мурано должны привлекать толпы художников, инженеров и архитекторов, должны подавать пример новаторства нашим ученым мужам. А чем гильдия занимается вместо этого? Торгует зеркалами! Красивыми безделушками для женщин и содомитов!

Едва гости расправляются со своими порциями, как их место занимают новые: жаркое из куропаток с баклажанами, телятина с лимонным соусом, суп из певчих птиц с тертым миндалем. По мере того как пустеет каждое расписное блюдо, на нем из-под крошек и соуса возникают образы полуобнаженных античных богинь изобилия и плодородия — Анноны, Фелиции, Юноны Монеты, — благословляющих дом Контарини. Далее настает черед отварного тельца, фаршированных гусей, пирогов с курятиной, маринованных свиных ножек, тушеных голубей, вареной колбасы по-болонски и прозрачных луковиц, вращающихся в чашках с темным бульоном, как незрячие глаза в широких глазницах. Гривано едва прикасается к еде. Девушка на периферии его поля зрения сидит почти без движения и ест еще меньше, чем он.

Наконец Контарини встает со своего места во главе стола и поднимает руку властным жестом, чуть согнув ладонь.

— Безусловно, это верх неприличия: торопить гостей во время трапезы, — говорит он. — И я заранее приношу вам свои извинения. Однако мой уважаемый коллега, синьор делла Порта, сообщает, что подготовленная им демонстрация должна начаться сейчас же, если мы не хотим лишить себя этого удовольствия. Ибо успех данного дела — как, впрочем, и многих других дел — напрямую зависит от ярких лучей полуденного солнца. Более я ничего не скажу вам прежде времени, дабы не навлечь на себя безмерный гнев нашего миниатюрного неаполитанца. Теперь прошу всех проследовать через двор в помещение, где для нас уже расставлены стулья!

Торопливо пробормотав извинения, Гривано вскакивает и первым покидает двор, чтобы хоть ненадолго уединиться и наконец взять себя в руки. Пульс неравномерно бьется в висках и груди, подобно молотам рабочих, загоняющих сваи в вязкую глину. «Я попросту болен, — думает он. — Банальная лихорадка из-за вредных испарений лагуны. Это совпадение, никак не связанное с девушкой». Но, рассуждая таким образом, он не может удержаться от сравнения себя с плохим актером, повторяющим чужие подсказки перед незримой публикой в темном зале собственного разума. И это притом, что какая-то сокровенная часть его сознания уже знает правду.

Поскольку в его желудке нет почти ничего, могущего замедлить действие вина, поступь Гривано тяжела и нетверда. Войдя в главный зал, он обнаруживает, что оттуда уже вынесли рыцарскую амуницию, одновременно затемнив ширмами и шторами все окна. Теперь слабый свет проникает в зал только через крытую галерею с фасадной стороны, переливаясь отблесками вод Гранд-канала на потолочных фресках. Где-то поблизости — он не может понять, где именно, — слышится легкий металлический звон и сдавленный детский смех.

Гривано моргает, дабы скорее привыкнуть к внезапному переходу из света в темноту, но тут появляется слуга с лампой и предлагает ему проследовать в соседнюю комнату. Здесь также занавешены все окна, а перед шторами установлен высокий экран, сшитый из нескольких полотнищ белого холста. При тусклом свете канделябра Гривано видит четыре ряда кресел, обращенных к экрану и разделенных в центре широким проходом. По этому проходу он добирается до первого ряда и, садясь в одно из кресел, замечает сбоку от экрана небольшую лекционную кафедру, а на полу у стены длинный ящик, один конец которого исчезает под шторами. Пока он теряется в догадках относительно всех этих приготовлений, подходят остальные гости, и кто-то садится справа от него. Не поворачивая головы, он догадывается, что это все та же девушка.

Последним входит Контарини и величаво опускается в кресло. А делла Порта уже стоит на кафедре.

— Сенатор Контарини, — начинает он, — почтеннейшие дамы и господа, мои дорогие друзья! Благодарю вас за предоставленную мне возможность продемонстрировать сегодня некоторые из научных принципов, кои с давних пор являются предметом моего неослабного интереса. Прежде чем мы начнем, должен предупредить, что увиденное может вызвать сильное потрясение у неподготовленных зрителей. Посему чувствительным дамам, а равно господам с хрупкой душевной и физической конституцией рекомендуется покинуть этот зал прямо сейчас. С другой стороны, спешу заверить вас в том, что зрелище, очевидцами коего вы вскоре станете, создается посредством чистейшей натуральной магии на основе тщательного изучения мною тайных мировых процессов, обусловленных Божественным Промыслом. От дальнейших пояснений я воздержусь, добавив только, что заинтересованные особы могут обратиться к новому изданию моей книги «Натуральная магия», благо приобрести оную можно в любой книготорговой лавке сего прекрасного города. А сейчас я, с вашего позволения, зачитаю отрывок из этой книги, представляющий собой стихотворный рассказ моего собственного сочинения. Погасите свет в зале, пожалуйста.

Делла Порта начинает декламировать высокопарный пролог, воспевающий былую славу и величие Республики. Внимание Гривано к его речи гаснет вместе со свечами, поочередно перемещаясь на девушку, на Контарини, на других гостей, на позолоченное убранство комнаты, на загадочный ящик у стены, затем снова на девушку, пока со стороны занавешенных окон не доносится какой-то глухой звук, и тотчас на экране из холста возникает панорамный вид.

Вздох изумления, приправленный невнятными, но явно крепкими словечками, проносится по комнате; девушка напрягается, чуть смещаясь в сторону Гривано. Впечатление такое, будто стена перед ними вмиг исчезла, открыв слегка затемненный пейзаж: поляна в окружении развесистых деревьев под лишенным солнца небосводом. Изображение выглядит настолько живым, а краски и детали — настолько естественными, что лучшие произведения самых искусных живописцев показались бы рядом с ним жалкой мазней слабоумных детишек. Более того — листья призрачных деревьев на самом деле шевелятся, колышимые легким бризом! Ахи и охи публики возобновляются с удвоенной силой.

После первоначального шока Гривано вспоминает одну из глав в книге делла Порты — а также куда более основательное исследование данного вопроса в трудах Ибн аль-Хайсама — и ухмыляется, довольный собственной догадливостью.

— Это камера-обскура, — шепотом говорит он своей соседке. — Вон тот ящик на полу. А то, что мы видим на экране, — это всего-навсего отражение сада за стеной.

Девушка долго не отвечает.

— *И промолвил засим великомудрый Дандоло,* — монотонно декламирует неаполитанец, — *чей пыл не смогли остудить и преклонные годы...*

— Однако мы сейчас обращены лицом к саду, а не спиной к нему, — шепчет девушка. — Кроме того, изображение не перевернуто, как это должно быть в камере-обскуре.

— Ш-ш-ш-ш... — прерывает их беседу Контарини.

А ведь она права: это не камера-обскура — или, по крайней мере, не обычная камера-обскура, описанная в научных трактатах. Увы, по части оптики Гривано не слишком силен. «Используются дополнительные линзы? — гадает он. — Или выпуклое зеркало?»

Звуки цимбал и пронзительный вой шалмея прерывают его раздумья. На экране появляются два отряда воинов; блики от их мечей и шлемов скользят по темной комнате, производя воистину фантастический эффект. Грозно потрясая оружием, обе группы выстраиваются по разные стороны бутафорской крепостной стены: византийцы слева, крестоносцы справа.

Делла Порта продолжает вымучивать изложение знакомой всем истории о том, как слепой дож Дандоло возглавил отчаянный штурм Константинополя.

— *Смутились иные князья, узрев столь большую отвагу в столь немощном теле, и стыд охватил их при мысли, что старец, чьи подвиги им довелось созерцать, сам видеть не мог уж давно.*

В другое время тяжеловесный слог и надуманность образов могли бы повеселить Гривано, но сейчас ему не до веселья. Что-то в этой призрачной проекции делла Порты пробудило в нем целый сонм воспоминаний, которые, подобно сорвавшимся с якорей и уносимым бурей судам, возникают из ниоткуда, чтобы сразу же исчезнуть в никуда. Красный от крови Патрасский залив, покрытый горящими обломками, стрелами, щитами, отсеченными конечностями и белыми тюрбанами. Огромный сарай в Тифлисе, заполненный свежими трупами, от которых на холоде поднимается пар. Жаворонок, заряжающий пушку на квартердеке с непристойной песней на устах, а затем — удар грома, сизый дым, и его друга больше нет. Капитан Буа, привязанный к столбу на площади в Лепанто и дико вопящий, когда с его плеч начинают сдирать кожу. Сверток с останками Брагадина на столе перед послом Республики. Белая рука Верцелина, торчащая из-под дерюги. Снова Жаворонок, который при свете факела разворачивает потертый на сгибах листок бумаги. «Моя мама откажется верить в то, что я погиб. Но если ты принесешь ей мой аттестат, быть может, это ее убедит».

Крепостная стена рушится, крестоносцы берут верх над греками, публика восторженно кричит и аплодирует. Делла Порта выходит из-за кафедры, самодовольно раскланивается, затем нагибается над деревянным ящиком (на миг огромная тень его костлявой руки в окружении роя пылинок пересекает экран) и закрывает отверстие крышкой. Панорама гаснет.

Девушка что-то говорит про диаметр отверстия, двояковыпуклые линзы и сферические зеркала, но Гривано, извинившись, торопливо покидает комнату. В большом зале слуги уже снимают шторы с окон, впуская солнечный свет. А со двора в зал врываются гогочущие дети в шлемах своих отцов, размахивая тупыми игрушечными мечами. Гривано пробирается сквозь эту ватагу, выходит во двор, перешагивает через гипсовый макет зубчатой стены и полной грудью вдыхает теплый воздух.

Еще одна группа слуг убирает грязную посуду с банкетного стола. Миновав их, Гривано направляется в дальний конец двора, к приземистым самшитовым изгородям, которые концентрическими кольцами окружают полированный мраморный циферблат солнечных часов на фундаменте из серого известняка. Судя по тени от железного гномона, скоро часовые колокола пробьют двадцать один раз. Бриз уже разогнал дымку; несколько облачных перышек высоко в небе с поразительной быстротой удаляются к горизонту. На Гривано вдруг наваливается усталость. Он садится на изогнутую скамью и наблюдает за тенью гномона, ползущей по гладкому желтоватому мрамору. И вновь появляется эта девушка.

Она смотрит на него поверх живых изгородей; лицо ее покрыто вуалью, нервные пальцы сведены в замок. Гривано встает, обнажает голову и без слов смотрит на девушку, пока та не присоединяется к нему на скамье. Какое-то время они сидят в неловком молчании. Теперь видно, что она старше, чем сначала показалось Гривано, — вероятно, уже за двадцать. Что-то в ее облике напоминает ему о Кипре, но он не может понять, что именно.

— Кто вы? — спрашивает он.

— Меня зовут Перрина, — отвечает она. — Я родственница сенатора Контарини.

— А кто ваш отец?

— Моих родителей давно нет в живых, и я никогда не видела своего отца. Я выросла в этом доме.

Колокола по всему городу отбивают очередной час, не попадая в унисон, так что в целом это напоминает беспорядочно молотящий по крыше ливень. Руки Гривано начинают мелко трястись, и он сцепляет пальцы, подавляя дрожь.

— Насколько я понял, вы монахиня, — говорит он.

— Монастырская воспитанница, — сухо поправляет она. — Училась в школе при монастыре Санта-Катерина, но постриг не принимала.

— Очевидно, в монастыре не сомневаются в твердости ваших намерений на этот счет. Иначе вам бы не позволили свободно выходить за его пределы.

— Уже много лет святые сестры получают щедрые пожертвования от семьи Контарини, — говорит она. — Так что у меня есть кое-какие привилегии.

— Понимаю.

Неподалеку от банкетного стола маленький мальчик, несущийся по дорожке вслепую из-за огромного бронзового шлема с глазными прорезями на уровне подбородка, врезается в ствол миндального дерева; шлем слетает с его головы и, бренча, катится прочь. Мальчик сидит под деревом и громко плачет. Гривано улыбается, глядя на эту сценку.

— Я слышала, что вы сражались с турками при Лепанто, — говорит Перрина. — Это правда?

Другие дети сбегаются и начинают дразнить плачущего мальчугана. Девочка постарше, прикрикнув на них, наклоняется над пострадавшим, у которого идет носом кровь. «Сражались *с турками* при Лепанто, — про себя повторяет Гривано. — А могла бы сказать просто: *сражались при Лепанто*. Интересное уточнение».

— Да, — говорит он, — это правда.

— Я бы очень хотела услышать о вашем участии в битве, дотторе Гривано, если вы не против беседы на эту тему.

Стайка черно-желтых синиц слетает с крыши и начинает перепархивать с дерева на дерево в поисках плодовых червей. Они вьются над самыми головами детей, нисколько их не боясь, а дети, в свою очередь, не удостаивают вниманием птиц.

— Это было очень давно, — говорит Гривано, — и, по прошествии стольких лет, мне уже трудно доверять собственной памяти. Вы, без сомнения, читали широко известные описания битвы, сделанные по горячим следам ее непосредственными участниками. Это более надежные источники хотя бы потому, что их авторы брались за перо, едва выпустив из руки шпагу.

— Все это верно, — говорит Перрина, — однако мне интересен именно ваш личный опыт. Буду очень признательна, если вы сочтете возможным поделиться им со мной.

— Если на то пошло, — продолжает Гривано, — самое полное представление о той битве можно получить по трудам даже не ее участников, а позднейших историков, которые сами никогда не были на войне и вообще мало где побывали за пределами своих кабинетов. Объективная оценка подобных событий, синьорина, едва ли возможна, когда ты находишься в самой их гуще. Мои воспоминания о Лепанто состоят в основном из клубов дыма, криков, грохота и множества мертвых либо умирающих людей. Я уверен, что в тот кровавый день было совершено немало славных подвигов, но ни к одному из них я не причастен даже в качестве свидетеля. Для меня и моих товарищей все свелось к долгим отчаянным попыткам остаться в живых, и большинство из нас в этом, увы, не преуспело. Не сожалейте об утрате подобных свидетельств, синьорина. И не верьте, что истории павших бесследно исчезли вместе с ними. На самом деле эти истории стали плодородной почвой, которую удобрили их кости.

Когда Гривано заканчивает эту речь, собственный голос кажется ему отдаленным, словно звучащим из какого-то соседнего помещения. Его обзор сужается, отгораживаясь от всего, кроме отдельных деталей облика собеседницы: ее сложенных рук, припудренной груди в вырезе платья, лица под вуалью.

— Неужели вы не понимаете, дотторе? — говорит она, крепко сжав его запястье. — Ведь именно об этом — о хаосе битвы и об исступлении, близком к помешательству, — мне хотелось бы услышать от вас!

Кажется, в глазах ее блестят слезы, хотя судить об этом трудно при опущенной вуали. Он чувствует ее холодные пальцы на своей руке, а затем — внезапные желудочные спазмы, в попытке сдержать которые он закрывает глаза и стискивает зубы.

— Зачем вам это знать? — спрашивает он.

Она разжимает пальцы и сдвигается по скамье чуть дальше от него.

— Потому что, на мой взгляд, как раз в исступлении и хаосе сокрыта истинная картина событий.

Синицы пролетают над их головами, попискивая: «И-чи! И-чи! И-чи!»

— Мои глубочайшие извинения, синьорина, — говорит Гривано. — Я надеюсь, мы еще побеседуем на эту тему, а сейчас я не хочу показаться грубым, но... мне что-то нездоровится. Не подскажете, где я могу найти... место уединения?

Перрина вскакивает со скамьи, хватает его за руку и ведет внутрь палаццо и далее по длинному коридору. При этом она ни на секунду не умолкает: извиняется, выражает озабоченность, предлагает помощь. Выудив из этого потока слов данные о местоположении уборной, Гривано поспешно откланивается.

Он успевает добраться до желанного места, не обгадившись по пути, хотя в последнюю минуту был уже предельно близок к этому. Бросив мантию на крючок и рывком спустив штаны, он приседает над отверстием в дощатом полу, откидывается назад с упором спиной и затылком в кирпичную стену и опустошает кишечник, попеременно то обливаясь потом, то содрогаясь от озноба. Вскоре наступает облегчение, за ним следует чувство неловкости, а еще чуть погодя, когда он уже приводит в порядок одежду, вдруг возникает сумасбродное желание остаться навсегда в этой клетушке, укрыться здесь от посторонних глаз и забыть обо всем, включая свою тайную миссию. Он делает несколько глубоких вдохов с закрытыми глазами и представляет себя куколкой, которая покоится в жирной, хорошо унавоженной почве, безразличная к суетливому существованию остального насекомого мира вокруг.

Когда он возвращается в коридор, девушки там уже нет, зато его дожидается Марко Контарини.

— Дотторе, вы достаточно хорошо себя чувствуете, чтобы встретиться сейчас с моим отцом? — спрашивает молодой человек. — Он надеется, что вы сможете уделить ему несколько минут.

29

Личные апартаменты сенатора расположены непосредственно под главным этажом палаццо с окнами на Гранд-канал. Контарини-младший оставляет Гривано в гостиной, а сам отправляется к отцу сообщить о его прибытии. В одиночестве Гривано рассеянно листает книгу Кардано «О многообразии вещей», найдя ее раскрытой на столе, и слушает плеск волн о стены палаццо, а также песню проплывающего мимо гондольера. Ему знакома эта песня, то есть он слышал ее в юности.

Но вот гремит засов, открывается тяжелая внутренняя дверь, и в комнату, ковыляя на мертвых ногах, входит Верцелин — в облепленной водорослями дерюге, с пустыми глазницами, дочиста выеденными крабами. Его рот разинут в обвиняющем крике, но вместо звуков оттуда бьет струя черной тины, в которой копошатся мертвенно-бледные личинки...

Гривано шарахается прочь, натыкается спиной на стену и роняет книгу, — но это не Верцелин, конечно же, а всего лишь Марко, появившийся из отцовской библиотеки.

— Пресвятая Дева! — восклицает он. — Что это с вами, дотторе?

— Ничего, — бормочет Гривано. — Пустяки. Остаточный эффект легкого отравления, не более того. Вчера за ужином в гостинице мне попалось испорченное мясо перепелов, и последствия все еще сказываются. Прошу меня извинить. Серьезных причин для беспокойства нет.

— Какая неприятность, дотторе! Сочувствую вам. Я слышал, вы остановились в «Белом орле»? У них солидная репутация, но недосмотры случаются даже в лучших гостиницах, особенно в этой суматохе Ла-Сенсы. Вам следует еще раз подумать над предложением отца поселиться у нас.

— Вы очень добры, — говорит Гривано, наклоняясь к полу за оброненной книгой. — Но «Белый орел» меня вполне устраивает, и мне не хотелось бы чувствовать себя дополнительной обузой в вашем и без того переполненном доме. В конце концов, это всего лишь один злосчастный перепел.

Марко глядит на него озабоченно, склонив голову набок.

— Надеюсь, моя бестолковая кузина не наболтала глупостей, которые могли вас расстроить или обидеть?

Волна мурашек и покалываний внезапно пробегает по всему телу Гривано.

— Кто? — спрашивает он.

— Моя кузина. Я говорю о Перрине. О той девушке, с которой...

— Ах да, вспомнил! Нет, ничего подобного! С ней было очень интересно побеседовать. Умная и рассудительная девушка.

— Безусловно, — говорит Марко. — Ну и слава богу. Отец попросил меня извиниться перед вами за задержку. Он скоро выйдет, если вы не против подождать его здесь.

Гривано заверяет, что ничуть не против. А после ухода Марко он, быстро приведя в порядок свои мысли, приступает к детальному осмотру помещения. Оно того стоит, ибо молва об этом месте уже давно разносится по научным кругам всего христианского мира, от Варшавы до Лиссабона. Многие энтузиасты готовы рискнуть своим добрым именем, а то и пойти на серьезные преступления ради того, чтобы только взглянуть на сокровища, среди которых сейчас преспокойно разгуливает Гривано. Даже роскошная отделка гостиной — чего только стоят резной камин из мрамора с серпентином и позолоченный фриз с аллегорическими фигурами — бледнеет по сравнению с тем, что размещено вдоль ее стен и на столах. Фрагменты древнегреческих ваз и древнеримских скульптур. Шкафы с редкими минералами, причудливыми кристаллами, шкурами диковинных зверей. Обширная коллекция измерительных и вычислительных приборов. Уменьшенные копии осадных машин и боевых кораблей. Гравюры и живописные полотна, поражающие совершенством исполнения.

Аккуратно, ничего не трогая, Гривано перемещается от картины к картине, пока не доходит до самого дальнего угла, где его внимание привлекает старинный портрет бородатого патриция. Лак на нем потемнел и потрескался, но сам образ выписан настолько точно и тщательно, что его можно спутать с живым человеком в окне или с отражением в зеркале. Однако, при всех несомненных достоинствах портрета, он обескураживает своей безжизненностью — можно сказать, стерильностью, — по каковой причине, вероятно, ему и досталось место лишь в сумрачном углу.

А на почетном месте — в центре самой длинной и хорошо освещенной стены — расположилось произведение совершенно иного рода: красочная сцена из Овидия, с полногрудой белокурой Европой, грациозно полулежащей на спине украшенного цветами белого быка. Это полотно обрамляют буколические картины поменьше, одна из которых — с изображением осенней жатвы — вызывает у Гривано особенный интерес. Сопоставляя эту весьма динамичную композицию с воспоминаниями о своем подневольном труде на ферме в Анатолии (ему тогда было четырнадцать, спустя год после Лепанто, но еще до зачисления в янычарский корпус), он удивляется очевидной неспособности либо нежеланию художника более или менее правдиво передать детали крестьянского быта. Лишенные какой-либо индивидуальности работники, шаткие груды яблок в корзинах, несуразные орудия труда. Тем не менее при всей абсурдности этой картины она задевает его за живое. Каждая деталь как будто намеренно противоречит его личному опыту, пытается заменить его поблекшие воспоминания яркой абстрактной псевдореальностью, сотворенной и контролируемой художником. Последний даже счел возможным изобразить кентавра на облачной гряде вдали, а сами облака имеют зеленоватый оттенок, как бы перекликаясь с призрачным пейзажем, который давеча демонстрировал публике делла Порта с помощью своего хитроумного устройства.

Мягкий сенаторский бас дотягивается до Гривано через комнату — подобно тяжелой руке, опускающейся сзади на плечо.

— Тут есть к чему придраться, и все же это моя самая любимая картина, — говорит Контарини. — Невыносимо больно думать о судьбе, постигшей этого человека.

Гривано поворачивается к хозяину дома и отвешивает четко выверенный поклон.

— Вы имеете в виду автора картины? — говорит он. — Я ничего о нем не знаю.

Сенатор уже сменил бархатную мантию на черный кафтан из тонкой камчатной ткани. Он пересекает комнату и опирается на край стола в паре шагов от Гривано.

— Художник родился в Бассано-дель-Граппа, — говорит он, — и пошел по стопам своего отца, Якопо, который прославился идиллическими пейзажами вроде этого. Многие знатные семьи нашего города желают иметь на стенах палаццо картины с видами своих сельских поместий на материке — кстати, дающих немалую часть их доходов. Если вы бывали во дворцах наших нобилей, вам наверняка попадались на глаза полотна старого Якопо.

Сенатор перебирает разложенные на столе инструменты, находит увеличительное стекло и, приблизившись к картине, смотрит сквозь лупу на кентавра в облаках.

— Вскоре после большого пожара во Дворце дожей Франческо — так зовут автора этой картины — переехал в наш город и открыл здесь мастерскую. Большой совет доверил мне руководство реставрацией дворца, и я привлек к этому делу Франческо. Мне виделись в нем задатки великого живописца, какого этот город не знал с тех пор, как чума забрала у нас Тициана. Но этим задаткам не суждено было всецело воплотиться в жизнь. Кто теперь может с уверенностью сказать, прав ли я был в своих ожиданиях? Или я всего лишь мечтатель, который забивает себе голову подобными вещами, вместо того чтобы думать о постройке новых галер, о вооружениях, фортификации и прочих насущных нуждах Республики?

Гривано следит за хрустальной лупой, которая перемещается вдоль поверхности картины.

— Наделенный властью должен соответствовать образу властителя, — говорит он. — Во всяком случае, такую мысль внушает нам один флорентийский канцелярист.

Контарини усмехается.

— Я часто говорю себе то же самое. Кстати, тот же даровитый флорентиец советует не доверять людям, мечтающим об идеальных республиках, которые никогда не существовали в реальности. Эти глупцы — как там у него сказано? — столь терзаются мыслями об огромной дистанции между тем, как мы живем, и тем, как мы *должны бы* жить, что отвергают *действительное* ради *должного* и таким образом навлекают погибель на себя, на свои семьи и на свое государство. Временами я подозреваю, что и мое место как раз среди таких глупых мечтателей. Впрочем, я этого нисколько не стыжусь.

Увеличительное стекло продолжает свое движение над холстом: зеленые облака, красные яблоки, флегматичные бурые коровы...

— Что с ним случилось? — спрашивает Гривано.

— С кем?

— Я о художнике, сенатор.

Контарини выпрямляется и протирает лупу рукавом.

— Вопреки наставлениям своего отца, Франческо примкнул к группе просвещенных молодых нобилей — политически агрессивных, нетерпимых к папскому диктату, стремящихся овладеть тайными знаниями. Эта молодежь принципиально расходилась во взглядах с большинством знатных вельмож, которые, в свою очередь, обеспечивали заказами благосостояние его семьи. Так возник внутренний конфликт, который не давал покоя Франческо — при его и так уже слишком беспокойной натуре. Сейчас, после всего случившегося, можно с уверенностью сказать, что он страдал неким душевным расстройством. По словам его несчастной супруги, он уверовал в то, что его все время преследуют сбиры Совета десяти, исполненные самых ужасных намерений. Они якобы использовали против него какую-то демоническую магию, с ее помощью вторгаясь в его сны, уничтожая или изменяя его воспоминания. По крайней мере, так заявила его жена. Однако я не исключаю, что он просто-напросто искал избавления от этого мира. Такое порой случается — и случалось во все времена — с людьми определенного склада. Как бы то ни было, примерно полгода назад Франческо выбросился на мостовую из чердачного окна своего дома. В результате падения он не погиб, но получил столь тяжкие увечья, что, несмотря на все старания нашего друга, дотторе де Ниша, он по сей день остается прикованным к постели и неспособным выполнять даже простейшие действия. Вскоре после того Господь в своей бесконечной милости ускорил естественный ход вещей и даровал вечный покой разбитому горем старику Якопо. И, судя по всему, Франческо в ближайшие дни отправится вслед за своим отцом.

Гривано еще раз внимательно изучает картину, словно где-то в ней должен быть скрыт намек на безумие автора, однако ничего такого не находит.

— Надо полагать, страхи художника не имели под собой никаких оснований? — говорит он.

— Вы о сбирах? — Контарини мрачно улыбается. — Или об этих демонических вторжениях в его сны?

— Я имел в виду сбиров.

Сенатор поднимает брови, качает головой и смотрит мимо собеседника.

— Я наводил справки, — говорит он, — поскольку в качестве его главного покровителя осознаю свою долю ответственности. Свидетельства его супруги представляются маловероятными, хотя — с учетом известных умонастроений молодых приятелей Франческо — их нельзя совершенно сбрасывать со счетов. Инквизиторы утверждают, что им ничего о нем не известно. Ночная стража также заверяет в своей непричастности к этому делу.

— А Совет десяти?

Контарини хлопает ладонями, сложенными чашечкой, как будто ловит пролетающую муху, а потом смыкает ладони плашмя и медленно трет их друг о друга.

— От Десяти я получил лишь обтекаемый, ничего не значащий ответ. Так уж водится, что они никогда ничего не отрицают. Авторитет Совета десяти зиждется на широко распространенном убеждении, будто у них повсюду есть глаза и уши. Отрицательный ответ на подобный запрос может быть истолкован как признак слабой осведомленности, что для них недопустимо. Посему подоплека этой истории остается за семью печатями, а загадка утерянных снов и нарушенной памяти Франческо может быть ведома только...

Контарини умолкает и со смехом похлопывает Гривано по руке.

— Я хотел сказать, что это может быть ведомо только Сомнусу и трем его сыновьям. Но вы-то как раз в дружеских отношениях с этим крылатым богом, не правда ли, дотторе? Я сужу по тому, как быстро вы вернули мне его благосклонность.

Сенатор пытается уйти от темы — и весьма неуклюже, что для него не характерно, — однако Гривано не в том положении, чтобы проявлять настойчивость. Вместо этого он выдавливает из себя вежливый смешок.

— Вы мне льстите, сенатор, — говорит он. — Я был счастлив оказать вам услугу в столь незначительном деле.

— Для человека, который месяцами не мог нормально уснуть, оно очень даже значительно, — возражает сенатор и жестом указывает на угловую дверь, из которой сам недавно вышел. — Не желаете пройти в мою библиотеку? Там сейчас ужасный беспорядок, но я могу вам устроить хотя бы ознакомительную экскурсию. И если вам попадется что-то, могущее быть полезным в ваших занятиях, только скажите.

— Вы слишком добры, сенатор, — говорит Гривано, — но я бы не хотел злоупотреблять вашим...

Однако сенатор уже исчезает за дверью, не оставляя Гривано иного выбора, кроме как последовать за ним. Когда он переступает порог библиотеки, голос Контарини звучит уже из ее глубин.

— Меня порядком озадачивает одна вещь, — говорит он. — Может, вы мне ее проясните, дотторе? То ли это побочный эффект от вина из первоцвета, то ли просто следствие долгого бессонного периода, но в последние ночи мне снятся необычайно живые и яркие сны...

На несколько секунд Гривано замирает в дверном проеме, потрясенный открывшимся его взору изобилием. Это помещение больше гостиной, которую он только что покинул, но оно до такой степени забито книжными сокровищами, что кажется тесным, как кладовка. Сначала возникает впечатление, что стены и перегородки здесь целиком состоят из бумаги и переплетной кожи: тут и новые, сравнительно небольшие издания, и тяжелые старинные фолианты, и еще более древние рукописи, где-то уложенные стопками, а где-то расставленные вертикально корешками наружу, на современный манер, — и ни одна книга не прикована цепью. Только приглядевшись внимательнее, он замечает узкие торцы дубовых стоек и полок, которые пересекают, обрамляют и фиксируют эти литературные нагромождения.

Оставшееся пространство между шкафами заполняют чертежи, схемы и эскизы инженеров и архитекторов, разложенные на простых дощатых подставках. Гривано пробегает взглядом по уже воплощенным в жизнь или пока еще только воображаемым конструкциям на однообразно-белом бумажном ландшафте, пока не обнаруживает знакомые очертания: четкий симметричный фасад совсем недавно завершенной церкви Спасителя.

Голова идет кругом при мысли, что фантастический белый храм на Джудекке когда-то был всего лишь вот этим: линиями на бумаге, идеей, формирующейся в чьей-то голове. То же самое можно сказать о дворце, в котором он сейчас находится, о каждой из книг на полках вокруг, о черной лодке, привезшей его сюда, и о городе в целом: все это постепенно рождалось в тысячах голов на протяжении многих столетий. Так и авантюра с похищением зеркальных секретов, втянувшая в свою орбиту Гривано, зародилась однажды в изобретательном мозгу хасеки-султан. Так и смерть бедняги Верцелина, ставшая побочным результатом уже собственных махинаций Гривано. Так и любая вещь под этим солнцем, равно никчемная или великая, — ибо все это началось с одной идеи, зародившейся во Всевышнем сознании.

Очень кстати обнаружив перед собой тяжелое кресло орехового дерева, украшенное изящной резьбой, Гривано хватается за спинку, чтобы восстановить равновесие, а затем обходит его и опускается на сиденье. К тому времени Контарини уже расположился за массивным письменным столом и перекладывает с места на место разбросанные по нему бумаги, продолжая говорить:

— Эти сны никак не связаны с моими дневными делами и заботами. Они всплывают из самых потаенных глубин памяти. Мне являются лица давно умерших людей — лица, которые я помнил только по весьма посредственным портретам, да и на те годами не обращал внимания: моя мать, мой отец, мои братья и сестры, мои утерянные дети, даже кормилицы и слуги в доме моего детства. Я вижу этих людей во сне так же ясно и отчетливо, как сейчас вижу вас. И все они уводят меня коридорами воспоминаний в, казалось бы, давно забытые времена и места, где я и провожу свои часы сна, отмечая такие подробности, о которых даже не подозревал, когда был там наяву. Но более всего, Веттор, меня озадачивает быстрота, с какой все эти образы из сновидений гаснут и рассеиваются, едва лишь первый свет утра касается моих старческих век. То, что казалось таким ярким и чистым во сне, сразу же становится обыденно-скучным. Поймите меня правильно, я вовсе не желаю, чтобы все это прекратилось. Напротив, пробуждаясь после этих сновидений, я всякий раз испытываю благостное спокойствие в душе и бодрость в теле. Просто они меня удивляют, как иных удивил бы вид кометы в небе или какой-нибудь диковинный зверь, однако мне хочется понять саму природу этих снов. Может, у вас есть какие-то соображения по этому поводу, которыми вы готовы поделиться с любознательным стариком?

До сих пор Гривано слушал его речь невнимательно, занятый своими мыслями, и теперь он медлит с ответом, сменяя позу в кресле.

— Существует обширная литература о сновидениях, — говорит он, — однако мои собственные знания в данной области недостаточны. Позвольте мне изучить этот вопрос, поразмышлять над ним несколько дней, прежде чем высказывать свое мнение. Возможно, я смогу разобраться в природе этих явлений.

— Разумеется, дотторе. В этом нет никакой срочности. Я же тем временем попробую удовлетворить свое любопытство с помощью упомянутой вами литературы. Признаюсь, я уже начал просматривать «Онейрокритику» — книгу, которая до недавних пор использовалась в этой библиотеке только в качестве пресса для распрямления загнувшихся листов. Согласитесь, это очень странно и удивительно для человека моего возраста: каждое утро пробуждаться, ощущая себя помолодевшим, живее и ярче воспринимая окружающий мир. Удивляет еще и то, что источник этих ощущений непосредственно связан с событиями далекого прошлого, показанными в новом свете сквозь призму сновидений. Ведь обычно старики предаются воспоминаниям не для того, чтобы черпать из них жизненные силы. Вы согласны?

Сенатор вопросительно изгибает седые брови.

— Полагаю, многое зависит от того, что именно вы вспоминаете, — произносит Гривано после небольшой паузы. — Недавно дотторе де Ниш говорил мне о человеке, который может быть вам полезен, ибо он изучает искусство запоминания. Он родом из Нолы, а сейчас гостит у синьора Джованни Мочениго.

Контарини внезапно разражается хохотом.

— Да, — говорит он, — я встречался сНоланцем, о котором вы сейчас упомянули. Весьма занятный субъект. С непростым характером. Исполненный всяческих заблуждений. Насколько я понял со слов моих коллег из Падуи, он выставил свою кандидатуру на вакантную должность профессора математики в их университете, что, учитывая образ мыслей этого человека, выглядит примерно так же, как если бы главный астролог турецкого султана начал претендовать на место Папы Римского. Я уже начал писать письма в поддержку другого соискателя: до недавних пор проживавшего в Пизе сына прославленного лютниста Винченцо Галилеи. Этот сравнительно молодой человек подает очень большие надежды. Насколько я понял из ваших слов, о Ноланце вы узнали от Тристана?

— Именно так, сенатор.

— Понятно, — говорит Контарини. — Надеюсь, Веттор, вы простите старику его брюзжание, если я посоветую вам быть осторожнее с дотторе де Нишем.

Гривано встречает эти слова широкой, ничего не выражающей улыбкой.

— Как всегда, я с благодарностью принимаю ваш совет, — говорит он, — однако я не заметил в поведении и речах дотторе де Ниша ничего предосудительного.

— И не заметите. Как и я. Честно говоря, я бы без колебаний доверил дотторе де Нишу свою жизнь — да так уже и было. Но вопрос не в том, что видим мы с вами, а в том, что увидит инквизиция.

Гривано приглаживает свою бороду, проводя большим пальцем по сжатым губам.

— Мне говорили, что инквизиция не имеет большой власти на территории Республики. Разве это не так?

— Это правда. И она сознает ограниченность своих возможностей. Но, как ослабленный голодом хищник, она высматривает добычу среди тех, кто еще слабее нее. Ныне евреи и турки здесь находятся в безопасности, если они обозначают себя надлежащим образом и проживают в отведенных для них местах. Точно так же могут не опасаться инквизиции старые христианские семьи. Но совсем другое дело новообращенные христиане вроде Тристана: для людей, которые нарушают границы между четко разделенными религиозными общинами, опасность сохраняется. Принимая во внимание насильственную манеру крещения португальских евреев королем Мануэлом, искренность этих новообращенных всегда подвергалась сомнению. У дотторе де Ниша много друзей в еврейском гетто, включая тех, кто имеет репутацию алхимиков и магов. Мне также известно, что он поддерживает отношения с некоторыми мусульманскими учеными. Теплые чувства, которые питают к нему во многих знатных семействах — и члены нашей семьи в особенности, — пока что предохраняли его от неприятностей. Но если кто-нибудь выдвинет против него официальное обвинение, плохи будут его дела.

— А как по-вашему, сенатор, Тристан искренен в своей вере?

— В конечном счете ни мое, ни ваше, ни чье-либо еще мнение на сей счет уже не будет иметь веса.

— Разумеется, — говорит Гривано. — Я все прекрасно понимаю. Но все же позвольте мне повторить свой вопрос: вы считаете Тристана искренним в своей вере?

Лицо сенатора краснеет от гнева, но эта вспышка быстро проходит. Он тянется через стол за большим шестигранным кристаллом на стопке писем — идеально прозрачным, если не считать нескольких золотистых крапинок, — берет его и начинает рассеянно перекладывать из одной руки в другую.

— Вы читали Боккаччо, Веттор? — спрашивает он.

— Да, но это было много лет назад.

— Возможно, вы вспомните притчу, которую автор вложил в уста еврея Мельхиседека. Тот рассказывает султану об одном богатом старце, в семье которого по традиции самый любимый и достойный из сыновей в каждом поколении получал от отца древний фамильный перстень как символ главенства в роду. Но этот старец одинаково любил троих своих равно достойных сыновей, а потому заказал ювелиру две точные копии перстня и перед смертью одарил каждого из троих, втайне от его братьев. Перстни были настолько похожи, что никто, даже ювелир, потом не смог определить, который из них подлинный. «То же самое и с верой христиан, мусульман и евреев», — сказал султану Мельхиседек. Как разрешить эту загадку? Если три вещи практически неразличимы, кощунством ли будет спросить: какой смысл вести споры о подлинности, если никто из смертных не может знать этого наверняка?

Гривано молчит, как растерянный школьник перед учителем, разглядывая резную надпись на тумбе письменного стола и не имея другого ответа, кроме: «Умерший старец мог это знать». Однако предпочитает этот ответ не озвучивать.

Контарини подносит кристалл к солнечному лучу от окна и начинает медленно его вращать. Разноцветные полосы преломленного света кружатся по столу, как спицы невидимого колеса. На гладких гранях кристалла можно разглядеть светящиеся отпечатки пальцев сенатора.

— Сегодня вы познакомились с моей молодой родственницей, — говорит Контарини.

— Да, с Перриной.

— И она задавала вам вопросы.

— Так оно и было.

Контарини испускает долгий вздох. Впервые за этот день он выглядит по-настоящему старым.

— Я просил Перрину быть вежливой и деликатной, как это приличествует юной особе ее статуса. Но вынужден признать, что, воспитываясь в этом доме, она не имела достойных женских примеров для подражания. Как следствие, ее манеры зачастую грешат прямолинейностью. За это я приношу вам извинения.

— Никаких извинений не требуется, сенатор. Я получил удовольствие, беседуя с...

Контарини прерывает его движением руки:

— Позвольте старому дипломату сказать несколько искренних слов, хотя бы для очистки совести. Перрина намеревалась расспросить вас о битве при Лепанто по причинам, которые вам, полагаю, теперь известны. И я ей в этом потворствовал не только тем, что устроил вашу сегодняшнюю встречу, но и тем, что не предупредил вас об этом заранее. Я позволил ей застать вас врасплох. Мне виделась в этом всего лишь безобидная интрижка —

занятный способ вызвать вас на откровенную беседу о былых подвигах, вопреки вашей обычной сдержанности, — но теперь я понимаю, что поступил бесцеремонно.

Он кладет на стол тяжелый кристалл, от которого протягивается тонкий радужный луч поперек незаконченного письма, в коем Гривано удается разглядеть тщательно выполненный эскиз площади Сан-Марко и начальное приветствие, написанное по-французски. Солнце опускается над каналом, удлиняя тень от сенатора. Радужный лучик начинает блекнуть.

— Я никогда не был на войне, — говорит Контарини. — Как и многие из моих ровесников-сенаторов, я достиг совершеннолетия в мирный период нашей истории. И мы с коллегами, по идее, должны благодарить за это судьбу. Однако вместо благодарности мы испытываем зависть. Мы каждый день встречаем мужчин помоложе — в том числе наших сыновей и племянников, — которые самолично ощутили вкус победы при Лепанто и которые всегда могут ответить на наши стариковские поучения простым и коротким: «Я был там!» И мы умолкаем, вздыхая и размышляя о лаврах, которые и мы могли бы снискать, улыбнись нам судьба так, как она улыбнулась им. Война представляется нам закаляющим горнилом, через которое необходимо пройти на пути к славе. Но это не так. Война — это ужас и опустошение, результат грубейших ошибок облаченных в бархат государственных мужей вроде меня, и непростительно глупо завидовать людям, соприкоснувшимся с ней вживую.

— Вы судите себя слишком строго, сенатор, — говорит Гривано. — Если бы войны не приносили славу, они бы все давно уже прекратились.

— Спору нет, в войнах можно найти славу. А если она там не нашлась, ее можно добавить задним числом. Такие добавления задним числом у нас в порядке вещей. Увидев новые картины во Дворце дожей — одну из них написал бедняга Франческо, — вы сможете убедиться, что и я поучаствовал в этом малопочтенном занятии. Создание должного *imago urbis*[1], как сказал бы все тот же флорентийский канцелярист. Но сегодня, сидя в темной ком-

---

[1] Образ города (*лат.*).

нате и слушая неуклюжий панегирик синьора делла Порты, я вдруг понял, насколько фальшивыми и тлетворными должны казаться его славословия тем, кто видел битвы воочию, а не в развлекательных инсценировках. Боже правый, эта его поэма! Ну разве не странно, что мы спустя века все еще воспеваем этого старого слепого дожа-крестоносца, который вел войну против своих же христианских собратьев и призрак которого теперь волей-неволей сопровождает полчища нехристей, уже готовых подступить к нашим стенам? Однако поэты и художники снова и снова выдергивают этот образ из мозаики давних времен и проносят по всей нашей истории, превращая его в символ воинской доблести Республики. Идеализированный и выхолощенный, он стал зеркалом, отражающим наше величие. Со временем то же самое произойдет и с Брагадином. И с Лепанто. Возможно, это происходит уже сейчас.

— В Болонье я часто слышал эти два имени, — говорит Гривано. — Там они слетали с уст сплошь и рядом, легко и бездумно. Но в этом городе они, скорее, окружены молчанием, — похоже, люди стараются вообще не поминать их без особой необходимости. Признаюсь, это сбивает меня с толку.

Сенатор качает головой:

— Я надеялся, Веттор, что вы встретите здесь более теплый прием, в полной мере ощутив людскую признательность и благодарность. Но мне стоило немалых усилий обеспечить даже те скромные знаки внимания, которые были вам оказаны.

— Я нисколько не разочарован тем, как меня здесь приняли, сенатор. Я только хотел сказать...

— ...что вы удивлены. И вас можно понять. А объясняется все очень просто. Если бы ваша галера не была захвачена турками или если бы вы вернулись в город с останками Брагадина всего через год после Лепанто, то у вас были бы все шансы породниться с одной из знатнейших семей, а ваши сыновья впоследствии могли бы претендовать на пост дожа. Но так уж вышло, что за время вашего пленения Республика заключила с султаном сепаратный мир, отказавшись от притязаний на Кипр. Потом старый султан умер, а его преемник дал нам кое-какие торговые льготы. Так что сегодня останки Брагадина, которые вы спасли с риском для жизни, служат лишь напоминанием о том, что он страдал и умер напрасно. Более того, для дипломатов вроде меня Лепанто стало неудобной темой, которую лучше оставить в прошлом. Республике эта победа не принесла ничего, кроме суетной славы и множества трупов ее граждан, — так стоило ли ради такого сражаться? Оставим Лепанто поэтам и художникам, пусть себе тешатся... Кстати, до вас дошли известия о Полидоро? Вы ведь помните Полидоро?

Это имя Гривано не слышал уже много лет, и его тело реагирует быстрее, чем мозг: за несколько мгновений, которые уходят на то, чтобы вспомнить, руки и ноги успевают оцепенеть от страха.

— Да, конечно же, — говорит он. — Человек, выкравший останки Брагадина из турецкого арсенала. Он передал их мне перед побегом, а я потом вручил их послу в Галате.

— Полидоро также сбежал. Вы этого не знали? Турки его схватили и подвергли жестоким пыткам, но через несколько недель он как-то сумел выбраться на свободу. Сейчас он живет в Вероне, его родном городе. Несколько лет назад он попросил у сената ежемесячное пособие в размере шестнадцати дукатов, обосновав это своим «героизмом на службе Республике». Сенат урезал эту сумму до пяти дукатов.

Сенатор внимательно следит за Гривано. Тот пожимает плечами.

— Я знал Полидоро лишь как две руки, передавшие мне в темноте сверток, — говорит он.

— Тем лучше, — говорит Контарини. — Этот субъект — обычный жулик, и не более того. В свое время он был пойман с поличным и отправлен на галеры. Но в море его корабль захватили турки, и Полидоро оказался уже за их веслами. На зиму гребцов расквартировали в арсенале, где хранились останки Брагадина, и там он совершил очередную кражу, которая на сей раз вернула его в лоно Республики. Признаюсь, в сенате я выступал за то, чтобы вообще не давать ему никаких денег. Почему Республика должна вознаграждать вора за кражу? Предположим, на прошлой неделе гадюка укусила моего недруга, а на этой неделе она заползает в мой сад. И что, я стану подносить ей угощение на золотом блюде? Нет, вместо этого я ищу палку покрепче.

Низкий голос Контарини уже утратил бархатистые нотки: усталость понемногу берет свое. Похоже, обещанная экскурсия по библиотеке сегодня не состоится. Гривано подмечает глубокие складки на лице старика, легкое дрожание его крупной руки. «Интересно, каковы эти животворящие сновидения, которые посещают его седую голову?» — думает он.

— У меня к вам будет просьба, — говорит сенатор.

— Я слушаю.

— Завтра я со всей семьей уезжаю из города. Лето на подходе, и теплые недели лучше провести в более благоприятном климате нашей виллы на материке. А моя невоспитанная юная родственница должна вернуться в монастырскую школу Санта-Катерины. Я буду вам очень признателен (а Перрина тем более), если вы найдете время ее посетить. Подозреваю, что сегодня вам от нее досталось, но, поверьте, в иных случаях она может быть милой и приветливой. И, вне зависимости от того, согласитесь вы нанести ей визит или нет, эта библиотека в мое отсутствие будет к вашим услугам. Риги, мой дворецкий, получит указание впускать вас беспрепятственно.

Солнце перемещается под верхней аркой окна, и лицо сенатора теперь уже в тени. Гривано опускает взгляд на кристалл. От спектрального разноцветья осталась лишь оранжевая ниточка на самом краю стола. У Гривано возникает такое чувство, будто его грудная клетка съеживается, как высушенный фрукт.

— Вы очень добры, сенатор. Я охотно выполню вашу просьбу. Могу я, в свою очередь, задать вам вопрос?

— Разумеется.

— Почему Перрина хотела поговорить со мной о Лепанто?

Силуэт сенатора застывает по ту сторону стола и довольно долго остается абсолютно неподвижным.

— Разве она вам не сказала? — наконец спрашивает он.

— Нет, сенатор.

— А я-то думал, что вы уже в курсе.

За окном по каналу проплывает увитая гирляндами галера, на которой веселятся, распевая песни, молодые люди в ярких одеждах. «Сегодня последняя ночь Ла-Сенсы», — вспоминает Гривано.

— Брат Перрины погиб при Лепанто, — говорит сенатор. — Брат, которого она так и не успела узнать. Разве Перрина не рассказала вам о себе?

Гривано старается дышать спокойно и ровно. Кажется, что заходящее солнце сосредоточило на нем весь свой остаточный свет.

— Она сказала только, что приходится вам родней, — говорит он.

— Да, она младшая дочь моего родственника, Пьетро Глиссенти, которого вы, без сомнения, помните по годам своей юности на Кипре. Ваш отец состоял при нем в должности старшего секретаря.

— Боже мой!

— Простите?

— Ее брат…

— Ее погибшего брата звали Габриель. Он был еще очень молод, примерно вашего возраста.

— Но это невозможно!

— О чем вы?

— Дочь синьора Глиссенти умерла от чумы. Она и ее мать бежали с Кипра в самом начале вторжения, приехали сюда, и обе умерли во время эпидемии семнадцать лет назад. Так мне рассказывали.

— Все верно, дотторе. Но вы, как я понял, говорите о *старшей* дочери синьора Глиссенти. Перрина покинула Кипр в утробе своей матери и родилась уже здесь. Когда умерли ее мать и сестра, ей было пять лет. Ее отец и два старших брата были убиты в Фамагусте, а самый младший из братьев, Габриель, погиб при Лепанто. Она их никогда не видела. Зато вы хорошо знали Габриеля, не так ли?

Гривано вздрагивает, обнаружив, что уже какое-то время неотрывно глядит на закат. Он поворачивается к сенатору, но не может разглядеть его лицо из-за плывущего перед глазами зеленоватого марева.

— Габриель был моим лучшим другом с раннего детства, — говорит Гривано. — Мы вместе покинули Кипр с намерением поступить в Падуанский университет и так же вместе записались в арбалетчики, как только узнали о падении Никосии. Я находился рядом с ним в момент его смерти. Он был разорван на части пушечным ядром.

— Понимаю,дотторе. Убедительно прошу вас опустить последнюю подробность, когда будете рассказывать Перрине о битве.

— Не могу в это поверить! — говорит Гривано. — Просто не могу поверить.

Однако он верит. Он знает, что это правда. Или почти правда.

— Надеюсь, теперь вы поймете, почему я устроил вашу встречу с Перриной, — говорит сенатор, — хотя это и вышло у меня самым неудачным образом. Вы для нее являетесь единственной реальной связью с прошлым ее семьи, которым она активно интересуется. И — простите еще раз за откровенность — мне кажется, что близкая дружба с Перриной также пойдет во благо и вам. Я уже стар и недолго задержусь на этом свете, поэтому стараюсь не откладывать важные дела на потом. Являясь опекуном Перрины, я очень к ней привязан, но она не мое родное дитя. Приданое, которое я могу за ней дать в пределах разумного, недостаточно велико, чтобы привлечь кого-то из нобилей; и до недавних пор я пребывал в затруднении, пытаясь найти подходящую партию среди достойных граждан Республики. Как я сказал, ее приданое не может быть таким же, как у дочери Контарини, однако сумма будет весьма солидной, особенно для человека вроде вас — не старого, но уже и не юноши, — если он планирует прочно обосноваться в этом городе. Не забывайте также, что она последняя в благородном роду Глиссенти и ее детям будет обеспечено место в Большом совете. На этом остановлюсь. Я сказал уже достаточно. Навестите ее. Пообщайтесь с ней. Подумайте.

Повсюду, куда ни посмотрит Гривано, он видит пульсирующие зеленые тени — призрачные отсветы солнца, затмевающие все вокруг. Ему чудится, что пол под его креслом начинает покачиваться, как будто весь дворец отделился от берега и свободно плывет по волнам. В ушах стоит ровный негромкий гул, словно в них дует кто-то невидимо стоящий рядом.

— Но, сенатор, — произносит он почти шепотом, — ведь эта юная синьорина обвенчана с Господом, разве нет?

— Не обвенчана, а только *обручена*. И я совсем не уверен, что этот выбор — наилучший из всех возможных. Конечно, ни один мужчина не сравнится с Ним в постоянстве, но мне совсем не трудно представить себе других мужей, которые будут более внимательны к своей супруге... Вы хорошо себя чувствуете, Веттор? При этом освещении вы кажетесь необычайно бледным.

30

К тому времени, когда Гривано приходит в себя после обморока — чему способствует щепотка нюхательной соли из лаборатории сенатора, подкрепленная бокалом крепкого бренди, — солнце уже почти село, а это значит, что он опаздывает на собрание Уранической академии. Он приносит извинения, откланивается, надевает мантию и покидает палаццо через боковой выход с внутреннего двора, где седовласый слуга занимается упаковкой вещей для отъезда на материк. Старый Риги скептическим взглядом провожает Гривано, спешащего прочь.

Палаццо Морозини расположено на этом же берегу Гранд-канала, примерно на полпути в обратную сторону до Рива-дель-Вин. Быстрее всего туда можно добраться на лодке, но Гривано предпочитает пройтись пешком. Ему нужно подумать, прояснить голову, определиться. Если из-за этого он пропустит застолье — не беда: он не чувствует себя голодным.

Ла-Сенса приближается к своему бурному финалу. Тут и там из палаццо на сумеречные улицы выплескиваются вертлявые юноши в узких штанах, туго обтягивающих зады, и пухлые девицы, подставляющие прохладному воздуху свои открытые почти до сосков груди. Они раскачивают переполненные лодки и наводняют в иное время тихие уединенные аллеи. Почти все они в масках. Осталось уже недолго до первого звона ночного колокола, когда на улицах появятся фонарщики и город возобновит эту игру в забывчивость: что разрешено и что запрещено? В толпе Гривано вновь ощущает себя невидимым — просто одним из кусочков пестрой мозаики.

Ноги шагают в темпе движения мыслей, пронося его по незнакомым улицам мимо застекленных окон, настенных фресок, еще открытых или уже закрываемых ставней. Но, куда бы ни двигались и как бы далеко ни забредали эти мысли, их конечным пунктом всякий раз оказывается девушка по имени Перрина, создавшая неожиданную проблему самим фактом своего существования. *Как такое возможно? Как такое возможно? Как такое возможно?*

Они с Жаворонком покинули Никосию за девять месяцев до вторжения турок и почти за два года до того, как их отцы и братья погибли в Фамагусте. Новость о падении города достигла флота, когда они стояли на якоре и пополняли запасы пресной воды. Жаворонок чистил ствол своего аркебуза. «Только что пришло известие, ребята: Фамагуста пала, — сказал капитан Буа, появляясь на квартердеке с лицом, искаженным яростью. — Командующий Брагадин, упокой Господь его душу, согласился сдать город на почетных условиях, но Лала Мустафа, этот грязный сын шлюхи, велел отрезать ему нос и уши. Потом нечестивые дикари живьем содрали с него кожу, набили ее соломой и возили это чучело по улицам города верхом на корове. Но придет срок, и они жестоко поплатятся за то, что сотворили!» Во время этой речи смена выражений на лице Жаворонка — боль, испуг, гнев, растерянность — отражала смятение в его душе. Теперь они оба остались без отцов. Последние мужчины в своих семьях. Обоим по тринадцать лет.

Но вплоть до сегодняшнего дня он даже не пытался представить себе, каково было женщинам, когда они искали в гавани Кирении какого-нибудь генуэзского или рагузского капитана, готового рискнуть, беря на борт беженцев, а затем прятались в темном трюме среди ящиков и рулонов ткани, зажимая рты плачущим детям: вдруг турки их услышат? При взятии и разграблении Туниса в 1574 году по янычарскому полку, в котором тогда служил Гривано, пронеслась весть о том, что в доме на краю гавани забаррикадировалась жена испанского офицера с пятью дочерьми. Раздраженные янычары целый час ломали прочную дверь, а когда они проникли внутрь, выяснилось, что испанка раздробила головы девочек тяжелым кофель-нагелем — стержнем для крепления канатов, — после чего вскрыла себе горло. Какие истории могла услышать Перрина из скорбных уст матери и сестры прежде, чем обеих унесла чума? Что она могла, по малолетству, запомнить из тех историй? Как такое вообще возможно?

Может ли Наркис знать о Перрине? Вероятность невелика. А если и знает, почему это должно его заботить? Как типичный продукт османской системы детей-заложников, он никогда не воспринимал всерьез переплетения родственных связей, играющие столь важную роль в мире неверных франков. «Я родился в Македонии, высоко в горах, — рассказывал он. — До того как меня забрали османы, я не видел ни одной церкви, ни одной мечети. Я не видел ни единой надписи где бы то ни было. Я не видел золота, не видел стекла. А с той поры я побывал в Мекке, в Пенджабе, в Катманду и в Китае. Я никогда не думаю о своих родных. А если они и пытаются думать обо мне, им все равно не понять, кем я стал». Посему Наркис вряд ли поймет, что может означать для Гривано эта девушка. А кстати, *что* она означает? Если определить это не может никто, кроме самого Гривано, вправе ли он приписать ей какое угодно значение? Или посчитать ее ничего не значащей?

А вдруг о ней известно хасеки-султан? При этой мысли он застывает на месте, как если бы стена, вдоль которой он идет, внезапно исчезла, открыв лабиринт доселе неведомых ему потайных ходов. Гривано озирается, не понимая, куда он успел забрести в процессе размышлений. Совсем недавно он проходил по мосту. Но который из мостов это был: тот, что у дома Гарцони, или тот, что у палаццо Корнер? Он стоит в нерешительности на тесном перекрестке, пока с северной стороны не появляется шумная компания гуляк — четверо накрашенных юношей в париках и женских платьях гонятся за толстяком, на котором из одежды только кусок ткани, обернутый вокруг тела на манер детской пеленки. Ряженые пробегают мимо, Гривано бормочет проклятие им вслед и направляется в ту сторону, откуда они пришли...

Он встречался с хасеки-султан лишь однажды. За несколько месяцев до знакомства с Наркисом он был затребован в ее покои по вполне рутинному поводу: понадобился толмач для переговоровров с группой генуэзских банкиров. «Я слышала о тебе хорошие отзывы, мессер Гривано». Когда прозвучало его прежнее имя — а не «Тарджуман», как его нарекли визири, — он вмиг ощутил холодный озноб под своим новым добротным кафтаном. «Ты ведь родился на Кипре? Расскажи мне об этом острове».

Даже в зрелых годах она была ослепительно красива — как сияющий бриллиант на груде атласных подушек. На ней был длинный алый халат с вышивкой золотой нитью, а сорочка волнами вздувалась из рукавов, нежная и воздушная, как паучий шелк. Фантастическая и пугающая. Как и все, что сотворено прекрасным просто в силу необходимости. «А после возвращения из Туниса ваш полк был отправлен на восток воевать с Сефевидами, верно?» Целый час расспросов, причем на его родном языке. Ее слог не отличался изяществом, но говорила она без грамматических ошибок. Генуэзские банкиры так и не появились, и по завершении беседы Гривано был отпущен восвояси. Тогда он подумал, что хасеки-султан просто захотелось попрактиковаться в итальянском. Правда, он так и не понял, изучила ли она этот язык недавно или же знала его прежде и теперь решила восстановить подзабытые навыки. До него, разумеется, доходили слухи о том, что любимая наложница султана по своему рождению принадлежит к одной из знатнейших семей Республики и что она попала в гарем девочкой-подростком после того, как пираты захватили галеру ее семьи. Гривано эта история всегда представлялась сомнительной. А после той беседы у него сложилось мнение, что ее родители скорее были какими-нибудь далматинскими рыбаками, нежели представителями франкской знати. С другой стороны, не странно ли, что султан вдруг начал благоволить к Республике сразу после того, как эта женщина родила ему здорового сына?

Так что слухи продолжали расползаться по дворцу. При этом в самых глухих его закоулках высказывались — даже не шепотом, а почти беззвучно — и более смелые догадки. Если эта хасеки-султан и впрямь являлась дочерью Республики, нет ли такой вероятности — пусть самой минимальной, — что ее предполагаемое похищение было спланировано и подстроено Советом десяти? Тогда получается, что затея с внедрением шпионки в султанский гарем, изначально имевшая мало шансов на успех, неожиданно превзошла их самые смелые ожидания: шпионка стала повелительницей турок и матерью наследника престола. Этот факт смущал умы и потрясал воображение: там, где столетиями не могли добиться успеха все армии христианского мира, теперь преуспела вот эта прелестница. Нет ничего удивительного в том, что битва при Лепанто была так быстро и легко забыта.

Бред, да и только. Но чем активнее Гривано пытается отбросить эту бредовую мысль, продолжая свой путь на заплетающихся, как у пьяного, ногах, тем настойчивее она к нему возвращается. Окажись это правдой (что совершенно исключено), чем это грозило бы ему? Ведь тогда получится, что длинная нить, управляющая им как марионеткой, не заканчивается в Константинополе, а лишь огибает передаточное колесо (роль которого играет хасеки-султан), чтобы затем протянуться к кому-то здесь, в этом самом городе, по улицам которого он сейчас идет нетвердым шагом. Как это может отразиться на его миссии? Мог ли неведомый кукловод этого заговора изначально предусмотреть в нем роль и для Перрины? Как такое возможно?

Сколько ни пытается Гривано сложить кусочки этой мозаики, вместо логически связной картины получается нечто бессмысленное и бесформенное, как плевок на пыльном тротуаре. В его размышлениях о хасеки-султан — даже если отбросить всякие домыслы и не приписывать ей ничего сверх понятного желания наладить производство хороших зеркал в османских владениях — Гривано особенно занимает сходство его собственной судьбы с распространяемыми о ней слухами. Дочь Республики попадает в руки пиратов, чтобы затем превратиться во влиятельную фигуру при султанском дворе. Мальчик-христианин попадает в плен к магометанам и склоняется к их вере — кто знает, что творится в его сердце? А когда через много лет он встречает кого-то из своего давнего прошлого, как он должен поступить в этом случае? Какие контакты с прошлым допустимы, а от каких ему следует уклоняться?

Как такое возможно? Дурацкий вопрос. Существование этой девушки кажется невероятным просто потому, что Гривано никогда не задумывался о чем-то подобном. Он слишком долго жил в чужих краях без вестей о доме и о своих родных, избегая даже мыслей на эту тему. Иначе было нельзя. Он должен был казаться безразличным хотя бы ради самосохранения. А если иной раз и обращался к своему прошлому, то это были какие-нибудь полузабытые сценки из раннего детства, подстроенные под конкретную ситуацию. Таковые всегда находились в глубинах памяти. Так было ли его безразличие всего лишь маской? Если да, то что под ней скрывалось? Это уже более значимые вопросы, но они ускользают от него, как шарики ртути на вощеной дощечке, и у него сейчас нет охоты за ними гоняться.

На площади впереди слышны крики: несколько дородных нобилей в костюмах дикарей Нового Света (дубинки, набедренные повязки из шкур, сухие листья и веточки в волосах) преследуют ватагу подростков, выкрикивая непристойности:

— А ну, покажи нам свой крошечный членик, поганец!

Подростки со смехом бегут в сторону Гривано, причем возглавляющий их смазливый юнец успевает еще катить перед собой кожаный мячик, ловко поддавая его ногой. Свет из ближайшего окна падает на его лицо, и в это мгновение Гривано видится в нем Жаворонок — исполняющий финт при игре в мяч, ворующий спелую мушмулу с прилавка в Риальто, танцующий гальярду на палубе «Черно-золотого орла»...

Но тут юнец резко останавливается, задержав мячик носком башмака, делает несколько прихрамывающих шагов в сторону, жестами поторапливая своих приятелей, — и теперь это уже никакой не Жаворонок, да и вообще не мальчишка, а та самая стриженая девица с покрытыми краской руками, которую он повстречал на улице прошлым вечером. Когда остальные подростки пробегают мимо, Гривано убеждается, что на самом деле все они — молодые женщины, скорее всего шлюхи, переодетые для придания пикантности развлечениям благородных господ.

Вчерашняя девица задерживается перед Гривано, глядя на него в упор и нагло ухмыляясь.

— Добрый вечер, дотторе, — говорит она со смешком и приподнимает шапку. Затем сильным ударом посылает мяч вдоль улицы и спешит вслед за ним.

А еще через пару мгновений до Гривано добегают «дикари», которые безнадежно отстают из-за своих примитивных сандалий на деревянной подошве и подбадривают друг друга гортанными воплями под стать обезьянам в джунглях. Один из них — лысый и приземистый, с лицом жестокого малолетнего идиота — взмахивает дубинкой, метя в голову Гривано, который уклоняется и в ответ бьет его тростью по корпусу. Удар отдается гулко-мясистым звуком, но лысый как ни в чем не бывало продолжает погоню за шлюхами. Слишком пьян, чтобы почувствовать боль. Завтра у него на боку обнаружится здоровенный синяк, происхождение которого он вряд ли сможет припомнить. Это в лучшем случае. А в худшем — этот ублюдок отстанет от собутыльников и захлебнется собственной кровью где-нибудь в темной подворотне.

— Свет к вашим услугам, дотторе!

Перед его лицом возникает факел, зажатый в руке мальчонки лет семи и обильно роняющий на мостовую огненные капли смолы. На другой стороне площади, под темно-синим звездным небом, также появляются огни факелов и фонарей, возможно несомых старшими братьями этого чичероне.

— Я ищу палаццо Морозини, — говорит Гривано.

— Это недалеко отсюда, — говорит малец и хитро корчит испачканную сажей рожицу. — Но найти его будет непросто. Я могу вас проводить.

Гривано отвечает усталым вздохом. Он сильно опаздывает и вдобавок ко всему начинает испытывать голод. И он, выудив из кошеля медную монету, опускает ее в протянутую снизу маленькую ладонь.

31

Палаццо Морозини находится на Рива-дель-Карбон, к северу от церкви Сан-Лука. Это сравнительно небольшое здание — или же оно просто кажется небольшим, затмеваемое расположенным по соседству колоссальным дворцом Гримани. Окна на всех этажах ярко освещены. Мелькающие за ними темные силуэты и звуки множества голосов вызывают в памяти Гривано большую плетеную клетку с разноцветными птицами, которую он видел у одного полудикого торгаша-сомалийца где-то близ Гелиополя в дельте Нила.

Дверь дома со стороны улицы гостеприимно распахнута, с горящими по бокам факелами в подставках, и Гривано, отодвинув с пути малыша-проводника, без промедления устремляется внутрь. Он совсем не уверен, что после сегодняшних потрясений сможет поддерживать ученую беседу с высокородными академиками. Если бы не его заинтересованность в Тристане, он бы сюда не пришел. Так думает Гривано, но уже первые приветствия и церемонии у входа оказывают на него благотворное, успокаивающее действие.

Поскольку он появился не с главного входа, лакей спешит к нему через вестибюль от водных ворот, чтобы поздороваться, а потом исчезнуть и вернуться уже вместе с дворецким — здоровяком-провансальцем с аккуратной черной бородкой и стоическим выражением лица.

— Добрый вечер, дотторе! — произносит он с глубоким поклоном. — Приветствую вас от имени братьев Морозини.

— Я опоздал, приношу свои извинения, — говорит Гривано, вручая лакею мантию и трость. — Банкет уже завершился?

Широким пригласительным жестом дворецкий указывает на парадную лестницу.

— Слуги сейчас убирают со столов, — говорит он. — Скоро начнется лекция.

Пустой желудок Гривано откликается на это известие звуком, напоминающим тоскливое мяуканье кошки.

— Понятно, — говорит он. — Буду очень признателен, если вы предоставите мне возможность слегка подкрепиться. К сожалению, непредвиденные обстоятельства помешали мне...

— Понимаю, дотторе, — говорит дворецкий, подводя его к главному залу. — Уверен, мы найдем возможность удовлетворить ваши насущные потребности. Простите, дотторе, могу я узнать ваше имя?

— Гривано, — говорит Гривано. — Веттор Гривано.

Дворецкий останавливается в дверях, прочищает горло, делает глубокий вдох, и его зычный голос разносится по залу, отражаясь от высокого потолка.

— Синьоры! — возглашает он. — Дотторе Веттор Гривано!

В просторном зале находятся дюжины две мужчин, которые беседуют, разбившись на небольшие группки, либо перемещаются от одной группы к другой. Несколько человек смотрят на Гривано и приветствуют его поклонами. Здесь можно увидеть патрициев и простых граждан, юристов и врачей, ученых и священников. Гривано слышит речь на немецком, французском, английском, латыни, а также на придворном итальянском, наряду с разговорным языком Республики. Сквозь голоса пробивается негромкая струнная музыка, однако музыкантов нигде не видно. Как не видно и дотторе де Ниша.

Ближе всех к Гривано находится группа из трех человек: два молодых патриция горячо спорят с третьим, чуть постарше. Последний выделяется среди всех присутствующих нелепой прической с хохолком на макушке и обильно подбитым ватой испанским дублетом, который кажется неуместным и немодным даже малоискушенному в таких вопросах Гривано.

— Но, синьор Мочениго, — говорит самый молодой из спорщиков, — суда турок терпят еще больший урон от укскокских пиратов, чем наши. Кто несет за это ответственность, как не Габсбурги, которые снабжают пиратов деньгами и оружием?

«Стало быть, — думает Гривано, — этот буффон и есть Джованни Мочениго, предоставивший жилье и покровительствоНоланцу». Он медленно осматривает зал, гадая, кто из гостей может быть Ноланцем, когда к нему, отделившись от собеседников, приближается второй оппонент Мочениго.

— Здравствуйте, дотторе! — говорит он, пожимая руку Гривано. — Должен заметить, что описание Тристана было идеально точным. Я узнал вас сразу, как только вы вошли.

— Если он в чем-то и ошибся при описании, — отвечает Гривано, — то, без сомнения, с целью меня приукрасить. Как я понимаю, вы один из благородных устроителей этого собрания, но, должен признаться, мне пока невдомек, который из двух братьев.

— Я Андреа Морозини. А вон там мой брат Николо ведет спор с синьором Мочениго. Пойдемте к ним, я вас представлю.

— Мой господин, — вступает в разговор дворецкий, — простите за вмешательство, но дотторе сегодня еще не ужинал.

Если позволите, я провожу его до буфетной, а потом верну вам без промедления.

— Да. Разумеется. Ступайте с Гуго, дотторе, он проследит, чтобы вы подкрепились как следует. Наш друг Ноланец уже готов к выступлению, но я постараюсь оттянуть его начало. И еще, дотторе...

Андреа берет его под локоть, провожая до двери зала. Ростом он немногим ниже Гривано, атлетически сложен и строен, как акробат, хотя рука у него мягковата.

— В Константинополе вы совершили настоящий подвиг, — говорит он вполголоса. — Этого никто не посмеет оспорить. Для нас с братом большая честь видеть вас у себя в гостях.

К чему такие комплименты тет-а-тет? Еще не успев это осмыслить, Гривано под водительством дворецкого вступает в банкетный зал с уже почти прибранным столом. Темный мозаичный пол испещрен желтовато-зелеными и оранжевыми крапинками; его гладкая и блестящая — как стоячая вода в подземелье — поверхность вновь вызывает у него головокружение. Шагая по залу, он видит под ногами собственный фантом среди плавного хоровода светляков — отражений свечей в бронзовых люстрах.

Справа, за открытой дверью салона, он замечает музыкантов: коренастого чернобородого мужчину с лютней и монаха-сервита в обнимку с громоздкой теорбой. Они прервали игру и теперь заняты беззлобной перепалкой.

— Нет, — говорит лютнист, пощипывая струну. — Ниже, бери тоном ниже.

Ответ монаха Гривано слышит, уже миновав салон.

— Ниже?! — возмущается тот и дергает басовую струну. — Да ты глух как пень! Только послушай этот тембр!

Второй голос кажется Гривано знакомым. Интересно почему? Он останавливается и, развернувшись, встречается глазами с другим монахом, стоящим в нескольких шагах от той же двери. Его ряса и наплечник-скапулярий не соответствуют ни одному из монашеских орденов, известных Гривано. Осунувшееся лицо: должно быть, ипохондрик. Клочковатая каштановая бородка, фигура как у хилого юноши. Он беседует на латыни с венгерским бароном, а к ним прислушивается, стоя рядом, молодой немец, по виду типичный книжный червь. На случайный взгляд Гривано монах, прервав фразу и стиснув слабые челюсти, отвечает своим презрительно-надменным взглядом.

Чувство голода сделало Гривано нервным и раздражительным. Он уже расправляет плечи, намереваясь хорошенько проучить наглеца, но в этот момент его трогает за локоть дворецкий.

— Сюда, дотторе, — говорит он. — Поторопимся, пока нанятые на этот вечер служанки не растащили объедки по своим домам.

Гривано вслед за ним выходит из зала в боковой коридор, и только тут его настигает понимание. Судя по всему, этот вздорный щуплый монашек, этот чванливый доходяга и есть тот самый Ноланец.

Слуги убрали остатки ужина в комнату неподалеку от банкетного зала. Войдя туда, дворецкий выставляет их вон громкими хлопками в ладоши и парой коротких фраз на фриульском.

— Позвольте вас обслужить, дотторе.

— В этом нет необходимости, — говорит Гривано, доставая из-под мантии свой обиходный нож. — Не ждите меня, я сам найду дорогу в зал.

Дворецкий уходит, и Гривано без промедления расправляется с четвертинкой заячьей тушки, добавляя к этому добрый кусок кефали, запеченной с черным перцем. Съеденное, однако, лишь раздразнивает аппетит, и тогда он последовательно отдает должное пирогу с голубями, салату из рукколы и портулака, лапше с корицей и тертым сыром, полуразрушенной башне сахарного замка и бедрышку жареного павлина. Из дальнего угла комнаты за его победительным продвижением вдоль стола оторопело наблюдает худосочная мавританская девчонка, которая отстала от прочих слуг, собирая в ведерко обглоданные кости. В конце концов, опомнившись, она вытирает сальные руки о свой передник и на цыпочках удаляется, предоставляя Гривано самому себе.

Он не останавливается на достигнутом, но, поскольку живот уже ощутимо вздулся, теперь лишь снимает пробы, переходя от блюда к блюду в поисках чего-нибудь такого, что наконец подавило бы чувство ноющей пустоты внутри. Грецкие орехи... Вареный кальмар... Мягкий желтый сыр... Варенье из айвы... Пурпурные лепестки розы в сахарном сиропе... Заливная рыба... Белые побеги какого-то незнакомого ему растения... Помнится, нечто подобное происходило с ним при взятии Туниса, когда янычары обыскивали дом за домом в старом городе, охотясь на уцелевших испанцев. Щемящее, отчаянно-безысходное, необъяснимое чувство. Что же такое внутри него никак не может насытиться?

Когда он приступает к вяленой миланской колбасе, в комнату влетает Тристан. Черты его красивого лица выражают опасение и решимость, словно он ожидает застать здесь толпу головорезов в капюшонах и масках. Не зная его порывистого нрава, можно было бы подумать, что этот человек замешан в какой-то грандиозной и гибельной авантюре.

— Веттор! — восклицает он. — Вот вы где! Наконец-то я вас нашел!

Гривано спокойно рассекает ножом покрытую благородной плесенью колбасную оболочку.

— Ну да, я здесь, — отвечает он не очень внятно, поскольку еще не дожевал предыдущий кусок. — А вы где пропадали? Я не знаю никого из этих академиков. Как, по-вашему, мне...

— Идемте! — прерывает его Тристан. — Надо поспешить. Ноланец вот-вот начнет выступление.

— Одну минуту, пожалуйста. Видите, я кушаю.

— Быстрее! — Тристан хватает его за рукав. — Идемте! Идемте же!

Гривано кладет несколько ломтиков колбасы на кусок хлеба и следом за Тристаном выходит в коридор. Однако они направляются не в сторону зала, а куда-то вглубь дома. На ходу Тристан достает из кармана сложенный листок, разворачивает его и протягивает Гривано.

— Вот, взгляните, — говорит он.

На желтой бумаге изображен продолговатый предмет, зауженный с одного конца наподобие груши или сушеного инжира. Гривано смотрит на рисунок, поворачивает листок так и этак, но ничего не понимает.

— Это должно сработать, — говорит Тристан. — Как вы считаете?

Гривано смотрит на него с недоумением. А Тристан ожидает ответа. Похоже, он намерен возобновить какой-то давний разговор, напрочь выветрившийся из памяти Гривано.

— Что именно должно сработать? — спрашивает Гривано.

Тристан тычет в бумагу длинным пальцем.

— Вот *это*, — говорит он.

— А что здесь нарисовано? Материнское чрево?

Тристан резко останавливается, бросает на Гривано леденящий взгляд и выхватывает листок из его пальцев. Потом прикладывает бумагу к стене, достает из складок мантии карандаш и, послюнявив его кончик, проводит дополнительные линии по бокам широкой части изображенного предмета, как будто утолщая слизистую оболочку матки.

— Ваш человек в Мурано, — говорит он. — Ваш зеркальщик. Он должен сделать это для меня. Покрыть... забыл это слово...

— Амальгамой, — догадывается Гривано. — Теперь я понял: вы хотите сделать аламбик.

— Ну да, аламбик! А что еще это может быть?

— Причем, как я понимаю, зеркальный аламбик. Опоясанный амальгамой.

— Не опоясанный, нет, — говорит Тристан. — *Полностью* покрытый амальгамой. С внешней стороны. Стеклянный аламбик. Чтобы поймать свет и задержать его внутри. Понимаете? Или вы думаете, что это не сработает?

До сих пор Тристан ни разу не обсуждал с ним алхимические опыты. Если их сейчас услышит кто-то вроде Моченито или какой-нибудь излишне ретивый и благонамеренный слуга, для обоих это может закончиться судом инквизиции. Тристана, скорее всего, подвергнут пыткам, а потом изгонят из города. Однако сейчас его, похоже, нисколько не смущает такая перспектива, и он не реагирует на встревоженный взгляд Гривано.

— Я... я не знаю, — говорит Гривано. — Уже несколько месяцев у меня не было возможности поработать в лаборатории. И мне никогда...

Он прерывает фразу и переводит взгляд с лица Тристана на рисунок, все еще прижатый к стене.

— А разве в процессе трансмутации выделяется свет? — спрашивает он. — Мне не доводилось слышать ни о чем подобном.

— Я пока не знаю, выделяется он или нет, — раздраженно отвечает Тристан. — И, думаю, этого не знает никто. Я не нашел в ученых трудах никаких обоснованных рассуждений на эту тему. Уже одно это само по себе достаточный повод для эксперимента. Если бы солнце никогда не заходило, Веттор, как бы мы узнали о существовании звезд? Никак. Мы бы никогда этого не узнали!

Гривано пребывает в замешательстве. Он переводит взгляд с Тристана на рисунок и далее на хлеб с колбасой у себя в руке. Затем рассеянно подносит бутерброд ко рту и откусывает от него небольшой кусок.

Тристан, гневно раздувая ноздри, сворачивает листок и прячет его в карман вместе с карандашом. Теперь он начинает говорить тоном школьного учителя, уставшего по многу раз объяснять одно и то же; голос его мелодичен и резок одновременно.

— По каким признакам мы отслеживаем прогресс Великого Делания? — спрашивает он.

Гривано пожимает плечами, дожевывает и проглатывает кусок.

— По смене цветов, разумеется.

— Да. Мы говорим о черной стадии, о белой стадии, о желтой стадии и, наконец, о красной стадии, которая завершается получением искомого эликсира. В этом сходятся все источники, хотя в описаниях самого процесса у них очень мало общего. Цвета чрезвычайно важны. Но, быть может, они имеют гораздо большее значение, чем мы себе представляем.

— Я не понимаю, к чему вы клоните, друг мой.

— Что, если цвет является не только внешним признаком, но и *составляющей* алхимического процесса? — продолжает Тристан. — Что, если для успешного завершения процесса необходимо скрыть эти цвета от наших глаз, чтобы они не питали взор алхимика, а подпитывали механизмы химических реакций? То есть *удерживать* цвет, при этом оставляя его вне прямого видения. А что способно удерживать цвет так же, как воду удерживают глина, твердая древесина, металл или стекло?

— Зеркало.

— Да, только зеркало, и ничто другое. Ученые, рассуждая о законах оптики и перспективы, описывают зеркала только как устройства, дополняющие наше зрение, однако они не являются таковыми. Точнее, они могут выполнять и эту функцию, но лишь иногда, между прочим. Зеркало — это невидимый объект. Это устройство для *невидения*. И я верю, что именно в нем сокрыта самая суть процессов, которым мы посвящаем наши усилия.

Гривано хмурит лоб, задумчиво проводит по губам большим пальцем.

— Интересная гипотеза, — говорит он. — Свежий подход к этой теме, вне всяких сомнений. Однако, должен признаться, я не припоминаю в алхимической литературе ничего могущего подкрепить вашу теорию.

Тристан слегка изгибает брови.

— Неужели? — говорит он. — Тогда позвольте вам напомнить текст, лежащий в самой основе нашего великого искусства: «Изумрудную скрижаль» Гермеса Трисмегиста.

Гривано с трудом подавляет смешок.

— «Изумрудная скрижаль»? — восклицает он чересчур громко и тут же с тревогой оглядывает коридор в обоих направлениях, а затем, приблизившись к Тристану, продолжает шепотом: — Вы, должно быть, шутите? Какую конкретно фразу в этом тексте вы имели в виду?

— Само его название, — отвечает Тристан. — Слово «изумруд». Древние греки, как и римляне после них, называли так любой отполированный камень зеленого цвета: изумруд, зеленую яшму, зеленый гранит. Плиний писал о том, как император Нерон, будучи слаб зрением, наблюдал гладиаторские бои с помощью изумруда. Наши историки привыкли считать этот предмет линзой, но я полагаю, что это было сферическое зеркало из полированной яшмы. Более того, я не исключаю, что текст «Изумрудной скрижали» был изначально высечен на поверхности такого же зеркала, которое потом затерялось в хаосе смутных веков. Кроме того, зеркальное отображение упомянуто и в тексте скрижали — «то, что вверху, аналогично тому, что внизу», — то есть зеркальность играет ключевую роль в процессе Великого Делания.

По ходу этой речи воодушевление в его голосе убывает — но не как признак возникающих сомнений, а скорее из-за того, что ему просто неинтересно лишний раз говорить о вещах, которые он считает само собой разумеющимися. Гривано глядит на него в изумлении. Каждый образованный человек — от Суэца до Стокгольма, от Лиссабона до Лахора — знаком с содержанием «Изумрудной скрижали», даже если считает ее богопротивной ересью, подлежащей осуждению и запрету. Каждый ученый муж, стремящийся постичь тайное знание, помнит наизусть все тринадцать загадочных фраз этого текста. И тем не менее за всю свою жизнь — даже за *две* жизни, если считать отдельно османскую и франкскую, — он ни в одной из множества прочитанных книг не встречал упоминаний или хотя бы туманных намеков на то, что сейчас так непринужденно излагает Тристан. Впервые с момента их знакомства Гривано посещает мысль, что его милейший друг, возможно, не просто эксцентричен или безрассуден, а по-настоящему, глубоко безумен. Знает ли об этом Наркис? И почему тот настоятельно советовал Гривано первым делом по прибытии в город свести знакомство именно с Тристаном?

Между тем Тристан о чем-то задумался. Кашлянув, Гривано привлекает его внимание.

— Это все, что вы хотели мне показать?

— Не все, — говорит Тристан. — Есть еще вот это.

И он открывает дверь в кладовую, загроможденную пыльными корзинами и бочонками. На столе посреди комнаты горит лампа, освещая буковый денежный ларец. Тристан снимает через голову шнурок с ключом, отпирает замок и поднимает крышку ларца.

Тот доверху наполнен монетами: серебряными дукатами и золотыми цехинами. Больше тысячи, если судить по размерам ларца. Закрыв и заперев его, Тристан вручает ключ Гривано.

— Это для зеркальщика, — говорит он. — Пожалуйста, передайте ему деньги, а мне принесите мое зеркало.

Положив на стол недоеденный бутерброд, Гривано берет ключ, надевает его на шею и прячет под одеждой. Потом, взявшись за ручки ларца, пытается его приподнять. Ничего не выходит.

— Позже, когда вы будете покидать палаццо, вам помогут Гуго и лакей, — говорит Тристан. — О моем проекте им почти ничего не известно. Кроме того, они люди надежные и умеют держать язык за зубами. Я чрезвычайно благодарен вам за помощь в этом деле, Веттор.

Он наклоняется к столу и гасит лампу.

Гривано успевает доесть остатки бутерброда, пока они торопливо шагают по коридору. Вновь слышатся звуки лютни и теорбы; в главном зале слуги снимают нагар со свечей, а гости к этому времени уже переместились в салон.

— Поспешим, — говорит Тристан. — Тут есть один человек, с которым я хочу вас познакомить.

Большинство гостей собралось вокруг двух музыкантов, хлопками и возгласами подбадривая импровизацию, которая постепенно становится все более виртуозной, чуть ли не выходящей за грань возможного. Лютнист играет так, словно у него на руках есть дополнительные пальцы. Гривано видит ритмично покачивающийся длинный гриф теорбы, но сами музыканты заслонены от него слушателями.

Тристан ведет его через комнату к приоткрытым окнам, впускающим внутрь легкий бриз со стороны Гранд-канала. Там стоят и беседуют два человека, в одном из которых Гривано с досадой узнает синьора Мочениго. Когда они подходят ближе, в неярком свете проступает недовольное и заговорщицкое выражение на слегка дегенеративном лице нобиля.

— И вы всерьез утверждаете, — слышит Гривано его слова, адресованные второму человеку, — что во Франкфурте не встречали ни одного человека, по наставлениямНоланца овладевшего его так называемым искусством памяти?

Его собеседник, рослый и дюжий сиенец, не выглядит особо впечатленным гневными интонациями Мочениго, но все же он с облегчением и благодарностью улыбается, заметив новых людей на подходе.

— Дотторе де Ниш! — говорит он. — Как всегда, ваше появление заставляет всех нас казаться еще уродливее, чем мы есть на самом деле.

Мочениго раздраженно фыркает и удаляется.

— Мессер Чиотти, — говорит Тристан, — позвольте вам представить дотторе Веттора Гривано, недавно приехавшего к нам из

Болоньи.ดотторе Гривано, это мессер Джованни Баттиста Чиотти, который, возможно, вам уже известен как владелец «Минервы», лучшего книжного магазина в нашем городе.

Они обмениваются поклонами. Гривано действительно успел наведаться в магазин Чиотти, о котором был наслышан еще до отъезда из Болоньи и который тогда же задался целью непременно посетить. Там на полках обнаружилось на удивление много книг, связанных с тайным знанием, — книг, которые он не рискнул бы открыто пронести по улице.

— Для меня удовольствие и честь познакомиться с вами, — говорит Гривано.

Ответ Чиотти заглушается восторженными криками. Лютнист ускорил темп вдвое против басовых переборов теорбы, летая пальцами по грифу так стремительно, что за ним почти невозможно уследить. Импровизацию завершает какой-то совсем уже невероятный пассаж, после чего гремят аплодисменты; а когда они начинают стихать, слышится отдаленное «браво!» проплывающего мимо палаццо гондольера, и это вызывает дружный смех собравшихся.

Гости поздравляют исполнителей и постепенно расходятся по залу. Только теперь Гривано удается разглядеть лютниста, который, похоже, сосредоточил все внимание на огрубелых кончиках своих пальцев.

— Это было нечто особенное, — замечает Гривано. — Кто он такой?

— Впервые его вижу, — говорит Тристан. — Музыкант незаурядный, согласен.

— Он ученый прежде всего, — говорит Чиотти. — Приехал к нам из Пизы. А игре, думаю, он научился у своего знаменитого отца, который, увы, недавно умер. Великолепный был лютнист.

Ноланец стоит перед камином и что-то обсуждает с академиком, который, видимо, будет официально представлять его публике; рядом с ними держится и молодой немец.

— Мессер Чиотти, — говорит Тристан, — помнится, при нашей последней встрече вы сказали, что нуждаетесь в услугах человека, умеющего читать и писать по-арабски. К тому же осмотрительного и не болтливого. Вы все еще испытываете такую нужду?

Чиотти кажется несколько удивленным.

— Да, — говорит он. — Недавно я получил один эзотерический арабский манускрипт. Мне сделали перевод на латынь, но я хотел бы удостовериться в его точности, прежде чем заплатить переводчику.

— Вот этот человек, — говорит Тристан, кладя руку на плечо Гривано, — в совершенстве владеет арабским языком. А равно языками греков, персов и турок, последние из коих много лет держали его в плену и со временем научились ценить как превосходного переводчика. И я подумал, что дотторе Гривано, если он того пожелает, смог бы оказать вам помощь в этом вопросе.

Гривано и Чиотти смотрят друг на друга и начинают говорить одновременно, потом умолкают и обмениваются неловкими улыбками.

— Сочту за честь быть вам полезным, — говорит Гривано. — Могу я узнать объем текста, о котором идет речь?

— Не очень большой. Около десяти тысяч латинских слов.

Гривано кивает и вдруг инстинктивно напрягается, как будто в этом предложении может быть какой-то подвох.

— Это может занять несколько часов, — говорит он. — Полагаю, вы вряд ли позволите мне выносить перевод и оригинал за пределы вашего магазина?

Чиотти улыбается:

— Я бы не возражал, будь я владельцем манускрипта. Но он принадлежит не мне. — Он поворачивается к Тристану. — Дотторе де Ниш, в прошлый раз вы резонно заметили, что с этой задачей быстрее справились бы два переводчика, разделив текст между собой. У кого-нибудь из вас есть на примете еще один знаток арабского?

Гривано переводит взгляд с Чиотти на Тристана, который между тем смотрит на них обоих с напряженным любопытством ребенка, разглядывающего двух скорпионов на дне кувшина в ожидании их неминуемой схватки.

— Возможно, я смогу найти для вас второго знатока, — говорит Тристан.

— Синьоры! — раздается со стороны камина громкий пронзительный голос, затем продолжающий на классической латыни. — Высокочтимые члены Уранической академии! Уважаемые гости! От имени наших радушных хозяев, Андреуса и Николауса Морозини, благодарю вас за то, что почтили своим вниманием этот дом. Сегодня я, Фабиус Паолини, имею удовольствие приветствовать на нашем собрании Филотеуса Иордануса Брунуса Нолануса. Уже не впервые доктор Брунус будет выступать в этих стенах. Многие из вас были свидетелями его прошлого визита и, как и я, без сомнения, помнят оживленные дебаты, развернувшиеся в тот вечер. Исходя из этого, смею предположить, что наш сегодняшний докладчик хорошо известен большинству присутствующих по его выдающимся публикациям касательно различных вопросов философии, космологии, искусства памяти и магии, если не по моему предыдущему, весьма пространному вступлению к лекции, от повторения коего сейчас я предпочту воздержаться. Сегодня, насколько я понимаю, доктор Брунус поведает нам об искусстве памяти, каковая тема, несомненно, представляет интерес для многих в этом зале. С превеликим удовольствием передаю вам слово, доктор.

Ноланец выходит на пятачок перед камином, освобожденный для него Паолини, и медленно описывает круг, как будто проверяя прочность пола. В его движениях есть что-то не совсем человеческое, что-то от кошки или куницы. При ходьбе он не распрямляет колени и ставит ногу с упором на подушечку стопы; его маленькие, глубоко посаженные глаза с холодным презрением оглядывают комнату. Сейчас он напоминает Гривано одного дервиша в Тифлисе, который попытался с горящим факелом добежать до их порохового склада. Янычары так густо истыкали его стрелами, что, когда дервиш умер, обмякшее тело не соприкоснулось со слякотной землей, а повисло над ней, опираясь на щетину стрел. А на лице мертвого дервиша было написано точно такое же выражение, какое сейчас присутствует на лице Ноланца. «Наш мир — это не самое подходящее место для таких людей», — думает Гривано.

Когда Ноланец наконец-то начинает говорить, его голос то и дело срывается на хриплый визг, словно он ранее натрудил свои связки истошными воплями.

— Благодарю вас, доктор Паолини, — говорит он. — Правда, сегодня я не намерен теоретизировать об искусстве памяти. Я уже делал это здесь в прошлый раз и считаю, что повторное обсуждение темы только ее обесценит. Несогласные все равно останутся при своем мнении, невзирая на мои аргументы. Поэтому сегодня, вместо того чтобы рассказывать об искусстве памяти, я вам его *продемонстрирую*. Быть может, эта демонстрация заставит притихнуть тех, кто называет данное искусство профанацией, глупой выдумкой и пустой тратой времени. Господа, я предлагаю вам назвать любую тему на ваш выбор. Мы здесь все люди науки, не так ли? Назовите мне интересующую вас тему, чтобы я мог развить ее здесь же, экспромтом.

В комнате повисает растерянное молчание. Ноланец оглядывает публику с презрительной ухмылкой. Чуть погодя тишину нарушают сдавленные смешки, невнятное бормотание и нервное шарканье ног по полу. Паолини звучно прочищает горло.

— Ну же, господа! — подбадривает Ноланец. — Чего вы стесняетесь? Выбирайте смелее! Вы ученые мужи или кто? У каждого из вас наверняка есть любимая, близкая сердцу тема. Так назовите ее! Возможно, я не смогу блеснуть такой эрудицией, какую выказываете вы в своих писаниях, обложившись книгами в тиши уютных кабинетов, но не забывайте, что я буду говорить, не имея доступа ни к каким библиотекам, кроме той, что находится в моей голове. Доктор Паолини, в своих трудах вы с большим знанием дела рассуждаете об оккультных мотивах в творчестве Вергилия. Может, мне высказаться по этому поводу? Или взять что-нибудь из области математики? Найдутся здесь геометры, желающие продемонстрировать свою ученость?

С этими словами Ноланец бросает многозначительный взгляд на лютниста, но тот отвечает лишь меланхолической улыбкой. Насмешливый шепот среди публики становится все громче; ощущение неловкости нарастает. Молодой немец, скрестив на груди бледные руки, делает шаг вперед как бы с намерением защитить монаха. Гривано и Чиотти переглядываются и недоуменно пожимают плечами.

— Впрочем, так не годится, — говорит Ноланец. — Ведь я вполне мог бы заранее подготовиться к обсуждению этих тем.

А я хочу, чтоб вы бросили мне вызов, ибо только через такие вызовы и проясняется истина! Назовите что-то другое, помимо упомянутых мною тем! Попробуйте застать Ноланца врасплох!

— Зеркало, — произносит Тристан. — Предлагаю обсудить эту тему.

При этом его ровный чистый голос берет неожиданно высокую ноту, и в зале разом наступает тишина. Ноланец выглядит озадаченным: он щурит глаза, переводя их с одного лица на другое.

— Кто это предложил? — спрашивает он. — Кто сейчас это сказал?

Тристан молчит. Лицо его остается бесстрастным, как у игрока, сделавшего свою ставку и теперь ожидающего, как лягут кости. Взгляды всех присутствующих перемещаются с Ноланца на него.

Прервав паузу, за Тристана отвечает Чиотти:
— Мой друг, дотторе де Ниш, попросил вас высказаться о зеркалах.

Ноланец хмурится.

— Зеркало, — говорит он. — Должен признаться, эта просьба вызывает у меня недоумение. То есть я не могу понять, почему ваш друг, обращаясь к ученому моего уровня, выбрал тему, по которой его вполне может проконсультировать какой-нибудь необразованный торговец. Я до сих пор полагал, что данное собрание занимается вещами более высокого порядка.

И тут из глубины комнаты доносится знакомый Гривано голос второго музыканта, монаха-сервита. В ту же секунду Гривано вспоминает, где он слышал его ранее: это голос актера, изображавшего лжеалхимика вчера на площади Сан-Лука, перед появлением «чумного доктора». Но это кажется невероятным! С каких пор святые отцы стали надевать маски и фиглярствовать на улицах?

— Одну минуту, — говорит монах. — Прошу прощения, доктор Брунус, но, если вы намерены отвергнуть зеркало — его устройство и функции — как предмет, далекий от науки и заслуживающий обсуждения только на уровне гильдий, многие из присутствующих, полагаю, с вами согласятся, однако меня в их числе не будет. Философы могут сколько угодно мечтать о мире, в котором технические новшества будут проистекать исключительно из достижений научной мысли, но в действительности мы гораздо чаще видим обратное, когда ремесленники совершают открытия методом проб и ошибок либо просто по случайности, а мыслители уже задним числом спешат найти этому научное обоснование. Зеркала, производимые мастерами Мурано, могут служить примером именно такого случая. Не зря ведь каждый из нас, глядя в зеркало, хотя бы раз переживал момент изумления и смутного беспокойства?

Теперь подает голос Паолини, темп речи которого возрастает вместе с полемическим задором:

— Платон в своем диалоге «Федр» — доктор Брунус его, без сомнения, помнит — приводит такой ответ царя Тамуса египетскому богу Тоту: «Создающий новые предметы искусства не всегда может верно судить, какой вред или выгоду принесут они тем, кто будет ими пользоваться». Как только что дал нам понять брат Сарпи, это высказывание вполне применимо и к зеркалам. Тамус, как известно, говорил об изобретении Тотом письменности, а это уже вплотную подводит нас к области вашего учения, доктор Брунус. Как утверждал царь Тамус, использование письменности отнюдь не укрепило бы память египтян, а, напротив, могло бы привести к атрофии таковой, ибо письмо не развивает запоминание, а служит лишь для напоминания забытого и, таким образом, содержит мнимую, а не истинную мудрость. В предыдущей лекции вы говорили о превосходстве рисуночного письма египтян над алфавитами греков, римлян и евреев, ибо посредством его знаков передаются не отдельные звуки, а смысл в чистом виде. По вашим словам, созданная вами система запоминания основана на цифрах и образах, что позволяет дисциплинированному сознанию мага воссоздать в своем воображении цельную картину Вселенной и через это получить доступ к ее самым сокровенным тайнам. И вот сейчас дотторе де Ниш предложил обсудить довольно простое изобретение, позволяющее с исключительной точностью, пусть и мимолетно, улавливать образы находящихся перед ним конкретных предметов. Но задумайтесь: не следует ли нам опасаться повсеместного присутствия зеркал в наших жилых помещениях? Не ослабит ли это нашу способность воссоздавать образы по памяти? Я уверен, что этот вопрос не является малосущественным с философской точки зрения.

Приглушенные реплики несутся со всех сторон, сливаясь в общий одобрительный гул.

— Пока члены академии допускают в свой круг подобных шарлатанов, — слышит Гривано чей-то голос, — мы не заслуживаем того, чтобы нас принимали всерьез. Как получилось, что этот напыщенный клоун был дважды приглашен на наши собрания? Думаю, тут не обошлось без происков этого идиота Мочениго.

Ноланец густо краснеет, опускает глаза и крепко сжимает веки. Потом поворачивает руки раскрытыми ладонями кверху и, возведя очи горе, начинает приподниматься на цыпочках — как будто репетирует благословенное вознесение и вместе с ним избавление от невыносимого невежества своих земных мучителей. Еще через минуту лицо его разглаживается, он опускается на пятки и глядит вокруг со слабой, печальной улыбкой мученика.

На мгновение черты его аскетичного лица освещаются розовыми всполохами фейерверков с проплывающей мимо галеры, но никто не поворачивается к окнам, чтобы взглянуть на эти гроздья фальшивых комет. Описав огненные дуги в ночном небе, они с шипением гаснут в водах канала.

— Очень хорошо, друзья мои, — возвышает голос Ноланец. — Как и обещал, я выполню вашу просьбу. Поговорим о зеркалах.

SVBLIMATIO

16 марта 2003 г.

Я говорю об американских пустынях и городах, которые не являются таковыми... Не об оазисах, не о памятниках, а о бесконечном путешествии по неорганическому миру и автотрассам. Повсюду: Лос-Анджелес или Туэнти-найн-Палмс, Лас-Вегас или Боррего-Спрингс...

Жан Бодрийяр. Америка (1986)[1]

---

[1] Перевод Д. Калугина.

32

В сновидении Кёртиса голова его забинтована, а на глаза наложены марлевые тампоны, однако он как-то умудряется видеть сквозь них.

Он отходит от своего перевернутого «хамви», со свистом выпускающего пар из пробитого радиатора посреди мощенной булыжником улицы, — хотя на самом деле это крушение случилось с ним на раскисшей грунтовке южнее Гнилане, в местах ничуть не похожих на те, что он видит во сне. В тени под придорожными пальмами сидят на корточках итальянские солдаты из батальона «Сан-Марко» и с угрюмым сочувствием смотрят на Кёртиса. Он машет рукой итальянцам и теперь узнает это место: город Сплит в Хорватии, где они высаживались во время «Энергичного ответа» в девяносто восьмом, за три года до косовского инцидента.

Позади него раскинулись голубые воды гавани. Столь же голубое небо вверху испещрено десантными вертолетами, гул двигателей которых плывет над городом вместе с бризом. К северу вздымаются зеленые склоны гор. Над черепичными крышами торчат две колокольни. А прямо перед ним — обрамленные арочными нишами Железные ворота дворца Диоклетиана. Ноги Кёртиса скользят на камнях мостовой, за многие века отполированных обувью проходивших здесь людей.

Слева от него идет кто-то, кого ему никак не удается разглядеть. Сначала он думает, что это Даниэлла, но затем вспоминает, что в ту пору еще не был с ней знаком и находился за много месяцев и миль от времени и места их встречи в госпитале Бетесды. И в этом сне он — пока что одинокий, невредимый и не знающий страха — плавно скользит сквозь огромный и переменчивый мир. Некто слева говорит очень тихим, едва слышным голосом. Кёртис не может разобрать слов, но голос направляет его, как серебристая путеводная нить в лабиринте.

Они быстро перемещаются по извилистым улочкам, мимо византийских арок и готических аркад, мимо приземистой белой колокольни, через античный перистильный дворик. Пара каменных львов. Гранитный сфинкс. Проходы сужаются. Стены влажно поблескивают, напоминая покрытые слизью стенки пищевода. Повсюду стоит острый запах моря.

Верхушка второй башни — квадратной, выложенной из кирпича и увенчанной крутой пирамидальной крышей — то появляется, то исчезает в просветах между зданиями. С приближением к ней башня выглядит все более высокой и массивной, а ее шпиль приобретает зеленоватый оттенок. Они пересекают сточные канавы с водой нефритового цвета, шлепают по лужам в узких проулках и наконец выходят на окруженную колоннадой площадь, полную белых голубей. Потревоженные пришельцами, они хлопьями белой пены взмывают к небу, и тени их скользят по стене колокольни. Это место также знакомо Кёртису.

Далее он уже в одиночестве проходит между башней и позолоченными куполами базилики, огибает угол и видит перед собой покрытое барашками волн море. На пирсе, между двумя мраморными колонами, кучка оборванцев играет в кости прямо под гниющими трупами висельников. Подойдя к ним, Кёртис узнает в одном из игроков Стэнли. Тот поднимает голову и улыбается Кёртису, который видит, что этот человек уже давно мертв: плоть его усохла, а глазницы зияют черной пустотой. Он предлагает Кёртису сыграть, протягивая на дряблой ладони игральные кости. Кёртис отказывается, и тогда мертвый Стэнли с невероятной силой бросает кости в направлении островка на противоположном конце лагуны. Если кости и падают в воду, то Кёртис не замечает всплеска.

В тот же миг игроки исчезают. Теперь Кёртис проталкивается через толпу туристов с фотоаппаратами и камерами, смущаясь своего больничного халата, неуместного в данной обстановке. Перейдя мост, он оказывается перед входом во Дворец дожей — и вот он уже опять в казино: проходит вдоль шеренги игровых автоматов и спешит к лифтам, чтобы поскорее добраться до постели в своем номере. Минуя бар в центре зала, окидывает взглядом столы блэкджека в поисках Вероники, или Стэнли, или хотя бы того типа, за которым он гонялся накануне. Вспоминая этот эпизод, он испытывает неловкость за них обоих. Свистун с его зеркальцем и Кёртис, учинивший бестолковую погоню. Взрослые люди, затеявшие игру в детективов, шпионов и гангстеров. И Деймон туда же, с его интригами и факсами. И Стэнли. Стэнли со всей его жизнью. Но Кёртис — который видел ужасы и смерть в семи странах, который был сломан и неудачно собран по частям и которого, по идее, все это должно было чему-то научить, — Кёртис оказался худшим из них всех.

33

Теперь он уже проснулся.

Около минуты уходит на то, чтобы отыскать книгу в складках простыней. За ее чтением он провел большую часть ночи: сначала в комнате Вероники, когда та заснула на диване, а потом здесь, пока не задремал сам. Помассировав пальцами веки, он выключает лампу на прикроватной тумбочке.

«Зеркальный вор». Кёртис ни черта не понял в этой книге. Большей частью там говорится о некоем Гривано, который в некотором роде колдун. Есть там и другие персонажи: некто по имени Гермес, некто по имени Ноланец. Особая роль отведена Луне, которая даже участвует в диалогах. Порой как будто начинает проклевываться сюжет, но его тут же прерывает шести-семистраничная поэма об искусстве алхимии, о технологиях стекольного производства или о взаимосвязях между металлами и планетами. Все это кажется очень глубокомысленным и серьезным, но в то же время отдает дешевой манерностью и чем-то напоминает настольную игру про подземелья и драконов.

> Страсть и война! Тяжелый взгляд горгоны
> покроет камнем внутреннюю сущность —
>
> разврат увязнет в шелковых тенетах,
> подобных паутине под стропилом.

> Творцы зеркал или узорных паутин,
> Афина-Дева и ее увечный брат
>
> хранят язык умений и уловок:
> перенаправить вспышку, сделать пируэт,
>
> меняя стиль движения внезапно,
> как наутилус в тайной толще вод.
>
> Гривано движется по этим же спиралям.

Кёртис уверен, что эта книга содержит ключи-подсказки, которые необходимо разгадать. И, видимо, неспроста здесь отсутствует титульный лист с выходными данными — кто-то аккуратно вырезал его бритвой, так что осталась лишь тоненькая полоска бумаги у самого корешка. Завтра, когда откроются библиотеки, он попробует отыскать неповрежденный экземпляр.

Он встает и заправляет постель. Никаких факсов, никаких сообщений в телефоне. Раздвинув шторы, он делает зарядку: по две минуты отжиманий и приседаний. В быстром темпе, не считая, а только следя за таймером в углу новостей *CNN*. На экране мелькают китайцы в респираторах. Потом девчонка, задавленная бульдозером в Палестине. Война все еще не началась. Кёртис садится, берет пульт и бегло просматривает каналы: *BET*, *USA*, *Disney*, *PAX*, *History*, *Travel*, *TV Land*.

Он принимает душ, одевается — серые брюки, коричневый свитер — и подходит к зеркалу в глубине комнаты. Вспоминает странную галлюцинацию прошлой ночью, а также мертвого Стэнли из недавнего сна. Делает еще один шаг вперед и долго вглядывается в свое отражение. Как будто надеется получить от него ответ. В ультрамариновом небе над Стрипом плывут стайкой перистые облака; изогнутый полумесяцем неглубокий шрам слева от его носа хорошо заметен при боковом утреннем свете. Он надевает очки, и шрам исчезает под тонкой черной оправой.

Кёртис возвращается в комнату и, сдернув с постели покрывало и простыни, заправляет ее заново, на сей раз тщательнее. В процессе работы откуда-то из постельного белья вытряхивается луизианский юбилейный четвертак. Кёртис опускается в кресло перед окном и думает, раз за разом юлой закручивая монету на журнальном столике. Сначала он делает это машинально, чтобы чем-то занять руки. Потом уже, оставив размышления, просто играет с монетой. Он подбрасывает ее щелчком с ногтя и ловит на лету. Прислушивается к звуку ее быстрого вращения в воздухе — тонкому и чистому, когда монета запускается удачно, — и с прихлопом фиксирует ее на тыльной стороне кисти: орел или решка? Жаль, что этот способ не годится для решения его проблем. «Увлекся новомодными системами, в которых нет никакого смысла и никаких шансов на успех». Орлы и решки выпадают примерно пятьдесят на пятьдесят. Какова там вероятность набора двадцати одного очка с первых двух карт — кажется, процентов пять? Кёртис не может вспомнить. «С точки зрения Стэнли, денежный выигрыш — это наименее интересное из того, что можно получить за карточным столом». Припоминая эти фразы, Кёртис упускает подброшенную монету, наклоняется и нашаривает ее на полу. Проводит пальцем по крошечным изображениям пеликана и трубы на реверсе. Думает позвонить отцу, но так и не звонит.

В десять часов в дверь стучит горничная. Кёртис надевает куртку и впускает ее. Пытается поболтать по-испански. Она держится скромно, взгляд лишен эмоций. Если ее и удивляет аккуратно заправленная постель, то это удивление ни в чем не выражается. Когда она заходит в туалет, Кёртис цепляет к поясу кобуру с револьвером, запирает сейф и отправляется на поиски Стэнли.

Он запасается мелочью в разменном автомате неподалеку от того места, где накануне засек Свистуна, а затем через «Дворец дожей» выходит к автобусной остановке. На улице заметно похолодало по сравнению со вчерашним. Заменив обычные очки солнцезащитными, он по пешеходному мостику перебирается к «Острову сокровищ», минует два фрегата на приколе в Пиратской бухте и погруженный в спячку вулкан. Фасад «Миража» с одинаковыми массивными крыльями похож на раскрытую под прямым углом книгу, и половинки его отражаются в зеркальных окнах друг друга. Кёртис останавливается перед входом в отель и ждет. Солнце еще не достигло зенита. Небо затянуто желтоватой, как лимонный леденец, дымкой, похожей на плоскую ширму, установленную кем-то за горами на горизонте. На только что покинутой Кёртисом стороне бульвара, сквозь пальмовые кроны и брызги фонтана, виднеется кирпичная колокольня его отеля, золотисто подсвеченная отраженным от «Миража» солнцем. Подъезжает автобус, распахивает двери и, чуть постояв, отправляется дальше. Кёртис остается на остановке, позвякивая монетами в пригоршне.

Он правильно сделал, выбрав именно этот отель. Однако все, что он делал потом, было неправильно. Здесь нет ни одного дюйма тротуара, на который не ступала бы нога Стэнли, и ни одного игорного стола, с которого он не получал бы дань. Каждый раз, просыпаясь в этом городе, Кёртис ощущает как бы незримое присутствие Стэнли. Дошло до того, что ему уже начали слышаться голоса и являться призраки.

Однако это уже не тот Вегас, в котором Стэнли был как у себя дома. Тот город исчезает, затмевается чем-то иным. Кёртис помнит, как ворчали по этому поводу ветераны игорных залов, дымя сигарами в квартире его отца на Ирвинг-стрит. Карлос Уэрта, Джим Пресс, Кадиллак Ла-Саль. «Чертовы девелоперы с их пальмами и вонючими вулканчиками скоро вконец угробят этот город!» Генри Цзай, который однажды получил пять тузов подряд в шестиколодном блэкджеке в «Гасиенде», продолжил набор, сорвал шесть кусков и удалился, за все это время не поведя и бровью. «Сейчас все труднее найти стол с хорошей игрой. Да никто и не ищет: садятся за первый попавшийся». Флегматичный Тони Мицек, который в шестьдесят шестом предпочел лишиться большого пальца за неуплату кругленькой суммы процентщику, а сразу по выходе из больницы отправился в «Сэндз» и там увеличил эту сумму вчетверо за шестнадцать часов непрерывной игры. Только каждые два часа отлучался в туалет, чтоб обработать рану и сменить повязку. Потом рассчитался с долгами. Честь по чести и без обид. «Студентишки. Семьи с детьми. Обыватели и проходимцы». Стэнли тогда долго глядел сквозь грязное оконное стекло на часовую башню университета, на купол Капитолия и белый обелиск за ним. Потом вставил слово и он. «Теперь ты не можешь войти игру и выйти из нее, когда вздумается, потому что весь город стал частью этой игры». Сухой смешок. «Они предвосхитили даже наши фантазии. Ничто не оставлено на волю случая».

Кёртис идет по Стрипу в южном направлении. Справа в поле его зрения попадает Август Цезарь, гипсовый взор которого устремлен через дорогу на «Фламинго». Старый отель при свете дня отнюдь не потрясает воображение. Некоторые из неоновых трубок подсветки не заменялись уже лет тридцать. Пастельных тонов фронтон в виде расправленных перьев сейчас погружен в тень, холоден и бездушен, как лицо на саркофаге. Кёртис продолжает движение.

Вчера ему нездоровилось после затяжного, начиная с Фремонт-стрит, марш-броска по разным казино. Но сегодня он чувствует себя намного лучше и получает удовольствие от пешей прогулки. Больше года назад врачи разрешили ему снова водить машину (при условии оснащения ее радарными датчиками и дополнительными зеркалами), однако он еще ни разу не садился за руль после того крушения. Он не то чтобы боится — разве что слегка нервничает — и наверняка смог бы довольно быстро восстановить навыки. Просто он пока не чувствует себя к этому готовым. И, странное дело, нисколько не скучает по вождению. Как со временем выяснилось, отсутствие машины имеет свои преимущества. Вынужденная замедленность перемещений позволяет ему видеть ранее незнакомый мир, который он день за днем продолжает для себя открывать. И Кёртис — не желая в том признаваться — отчасти даже благодарен злой судьбе за подаренное ему свежее восприятие дистанций и пространств.

В центре следующего квартала, за телескопическим входом в «Бэллис», высится Эйфелева башня. Когда он посещал Вегас в предыдущий раз, эта башня и отель «Париж» только что открылись, и они с Деймоном и другими парнями на нескольких такси прикатили сюда с Норт-Стрипа. Занятное местечко, ничего не скажешь. Тут и там понатыканы искусственные деревья, на коврах — размытые пейзажи Моне, и все вокруг насквозь пропахло свежими багетами. Раскрашенные под небо потолки можно увидеть во многих казино, но в «Париже» с этим перебор — они здесь повсюду, даже над игровым залом. Диковатое ощущение: как будто игра идет на открытом воздухе. После казино они прошвырнулись по местным барам и на лифте поднялись на верхнюю смотровую площадку Эйфеля, откуда, пьяно покачиваясь, осматривали залитую огнями долину. Молодые морпехи подпрыгивали и кривлялись, изображая Пепе Ле Пью. А Деймон пялился на приземистую Триумфальную арку внизу. «Наполеон, чертяка! — повторял он. — Хренов Наполеон!»

Кёртис пересекает Хармон-авеню. Впереди справа появляется Нью-Йорк. Стэнли вырос в тени этих зданий: бродвейский «Эй-Ти-энд-Ти», «Сенчури», «Крайслер», «Сигрэм», «Эмпайр-стейт». О чем он думает при виде их копий? Что ему вспоминается?

В пятницу он уже здесь побывал, и одна барменша сразу среагировала на имя Стэнли, сообщив, что видела его около недели назад. Она из дневной смены, которая должна заступить на работу только через час, но Кёртис решает, что будет лучше подождать сейчас, чем возвращаться сюда потом.

У входа на огромном и слишком ярком экране развевается флаг с наложенным на него золотым девизом: «В ЕДИНСТВЕ — СИЛА». Кёртис снова вспоминает о войне: когда же она начнется? Игорный зал оформлен под Центральный парк — и тут не обошлось без фальшивого неба на потолке. Он проделывает свой обход по часовой стрелке и, не увидев знакомых лиц, поднимается по лестнице на антресольный этаж. Покупает в павильоне «Кони-Айленд» пару хот-догов, один из которых съедает тут же, под вопли и грохот американских горок над головой, а второй доканчивает уже на ходу, прогуливаясь по бутафорским Бликер-стрит, Гудзон-стрит и Бродвею, разглядывая пожарные лестницы, канализационные люки, покрытые граффити телефонные будки и увитые плющом краснокирпичные фасады.

Когда он появляется в дверях бара на «Таймс-сквер», та женщина уже за стойкой: рыжеволосая, крупнотелая, лет на пять старше Кёртиса. В хорошей форме. Болтает о том о сем с парочкой посетителей. У нее сочный статен-айлендский акцент, — вероятно, благодаря ему она и получила эту работу. Барменша не сразу узнает Кёртиса, когда тот усаживается на табурет. А потом он фиксирует момент узнавания по темной вспышке ее расширяющихся зрачков и понимает, что на сей раз пришел сюда не зря.

Она улыбается Кёртису, сворачивая салфетку.

— Привет, — говорит она. — Как дела?

— Трудно сказать. Совсем закрутился в последние дни.

— Мне ли не знать, каково это. Что будешь пить, милый?

— Апельсиновый сок. Стэнли не появлялся?

Она задерживается вполоборота к бару и отвечает, не глядя на Кёртиса:

— Не появлялся. Хотя в этот уик-энд он очень популярен.

— Его искал кто-то еще, кроме меня?

Она со смехом пожимает плечами. Как будто Кёртис выдал забавную шутку. Наливает ему сок.

— Здесь была Вероника?

Она ставит пластиковый стаканчик на прилавок, берет у него десятку и переходит к кассе. Не отвечая. И больше не смеясь.

— А как насчет мелкого типа со щелью между зубами? Появлялся здесь кто-нибудь похожий?

Она возвращается от кассы вместе с его купюрой, кладет ее перед Кёртисом и сверху добавляет помятую двадцатку.

— В прошлый раз ты ссудил мне двадцать баксов, — говорит она. — Сейчас я их возвращаю. Спасибо. Сок за счет заведения.

— Это были чаевые, а не ссуда.

— Я понимаю разницу между такими вещами, дружок.

Она наклоняется через стойку и смотрит ему в глаза.

— Будь это в каком-нибудь фильме, — говорит она, — я бы взяла деньги с каждого из вашей компании и нажилась бы, стравливая вас друг с другом. Но мы сейчас не в фильме. Если я сболтну лишнее, кое-кто может больно пострадать, а я не желаю иметь это на своей совести. Ты кажешься славным парнем, и мне хочется верить, что ты такой и есть. Поэтому я не буду больше говорить на эту тему. *Capice?*[1]

— Я никого не собираюсь бить.

— А я не тебя имела в виду.

Она вновь улыбается, на сей раз печально. В глазах ее нет страха, только беспокойство. Она прожила здесь достаточно долго, чтобы усвоить основные правила.

— И все-таки кто приходил? — настаивает Кёртис.

Она протяжно вздыхает, прежде чем ответить.

— Мелкий с дырявыми зубами. И потом еще один. Высокий. Родом откуда-то с Юга, судя по говору. Мелкий — из приезжих,

---

[1] Понял? *(ит.)*. Это словечко часто звучит в фильмах про итальянских мафиози.

а этот дылда здесь варится уже давно. Видела его несколько раз. Его приход всегда не к добру.

— А Вероника? Она тоже была?

Барменша отводит взгляд, потом закрывает глаза и кивает.

Кёртис отпивает глоток сока. Покачивает стаканчик, заставляя жидкость в нем вращаться.

— Они интересовались друг другом? — спрашивает он.

— Не поняла. Ты о чем?

— Каждый из них спрашивал только о Стэнли? Или они также спрашивали друг о друге?

Она на секунду задумывается.

— Дылда спрашивал о двух остальных. О Веронике и об этом мелком. Мелкий спрашивал о Веронике. И оба, Вероника и мелкий, спрашивали о тебе.

Кёртис улыбается:

— И что ты обо мне рассказала?

— Только то, что ты заглядывал сюда вечером в пятницу, под конец моей смены. И больше ничего.

— Ты давала кому-нибудь из них мой номер?

— Нет. Да у меня его при себе и не было.

— Но где-то он у тебя остался?

— Где-то есть. Я его не выбрасывала.

— Если Стэнли появится, не звони мне, — говорит Кёртис. — Это небезопасно. Можешь дать ему мой номер. И расскажи ему обо всех людях, которые его ищут. Расскажи все, что сейчас рассказала мне.

— У него неприятности, да?

— Похоже на то.

Кёртис берет со стойки две купюры и, глядя на барменшу, демонстративно прячет их в свой бумажник. Тем самым выводя ее из игры. Теперь при делах только Кёртис.

— Если кто-то будет спрашивать *обо мне*, — говорит он, — расскажи все как есть. Больше я тебя не потревожу.

Он встает с табурета, делает шаг к выходу, затем оборачивается:

— А как он выглядел?

— Кто? — переспрашивает она, но тут же понимает, о ком речь. — Не очень хорошо, — говорит она. — Точнее, очень нехорошо.

34

По выходе из бара Кёртис обнаруживает декоративный ручей, текущий в «Гринвич-Виллидж» из «Центрального парка», и следует вверх по его течению до игорного зала. Идет медленно, обдумывая то, что услышал от барменши, и вдруг чувствует на себе чей-то взгляд. Он останавливается, инстинктивно разворачиваясь влево.

А там, в нескольких ярдах, из-за стола для игры в кости на него смотрит Альбедо, ухмыляясь и выписывая в воздухе какие-то знаки горящей сигаретой.

Кёртис на мгновение растерянно застывает. Альбедо поднимается со стула, дает чаевые дилеру, залпом осушает свой стакан и оставляет его на зеленом сукне.

— Привет, старина! — говорит он, приближаясь к Кёртису и протягивая большую вялую ладонь.

Чуть замявшись, Кёртис отвечает на рукопожатие. Торопливо прикидывает, что к чему. То есть пытается прикинуть.

— Мило почирикал с той рыженькой в баре? — говорит Альбедо.

Кёртис смотрит на него и молчит.

— Ничего себе штучка эта рыжая. Я хорошо ее знаю.

Альбедо вновь сжимает тонкими губами сигарету.

— Ты сейчас обратно на Норт-Стрип? Если что, могу подбросить. Мне все равно в ту сторону: надо забрать двух девчонок в «Сахаре».

— Нет, спасибо. У меня здесь еще кое-какие дела.

Быстро оглянувшись на бар, Альбедо придвигается ближе к Кёртису. От него пахнет пачулями и морской солью.

— Послушай, старик, — говорит Альбедо, — у меня есть послание для тебя. От Деймона. Я говорил с ним этим утром. В Атлантике дела совсем херово, дружище. Нам надо поговорить. Так что давай-ка прошвырнемся.

— Ты говорил с Деймоном? По телефону?

Налитые кровью глаза Альбедо смотрят на него с недоумением:

— Нет, я воспользовался своим чудесным телепатическим даром. Черт, конечно же по телефону! Что в этом странного?

— И какое он передал послание?

— Мы можем поговорить на ходу? А то мне уже пора выдвигаться.

Кёртис окидывает его взглядом. Альбедо в майке с эмблемой «Металлики», куртки на нем нет, а джинсы слишком тесные, чтобы скрыть оружие, исключая разве что выкидной нож.

— Ладно, — говорит Кёртис. — Пройдемся.

Они направляются к главному входу. Кёртису приходится шагать вдвое чаще длинноногого спутника.

— Деймон просил передать, что в ближайшие несколько дней его не будет на связи, — говорит Альбедо. — Он выходит из зоны доступа. Но тебя это не должно напрягать. Спокойно делай свое дело.

— Несколько дней? Сколько именно?

— Без понятия, старик. Он сказал: несколько. Позднее он сам с тобой свяжется.

— Он звонил тебе этим утром?

— Да, где-то около десяти. Выдернул из охренительного сна.

— Так не пойдет! У меня времени в обрез.

— Да, Деймон сказал мне об этом. — Альбедо сверяется с пижонскими наручными часами неимоверного размера: — Осталось шестьдесят часов, да? Или уже чуть меньше. Слушай, вот что ты должен делать. Продолжай искать Стэнли и, как только его найдешь, звякни мне, а я выведу его на контакт с Деймоном. И все будет в ажуре.

Кёртис качает головой.

— Дерьмовый план, — говорит он. — Почему Деймон не может напрямую связаться со мной? Что за хрень творится в Атлантик-Сити?

— Там все вот-вот накроется медным тазом, старик. Владельцы «Точки» учинили форменную охоту на ведьм из-за той истории со счетчиками. Деготь и перья уже заготовлены. Деймон дрожит за свою задницу и не хочет, чтобы его подловили на каких-то сомнительных разговорах. В том числе с тобой.

— Но не с тобой?

Альбедо смеется:

— Не будь таким ревнивым, старик. Тебе это не к лицу.

Под навесом вдоль фасада здания они идут в сторону автостоянки. Альбедо щелчком выбрасывает окурок, дает свернутую купюру молодому вьетнамцу-парковщику, сопровождая ее коротким небрежным рукопожатием, и точит с ним лясы в ожидании своей машины. Раздраженный Кёртис молча созерцает зубчатые стены «Экскалибура» на противоположной стороне улицы, пока от этого занятия его не отвлекает возглас парковщика:

— Охренеть!

Со стоянки в их сторону катит массивный, сверкающий и оглушительно ревущий автомобиль. Черный лак и серебристый хром. Прямые или почти прямые углы, не считая двух желобков по бокам в задней части. В целом это похоже здоровенный брусок из бальзы, по которому кто-то прошелся фасонной фрезой. Четыре круглых фары. Один только громоздкий бампер с виду весит больше, чем весь «сатурн» Даниэллы. Скошенное лишь самую малость ветровое стекло, кажется, готово выпрыгнуть из своей орбиты и унестись вперед, обгоняя саму машину. Капот украшен сверху разлапистой серебряной эмблемой в виде буквы «V», вписанной в круг.

— Ну разве она не прелесть? — говорит Альбедо.

Вьетнамец глядит на тачку, выпучив глаза.

— Что это такое? — спрашивает он.

— Это «меркурий-монклер-фаэтон», мой юный друг. Выпущен в году одна тысяча девятьсот пятьдесят восьмом от Рождества Господа нашего Иисуса.

— Очень редкая модель?

— Не так чтобы очень, — говорит Альбедо. — Иногда эти тачки еще можно встретить на улицах.

Он дает чаевые пареньку, пригнавшему машину, сдвигает сиденье до упора назад, затем протягивает руку через салон и открывает замок правой двери для Кёртиса.

— Вы сами ее реставрировали? — интересуется парковщик.

— Нет, сынок, не сам, — говорит Альбедо, устраиваясь на сиденье и демонстрируя в улыбке желтые зубы. — Я вообще ни хрена не смыслю в ремонте. В прошлом июне сорвал джекпот в «Цезаре», слегка очумел от радости и тут же купил ее на *eBay* вот в этом самом виде.

Кёртис открывает дверь и садится в машину; Альбедо отпускает сцепление, дает газу и вливается в транспортный поток. Кёртис машинально тянется к ремню безопасности, но не обнаруживает его на месте.

— Извини, старик, — говорит Альбедо. — Как-то не удосужился приладить сбрую для этого сиденья. Девчонки всегда сидят сзади.

Посмотрев налево, Кёртис обнаруживает, что сам водитель предохранился основательно: помимо стандартного поясного, он пристегнут к спинке кресла еще и двумя плечевыми ремнями, как летчик.

— Но ты не дрейфь, — говорит Альбедо, водружая на нос темные очки. — Обещаю доставить тебя куда надо целым и здоровым. Мы едем к твоему отелю?

В последние несколько минут Кёртис пытается придумать какой-то маневр, чтобы перехватить контроль над ситуацией и заставить Альбедо выболтать все, что тому известно. Но пока ничего не придумалось.

— Да, — говорит он. — Я остановился в...

— Я знаю, где ты остановился, старик. Деймон сказал мне.

Большинство машин сворачивает на Стрип, но Альбедо едет прямо; за перекрестком дорога становится свободнее, и движение ускоряется. Кёртис ерзает на сиденье, чувствуя себя некомфортно без ремня безопасности. Салон машины грязен и замусорен: повсюду валяются обертки, пустые стаканчики и пакеты. Чтобы найти надежную точку опоры на липком полу, Кёртису приходится раздвинуть ногами спутанные зарядные кабели, пластиковый кейс-дипломат и раскрытый номер «Солдата удачи» с какими-то пометками на странице.

— И вот еще что, — говорит Альбедо. — Деймон хочет, чтобы мы занялись Вероникой.

— Что? — удивляется Кёртис.

— Я о Веронике, старина. О тощей сучке, с которой в последнее время таскался Стэнли.

— Я знаю, кто такая Вероника.

— Деймон считает, что ее надо слегка прижать. Она же слабачка, старик. А Стэнли уже несколько дней гуляет сам по себе, так что она сейчас должна быть в панике. Достаточно немного надавить, и она расколется.

Кёртис сбоку глядит на Альбедо: на его крючковатый нос и узкую щель рта.

— Вот как? — говорит он. — А что конкретно Деймону от нее нужно? Я не собираюсь мотаться по городу и вытягивать из людей признания только потому... Да в гробу я все это видал! Если Деймон хочет продолжать игру, пусть раскроет карты. В этом деле слишком много всякой мути.

Альбедо хмыкает и тянется за зажигалкой на панели перед ветровым стеклом.

— Ты все верно понимаешь, старик, — говорит он. — Только тебе лучше не знать подробностей, поверь мне. Черт возьми, Кёртис, откуда вдруг такое стремление до всего докопаться? Ты же был морпехом, выполнял приказы, тебе ли привыкать?

— Там было другое дело, — говорит Кёртис.

— Неужели? Разве война в Пустыне так уж отличается от этого? Разве это не всегда одно и то же: заботиться о своих братьях по оружию, не заморачиваясь насчет общей картины? Ты сам знаешь правильный ответ, старик.

Зажигалка громко щелкает, выплевывая язычок пламени и заставляя Кёртиса слегка вздрогнуть, но вряд ли Альбедо это заметил. Он прикуривает, затягивается и пускает струю дыма в приоткрытое окно. Кёртис отворачивается и смотрит на огни Ковал-лейн; сейчас они проезжают мимо Маккаррана, где выстраиваются в очередь на взлет «боинги» и «аэробусы», и дальние огоньки подрагивают в нагретом реактивными струями воздухе.

— Как насчет проверки «Анонимных наркоманов»? — спрашивает Альбедо.

— Не понял.

— Я о собраниях «Анонимных наркоманов». Наша мисс Вероника имела проблемы с коксом до того, как снюхалась со Стэнли, который вроде как вправил ей мозги. Но когда его нет рядом, она может снова появиться на их собраниях. По крайней мере, проверить стоит. Хотя знаешь что? Можешь оставить это мне. У меня есть знакомства и связи среди этой братии. А ты занимайся поиском Стэнли. Если по ходу засечешь Веронику, звони мне. Об остальном я позабочусь.

Альбедо резко поворачивает влево, направляясь на север. При этом амулеты, висящие на зеркале заднего вида, начинают раскачиваться и бренчать, привлекая внимание Кёртиса. Среди прочего тут есть зеленые бусы с новоорлеанского Марди-Гра, миниатюрный а-ля дискотечный зеркальный шарик и армейские жетоны на стальной цепочке. Кёртис ловит качающиеся жетоны с намерением выяснить, как правильно пишется имя Альбедо, но там указан морпех по имени Л. Аллодола: «первая группа крови положительная, размер противогаза средний, религиозные предпочтения отсутствуют». Кёртис выпускает жетоны из руки.

— Хочешь увидеть что-то по-настоящему крутое? — говорит Альбедо. — Тогда открой тот кейс, что у тебя под ногами.

Кёртис берет кейс и уже по его весу догадывается о содержимом, но все же открывает, чтобы взглянуть. Пистолет-пулемет под девятимиллиметровые патроны, примерно полтора фута в длину, на поролоновом ложе. По задумке владельца, он должен смотреться круто, по-джеймсбондовски, но впечатление портит растрескавшийся и в двух местах залепленный скотчем корпус кейса, а также пожелтевший и неровный поролон, как будто он был позаимствован из старого матраса. Сам автомат выглядит как и любое оружие такого типа: угрожающе и глупо, подобно залетевшей в комнату и потерявшей ориентацию осе. Рядом с ним в гнездах пристроены глушитель и пара запасных обойм, которые чуть сдвигаются влево или вправо, когда Альбедо рывками крутит руль (а он только так его и крутит). Глушитель похож на самоделку, изготовленную старшеклассником на уроке труда. Кёртис закрывает кейс.

— Нравится? — спрашивает Альбедо. — Могу поспорить, это пробуждает кое-какие воспоминания.

— Не у меня.

— Неужели? Ах да, это ведь не ты, а Деймон служил в охране посольства? Я вас уже начал путать. А вот мне эта милашка напоминает старые деньки в разведгруппе. Один мой знакомый держит небольшое стрельбище на окраине за Серчлайн-драйв. Не совсем легальное. То есть без регистрации. Думаю съездить к нему через пару недель, отвести душу пальбой. Можешь составить мне компанию, если еще будешь в городе к тому времени.

— К тому времени точно не буду, — говорит Кёртис.

Он украдкой разглядывает Альбедо. «Этот хлыщ так же служил в разведке, — думает он, — как я в президентской охране».

— А что у *тебя* под этой курткой, старина? — спрашивает Альбедо.

Кёртис не отвечает.

— Да ладно, не стесняйся. Что там у тебя?

— «Курносик», — говорит Кёртис.

— «Магнум»? Неслабо, старина! Сразу ясно, что ты приехал сюда не шутки шутить.

— Это тридцать восьмой калибр, — говорит Кёртис. — С ним легче контролировать отдачу.

Альбедо глядит на него, выгибая брови над дужками очков, а потом разражается смехом.

— Вот это как раз в твоем стиле, брат мой, — говорит он. — Если позволишь тебя так называть. Малый рост, большой ствол плюс патроны средней убойной силы. Миленькая комбинация! Да, приятель, я тебя вижу насквозь!

— Смейся сколько хочешь, — хмуро говорит Кёртис. — А ты хоть раз пробовал стрелять патронами «магнум» в замкнутом пространстве вроде номера отеля? Ты сам ослепнешь и оглохнешь после первого же выстрела. Пусть этой фигней страдает Шварценеггер, а меня увольте.

— Не буду спорить, старина, не буду спорить. Можно взглянуть?

— Что?

— Позволь взглянуть на твою пушку. Жалко, что ли?

Как раз в эту минуту они останавливаются перед красным сигналом на перекрестке Ковал-лейн и Фламинго-роуд, наискосок от «Вестина». Кёртис пытается разглядеть глаза Альбедо за темными стеклами. Понятно, что сейчас тот не сможет на него напасть. По крайней мере, пока он за рулем. И Кёртис уверен, что на заднем сиденье нет оружия в пределах его досягаемости. То есть он *почти* уверен.

Он обводит взглядом людей в соседних автомобилях — все они таращатся на тачку Альбедо, при этом не обращая внимания на людей внутри нее. Наклонившись вперед, Кёртис достает револьвер из кобуры на поясе, держа его низко, у самых бедер.

Откидывает барабан и высыпает себе на правую ладонь пять маслянистых патронов.

Потом протягивает оружие Альбедо. Тот берет револьвер, который на миг почти исчезает в его лапище, и бегло осматривает.

— «Смит и Вессон»? Симпатяга. А патроны от «Спира»? «Голд-дот»?

— Надо полагать, — говорит Кёртис. — Уж какие были в продаже.

Загорается зеленый. Альбедо возвращает ему револьвер и кладет руку на руль.

— Как думаешь, что мне делать с этой штуковиной в кейсе? — спрашивает он. — Смогу я получить за нее пару кусков?

— Чего не знаю, того не знаю, — говорит Кёртис.

Он снова заряжает револьвер и прячет его в кобуру. Слева появляется здание конференц-холла; сразу за ним расположен задний вход в отель Кёртиса.

— Пожалуй, пока придержу этот ствол, — говорит Альбедо. — У меня есть приятели в Северной Каролине — мы вместе тянули лямку в Пустыне, — которые как раз сейчас подбирают группу надежных парней. Когда наши войдут в Ирак и дядюшка Саддам откинет копыта, там начнется натуральная золотая лихорадка. Чертов хитрюга Дик Чейни уже заранее приватизировал все это дело: оккупацию, реконструкцию, охрану порядка, сбыт нефти налево. Все это будет отдано в руки частных компаний.

— В самом деле?

— Но суть в том, что эти нафаршированные баблом членососы не очень любят, когда в них стреляют. И они уже начали подбирать крепких парней вроде тебя и меня для обеспечения безопасности, борьбы с партизанами и все такое. А чеки они выписывают — закачаешься! Пойми меня правильно: я ничуть не стосковался по всяким морпеховским приключениям на свою жопу — иначе я все еще там бы служил, — но за двести пятьдесят кусков в год согласен окунуться в это снова. Усекаешь, к чему я? Кроме того, в ЧВК нет такой жесткой иерархии, штабных бюрократов и прочего непотопляемого говна, как это было у нас в корпусе. Правительственный контроль чисто для проформы, сквозь пальцы. Конечно, придется иметь дело с жирными индюками из «Халлибертона», но ради солидного куша это можно и потерпеть.

Они заворачивают на стоянку отеля. Парковщики, как по команде, провожают глазами тупорылый сверкающий антиквариат.

— Если хочешь, могу связать тебя с этими парнями, — говорит Альбедо. — Ты вполне годишься для такой работенки. Скажи только слово, старик. Одно слово, и все тип-топ.

— Спасибо, что подбросил, — говорит Кёртис, открывая дверь. При этом на асфальт вываливаются мятый пластиковый стаканчик и сложенная гармошкой цветная брошюра.

— Я на полном серьезе, старик. Следующие года два будут для частных военных компаний как День благодарения для «Уолмарта». Вдолби себе в башку мои слова.

Кёртис захлопывает дверь и, подобрав с земли стаканчик и брошюру, направляется ко входу в отель.

— Эй, Кёртис! — кричит Альбедо.

— Что еще?

— Я насчет этой работы в «Спектакуляре», которую тебе обещал Деймон. На твоем месте я бы не очень на нее рассчитывал, партнер. Мне в натуре жаль это говорить. Одно из двух: эта затея или плохо кончится, или не начнется вообще. Я это понимаю, и ты это понимаешь, и все это понимают. Так что самое время подумать о чем-то другом. О'кей? До встречи, старина.

Альбедо козыряет двумя пальцами, поправляет очки на переносице и жмет на газ. Кёртис стоит с его мусором в руке, наблюдая за отъезжающим «меркурием». Брошюра противно липнет к пальцам. Взглянув на нее, Кёртис видит надпись «ЭСКОРТ-УСЛУГИ ГОРОДА ГРЕХА» над парой пухлогубых напомаженных ртов.

Отыскав урну неподалеку от автоматических дверей и избавившись от мусора, он входит в вестибюль. Указательный палец прилипает к кнопке вызова лифта, а затем, при попытке его очистить, слипается с большим пальцем, пачкая и его. Перед своим номером Кёртис тратит не менее минуты на то, чтобы — ни до чего не дотрагиваясь правой рукой — выудить из кармана бумажник, достать оттуда карточку и открыть дверь. В разгар этих мучительных манипуляций в коридоре появляется белый мужчина примерно его возраста. Пузатый, плешивый, загорелый, в мешковатых купальных трусах. В руках у него очки для плавания и маленькая камера для подводной съемки. Они с Кёртисом глядят друг на друга смущенно и встревоженно. «Что происходит в Вегасе, то здесь и остается», — думает Кёртис.

К тому времени, когда он попадает в номер, у него уже зудит все тело. Он сбрасывает одежду и становится под душ, сделав воду как можно более горячей — а потом, притерпевшись, еще горячей. Трется мочалкой свирепо и методично, как их учили в лагере для новобранцев: намылить лицо и голову, ополоснуться, намылить левую руку, ополоснуться, намылить правую руку, ополоснуться, и так далее вплоть до пяток. Затем повторяет все сначала. По завершении этих процедур ванная комната наполнена густым паром, который конденсируется на мраморной плитке стен и сползает капельками по зеркалу.

Накинув халат, он выбирается в прихожую. Клубы пара тянутся следом и обволакивают его, как еще не застывшее желе заливную рыбу. Только сейчас он замечает узкий белый конверт, подсунутый под входную дверь, и наклоняется, чтобы его поднять. «Кёртису», — написано на конверте знакомым заостренным почерком. Внутри обнаруживается билет в музей, расположенный в этом же здании, — «ИСКУССТВО С ДРЕВНЕЙШИХ ВРЕМЕН ДО НАШИХ ДНЕЙ. Шедевры живописи от Тициана до Пикассо», — а также записка на бланке отеля «Живое серебро»:

> Встретимся здесь в 3
> Никому не говори
> В

Со времени заселения в отель Кёртис по меньшей мере дважды в день проходил мимо этого музея, ограничиваясь лишь беглым взглядом на объявления. Трудно было предположить какую-либо связь между музеем и Стэнли, который никогда не жаловал такие вещи, называя музеи, выставки и тому подобное «развлекушной дребеденью», «бездарным использованием полезной площади» и «утешительным призом для чопорных женушек игроков и гуляк». Хотя в данном случае Кёртис может ошибаться. Кажется, Вероника что-то говорила о пробудившемся у Стэнли интересе к искусству? Или, может, к истории? Кёртис не помнит точно. Да и доверять ее словам нужно с оглядкой. Непохоже, чтобы Вероника понимала Стэнли намного лучше, чем его понимает Кёртис.

«Зеркальный вор» лежит на тумбочке, где Кёртис оставил его этим утром. Взяв книгу, он перемещается к столику перед окном. Прошлой ночью он читал ее сквозь полудрему, да еще и слегка опьяневшим после бурбона Вероники, так что в голове отложилось немногое. Смутно вспоминается стихотворение о художнике или об искусстве — что-то в этом роде, — но сейчас, пролистывая книгу, Кёртис никак не может его отыскать. Это очень странно, учитывая, что в книге не наберется и восьмидесяти страниц. Возможно, то было не целое стихотворение, а только одна строка, вызвавшая у него подсознательную ассоциацию с какими-то вчерашними словами Вероники или с произнесенными давным-давно словами Стэнли, а то и с чем-то увиденным самим Кёртисом в каком-нибудь европейском музее. Трудно сказать.

> Коринфская дева
> проводит ножом по стене,
>   фиксируя тень
>   своей уходящей любви.
>
> Если бы зеркало имело душу,
> оно понимало бы тех, кого отражает.
>
> Пока птицы клюют виноград
> на картине Зевксида,
>   Паррасий ему предлагает
>   сдернуть покров с полотна.
>
> Если бы зеркало имело душу,
> оно понимало бы тех, кого отражает.
>
> У печей Мурано
> стеклодувы споро
>   оживляют олово
>   жидким серебром.
>
> Если бы зеркало имело душу,
> оно понимало бы тех, кого отражает.

> В этом алхимии суть: занавеска,
> что скрывает всего лишь себя,
> и дева, влюбленная в тень сильнее,
> чем в того, кто ее оставил.

Вскоре он уже не читает, а просто думает, глядя на картину над кушеткой в глубине комнаты: хрупкие с виду мачты высокобортных кораблей проглядывают сквозь желто-серо-коричневый хаос неба и моря. В картине есть что-то пугающее. Раньше он этого не замечал.

Кёртис глядит на дисплей телефона: сейчас четверть третьего. У него достаточно времени для того, чтобы ознакомиться с музеем до появления там Вероники. Он закрывает книгу, встает и, уже поворачиваясь к выходу, замечает листок, торчащий из факс-аппарата.

Послание от Деймона, получено четыре часа назад. Огромный — на всю страницу — фаллос, изогнутый в виде вопросительного знака. Пара волосатых яичек вместо точки внизу. И надпись вдоль всего изгиба: «КАКОВА ХРЕЕЕНА???»

Кёртис ладонью прижимает бумагу к острому краю столешницы и рвет ее на узкие ровные полоски. Потом собирает полоски в пучок и рвет их поперек, получая в результате пригоршню черно-белых конфетти. Звук разрываемой бумаги доставляет ему удовольствие. Приятно хоть что-то сделать со спокойной уверенностью.

Перед выходом из номера он бросает конфетти в унитаз, мочится на них и спускает воду.

35

Помещение музея представляет собой темную стальную коробку, расположенную между вестибюлем и казино. Обогнув армиллярную сферу фонтана, Кёртис предъявляет на входе свой билет. Внутри он первым делом быстро обходит помещение, удостоверяясь, что Вероники здесь еще нет. Обход занимает считаные минуты, поскольку музей невелик. По сути, это всего лишь одна просторная комната, разделенная перегородками на четыре секции, по десятку картин в каждой. Стены цвета ржавой стали кажутся подвешенными в воздухе, не соприкасаясь ни с полом, ни с потолком, — в просветах внизу Кёртис видит тени и ноги проходящих мимо людей. Он украдкой трогает пальцем стену, удостоверяясь, что она действительно сделана из стали: на ее поверхность нанесено покрытие, из-за которого она выглядит влажной и маслянистой. Кёртис чувствует себя находящимся внутри дамской кожаной сумочки или во внутренней полости здоровой, исправно функционирующей почки.

Солнечный свет, проникая через щели в стене со стороны вестибюля, служит дополнением к трековым светильникам под потолком. Впрочем, солнце неяркое: небо снова затянуто желтоватой пеленой. Посетителей в музее от силы пара дюжин, не считая тех, что теснятся у сувенирного ларька. Вероники нигде не видно. И Кёртис начинает повторный обход, теперь уже деля внимание меду посетителями и экспонатами, но ни на секунду не расслабляясь. Веронику он заметит без труда, но его беспокоит возможное присутствие Свистуна где-нибудь поблизости. Его Кёртис вряд ли узнает с первого взгляда, если сможет узнать вообще.

Экспозиция выстроена в хронологическом порядке и завершается скалящей зубы карикатурной собакой из 1965 года. Сейчас Кёртис движется в обратном направлении, углубляясь в прошлое и почти не задерживаясь перед картинами. Его никогда не привлекало современное искусство со всякими там абстрактными кляксами или большими монохромными квадратами. Но перед одним изображением — простой черной коробкой на белом фоне — он все же останавливается, покачивая головой.

Много лет назад, в пору его детства, отец Кёртиса, в очередной раз объявившийся после долгого отсутствия, добрых полдня читал ему лекцию о черных художниках — Рэймонде Сондерсе, Фрэнке Боулинге, Бьюфорде Дилейни, Альме Томас — и о том, как Пикассо позаимствовал свои лучшие идеи у африканских масок из парижского Музея человека. Наслушавшись этих рассказов, Кёртис в субботу оседлал старенький велосипед и под уклон быстро проехал две мили до библиотеки Мартина Лютера Кинга, где несколько часов провел за просмотром огромных художественных альбомов, под конец совершенно одурев от всех этих ярких пятен и сочных мазков. А через несколько месяцев, уже в следующий приезд отца, тот разразился лекцией о том, как черные абстракционисты примитивно подражают белым художникам, ибо они не в состоянии усвоить всю глубину и тонкость нюансов белой культуры, под конец заявив, что единственной формой искусства, в которой афроамериканцы сумели добиться революционного прорыва, является джаз. Кёртис с улыбкой гадает, что сказал бы отец, окажись он сейчас в этом музее. Возможно, что-нибудь о запрете исламом изображений людей и животных. «Наш пророк — мир ему! — учит, что в День Воскресения всем художникам будет велено вдохнуть жизнь в изображенных ими существ. И если им это не удастся, они будут наказаны. Подумай об этом, малыш. Тут не до шуток. Все живые твари были созданы Аллахом. И всех нас Аллах сотворил по своему образу и подобию. А рисовать образ Всевышнего — это кощунство».

После картины с полуголой Венерой в томной позе, более всего напоминающей красоток с центрального разворота «Плейбоя» конца пятидесятых, Кёртис начинает уделять экспонатам больше внимания. Сейчас он в начале восемнадцатого века — еще до возникновения Штатов, — и эти картины выглядят реалистичнее, с лучше прорисованными деталями. Ангел с огненным мечом. Чахлый и уродливый маленький принц. Зловещий волкодав с умными оранжевыми глазами. Кёртис наклоняется к картине, чтобы получше рассмотреть пса, его густой мех, ошейник и цепь. Они с Даниэллой сразу же после переезда в пригород Филадельфии начали говорить о том, чтобы завести собаку. Большую собаку. Но прошло уже почти четыре месяца, а дальше разговоров дело так и не продвинулось. Кёртису было бы спокойнее в отъезде, знай он, что дома осталась такая собака, составляя компанию Даниэлле.

Продвигаясь все дальше в прошлое и все ближе ко входу в музей, он добирается до эпохи Ренессанса и отмечает имена, знакомые ему по увольнительным экскурсиям в средиземноморский период службы: Лотто, Тинторетто, Тициан. Одно большое полотно он точно где-то видел, хотя имя художника — Франческо Бассано (1549–1592) — абсолютно ничего ему не говорит. Картина называется «Осень» и показывает селян, которые собирают яблоки и давят виноград в сумрачном зеленоватом свете, исходящем от затянутого облаками неба. Кёртис и сам не знает, что именно привлекло его внимание, — разве что кентавр среди молний на дальней облачной гряде, отчасти напоминающий бородатых богов на огромной карте в вестибюле. Разглядывая картину, он пытается вспомнить, не попадался ли ему оригинал в одном из итальянских музеев; и только с опозданием до него доходит, что вот это и есть оригинал.

Он подходит к самому старинному из экспонатов выставки — портрету мрачнолицего купца, датированному 1436 годом, — когда в дверях появляется Вероника. Один лишь вид ее уже вызывает у Кёртиса тревогу. Сон, сморивший ее вчера на диване, принес мало пользы: синие круги под глазами заметны даже издали. Походка развинченная, движения механические, как у марионетки, которой управляют невидимые ниточки, а каждый шаг выглядит попыткой удержать от падения клонящееся вперед тело. Шаркая по паркету подошвами белых кроссовок, она приближается к Кёртису.

Одета Вероника по-простецки: в слишком просторный для ее фигуры спортивный костюм, вступающий в противоречие с не по-спортивному распущенными по плечам волосами и нездорово бледным лицом. Широко растянутые губы, вероятно, должны подразумевать дружелюбную улыбку, но больше смахивают на бессмысленный оскал игрушечной мартышки-барабанщицы, тем самым производя противоположный эффект.

Еще на подходе она кивает в сторону портрета.

— Сейчас уже разучились так писать, ты согласен?

Кёртис оглядывается на картину. Глаза купца пронзительно смотрят на него из дымчатого полумрака сквозь пять с половиной веков.

— Согласен, — говорит он. — Такое чувство, словно это не нарисовано, а снято камерой.

— По сути, так оно и есть, — говорит Вероника.

Кёртис недоуменно смотрит на нее, а потом снова вглядывается в полотно. На носу и лбу купца заметны трещинки масляной краски.

— Что ты хочешь этим сказать?

— Только то, что сказала. Этот портрет сделан с помощью камеры. По тому же принципу, как проецируется образ в камере-обскуре. Конечно, сама картина написана маслом, но только потому, что в пятнадцатом веке не умели химически фиксировать изображение. Ван Эйк спроецировал образ позирующего человека на холст посредством какого-то оптического устройства, а затем уже работал кистью поверх проекции.

Шагнув к портрету, Вероника проводит рукой над его поверхностью, как будто поливая ее из невидимого баллончика-распылителя.

— Посмотри на композицию, — говорит она. — Посмотри, как падает свет. Посмотри на эти мягкие тени. То же самое можно увидеть в сфумато Леонардо и у Джорджоне, а позднее у Халса, Рембрандта, Каналетто и Вермеера, которые уже могли использовать качественные линзы, тогда как ван Эйк довольствовался лишь вогнутым зеркалом. Но базовый метод тот же самый. Видишь, как распределение тонов создает эффект объемности и ощущение глубины? По этим признакам и выявляют такие произведения. Можешь для сравнения взглянуть на работы испанских или сиенских мастеров того же периода — они все плоские и одноплановые, как трефовый король на игральной карте.

— Погоди, о чем ты вообще говоришь?

— А ты этого не знал? Многие великие художники с громкими именами — ван Эйк, Леонардо, Джорджоне, Рафаэль, Гольбейн, Караваджо — в своей работе пользовались оптическими устройствами. Эта новость не нова. Около года назад ее обсуждали в «Шестидесяти минутах».

Кёртис, уже начиная сердиться, переводит взгляд с Вероники на портрет купца. Такое чувство, будто глаза с портрета наблюдают за ним через комнату.

Вероника, по-девчоночьи крутнувшись на пятках, направляется обратно в галерею.

— У Тициана и Тинторетто никакой оптики, — комментирует она, указывая на картины. — Хотя и у них можно заметить влияние оптического стиля. Видишь затемненный задний план? Это оттуда. В изображениях, проецируемых камерой-обскурой, задний план всегда остается темным. Но вот, пожалуйста, ван Дейк — с ним уже все ясно. Достаточно взглянуть на то, как лежит кружевной воротник. Оптика, вне всякого сомнения. И Лотто туда же, хотя он очень ловко это скрывает. А Понтормо? Взгляни на его корявые пропорции. Он использовал камеру-обскуру только для написания лица и рук Девы Марии, а также головы и руки младенца Иисуса. Вся остальная живопись тут как будто с другой планеты. Эти лица и руки не согласуются с телами. Если бы Мария вдруг сошла с холста, она выглядела бы как центровой игрок НБА. Одни только предплечья у нее будут длиной фута четыре.

Она хватает Кёртиса за локоть и тащит его в соседнюю секцию, громко рассуждает, тычет пальцем в картины. Молодая пара в одинаковых майках и штанах защитного цвета, стоящая перед изображением волкодава, смотрит на нее осуждающе, как будто здесь Сикстинская капелла или еще какое святилище. Кёртис взглядом дает им понять: «Не лезьте не в свое дело».

— Давай-ка уточним, — говорит он. — Ты хочешь сказать, что все эти шедевры были...

— Только не говори «скопированы». Это звучит уничижительно. На самом деле они гораздо больше чем просто копии. Вклад художника все равно остается решающим — чего стоит только правильный подбор красок и градиента контрастности. Так что этих мастеров нельзя обвинять в жульничестве. Не забывай также, что мы говорим о Темных веках. В ту пору живопись не была, как сейчас, этакой благородной альтернативой фотографии, призванной отображать какие-то неизъяснимые движения души и тому подобное. А тогда это был единственный способ сохранения образов, только и всего. И никого не волновало, раскрыл ли ван Эйк индивидуальность и характерные черты личности изображаемого человека, — да у них и понятий таких еще не было. Для них имело значение только одно: сходство изображения с каким-нибудь реальным дядюшкой Губертом.

Вероника замедляет шаг. Ее взгляд блуждает по полотнам.

— Я вот чего не могу понять, — говорит она, — почему некоторые так исходят дерьмом по этому поводу? И что с того, что художники писали с помощью оптических устройств? Почему мы должны делать из этих старых мастеров каких-то суперменов? Я училась в Колумбийском, когда Хокни первым начал поднимать эту тему, и, представь себе, *никто* в университете не хотел даже слышать об этом. Их интересовала только чистая теория: Батай, Деррида, Лакан и прочие философы. И всем было наплевать на практику — на то, каким способом создавались картины. Ты подводишь научную базу, говоришь о методике, об эмпирических данных, а они смотрят на тебя так, словно ты пришла в аудиторию чинить копировальный аппарат. Не то чтобы они отвергали эту версию. Просто они не считали ее достойной внимания.

Она прерывается, чтобы перевести дух. И вновь появляется эта скованность — в движениях плеч, в мимике.

— Я и забыл, что ты изучала искусство, — говорит Кёртис.

— *Историю* искусства, — говорит она, — а не искусство как таковое. Это совершенно разные вещи, и я вскоре это поняла.

Они проходят несколько шагов в молчании. Вероника смотрит на паркет, погруженная в свои мысли. Кёртис идет рядом, оглядывая стены галереи. Он представляет себе, как эти картины разговаривают с ней, открывают ей свои тайны на языке, который он не только не понимает, но даже не может расслышать. И сейчас, когда Вероника на них не смотрит, картины как будто темнеют и гаснут подобно вечерним огням в окнах многоквартирного дома.

— Часто ты сюда заходишь? — спрашивает он. — Я про этот музей.

Она смеется и поднимает глаза:

— Я торчу в казино каждый вечер на протяжении всей этой недели. Каждый вечер по шесть часов и по шестьсот баксов за игру как минимум. У меня накопилось столько бонусов на разные услуги, что им пора бы назвать в мою честь одну из башен отеля. И вот, когда мне уже приелись бесплатные оссобуко и фуа-гра по три раза в день, я стала брать бонусы билетами в музей. Почему бы нет? Мне здесь нравится. Тихо, спокойно. Вполне подходящее место, чтобы укрыться.

— Укрыться от кого?

Она улыбается и встряхивает головой:

— Только что вспомнила: я же с утра ничего не ела. Угостить тебя обедом? У меня ресторанных бонусов — как у дурачка фантиков.

— Я, вообще-то, сыт, но от угощения не откажусь. Значит, ты чувствуешь себя в безопасности только здесь?

На лице Вероники мелькает тень шальной ухмылки, и она на ходу придвигается чуть ближе к нему. Ростом она примерно на полдюйма выше Кёртиса.

— Если что, ты ведь меня защитишь, правда?

Он резко останавливается. Вероника, сделав еще шаг, разворачивается лицом к нему. Он пытается прочесть выражение ее лица — угадать, во что его втягивают, — но сразу понимает, что это бесполезно: в таких играх она куда выше его классом. Так что, если она хочет как-то использовать Кёртиса, ему остается только одно: принять условия игры и посмотреть, что из этого выйдет.

— Тут вот какое дело, — говорит он. — Помнится, ты спрашивала, есть ли еще кто-то, кроме меня, отправленный Деймоном на поиски Стэнли. Я сказал, что никого другого нет. Я тогда так и думал. Но я ошибался. Есть еще один субъект. Из местных. Высокий, белый. Подонковатые ухватки. Именует себя Альбедо. Знаешь такого?

Лицо Вероники вытягивается. Она отрицательно качает головой. Судя по всему, она не врет.

— В таком случае, — говорит Кёртис, — будь настороже и нигде не светись без особой нужды. Если он тебя найдет, ничем хорошим это не закончится.

— Он работает на Деймона?

— Да.

— И тот же самый Деймон прислал *тебя*.

Она крепко сжимает челюсти и морщит лоб. При этом в ней куда больше гнева, чем страха. На мгновение Кёртису кажется, что она готова впиться в него зубами. Он отводит взгляд.

— Если вы с ним на одной стороне, тогда какого хрена ты меня предупреждаешь, Кёртис?

— Я хочу разобраться с этим по-своему, — говорит Кёртис. — И это все, чего я хочу.

Она поворачивается и молча проходит несколько шагов впереди него, затем снова останавливается. Смотрит в пол. Через какое-то время поднимает взгляд, но тот направлен не на Кёртиса, а на картины правее за его спиной. Теперь она уже спокойна, одна рука упирается в бедро. В этой позе она напоминает ему первопроходца, озирающего полную неведомых опасностей долину, а также одну белую девчонку, с которой он несколько недель крутил роман во время единственного семестра, проведенного им в Калифорнийском лютеранском университете.

— Посмотри: вот что произошло после тысяча восемьсот тридцать девятого года, — говорит она.

Кёртис отслеживает ее взгляд — тот направлен мимо полуголой Венеры, которую он жадно разглядывал недавно, на пару более поздних картин: стог сена посреди цветущего луга и пруд в окружении деревьев. Оба пейзажа выполнены сочными мазками при обилии ярких красок. Кёртис глядит на них пару секунд, пытаясь увидеть нечто особенное, что видит Вероника, но потом его взгляд непроизвольно скользит по рыжеватой стали стены, возвращаясь к Венере. Взбитые волосы, маленькие белые груди. Полусонная улыбка. Утренний свет падает на нее откуда-то из-за пределов картины, и она потягивается, пробуждаясь. Лицо ее частично заслонено поднятой пухлой рукой, а единственный видимый глаз взирает на Кёртиса с нескрываемым вожделением...

— Это тысяча восемьсот шестьдесят пятый и тысяча восемьсот восьмидесятый годы, — говорит Вероника. — Коро и Моне. Впервые за четыреста лет изображения вновь становятся плоскими. Химический способ получения качественных фотоснимков был открыт в тысяча восемьсот тридцать девятом. И в одночасье ловкий трюк с работой кистью по оптической проекции утратил былую значимость. На этих картинах мир предстает таким, каким его видит не столько глаз, сколько разум художника. Здесь в основе уже не копирование внешних объектов, а их личное восприятие. Монокулярная традиция — палец и глаз, плоскость проекции и объектив камеры, иллюзия глубины — стала достоянием прошлого. Отныне все решают только пара глаз и мозги между ними. Плоская сетчатка глаза и плоский холст. Глаз, обманывающий сам себя. Вот так и зародилось современное искусство.

Кёртис поглядывает на нее с беспокойством, тогда как ее взор блуждает по стенам галереи, следуя за начертанной там историей. Она разговаривает сама с собой. Невозможно догадаться, что ей известно о Кёртисе, и как много из того, что было ей известно, она уже успела позабыть.

Наконец ее взгляд задерживается на Венере.

— Ну разве она не прелесть? — говорит Вероника, скаля зубы в усмешке. — Еще за сто лет до появления фотографии можно заметить, как людям начинает надоедать эта игра. Ты глядишь на нее, она глядит на тебя. Пытается пролезть к тебе в душу через твои зрачки. Все эти старые фокусы уже вызывают чувство неловкости. У Джошуа Рейнольдса была камера-обскура, которая складывалась гармошкой и в таком виде напоминала обыкновенную книгу.

Довольно долго они стоят рядом в молчании. Даже не касаясь ее, Кёртис, кажется, чувствует ее быстрый ровный пульс, передаваемый колебаниями отфильтрованного музейного воздуха.

Единственный видимый глаз Венеры почти полностью занят зрачком, огромным и бездонным. Красные портьеры позади нее застыли волнообразными изгибами, с темными тенями в глубине складок. Ее поза — правый локоть над головой — не кажется очень удобной. Белокурый Купидон, пытающийся развязать ее пояс, так никогда его и не развяжет. Рука, скрывающая половину ее лица, никогда не откроет его целиком.

— Ну, хватит, — говорит наконец Вероника. — Идем наверх. Я, так и быть, угощу тебя пончиком.

36

Пространство между игорным залом и фойе «Дворца дожей» заполнено толпой белых мужчин среднего возраста в рубашках поло и одинаковых бело-красных кепи с эмблемой кооператива розничных торговцев. У некоторых с собой чемоданы на колесиках, некоторые раскраснелись от послеполуденной выпивки, и все они возбужденно галдят, как школьники, только что отпущенные из классов на каникулы. Кёртис и Вероника лавируют между ними, причем Вероника движется впереди него с неторопливой осторожностью, поводя головой из стороны в сторону, как рыскающий в поисках добычи лев. Кёртис отмечает слаженную работу ее ног и плеч, попутно вспоминая ее профессиональную посадку за столом блэкджека: прямая спина с легким наклоном в сторону карт.

Они вступают на эскалатор. Вероника опирается на резиновый поручень и поднимает глаза к большой овальной картине на потолке: дородная светловолосая Царица Небесная восседает на облачном троне, а над ее головой держит корону парящий ангел. Стоя на две ступеньки ниже, Кёртис видит, что молния ее сумочки из искусственной кожи на две трети расстегнута; и это наводит его на мысль о компактном пистолете, который был приставлен к его голове прошлой ночью. Тот факт, что у нее при себе оружие, по идее, должен его встревожить, но, как ни странно, вместо этого он испытывает облегчение. И вдруг, на один короткий болезненный миг, его посещает уверенность в том, что он уже никогда на этом свете не встретится с живым Стэнли Глассом. Это чувство тут же исчезает, как легкий дымок, и он следом за Вероникой направляется в главный зал.

Вступая под фальшивый небосвод, они проходят мимо еще одной живой статуи — или той же самой, которую Кёртис видел прошлой ночью. Кто их разберет, эти статуи: такое же набеленное лицо, такая же хламида, такая же круглая шапочка. На мраморной балюстраде вокруг нее валяются мятые долларовые купюры. Вероника уделяет статуе лишь один беглый взгляд.

В ресторанном дворике она обменивает бонусный купон на пакет с полудюжиной глазированных пончиков. Оттуда они идут к расположенной под крышей части Гранд-канала и прогуливаются вдоль него под зазывные крики и пение гондольеров, месящих веслами хлорированную воду.

— Сколько стоит катание на этих лодках? — интересуется Кёртис.

— Порядка пятнадцати баксов, я думаю. А в Италии за прогулку на гондоле с тебя сдерут не меньше сотни.

К ним бегом приближается троица персонажей комедии дель арте — куртизанка и Скарамуш с маской на лице гонятся за шутом в костюме Наполеона, — и Вероника, уклоняясь от них, резко сворачивает на мост. При этом она чуть не врезается в стоящую у парапета немолодую пару. Дама с крашеными завитыми волосами смотрит на Кёртиса, потом на Веронику, потом снова на Кёртиса. Глаза ее неодобрительно сужаются. Мужчина — загорелый, серебристо-седой, с накинутым на плечи спортивным свитером — приобнимает супругу и отводит ее в сторону.

— Офигеть! — фыркает Вероника. — Мы что, влезли в рекламный ролик виагры?

Она достает из пакета пончик и начинает есть, наклонившись над водой и упираясь локтями в парапет. Кусочки глазури падают с ее пальцев и исчезают в воде. При наклоне, в просвете между спортивной курткой и штанами, открывается довольно большая татуировка в нижней части ее спины. Взгляд Кёртиса сначала задевает ее лишь вскользь, но через несколько секунд возвращается. Там изображено дерево с семью ветвями, каждая из которых помечена символом: солнце и луна, мужское и женское начала, что-то похожее на четверку — или, может, двойку — и что-то вроде строчной буквы «b». Все они смутно знакомы Кёртису, но не более того. Самая верхняя ветка с седьмым символом прикрыта курткой. Под деревом находятся две фигуры, но сейчас он видит только их головы. Рисунок выполнен в черном цвете, подобно гравюрам на дереве. Вспоминая свои морпеховские татуировки — птица в оковах на правом плече, оскаленный бульдог слева на груди — и то, как они выцветали со временем, он оценивает возраст ее тату в девять, минимум восемь лет.

— Полюбуйся на это убожество, — говорит Вероника, кивая в сторону все тех же супругов, которые теперь, держась за руки, чинно расхаживают по галерее. — Иногда меня до того бесит показушная добропорядочность, что я готова кого-нибудь пристрелить. «Посетите тематический город! Окунитесь в экзотику тематической культуры! Покупайте и потребляйте овеществленные фантазии! Ура! Еще один брак без любви благополучно сохранен!» Я тебе гарантирую, что, когда в ноябре этот старый мудак приедет сюда на торговую выставку, он первым же делом, напялив пушистый белый халат, закажет в номер девчонку девятнадцати лет для обстоятельного минета с последующим трахом. Причем остановится он в этом же самом отеле как раз потому, что ранее прекрасно провел здесь время со своей благоверной. В его понимании это нормально и вполне естественно. И тут он совершенно прав.

Она доедает пончик и облизывает сладкие пальцы.

— Я ненавижу это место, Кёртис, — говорит она. — И больше всего я ненавижу то, что в нем есть хорошего. Я ненавижу себя в те моменты, кода мне здесь нравится. Это же такое искушение: передоверить свои мысли и чувства кому-то другому. Тебе не нужно оригинальничать, потому что оригинальность здесь попросту невозможна. Ты просто следуешь сценарию и ни о чем не заботишься. Это как выпускной бал в школе, только с азартными играми и шопингом в придачу.

— Можно задать прямой вопрос?

— Валяй.

— Ты пригласила меня на встречу с какой-то конкретной целью или тебе просто захотелось пообщаться? Меня устраивают оба варианта, но, если у тебя ко мне дело, я предпочел бы наконец услышать, в чем оно состоит.

Тихо рассмеявшись, она выпрямляется. Тату исчезает под курткой.

— Я пригласила тебя со вполне конкретной целью, и эта цель — пообщаться. Сегодня утром я сделала несколько звонков в Филли и Вашингтон, навела о тебе справки. И все там ответили примерно одно и то же. Надежный парень. Малость упертый. В темных делах не замешан. А в Атлантик-Сити тебя, похоже, вообще никто не знает, что я сочла добрым знаком. Но мне все же хотелось оценить тебя при личном общении. И не под дулом пистолета.

— Я тронут. И какова оценка?

— Удовлетворительная. Ты умеешь слушать. А если довести до сносной кондиции твои потуги на остроумие, ты будешь очень даже ничего. Сможешь осчастливить какую-нибудь приличную молодую особу.

— Спасибо. А можно спросить о людях, с которыми ты разговаривала в Филли и Вашингтоне?

— Спросить, конечно, можно, — говорит она, — только ответов на эти вопросы ты не получишь.

Она улыбается Кёртису, но при этом отводит глаза, что дает ему возможность всмотреться в ее лицо. Кажется, наметилась зацепка. Поскольку общих знакомых у них кот наплакал, обсуждать Кёртиса этим утром она могла только с одним человеком.

Вероника поворачивается, переходит мост и по другому берегу канала направляется в ту сторону, откуда они пришли. Кёртис держится слева от нее. Позади них Наполеон и куртизанка с чрезмерной аффектацией исполняют дуэт для посетителей ресторанчика; их пение смешивается и диссонирует с заезженной мелодией Вивальди, несущейся из звуковых колонок, а также с разговорами прохожих на фоне низкого монотонного шума кондиционеров. А впереди немецкое семейство — *ein Papa, eine Mama und zwei Kinder*[1] — изучает схему шопинг-зоны в лайтбоксе, золотистый свет которого озаряет их ангельски кроткие лица; и кажется, будто они созерцают некую сияющую святыню, заключенную в дивном ларце.

— Думаю, тебе следует вернуться домой, Кёртис, — говорит Вероника. — Прямо сейчас. У тебя нет особых причин здесь находиться. И тебе незачем впутываться в эту историю.

— А я ни во что и не впутываюсь. Просто ищу Стэнли. Просто хочу помочь.

Она бросает на него раздраженный взгляд — точно так же частенько смотрит на него Даниэлла, когда он упрямится, и это сравнение вызывает у него улыбку.

— Подумай, Кёртис, — говорит она. — Деймон Блэкберн? Ты серьезно? Я понимаю, он твой старый армейский друг или что-то вроде того. Но ты же сам прекрасно знаешь, что он играет нечисто.

— Нет, я этого не знаю. Может, ты меня просветишь?

Вероника втягивает воздух, открывает рот, готовясь заговорить, но выдыхает беззвучно. Еще один вдох — и снова то же самое. Она замедляет шаг, ссутулившись и опустив голову. На секунду у Кёртиса мелькает опасение, что она, заснув на ходу, растянется прямо посреди тротуара.

— Для начала, — говорит она, — мне хотелось бы узнать *в точности*, что рассказал тебе Деймон. О ссуде под расписку и о счетчиках карт, поработавших в «Точке». Объясни мне, чего он от тебя хочет и почему.

Кёртис раздумывает, как ему лучше на это ответить. Известно ему не так уж много, и он решается выложить все.

---

[1] Папа, мама и двое детей *(нем.)*.

— Деймон сказал, что он помог Стэнли занять десять тысяч, — говорит он. — А вскоре после того счетчики прошлись по «Точке» и еще нескольким местам. Стэнли перестал отвечать на звонки Деймона. И Деймон боится, что из-за неуплаты долга всплывет его расписка. Тогда в «Спектакуляре» подумают, что он как-то связан со счетчиками, и вышвырнут его с работы. Вот почему он попросил меня разыскать Стэнли и потом дать ему наводку. Это все.

— И ты ему поверил.

— Не совсем.

— Почему же не совсем?

Кёртис отвечает медленно, обдумывая слова:

— Деймон и Стэнли — друзья. Я никогда не слышал, чтобы Стэнли брал в долг у своих друзей.

Вероника закрывает глаза и улыбается. Он понимает, что дал правильный ответ, и ждет свой законный выигрыш. Она продолжает медленно продвигаться вперед, кренясь то в одну, то в другую сторону. Это наводит Кёртиса на мысли о пациентах с травмами позвоночника, которых он встречал в отделении физиотерапии, а также о японских танцовщицах, виденных им на Окинаве.

— Те десять кусков не были дружеской услугой, — говорит Вероника. — Они понадобились на первое время, пока Стэнли собирал команду счетчиков.

Кёртис оторопело моргает.

— Черт побери! — бормочет он.

— Всей подготовкой занимались мы со Стэнли, но и Деймон дал кое-какие наводки. Он также дал основную часть денег. Никто, кроме Стэнли, не должен был знать о причастности Деймона к операции, однако Стэнли сообщил об этом мне — для подстраховки, если что-то пойдет не так.

Вероника говорит бесцветным, усталым голосом, подбирая слова, — понятно, что этот рассказ в ее планы на сегодня не входил. Слушая ее, Кёртис чувствует себя как на американских горках, но без выброса адреналина; напротив, сердцебиение ощутимо замедляется. Он не ожидал такого поворота, но и не очень сильно удивлен. Все складывается один к одному.

— Нас было двенадцать, — продолжает Вероника. — Работали двумя группами. Большие казино умеют выявлять командных игроков, но против нас у них не было ни единого шанса. Мы просачивались сквозь их систему, как амебы. Мы были невидимы. Если распорядитель начинал что-то подозревать, мы менялись составами. Боссы понимали, что дело неладно, но как только они начинали прессовать кого-то из наших, это открывало нам брешь в другом месте. Это как слабо накачанный шарик: сдавишь с одного конца, раздуется другой. Вдобавок Деймон обеспечил нас мощным стартовым капиталом. Лично я начала игровой день с двумя сотнями штук в сумочке. И это притом, что в своей группе я была легковесом.

— Погоди, — говорит Стэнли. — Ты сказала, что Деймон помогал вам собирать команду. Но почему он решил среди прочих обчистить и собственное казино? Не вижу в этом смысла.

— Мы не обчищали «Спектакуляр».

Кёртис трясет головой в попытке прояснить мозги.

— Как это? Но ведь «Точка» потеряла денег даже больше, чем...

— Слушай меня внимательно. В «Точке» мы не смогли взять ни цента. Они заранее знали, что мы придем, и приготовились нас накрыть. Едва мы переступили порог, к нам приклеились ребята из секьюрити. Как только за каким-нибудь столом начинали расти ставки, распорядитель тут же понижал верхний лимит и отменял минимальный порог ставок, чтобы привлечь туда толпу лохов. Вычислив слабого дилера, мы не успевали взять его в оборот, как он исчезал из зала. Это походило на игру в крестики-нолики. Вскоре стало ясно, что мы можем пробадаться там всю ночь и в лучшем случае останемся при своих. И через час мы отчалили. Начальник смены поджидал на выходе и всучил нам эти утешительно-подарочные корзинки с шампунем, лосьоном и прочей ерундой. Ухмылка до ушей. «Приходите к нам еще, засранцы».

— Но...

— Слушай дальше. На самом деле все это было частью нашего соглашения с Деймоном. Ты еще не понял? Мы назначили «Точку» последней в списке, мы туда вошли, и мы выползли оттуда, как побитые собаки. Так и было задумано. Часом-двумя ранее Деймон должен был примчаться в казино, показать наши снимки с камер наблюдения в предыдущих местах, толкнуть перед парнями из секьюрити бравую речугу о «горсточке счастливцев-братьев» и в финале стать героем дня. Этот успех сразу сделал бы его легендой в глазах всех владельцев и работников казино. Только представь себе газетные заголовки типа: «„Спектакуляр" единственный, кто смог сдержать удар!» Теперь врубаешься, что к чему? Не забывай, что, кроме меня и Стэнли, никто в команде не знал об участии Деймона в этом деле. Наши люди без толку переходили от стола к столу, пока пар из ушей не пошел, не понимая, как и на чем мы так быстро спалились. Все вышло очень даже натурально, без всякого актерства.

— Но постой, ведь в ту ночь «Спектакуляр» *действительно* был выпотрошен счетчиками!

— Да, но не нами.

— Тогда что за чертовщина там случилась?

Она театрально пожимает плечами.

— Последнее, что я слышала о ситуации в Атлантике, — говорит она, — это что руководство «Точки» привлекло к расследованию копов. Ты не хуже меня знаешь, что казино стараются по возможности этого избегать. Так что можешь не сомневаться: у них там очень серьезный прокол, и ниточки тянутся к кому-то из своих. А что говорит об этом Деймон?

— Не имею понятия. Что бы он ни говорил, он говорит это не мне.

— А когда ты в последний раз с ним общался?

— Это было еще в Филли. Деймон не любитель телефонного общения. Он предпочитает факс. Что довольно забавно, поскольку с грамотой он не в ладах и пишет хуже, чем курица лапой.

Озабоченно наморщенный лоб Кёртиса начинает ныть от долгого напряжения. Он сдвигает очки к кончику носа и массирует виски, пытаясь расслабиться.

— Даже если это провернул кто-то из своих в казино, — говорит он, — все равно тут замешан и человек из вашей команды. Все нужно было скоординировать. Ты сказала, что вы провели в «Точке» около часа. А ты помнишь, чем в это время занимался и где находился каждый из ваших людей?

Она долго тянет с ответом. Устав ждать, он уже собирается по-другому сформулировать вопрос, когда она наконец подает голос:

— Мы разделились на две группы, и одной из них руководила я. Во второй за главного был человек, называвший себя Грэмом Аргосом. Я не встречала его раньше, да и Стэнли, кажется, был с ним едва знаком. Но он был хорош, по-настоящему крут. Учился в Массачусетском технологическом — так он сказал, во всяком случае. Счетчик от бога и актер что надо. С виду ничем не примечательный. Я беседовала с ним раз пять или шесть — подолгу, с глазу на глаз, — но до сих пор не уверена, что смогу опознать его в толпе. При каждой встрече он выглядел чуточку иначе, нежели в предыдущий раз.

Вероника смотрит Кёртису в лицо, но взгляд ее не сфокусирован, — возможно, она сейчас видит кого-то другого, пытается вспомнить.

— Минут через пятнадцать после нашего появления в «Точке» Грэм куда-то исчез. Мы снова увидели его лишь в номере «Резортса», куда все вернулись, чтобы поделить улов. К нашему приходу он уже был там и рассказал, что на него жестко, с угрозами, наехали люди из секьюрити, и он, испугавшись, драпанул. Я ему тогда не поверила. Решила, что он быстро просек ситуацию, урвал немного деньжат на первых ставках и смылся по-тихому, не считая нужным дожидаться остальных. Но теперь я начинаю сомневаться и в этой версии.

— У тебя есть на него выход? Общалась с ним в последнее время?

— Нет, — говорит она. — Зато ты с ним недавно пообщался.

— Свистун? Тот щелезубый гаденыш?

Вероника кивает:

— У него есть разные зубные накладки, которые он время от времени использует. Виниры, — кажется, так они называются. Поэтому не очень-то рассчитывай на щель как на примету.

В памяти Кёртиса со щелчками, как при смене надписей на перекидном табло филадельфийского вокзала, быстро прокручивается все, что прошлой ночью наговорил ему по телефону этот Аргос. «Я знаю, что случилось в Атлантик-Сити... Держись от меня подальше... Я тот человек, который тебе нужен...»

— Объясни мне, Вероника, — говорит он, — почему вы со Стэнли, практически не зная Аргоса, рискнули взять его в команду, как кота в мешке?

Вероника улыбается, но голос ее звучит зло и раздраженно.

— Деймон вычислил Грэма в «Точке» примерно полгода назад, — говорит она. — Грэм тогда работал со слабым партнером, только потому и погорел. Деймон увидел в Грэме большой потенциал и, вместо того чтобы вышвырнуть парня из казино, предложил ему поработать подсадным игроком. А еще через несколько месяцев Деймон заявился к Стэнли и спросил, не хочет ли тот собрать команду счетчиков, тряхнуть стариной. Потому как у Деймона есть на примете один вундеркинд... Дальше догадайся сам.

— Черт!

Кёртис мысленно возвращается дальше в прошлое. Деймон в Леонард-Вуде, Деймон в Туэнтинайн-Палмс. Его слова и поступки в разных ситуациях. Выражение его лица в определенные моменты. Его манера всегда держаться чуть в стороне, заводя и подстрекая других, а потом наблюдая, как они входят в пике. Кусочки этой мозаики складываются в голове Кёртиса, формируя образы и сюжеты, которые он прежде не замечал — или не хотел замечать.

— Кёртис, я серьезно, — говорит Вероника. — Ты должен вернуться домой.

В данный момент именно этого Кёртису хочется больше всего. У него щиплет в носу, к лицу приливает кровь — и внезапно на первый план выходит одно детское воспоминание, которое не посещало его уже как минимум лет двадцать. Это поездка к морю вместе с отцом, Стэнли и еще несколькими их друзьями-игроками. Кёртису тогда было шесть или семь лет. По дороге кто-то из их компании заморочил ему голову историями о пиратских сокровищах; и потом на пляже он, найдя ржавую жестянку, выбрал «подходящее для клада» место и весь день копал песок, пока остальные резвились в волнах прибоя. Выкопав яму глубиной себе по пояс, он побежал звать Стэнли, но к моменту их возвращения яма уже заполнилась морской водой. «Нечего хлюпать носом, малыш, — сказал ему Стэнли. — Так эти вещи не делаются.

Сначала нужно найти карту. Запомни хорошенько: одно дело — просто история, а совсем другое — карта».

А сейчас у Кёртиса нет никакой карты. После стольких лет он так и не усвоил урок. Заморочьте ему голову подходящей историей, и он тут же кинется рыть землю носом.

Очнувшись от раздумий, он поднимает взгляд. Они добрались до края нарисованного неба. Он вспоминает о револьвере у себя на поясе, о кольце, запертом в сейфе наверху, об Альбедо, рыскающем по Стрипу на своей большой черной тачке. Кёртису, можно сказать, повезло. Эта история могла бы завести его и в более опасные дебри.

Однако у него еще остаются вопросы.

— А где был Стэнли? — спрашивает он.

— Что?

— Когда ваша команда находилась в «Точке», где это время был Стэнли?

В первую секунду она кажется растерянной.

— Он был в отеле, — говорит она. — В «Резортсе». Людьми на месте руководили я и Грэм. Стэнли отработал вместе с нами в двух первых казино, но потом он устал и вернулся в отель.

Скривив лицо, она отворачивается и делает вид, что рассматривает манекен в витрине магазина.

— Стэнли сейчас не тот, каким был прежде, — говорит она. — Работая в большой команде, нужно быстро перемещаться. А Стэнли это было уже не под силу.

— Он серьезно болен, да?

— Трудно сказать. Он не обращался к врачам. Я много раз пыталась его уговорить. Я угрожала, что вызову долбаную «скорую». Наверно, так и следовало сделать. А теперь...

Голос ее звучит спокойно, но она по-прежнему смотрит в сторону, крепко сжав кулаки. Фальшивое небо остается у них за спинами, а впереди в центре мраморного круга застыла живая статуя, как мазок белил на сером фоне, как одинокая свеча в сумерках.

— Возможно, ему просто наскучила такая жизнь, — говорит Вероника. — Захотелось сделать что-то значимое. Ему кажется, что он растратил впустую свой истинный дар.

Кёртис кивает, слушая невнимательно, отвлеченный своими мыслями. Потом замечает ее сердитый взгляд искоса.

— Я не имею в виду азартные игры, — поясняет она. — Я говорю об его *умении видеть*.

Они проходят еще несколько шагов.

— Ты знаешь Фрэнка Стеллу? — спрашивает она.

— Он игрок?

— Он художник. Постживописный абстракционист. По рассказам одного из моих университетских профессоров, Стелла однажды назвал величайшим из ныне живущих американцев не кого-нибудь, а Теда Уильямса из «Ред сокс» — это который в Зале славы, уж его-то ты знаешь, я думаю? Стелла считал Теда Уильямса гением, потому что тот мог *видеть* быстрее, чем кто-либо другой. Он якобы мог сосчитать стежки на мяче, летевшем на него со скоростью девяносто миль в час. И Стэнли Гласс наверняка впечатлил бы Фрэнка Стеллу. Для Стэнли простое созерцание объекта уже является действием. Действием в его чистом, нематериальном виде. Если опять же сравнивать с бейсболом, то здесь не обязательны даже подача и отбивание. *Взгляд* сам по себе уже является хоум-раном.

Они снова в главном зале. Вероника поднимает глаза к потолку, где пышнотелая царица и ее аллегорическая свита парят над головами зрителей. Всадники в доспехах на вздыбленных скакунах. Герольды и ангелы, дующие в трубы. Статуя крылатого льва. Кучевые облака между белыми спиральными колоннами. Кёртис идет рядом, также поглядывая на картину, однако думая о другом: об одном трюке, который не раз показывал Стэнли. Отец Кёртиса бросал через всю комнату колоду карт со словами: «Сыграем в подбор пятидесяти двух!» — и Стэнли подбирал с пола их все, безошибочно называя каждую лежавшую рубашкой вверх карту, прежде чем ее перевернуть.

Они достигают эскалатора и начинают спуск. Заходящее оранжевое солнце освещает фойе «Дворца дожей», где уже не так многолюдно: кооператоры частично разбрелись кто куда. В центре зала кривляется маттачино в маске, шутливо меряясь бицепсами с сотрудниками службы безопасности.

Вероника все еще смотрит на картину.

— Это работа Веронезе, — говорит она, указывая пальцем вверх. — Что за каша была в башке у этого бедолаги? Взгляни на эту вымученную перспективу. На эти мясистые фигуры в нижней части картины. Могу поспорить, когда они открыли оригинал в зале Большого совета, многие люди опасались под ним стоять. Ты его видел?

— Оригинал? — уточняет Кёртис. — Да, видел. Пару лет назад, в отпуске в Италии. Стэнли все еще говорит о поездке в те края?

— Да, почти все время.

— Так почему он не поедет? С деньгами туго?

— Нет. Деньги для Стэнли не проблема. Но у него никогда не было паспорта.

Сойдя с ленты эскалатора, Вероника быстро направляется к дверям. Кёртис спешит следом, озадаченный этим внезапным ускорением. Когда она проходит мимо маттачино, тот снимает шапочку с перьями.

— *Come stai belle?*[1] — обращается он к Веронике.

Та не сбавляет шаг, огибает клоуна, не взглянув на него и только чертыхнувшись, а еще через пару секунд покидает здание.

Кёртис нагоняет ее у ограждения канала. Солнце — большое и мягкое, как желток в глазунье, — опускается к горам; песочного цвета небо иссечено розовыми линиями инверсионных следов. Вероника, скрестив руки на груди, грызет ноготь большого пальца и невидящим взглядом смотрит на причаленные гондолы.

— Чтоб их всех! — бормочет она. — Ненавижу этих тварей! Люди в масках наводят на меня жуть.

Кёртис морщит лоб, затем ухмыляется, глядя на нее сбоку.

— Кроме тех случаев, когда ты сама носишь маску, — говорит он. — Тогда другие твари тебе не страшны. Я правильно понял?

Они кивает:

— В детстве я надевала маску задолго до Хеллоуина и носила еще целую неделю после того. Не снимала ее даже в ванной. Спала я обычно в гель-масках — мама приносила их из косметического салона, где она работала. Только так я могла заснуть.

---

[1] Как дела, красавица? (*ит.*)

А без маски я всю ночь ворочалась в постели, неуверенная, что окружающие меня люди на самом деле те, кем они кажутся. Я и в себе-то самой не была уверена. Моя несчастная мама без конца таскала меня на консультации и тестирования к разным психологам. Только через чертов СМИЛ меня прогнали раз шесть, прежде чем я впервые услышала о такой вещи, как «переключение внимания».

Кёртис облокачивается на парапет слева от Вероники и смотрит вниз на воду. Парень с сеткой на длинном алюминиевом шесте вылавливает из канала мусор, плавно поводя своим орудием то в одну, то в другую сторону. Как гондольер с веслом, но без гондолы.

Вероника наклоняется ближе к Кёртису. Должно быть, она приняла душ сегодня перед уходом из номера: от нее пахнет знакомым мылом из набора туалетных принадлежностей отеля.

— А как *ты* отмечал Хеллоуин в детстве? — спрашивает она.

Кёртис смотрит в пространство перед собой.

— Мои дед и бабка были «свидетелями Иеговы», — говорит он, — так что про Хеллоуин мне особо и вспомнить нечего.

Но, уже заканчивая эту фразу, он таки вспоминает одну вечеринку в Спрингфилде, куда он попал с компанией парней из Леонард-Вуда. Непроницаемо-черные очки. Угольно-черный костюм, который он надевал на бабушкины похороны. Витой шнур от телефонной трубки, болтающийся между его ухом и карманом пиджака. Был там и Деймон в полувоенном сером сюртуке и треугольной шляпе (где он их раздобыл, неизвестно). Суперагенты, наполеоны — за этими глупыми нарядами таятся наши желания, точно такие же глупые.

— Что будешь делать дальше? — спрашивает Кёртис.

— Прямо сейчас? Пойду в казино. Буду считать карты и выигрывать по маленькой. А то мои финансы начинают петь романсы...

— Я не имел в виду прямо сейчас. Я в широком смысле.

Она натянуто смеется, встряхивает волосами:

— Честно? Понятия не имею. А ты что собираешься делать?

— Я надеялся, что Деймон устроит меня в службу безопасности «Спектакуляра». Но теперь эти надежды почти испарились.

— Ты все еще в морской пехоте?
— В январе вышел в отставку. Как только оттрубил свою двадцатку, сразу на покой.
— Двадцать лет службы? Офигеть! И чем ты там занимался?
— В корпусе? Я был военным полицейским.
— Кроме шуток?
— Кроме шуток.
— Вот оно, значит, как! — говорит она. — Получается, ты не просто любитель, который корчит из себя детектива.

Кёртис со смехом качает головой:
— В корпусе мне ничего расследовать не доводилось. Я по большей части обеспечивал безопасность. Типа охранника.

Вероника оглядывает его с головы до ног:
— То есть ты двадцать лет проработал охранником?
— Охрана баз, охрана тыла действующих подразделений, конвоирование пленных. Я выполнял и другие задания, но работать в охране мне нравилось больше всего.
— Звучит как очень впечатляющая хрень.

Кёртис молча улыбается. Внизу чистильщик канала только что выловил из воды букет красных гвоздик, которые обтекают, повиснув на краю широкой сетки.
— А что именно тебе нравилось в этой работе? — спрашивает Вероника.

Кёртис задумывается и отвечает после изрядной паузы.
— Мне нравилось останавливать и не пропускать, — говорит он. — Думаю, больше всего мне нравилось преграждать кому-нибудь путь.

Она смеется, покачивая головой.
— И это все? — спрашивает она.
— В основном да.
— Но это полная чушь!

Кёртис вздыхает, распрямляется, вздыхает снова.
— В восемьдесят первом, — говорит он, — когда подстрелили Рейгана, я находился примерно в двух милях от того места, на футбольной тренировке в школе. Полиция быстро удалила всех нас с поля. А потом они без конца крутили эти кадры по телику. Ты это помнишь?

— Я тогда училась — дай-ка сообразить — в третьем классе.

— Меня потряс Тим Маккарти, — продолжает он, — тот агент секретной службы, который принял на себя четвертую пулю. Он прыгнул прямо под выстрел. Для меня стало открытием, что человек способен на такие вещи.

Она как-то странно смотрит на Кёртиса. Скептически. Он замечает это краем глаза, продолжая при этом глядеть на воду. Он и сам не знает, зачем это рассказывает.

— Ты был в футбольной команде своей школы? — спрашивает Вероника.

— Да. Играл в линии нападения.

— Что, в самом деле?

— Ну да. Я был гардом.

— Ты ведь учился в Вашингтоне?

— Да, в средней школе Данбара, четыре года.

Она внимательно на него смотрит.

— Какой у тебя рост, Кёртис? — спрашивает она. — Если, конечно, это не секрет.

— Не секрет. Пять футов семь дюймов.

— Пять и семь. А остальные парни были...

— Все остальные были выше десяти футов, это факт.

Она фыркает, не сдержавшись.

— О'кей, — говорит она. — Круто. А что ты делал после того, как вышел из больницы? Тебя ведь, наверное, долго лечили после футбольных баталий? Что ты делал потом?

Кёртис смеется в свою очередь:

— После того я пошел в колледж. Пробыл там совсем ничего и потом поступил в морскую пехоту.

На какое-то время они умолкают. Вероника смотрит вправо, мимо фасада палаццо Ка-д'Оро, на часовую башню — двадцатичетырехчасовой циферблат, золотой круг зодиака — и на пульсирующую световую панель на здании над ней. Поворачиваясь, она переносит вес тела на другую ногу и соприкасается худым горячим бедром с ногой Кёртиса. Он смотрит вниз: татуировка приоткрылась больше, чем в прошлый раз. Две фигуры под деревом оказываются бородатым старцем и молодым мужчиной с мечом. На эту картинку наложены два треугольника — один острием вверх, а другой вниз. Кожа Вероники покрыта ровным искусственным загаром.

— Ты не подумываешь о том, чтобы вернуться к учебе, Кёртис?

— Именно этого хочет моя жена.

— Полагаю, она не в восторге от твоей поездки в Вегас?

— Ты права. Мы разругались в дым перед моим отъездом. Она была очень расстроена.

Волосы Вероники соскальзывают со спины на правое плечо. Она еще ниже наклоняет голову, позволяя им свободно повиснуть над водой. Позади нее рекламное панно отеля демонстрирует видеоролик с жонглером и мигающей синей надписью: «ТЫСЯЧЕГЛАЗЫЙ ПАВЛИН!»

— Кёртис, — говорит она, — а почему ты не носишь обручальное кольцо?

Он глубоко вздыхает и чуть отодвигается в сторону.

— Мне не стоило об этом спрашивать? — уточняет она.

— Да нет, — говорит он, — вопрос был резонный. И я дам на него прямой ответ.

Она распрямляется и выжидающе смотрит ему в лицо.

— Когда я служил за границей, — начинает он, — мне время от времени приходилось иметь дело с парнями из контрразведки. Теми, которые проводили допросы, дознания и все такое. Иногда это были военные, иногда из других служб. Ни с кем из них я не был знаком близко. Но те, с кем я неформально общался, любили порассуждать о своей работе. О том, что и как они делают. И я обнаружил, что для этой работы подбираются люди с определенным складом психики. Я получил представление о том, как они видят окружающий мир. Так, для людей типа меня и тебя кольцо на пальце означает: «Я люблю мою жену». Но для таких парней оно прежде всего будет сигналом: «Вот мое слабое место, и вы можете этим воспользоваться». Хочется думать, что их совсем немного и что в обычном мире они встречаются крайне редко. Но если достаточно навидаешься их на службе, они начинают мерещиться уже повсюду. Короче, приехав сюда и не зная толком, во что впутываюсь, я предпочел снять кольцо, чтобы казаться менее уязвимым. Вот, собственно, и все.

Она кивает:

— Понимаю. Это разумная предосторожность.

Кёртис улыбается и пожимает плечами.

— Что ж, мне пора, — говорит она. — Надо разжиться чем-нибудь на карманные расходы.

— Ты идешь обратно?

— Нет, не в это казино. Если ты часто выигрываешь или много проигрываешь, сотрудники начинают обращать на тебя внимание. За это им и платят. Я не хочу, чтобы кто-то здесь меня запомнил.

— Присутствующие не в счет, я полагаю.

— Конечно. Кроме того, меня убивает запах в этом заведении.

— Запах? Я давно перестал его замечать.

— Они гонят его через систему вентиляции. Так делают все отели и казино на Стрипе, но здешний запах хуже всех. Напоминает вонь хорьков, трахающихся в вазе с ароматической смесью.

Кёртис смеется. Вероника улыбается и смотрит вдаль.

— Спасибо за этот разговор, — говорит Кёртис. — Я серьезно. Спасибо тебе.

— Да на здоровье. Мне это было не в напряг. Надеюсь, вся эта хренотень рано или поздно утрясется.

Она протягивает руку, Кёртис ее пожимает. Потом она обходит его и направляется через мост в сторону бульвара.

— Вероника! — окликает он.

Она останавливается вполоборота к нему.

— Стэнли согласится со мной поговорить?

Вероника смотрит на него, щурясь из-за бьющего в глаза солнца. Затем открывает рот, собираясь ответить.

— Я знаю, ты связывалась с ним прошлой ночью, — быстро добавляет Кёртис. — Можешь не сообщать мне, где он находится. Я даже спрашивать не буду. Как ты думаешь, он согласится со мной поговорить?

В глазах ее вспыхивает и тут же угасает вызов, заменяясь чем-то больше напоминающим жалость.

— Думаю, да, — говорит она, — но не сейчас. Он еще не готов.

Она удаляется на пару шагов, но потом оборачивается снова.

— Не надо разыскивать его здесь, Кёртис, — говорит она. — Просто возвращайся домой.

Ее длинная тень просачивается между балясинами мостового ограждения: подвижный луч сумрака. Кёртис смотрит ей вслед. Решено: завтра утром он встанет пораньше и сразу же двинет в аэропорт. А сейчас надо приготовиться к отъезду. И позвонить Даниэлле, сказать ей об этом.

Он слышит шум крыльев: стая снежно-белых голубей взмывает с парковки и клочьями пены проносится мимо часовой башни. Мерцающее облако над городом истончается, наползая на солнце; на этом фоне белокрылые птицы превращаются в россыпь черных клякс. Кёртис пытается разглядеть вдали гору Чарльстон, но заходящее в той стороне солнце делает все горы неотличимыми друг от друга.

Направляясь к отелю, он достает из кармана телефон, чтобы позвонить жене, но вместо этого выбирает в списке контактов номер Уолтера Кагами.

37

К северу от Нью-Фронтира бульвар теряет немалую часть своего лоска, но Кёртис все же предпочитает пешую прогулку — так ему лучше думается.

Перед ним один из кварталов старого Вегаса: неоновые цирковые клоуны, жутковатое грибовидное облако «Стардаста», сверкающие зонтики (или взбивалки для яиц) «Вестворд-Хо». Это излюбленные места морпехов, хорошо знакомые Кёртису по прошлым поездкам. Половина заведений уже не функционирует, ожидая сноса. Выполненный в виде огромной буквы «А» собор Ангела-Хранителя бесстрастно взирает на шумную магистраль; синяя мозаика его западного фасада слабо подсвечена снизу; стройный шпиль рядом с ним визуально перекликается с далекой башней «Стратосферы».

Вечер прохладен: градусов десять по Цельсию. Порывы ветра ворошат кроны пальм, подхватывают клубы выхлопных газов. Кёртис идет по восточной стороне Стрипа вдоль самого края тротуара, так чтобы слева от него не было пешеходов — только восемь полос дорожного движения. Он продвигается быстро, хотя причин для спешки нет: до назначенного Кагами времени встречи еще далеко. Однако он все ускоряет шаг, словно пытаясь догнать какую-то ускользающую мысль. Он очень зол — в первую очередь на самого себя — и уже готов отказаться от этой затеи.

Все немногое, что Кёртис знает о блэкджеке, он усвоил в этих самых местах, после нескольких лет бесплодных наставлений, которыми пичкали его отец и Стэнли. «Распорядители не верят в то, что черные способны считать карты, и они никогда тебя не раскусят. Я вручаю тебе ключи от рая, малыш. Тебе не придется работать ни единого дня в своей жизни». Но осваивать премудрости блэкджека под руководством отца было все равно что учиться вождению автомобиля с Ричардом Петти в качестве инструктора: даже стартовый уровень был слишком высок для Кёртиса. А про Стэнли и говорить нечего — уже в ту пору его понимание игры было загадкой для всех.

В конечном счете вышло так, что базовую стратегию блэкджека он изучил с помощью Деймона: в похмельные утра за двухдолларовыми столами в «Слотсе». И до того времени, как его перевели обратно в Кэмп-Лежен, Кёртис успел посетить все казино Норт-Стрипа, научившись часами держаться на плаву даже при обилии бесплатной выпивки. Более того, он зачастую умудрялся оставаться в плюсе, хотя сумма его выигрышей и недотягивала даже до прожиточного минимума. Так или иначе, в Северную Каролину он вернулся с уже более четким представлением о том, *что* делали его отец и Стэнли, хотя по-прежнему плохо понимал, *как* они это делали. Уже за одно это он должен быть благодарен Деймону. Разве не так?

Сегодня исполняется ровно две недели со времени его последней встречи с Деймоном. В тот день — пока он ехал по Бродстрит на юг до Маркони-Плаза, а потом шагал полмили мимо бочче-кортов и старого квартирмейстерского склада до кафе «Пенроуз» — в голове Кёртиса роились вопросы, которые он страшился задать даже самому себе. Вопросы, наверняка понятные Деймону, который мог бы дать ответ хотя бы на часть из них. Что ему делать дальше? Вернуться к учебе, овладеть гражданскими профессиями? Конечно, статус ветерана с тридцатипроцентным нарушением функций давал ему право на бесплатное обучение и даже на адресную соцпомощь, но стоила ли эта овчинка выделки? Что, если он сглупил, поторопившись жениться и выйти в отставку, вместо того чтобы как следует долечиться и продолжить службу? Сейчас, когда морпехи вновь отправились в Пустыню, не подумать ли о заключении повторного контракта?

Тогда он так и не задал эти вопросы Деймону. И видимо, уже никогда не задаст. Истории Деймона он не поверил ни на секунду. Но при этом нельзя сказать, чтобы Кёртис ему совсем не доверял. За прошедшие годы Деймон не раз втягивал его во всякие сомнительные дела, но никогда Кёртис не чувствовал себя обманутым или цинично использованным. Никогда, вплоть до этого случая.

Позади остались кипящий огнями фасад «Ривьеры» и подсвеченные розовым параболы «Ла-Кончи». Он минует заправки и пункты фастфуда — все в мигающем неоне — и новые жилые комплексы на месте прежних казино. Вывески наползают друг на друга: «СУВЕНИРЫ МАЙКИ ПОДАРКИ ИНДИЙСКИЕ ЮВЕЛИРНЫЕ ИЗДЕЛИЯ МОКАСИНЫ НАПИТКИ». Вот старый аквапарк — там темно и тихо; причудливые силуэты аттракционов проступают на фоне освещенной «Сахары». В луковичном куполе, венчающем это казино, египетского меньше, чем персидского, а персидского меньше, чем византийского. Вдоль западной стороны бульвара тянутся в основном пустые участки, погруженные в спячку до следующего строительного бума. Уже достаточно стемнело, чтобы можно было разглядеть звезды, а также Юпитер высоко на юго-востоке. Кёртис чувствует себя уязвимым без револьвера под курткой. И ему очень не нравится как само это чувство, так и причина его появления.

Немногочисленные пешеходы на тротуаре держатся группами и ведут себя не вполне адекватно; Кёртис следит за ними краем глаза, прислушивается к обрывкам разговоров. Приторно-обаятельные, саентологического типа субъекты пытаются раскрутить простаков на таймшер. А вот подгулявшая компания кооператоров в одинаковых кепи — возможно, те же самые, которых он видел в отеле. «Какого хрена этот говнюк прикупал на твердых двенадцати против шестерки? Из-за него я пролетел на сотню баксов!» Обвешенный плакатами уличный проповедник горячится, предвещая скорый конец света двум пустоглазым копам-мотоциклистам. Тут же свадьба в стандартном виде: друзья жениха с прическами «рыбий хвост»; пухлые подружки невесты в платьях из пенистой органзы; невеста с гроздью воздушных шаров, тянущих вверх ее локоть и отражающих круглыми боками огни транспортного потока; выпученные глаза для группового фото. Четверо юных розоволосых японок-хохотушек в аляповатых очках, похожие на шкодливых детишек, вымогающих конфеты в Хеллоуин. Загорелый попрошайка с тростью для слепых в одной руке и монетным ведерком в другой; его стильные загнутые очки дадут фору очкам Кёртиса. «ЕСЛИ У ВАС ХВАТИТ ПОДЛОСТИ ОБОКРАСТЬ СЛЕПОГО, ВОТ ОН Я», — написано на его плакате. Смуглый пацан лет тринадцати навязывает прохожим рекламки эскорт-услуг, лопоча на смеси испанского с английским. Пьянчуга в мятом льняном костюме, только что отливший на пальму и позабывший застегнуть ширинку, кружит невидимую партнершу среди припаркованных авто, распевая «Бумажную луну» звучным, недурно поставленным голосом.

На перекрестке у «Хоули Кау» Кёртис переходит на другую сторону бульвара и продолжает движение на север. Переменчивый ветер время от времени доносит до него истошные вопли ездоков с высотных аттракционов «Стратосферы». Теперь он уже слишком приблизился к этой башне, чтобы охватить ее одним взглядом: от верхнего яруса в форме перевернутого абажура до трехногого основания. Он автоматически пытается идентифицировать государственные флаги, отображенные в неоновом исполнении над вывеской, но потом вспоминает, что все эти флаги ненастоящие. Воображаемые страны. «Вообще все страны — это лишь плод воображения», — сказал бы по такому случаю Стэнли. Это напоминает Кёртису что-то еще, что-то, недавно сказанное Вероникой... Ах да: о причине, по которой Стэнли так и не побывал в Италии. «У него никогда не было паспорта». Почему она выразилась именно так: «никогда не было»? Почему не сказала просто: «У него нет паспорта»?

По тротуару навстречу ему бежит классическая труженица панели (рыжий парик, черные чулки в сеточку, ростом далеко за шесть футов при четырехдюймовых каблуках — возможно, трансвестит), одной рукой пытаясь запахнуть пальто, а другой голосуя таксистам. При этом она все время оглядывается на мотель «Ацтек», словно опасаясь погони, — может, взбесила клиента каким-то неудачным трюком, или стащила его бумажник, или тот загнулся от разрыва сердца на пике отсоса, так что сейчас ей нужно побыстрее смыться отсюда и залечь на дно. По выражению ее лица можно догадаться, что дальше все будет только хуже. Кёртис уступает дорогу бегущей, стараясь не встречаться с ней взглядом.

Под навесом у входа в казино непрерывный поток такси высаживает и подбирает пассажиров, большей частью студентов на двойных свиданиях и работяг со Среднего Запада в ветровках и спортивной обуви. Все отъезжающие такси сворачивают на юг по Стрипу. Войдя внутрь, Кёртис снимает кепи и засовывает его за поясной ремень сзади — туда, где в последние дни носил револьвер. Козырек привычно упирается ему в копчик, и это несколько нивелирует ощущение уязвимости.

Билет на лифты до обзорной площадки обходится ему в десять баксов. Несколько секунд он выбирает, в какую из очередей встать, но после сделанного выбора ожидание не затягивается. Первым делом надо пройти через раму новенького металлодетектора, о чем его заранее предупредил Кагами. Сотрудники службы безопасности обыскивают сумки, включая поясные, но даже этот процесс не так тормозит движение очереди, как фотограф с цифровой камерой, который делает снимок каждого проходящего к лифтам. Впереди Кёртиса стоит, покачиваясь, пьяный усач в майке с надписью «BUCK FUSH», сопровождаемый раболепной супругой и парочкой молчаливых детей. Он без умолку ворчит, недовольный задержкой.

— Типичный Вегас, браток, — обращается он к Кёртису. — Вечно они норовят продать тебе какую-нибудь фигню.

— Им нужны фотки всех, кто поднимается на башню, — поясняет Кёртис. — Если кто-то протащит туда пластит и взорвет все к чертям, наши трупы потом будет легче опознать. Но если они смогут зашибить несколько лишних баксов, продавая эти снимки как сувениры, почему бы нет?

Усач хохочет, глядя на Кёртиса, но Кёртис ему не вторит, даже не улыбается, и тот, притихнув, отводит взгляд.

Обзорная площадка расположена на сто восьмом этаже, в восьмистах футах от земли. Скоростной лифт добирается туда примерно за минуту. Кагами здесь нет — еще слишком рано, — и Кёртис делает два круга по площадке, один по часовой стрелке, другой против. При этом он усиленно зевает, прочищая уши, заложенные из-за перепада высот. Долина во всех направлениях до самых гор сверкает огнями, от жарко-оранжевых до холодновато-голубых, как россыпь самоцветов на дне шурфа.

Он находит свободную скамейку между двумя платными телескопами, садится и пытается обмозговать ситуацию. Уже по привычке задается вопросом, где сейчас может быть Стэнли, хотя знает, что это неправильный вопрос — и он был неправильным с самого начала. Лучше спросить: почему его так трудно найти? Или еще лучше: почему Деймон так сильно хочет его найти? Если Вероника сказала правду — а Кёртис склонен ей верить, — то число возможных ответов на последний вопрос относительно невелико, и ни один из этих ответов не нравится Кёртису.

От размышлений его периодически отвлекает панорама города внизу, где в уличной сети выделяются знакомые вкрапления. С этой высоты ровный участок, оставшийся после сноса «Дезерт инн», напоминает дырку на месте выбитого зуба. Он находит свой отель на изгибе Стрипа — его колокольня, как поднятый вверх бледный палец, рассекает сияющую световую панель «Цезаря». Утром в пятницу, когда его самолет шел на посадку, Кёртис смог разглядеть «Луксор», «Нью-Йорк», «Мандалай», но мало что успел увидеть в северной части города — снижение было слишком быстрым.

Кёртис в первый раз оказался в самолете с того времени, как транспортно-санитарный борт доставил его из Германии полтора года назад; но тогда он был накачан демеролом и почти ничего не соображал. Для полета в Вегас Деймон купил ему билет на место слева от прохода в «Боинге-757», но Кёртис прибыл на регистрацию достаточно рано, чтобы поменяться на место у окна с правой стороны. Когда самолет по большому кругу набирал высоту, под ним раскинулись акры клюквенных болот среди лесов к востоку от Ившема, подобные лужицам ртути, от которых рикошетил восход солнца, создавая ощущение гигантского пожара в недрах земли. Соседей слева у Кёртиса не оказалось, и в ходе полета он без помех созерцал проплывающий внизу континент, ощущая нервное напряжение наряду с умиротворенностью, какой не знал уже много лет, — и эта необычная комбинация чувств не исчезла после посадки в Вегасе. Все то время, что он провел здесь с момента прибытия, Кёртис продолжал чувствовать себя так же: напряженный, сосредоточенный и при всем том отрешенный, словно он не был по-настоящему вовлечен в эти дела или к ним причастен, а лишь следил за происходящим на экране монитора откуда-то из очень далекого далека. Совсем неплохое чувство, надо признать, — вот только с некоторых пор он все меньше и меньше ему доверяет.

Ночное небо бороздят вертолеты — в основном это чартерные рейсы, курсирующие в воздушном коридоре между центром города и аэропортом. К юго-востоку от башни Кёртис замечает полицейский вертолет, который направил вниз прожектор, зависнув над жилыми кварталами в районе Сахара-авеню, где уже сбились в кучу красно-синие проблесковые маячки патрульных машин. Отражаясь в окнах ближайших домов, эти мигающие огни переносятся на зеркальные фасады других зданий, и все это кружится, как в калейдоскопе, притом что вой сирен не слышен из-за большого расстояния и толстого стекла галереи. Взглянув на свои часы, Кёртис спускается с площадки в бар, заказывает кофе по-ирландски и, пока бармен доливает в его чашку «Бушмилс», оглядывает плавно вращающийся ресторан еще одним ярусом ниже. На маленькой сцене джазовое трио исполняет для безразличной публики «Ненужный пейзаж» Жобима; чистый холодный голос певицы ближе к версии Жилберту, чем к Ванде Са. С пианистом и басистом она поддерживает контакт легкими движениями тела и рук. Все трое, похоже, привыкли к тому, что посетители башни их игнорируют.

Кёртис садится за столик у южного окна бара и, ожидая Кагами, смотрит на Стрип, изредка фокусируя взгляд на собственном отражении в стекле. Он припоминает разные случаи с Деймоном — те, о которых слышал от других, и те, в которых сам был участником или свидетелем. Отмечает в них детали, которым доселе не придавал значения. Как Деймон конфисковал новенький спортивный «БМВ» у какого-то тюфяка из Сими-Вэлли — просто взял ключи у него из руки, — чтобы прокатиться с девчонкой, которую перед тем подцепил в «Мандалае». Или как он подбил Кёртиса отвлечь охрану на КПП базы, а сам под это дело вывез из Туэнтинайн-Палмс в самоволку нескольких мудозвонов, спрятав их под грязным бельем в фургоне прачечной. Или как он напугал до усрачки с полдюжины горе-ковбоев на парковке перед баром в Уэйнсвилле: вдавил ствол «беретты» в тощую ковбойскую щеку с такой силой, что потом на ней остался круглый отпечаток. При этом Деймон был трезв как стеклышко...

У Кёртиса такое чувство, будто он много дней подряд мучительно пытался разгадать кроссворд и только сейчас вдруг обнаружил, что самые первые, исходные слова в клеточках были вписаны неправильно. Еще больше подходит сравнение с популярными десяток лет назад «магическими» 3D-картинками, которые можно было увидеть, только правильно сфокусировав глаза, а иначе ты видел лишь скопление точек и черточек. И в данном случае он никак не может поймать правильный фокус. Помнится, у него и прежде не получалось разглядеть проклятые картинки. А сейчас ему не справиться с этим и подавно.

В оконном стекле возникает отражение Кагами: темный силуэт, исполненный звезд в той части, где он перекрывает свет зала. Линзы его очков похожи на две луны в последней четверти, подвешенные во тьме. Кёртис разворачивается и протягивает ему руку.

— Спасибо, что согласились встретиться, Уолтер, — говорит он.

— Без проблем, малыш. Меня это не затруднило. Я здесь внизу решал кое-какие вопросы и только что освободился. Надеюсь, тебе не пришлось ждать слишком долго.

— Да нет. Я любовался видами.

Кагами опускается в кресло. Он кажется несколько смущенным и растерянным — такое впечатление, что он предпочел бы избежать этой встречи. В первый момент Кёртис его еле узнал: на смену костюму с галстуком пришел свитер пурпурно-синей расцветки, а с пальцев исчезли все перстни, кроме золотого обручального кольца. Вспомнив о своем кольце в сейфе отеля, Кёртис перемещает левую руку со стола на колено.

— Вы занимались делами субботним вечером? — говорит Кёртис. — Должна быть, это очень важная сделка.

Кагами улыбается.

— Это была не деловая встреча, — говорит он. — Скорее, обмен мнениями. Строили планы на следующий уик-энд.

— И что вы запланировали?

— Шествие по Фримонту, из конца в конец улицы. Пару часов будем размахивать самодельными плакатами. Кричать: «Не проливайте кровь ради нефти!» Ну и так далее. Если хочешь, можешь к нам присоединиться. Прихвати пять-шесть десятков друзей. Мы будем рады видеть в своих рядах как можно больше отставных вояк.

Кёртис подозревает, что Кагами опять пытается вывести его из равновесия, как в прошлый раз с вопросами о Гитмо. Он убеждает себя сохранять спокойствие, но потом вдруг обнаруживает, что этот выпад его нисколько не трогает, и еще секунду спустя спрашивает себя: а почему, собственно, это должно его трогать?

— В следующий уик-энд я буду уже в Филли, — говорит он. — Тем не менее спасибо за приглашение. Полагаю, вы соберете большую толпу?

Кагами пожимает плечами:

— В январе мы прошли маршем от «Белладжо» до «Тропа». Собрали пару сотен человек. Надеюсь, в этот раз соберем как минимум столько же.

— Для Вегаса это совсем не плохо.

— Здесь есть сплоченная группа противников ядерного оружия. Это понятно, имея по соседству старый Невадский полигон, а теперь еще и Юкка-Маунтин. К протестам также подключаются студенты местного университета, а временами и профсоюзы. Один профсоюз кулинаров чего стоит — в девяносто девятом, когда открывался твой отель, они собрали перед ним больше тысячи пикетчиков. Тебе следует хоть иногда удаляться от Стрипа, малыш. В городе происходит много интересных событий, о которых ты не имеешь понятия.

— Ну, чтобы это заметить, мне совсем не обязательно покидать Стрип.

Кагами ухмыляется:

— Ты все еще гоняешься за Стэнли?

— Теперь даже не пытаюсь, — говорит Кёртис, глядя на Кагами в надежде уловить какой-то намек в его мимике или позе, хотя прекрасно понимает, что это бесполезно. — Уолтер, вам знакомо имя Грэм Аргос?

И вновь ни малейшей видимой реакции.

— Кто это?

— Он был в команде счетчиков, прочесавших Атлантик перед Марди-Гра. Сейчас он здесь, в городе. Звонил мне прошлой ночью.

— Он дал тебе какие-то зацепки?

— Нет. Похоже, он сам разыскивает Стэнли.

Кагами хмыкает и качает головой.

— Хочу надеяться, что Стэнли ловит кайф от всей этой суматохи вокруг него, — говорит он. — За многие годы Стэнли сделался частью местного ландшафта. К нему настолько привыкли, что перестали его замечать. А сейчас он вдруг всем нужен позарез, все его ищут, и никто не может найти.

— Я думаю, вы знаете, где он, Уолтер.

Улыбка Кагами все та же, выражение лица не меняется.

— Я думаю, — продолжает Кёртис, — что Стэнли провел четкую грань, отделяя тех, кто знает его местоположение, от тех, кто знает, что на самом деле произошло в Атлантик-Сити. А вы, как мне кажется, не знаете всей правды про Атлантик.

Кагами остается недвижим как статуя, но его взгляд медленно перемещается с лица Кёртиса на его грудь и руки. Охватывает его целиком. Кёртис чувствует себя так, будто его препарируют, разделывают на мелкие ломтики.

— Должен признаться, — говорит Кагами, — мне очень хотелось бы узнать эту самую правду.

— И мне тоже.

Кагами меняет позу, закидывает ногу на ногу.

— Ты еще не в курсе последней информации оттуда? — спрашивает он. — С прошлой ночи расследованием в «Спектакуляре» занимается уже не местное бюро по мошенничеству, а ребята из полиции штата.

Кёртис удивленно моргает.

— Что еще там случилось? — спрашивает он.

— Насколько мне известно, пару дней назад один старый хрыч проверял крабовые ловушки в бухте Абсекон. И когда он поднял в лодку одну из ловушек... — Кагами расставляет ладони так, будто держит в них футбольный мяч. — В ней сидел здоровенный голубой краб. Настоящий монстр. И этот краб пожирал кусок человеческой ноги. Эксперты установили, что нога принадлежала мужчине-азиату в возрасте около тридцати. Пропавший дилер из «Точки» — кореец двадцати восьми лет. И вот убойный отдел уже тут как тут.

Кёртис явственно ощущает свой пульс: нетерпеливые толчки в области висков и шеи. Он смотрит в окно. До твердой земли отсюда ох как далеко.

— Дело дрянь, Уолтер, — говорит он.

— Это чуть больше того, на что ты подписывался, верно, малыш?

Кёртис переводит взгляд на стол, вертит в пальцах пустую кофейную чашку. Вспоминает Деймона в кафе «Пемроуз». Его налитые кровью глаза. Порванный рукав его рубашки. Пожалуй, зря он заказал кофе по-ирландски. Ему кажется, что башня раскачивается на ветру, хотя никакого ветра нет.

— Уолтер, — говорит он, — я не буду спрашивать, где сейчас Стэнли. Я спрошу вас о другом. Скажите честно: это вы натравили на меня Грэма Аргоса? Это вы дали ему мой номер?

— У тебя есть причины так думать?

— Он пытался меня убедить, что добыл номер у бармена или еще кого-то из служащих казино. Но я думаю, что номер дали ему вы. Ему было известно, что я приехал сюда по поручению Деймона. А об этом знали только вы и Вероника.

— Что конкретно тебе не нравится, малыш?

— Я бы не назвал этот сюрприз приятным, Уолтер. Гаденыш меня нервирует.

— Вот как? — говорит Кагами. — Представь себе, Кёртис, меня он нервирует тоже. Я рассчитывал, сведя вас накоротке, отделаться от обоих.

— Могли бы хоть предупредить. Почему вы мне не позвонили?

— Потому что ты мне не нравишься, малыш. У меня есть нехорошее предчувствие на твой счет.

Кагами произносит эти слова мягко, словно извиняясь. Потом, скрестив руки, устремляет взгляд вниз на Стрип.

Несколько секунд Кёртис переваривает услышанное.

— Вы же меня совсем не знаете, — говорит он.

— Скажу так: то немногое, что я знаю, не располагает меня в твою пользу.

Возникает пауза. Кёртис стискивает зубы; Кагами устало развалился в кресле. Кёртис разозлен, однако он не может отделаться от ощущения, что Кагами не совсем не прав. Он уже наклоняется вперед, готовясь встать, когда Кагами останавливает проходящую официантку и заказывает коньяк.

— Что ты пьешь, Кёртис? — спрашивает он. — Заказать тебе еще один кофе?

— Нет, спасибо. Мне хватит.

— Ладно тебе дуться, малыш. Расслабься хоть на пару минут.

— Имбирный эль, — говорит Кёртис и вновь откидывается на спинку.

Полицейские маячки уже не мигают в жилом квартале; только «скорая помощь» катит на запад по Сахара-авеню. Они оба провожают ее глазами до автострады, где «скорая» исчезает в транспортном потоке. Затем они вновь переводят взгляды на Стрип, полоса огней которого становится все ярче с продвижением на юг — как трассирующая очередь, выпущенная в сторону Лос-Анджелеса.

— Попробуй поставить себя на мое место, малыш, — говорит Кагами. — Я не понимал, что вообще происходит. Я и сейчас не понимаю. Как бы ты поступил в этом случае?

— То есть вы просто прикрываете Стэнли.

— Я просто хочу быть добрым и в меру сил порядочным гражданином Народной республики округа Кларк, штат Невада. Это все, чего я хочу. И потому я буду отстаивать неотъемлемое право Стэнли исчезнуть по собственному желанию и оставаться вне досягаемости столько времени, сколько он сочтет нужным. Я очень серьезно отношусь к таким вещам, Кёртис.

Официантка приносит напитки. Кёртис прихлебывает имбирный эль. Кагами легонько раскручивает бокал с коньяком, глядя на город за окном.

— Ты часто здесь бываешь, малыш? — спрашивает он.

— В Вегасе? Не так чтобы очень. В последний раз приезжал сюда года три назад.

— Ты слышал новый здешний слоган? Он уже стал практически официальным.

— «Что происходит в Вегасе, то здесь и остается»? — Кёртис улыбается. — Да, я его слышал.

— Отлично сказано, — говорит Кагами. — Кратко и емко. Люди называют Лас-Вегас «оазисом в пустыне». Но это не так. Он сам по себе *и есть пустыня*. В том-то и весь фокус. Взгляни на эту долину. Ты знаешь, что было здесь сто лет назад? Ничего. Кучка мормонов. Дюжина-другая ковбоев. Остатки затравленных и обозленных пайютов. В год моего рождения здесь было десять тысяч жителей. Сейчас полтора миллиона. И это всего за шестьдесят лет. Для истории шестьдесят лет — лишь мгновение. Что же влечет сюда всех этих людей? Как по-твоему? *Ничто*. Пустота. Это место похоже на огромную классную доску. Или маркерную, как их сейчас называют. Протри ее начисто и потом рисуй или пиши что вздумается. Изучай историю, малыш, это тебе пригодится. Если ты хочешь что-то спрятать, сделать невидимым — вези это сюда. Здешняя пустыня — черная дыра в нашей национальной памяти. «Манхэттенский проект»? Мы сроду о нем не слыхали. Индейцы? Понятия не имеем, куда они все подевались. Азартные игры. Шлюхи. Ядерные отходы. Полагаю, ты уже видел «Дезерт инн».

— Да, я заметил, что он исчез.

— Стив Уинн взорвал его пару лет назад, в октябре две тысячи первого. К тому времени снос зданий уже перестал восприниматься как веселое действо, и операцию провернули без обычного в таких случаях ажиотажа. Но ты помнишь, какую грандиозную гулянку он закатил в девяносто третьем, когда взрывали «Дюнз»? Или то шоу с подрывом «Гасиенды» в канун Нового года? Назови мне еще один город в мире, где так же запросто *взрывают* свои исторические здания. Лас-Вегас — это место для забывания всего и вся.

Кагами ставит бокал на столик.

— Хочу выкурить сигару, — говорит он, запуская руку в карман. — Будешь?

— Нет, спасибо.

Кагами достает коричневый кожаный портсигар, извлекает оттуда темную панателлу и обрезает ее золотым каттером-пулькой.

— Ты много где побывал, Кёртис, — говорит он. — Ты повидал мир. Европа. Азия. Ближний Восток. Мы с женой тоже стараемся как можно больше путешествовать. Год назад мы отметили десятилетие свадьбы поездкой в Италию на две недели. В Северную Италию, где мы в свое время провели медовый месяц. И знаешь, что мы там учудили? Мы решили всюду пользоваться своими старыми, десятилетней давности, путеводителями. Просто для проверки, на что они сгодятся в этот раз. И все прошло без единой задоринки. Те же самые рестораны, те же гостиницы. Помнится, мы обедали в одной остерии — так у них называются небольшие таверны, — которая была основана еще в тысяча четыреста шестьдесят втором году. С ума можно сойти!

Кагами убирает портсигар и каттер, достает из другого кармана массивную бензиновую зажигалку, открывает ее и чиркает колесиком. Сноп искр. Двухдюймовый язык пламени. Прикурив и выпустив пару клубов дыма, он защелкивает крышку со звуком, напоминающим тонкий звон подброшенной и крутящейся в воздухе монеты.

— О'кей, — говорит он. — А теперь представь себе, что ты со своей лучшей половиной гуляешь по Вегасу, пользуясь путеводителем от девяносто третьего года. Каково тебе придется? «Милая, давай-ка заглянем в „Сэндз". Упс! Извини, дорогуша». А как насчет «Лэндмарка»? Теперь на этом месте парковка. «Эль-Ранчо»? «Гасиенда»? Ты никогда уже не увидишь «Гасиенду», ее больше не существует. Город постоянно меняется. Причем меняется ни за что ни про что, ради самих изменений. И как раз поэтому он неизменен. Улавливаешь? Такова его природа, его сущность. Невидимый. Стерильный. Бесформенный. Неразрушимый. Что тебе известно о Родосе?

— О ком?

— Родос — это остров. В Эгейском море. Там когда-то стоял колосс — громадная статуя, — слышал о ней? Ладно, проехали. Как насчет Александрии? Этот город славился великолепной библиотекой. А Нью-Йорк чем славен? Парой бывших небоскребов? Я сейчас говорю об исчезнувших городах. О рухнувших империях. О местах, ставших знаменитыми благодаря тому, чего они лишились. Когда что-то исчезает, оно уходит в вечность. Все, что ты здесь видишь, — абсолютно все! — обречено. Все саморазрушается. К черту Рим! *Вот это* по-настоящему вечный город! Идея в чистом виде.

Официантка снова возникает из ниоткуда с пепельницей и еще одной бутылкой лимонада, пить который Кёртису совсем не хочется. Кагами придвигает пепельницу на несколько дюймов ближе к себе и отпивает глоток коньяка. Джазовое трио исполняет грустную французскую песню, угадать которую у Кёртиса не получается:

— *Les musées, les églises, ouvrent en vain leurs portes. Inutile beauté devant nos yeux déçus*[1].

Кагами подносит сигару к пепельнице и, медленно ее вращая, оставляет на хрустале аккуратный серый холмик.

— Я люблю этот глупый и нелепый город, — говорит он. — Пустыня у меня в крови. Я ведь родом из этих мест. Ты в курсе?

Кёртис отрицательно мотает головой:

— Отец рассказывал мне, что вы со Стэнли познакомились в Калифорнии. Я думал, вы родились там.

— Моя семья жила в Лос-Анджелесе. И там я вырос. Но родился я в полутора сотнях миль отсюда, по ту сторону гор.

---

[1] Музеи, церкви тщетно открывают свои двери. Бесполезная красота пред нашими разочарованными взорами *(фр.)* — строки из песни Шарля Азнавура «Как грустна Венеция» (1964).

Кагами указывает коротким пальцем в сторону горы Чарльстон, затерянной во тьме где-то за правым плечом Кёртиса. Зная, что все равно ее не увидит, Кёртис не оборачивается.

— Ты знаешь, где находится долина Оуэнс-Вэлли? — спрашивает Кагами.

— Только приблизительно. Где-то западнее Неллиса, уже за границей штата.

— Она всего в пятнадцати милях от Долины Смерти. Так что можешь себе представить, какой там климат. Я родился там, в месте под названием Манзанар. Ты когда-нибудь слышал о Манзанаре, Кёртис?

Кёртис натянуто улыбается с понимающим видом, но в этот момент Кагами на него не смотрит.

— Да, — говорит Кёртис, — я о нем слышал.

— Я родился там в сорок третьем. Почти ничего не помню об этом месте, только какие-то детали. Запах армейских одеял. Коричневая пыль повсюду. Набрав кувшин воды, человек не успевал донести его до стола, как на поверхности уже появлялась пыль. Крутилась такими спиральками. Это я помню. Впоследствии мама не хотела об этом говорить, а отец погиб в Италии, но я, как только подрос, начал наводить справки, где только мог. Это привело меня к другим вещам. Насколько я помню, Кёртис, твой отец в конце шестидесятых — начале семидесятых отсиживался в игорных притонах Монреаля. А он рассказывал тебе о том, что делал я во время вьетнамской войны?

— Нет, сэр. Не рассказывал.

— Я добровольно отправился в тюрьму. Я вошел в зал суда со своим призывным свидетельством, чиркнул зажигалкой — и следующие двадцать два месяца провел в Терминал-Айленд. Поверь, я вовсе не пытаюсь на тебя наехать, малыш. И не собираюсь читать мораль о том, как тебе следует прожить свою жизнь. Но если меня начинает подташнивать от одной только мысли о военной полиции, на то есть свои причины. Такие вот дела.

Кагами берет в рот сигару. Облако серого дыма поднимается к потолку. Две женщины тридцати с чем-то лет за соседним столиком — кричаще-яркие туфли, дорогущие прически, монограммы повсюду — поднимаются и переходят в противоположный конец зала, помахивая ладонями, как веером, перед своими брезгливо сморщенными носами. Кёртис делает несколько глубоких вдохов, считая их, чтобы успокоиться.

— Я двадцать лет прослужил в военной полиции, — говорит он. — И даже если бы я пытался, я не смог бы себя заставить стыдиться или сожалеть об этом. Быть может, когда-нибудь — когда я буду в лучшем настроении, чем сейчас, — мы с вами в уютной обстановке подискутируем на эту тему. Буду только рад. Но сейчас я скажу вот что: я больше не являюсь военным полицейским, Уолтер, но я по-прежнему являюсь сыном Бадрудина Хассана, сыном Дональда Стоуна. И я по-прежнему друг Стэнли Гласса. Мы с вами можем в чем-то не сходиться, но в данном вопросе мы оба хотим одного и того же. А именно: уберечь Стэнли от неприятностей.

— Оно, может быть, и так, малыш. Однако хотим мы этого по совершенно разным причинам.

— Не думаю, что это так уж важно.

— Знаю, что не думаешь, — хмыкает Кагами. — В том-то и проблема. В данном случае, Кёртис, как раз только это и важно.

Кёртис ощущает давление в висках и затылке: это начало головной боли. Ее привкус уже чувствуется во рту. Он на девяносто восемь процентов уверен, что зря теряет здесь время, но оставшиеся два процента продолжают ему подмигивать, принимая завлекательные позы. Джазовое трио берет перерыв, а работники ресторана забывают включить какую-нибудь попсу для музыкального фона, и в зале становится до странности тихо.

— Мне это уже осточертело, — говорит Кёртис. — Похоже, тут все, кому не лень, норовят поразвлечься, водя меня за нос. Я давно готов вернуться домой, и только одна мысль удерживает меня от того, чтобы рвануть в аэропорт: если я сейчас уеду и потом выяснится, что мое появление здесь каким-то образом нанесло Стэнли вред, который я мог бы предотвратить, мне будет больно об этом вспоминать. Вот почему я хочу услышать от вас честный ответ: вы уверены, что со Стэнли все будет в порядке?

Кагами бросает на него скептический взгляд.

— Нет, — говорит он. — Нет, Стэнли не будет в порядке. Этот человек умирает, Кёртис. Ты понимаешь? И уже не важно, что ты здесь делаешь или чего ты не делаешь.

— Для меня это важно, — говорит Кёртис.

Кагами не отвечает. Он смотрит в ночь и кажется очень печальным и очень уставшим. Плотная прямая струйка дыма тянется от кончика его сигары, как призрачный хоботок бабочки, пока ее не сминает поток воздуха из кондиционера. Кёртис провожает взглядом змеящийся к потолку дым, когда его ушей достигает звук турбореактивных двигателей снаружи. Он поворачивается к окну, высматривая огни в небе.

— Узнаешь тип самолета? — спрашивает Кагами.

Кёртис прислушивается и отрицательно качает головой.

— Новый стелс-истребитель, скорее всего. Пока что я эти машины вживую не видел.

Звук двигателей угасает вдали.

— Что слышно о войне? — спрашивает Кёртис.

Кагами наклоняется вперед, упираясь локтями в колени. Как понимает Кёртис, в этой позе ему удобнее собраться с мыслями и, перетасовав в голове факты, выдать развернутый анализ. Заметно, что процесс пошел — и вдруг он прерывается, словно срабатывает предохранительный клапан, выпуская накопленный пар.

— Кёртис, — спрашивает он, — когда ты в последний раз говорил с Деймоном?

— Этим утром получил от него факс. А голос его я не слышал ни разу с момента приезда сюда. Он не отвечает на мои звонки.

Мимо проходит официантка, и Кагами жестом просит счет, изображая сигарой запись на невидимой бумажке. Потом делает несколько быстрых затяжек и давит окурок в хрустальной пепельнице.

— Слушай меня, малыш, — говорит он. — Стэнли уже нет в Вегасе. Он улетел этим утром, еще до рассвета. Я лично отвез его в Маккарран. Он не сказал, куда направляется, а я его не спрашивал, но, по моим догадкам, он вернулся в Атлантик, чтобы уладить дела с Деймоном. Думаю, он уже сыт по горло этой игрой в прятки.

— Вероника все еще здесь. Я недавно с ней виделся.

— Так и должно быть, разве нет? Если они оба, Стэнли и Вероника, имеют компромат на Деймона, им нужно разделиться. Тогда каждый из них будет страховкой для другого.

— А я думал, они будут держаться вместе, чтобы прикрывать друг друга.

Кагами качает головой.

— Ты все неправильно понял, — говорит он. — Ты все еще рассуждаешь о Стэнли и Веронике, как будто они обычные люди. А они не такие. Другой набор правил, другие приоритеты. Прилетев сюда, ты сразу же сел в лужу и продолжаешь в ней сидеть. Ты хочешь убедить меня в том, что ты честный парень, а не какой-то гангстер? О'кей. Будь честным парнем. Отправляйся домой к жене. Ты ничем не сможешь помочь Стэнли, малыш. У тебя нет ни авторитета, ни связей. Ни здесь, ни где-либо еще. И этого не нужно стыдиться, поверь мне. Лучшее, что ты можешь для него сделать, — это забыть обо всей этой истории. Речь больше не идет о твоем дяде Стэнли с его чудесными фокусами. Ты вышел из этой игры. Я мог бы рассказать о нем много интересного. Но не буду. Потому что Стэнли этого не одобрил бы.

Появляется счет. Кагами выкладывает на пластиковый поднос новенькую хрустящую купюру.

— Хотя одну историю я все же тебе расскажу, — говорит он. — Я услышал ее еще за год-два до знакомства со Стэнли. Дело было в Пасадене, где он — тогда еще совсем юный — играл в покер...

— Но Стэнли не играет в покер.

— В ту пору играл, но потом бросил. Он никогда не был силен в покере. Для успеха в этой игре надо понимать людей. Стэнли их не понимает. Но ему потребовалось время, чтобы в этом убедиться... Итак, он играет в покер в Пасадене. Подпольное казино, с ограниченным доступом. И дела у него идут неважно. Ставки выше, чем он рассчитывал. Он просит денег в долг под расписку. Его поднимают на смех. «Катись туда, где игра тебе по карману, сопляк». О'кей. Стэнли встает из-за покерного стола и переходит к рулетке. Тут никакого умения не нужно. Рулетка — это просто игра наудачу, верно? Он покупает четыре зеленых фишки — сотня баксов — это немалые деньги для юнца по тем временам — и, как только шарик вброшен в колесо, быстро ставит их на четыре номера в разных концах сетки. Бац-бац-бац-бац. Так быстро, что едва можно разглядеть мелькание рук. Как ты знаешь, на рулеточном столе номера расположены по порядку, а на колесе они идут вразнобой. Все четыре номера Стэнли оказываются рядом на колесе. И один из его номеров выигрывает. Теперь у него есть уже восемь *черных* фишек. Он в том же стиле — через миг после броска крупье — ставит на четыре соседних номера. И снова выигрыш приходится на один из них. Семь тысяч долларов. Стэнли просит удвоить максимальную ставку. Вызывают босса. Босс говорит: «О'кей, но мы поменяем крупье». Появляется новый крупье, бросает шарик — и Стэнли опять выигрывает. Теперь у него двадцать одна тысяча, и он просит поднять ставку еще раз. «Разве вы не хотите вернуть свои деньги?» — спрашивает он. Конечно, они хотят. И еще через минуту перед Стэнли вырастает куча фишек на пятьдесят с лишним кусков. К тому времени заведение уже закрыто. Не играет никто, кроме Стэнли. Все, кто есть в казино, включая барменов и музыкантов, толпятся вокруг рулеточного стола. Стэнли просит о новом повышении лимита, чтобы поставить двадцать штук. Босс, подумав, соглашается, но с переносом игры на другой стол. Новый стол, новый крупье. Колесо запущено, шарик вброшен. Стэнли делает ставки, еле удерживая в руках высоченные столбики фишек. Все замирают, как на богослужении в церкви. Тишина стоит полная, не считая стука шарика в колесе. А потом тишина взрывается. Стэнли Гласс только что на их глазах сорвал куш в двести с лишним тысяч долларов всего за пять вращений колеса. Дилеры испуганно переглядываются: этак они могут с завтрашнего дня стать безработными. Все понимают, что, если Стэнли продолжит в том же духе, он закончит игру владельцем этого заведения. А Стэнли собирает свой выигрыш, глядит снизу вверх на босса и спрашивает: «Вы все еще хотите отыграться в рулетку или, может быть, допустите меня к вашему долбаному покеру?» Случилось это, если не ошибаюсь, в шестьдесят первом. Стэнли тогда было девятнадцать лет.

Возвращается официантка, Кагами жестом оставляет ей сдачу. Потом кладет локти на стол и смотрит в окно.

— Как он это сделал? — спрашивает Кёртис.

— В смысле?

— Я о выигрыше: в чем был фокус?

Кагами снисходительно улыбается и, наклонившись к нему через стол, понижает голос.

— А фокус в том, — говорит он, — что *не было* никакого фокуса. Стэнли просто *видел*, куда должен прикатиться шарик.

Кёртис растерянно моргает.

— Как такое возможно? — бормочет он.

Кагами откидывается на спинку стула и разводит руками.

— Стэнли, объясняя мне это, несет какую-то мистическую ахинею, — говорит он. — Раньше я считал, что он просто заговаривает зубы, чтоб от него отстали. Потом я начал подозревать, что тут не обошлось без настоящей магии, с помощью которой он пытается сотворить невероятное. Но сейчас мне кажется, что это нечто иное. Невероятные вещи происходят в мире Стэнли сплошь и рядом. Для него это рутина. Я думаю, что магия Стэнли — это попытка *найти смысл* в его особом мире, который очень сильно отличается от мира, известного нам с тобой. Возможно, его мир слишком пустынен и безлюден для одинокого больного старика.

Кёртис, кивнув, допивает имбирный эль. Трио вернулось на сцену: звучит вещь Сони Джона Эстеса, с трудом узнаваемая в этом исполнении:

— *О боже, никогда я не забуду тот мост...*

Фортепиано и бас поддерживают пение лишь скупыми аккордами и нотами, плывущими над болтовней и посудным звоном зала.

— *Мне сказали, что я пробыл под водой пять минут...*

Огромные окна дрожат от форсажного рева далеких двигателей.

— Уже поздно, — говорит Кагами. — Я подвезу тебя до отеля.

38

Этой ночью вместо полноценного сна Кёртиса посещает череда быстрых тревожных видений на грани сна и яви. Он стоит на узкой мощеной улочке, часть которой залита лунным светом, а часть скрыта тенью. В створе улицы по одну сторону виден Стэнли, а по другую — Деймон. Раздается приглушенный хлопок выстрела; в тот же миг Кёртис прыгает и зависает в воздухе — как ангел на расписном потолке зала, — чтобы принять на себя летящую пулю. Он вздрагивает и пробуждается еще до того, как пуля завершает полет, не уверенный, что преградил ей путь, и даже не успев понять, кто в кого стрелял...

За окном еще темно. Он раздраженно давит одну за другой все кнопки на радиобудильнике у постели, пока не распознает сигнал своего мобильного телефона. Откинув спутанные простыни, добирается до бледно-голубого пятна света на столике прежде, чем включится запись голосового сообщения, замечает имя на дисплее — «Свистун» — и принимает звонок.

— Да, — говорит он.

— Доброе утро, Кёртис. Надеюсь, я тебя не разбудил.

Кёртис отсоединяет мобильник от зарядного устройства, ковыляет до стены и нащупывает выключатель. Трет глаза тыльной стороной ладони.

— В чем дело? — спрашивает он.

— Нам нужно встретиться.

— Когда?

— Прямо сейчас. Я на шестом этаже парковки у «Фламинго». Сижу в такси «Фортуна». У парня щелкает счетчик, и я долго торчать здесь не намерен. Так что поторопись.

Кёртис переворачивает опрокинутый на матрас будильник. Сейчас 4:31.

— Хорошо, — говорит он. — Я буду...

— Слушай меня внимательно, Кёртис. Никому не звони и никого не бери с собой. Если ты собираешься привести кого-то еще, советую заранее набрать девять-один-один, потому что каждый из вас получит по пуле в брюхо. Поверь, я не блефую. И еще: прихвати наличку. Как минимум пару сотен баксов. Потому что это будет недешевый разговор. Все понял?

— Да, я понял.

— Повтори это мне.

Кёртис переводит дыхание.

— Парковка «Фламинго», — говорит он. — Шестой этаж. Такси. Две сотни баксов. Только я, и никого больше.

Вызов завершается несколькими тактами электронной музыки.

«Грэм Аргос, — размышляет Кёртис. — Этот Аргос, конечно, звонил не из такси: стал бы он угрожать мне пальбой в присутствии таксиста. Здесь явно какая-то ловушка».

Все еще прижимая к уху телефон, он стоит перед зеркалом, разглядывая свое отражение. Щетинистый череп, мятые трусы и майка. Так себе видок. Он делает над собой усилие, изгоняя остатки сна и оценивая свое нынешнее положение. Стэнли покинул Вегас, — по крайней мере, так утверждает Уолтер. Деймон, судя по всему, глубоко увяз в дерьме. В Атлантик-Сити начали появляться трупы, и Аргос как-то к этому причастен. Ничего хорошего от встречи с ним ждать не стоит. Эта мысль приходит к Кёртису как неожиданное облегчение, как свет из далекой знакомой двери, распахнутой навстречу ночи: хорошего ждать не стоит.

Он одевается, цепляет к поясу кобуру с револьвером, сует в карман куртки спидлоадер, выходит из номера и жмет кнопку вызова лифта. В школьной спортсекции тренеры, как правило, выпускали его на поле только в тех случаях, когда исход игры уже не вызывал сомнений: в последнем периоде, при постепенно пустеющих трибунах. Сначала его это обижало, но со временем стало даже нравиться. Так все было гораздо проще, и он имел больше свободы действий, чем дозволялось игрокам основного состава. И сейчас, стоя перед покрытыми медью створками — в неважной физической форме, но решительно настроенный, — он испытывает сходный «кураж четвертого периода». Сегодня он попытается разворошить этот гадюшник.

На первом этаже он обналичивает в кассе дорожные чеки на пятьсот баксов: запас карман не тянет. Прячет конверт с деньгами за отворотом куртки и направляется к выходу через игорный зал, минуя молчаливую кавалькаду служителей и охранников, которые перемещаются от стола к столу, собирая дневную выручку. В их облике — гладкие невозмутимые лица, сосредоточенные взгляды — есть что-то от безысходной, категорической завершенности ярлычка на ноге трупа. Никто из оставшихся в зале, уже вконец отупевших игроков не реагирует на это шествие; они уставились в свои карты, подобно заколдованным и обращенным в камень персонажам сказок, пока их денежки неспешно утекают прочь.

Выйдя на улицу, Кёртис берет такси и торопит водителя; до многоэтажной парковки «Фламинго» они добираются за три минуты. Кёртис расплачивается, выходит на первом этаже и направляется к лестнице в противоположном конце здания.

На каждом этаже он на несколько секунд покидает лестничную клетку, чтобы оглядеться, прежде чем продолжить подъем. Первые два этажа предназначены для работников казино и сейчас по большей части пустуют. На двух следующих есть движение машин и людей, но чем выше, тем этого движения все меньше. Достигнув шестого этажа, он не задерживается и, пройдя седьмой, выходит на крышу — там нет ничего и никого, кроме серой «импалы» и серебристой чайки, сидящей на ее капоте. Полная луна, огромная и лоснящаяся, опускается к вершинам гор; двор «Фламинго» внизу затенен гостиничными корпусами. Широкий бассейн отсвечивает голубизной сквозь ветви окружающих пальм, напоминая Кёртису голубой экран телефона, когда тот разбудил его звонком в темноте номера. Надо было вчера вечером позвонить Даниэлле; он сам не понимает, почему этого не сделал. Чайка следит за перемещениями Кёртиса, нервно топоча по капоту перепончатыми лапами.

Он спускается на шестой этаж. Тот тоже почти пуст, как и крыша: только пара седанов да внедорожник, припаркованный неподалеку от лестничной клетки. И никаких такси. Первым делом Кёртис направляется к джипу — осторожно, положив руку на кобуру с револьвером — и осматривает его салон, сквозь тонированные стекла которого кое-как проникает свет потолочных ламп. Похоже, внутри никого нет.

Снизу доносится визг покрышек. Кёртис одергивает куртку и занимает позицию между джипом и лестницей, готовый кинуться в ту или другую сторону. Не выспавшийся и не принявший душ, он чувствует себя на взводе, хотя трудно сказать, как это скажется на его реакции: ускорит ее или, напротив, сделает менее четкой, как после пары пива. Он смотрит на часы. Сейчас 4:43.

Фары. Это такси: белое с черной полосой вдоль порога и красновато-лиловыми крыльями. Оно замедляет ход, сворачивает с рампы и движется в сторону Кёртиса. Насколько он видит, в салоне только водитель. Подъехав ближе и развернувшись к нему боком, машина останавливается. Мигает светодиодный экран-плавник на крыше, возвещая о начале первого раунда игры навылет. На задней двери красуется надпись: «ТАКСИ „ФОРТУНА"».

Тихое жужжание: опускается стекло со стороны водителя.

— Слышь, приятель, тебя зовут Кёртис? — спрашивает тот.

— Да, — говорит Кёртис. — А где твой пассажир?

— Вообще-то, мой пассажир — это ты.

— О'кей. И куда мы едем?

Таксист — с растаманскими дредами, сединой на висках и морщинистой кожей орехового цвета — медленно окидывает взглядом Кёртиса.

— Сейчас я объясню тебе расклад, — говорит он, — а ты уж сам решай, поедешь или нет. По уговору с заказчиком, я не должен заранее сообщать тебе, куда мы едем. Зато я должен забрать у тебя телефон и не разговаривать с тобой после того, как ты сядешь в тачку. Как оно, годится?

Кёртис размышляет.

— А ты можешь сказать, сколько времени займет поездка? — спрашивает он.

— Я скажу, сколько она будет стоить. Сто шестьдесят. И деньги вперед.

— Сто шестьдесят баксов? Это должен быть неблизкий крюк. Мы выедем за пределы штата?

Таксист глядит на него с кривой ухмылкой.

— Твой ход, приятель, — говорит он.

Кёртис достает из кармана куртки конверт, отсчитывает восемь двадцаток, протягивает их водителю. Затем отдает свой телефон, и таксист его выключает, пока Кёртис усаживается на заднее сиденье.

Они кругами спускаются по рампе, покидают парковочный комплекс, поворачивают на юг и, миновав сверкающий гиперболоид «Барбари коуст», выезжают к федеральной трассе. Здесь такси вливается в поток, движущийся на север, и водитель прерывает молчание.

— Так и быть, дам прикидку по времени, — говорит он. — Это займет часа полтора, максимум час сорок пять.

Кёртис производит вычисления в уме, пытается вспомнить карту окрестностей, но без особого успеха.

— Мы едем в Индиан-Спрингс? — спрашивает он.

Таксист не отвечает. Кёртис садится поудобнее, сдвигая кобуру набок, и смотрит в окно. На дороге все еще полно машин, но после развязки главных магистралей число их убывает, а из оставшихся многие сворачивают в Норт-Лас-Вегас. Такси катит дальше по федералке, проезжает мимо авиабазы. Радио тихонько напевает голосом Аниты Бейкер.

— Ты не в курсе, как там с войной? — спрашивает Кёртис.

Водитель долго молчит.

— Ничего об этом не знаю, приятель, — произносит он наконец.

— Может, включишь какие-нибудь новости?

Таксист чуть добавляет громкости и давит кнопку автоматической настройки, пока не натыкается на программу новостей. Только что начался утренний обзор. США предупредили инспекторов ООН, что тем надо поскорее покинуть Багдад; Франция наложит вето в Совбезе на резолюцию о начале войны; Буш готов ее начать и без резолюции; граждане США поддерживают интервенцию в соотношении два к одному.

Дальше начинается занудная аналитика, и Кёртис перестает слушать радио. На это утро он планировал рассчитаться за номер в отеле, сделать несколько звонков и узнать о последних событиях в Атлантик-Сити. Если Кагами сказал правду насчет мертвого дилера из «Точки», эта новость уже должна появиться в газетах. Вообще-то, этим следовало заняться еще вчера, но он был слишком утомлен и рассеян. А теперь ему очень пригодилась бы любая дополнительная информация перед встречей с Аргосом, который находится в самой гуще событий — или хочет создать у Кёртиса такое впечатление. «Я знаю о случившемся в Атлантик-Сити... Я тот человек, который тебе нужен».

Радио начинает шипеть и потрескивать: они подъезжают к горам, где прием хуже. Трасса загибается к востоку, навстречу водянисто-голубому горизонту, по которому все шире расползается мутная белизна. Появляется уже настоящая пустыня: иззубренные скалы, чахлые побеги амброзии, креозотовые кусты и раскоряченные, как пугала, силуэты «деревьев Джошуа». Иногда в свете фар на обочине мелькают пушистыми комочками скунсы и кролики.

Они проезжают коричневый придорожный щит парка «Долина огня»; щелкает поворотник, машина притормаживает. Кёртис сверяется с часами, прикидывает среднюю скорость их движения: сейчас они примерно в тридцати пяти милях от города, а до прибытия на место встречи осталось еще три четверти часа. Таксист достает из бардачка какие-то бумаги и расправляет их на панели перед рулем, — вероятно, это инструкции заказчика. Со своего места Кёртис не видит, что там написано. Через несколько секунд таксист убирает листы.

Покинув автостраду, они едут по двухполосной щебеночно-асфальтовой дороге сначала на юг, а затем на восток. Краешек восходящего солнца появляется во впадине между скалистых хребтов и светит им в глаза, пока машина вновь не сворачивает на юг. Дорога абсолютно пуста. К тому времени, как они въезжают на территорию парка, эфир уже забит помехами, сквозь которые прорываются лишь отдельные фразы: «международная поддержка... респираторный синдром... ирландско-американский... неизвестно, будет ли... добиться мира». Вместо того чтобы выключить радио, водитель задумчиво напевает поверх эфирного шума вещь Боба Марли, подменяя забытые слова мычанием и раз за разом возвращаясь к начальным строкам: про пиратов, плен и продажу в рабство после извлечения из бездонной ямы. Голос у таксиста недурен. Кёртису нравится эта песня, но и он не может вспомнить слова.

По сторонам дороги местность сильно изрезана, тут и там торчат посеченные песком и ветром темно-оранжевые монолиты, отбрасывающие длинные тени под косыми лучами утреннего солнца. Такси петляет между площадками для кемпингов и пикников, минует пункт помощи туристам — здесь Кёртис вновь глядит на часы — и покидают «Долину огня» в направлении Национальной зоны отдыха «Озеро Мид».

Вскоре дорога упирается в Т-образный перекресток: такое же двухполосное шоссе, идущее с севера на юг, вдоль берега озера. Водитель плавно тормозит, снова достает бумаги с инструкциями и теперь изучает их довольно долго.

— Мы что, заблудились? — спрашивает Кёртис.

Таксист молча шелестит страницами. Из колонок доносится жалобный писк помех, пульсирующий в ритме человеческой речи, но слова разобрать невозможно. Теперь солнце уже целиком поднялось над скалами. Местами среди редких кустиков попадаются грязевые лужи, и там Кёртис замечает синие и желтые цветы. Мотор такси тихо урчит на холостых оборотах. Ни одной машины позади них. Никто не проезжает и по другому, перпендикулярному шоссе.

Таксист засовывает листки обратно в бардачок и отпускает сцепление; машина движется прямо через перекресток и съезжает с него на грунтовую дорогу, которую Кёртис не мог разглядеть раньше. Когда спидометр доходит до отметки «двадцать», начинается сильная тряска, Кёртис клацает зубами, и водитель снижает скорость. За ними тянется шлейф розовой пыли, а свежий ветер подхватывает его и уже в виде облака несет над пустыней. Так что их приближение можно увидеть издалека: врасплох они никого не застанут.

По этой грунтовке они проезжают три мили и останавливаются перед озером — точнее, перед обрывом, который некогда был берегом озера.

— Мы на месте, приятель, — объявляет таксист.

Кёртис выпрямляется на сиденье и осматривается. Кабинка мобильного туалета, широкая площадка для разворота автомобилей — и больше ничего приметного. Ветер дует со стороны озера, пригибая цветы и стебли полыни.

— Класс! — говорит Кёртис.

Он вылезает из машины и, облокотившись на ее крышу, наклоняется к окну водителя.

— Этот тип сказал, где он будет меня ждать?

— Теперь ты знаешь сколько же, сколько и я, — говорит таксист. — А то и побольше.

— Можно мой телефон?

Таксист отдает ему мобильник. Кёртис включает его, и, пока идет загрузка, такси успевает развернуться и укатывает прочь в пылевом облаке. Нет сигнала сети. Кёртис снова выключает телефон.

Подойдя к краю обрыва, он видит в отдалении собственно озеро, поверхность которого ослепительно сверкает в солнечных лучах. Крупные птицы — чайки или утки — темнеют тут и там, как пятна на солнце. По линии засохшего ила на крутом склоне можно определить прежний уровень воды, с той поры очень сильно упавший. Кёртис вспоминает разговоры о долгой засухе в этих местах. Прикрывая глаза правой ладонью, он осматривает пологое сухое дно между подножием обрыва и кромкой воды, но солнечные блики не позволяют разглядеть детали.

Ветер свистит в ушах. Он становится к нему спиной и, переждав немного, вновь разворачивается и смотрит вниз. Никогда он так явственно не ощущал ограниченность своего зрения, как на открытом пространстве, сам хорошо видимый издали. Он достает из кобуры револьвер — почему-то испытывая неловкость, как при спадающих на публике штанах, — и проверяет туалет, рывком распахивая дверцу. Там пусто и чисто, нет вообще никаких запахов, в том числе дезинфектантов или дезодорантов.

Он уже начинает беспокоиться о том, как вернется отсюда в город, когда замечает что-то к югу, неподалеку от кромки воды. Это вспышки, повторяющиеся с регулярными интервалами, но прерываемые паузами подлиннее, то есть не с механической регулярностью. Кто-то подает сигнал. Кёртис чертыхается, вспоминая зеркальце, которым пользовался в казино Свистун, и начинает искать спуск к озеру.

Пройдя вдоль края обрыва и обогнув скальный выступ, он наконец находит место с достаточно пологим уклоном, чтобы можно было спуститься без риска свернуть себе шею. Внизу, на ровном участке, под ногами уже появляется тропинка. Раньше Кёртис отличался хорошим глазомером, но после крушения он уже не тот. На его взгляд, до вспышек примерно два километра.

Внизу градусов на пять теплее, чем над обрывом. Бывшее дно озера заросло травой и кустарником, а также тамарисковыми деревцами, достаточно высокими для того, чтобы затруднять обзор. Во впадинах изредка попадаются грязевые проплешины, а в остальных местах сухая земля растрескалась, образуя подобие плиток размером с обеденную тарелку, которые иногда проседают и смещаются под ногами Кёртиса. Трещины могут достигать дюйма в ширину при неизвестной глубине: их дно разглядеть не удается. Каждый его шаг сопровождается хрустом: это ломается соляная корочка, оставшаяся после испарения воды. Дважды тропа разветвляется, но, когда он останавливается в нерешительности, блеск зеркальца сквозь листву подсказывает правильный маршрут. Становится жарко. Одет Кёртис далеко не самым подходящим образом для таких прогулок. На шнурках ботинок болтаются целые грозди острых, как швейные иглы, шипов.

Наконец он добирается до более широкой тропы, свободной от травы и колючек и такой прямой, словно она была проложена по разметке геодезистов. Зеркальные блики мелькают прямо впереди на лысой поляне, напоминающей поверхность огромного плоского камня. Источник вспышек расположен низко над землей, а лучи все время целят в лицо Кёртиса. Если бы Аргос хотел его подстрелить, он бы давно уже это сделал. Кёртис приближается медленно, держа открытые ладони на виду.

Среди зарослей справа от тропы он замечает сложенное из кирпичей подобие дымовой трубы высотой ему до колена. Подходя ближе и отворачивая лицо от слепящих бликов, он обнаруживает, что это действительно основание трубы, а рядом видны остатки кирпичного фундамента небольшого здания. Вскоре он распознает и другие руины поблизости: покрытые грязью плиты, заиленные колодцы, растрескавшиеся и побелевшие от соляного налета балки. Останки поселения, существовавшего здесь до строительства дамбы и возникновения озера. Проведя десятки лет под водой, эти руины теперь обнажились в результате засухи.

Слышится голос Аргоса; его присвист занятно гармонирует с шумом ветра.

— Иди сюда, Кёртис! — кричит он. — Молодец, ты правильно держишь руки. Так и продолжай, чтобы я их видел.

Аргос расположился в дешевом пластиковом шезлонге; рядом стоит на подножке кроссовый мотоцикл. Второй такой же шезлонг — предназначенный, по всей видимости, для Кёртиса — установлен футах в десяти перед ним. То, что Кёртис издали принял за плоский валун, оказывается гладким бетонным основанием старого дома, давно сгнившего и унесенного водой. Но фундамент сохранился неплохо: по углам слегка осыпался, а так хоть сейчас строй на нем заново. Кёртис видит лишь контуры тела Аргоса, ослепленный зеркальцем, которое тот все еще держит в поднятой левой руке.

— Эй, ты не мог бы убрать это блескучее дерьмо? — просит Кёртис.

Аргос не отвечает и не опускает зеркальце. Кёртис, прищурившись, делает еще несколько шагов вперед. Медленно и осторожно. Когда он оказывается на расстоянии вытянутой руки от пустого кресла, блики исчезают, и Аргос приподнимает другую руку.

В этой руке у него ствол: матово-черный автоматический пистолет. Аргос держит его так, словно он насмотрелся гангстерских боевиков. Кёртиса это нервирует, но не слишком. Он ожидал чего-нибудь в этом роде.

— Подойди ближе, — командует Аргос. — Руки в стороны. Еще ближе. Теперь повернись кругом, руки за голову. Расставь ноги шире. Хорошо.

Кёртис выходит на середину бетонной плиты и выполняет его команды, позволяя Аргосу забрать револьвер и неловко, по-дилетантски, обшарить его одежду сверху донизу. По завершении обыска Кёртис снимает куртку и, повесив ее на спинку кресла, усаживается.

На носу Аргоса сидят большие очки с белой оправой и синими стеклами, радужно блестящими на солнце, что не позволяет разглядеть его глаза. Одет он в глянцевый стеганый костюм для мотокросса, причем на костюме не видно ни единого пятнышка, словно Аргос переоделся уже по прибытии на место. Он садится в свое кресло и кладет оба пистолета на крышку пенопластового термоконтейнера рядом с собой. Теперь Кёртис понимает, что имела в виду Вероника: лицо этого типа абсолютно ничем не примечательно. Он вроде белый, но не совсем. Возможно, есть примесь азиатской крови — хотя с неменьшим успехом он может сойти за латиноса или араба. Вглядываясь в черты его лица, не скрытые солнечными очками, и пытаясь додумать остальное, Кёртис вспоминает картинку в университетском учебнике по психологии: расплывчатое изображение мужского лица, составленное из множества наложенных друг на друга снимков разных людей. Кёртис уже не помнит, что была призвана иллюстрировать та картинка, но именно так выглядит Аргос, вплоть до расплывчатости черт.

— Прежде чем мы начнем, — говорит Аргос, — я должен кое-что тебе сообщить.

— Валяй.

— Примерно в трехстах ярдах за твоим правым плечом есть густые заросли креозотовых кустов. Не смотри туда. Просто поверь мне на слово. В этих зарослях сидит мой друг в камуфляже со снайперской винтовкой и держит на прицеле твой затылок. Я знаю, Кёртис, ты лучше меня разбираешься в таких вещах, но друг меня заверил, что попасть в цель из такой винтовки с трехсот ярдов для него это сущий пустяк. Советую иметь это в виду.

В первую секунду Кёртис напрягается, по коже пробегают мурашки, но это быстро проходит. Аргос и так держит его на мушке — к чему еще упоминать о снайпере? Банальный блеф: парень один среди пустыни, и он сам напуган. И как раз поэтому может представлять угрозу. Но что он здесь один, это ясно.

— А ты шустрый: показал неплохое время, — говорит Аргос.

— Спасибо. Итак, чего ты хочешь?

— Я хочу заключить сделку. Мне надоело убегать и прятаться. Хочу вернуться к прежней жизни, снова сколачивать команды и потрошить казино. Я не жаден и не претендую на слишком многое. Я хочу получить от Деймона реальные и очень убедительные гарантии того, что меня оставят в покое и позволят заниматься своими делами.

— И что ты предлагаешь взамен?

Аргос ухмыляется. Это безумная ухмылка, но ей недостает настоящего безумного драйва: он просто корчит из себя психопата для острастки.

— Я не предлагаю, — говорит он. — Я дарю. Типа ритуального приношения.

— О'кей. И что ты готов подарить?

— Мою память. Я забываю историю со «Спектакуляром» и не претендую на свою долю добычи. Я забываю все, что случилось в Атлантик-Сити. Напрочь. Более того, я забываю даже о самом существовании Атлантик-Сити. Отныне ноги моей там не будет. И все это я делаю в одностороннем порядке. Я не нуждаюсь ни в каких ответных жестах. Передай Деймону, что это мой подарок для него.

Они с Кёртисом смотрят друг на друга. Ветер шумно гнет стволы и ветви тамарисков, но Кёртис его почти не слышит.

— А с другой стороны... — произносит Кёртис.

Аргос громко вздыхает.

— С другой стороны, — говорит он, — прежде чем все это забыть, я напишу несколько писем. Не скажу, сколько именно. И разошлю эти письма своим друзьям. Или просто знакомым. Я попрошу их хранить у себя эти письма, а взамен я буду каждый год подкидывать им деньжат. Плата за беспокойство. Им не придется ничего делать. Но только до той поры, когда очередной денежный перевод от меня *не поступит* в назначенный срок. В этом случае они должны будут переслать мои письма в полицию штата Нью-Джерси. Я уверен, ты знаешь, как работают такие схемы, и мне нет нужды углубляться в детали.

Кёртис кивает. Сердце его стучит все быстрее, но он старается выглядеть спокойным. Он подобрался ближе, но пока не знает, как вести игру с этим типом. А потом в голове его как будто щелкает выключатель — и все раскладывается по полочкам. Теперь он видит себя глазами Аргоса — видит себя таким, каким он представляется Аргосу. Ощущение не из приятных, но это можно использовать.

— Раз так, — говорит Кёртис, — Деймон, конечно, захочет узнать содержание этих писем.

Аргос корчит гримасу:

— О чем ты говоришь? Речь не о каком-нибудь мелком вымогательстве, Кёртис. Что, по-твоему, может быть в этих письмах?

— Так не годится. Я должен передать Деймону в точности, *что* ты сказал и *как* ты это сказал. По твоим словам, ты знаешь, что на самом деле произошло в Атлантик-Сити. О'кей, это серьезная заявка. Но что у тебя есть конкретно? Ты должен засветить хотя бы парочку козырей.

— Вот как? — Аргос смеется. — Деймон хочет, чтобы я отправил ему копию этого письма? А он уверен в безопасности своей электронной почты?

— Расскажи это мне, — говорит Кёртис. — Прямо сейчас. Скажи мне все то, что ты сообщил бы в письме копам.

Глубокие морщины протягиваются от краев носа Аргоса к уголкам его губ. Как будто он пытается буквальным образом сменить личину.

— Кёртис, у меня нет времени на объяснения...

— Тебе придется найти время, — говорит Кёртис. — Если хочешь уладить этот вопрос.

Аргос размышляет; молчание затягивается на несколько минут. Ветер шевелит его короткие волосы.

— Хорошо, — говорит он наконец. — С чего предлагаешь начать?

Кёртис вспоминает разговор с Вероникой и пробелы в ее истории.

— Начни с того, как Стэнли и Деймон собрали команду, — говорит он.

— Это *Стэнли* собрал команду, — быстро поправляет его Аргос. — Деймон лишь предупредил меня, что от него поступит предложение. Однако Стэнли не знал планов Деймона насчет «Точки». Там участвовали только трое: я, Деймон и дилер казино. Впрочем, я не сомневаюсь, что позднее Стэнли все просек.

— Так что случилось в «Точке»?

— Известно что, — говорит Аргос. — Разве есть необходи...

— Давай выкладывай все по порядку! Что случилось в «Точке»?

Аргос раздраженно фыркает.

— Команда рассредоточилась по разным столам, как и в предыдущих казино, — говорит он. — И сразу же дилеры начали нас гасить, все по задумке Деймона. Когда моя группа рассыпалась, я улизнул в туалет, изменил внешность и направился в «зону высоких ставок».

Его брови поднимаются над дужками очков. Как будто сказанного должно хватить Кёртису для понимания.

— Продолжай, — говорит Кёртис. — Что было дальше.

— Дальше? — хмыкает Аргос. — Я сел за стол и начал играть в блэкджек. Сразу по верхнему лимиту этого стола: десять кусков. Какое-то время балансировал при своих, то в плюсе, то в минусе. Потом попросил удвоить ставку. Они удвоили. И после этого я начал выигрывать.

— Как у тебя это получилось?

— Не прикидывайся дурачком, Кёртис.

— Как это получилось?

— Забавно, не так ли? Мне это нравится. Сейчас я чувствую себя актером, играющим роль шулера. Может, после этой разыграем еще какую-нибудь сценку? Как насчет сурового командира бойскаутов и юного скаутенка? Ты не против?

— Расскажи мне все в подробностях, Аргос.

Секунду-другую Аргос глядит на него с отвисшей челюстью.

— Как ты меня сейчас назвал? — спрашивает он.

Этот вопрос озадачивает Кёртиса, но он сохраняет уверенный тон

— Ты ведь проходишь под этим именем, верно? — говорит он. — Грэм Аргос?

Аргос ухмыляется и меняет позу в шезлонге.

— Конечно, — говорит он, — если ты выпишешь чек на имя Грэма Аргоса, я смогу обналичить его без проблем. Это имя назвал тебе Деймон?

Кёртис наклоняется вперед, упирается локтями в колени и смотрит на Аргоса в упор.

— Я хочу прямо сейчас услышать, как ты это провернул.

Наступившую тишину нарушает порыв теплого ветра, который приносит мелкий серый песок с высохшего ложа озера. Песчинки молотят по контейнеру Аргоса, вьются вокруг ботинок и затевают недолгий хоровод на фундаменте соседнего дома. Несколько песчинок ударяются в стекла очков Кёртиса.

— Ясное дело, мне подыгрывал дилер, — говорит Аргос. — Он был с нами в сговоре. И скажу тебе, это впечатляло. Он умел манипулировать картами не хуже, чем я их считать, а это тебе не хухры-мухры. Я заранее знал, что он будет делать, и следил за ним, но даже я ничего не смог заметить. Конечно, подобные таланты не принято выставлять напоказ, но это не делает их менее замечательными. Какое горе и какой грех, что этот ловкач так рано покинул наш мир.

— Но почему тебя не взяли в оборот ребята из секьюрити?

— Я же сказал: дилер работал виртуозно.

— Чушь! — говорит Кёртис. — Не имеет значения, насколько он был хорош. В казино все были настороже. Они знали о прибытии счетчиков и часть из них успели погасить сразу же. Кто допустил повышение лимита в такой ситуации? Почему никого не встревожили твои крупные выигрыши?

— Они просто не туда смотрели, — говорит Аргос. — Конечно, они знали о команде счетчиков. В том-то и заключалась вся прелесть плана. Я ведь сказал, что перебрался в зону высоких ставок. Счетчики никогда не работают за такими столами, их там запросто могут вычислить. Слишком много внимания к игрокам и слишком мало перемещений между столами. Но Деймон перевел самых опытных людей из этой зоны на обычные столы и туда же перенацелил своих операторов за камерами слежения. Ведь именно там ожидалась атака счетчиков. Он даже пообещал своим служащим премии за успешное подавление нашей команды. В результате я имел перед собой шулера-дилера, зеленого распорядителя, который побоялся наехать на играющего по-крупному богача, и нескольких тупых качков из охраны, раздосадованных тем, что пропускают большую охоту в другом конце зала. Плюс к тому — и вот это очень важно — Деймон состряпал мне фальшивую кредитную историю, так что по бумагам я и впрямь выглядел толстосумом, готовым швыряться деньгами. Так что я мог бы спокойно грести фишки лопатой и уносить их в заплечном мешке.

— И сколько ты урвал?

Аргос гаденько улыбается:

— А Деймон уполномочил тебя задавать этот вопрос?

— Мои полномочия касаются только меня и Деймона.

— Пожалуй, что так. О'кей. Начав со ставки в двадцать штук, я за десять минут урвал миллион с четвертью. Потом обменял фишки в кассе и был таков.

— И они позволили тебе покинуть казино с такой кучей нала?

— Разумеется, они были не в восторге. Попытались меня задержать под всякими дурацкими предлогами типа заполнения формы «восемь-триста», надеясь за это время что-нибудь выяснить. Но все без толку: у них ничего на меня не было. И потом, я ведь был не просто случайным фраером с улицы. Я был состоятельным клиентом с отличной репутацией.

Кёртис глядит мимо него на полосу тростника у кромки воды, который колышется под ветром, причудливо меняя очертания.

— Но ведь ты ранее работал на Деймона в «Точке», — говорит он. — Подсадным игроком. После того, как он тебя вычислил и взял за жабры.

— Ты узнал это от Деймона?

— А я не прав?

— Прав. Ну и что в этом такого?

— То есть ты раньше ежедневно появлялся в этом казино, играл в покер за разными столами, а потом пришел туда же с командой счетчиков, сорвал куш в миллион с лишним баксов, обналичил их в кассе — и ни один человек тебя не узнал?

Аргос пожимает плечами.

— Я хорош в своем деле, — говорит он.

Кёртис откидывается на спинку шезлонга и оглядывает его с головы до ног. На вид ему можно дать и двадцать пять, и тридцать пять, и сорок пять лет. За пределами очков кожа у него гладкая и чистая, как пластик. Что-то в нем вызывает гадливое чувство, как будто имеешь дело не с полноценным человеком, а с каким-то гомункулусом. От нормальных людей он отличается примерно так же, как койот отличается от собаки. И сейчас он уже не вызывает у Кёртиса никакого страха.

— А что потом случилось с дилером? — спрашивает он.

Вопреки ожиданиям Кёртиса, собеседник не тянет с ответом. Похоже, эту часть истории он скрывать не собирается.

— Покинув казино, — говорит он, — я поместил сумку с выигрышем в камеру хранения, а потом отправился в «Резортс» к остальной команде. Там было много воплей, разборок и брани в адрес «Спектакуляра», но никто особо не истерил, поскольку мы успели срубить хорошие бабки в других казино. Думаю, Стэнли тогда же догадался, что его подставили и что я был в этом замешан. Но он плохо себя чувствовал и почти все время молчал. Мы поделили навар, что заняло немало времени, и потом наши дорожки разошлись. Я забрал деньги из камеры хранения и оттуда поехал в «Точку».

— Секундочку. Куда-куда ты поехал?

— Ты не ослышался. Меня самого это ничуть не радовало, но Деймон хотел, чтобы мы встретились именно там, потому что ему и дилеру предстояло допоздна проторчать на работе. Во всяком случае, так он это объяснил. И вот, подкорректировав свою внешность, я прибыл на место недавнего действа. А там в зале суматоха, куча народу из других казино с поздравлениями и расспросами, как это они изловчились накрыть такую крутую банду счетчиков. И примерно в те же минуты руководство «Спектакуляра» начало врубаться, насколько крупно они пролетели в действительности. Было такое чувство, будто я вошел в магазинчик на заправке через несколько минут после его ограбления. Или попал в провинциальный городок, по которому только что прошелся торнадо, причем никто этого торнадо не видел. Все были дико взвинчены. Я не стал задерживаться в зале и сразу поднялся в номер.

— Какой еще номер?

— Обычный номер в отеле над казино, как было условлено. Я постучал, и какой-то тип открыл дверь.

— Что за тип?

— Я никогда его раньше не видел. И сразу понял, что дело пахнет жареным. Все прошло удачно, мы заполучили деньги. Тогда зачем привлекать еще кого-то?

— Как он выглядел?

— Высокий. За метр девяносто. Вес под девяносто кило. Сальные волосы. Деревенский акцент. Типичный громила: такой пришьет и глазом не моргнет. Он впустил меня — дилер был уже там — и ушел, сказав, что вернется через минуту вместе с Деймоном.

— И что сделал ты?

— Я сделал ноги оттуда. Что еще мне оставалось?

— Почему?

— Потому что у меня в башке мозги, а не опилки, вот почему. Посуди сам: я прихожу туда, меня встречает какой-то незнакомый гангстер, он проверяет, при мне ли бабки, потом велит нам с дилером ждать, а сам куда-то сваливает. Хрена ли тут раздумывать, Кёртис? Точно так же он мог бы выдать нам пластиковые мешки с приказом в них упаковаться к его возвращению.

— Ты просто сдрейфил.

— Может, и так. В ту минуту я не был уверен на все сто. Однако у меня возникло дурное предчувствие, и я не стал им пренебрегать. А теперь посмотри, что стало с дилером. Он тогда остался в номере, а теперь кормит крабов в бухте Абсекон.

— Ты не знаешь наверняка, что с ним случилось.

— Нет, Кёртис, наверняка я этого не знаю. Я не подглядывал из кустов за Деймоном и его киллером, когда они загружали труп в машину. Я не следовал за ними до самой бухты, как долбаная Нэнси Дрю. В этом ты прав. Похоже, я сглупил: разумеется, нью-джерсийские копы только посмеются над моими письменными показаниями. Извини, что отнял у тебя столько времени. Но зато я дал тебе возможность полюбоваться озером: разве оно не прекрасно? А теперь можешь взять свою пушку и со спокойной душой прострелить мой черепок.

— Ты зацепил хотя бы часть денег?

— Нет, я не взял ни цента! А что, Деймон сказал тебе, будто я стырил деньги?

— Но почему ты этого не сделал? Зачем было их оставлять?

Аргос щурится и проводит рукой по своим волосам.

— Это не был законный выигрыш, — говорит он. — Деньги были украдены. Что само по себе не беда, но там оказались новенькие купюры в банковской упаковке. Я плохо представлял себе, как их оприходовать, не засветившись. И вообще, к тому времени план Деймона перестал казаться мне таким уж блестящим. Что-то пошло не так, и я решил спрыгнуть с этого поезда.

— А что дилер?

— Он хотел меня задержать. Вел себя как бесноватый. Я попробовал ему объяснить, почему сваливаю, но он был слишком слаб в английском. Короче, мы с ним сцепились, я его оттолкнул, и он упал на пол. Он бы за мной погнался, но, видимо, не рискнул покидать номер.

— Как его звали?

— Он мне не представился. Я ни разу его не видел до той минуты, когда сел за стол в казино, но и тогда взглянуть на его бейджик мне не пришло в голову. А при встрече в номере наше с ним общение было недолгим и не так чтобы очень задушевным. Позднее я отыскал его имя в интернете, но сейчас по памяти не скажу. Что-то корейское.

Кёртис глядит на воду, выпячивая челюсть и скрипя зубами. Он разозлился достаточно, чтобы напугать самого себя. Прикидывает, как бы дотянуться до стволов. Солнце уже поднялось высоко. Крупные птицы на воде, которых он сначала принял за чаек, оказываются белыми пеликанами: они плавно скользят по заросшему мелководью, прижимая к груди длинные клювы.

— А что, если второй тип не был киллером? — говорит Кёртис. — Может, он пришел туда, чтобы перекупить свежую наличку?

— Как это? — спрашивает Аргос. Хотя отлично понимает, о чем речь. Эта мысль посещала и его, судя если не по выражению лица, то хотя бы по голосу, каким он это произнес.

— Ты сказал, что там были новые банкноты, — говорит Кёртис. — Может, этот тип как раз был спецом по отмыванию налички. Может, он и не собирался никого убивать. Может, сделка сорвалась как раз потому, что ты дал деру, — тогда они запаниковали, начали катить бочку друг на друга, ну и так далее. Может, все дальнейшее случилось по твоей вине, Аргос. Тебе это не приходило в голову?

Аргос кисло улыбается и пренебрежительно машет рукой.

— Я стараюсь не думать о таких вещах, — говорит он. — Это меня расстраивает. С точки зре...

Его улыбка испаряется. Он привстает в кресле.

— Что там такое? — говорит он.

Кёртис смотрит на него недоверчиво.

— Дешевый трюк, — говорит он. — Ты ожидаешь, что я сейчас повернусь к тебе спиной, да?

— Там что-то на дороге у обрыва.

Аргос перекладывает пистолеты с контейнера на бетон, поднимает крышку — внутри обнаруживаются бутылки с водой и бинокль, который он подносит к глазам. Это удобный момент для броска, но Кёртис не успел должным образом настроиться.

— Возможно, это твой мифический снайпер, — говорит он. — Утомился ждать тебя в густых кустах.

— Это машина. Кто-нибудь ехал за тобой следом?

— Никто за мной не ехал, — говорит Кёртис.

И тут же вспоминает, что по дороге сюда лишь пару раз мельком заглядывал в зеркало заднего вида. Тем не менее слежка кажется ему маловероятной.

— Мне пора сматываться, — говорит Аргос.

Он подходит к мотоциклу, открывает кофр и запихивает в него бинокль.

— Не дури, Аргос, — говорит Кёртис. — Скорее всего, это смотритель парка.

— Черта с два это смотритель.

Аргос засовывает свой пистолет за пояс, разряжает револьвер Кёртиса и бросает его вместе с патронами в контейнер. Кёртис встает на ноги.

— Ты что, собираешься бросить меня посреди пустыни? — говорит он. — Как, по-твоему, я доберусь до города? Здесь даже телефонный сигнал не ловится.

— А, ты это заметил? — смеется Аргос. — Молодец. Этот телефон дал тебе Деймон, верно?

Кёртис моргает в растерянности.

— При чем здесь это? — спрашивает он.

— В свое время он и мне дал похожий. Симпатичный телефон. Но вот какая странная штука. Сбежав от них в «Точке», я в последующие дни все время чувствовал за собой хвост. Стоило мне сесть за столик в ресторане или задержаться еще в каком-нибудь месте, как вскоре там же объявлялся громила-деревенщина и начинал обшаривать все вокруг своими свинячьими глазками. Пару раз мне приходилось удирать через кухню или через окно. Но знаешь что? Как только я выбросил телефон, вся эта фигня прекратилась. Уверен, ты сейчас думаешь о случайностях и закономерностях. Но если ты удивился, почему я выбрал для встречи такое место, вот тебе причина.

Кёртис качает головой.

— У тебя паранойя, сукин ты сын, — говорит он.

Аргос перемещает пистолет из-за пояса в кофр и добавляет к нему две бутылки из контейнера. Вновь появляется эта безумная улыбка, но сейчас она кажется менее нарочитой.

— Значит, ты считаешь меня параноиком? О'кей. Тогда давай еще чуток поговорим о нашем общем друге Деймоне. Чем он занимался после войны в Заливе, Кёртис? Охраной посольств. Где? В Боливии. В Пакистане. А ты знаешь, какого сорта публика ошивается в тех посольствах? И ты думаешь, что Деймон не наладил связи с этими людьми? Это Деймон-то Блэкберн? Да ладно, Кёртис. Он знает тайное рукопожатие, ты в курсе? Он носит кольцо-дешифратор.

Кёртис хохочет и встряхивает головой, показывая, что считает все это нелепыми домыслами, но в то же время вспоминает о том, как легко Альбедо отыскал его в казино «Нью-Йорк».

Аргос снова достает бинокль и смотрит в сторону обрыва. Теперь уже и Кёртис бросает взгляд туда же. Аргос не соврал: над гребнем плывет, уносимое ветром, облачко розовой пыли. Но никакого движения на земле он не видит.

Аргос надевает висевший на руле мотоциклетный шлем и застегивает ремешок на подбородке. Затем, убрав бинокль, закрывает кофры.

— Погоди, — говорит Кёртис, — мы еще не закончили.

— Увы, друг мой, боюсь, что это все.

Кёртис заставляет себя соображать быстрее — надо снова войти в роль. Он еще не получил того, на что рассчитывал. То есть кое-что получил, но этого недостаточно. Пока недостаточно.

— Твои угрозы — это дешевка, — говорит он. — Если ты думаешь, что Деймон купится на то, что ты мне здесь наболтал, ты действительно свихнулся. Тебе нечего реально предъявить. Можешь выкладывать свои байки полиции Нью-Джерси. Деймон скажет, что ты высосал их из пальца. Он скажет, что вы с тем дилером провернули аферу вдвоем, а потом ты замочил дилера. Все, что ты попытаешься приписать его действиям *изнутри*, вполне можно изобразить как твои собственные действия *снаружи* без всякого участия Деймона — и при небольшой доле везения. Твое слово против его слова: у кого будет больше шансов?

Аргос садится на байк и убирает подножку.

— Вы, ребята, уже нашли Стэнли? — говорит он. — Полагаю, что нет. В следующий раз увидимся на финишной черте.

— Стэнли не найдет *никто*, Аргос. Ты это знаешь. И он уж точно не станет тебя выгораживать. Ты не можешь предъявить никаких вещественных доказательств. И ты выступишь с голословным обвинением против бывшего морпеха при медалях и заслугах, тогда как у тебя самого даже имени настоящего нет. Все, что у тебя есть, так это жалкий бред параноика.

— У меня есть цифры, — говорит Аргос.

— Не понял, что?

— Цифры. Один-семь-девять-семь.

— И что они, на хрен, означают?

— Это номер в «Точке», где я повстречался с дилером и тем головорезом. У меня сильное подозрение, что дилер не покинул ту комнату по своей воле и на своих двоих. И если Деймон после того оставил уборку номера на совести гостиничной прислуги, он допустил серьезную ошибку.

Аргос поворачивает ключ зажигания, включает нейтралку, выжимает сцепление и давит кнопку стартера. Движок байка чихает и заводится с оглушительным треском.

— Я выйду на связь через несколько дней! — кричит Аргос сквозь этот бензопильный вой. — Надеюсь, у тебя к тому времени появятся хорошие новости!

Он по широкой дуге объезжает Кёртиса и газует на старой, некогда затопленной дороге, выбрасывая из-под заднего колеса мелкие камешки и соляную пыль. Кёртис не успевает поднять руки, и эта дрянь летит ему в грудь и лицо. Нечто похожее он испытывал, попадая в облако слезоточивого газа. Он ругается и сплевывает. Потом на лице его появляется улыбка. Завывание мотоциклетного двигателя достигает высокой ноты на подъеме, потом угасает вдали. «Номер 1797, — думает Кёртис. — Это уже кое-что. Мне это пригодится».

Термоконтейнер по-прежнему стоит на бетонной плите. Кёртис опускается на корточки и проверяет его содержимое. Остались две бутылки воды. Открыв одну из них, он снимает очки, льет воду в пригоршню, споласкивает лицо. Повторяет это еще раз, протирая мокрой ладонью затылок и шею. Остаток воды выпивает. Затем вытирает руки о штаны и набивает патронами барабан револьвера.

Та машина на грунтовой дороге, скорее всего, принадлежала смотрителю парка. Хотя все может быть. В любом случае ему надо поскорее выбираться отсюда. Обвязав рукава куртки вокруг пояса, он сует в ее карман оставшуюся бутылку с водой. В левой глазнице появляются боль и жжение: должно быть, что-то залетело туда сбоку, в щель за линзой очков, или же попало в процессе умывания. Надо бы промыть глаз, но организм и так уже обезвожен, и тратить на это последнюю питьевую воду не стоит.

Неподалеку среди высокой травы он обнаруживает неплохо сохранившуюся — без сквозных трещин — квадратную чашу фундамента, на дне которой осталась дождевая вода. Есть в этом что-то от бассейна в древнеримском атриуме, хотя картину портят шары перекати-поля, скопившиеся в его западной части. Кёртис наклоняется над водным зеркалом в надежде разглядеть свое отражение, но видит лишь темные контуры головы. Он зажмуривает правый глаз и плещет себе в лицо дождевой водой.

Это не помогает. А задерживаться здесь нельзя. До пункта помощи туристам около десяти миль, частью по пересеченной местности. Кёртис утирает лицо полой рубашки. Его затылок быстро высыхает на ветру по пути обратно к дороге.

39

Тучи, которые он вчера наблюдал к востоку от города, судя по всему, пролились-таки дождиком в этих местах, ибо пустыня полна цветов: сочно-желтых кореопсисов, голубых фацелий и астрагалов, розовых примул, золотистых маков и — местами — высоких фукьерий с кораллово-красными бутонами, полыхающими над оранжевым песком, как сигнальные файеры. Кёртис бредет мимо них, опустив голову; от слезящейся глазницы через левую щеку тянется соляной след.

Когда он достигает Т-образного перекрестка, становится еще жарче, а дорога еще круче идет в подъем. Он допивает последнюю воду. Коричневые ящерицы шныряют под ногами. На шоссе валяются мертвые животные: змеи, суслики, кольцехвостый енот, исклеванный воронами. У Кёртиса предостаточно времени для размышлений. До сих пор Деймон использовал его в роли охотничьего пса, пойнтера, который должен вспугнуть дичь (то есть Стэнли), чтобы Аргос или Альбедо могли подстрелить ее на взлете. Впрочем, даже это сравнение будет в пользу собаки, которая хотя бы понимает, что делает, и знает, чего ждет от нее хозяин. Сравнение с манком или подсадной уткой тоже не годится. Подсадные утки неопасны сами по себе, а Кёртис в этой ситуации больше напоминает старинную ловушку для птиц из обруча и подпружиненной дуги с сеткой. Всего-то дел: зафиксировать оттянутую на пружинах дугу и дождаться, когда птица, подлетев к приманке, заденет спусковую нить. Вот и сейчас его пружины взведены, а все вокруг только и ждут, когда Кёртис-ловушка сработает.

На территории парка слева и справа от дороги попадаются площадки для кемпингов; он сворачивает туда в надежде найти воду для питья и промывания глаза. Все напрасно. В одном из таких мест есть туалетная кабинка с зеркалом, в котором он, подняв пальцем веко, осматривает глаз. Никаких видимых повреждений. По приезде в отель надо будет заняться им как следует.

Уже во втором часу дня он добирается до пункта помощи: красно-коричневой будки с белым навесом от солнца и лениво колышущимися на ветру флагами США и штата Невада. Здание едва заметно среди гладких останцев из красноватого песчаника самых разных форм — тут есть и купола, и колонны, и огромные висячие глыбы. Глядя на них, Кёртис инстинктивно ощупывает свою куртку: на месте ли револьвер? Все эти природные образования кажутся ему органическими, в той или иной мере живыми. Чего только в них не померещится: призрачные лица, разверстая клоака, беспозвоночные морские твари, человеческая фигура с птичьей головой. Хорошо еще, что Аргос устроил встречу так рано, — не хотелось бы очутиться в этом месте после захода солнца.

Кёртис пьет воду из фонтанчика, пока не начинает опасаться, что ему станет плохо. Потом наполняет бутылку. Войдя в безлюдное помещение, он мимо видеомониторов и стеклянных шкафов с артефактами направляется прямиком к таксофону. Находит в своем бумажнике старые предоплаченные карточки, которыми не пользовался уже несколько месяцев, а также визитку таксиста, возившего его на встречу с Кагами, — и начинает набор.

Телефон таксиста не отвечает. За серией длинных гудков следует приветствие по-английски, повторяемое на французском и арабском, а затем сигнал для голосовой почты.

— Привет, Саад, — говорит Кёртис. — Ты, возможно, меня не запомнил. Это Кёртис Стоун, с которым ты пару дней назад ездил в «Живое серебро». Мы тогда еще поболтали немного о джазе. Не знаю, работаешь ты сегодня или нет, но мне очень нужна твоя помощь. Так случилось, что я застрял один в парке «Долина огня» и хочу вернуться на Стрип. Вряд ли это привычный для тебя маршрут, но я в долгу не останусь, обещаю. Мой мобильник здесь не ловит сигнал, так что я попозже еще раз позвоню тебе с таксофона. Сейчас я нахожусь в пункте помощи туристам. Заранее благодарю.

Далее Кёртис набирает справочно-информационную службу и просит соединить его с фирмой под названием «Эскорт-услуги Города греха». С минуту слушает пошлый музыкальный бодрячок и занудно-автоматические просьбы дождаться ответа. Потом звучит гудок и раздается живой женский голос.

— Компания «Эскорт-услуги Города греха», — говорит она. — Чем вас сегодня осчастливить?

— Я разыскиваю человека, который работает на вашу фирму, — говорит Кёртис. — Его зовут Альбедо. Он ездит на...

— Секундочку, — прерывает его женщина.

Кёртис ждет. Вытирает слезящийся глаз бумагой, которую отмотал от рулона при посещении туалета в кемпинге. Теперь отвечает мужской голос:

— Вы кого-то ищете?

— Да. Человека по имени Альбедо. Он подрабатывает у вас водителем. У него большая черная машина, старая модель. Я хочу...

— Да, я понял, о ком вы говорите. Однако мы не предоставляем посторонним информацию о наших сотрудниках. Если вы сообщите свое имя и номер телефона, я могу передать их ему при встрече, хотя не знаю, когда это случится.

— В этом нет нужды, — говорит Кёртис. — У меня есть его номер. Я лишь хотел узнать, вернулся ли он из Атлантик-Сити.

— Атлантик-Сити? — переспрашивает голос. — Да, он вернулся из Атлантик-Сити. Уже давно, недели полторы назад. Или он улетел туда снова? Тогда я не в курсе.

— Спасибо, — говорит Кёртис и отключается.

Он вытирает слезы со щеки, прислоняется к стене и с минуту размышляет.

Затем набирает номер «Спектакуляра» в Атлантик-Сити и просит связать его с бюро находок.

— Здравствуйте, — говорит он, услышав женский голос. — Я останавливался в вашем отеле пару недель назад и, похоже, кое-что забыл в номере.

— Понятно, сейчас проверим, — отвечает голос. — Какую вещь вы потеряли?

— Запонку, — говорит Кёртис. — Золотую с черным камнем.

— Вы помните, в каком номере и в какие дни вы останавливались?

— Это был номер семнадцать девяносто семь, — говорит Кёртис. — Я провел там всего одну ночь... дайте вспомнить... в уик-энд перед Марди-Гра.

— О'кей, — щебечет она, — если вы минутку подождете на линии, мы все проверим.

Щелчок. Играет песня «Иглз». После первого куплета и припева вновь раздается щелчок.

— Простите, вы не могли бы назвать свое имя? — говорит девушка.

— Меня зовут Альбедо, — говорит Кёртис, — но я не уверен, что номер был зарезервирован на мое имя. Я был с группой.

— Для вас есть хорошая новость, мистер Альбедо. В нашем реестре значится подходящая под описание запонка, найденная второго марта. Теперь остается кое-что уточнить в службе безопасности. Подождите еще немного.

Возвращаются «Иглз». Затем их сменяют «Флитвуд Мак», а тех, в свою очередь, Нора Джонс. Кёртис упирается лбом в стену, смыкает веки и внезапно слышит голос у себя за спиной:

— Эй, вы Кёртис Стоун?

Он разворачивается в момент как ужаленный.

— Да, — бормочет он.

Это смотритель парка — точнее, смотрительница, — и вид у нее не очень-то дружелюбный.

— Звонил ваш таксист, — говорит она. — Он едет сюда. Сказал, что будет примерно через два часа.

— Хорошо, — говорит Кёртис. — Спасибо.

— Связать вас с ним?

— Я не могу прямо сейчас, извините. Спасибо.

Смотрительница закатывает глаза с гримасой типа «ну и фиг с тобой», после чего удаляется. Кёртис вытирает щеку и снова упирается лбом в стену. Вспоминает Деймона в кафе «Пенроуз»: «Тут ведь нет никакой опасности. И никто не нарушает закон». Кёртис кривится. Нора Джонс перетекает в Элтона Джона. Раздается щелчок.

— Мистер Альбедо?

— Да, я слушаю.

Теперь голос девушки звучит озабоченно, и Кёртис догадывается, что сделал звонок не впустую.

— Прошу извинить за задержку, — говорит она. — Со мной сейчас на связи офицер Рамирес из службы безопасности отеля. Он объяснит ситуацию с вашей запонкой. О'кей? Офицер Рамирес?

Вступает другой голос:

— Алло? Мистер Альбедо?

— Да, это я.

— Я навел справки относительно вашей запонки, и выяснилось, что она действительно числится в нашем реестре — найдена второго марта в номере семнадцать девяносто семь, — но сейчас ее уже нет на складе забытых вещей. Вы знаете кого-нибудь, кто находился с вами в том номере и потом мог ее востребовать?

— Ну, так с ходу сказать затруднительно, — говорит Кёртис. — Мне нужно вспомнить. А разве у вас не ведется учет тех, кто забирает утерянные вещи?

— Такой учет ведется, но, к сожалению, с бумажными формальностями иногда бывают сбои. И вот еще что... раз уж вы позвонили, мистер Альбедо. Вы не будете против, если я попрошу вас ответить на пару вопросов касательно некоторого ущерба, причиненного имуществу отеля в данном номере?

Кёртис отключается. Он еще долго стоит перед таксофоном с трубкой в руке и кладет ее на рычаг лишь после того, как та начинает издавать противный писк. Прокручивает в голове разные сценарии. Сравнивает вещи, которые никогда ранее не отделял друг от друга и не оценивал в сопоставлении. И каждый раз приходит к одному и тому же результату.

Под конец он думает: «Значит, вот как я помогаю Стэнли. Вот к чему это все привело».

Он снова берет трубку, набирает номер. Несколько длинных гудков. Потом голос его отца на автоответчике. Кёртис начинает говорить, еще его не дослушав.

— Па, я знаю, что ты там. Это Кёртис. Возьми трубку.

Щелчок, и вновь отцовский голос, но уже громче и чище.

— Что случилось, Кёртис? — спрашивает он. — Что-то не так? У тебя проблемы?

Слеза скатывается по левой щеке Кёртиса и оставляет темный кружок на его ботинке. Изначально черные, ботинки теперь порыжели от пыли и грязи. Шнурки сплошь облеплены колючками и напоминают мерзких иглокожих существ, которым впору ползать по глубоководным рифам, а не шататься по пустыне.

— Все нормально, — говорит Кёртис. — Я в порядке.

— Я не спрашивал, в порядке ли ты, малыш. Я спросил: в чем твоя проблема?

Кёртис тихо смеется:

— Вообще-то, проблем полно. Но неразрешимых нет. Извини, что втягиваю тебя в это, па, но я тут совсем закрутился. Сейчас не могу вдаваться в детали, но прошу тебя кое-что сделать. Это тебе понравится, но отнимет совсем немного времени.

В наступившей тишине Кёртис ощущает на том конце линии сильнейший наплыв негативных эмоций — как река перед плотиной во время паводка. А когда в трубке вновь раздается голос, Кёртис явственно слышит в нем напряжение от усилий, с которыми отец сдерживает этот натиск. Вот за такие вещи он и любит своего старика.

— Хорошо, — говорит отец. — Что я должен сделать?
— У тебя есть под рукой бумага и ручка?
— Да.
— О'кей, — говорит Кёртис. — Пожалуйста, позвони в полицию штата Нью-Джерси.

40

Когда в дверях появляется Саад — в сандалиях, рабочей рубашке с закатанными рукавами и штанах цвета хаки с грязью на коленях, — он застает Кёртиса врасплох, поскольку на стоянке перед пунктом помощи нет никаких такси.

— Сегодня у меня выходной, — говорит Саад, — так что я прибыл на своей личной машине. Когда ты позвонил, я был дома, чинил крышу. Что у тебя с глазом? Дать тебе капли? У меня есть визин.

Он направляется к припаркованной в сторонке белой «хонде» и открывает перед Кёртисом заднюю дверь.

— Счётчика здесь, конечно же, нет, — говорит он. — Расстояние я посмотрел по карте. Тебе это будет стоить полтораста долларов. Годится? Надеюсь и на чаевые.

— На этот счет будь уверен, — говорит Кёртис, забираясь в машину. — Мне жаль, что оторвал тебя от важных дел.

Саад захлопывает пассажирскую дверь и небрежно отмахивается.

— Тебе не о чем жалеть, — говорит он. — Я же сказал, что в момент твоего звонка чинил крышу. А что я делаю сейчас? Я катаюсь на машине среди великолепных гор. Быть может, ты дашь мне хорошие чаевые, и на эти деньги я найму рабочих для починки крыши, про которую мне все уши прожужжала жена. Так что я как раз очень рад твоему звонку. И когда мы выберемся из этих проклятых гор, которые глушат сигнал, я поймаю отличную джазовую радиоволну. Ты не против?

«Хонда» сворачивает налево и вскоре пересекает западную границу парка. Радио начинает подавать признаки жизни, а пейзаж становится менее суровым.

— Я вижу, ты устал от казино, — говорит Саад. — Удача так и не повернулась к тебе лицом.

Кёртис полулежит на сиденье. Он совершенно измотан и не хочет ни о чем думать. Утренние волнения вкупе с долгой прогулкой по безводной пустыне и раздражающей болью в глазнице его доконали.

— Нет, — говорит он. — С удачей у меня нелады.

— И тогда ты покинул город, — продолжает рассуждать Саад, — и отправился в пустыню. Прямо как Иисус. Верно?

— Один в один Иисус, — соглашается Кёртис. — Или как пророк Мухаммед. Ведь Мухаммед тоже уходил в пустыню, я не ошибаюсь? После того, как ему не подфартило в Мекке.

— Или как Моисей! Он ведь увел своих людей из Египта, да? И не куда-нибудь, а в пустыню. Это я хорошо понимаю. Я тоже увел своих людей из Египта. Всю семью. Сейчас двое из моих людей тратят мои деньги на учебу в университете, а остальные мои люди в лице жены пилят меня с утра до вечера из-за этой несчастной крыши. Да, мой друг, иногда очень полезно уйти в пустыню.

Кёртис улыбается, вытирает щеку и упирается затылком в подголовник. Сон затягивает его, как зыбучий песок; его руки и ноги уже онемели.

— Думаю, из этой троицы я все-таки больше похож на Иисуса, — говорит он. — Потому что, когда я ушел в пустыню, за мной никто не последовал.

— Ты не прав, друг мой, — говорит Саад. — Ведь за тобой последовал я. Разве не так? Выходит, я твой верный последователь.

Убаюкивающий шорох шин проникает в Кёртиса, растекается жидким теплом от позвоночника по всей груди. Теперь он видит пейзаж сквозь опущенные веки. К северу тянется роща древовидных кактусов, за ней — сетчатое ограждение лагеря «Кэмп-Дельта», а еще дальше — голубая гладь Карибского моря. А к югу он видит черную дымовую завесу над нефтепромыслами Бургана, обугленные трупы длинноногих верблюдов, целое озеро горящей нефти. Кёртис слышит хруст гравия под колесами «хонды», представляет эти камни летящими ему в глаза и, вздрогнув, просыпается.

— Саад, ты знаешь что-нибудь о старом городе на дне озера?
— О чем ты говоришь, друг мой?
— Я сегодня был на берегу озера. Оно сильно обмелело — полагаю, всему виной засуха, — так что из-под воды появились развалины какого-то поселка или городка: улицы, печные трубы, кое-где фундаменты.
— Ах да, — говорит Саад, — я видел это в новостях. Когда построили дамбу Гувера, вода поднялась и накрыла тот город. Прямо как Атлантиду. А в последнее время дождей почти нет, вот озеро и отступило. Люди, основавшие город, были... как их там? Ну, которые строят белые храмы.
— Мормоны?
— Да, мормоны. Но есть и другое название.
— Святые последних дней, — подсказывает Кёртис.
— Да, — говорит Саад, — они самые. Интересные они люди. Иногда я подвожу кого-нибудь из них в моем такси. А иногда вижу их молодежь на велосипедах. Они считаются христианами, эти Святые последних дней?
— Думаю, ответы будут разные, смотря кого спрашивать. Мой отец — чернокожий мусульманин, а мать была из «свидетелей Иеговы», так что не мне перемывать косточки мормонам.

Саад тянется к приемнику и после серии манипуляций ловит джазовую классику: «Как высока луна» в саксофонном исполнении Сонни Роллинза с Барни Кесселом на гитаре и Лероем Виннегаром на контрабасе. В мелодию с регулярными интервалами вторгаются короткие эфирные помехи, но они становятся все тише и наконец исчезают. Кёртис вновь закрывает глаза.
— Эти Святые, — говорит Саад, — в них ведь есть что-то и от евреев, и от мусульман, да? У них тоже были свои трудности — угнетение, дискриминация, — и потому они ушли в пустыню. Может быть, они так и сказали себе: «Теперь мы будем как евреи!» Понятно, что они такие не одни. В этой стране такое случается сплошь и рядом. В какой-то момент мы говорим: «С нас хватит! Мы уходим в пустыню! Мы построим там собственный город. Для нас и для наших детей. Это будет святое и справедливое место. Там мы познаем себя и нашего Господа». И мы строим город. Туда приезжают люди, все больше людей. И при-

ходит день, когда этот город становится для нас чужим. Он уже не то, к чему мы стремились. Напротив, он стал похож на то, от чего мы бежали. И мы снова уходим в пустыню, плачем и молим Господа или Фортуну затопить это место, наслать волны на фараоново воинство, стереть плоды наших ошибок с лица земли. Но хотя вода может затопить город и скрыть его от глаз, ничто не исчезает бесследно. Город всегда с нами, он повсюду.

Где-то на середине этой речи голос Саада превращается в голос Стэнли, и Кёртис осознает, что снова заснул или впал в полудрему, отчасти двигаясь в машине наяву, отчасти плывя по течению сна. Он изо всех сил старается удержаться на этой грани, чтобы не упустить слова Стэнли, — и вот уже начинает их видеть, каждое слово в отдельности, вырастающие побегами на развесистых ветвях, среди других слов, произнесенных другими голосами. Он может расслышать голос старого поэта, Уэллса, и голос «Зеркального вора». Голос своего отца. Уолтера Кагами. Вероники. Даниэллы. Голос мага по прозвищу Ноланец. Голос бога Гермеса. Чистый и тихий голос самой Луны.

Потом звучит еще один, смутно знакомый голос.

— Дорогие сограждане, — произносит он, — события в Ираке достигли той стадии, когда мы должны принять окончательное решение...

Кёртис подскакивает на сиденье и больно ударяется рукой о подголовник сидящего впереди Саада.

— Черт! — бормочет он.

— Все в порядке, друг мой? Ты задремал. Мы почти приехали.

Кёртис встряхивает головой, осматривается. Они уже в городе, проезжают под мостами многоуровневой развязки. В четверти мили впереди виднеется огромный зеленый щит на пересечении с Чарльстонским бульваром. У Кёртиса свербит в горле: видимо, он храпел во сне.

— Что происходит? — спрашивает он. — Началась война?

— Выступает президент, — говорит Саад. — Раз уж ты проснулся, я добавлю громкости, о'кей?

— Миротворческие усилия по разоружению иракского режима вновь и вновь оказывались безуспешными, потому что мы имеем дело не с мирными людьми, — говорит радио. — Информация, собранная нашей разведкой, а также разведслужбами других государств, не оставляет сомнений в том, что иракский режим тайно обладает одним из самых губительных видов оружия, когда-либо изобретенных людьми.

Саад сворачивает на Спринг-Маунтин-роуд.

— Погоди, — говорит Кёртис. — Можем мы еще немного покататься по Стрипу? Я хочу это дослушать.

— Конечно, мой друг. Как пожелаешь. Один доллар за пять минут катания — годится?

Кёртис нашаривает конверт во внутреннем кармане куртки.

— Сделаем так: я дам тебе три сотни за всю поездку, а ты скажешь, когда тебе пора будет возвращаться домой.

— Соединенные Штаты и другие нации не сделали ничего такого, что могло бы вызвать эту угрозу, но мы сделаем все, чтобы ее устранить. Вместо того чтобы безучастно дрейфовать к неминуемой трагедии, мы возьмем курс на обеспечение нашей безопасности. Прежде чем настанет день ужаса, прежде чем будет уже поздно что-либо предпринимать, эта опасность будет ликвидирована.

На Стрипе «хонда» поворачивает вправо, минует отель Кёртиса, пиратские корабли и вулкан, танцующие фонтаны «Белладжо». После сегодняшнего блуждания по пустыне приятно быть на колесах, приятно созерцать все это — неоновые вывески и световые табло, казино и зеркальные башни отелей, блестящие маски с пустыми глазницами, — в то же время сознавая, что здешние игры его уже не касаются. Он далеко не сразу нашел к ним верный подход, но хотя бы не остался в проигрыше.

— Десятилетия обмана и жестокости подошли к концу. Саддам Хусейн и его сыновья должны покинуть Ирак в течение сорока восьми часов. Если они не выполнят это условие, мы начнем военную операцию в любой момент, который сочтем удобным.

— О'кей, Саад, — говорит Кёртис. — Я услышал достаточно. Возвращаемся к отелю.

Саад делает два левых поворота и снова выруливает на Стрип наискосок от «Луксора», чуть севернее припавшего к земле сфинкса. Для середины дня в понедельник бульвар оживлен сверх обычного. Когда они проезжают перекресток с Тропикана-авеню, Кёртис обращает внимание на толпу перед статуей Свободы — оркестр с волынками и барабанами, зеленые майки с трилистником, пластиковые шляпы — и вспоминает, какой сегодня день.

— Многие иракцы могут слышать меня сейчас в арабском переводе, транслируемом по радио, и я хочу обратиться к ним. Если нам придется начать боевые действия, они будут направлены не против вас, а против попирающих законы людей, которые правят вашей страной. После того как наша коалиция отстранит их от власти, мы доставим вам еду и лекарства, в которых вы так нуждаетесь. Мы уничтожим машину террора и поможем вам построить новый Ирак, процветающий и свободный. В этом свободном Ираке не будет места для агрессивных войн против соседних стран, не будет заводов отравляющих веществ, не будет казней инакомыслящих, не будет пыточных камер, не будет надругательств над женщинами. С тираном скоро будет покончено. День вашего освобождения близится!

На тротуаре южнее его отеля несколько патрульных копов и местных сотрудников охраны разбираются с пятью-шестью молодыми приверженцами Ларуша, которые, видимо, слишком активно приставали к прохожим со своими плакатами и брошюрами. Молодежь не унимается и продолжает что-то скандировать; один из копов, отойдя в сторонку, говорит по рации.

«МЕТОДОЛОГИЯ ЗЛА» — гласят плакаты. — «ОСТАНОВИТЕ ОЛИГАРХОВ!», «ИМПИЧМЕНТ ДЛЯ ДЖОРДЖА БУША!», «БОБМЫ ЧЕЙНИ ИЛИ ДОЛЛАР ГРИНСПЕНА — ЧТО УПАДЕТ РАНЬШЕ?»

Кёртис пытается вообразить Уолтера Кагами в цветастом свитере и с мегафоном, выкрикивающим заводные речевки, пока его волокут в полицейский фургон. Сам Кёртис еще не определился со своим отношением к этой войне, но Уолтеру он не завидует в любом случае. Должно быть, это очень тягостно: всей душой ненавидеть что-либо, при этом сознавая, что у тебя нет ни малейших шансов на успех в противостоянии с объектом твоей ненависти.

Президентская речь все еще продолжается к тому моменту, когда они подкатывают ко входу в отель, но Кёртис уже уловил основную суть. Он вручает конверт с деньгами Сааду и открывает дверь.

— Как ты себя чувствуешь? — спрашивает Саад. — Если что, я могу отвезти тебя к врачу.

— Это пустяки, — говорит Кёртис. — У меня в номере есть все, что нужно. Ты завтра работаешь?

— Да, — говорит Саад, — завтра я работаю.

— Возможно, я с тобой еще свяжусь. Для поездки в аэропорт.

— Ты знаешь номер моего телефона. Удачи, друг мой. И держись подальше от казино!

— Спасибо! — кричит Кёртис вслед отъезжающей машине. — А ты держись подальше от дырявой крыши!

Но Саад его уже не слышит.

Открыв дверь своего номера, Кёртис замечает на прикроватной тумбочке мигающий сигнал: сообщение, оставленное на автоответчике. Наверняка это джерсийские копы. Должно быть, уже часа три ждут ответного звонка. Раз так, подождут еще несколько минут — копы или кто бы там ни был.

Он бросает на кровать свою куртку, открывает чемодан, расстегивает молнию отделения на внутренней стороне крышки и достает зип-пакет, в котором находятся флаконы с физраствором и пероксидом, а также специальная присоска. С этим набором он направляется в туалет.

Сняв солнцезащитные очки, моет руки и лицо. Потом еще раз тщательно намыливает руки до локтей, трет их мочалкой и смывает мыло. Снимает обертку с гостиничного бокала и расправляет поверх раковины пушистое белое полотенце.

Чистое зеркало и яркий свет лампы не помогают разобраться, в чем проблема. Возможно, это аллергическая реакция, а может, просто следствие обезвоживания. Он оттягивает пальцами веки, чтобы разглядеть глаз получше.

Этот глаз до сих пор не перестает его удивлять тщательностью проработки самых мелких деталей: розовые сосудики на белковой оболочке, тоненькие линии на темно-серой радужке. Окулист в Бетесде потрудился на славу. Кёртис почти ничего не помнит из временно́го отрезка между ездой по колдобинам к югу от Гнилане и слепым испуганным пробуждением в Ландштуле — и абсолютно ничего не помнит о самом инциденте. Кое-что из бывшего позднее слегка проясняется: долгая задержка на взлетной полосе в Рамштайне, когда он сквозь дурман от обезболивающих препаратов пытался выяснить, почему их самолет не поднимается в воздух. «Мы не взлетаем, комендор-сержант, потому что никто не взлетает. Федералы приостановили полеты всех бортов, военных и гражданских, в воздушном пространстве Штатов... Нет, сэр, причин я не знаю. Такого еще никогда не случалось». В ту пору казалось, что его мир рушится безвозвратно и ничто уже не будет таким, как прежде. Собственно, так и получилось. Но он с удивительной легкостью забыл детали того, что именно переменилось, забыл все обстоятельства получения травмы, а теперь частенько забывает и об ограниченности своих зрительных возможностей.

Он смачивает физраствором присоску и, сжав резиновый шарик, прикладывает ее к роговице. Затем большим пальцем отводит нижнее веко, тянет присоску — и глазной протез падает в его влажную левую ладонь.

Поместив протез в бокал и залив его пероксидом, он снова раздвигает пальцами веки, чтобы проверить состояние светло-коралловой глазной полости. А с полки под зеркалом, сквозь пузырьки пероксида, на него глядит протез: тонкий, загнутый, твердый, со сглаженными концами почти треугольной формы — как отполированный драгоценный камень.

Он промывает физраствором глазницу, когда из спальни доносится мелодия его мобильника. Вытирая лицо, Кёртис идет на звук. Дисплей показывает незнакомый ему местный номер. Пару секунд он колеблется, вспоминая слова Аргоса о телефонах, а потом нажимает зеленую кнопку.

— Слушаю, — говорит он.

— Кёртис, это Вероника. Где ты сейчас находишься?

Ее голос звучит на фоне внешнего шума, идентифицировать который Кёртису не удается.

— У себя в номере, — говорит он. — А что?

— Слушай, я только что говорила со Стэнли. Он сегодня прилетает из Атлантик-Сити.

— О'кей, — говорит Кёртис после небольшой паузы.

— Он пообщался с Деймоном. Этот твой приятель сейчас в полной заднице. Из «Точки» его вышвырнули с треском, а теперь еще, как я слышала, полицией штата получен ордер на его арест. Пока не знаю точно, в чем там дело, но Стэнли скоро будет в Вегасе, и он хочет с тобой встретиться.

В трубке из посторонних шумов выделяется голос, объявляющий о посадке на рейс и напоминающий о правилах безопасности: стало быть, она сейчас в аэропорту. В противоположном конце комнаты свет вечернего солнца под углом проникает в окно и золотит несколько футов левой стены. А в спальне уже становится темновато, и Кёртис включает ночную лампу рядом с кроватью. В тот же самый момент раздается писк факса, и аппарат начинает принимать послание.

— Кёртис, ты еще там?

— Да, я здесь.

— Я позвонила в неудачный момент?

— Нет, все нормально, — говорит Кёртис, подходя к факсу и берясь пальцами за край выползающего оттуда листа. — Послушай, ты не могла бы перезвонить мне на городской номер? В смысле, на номер отеля.

— Извини, уже нет времени. Самолет Стэнли приземляется через пять минут. Так ты сможешь с ним встретиться или нет?

Листок с факс-посланием в руке Кёртиса исчеркан так густо, что черного здесь больше, чем белого. По всему периметру тянутся завитушки, словно кто-то «расписывал» новую шариковую ручку с дешевым стержнем. Но при более внимательном рассмотрении они оказываются тошнотворным анатомическим месивом из вагин и пенисов с яичками, размотанных кишок и расколотых черепов с обильно вытекающими мозгами. В каждом из углов страницы изображено глазное яблоко с тянущейся от него ниточкой нерва — вроде воздушного змея с хвостом. А в центре всего этого находится собственно послание: «ЙОПАНЫЙ ПРИДАТЕЛ».

— Само собой, — говорит Кёртис, — я готов с ним встретиться. Где и когда?

— В «Живом серебре». Уолтер предоставит нам номер. Поезжай туда прямо сейчас, назови портье свое имя, и он даст тебе карту-ключ. А если мы уже будем на месте, тебя сразу проводят в номер.

— Я буду там раньше вас, — говорит Кёртис.

Он смотрит в окно, сминая в кулаке послание Деймона. Над Мак-Карраном снижается самолет, — возможно, как раз в нем сейчас находится Стэнли. На стене рядом с плечом Кёртиса купается в остатках солнечного света репродукция картины, большинство расплывчатых деталей которой теряются за отблесками, но зато некоторые другие проступают отчетливее. Так, в нижнем углу можно разглядеть контуры какого-то морского чудища, которого Кёртис не замечал ранее.

— Ты опять пропал, Кёртис? — зовет Вероника. — Есть еще одна просьба.

— Да, конечно.

— Ты не прихватишь книгу Стэнли? Думаю, он будет рад получить ее обратно.

— Нет проблем, — говорит Кёртис, но Вероника уже отключилась, не дожидаясь ответа. Еще несколько секунд он смотрит на безмолвный телефон, а затем прячет его в карман.

«Зеркальный вор» лежит тут же, на круглом журнальном столике, достаточно протянуть руку. Кёртис не получил от этой книги почти ничего, кроме головной боли, но он сожалеет, что не успел ознакомиться с ней получше. Когда он берет ее со столика, обложка на миг попадает в луч солнца, и остаточные блестки серебряного тиснения вспыхивают золотыми искрами.

Возвращаясь в туалет, чтобы вставить протез в глазницу, Кёртис замечает на ковре отпечатки своих запыленных в пустыне ботинок: бледные соляные овалы, похожие на следы призрака.

CALCINATIO
Март 1958 г.

Вода великолепнее стекла,
Бронзово-золотой огонь над серебром,
Пламя факелов над красильным чаном,
Вспышки волн под носами кораблей,
И серебристые клювы взмывают и пересекают залив.
   Каменные деревья, белы и бело-розовы во тьме,
Кипарис, там у башен,
   Ночной дрейф кораблей.

Эзра Паунд. Canto XVII (1928)[1]

---

[1] Перевод Я. Пробштейна.

41

Стэнли просыпается от галдежа чаек. Открыв глаза, он видит кружение пылинок в узких солнечных лучах, проникающих в их с Клаудио убежище через щели между досками заколоченного окна. Хотя этой ночью его не посещали нью-йоркские сны, в первый момент он дезориентирован: кажется, будто солнце светит с неправильной стороны, поскольку оно должно всходить над морем, как в Нью-Йорке. Он принимает сидячее положение, протирает глаза, прислушивается к шумам снаружи, звучащим особенно резко в прохладном весеннем воздухе.

Иногда по утрам его, как внезапный удар под дых, настигает мысль об огромности покрытого им расстояния, — и вот сейчас как раз такое утро. Обычно в подобных случаях он открывал книгу и вчитывался в названия дальних стран и экзотических городов, в которых побывал Гривано: Никосия, Рагуза, Искендерун... Все эти имена ничего не значат для Стэнли, а вызываемые ими образы являют собой беспорядочную смесь из курящихся благовоний, лабиринтов старинных улочек, прикрытых вуалями лиц и обнаженных клинков. Продвигаясь через всю страну с востока на запад, он нередко представлял себя повторяющим путь Зеркального вора, притом что сам он реально побывал в местах, ничуть не менее ему чуждых и разделенных ничуть не меньшими дистанциями, чем те, о которых написано в книге. В очередной раз приходя к пониманию этого, он обычно напоследок воображал, как его собственные странствия будут описаны в какой-нибудь забытой книжке, которую, может статься, спустя много лет кто-то случайно найдет и не поленится прочесть.

Более восьми месяцев у него ушло на то, чтобы добраться сюда. Путь его был извилист, но общее направление оставалось неизменным — как у трещины, упрямо ползущей по ветровому стеклу. Он ехал автостопом, в товарных вагонах и в междугородних автобусах; он прошагал пешком много миль в любую погоду. Самосвал в Индиане. Речная баржа в Мемфисе. Местные акценты порой были ему так же непонятны, как иностранные языки. Из Арканзаса в Оклахому он прибыл в кузове грузовика среди ящиков с персиками, весь липкий от сочащегося на пол сладкого сока и вдобавок искусанный полчищами муравьев. В числе мест, где ему случалось ночевать, были индейская деревня в Нью-Мексико, бордель в Денвере, окружная тюрьма в Амарилло, монастырь в Хуаресе. Зачастую он спал под открытым небом. Как-то сумрачным вечером, выброшенный из машины одним извращенцем, он устраивался на ночлег среди кактусов на пустынной обочине и вдруг увидел, как в небе на востоке появился чудовищный огненный шар, а потом зачарованно наблюдал за ростом грибовидного облака с молниями внутри, пока до него не добрались жуткий гром и горячий ураганный ветер, вдавивший его в песок и оставивший соляные дорожки от слез изумления на его щеках.

И вот прошлой ночью, после многих месяцев и тысяч миль, Стэнли наконец-то нашел то, что искал. Он достиг своей цели, однако не смог вспомнить ни черта из того, что планировал сказать при встрече. Он никоим образом не дал понять Уэллсу, что послание было получено и теперь Стэнли хочет в нем разобраться. Вместо этого он, как жалкий недоумок, бродил по улицам в компании многоречивого старпера и его мерзкой, всюду писающей собачонки.

Пятна солнечного света перемещаются на дюйм по полу, усыпанному белым порошком, который сверкает, подобно волшебной пыли в диснеевских мультиках. Стэнли слышит шум проезжающих машин, отдаленный рокот мотоцикла, глухие удары штормового прибоя. Чайки истошно стенают, как старухи на похоронах.

Клаудио не реагирует, когда Стэнли встает и потягивается, разминаясь. Накануне они вернулись сюда поздно ночью, так что Клаудио, скорее всего, проваляется еще несколько часов. А Стэнли больше не может спать. Много дел впереди.

Штанина джинсов прилипла к ноге. Он дергает ее и морщится, вспоминая о ране. Выйдя в переднюю комнату, мочится в бутылку из-под молока и потом затыкает ее, чтобы не распространять вонь. Открывает вещмешок, делает несколько глотков из фляги и чистит зубы.

Завершив на этом привычный утренний ритуал, он стягивает джинсы, разматывает окровавленную повязку и промывает рану. Выглядит она неважнецки. Стэнли находит в мешке флакон медицинского спирта, катушку с нитью и чистую белую майку, которую не жаль пустить на бинты. Льет спирт на рану, стиснув зубы, чтоб не завопить во весь голос от жгучей боли. Флакон почти опустел, и он выливает на рану остатки. Вытерев слезящиеся глаза майкой, рвет ее на полосы и накладывает свежую повязку. Эта мучительная, но необходимая забота о себе доставляет ему своеобразное суровое удовольствие, приправленное презрением к миру мягкотелых обывателей, неспособных либо не желающих поступить подобным образом и решающих все свои проблемы уплатой денег спецам. С некоторых пор он уже не в мечтах, а именно в подобных действиях — несложных, но требующих выдержки и усилия над собой — ощущает свое сродство с Гривано.

После перевязки он отмеряет нить, вдевает ее в иголку и зашивает порванные джинсы. Позднее надо будет отмыть в море засохшую на штанине кровь.

В задней комнате Клаудио поворачивается на другой бок и что-то бормочет по-испански. Стэнли прислоняется к дверному косяку и смотрит на спящего друга — плавный холмик под одеялом, — а потом возвращается к дыре в стенной панели и нашаривает то, что спрятал там прошлой ночью.

Накануне, после расставания с Уэллсом, он порядком поплутал по разбитым тротуарам и болотистым лужайкам, пока не увидел знакомый заросший прудик на улице, название которой — Наварр-Корт — ему ранее на глаза не попадалось. Мотоцикл был на прежнем месте, как и пара ног, торчавших из зарослей. Оглядевшись, Стэнли осторожно пробрался через тростники к воде и там, как и предполагал, обнаружил загнувшегося от передоза байкера: впалые щеки, синие губы в обрамлении усов, торчащий из вены шприц. Резкий запах мочи смешивался с ароматом цветущего жасмина. Стэнли задержал дыхание, нагнулся и — вот она, удача: четыре целлофановых пакетика во внутреннем кармане джинсовой безрукавки мертвеца.

До кафе он добрался к двум часам ночи. Публика уже расходилась, джазмены убирали в футляры свои инструменты, а поэты — Ларри, Стюарт и Джон — в дальнем углу наседали на Алекса, споря о чем-то или о ком-то по имени Моллой. Стэнли сразу же поймал на себе заинтересованный взгляд Алекса, словно тот вмиг учуял наркоту с противоположного конца зала. Пока Стэнли наблюдал за ними от входа, Алекс достал из кармана черный блокнот и карандаш, что-то быстро нацарапал, вырвал страницу и передал ее назад через плечо своей жене, черноволосой Лин. При этом он ни на секунду не прервал свой монолог:

— Де Голль наградил его Военным крестом, хотя его поведение во время войны нельзя назвать героическим. Он просто оказывал посильную помощь. Не совершил никаких деяний, которые можно было бы хоть как-то приравнять к подвигу. Зато книги — выраженное в них яростное неприятие происходящего — были его настоящим подвигом.

Лин привидением проплыла через комнату и вложила в руку Стэнли свернутый листок. Стэнли поднял полусонного Клаудио со стула у двери, и они вышли в ночь под пульсирующий чужеземным акцентом голос Алекса за их спинами:

— Да, я знал его в Париже. Я публиковал его книги, когда никто не хотел за них браться. В каком-то смысле он был мне как родной отец...

Теперь Стэнли натягивает свои зашитые джинсы, кладет целлофановые пакетики в нагрудный карман и разворачивает листок из блокнота Алекса. «Клаб-Хаус-ав. 41», — написано там. Он убирает подпирающую дверь доску и выскальзывает на улицу.

Клаб-Хаус-авеню находится в семи кварталах на север, в сторону Оушен-парка. Спидуэй почти безлюден, однако Стэнли предпочитает выйти на набережную, чтобы оценить погодные перспективы. Идет мощный прибой. Далекие волны и небо смешались в беспокойном движении. Береговая линия отступает и съеживается, как прохудившийся гелиевый аэростат. На западном горизонте Тихий океан явно строит планы насчет ливня, вот только когда он разразится, неизвестно. Барометр, должно быть, сейчас упал до своих нижних отметок. Стэнли кажется, что его носовые пазухи увеличиваются в объеме, распирая лицо изнутри.

Прошедшая ночка на пляже выдалась бурной, судя по количеству потерянных женских туфель, использованных презервативов и мотоциклетных следов на песке. Чайки сражаются с крачками за самые большие и аппетитные кучи блевотины. На углу Вестминстер-авеню Стэнли замечает цепочку засохших пятен крови — алые кляксы, как проблески заходящего солнца сквозь тучи, — и следует за ними на протяжении квартала, пока кровавый след не уходит в сторону от променада. Лица немногих встречных людей выглядят изможденными от недостатка сна и переизбытка употребленного алкоголя.

Собственное состояние Стэнли не нравится тоже: он сейчас как бы плывет по воле волн, вместо того чтобы держаться выбранного курса. Встреча с Уэллсом прошлой ночью его потрясла, но потрясение это было не того рода, на какой он рассчитывал. Это все равно что долго плыть на маячный огонь, а под конец обнаружить вместо маяка лишь нечто зеркальное, отражающее свет совсем другого источника. И теперь он хочет найти тот самый источник. Все давешние рассуждения Уэллса были попыткой скрыть от Стэнли истинное откровение. Есть один важный вопрос, который он должен прояснить до того, как снова встретится с Уэллсом; хотя шансы на получение ответа невелики.

Здания на Клаб-Хаус выглядят так, словно они изначально строились как жилые, затем были переоборудованы под коммерческие заведения, а теперь опять постепенно заселялись жильцами. Старый дом номер сорок один имеет магазинный фасад, но никаких вывесок на нем нет; дверь начисто выскоблена, оконные стекла замазаны черной краской. Изнутри доносится торопливый стрекот печатной машинки. Стэнли стучит в дверь. Машинка продолжает стрекотать. Он стучит снова.

Стрекот умолкает. После долгих мгновений тишины дверь открывается, и в проеме возникает острый нос Алекса. Далее поблескивает пара маленьких глаз, как кусочки слюды на стене пещеры.

— Доставка на дом, — объявляет Стэнли.

— Ах да. Входи, пожалуйста.

Из одежды на Алексе только семейные трусы и обвислая майка; ноги в сандалиях шаркают по гладкому бетонному полу. Он жестом указывает на ящик из-под апельсинов, накрытый индейским одеялом, и Стэнли усаживается. Комната почти пуста и погружена в сумрак. Здесь ненамного уютнее, чем в заброшенном доме, где ночуют они с Клаудио. В дальнем углу Стэнли замечает черную печатную машинку, установленную на шатком раскладном столе. Над ней висит сорокаваттная лампочка с самодельным абажуром из толстой бумаги для упаковки мяса, покрытой красно-фиолетовыми пятнами. Свет от лампочки падает только на машинку, оставляя в тени все вокруг. На одном краю стола лежат несколько растрепанных блокнотов, а на другом примостилась аккуратная стопка напечатанных страниц. Когда глаза Стэнли привыкают к полумраку, он видит на полу другие, такие же аккуратные стопки, хотя листы в них уже старые и помятые, со следами жирных пальцев. Стэнли прикидывает, что, если сложить все эти стопки вместе, они достанут ему до середины икры.

Алекс садится на второй такой же ящик. В дверном проеме за его спиной видна часть соседней, чуть лучше освещенной комнаты — рассеянный дневной свет проникает в нее через окно, которое Стэнли не может разглядеть со своей позиции. Все, что он видит, — это край матраса, простыни, одеяло и вытянутую поверх него тонкую руку. Но вот рука исчезает, на секунду мелькают голые ноги с кровоподтеками, и затем на пороге комнаты возникает Лин. В полосе света с одного боку вырисовываются плечо, рельеф ребер, округлость груди и впадина между ног — как холмы и кратеры на поверхности убывающей Луны.

— Кто это? — спрашивает она хрипловатым сонным контральто.

— Не узнаешь? Это же наш новый друг Стэнли, — говорит Алекс. — Завари нам чай, пожалуйста.

Она делает шаг назад и исчезает в глубине комнаты.

— Что ему нужно? — слышится ее голос оттуда.

Алекс тем временем разворачивает на низком столике между ящиками кожаный чехол с ячейками и выкладывает надорванную пачку ваты, мерную пипетку и иглу от шприца.

— Он хочет нам помочь, — говорит Алекс. — С чем ты пришел, Стэнли?

Стэнли достает из кармана пакетики и один за другим бросает их на стол. Пакеты звучно шлепаются на деревянную поверхность. Алекс клонится вперед, как лоза у лозоходца, обнаружившего ценные залежи руды. Лицо его остается бесстрастным, но глаза загораются так ярко, как Стэнли еще не приходилось видеть.

— Могу я снять пробу? — спрашивает он.

Стэнли кивает. Алекс раскрывает один из пакетиков, слюнявит палец, макает его в порошок и облизывает. Вновь появляется Лин в небрежно накинутом коротком атласном кимоно и за спиной Алекса проходит к примитивной мойке, состоящей из прибитого гвоздями к стене жестяного таза и резинового шланга, протянутого от водопроводной трубы. Когда она нагибается, поворачивая вентиль, кимоно распахивается, но она не удосуживается его оправить. Наполнив электрический чайник, она включает его в розетку.

Алекс отрезает ножницами полоску от долларовой купюры, потом набирает пипеткой немного порошка.

— Я так и думал, — говорит он, — что вместе с крутыми парнями на байках в город прибудет и свежая партия дури.

Снова слышится шум воды из мойки, и Лин ставит на стол узорчатый бокал из розового «депрессионного стекла». Алекс высыпает порошок в ложку и, чиркнув спичкой, начинает ее нагревать. Лин включает стоящий в углу древний напольный радиоприемник, звучит какая-то занудная классика. Электронные лампы бросают голубоватый отсвет на стену через полупрозрачную шкалу настройки частот.

— Мы здорово стосковались по беленькому, — говорит Алекс. — Здесь это большая редкость. Стюарт и его приятели всегда могут раздобыть долофин, настойку опия или барбитураты, но, конечно же, с героином они ни в какое сравнение.

Он кладет в ложку комок ваты и, пока раствор процеживается через нее, плотно насаживает иглу на кончик пипетки, предварительно обмотав его полоской от долларовой купюры. Потом перетягивает жгутом левую руку.

Чайник свистит, и Лин его выключает.

— Стэнли, тебе с молоком и сахаром? — спрашивает она.

Акцент у нее, как у лонг-айлендских ирландцев, хотя на ирландку она не похожа. Узел на поясе кимоно почти распустился и сполз ниже пупка. «В таком разе могла бы вообще не одеваться», — думает Стэнли.

— Нет, спасибо, — говорит он вслух.

Алекс подносит иглу к пропитавшейся вате и набирает раствор в пипетку. Затем вводит иглу в вену. Видно, как жидкость в пипетке ходит вверх и вниз в такт его сердцебиению, постепенно темнея и убывая. Выдавив всю дозу, он распускает жгут. Стэнли сохраняет на лице спокойно-скучливое выражение, но при этом держит в уме откинувшегося байкера и готовится мигом слинять, если Алекс вдруг замертво свалится на пол.

Но Алекс только глубоко дышит, сидя на своем ящике. Как будто доза героина повлияла на него не больше, чем стаканчик лимонада. Он протягивает свои причиндалы Стэнли, вопросительно поднимая брови.

— Нет, спасибо, — повторяет Стэнли.

Алекс выглядит удивленным, а затем покровительственно улыбается.

— Понимаю, — говорит он. — Ты предпочитаешь полагаться на «незамутненное восприятие». Это не удивительно, учитывая твой юный возраст. Ты еще не осознал силу и размах исторического водоворота, готового тебя поглотить. Возможно, ты даже добился нескольких мелких побед в этом противостоянии. Такое порой случается. Но именно в этом осознании и состоит разница между бунтарством «проблемной молодежи» и преобразующими усилиями «Кабаре Вольтер». Когда до тебя это дойдет, ты научишься ценить внешние стимуляторы восприятия.

Стэнли оценивающе глядит на Алекса, отмечая густые брови над глубоко запавшими глазами и спутанные после сна волосы.

— Мистер, — говорит он, — я ни хрена не врубаюсь в то, что вы тут несете.

— Вот как? — Алекс кривит губы в улыбке. — Тогда извини. Похоже, я нарушил неписаные правила беседы с наркодилером. Мне следовало бы начать с похвалы: мол, какой ты молодец, что сам не следуешь этой пагубной привычке и что ты будешь кретином, если поддашься соблазну. Боюсь, эта страничка моего сценария затерялась при перепечатке.

Лин приносит кружки с чаем. Она поправляет пояс халатика, садится на третий ящик, поднимает рукав и затягивает жгут выше локтя. Стэнли берет свою кружку, дует на горячий чай, прихлебывает.

Алекс уже достал свой бумажник. Он отсчитывает купюры и, передав их Стэнли, отклоняется назад, так что лицо его исчезает в тени. Его нос формой и заостренностью напоминает спинной плавник акулы. Стэнли на секунду разворачивает банкноты веером, затем складывает пачку пополам и прячет ее в кармане. Это больше, чем он мог бы получить в Нью-Йорке, но, вероятно, ниже лос-анджелесских расценок. Он не знает местный рынок наркотиков; и Алекс знает, что Стэнли этого не знает; так что нет смысла лезть в бутылку.

— Вы ведь покидаете город? — спрашивает Стэнли.

— Да. Едем в Лас-Вегас. Примерно через неделю.

— О'кей. Сколько вам нужно еще?

Алекс пожимает плечами:

— А на сколько можно рассчитывать?

— Точно сказать не могу, но в пределах унции проблем не будет.

Алекс двумя пальцами приподнимает со стола открытый пакетик.

— Качество будет таким же? — спрашивает он.

— Не сомневайтесь. Однако мой человек скоро отсюда уедет, так что нужно поторопиться.

— У тебя связи среди этих байкеров, не так ли?

Стэнли молча прихлебывает чай.

— А-ахх! — произносит Лин.

Распущенный жгут падает на пол, и она со слабой бессмысленной улыбкой оседает, сгорбившись, на ящике из-под апельсинов. Правда, халат на ней еще держится. Ее ящик накрыт не одеялом, а подушкой, и это позволяет Стэнли разглядеть на нем название фирмы — той же самой, что покупала урожай, собранный им и Клаудио в Риверсайде.

— Четверти унции будет достаточно, — говорит Алекс.

— Для этого мне нужно две сотни. Деньги вперед.

Алекс поджимает тонкие губы.

— Я могу дать только полторы, — говорит он.

Стэнли изображает секундную задумчивость, а потом согласно кивает.

— Деньги будут сегодня к концу дня, — говорит Алекс. — Несколько местных поэтов — Стюарт, Джон и другие — устраивают вечеринку в мою честь. Своего рода проводы. Тебя я тоже приглашаю. Приходи сюда к десяти часам. Да, и захвати какое-нибудь ведро, а также своего смазливого напарника. Мы будем ловить рыбу.

Алекс помешивает чай. Ложечка лениво звякает о края чашки, как музыкальная подвеска на ветру, сигнализирующая о приближении бури. Лин вытирает бумажной салфеткой капельку крови со своей руки. Вены у сгиба локтя почти не исколоты, — стало быть, она подсела на иглу сравнительно недавно.

— Алекс сказал мне, что ты из Бруклина, — говорит она.

— Верно.

— А я из Хиксвилла. Знаешь, где это?

— Знаю, но ни разу там не был, — говорит Стэнли.

— И ни фига не потерял, — говорит она. — Там полный отстой.

Она расправляет салфетку, подняв ее за кончики перед своим лицом. На развернутой ткани видны алые пятнышки разных размеров.

— Алекс величайший писатель своего поколения, — говорит она. — Тебе, может быть, все равно, но, думаю, ты должен это знать.

— Стэнли все равно, — говорит Алекс. — Он не сентиментален. А что есть сочинительство, как не проявление сентиментальности? Конечно, в тех случаях, когда оно не уподобляется собачьему брызганью на кустики вдоль дороги — только чтобы оставить след своего присутствия. Я и сам не уверен, что мне не все равно.

— Не говори так, — протестует Лин.

Стэнли отпивает еще один глоток.

— Я слышал, как вы печатали текст, — говорит он.

— Да, так и есть. Кстати, мне нравится слово «печатать». Оно гораздо лучше, чем слово «писать». И я рад, что ты не употребил слово «работать». Именно так называют сей процесс Стюарт и его компания. Они якобы симпатизируют пролетариату, но правда в том, что им ужасно хочется видеть плоды своего труда в продаже на литературном рынке, как бы они ни утверждали обратное. Это вполне естественно, так что проявим к ним снисхождение. Писательство никак нельзя назвать «работой». Это или игра, или пустая трата времени. На худой конец, старомодное менестрельство.

— Понятно, — говорит Стэнли. — А *вы* что печатали до моего прихода?

— Сказать по правде, я и сам не уверен. Я пытаюсь поддерживать в себе неуверенность. Как там сказал Антонен Арто? «Мы тратим наши дни, оттачивая форму, когда нужно уподобиться мученикам на костре, которые сквозь пламя все еще подают знаки собравшимся вокруг».

Стэнли кивком указывает на разложенные по полу стопки листов.

— Похоже, у вас этого добра навалом, — говорит он. — Что бы это ни было.

Алекс хмурится, затем с прищуром оглядывает свои творения. Примерно так человек может смотреть на звереныша неизвестной ему породы, не представляя, чем его можно кормить и насколько большим он вырастет.

— Это не поэзия, — говорит он. — И это не роман, притом что я написал и опубликовал несколько романов. Во всяком случае, здесь нет претензии на изящество. Живя в Париже, я примкнул к группе молодых — как бы их поточнее назвать — революционеров? авангардистов? преступников? Любое из трех определений предполагает и свойства двух остальных. Мои молодые друзья были убеждены, что искусство во всех своих видах является контрреволюционным. И так называемый авангард в особенности. Тридцать лет назад дадаисты назвали искусство «предохранительным клапаном культуры»: оно ослабляет внутреннее напряжение, предотвращая трансформирующий взрыв. Вместо того чтобы стремиться к приключениям и красоте в нашей собственной жизни, мы ищем их имитацию в фильмах и бульварных изданиях. Вместо того чтобы драться с копами и штрейкбрехерами, мы сидим дома и выкрикиваем свои лозунги, глядя в зеркало. Самое искусное творческое описание самого идеального общества худо-бедно поможет нам его вообразить, но ни на шаг не приблизит нас к его воплощению в жизнь. Как раз напротив. Искусство играет роль суррогата, заменителя. Оно позволяет нам легче переносить собственную неудовлетворенность, а она должна быть *непереносимой*. Мы с друзьями все это отвергли и стали практиковать своего рода «самотерроризм». Нашей главной целью стало конструирование ситуаций. Мы ходили по городу, добиваясь того, чтобы улицы сами изменили свой облик в соответствии с нашими пожеланиями. Иногда — хотя очень редко — так оно и происходило.

Стэнли смотрит на него заинтересованно.

— И как же вы это делали? — спрашивает он.

Алекс не отвечает. Все трое сидят в молчании. Воздух в комнате сгущается, наполняясь паром из кружек и электрочайника.

Стэнли собирается повторить свой вопрос, но его прерывает звук шагов снаружи, а потом кто-то дергает дверь, но засов не дает ей открыться. Следует торопливый стук. Стэнли напрягается, поворачиваясь к закрашенному окну, на краю которого появляется и сразу исчезает тень чьего-то локтя.

Стэнли смотрит на Алекса, затем на Лин. Та разглядывает вены на своей руке. Алекс закуривает и гасит спичку взмахом руки. Чуть погодя, не повторив стук, пришелец удаляется с невнятным бормотанием себе под нос. Стэнли узнает голос: это пьянчуга-поэт, рекламщик-атман.

Лин поднимает глаза и грустно улыбается.

— Это Чарли, — говорит она.

— Да, — говорит Алекс. — Похоже, он опять забыл.

Он клонится вперед, как деревце под грузом налипшего мокрого снега, и подтягивает ближе к своему краю стола крышку от майонезной баночки, используемую в качестве пепельницы.

— Возможно, то, что я сейчас пишу, — это не более чем дневник, — говорит он. — Каталог впечатлений. Психогеографический атлас. Навигационный журнал корабля, плывущего по воле волн. Это нить, которую я протягиваю через незримый лабиринт на тот случай, если кто-то захочет пойти по моим стопам. Такого рода книги отнюдь не бесполезны. Я и сам нередко прибегал к их поддержке. Первопроходец на вершине горы, впадающий в ярость при виде ледоруба, забытого там кем-то его опередившим, на самом деле никакой не первопроходец и не исследователь, а просто алчный конкистадор. Всякая действительно сто́ящая инициатива возникает в результате сотрудничества, заговора, серии закодированных посланий, передаваемых сквозь годы от одного человека к другому. Таковой была природа нашего парижского проекта.

Стэнли не уверен, что сказанное является ответом на его вопрос. Длинная струйка дыма тянется к потолку от сигареты Алекса, который делает затяжки с большими паузами, только чтобы не дать ей погаснуть, и стряхивает пепел в майонезную крышечку. Такое чувство, что течение времени в этой комнате загадочным образом подстраивается под эту сигарету — как будто Алекс каждой своей затяжкой замедляет ход часов. Стэнли ерзает на ящике. Он давно не общался с кайфующими нариками и уже успел подзабыть, насколько они ему противны.

— А что касается способа действий, — продолжает Алекс, — то мы просто выходили на улицы. Без какой-то конкретной цели, не рассчитывая что-либо найти. Нашими инструментами были случайности и возможности. Мы настраивали антенны наших желаний, ловили сигналы и следовали за ними. На словах это звучит легко, но на деле, можешь мне поверить, это требовало немалых усилий, самоотдачи и колоссального напряжения воли, потому что враг таился внутри нас самих. Желание обманчиво, оно стремится лишь к самоудовлетворению и потому всегда готово пойти на губительные компромиссы. Мы накапливали наши мечты, как пираты сокровища, и они — подобно всем пиратским сокровищам — порождали карты. В те дни мы часто говорили о городе — воображаемом, но все же способном стать реальностью, — который надо бы создать исключительно как место для игры. Главной проблемой, разумеется, была архитектура. Желания переменчивы; архитектура — нет. Посему наши желания так или иначе вынуждены подстраиваться под существующую архитектуру. Игра выходит на профессиональный уровень. Удовольствие превращается в обыденность. И мы не знали, как с этим бороться, — ведь в наших-то мечтах каждый житель этого города располагал ни много ни мало собственным кафедральным собором. За все прошедшие годы самое лучшее, что мне удалось таким образом сотворить...

Алекс зажимает губами сигарету, берет со стола пипетку с иглой, перекладывает их в левую руку и снова вынимает сигарету изо рта.

— ...это крепость, — говорит он. — Цитадель. Видишь ли, стойкие пристрастия хороши тем, что ты всегда точно представляешь себе, в чем состоит твое истинное, глубинное желание. Речь не о том, чтобы желать, к примеру, новый «олдсмобиль». Все второстепенные желания на фоне *этого* застывают, как пузырьки воздуха в янтаре, и ты можешь вдумчиво оценивать их, глядя со стороны. Я не забыл тот город, который мы искали. Когда-то мне удалось пройтись по его улицам, и я надеюсь сделать это вновь. Признаться, в этом плане я возлагаю большие надежды на Лас-Вегас. И как всегда, эти надежды не оправдаются.

Лин тянется к столику, берет сигарету и прикуривает. Выдыхая дым после затяжки, она наклоняет голову сначала влево, потом вправо, от плеча к плечу, как делают киношные любовницы гангстеров. Затем поднимает с пола книгу («Посмотри на себя, маленький человек!» — написано на обложке) и направляется в спальню, на ходу распуская пояс. Сразу за порогом кимоно соскальзывает с ее плеч на пол. Алекс не смотрит на нее — и вообще ни на что не смотрит. Он подносит к губам сигарету, и на ее кончике вспыхивает огонек. Сигарета все еще не выкурена и на треть.

— Эй, Алекс, — окликает его Стэнли. — Можно воспользоваться вашим туалетом?

Лампочки в туалете нет — на проводе над унитазом висит пустой патрон. На сливном бачке Стэнли находит коробок спичек и свечу в плошке, зажигает ее и только потом закрывает дверь. Он еще возится с ремнем джинсов, когда за стеной вновь начинает печатать машинка: сначала слышен взрыв лихорадочного стрекота, затем более медленный, неравномерный стук, который периодически прерывается звуком сдвигаемой каретки. Интервалы между ударами по клавишам становятся все длиннее. Теперь Стэнли может сосчитать буквы в каждом напечатанном слове с такой легкостью, что возникает искушение начать их угадывать. Он вспоминает об Уэллсе, рисует в своем воображении толстяка за письменным столом и «творческий треугольник» между его глазами, его пальцами и листом бумаги, постепенно выползающим из машинки. Для пущей убедительности зажмуривается и, выставив вперед согнутые ладони с растопыренными пальцами, имитирует стук по клавиатуре.

Справив надобности, он спускает воду, а потом раздевается до пояса и обмывает над раковиной лицо, шею, руки и грудь. Зеркало на дверце аптечки чем-то исчеркано. Он собирается протереть его полотенцем, но в последний момент замечает, что это не просто линии, а надпись, сделанная жирным грифелем и уже слабо различимая. Он подносит к зеркалу свечу, вглядывается. Знакомый размашистый почерк — таким же были начертаны слоганы на стенах кафе прошлой ночью. «ТЫ ВИДИШЬ ПЕРЕД СОБОЙ ЛИК БОГА», — гласит эта надпись.

Вытершись насухо, Стэнли надевает рубашку и куртку, потом дожидается, когда стрекот машинки вновь наберет темп, и, задув свечу, выходит из туалета. В дверном проеме спальни видны бледные ноги Лин, свисающие с края матраса пальцами вниз. Правая нога неподвижна, а левая ритмично приподнимается и опускается, как станок-качалка на нефтепромысле. Алекс не поворачивает голову в сторону Стэнли — даже когда в печатании возникает пауза. Позабытая сигарета торчит меж его губ, догорев до самого фильтра. Прежде чем с нее упадет пепел, Стэнли покидает этот дом.

42

На обратном пути до Хорайзон-Корт ему попадается на глаза магазинчик одежды, в котором только что начался рабочий день. Продавец открывает и подпирает колышком дверь, а потом уходит в складские помещения за каким-то товаром. Кассирша рассеянно листает каталог. Стэнли незаметно проскальзывает между стендами и вешалками, чтобы минуту спустя столь же незаметно удалиться с новыми джинсами, рубашкой и коричневыми габардиновыми брюками, приглянувшимися ему напоследок. Еще через два дома он крадет флакон медицинского спирта у аптекаря, который в это время точит лясы по телефону со своим букмекером. «И почему люди вообще платят за что-то деньги?» — удивляется Стэнли.

В убежище он возвращается таким манером, как у них условлено с Клаудио (которому давно уже пора проснуться): мимоходом стучит в дверь, следует дальше до угла, удостоверяется, что поблизости никого нет, потом идет обратно, стучит еще два раза — и дверь открывается.

Клаудио, все еще в одних трусах, выглядывает из-за косяка.

— Где ты был? — спрашивает он. — Я уже начал психовать.

— Мог бы спросить, когда я уходил.

— Я спал.

Стэнли кладет пакет с одеждой на застекленный прилавок.

— Сколько помню, не так уж крепко ты спал, — говорит он. — Лучше взгляни на мою добычу. Как тебе этот прикид?

— Так вот чем ты занимался все это время? Тырил барахло?

— Спокойно, братишка. Я проворачивал серьезные дела. Ближе к вечеру мы разживемся баблом.

— Как? Каким баблом?

— Нехилым, поверь мне. Полторы сотни.

Глаза Клаудио широко раскрываются, а рот складывается в букву «О».

— Кроме шуток? Где ты столько возьмешь?

— У Алекса. Помнишь его? Он заходил в кафе прошлой ночью. Англичанин или типа того. С длинным носом, как клюв.

— Да, я его помню. — Клаудио хмурит брови. — Я даже с ним говорил. Мне оба показались очень странными, он и его жена. С ними что-то не так.

— По виду они отпетые нарики и шарлатаны — и по сути то же самое, так что ничего странного. Как раз поэтому с ними можно иметь дело. И сегодня мы срубим с них бабки за товар.

Стэнли снимает туфли, потом стягивает грязные джинсы и, отбросив их в угол комнаты, разворачивает габардиновые брюки.

— Я не понял, — говорит Клаудио. — За какой товар они нам заплатят?

— Самый улётный товар, — говорит Стэнли, примеряя обнову. — Белая дурь.

— Наркота?

— А что, ты у нас теперь борец за нравственность? Лучше скажи, как тебе мои новые слаксы? Клевые? Интересно, как они будут смотреться с моей новой рубашкой.

— О чем ты, Стэнли? Где ты добудешь для них наркоту?

— Да не парься ты так! Я *уже* кое-что добыл. Снял с дохляка прошлой ночью.

— С мертвого? Где этот мертвец? И где сейчас наркота? Спрятана где-то здесь? А если копы...

— Тихо! — Стэнли закрывает ладонью его рот. — Просто послушай. Я нашел дурь и уже скинул ее Алексу. Там было немного, но я обещал ему к вечеру достать еще. Он через неделю уезжает из города.

— То есть мы возьмем деньги авансом и слиняем, не дав ему наркоты, — это твой план? По-твоему, нам это сойдет с рук?

— Я думал над этим, — говорит Стэнли. — Сперва мой план был именно таким. Но теперь у меня есть идея получше. Если мы их банально кинем, то останемся при полутора сотнях и, быть может, легких угрызениях совести. Но если мы реально добудем товар, то получим как минимум столько же, а при удачном раскладе и гораздо больше. Только все это надо как следует обмозговать.

— И где ты собираешься добыть кучу наркоты? Мы здесь не знаем никаких дельцов, которых не знал бы сам Алекс.

— Есть у меня кое-кто на примете, — говорит Стэнли. — Как насчет «Береговых псов»?

Клаудио, сужая глаза, берет Стэнли за кисти рук.

— Что за бред ты несешь? — бормочет он.

— Это не бред, а гениальный ход, — говорит Стэнли. — Мы одним этим ходом решим сразу две проблемы: разживемся баблом и скинем с хвоста этих клоунов. Договоримся о встрече, выкурим трубку мира и заключим сделку. Никто внакладе не останется.

— Но «псы» нас ненавидят! Они хотят нас прикончить. Мы же их унизили.

Стэнли делает шаг назад и начинает расстегивать рубашку.

— Ты не знаешь гопников так, как знаю их я, — говорит он. — Эта шатия-братия одинакова повсюду в мире. Все они мечтают сорвать большой куш, но для этого у них нет ни ума, ни фантазии. Наверняка они в курсе, где можно достать дурь, и будут рады поиметь с нас какую-то часть навара. Я поговорю с этим чуваком, мы все уладим и забудем прошлое. Станем друганами по жизни.

— С каким чуваком?

— Ты знаешь, о ком я. Их вожак. Босс. Тот самый, которому я засадил ногой по яйцам. Остальной шушере я и сэндвич сделать не доверил бы, но с ним, в принципе, можно сработаться. У него хотя бы хватает ума понять, что он тупица.

Стэнли надевает новую рубашку из искусственного шелка (кремово-желтую, с охряными полосами вдоль сверкающих перламутровых пуговиц) и заправляет ее в брюки. Стильная вещь — в самый раз для следующей встречи с Уэллсом, — но расхаживать в ней по улицам надо с оглядкой: любой мало-мальски толковый коп сразу догадается, каким путем она попала к Стэнли.

Клаудио стоит в сторонке, сложив на груди руки и поднеся большой палец к губам.

— Может, есть другие способы? — говорит он. — Я о способах раздобыть деньги.

— Еще бы! Таких способов навалом. Но сейчас нам подвернулся именно этот, и потому задействуем его. Конечно, есть риск, но без него быстрые деньги не сделаешь. Как я выгляжу?

Стэнли приглаживает ткань рубашки, расставляет руки и поворачивается вокруг своей оси. Клаудио мельком оглядывает новый наряд; при этом с лица его не сходит озабоченное выражение.

— Выглядишь клево, — говорит он.

— Хочешь, я тебе добуду такое же шмотье? Эти олухи в магазине...

— Не нравится мне твой план, — говорит Клаудио. — Слишком рискованно. Эти гопники. И полиция. Мы не знаем, насколько можно доверять Алексу. Мы ведь идем на серьезное преступление, Стэнли.

— Может, хватит скулить? Послушай, это не более опасно, чем переход через улицу, — вдруг какой-нибудь угнанный цементовоз размажет тебя по асфальту? Риски примерно те же. Братишка, тебе надо поднабраться крутизны, если хочешь вылезти из этого болота. Нельзя все время чего-то бояться.

— А как насчет твоего поэта? — спрашивает Клаудио. — Я о том типе, которого ты наконец нашел.

— Что насчет него?

— Может, он подскажет способ добыть деньги, не нарушая при этом закон?

Стэнли обдумывает его слова. Потом делает шаг вперед, оттягивает резинку трусов Клаудио и отпускает ее со звонким шлепком по животу.

— Не пойдет, — говорит он. — От этого типа я хочу получить нечто другое.

Позднее, когда новый наряд уже пристроен на бельевой веревке и Стэнли глядит на плавные изгибы спины Клаудио, качающейся в полосках солнечных лучей, он вспоминает еще кое-что.

— Прошлой ночью я опять сменил имя, — говорит он.

Клаудио издает негромкий звук, более всего похожий на насмешливое фырканье.

— Говорю тебе, я сменил имя. Теперь меня зовут Стэнли Гласс.

— Почему ты его сменил?

Стэнли утыкается носом между его лопаток и втягивает воздух.

— Потому что пришло время, — говорит он.
— Мм... Я буду называть тебя просто Стэнли.
— Годится. Чуть не забыл: нам еще нужно где-то стащить ведро.
— Ведро?
— Да, — говорит Стэнли. — Обычное ведро. Для рыбы.

43

Циферблат с подсветкой над входом в магазин на Виндворде показывает без нескольких минут девять. Дождь зарядил примерно час назад и, судя по всему, стихать не собирается. Круговращение фар на отдаленной кольцевой развязке похоже на карнавальную карусель — безостановочную, но неторопливую, как аттракционы для пожилых и самых маленьких. Время от времени мимо них проезжают машины, и крупные брызги, летящие из-под колес, напоминают мелькание дефектов кинопленки сразу после запуска фильма.

Стэнли и Клаудио съежились под колоннадой, между ресторанчиком и магазином мужской одежды, прижимаясь к стене при порывах ветра и созерцая струйки дождевой воды, которые бойко стекают с хохочущих чугунных лиц на капителях колонн. Стэнли ругает себя за то, что не позаботился украсть где-нибудь часы. Давно надо было это сделать. Он привык определять время по солнцу, но в этот день надвигающийся шторм полностью скрыл закат, и в результате они покинули свое логово на час раньше, чем требовалось. Клаудио молчит и, по-видимому, злится. Наконец Стэнли решает, что, раз уж они все равно промокли, есть смысл переместиться к дому Алекса. Может, кто-то из гостей также придет пораньше.

Перебегая от аркады к аркаде, они более или менее благополучно преодолевают половину пути до Клаб-Хаус-авеню; после чего, застегнув воротники под горло, совершают пробежки подлиннее: между брезентовыми навесами у витрин магазинов. На последнем углу они видят в конусе фонарного света три фигуры с ведрами в руках и газетами на головах. Эти трое подходят к двери Алекса и с воплями бьют по ней кулаками. Через несколько секунд их впускают внутрь.

Стэнли, сгорбившись, рысью устремляется туда же. Клаудио следует за ним — Стэнли слышит звонкую дробь дождя по жестяному ведру в руке приятеля. Там, где краска на оконных стеклах облупилась, видны красно-оранжевые точки, исчезающие, когда на окно изнутри падает чья-то тень. Еще через несколько шагов Стэнли и Клаудио слышат громкий смех и голоса в квартире.

Дверь распахивается сразу же после стука, и в открывшемся проеме возникает лицо в очках и с козлиной бородкой; другие детали внешности разглядеть сложно, поскольку свет падает на него сзади. Этого человека Стэнли раньше не видел.

— Чем могу помочь, парни? — спрашивает он.

Стэнли смахивает воду со своих губ и ноздрей.

— Алекс здесь? — спрашивает он.

Над плечом козлобородого появляется еще одно лицо — это Стюарт, тот самый поэт из кафе. Он был одним из трех только что прибывших гостей: влажная рубашка липнет к телу, в черных волосах блестят капли.

— О! — произносит он с удивлением. — Эта парочка мокрых мышат мне знакома.

Из комнаты доносится крик Алекса:

— Кто там? Мой юный друг Стэнли? Впусти его, Тони, чего ты застыл на пороге!

Распахиваясь внутрь, дверь толкает шаткое нагромождение пустых ведер, которые гремят друг о друга и со скрежетом сдвигаются по бетонному полу. Перешагнув порог, Стэнли отряхивает свою куртку. Клаудио входит следом, чуть задержавшись, чтобы выплеснуть из ведра на асфальт дождевую воду.

— Так-так, и при тебе оба объекта, которые я советовал прихватить, — говорит Алекс. — Но мы, кажется, договаривались встретиться часом позже?

— Мы загодя перешли на летнее время, — говорит Стэнли. — Чем отставать от жизни, лучше ее чуточку опередить.

Алекс и Стюарт усмехаются, а Стэнли между тем оглядывает прокуренную комнату. Все ящики из-под апельсинов заняты, еще несколько молодых людей пускают дым, по-индейски сидя на полу. Интеллигентного вида негр устроился на стуле перед печатной машинкой; он вежливо улыбается, встретившись глазами со Стэнли. Все прочие с некоторым недоумением смотрят на вновь прибывших и затем на Алекса.

— Друзья! — возвышает голос Алекс. — Позвольте вам представить — если вы еще не знакомы, — это Клаудио и Стэнли, два сугубо преступных элемента, с которыми я недавно сошелся на почве их зарождающегося интереса к искусству, поэзии и прочим прекрасным вещам. Без сомнения, джентльмены, всем нам приятно сознавать, что эти заблудшие юные души еще имеют шанс не сгинуть безвозвратно в криминальной пучине.

— Или они помогут всем нам выбраться из пучины искусства и поэзии, — раздается голос из угла. — Помогут нам стать честными злодеями.

Это Чарли. Стэнли с трудом его узнает: сейчас он выглядит трезвым — или почти трезвым. Чарли смотрит на приятелей с неуверенной улыбкой, своим видом как бы говоря: «Мы с вами уже встречались при каких-то нехороших обстоятельствах, но я, увы, ничего не помню». Стэнли не подает никаких ответных сигналов, лишь коротко усмехается его шутке. Больше никто не смеется.

— Начнем знакомство слева и далее по часовой, — говорит Алекс. — Боб, Брюс, Милтон, Сол, Морис, Джимми, Чарли, Стюарт — его вы уже знаете, — ну и Тони, наш сегодняшний привратник. А теперь, Стэнли, прихвати куртку своего друга и следуй за мной.

В спальне на голом матрасе комом лежат простыни, а на стенах развешены вкривь и вкось малопонятные образчики живописи. Алекс принимает у Стэнли обе куртки и протягивает ему пачку денег.

— Пересчитай, — говорит он, что Стэнли и делает: ровно сто пятьдесят долларов; он кивает и вместе с Алексом возвращается в главную комнату.

Стюарт и двое других гостей возобновляют какой-то давний спор. Только что слово взял жирный субъект псевдопрофессорского и гееватого вида, прихлебывающий красное вино из кофейной чашки.

— Без сомнения, стихи можно и нужно уподоблять картинам! — говорит он. — Почему бы нет? Вспомните: *ut pictura poesis*[1]. В этих словах заключена вся история поэзии. Это сказано Горацием, который, в свою очередь, процитировал Симонида. Моментальное воздействие образа, негативное пространство пустого листа, глубина потенциальной детализации — это все вещи, которые в равной степени важны и для поэтов, и для живописцев, не так ли?

— Я не согласен, — говорит цветной парень, Милтон. — Возьмем для примера присутствующих здесь поэтов: сколько из них, помимо стихов, пишут и картины? Да практически все, если не ошибаюсь. Будь эти вещи взаимозаменяемы, разве стали бы люди, занимаясь одним, тратить время еще и на другое?

Тони, по-прежнему дежурящий у дверей, знаком подзывает Алекса и что-то шепчет ему на ухо. При этом он с озабоченным видом поглядывает на Стэнли и Клаудио. Слов его Стэнли расслышать не может.

Стюарт выступает на стороне Милтона против жирдяя-профессора.

— Тебя не было на чтениях в редакции «Коустлайнз», Брюс, — говорит он. — Иначе ты бы не стал перелопачивать впустую всю эту кучу словесного навоза. Тот же Гинзберг, например, вовсе не живописец. Представь себе самые монументальные произведения живописи, какие приходят на ум, — вот хотя бы Сикстинскую капеллу, — и ты не найдешь ничего сравнимого с той вещью, которую он читал на собрании. Ты зациклился на допотопном музейном академизме, старик. Наполняешь формальдегидом банки со всякой мертвечиной. Я тоже люблю живопись, но картины не могут существовать *в потоке времени*. А стихам для существования даже бумага не обязательна. Они возникают и состоят из живого дыхания.

— Гинзберг? — переспрашивает кто-то. — Это который метит в звезды стриптиза?

— ...только ради театрального эффекта, — слышится чье-то бормотание.

---

[1] Поэзия как живопись *(лат.)*. Выражение из трактата Горация «Наука поэзии».

— А что плохого в театральности? — откликается Стюарт. — Поэзии нужно больше театра! Ей нужно больше музыки! Надо переносить ее со страниц на сцену! Пусть живая кровь потечет по этим бумажным венам!

— Боже правый! — стонет Брюс, подливая в свою чашку вино из большого кувшина на полу. — Сейчас он опять заведет свой джазовый речитатив.

В другом конце комнаты Алекс по-отечески кладет ладонь на плечо Тони, одновременно предупреждающе поднимая указательный палец другой руки. Тони понижает тон.

— Поэтам и художникам давно пора прекратить эти дурацкие бои с тенью, — продолжает Стюарт, — и перейти к творчеству в джазовом стиле. Свободу всем формам! Пора снести ненужные барьеры между искусством и жизнью! Только так мы сможем достучаться до сознания обывателей, Брюс. Это сродни партизанской войне. Большинство людей сейчас в первую очередь — зрители: они подсели на визуальные образы, как на наркоту, и живут под постоянным гипнозом. Фронтальная атака на их зрительное восприятие обречена на провал. Нужны обходные маневры — через органы слуха и через *внутреннее зрение*, неподвластное подсознательному внушению.

На этом месте в спор вступает Чарли, и голос его звучит слишком громко для такого тесного помещения:

— Эй вы там, сбавьте обороты! А то я уже запутался: мы сейчас говорим о поэзии или о рекламе?

Стюарт и Брюс смотрят на него сердито и растерянно, сбитые с ритма дискуссии. И во внезапно наступившей тишине по комнате обрывочно разносится шепот Тони:

— ...наркосделка с малолетними... извращенцы к тому же...

— Хотите, раскрою вам один маленький профессиональный секрет? — говорит Чарли. — В рекламной сфере я спец как-никак. Знаете, какой вид рекламы действует на покупателей еще сильнее, чем подсознательное внушение? Это *сверх*сознательное внушение! Попробуйте взглянуть на дело с этой стороны. Вы тут рассуждаете о людях как о безропотных овцах, неспособных самостоятельно мыслить, типа: не будь они такими жалкими болванами, они все жили бы сейчас на этом берегу вместе с нами, сочиняя стихи, рисуя картины, ночуя на пляже и выпрашивая остатки конины у торговцев собачьим кормом. Но правда в том, что им *нравится* быть обманутыми. Они только рады подвергаться внушению, когда им говорят, что нужно делать, чего хотеть и что любить. И они цепко держатся за свои иллюзии. Точно так же, как мы, не правда ли? Только мы думаем, что наши иллюзии *лучше*. Если вы, парни, хотите изменить мир, перекраивая сознание людей, для начала хотя бы попробуйте поставить себя на их место. У нас в рекламном агентстве было такое правило: «Прежде чем заговаривать зубы клиенту, заставь его раскрыть уши».

Гневный ропот поднимается вокруг. Чарли ухмыляется, довольный произведенным эффектом.

— Ты несешь циничный вздор, дружище, — негромко говорит Милтон.

— Ничего подобного! — возражает Чарли. — Если я не хочу обманывать себя, так я сразу уже и циник? Да я первым обрадуюсь, если окажется, что я ошибался на сей счет, поверь мне! Скажи, Алекс, прав я или нет? Что думают по этому поводу твои друзья, все эти левые уклонисты? Предложите людям на выбор чистую любовь или утилизатор мусора, и большинство выберет утилизатор. Разве я не прав?

Алекс, все так же стоящий рядом с Тони, с усталой покровительственной улыбкой поворачивает голову в его сторону.

— Ты был весьма убедителен, Чарли, — говорит он.

— Я не стремлюсь кого-то в чем-то *убедить*, — говорит Чарли.

Его голос срывается на высокой ноте, и он подносит ладони к лицу жестом, который отчасти напоминает ужимки Джека Бенни, а отчасти — реакцию пристыженного ребенка. Пальцы его заметно дрожат.

— Я всего лишь пытаюсь понять, что мне *делать*, — продолжает он. — Что мне следует *писать*. Я хочу быть честным, хочу отвергнуть Молоха со всеми его порождениями, и я не хочу, чтобы мир стал только хуже в результате моих усилий. Как мне быть с *этим*, Алекс?

Алекс прислоняется к стене, скрестив на груди руки и склонив голову набок. Все присутствующие смотрят на него — все, кроме Клаудио, который смотрит на Стэнли. «Они все держат Алекса за главного, — думает Стэнли. — Может, он и вправду крут?»

Когда Алекс начинает говорить, он обращается не столько к Чарли, сколько к публике в целом.

— Задача всякого автора, — говорит он, — быть летописцем своего времени. Занять позицию стороннего наблюдателя, все замечать и фиксировать.

— Так вот оно что! — восклицает Чарли, щелкая пальцами, а потом хлопая себя по коленям. — Ну, теперь мне все ясно! Дружище, я чувствую себя полным профаном! Ведь до сих пор я, по глупости своей, пытался что-то *сотворить*. Пожалуй, мне все-таки стоит заняться живописью. Как считаешь, Стюарт? Или, может, вернуться в рекламный бизнес? Там я могу быть очень креативным. А сейчас... Алекс, ты не будешь против, если я проведаю мой старый добрый сортир? Мне надо избавиться от лишнего дерьма.

— Полагаю, ты помнишь, где он находится, — говорит Алекс. — И как там все устроено.

Чарли начинает пересекать комнату, на цыпочках обходя ящики и расставленные на полу кружки с вином.

— Жаль, что ты пропустил встречу в «Коустлайнз», — говорит Стюарт, когда Чарли проходит мимо него. — Знаешь, а ведь этот Гинзберг тоже когда-то писал рекламные тексты.

— Гинзберг *и сейчас* пишет рекламные тексты, — фыркает Чарли. — Вы, парни, ворчите на Ларри Липтона за то, что он рекламирует битников, как мыло и стиральные порошки, но настоящая причина вашего нытья в том, что он *недостаточно активно* это делает. «Поэт всегда нагим стоит пред миром!» Великолепно. Алекс, я на днях сделал поляроидом несколько снимков своего члена. Как считаешь, «Эвергрин ревью» их опубликует?

Чарли исчезает в туалете и закрывает за собой дверь, потом, громко выругавшись, открывает ее, чтобы при наружном свете отыскать спички и свечу.

— Я не понимаю, чего ты, в конце концов, хочешь, Чарли? — кричит в его сторону Брюс.

— Я хочу напиться в хлам, — бормочет Чарли и снова закрывает дверь.

Остальные глядят куда попало, стараясь не встречаться глазами друг с другом. В комнате все более ощутим тяжелый запах, что неудивительно при наличии в тесноте множества тел, не очень хорошо знакомых с мылом и мочалкой. Тишину нарушает лишь плеск струи в унитазе, постепенно сходящий на нет. Две руки с разных сторон одновременно тянутся к кувшину с вином, и обе смущенно ретируются. Кто-то — Морис? Боб? — направляется к радиоприемнику, но его жестом останавливает Милтон.

— Слушайте, — говорит он. — Кажется, дождь прекратился.

И в следующую минуту гости уже на ногах: торопливо натягивают куртки, разбирают в прихожей ведра. Стэнли и Клаудио, держась вместе, выходят на улицу со всеми. Здесь еще не успел рассеяться липкий туман; по небу резво несутся плотные тучи, окрашенные лунным светом в зеленовато-желтые тона, однако самой луны пока не видно.

Компанию догоняет Чарли, на ходу застегивая ремень, и Алекс запирает дверь квартиры.

— Надо же, ты так и не стер это с зеркала! — говорит Чарли, хлопая его по плечу, а затем устремляется вперед с воплем, в котором можно разобрать ликующие нотки.

— Стюарт! — кричит он. — Алекс их не стер! Те слова, которые ты написал для меня на зеркале!

Нестройной колонной по два и по три, бодро помахивая ведрами, они направляются к берегу. В глубоких лужах, скрывающих выбоины в асфальте, отражаются фонари и кусочки облачного неба. На пляже тут и там видны небольшие костры, между которыми перемещаются тени.

Стэнли с Клаудио идут молча, замыкая колонну. Клаудио, похоже, мало занимает суть происходящего. Не то чтобы он не понял предварительных объяснений Стэнли — тупицей его не назовешь, — но сейчас он просто следует за своим другом, не задумываясь о его целях и намерениях. По идее, Стэнли должен быть благодарен ему за такую преданность, однако вместо этого он испытывает легкое раздражение.

— Выходит, это жилье Алекса раньше принадлежало Чарли? — спрашивает Клаудио после долгой паузы. — Я правильно понял?

— Для меня это тоже новость, — отвечает Стэнли.

Они проходят еще несколько шагов. Меж тем голова их колонны уже пересекла набережную и начала спускаться на пляж.

— Чарли очень расстроен, — снова начинает Клаудио. — Ты не знаешь почему?

— Наверно, он считает, что остальные держат его за шута или пустозвона.

— А почему он так считает?

— Откуда мне знать? Возможно, потому, что это правда. Слушай, почему бы тебе не побежать вперед и не спросить об этом самого Чарли?

— Он сказал, что не хочет делать мир еще хуже, чем он есть. Но как может какой-то стих навредить целому миру? Как могут стихи что-то реально изменить? Я этого не понимаю.

По достижении темного пляжа колонна сбивается в беспорядочную кучу — как веревка, свободно падающая на землю из вертикального положения. Мимо них по направлению к воде проходят женщина и два молодых парня — все трое полностью обнаженные. Никто не задерживает на них взгляда, как будто это в порядке вещей. В круге света от самого дальнего костра полуголый мужчина в темных очках выбивает мелодию на двух маленьких барабанах. Получается так себе: барабаны выглядят и звучат как игрушечные. Ритм ускоряется вместе с очередным ударом волны, затем угасает и тут же начинает разгоняться вновь.

Милтон смотрит на свои часы.

— До начала прилива осталось десять минут, — говорит он.

— Лучше бы эти болваны погасили свои костры, — ворчит Стюарт. — Они могут отпугнуть рыбу.

По Спидуэю с ревом проносится мотоцикл и сворачивает в сторону кольцевой развязки. Где-то в районе нефтепромысла раздается серия громких хлопков; трудно понять, что стреляет — забарахливший карбюратор или пистолет.

— Значит, у нас в запасе десять минут? — говорит Алекс, роясь в карманах своего комбинезона. — Кто-нибудь хочет сыграть в пинбол, пока зал еще не закрылся?

Стэнли ухмыляется: Алекс как будто прочел его мысли.

— Я готов составить компанию, — говорит он. — Это как раз то, что мне сейчас нужно.

Они с Алексом направляются обратно к променаду. Клаудио, Чарли и еще кто-то — Джимми? Сол? — следуют за ними.

— А мы пока пройдем дальше к югу! — уже издали кричит им Стюарт. — Туда, где меньше огней!

Алекс, не оборачиваясь, машет рукой в знак того, что крик услышан и понят. Чарли куда-то исчезает, как только они выходят на набережную. Пошел за выпивкой, догадывается Стэнли.

Бывший бинго-павильон, а ныне игровой зал, невелик и так беспорядочно заполнен автоматами, что они кажутся наспех сброшенными из кузова грузовика. Вывеска на колоннаде в последний раз обновлялась лет десять назад, что выгодно отличает ее от вывески на соседнем заколоченном павильоне, которая могла считаться новой разве что в самом начале тридцатых. Стены зала побелены примерно на четверть: маляры прервали работу на середине левой от входа стены. То ли белила закончились, то ли деньги; а может, они просто поняли, что всем наплевать на покраску. И сейчас по этому помещению мечется, отражаясь от оконных стекол и кирпичных стен, какофония пронзительных механических звуков: свистки, колокольчики, трубы, дребезжащие мелодии челесты.

Публика самая обычная для таких заведений: солдаты, моряки, рабочие, местечковые пижоны и мелкие бандиты. Несколько жалких оборванцев стоят у двери или слоняются по периметру зала, выклянчивая мелочь. «Береговые псы» тоже здесь, но далеко не в полном составе — троица отморозков, в том числе белобрысый, терзают в углу автомат «Дейзи Мэй», стоя спинами ко входу.

Стэнли вручает Клаудио несколько монет и подводит его к старенькому расхлябанному «Бинго-Банго».

— Я вернусь через минуту, — говорит он. — Побудь пока здесь.

Он проходит через зал и трогает белобрысого за плечо прежде, чем кто-нибудь из «псов» успевает заметить его приближение. Понятное дело: они увлеклись игрой. Чуть сдав назад, Стэнли принимает открытую стойку — на всякий случай, чтобы не прозевать внезапный удар.

Белобрысый разворачивается. Первоначальное удивление на долю секунды сменяется в его глазах тревогой, а затем он пытается скорчить этакую хищно-глумливую ухмылку.

— Ого, нам подфартило! — говорит он. — Вот кто будет нас обслуживать с причмоком этим вечером...

— Засохни, плесень, — прерывает его Стэнли. — Мне нужно потолковать с твоим боссом.

Белобрысый расправляет плечи, выпячивает челюсть и надувается как индюк, однако слова произносит отчетливо и при этом дышит носом — то есть он уже готов перейти от слов к делу.

— Что-что тебе нужно? — высокомерно переспрашивает он.

— Ты все слышал. Где мне найти твоего босса?

— Поищи на последнем месте работы, откуда я давно свинтил. С тех пор у меня нет никаких боссов.

— О'кей, тогда спрошу по-другому: где мне найти владельца единственной извилины на всю вашу тупую шоблу? Ты знаешь, о ком я. Ответь по делу и кончай пугать ворон, чучело набитое.

— На этой неделе не мой черед дежурить в приемной его офиса, ха-ха... Или ты, ушлепок, в натуре думаешь, что я при нем типа секретаря?

— Я о тебе ничего не думаю вообще. Когда увидишь его, передай, что мы с другом хотим провернуть в этих местах одно дельце. Если он не прочь на этом навариться, пусть даст мне знать как можно скорее. Мне некогда разыскивать его по всему берегу.

Ухмылка белобрысого скисает, словно он утомился держать ее на лице. По наморщенному лбу видно, как он мучительно собирает мозги в кучку с намерением выдавить из них нечто убийственно-остроумное. Не дожидаясь результатов этих усилий, Стэнли вразвалку отступает на пару шагов, разворачивается и идет через зал в обратном направлении.

Клаудио, с испугом наблюдавший за ним издали, уже спешит ему навстречу.

— Что ты делаешь? — шепчет он. — Зачем ты подходил к этим гопникам?

— Ты отлично знаешь зачем, — говорит Стэнли. — Обсудим это позже, а сейчас я кое-что отдам тебе на сохранение.

Он достает из кармана пачку денег, полученную от Алекса, и украдкой вкладывает ее в руку Клаудио. У того широко раскрываются глаза и отвисает челюсть.

— Эй, держи себя в руках, — одергивает его Стэнли. — Сейчас твоя задача — следить за этой братвой. Если увидишь, что они делают ход — то есть идут в нашу сторону, ты понял? — сразу предупреди меня. А если начнется заварушка, мигом выметайся отсюда. Потом встретимся на хазе.

Алекс и его приятель в дальнем конце зала играют на стоящих рядом автоматах — «Полет на Луну» и «Меркурий» соответственно, — и нечеткие силуэты их голов отражаются в стеклах вертикальных панелей с картинками стремительно летящих космических ракет. Алекс хорош: действует ловко и расчетливо, сопровождая игру подобием лекции.

— Настоящая привлекательность пинбола, — говорит он, — заключается в том, что его можно считать иллюстрацией зарегулированных социальных механизмов, которые фактически держат в плену всех нас. Играя, мы символически бросаем вызов этой системе. Пинбол и джаз — вот две прекраснейших вещи, которые дала миру ваша страна, и у обеих один и тот же источник: дух сопротивления.

Стэнли подходит к соседним «Сказкам 1001 ночи». Бросает в щель десятицентовик, и автомат оживает: загорается панель с девицей, исполняющей танец живота, и султаном в тюрбане среди пышногрудых гаремных одалисок. Султан, тучный и вальяжный, зачитывает что-то вслух из огромной книги; Стэнли с усмешкой вспоминает об Уэллсе. Прикинув, что времени у него немного, он оттягивает плунжер, запускает первый шарик из трех, выделяемых на игру, и позволяет ему вылететь за пределы игрового поля. То же самое он проделывает со вторым шариком и только потом берется за дело всерьез: быстро набирает очки, но, почувствовав, что за ним следит Алекс, намеренно притормаживает.

— Недурно, — говорит Алекс, когда Стэнли заканчивает.

— Спасибо. Вы тоже не с луны свалились.

— Я часто играл, когда жил в Париже. Но с тех пор порядком подзаржавел.

Стэнли выуживает из кармана новую монетку.

— Есть у нас время для еще одной игры? — спрашивает он.

— Почему бы нет? Думаю, рыба никуда не денется.

— Хотите отыграть часть своих денег?

Пока Алекс гоняет по полю серебристые шарики — с такой силой налегая на корпус автомата коленями и локтями, что прогибаются стенки, — белобрысый с двумя другими «псами» покидает зал, напоследок издали показывая Стэнли средний палец. С их уходом Клаудио несколько расслабляется. В приоткрытые окна задувает легкий бриз; Стэнли видит лунный свет на воде, — значит, небо уже очистилось от дождевых туч. Автомат кряхтит и постанывает под натиском Алекса. За стеклом панели мелькают цифры набранных очков; пинбол вовсю лязгает, звякает и бренчит.

Но вот он отыгрался, и настает очередь Стэнли. Он даже не смотрит на окончательный счет Алекса. А уже через минуту, оценив его игру, Алекс разражается хохотом, достает из бумажника пятерку и кладет ее на край автомата.

— Э, да ты меня подловил, хитрюга! — говорит он. — Ну, теперь уж давай покажи все, на что способен. Пяти баксов не жалко за то, чтобы посмотреть на такое, чертов ты притворщик!

Стэнли не пытается, как Алекс, корректировать движение шарика толчками и наклонами автомата — он никогда не пробовал этот прием и потому не уверен, что сможет правильно его применить без предварительной тренировки. Он вообще не прикасается ни к чему, кроме кнопок флипперов. Левый флиппер срабатывает с небольшой задержкой, что иногда сказывается на траектории отбиваемого шарика, и это слегка нервирует. Но в целом все под контролем: он успевает отслеживать даже молниеносные отскоки, когда шарик рикошетит между несколькими соседними бамперами. Непрерывно мигают лунки-мишени, автомат один за другим выплевывает бонусы на дополнительную бесплатную игру. Три миллиона очков. Четыре миллиона. Пять. Клаудио, заскучав, начинает выбивать пальцами ритм мамбо на донышке своего ведра. А у Стэнли все еще задействован только первый шарик.

— С ума сойти! — шепчет Алекс, обращаясь к безучастному Клаудио. — В жизни не видел ничего подобного!

Автомат отключается только по достижении предельных значений счетчика. Стэнли забирает пять долларов со стеклянной панели и, оторвав бонусные купоны, вручает их Алексу.

— А теперь, — говорит он, — не пора ли на рыбалку?

Стюарта и других они находят неподалеку от канала, соединяющего открытое море с новой гаванью для яхт. Стюарт и Милтон сидят у самой воды и созерцают пену прибоя, отчетливо белеющую в лунном свете. Остальные расположились поодаль на сухом песке в окружении пустых ведер и разбросанных ботинок. Компания увеличилась: к ним присоединились Лин и еще три женщины, чьи лица Стэнли смутно помнит по ночному кафе. Кто-то перебирает струны гитары. Чарли тоже здесь — сидит чуть в стороне, то и дело отпивая из бутылки в бумажном пакете.

Одна из женщин приветствует Клаудио по имени, — должно быть, они познакомились в кафе, когда Стэнли бродил с Уэллсом по улицам. Клаудио вступает с ней в беседу, а Стэнли, скинув туфли, направляется к Милтону и Стюарту. Он еще не успевает приблизиться, как Стюарт поднимает руку и шипит, призывая к тишине, хотя Стэнли и так не издает никакого шума.

Стэнли присаживается на корточки между ними и оглядывает линию прибоя. Два узких серебристых силуэта — каждый длиной дюймов шесть — мелькают в откате волны и тут же исчезают.

— Эй, — шепчет Стэнли, — а что мы тут высматриваем?

Стюарт глядит на океан; крупные черты его лица застыли в яростном напряжении.

— Рыбу, — говорит он.

Еще одно серебристое тело скользит в уходящей волне, показывая над поверхностью гладкую спину. Стэнли поочередно оглядывает Стюарта и Милтона.

— И что мы будем делать, когда увидим рыбу? — спрашивает он.

— Мы будем ее ловить, — говорит Стюарт.

— Чем? Разве у нас есть сети?

— Нам не нужны сети, — поясняет Милтон. — Мы будем ловить их руками. Хватаешь рыбу и бросаешь ее в ведро. Они сами полезут из воды.

Стюарт, всматриваясь в белую пену, по-прежнему сохраняет на лице выражение а-ля «Бомба, парень из джунглей». Стэнли смотрит на юг мимо него. Два-три десятка рыбешек курсируют вдоль самой кромки воды на отрезке берега между их компанией и недостроенным причалом. Он поворачивается лицом к северу — в той стороне рыб еще больше.

— А как выглядят рыбы, которых мы хотим поймать? — спрашивает он.

— Как крупные сардины, — говорит Милтон. — Пять-шесть дюймов в длину. Узкие тела с серебряным отливом. Сначала ты увидишь нескольких самцов: это разведчики. Они плавают вдоль пляжа и проверяют, нет ли опасности. Потом уже на сцене появляются их дамы, чтобы отнереститься.

Стэнли указывает пальцем.

— Это и есть разведчики? — спрашивает он.

Милтон и Стюарт наклоняются вперед. Каждый из них, упираясь рукой во влажный песок, прикрывает глаза от лунного света ладонью другой руки. В этих позах они напоминают парочку горгулий или каменных львов перед фасадом здания.

— Черт возьми, парень прав! — говорит Милтон.

Стюарт оглядывается через плечо.

— Приготовьтесь! — рявкает он. — Рыба на подходе!

Проходят считаные минуты, и вот уже вся полоса прибоя заполнена отчаянно извивающимися рыбинами. Люди на пляже закатывают штанины и с радостными воплями устремляются вперед. Клаудио охает и вздрагивает от холода, но все же забредает поглубже, чтобы зачерпнуть ведром морской воды. Когда первая волна захлестывает лодыжки Стэнли, его кожа немеет, а по телу пробегает дрожь. Трудно переставить ногу, не наступив при этом на что-то живое и трепещущее. Соленая вода просачивается сквозь повязку и начинает больно разъедать рану. Он нагибается, хватает скользкую рыбу немеющими, посиневшими пальцами и бросает ее в подставленное Клаудио ведро.

С каждой новой волной рыб становится все больше; они вертятся и бьют хвостами, закапываясь в песок. Весь участок пляжа вдоль воды, куда достают волны, сверкает в лунном свете, словно там разбились тысячи зеркал, а их осколки чудом ожили, перейдя в полужидкое состояние. Мимо шлепают Стюарт и Милтон, смеясь сквозь стучащие от холода зубы.

— Не берите больше, чем сможете съесть, — говорит Милтон. — Надо что-то и на развод оставить до следующего новолуния.

Алекс держит на ладони небольшую рыбешку, прижимая ее голову большим пальцем. Он что-то шепчет ей, а потом отпускает в море.

Вскоре ведра наполнены, и добытчики возвращаются на сухую землю. Одна из женщин, взяв гитару, исполняет блюзовый шафл.

— *Хочу быть рыбкой-грунионом и плыть в холодной глубине*, — поет она. — *Потом на пляж явлюсь к пижонам, и те ведро подставят мне...*

Стюарт на мелководье гоняется за другой женщиной, пытаясь засунуть рыбу ей под блузку. Чарли стащил туфли Алекса, но они оказались ему малы, так что он танцует в них на цыпочках, размахивая бутылкой, покачивая бедрами и горланя с утрированным шотландским акцентом.

— Это ямбохорей! — вопит он. — Зацени мою стопу, чувак! Лонгфелловский размер!

У Стэнли перехватило дух — отчасти от холода, отчасти из-за всей этой возни с ловлей рыбы, но еще и по другой причине: из-за непривычного чувства, которое он затрудняется назвать одним словом. Зарождающийся восторг вперемешку с печально-хрупким ощущением бренности этих самых минут, ускользающих навсегда. Вновь наплывают тучи, луна ненадолго появляется в просвете между ними, а Стэнли вспоминает огненный шар, виденный им в пустыне, и все, что он тогда пережил. Еще он думает о «Зеркальном воре» — причем думает в том же ключе, как он это делал все время, вплоть до встречи с Уэллсом, но почему-то не мог делать потом, словно Уэллс каким-то образом блокировал эти мысли. Но теперь память возвращается. Да, конечно же: там по всему тексту разбросаны зашифрованные намеки, приоткрывающие вход в другой мир — в мир, который Стэнли считает по-настоящему своим. Книга — это карта, которая должна провести его туда; это ключ, открывающий все замки.

Он отделяется от компании и садится на песок. Подходит Клаудио, ставит ведро и садится рядом.

— Стэнли, ты в порядке? — спрашивает он. — Не заболел?

Быстро взглянув на него, Стэнли отворачивается и смотрит на лунные блики в океане, на спящие дома вдоль набережной. Свет уличных фонарей и прожекторов на нефтяных вышках превращает старые дома в лабиринт теней и тайных ходов, соединяющих между собой светлые участки. И каждый такой участок напоминает диораму, наблюдаемую сквозь замочную скважину, или покинутую актерами театральную сцену, намекая на что-то, чем это место некогда пыталось стать. Стэнли чувствует, как все это резонирует вокруг него, словно он очутился внутри гигантского, бьющего в набат колокола.

— Со мной все хорошо, — говорит он тихо. — Все отлично.

Еще чуть погодя он поднимается на ноги. Они с Клаудио уже набрали рыбы столько, сколько сочли разумным, но неподалеку на песке валяется пустое ведро, которое принес Чарли и благополучно про него забыл. Стэнли берет ведро, и они с Клаудио наполняют рыбой и его.

— Что мы будем делать с такой кучей рыбы? — спрашивает Клаудио.

— Мы ее съедим. А ты что предлагаешь: обучать рыбок всяким фокусам, как в блошином цирке?

— Но как мы приготовим рыбу? У нас нет ни посуды, ни подходящего места.

— Предоставь это мне. Есть одно местечко на примете.

Пульсирующий живым серебром прилив продолжает накатываться на берег, но все уже нагрузились рыбой под завязку. Алекс и Лин суетятся и нервничают, — похоже, им не терпится покинуть пляж. Они отряхивают друг друга от песка и первыми направляются в сторону набережной; остальная компания идет следом, но какими-то зигзагами и с периодическими остановками по непонятным Стэнли причинам. Такой дерганый стиль перемещения тревожит пойманную рыбу, о чем сигнализируют усилившийся плеск и тычки в жестяные стенки ведра.

Стюарт и женщина, за которой он бегал по пляжу, идут позади всех и о чем-то вполголоса спорят. Достигнув Виндворда, они разъединяются: Стюарт останавливается, чтобы закурить, а женщина с их общим ведром в руке следует дальше по бульвару. В том же направлении уходят и другие женщины, за исключением Лин; а вместе с ними компанию покидает и большая часть улова. Мужчины стоят, сунув руки в карманы, и смотрят им вслед.

— Какие-то напряги? — обращается к Стюарту один из них.

Стюарт гасит спичку жестом крутого киногероя, глубоко затягивается и выпускает из ноздрей вулканические клубы дыма.

— Есть тут поблизости место, где я мог бы успокоиться и немного *подумать*, хотя бы для разнообразия? — спрашивает он.

И такое место сразу находится. Они сворачивают с улицы и поднимаются на второй этаж обветшалого особняка, ныне разделенного на три квартиры. Они сейчас в том же районе, через который накануне ночью проходили Уэллс и Стэнли. Ведра выстраиваются на лестничной площадке ровным жестяным рядком, единообразие которого тут и там нарушает выглядывающий хвост или спинной плавник. На проигрыватель ставится одна из джазовых новинок, и все по очереди рассматривают конверт от пластинки. Там изображен белый саксофонист со своим инструментом в тени деревьев, бесстрастно взирающий на что-то справа за пределами снимка: то ли на заходящее солнце, то ли на близящийся конец света — для этого лабуха, похоже, все едино.

Стюарт и Тони сидят на полу, прислонившись спинами к книжному шкафу, и жалуются на свою жизнь:

— Я прихожу домой, а там дети, счета, квартплата. Как я в такой обстановке могу заниматься серьезным делом? Женщины не понимают, как это трудно: удерживать в голове идею, особенно если эта идея опасна и вряд ли кому-то понравится...

За кухонным столом Алекс раскладывает свой набор: спички, пипетку, ложку, иглу и пакетики с дурью от мертвого байкера. Некоторые из присутствующих также закатывают рукава. Лин привидением бродит из комнаты в комнату; никто не обращает на нее внимания. Чарли пристроился в углу и, пытаясь открыть банку пива, вещает назидательным дикторским голосом:

— Вы готовы рискнуть своей жизнью — или жизнью вашего ребенка, — используя нестерилизованные шприцы?

У Стэнли болит все тело, особенно нога; высохшая морская соль противно стягивает кожу. При этом он беспокоится об оставленном за дверью квартиры улове, представляя, как рыбы высовывают головы из ведер и хватают ртами воздух. Острое ощущение ускользающих минут исчезло, — видимо, те особенные минуты ускользнули окончательно. Когда заходит луна, они с Клаудио, не прощаясь, покидают квартиру, берут свои ведра и тащатся с ними домой.

44

Эдриан Уэллс живет на Уэйв-Крест-авеню, в дощатом двухэтажном коттедже, одном из самых больших зданий в этом квартале. Стены и свесы крыши недавно покрашены в кремово-желтый цвет; вдоль межэтажного перекрытия тянется лоза глицинии с руку толщиной. За годы, прошедшие после постройки, фундамент осел неравномерно: при взгляде на фасад со стороны улицы можно заметить, что дверь наклонена вбок, создавая эффект кривого зеркала. Дом этак вразвалочку сидит на просторном участке, подобно идиоту на парковой скамье, одетому в свой лучший костюм и молча обращающему к прохожим искаженное улыбкой лицо.

Стэнли и Клаудио весь день приводили себя в благообразный вид: рано утром постирали грязную одежду в прачечной-автомате, затем вдоль берега дошли до Санта-Моники и там помылись-побрились в общественных душевых. Ко времени их возвращения на Хорайзон-Корт новая одежда Стэнли отвиселась, складки почти исчезли. Клаудио зачесал волосы назад и надел яркую шелковую рубашку. Потом они вместе посмотрелись в металлическое зеркальце Стэнли, державшего его на вытянутой руке. В таком виде они могли бы сойти за музыкантов джазового оркестрика в недорогом отеле или даже — по настойчивому утверждению Клаудио — за киноактеров.

— Мы как две восходящие звезды, — заявил он.

День уже клонился к вечеру, когда они отправились в путь по Пасифик-авеню — тенистой долиной винных магазинчиков, товарных складов с глухими ставнями на окнах и шумных еврейских пекарен, — отягощенные ведрами с рыбой, которые надо было нести аккуратно, чтобы не облить морской водой чистые брюки. Более всего Стэнли опасался встречи с «береговыми псами», которая в лучшем случае привела бы к потере улова; но этого удалось избежать, и, благополучно достигнув последнего поворота перед домом Уэллса, они сделали остановку, размяли затекшие пальцы и скормили местным котам несколько рыбин, умерших этой ночью.

И теперь они подходят к дому. В этот час разглядеть что-либо в окнах невозможно: стекла отражают низкое солнце, лишь местами затеняясь листьями и еще не распустившимися цветами глицинии. За деревянной калиткой начинается обсаженная вечнозелеными кустами дорожка из плитняка, с пробивающейся между камнями травой. Под окнами растут высокие китайские розы, а на маленькой веранде стоят два горшка с фуксиями. На лужайке перед домом слева устроена купальня для птиц, а справа на бетонном фундаменте стоят солнечные часы, ржавый гномон которых украшен изображением круглой смеющейся рожицы. По периметру пьедестала тянется надпись, в которой Стэнли разбирает слова: «...пером похитил я...» Остальной текст ему прочесть не удается. Где-то в доме звучит граммофонная запись струнного оркестра; сначала он едва слышен, но потом достигает такого крещендо, что в окнах начинают дребезжать стекла. При этом игра кажется нарочито нестройной, пародирующей музыку похоронных процессий. Ничего подобного Стэнли слышать не доводилось. И ему трудно представить себе, чтобы кто-то стал слушать *такое* по доброй воле.

— Стэнли, — подает голос Клаудио, — мы будем заходить в дом или нет?

Стэнли ощущает мягкое прикосновение к лодыжке. Он опускает глаза: один из тощих бродячих котов трется о его ногу. Тем временем другой кот встает на задние лапы и дотягивается до верхней кромки ведра. Клаудио, топая ногами, отгоняет еще троицу мародеров.

Музыка звучит громче — отворяется входная дверь. С веранды слышен смех, а затем женский голос.

— Да с какой это стати?! — отвечает она кому-то.

Стэнли и Клаудио подходят ближе. В дверях появляется стройная, очень высокая женщина в цветастом платье простого покроя. Модные очки «кошачий глаз» в металлической оправе и прическа «конский хвост» вроде бы должны молодить, но, возможно, лишь делают ее старше своих лет. Никакого макияжа; в бронзового цвета волосах проглядывает седина. На взгляд Стэнли, ей около сорока.

— Добрый день, мэм, — говорит он самым приличным тоном, какой только может изобразить. — Мистер Уэллс дома?

— Да, он здесь. А ты, должно быть, Стэнли?

Она сходит с крыльца на дорожку. Походка у нее быстрая и пружинистая — нетрудно представить ее играющей в теннис или гольф. Ноги ее босы, а загорелые руки забрызганы чем-то вроде белил. При ней чашка чая, которую она перекладывает в левую руку, чтобы поздороваться.

— Я Сюннёве, жена Эдриана, — представляется она. — Он был так рад с тобой встретиться! Без конца о тебе говорил. А это кто?

— Меня зовут Клаудио, — говорит Клаудио. — Счастлив познакомиться, сеньора.

— Извините за краску на руках. С утра не вылезаю из своей студии. Боже, вы только посмотрите на этих кошек! Что у вас с собой?

— Прошлой ночью мы с другом ловили рыбу, — говорит Стэнли, — и...

— Так это груниoны? Они уже пошли на нерест?

— Да, мэм. Мы наловили больше, чем сами можем съесть, а потому решили, что вы и мистер Уэллс не откажетесь...

— Это прекрасно, дорогие мои! И очень кстати. Я как раз ломала голову, что приготовить на ужин, а грунионов мы просто обожаем! Заходите в дом, пока эти облезлые разбойники не сожрали вас вместе с рыбой. Ну же, скорее! У меня еще не остыл кипяток для чая.

У мисс Уэллс необычное имя — Сюннёве — и забавный акцент: скандинавский, немецкий или голландский. По-английски она говорит так, словно учила этот язык в Британии.

— Эдриан! — зовет она, открывая дверь и стараясь перекричать музыку. — Пришли Стэнли и Клаудио! Они принесли нам рыбу на ужин!

Если Уэллс и откликается, то Стэнли его не слышит сквозь пронзительные звуки оркестра. Они оставляют ведра на кухне — рыбы начинают ходить кругами под светом потолочной лампы, — и, пока Сюннёве болтает о пустяках с Клаудио, Стэнли оглядывает комнату. На стенах и столах тут полно странных произведений искусства: дощечки с потеками расплавленного свинца, опутанные пряжей сухие коряги, керамические яйца с трещинами, как будто из них вот-вот кто-то вылупится. Из соседней комнаты доносится негромкий, отчетливый мужской голос, который Стэнли сначала принимает за голос Уэллса. Но потом ему на смену приходит другой голос, и Стэнли подмечает дребезжащий тембр: это говорят дикторы из динамика. Он не представляет себе, зачем одновременно включать проигрыватель и радио. Скрип половиц на втором этаже: кто-то ходит прямо над головой Стэнли.

— Стэнли! — окликает его из кухни Сюннёве. — Эдриан рассказывал, что ты добрался сюда из самого Нью-Йорка и что ты нашел там его книгу. Это правда?

— Да, мэм, — говорит Стэнли, — я из Бруклина. А книгу нашел на Манхэттене.

— Это чудесно! Думаю, каждый поэт мечтает о чем-то подобном. Это все равно что бросить в океан бутылочную почту и потом получить ответ с другого конца света. Сама я, как художница, всегда знаю, в чьи руки попадают выполненные мною работы, — так что мне трудно это понять. Эдриан говорит, что это не мое. Но вот что я вам должна сказать. Вчера, вернувшись домой, он поднялся в кабинет и закрыл за собой дверь. И что сегодня? Что сейчас? То же самое. Уже много лет он не работал так интенсивно. Много лет! И все благодаря тебе. Сам он тебе этого не скажет, поэтому говорю я. Добавить в твой чай молоко? Сахар?

— Нет, мэм, спасибо.

В соседней комнате мерцает бледный свет — увидев его отражение в оконном стекле и абажуре лампы, Стэнли понимает, что источником голосов является не радио, а телевизор. Он перешагивает порог, чтобы взглянуть. Телевизор стоит в левом углу: модель «Филко» с экраном диагональю двадцать один дюйм в корпусе из красного дерева. До сих пор Стэнли видел работающие телевизоры по большей части на полках магазинов, но не в домашней обстановке. Этот телик сейчас показывает новости — точнее, записи старой кинохроники, если только нацисты вновь не пришли к власти, а Рузвельт не восстал из могилы. Как обычно, Стэнли трудно настроиться на восприятие картинки в целом: он слишком отчетливо видит текстуру экрана, и оттого образы распадаются на мозаику крошечных мигающих точек. Он моргает, трясет головой и наконец отводит глаза, вдруг почувствовав себя нехорошо.

А когда его зрение восстанавливается, Стэнли замечает пару глаз, наблюдающих за ним снизу, почти от уровня пола. Он вздрагивает и охает от неожиданности.

Это та самая грязно-блондинистая девица из кафе, которая целовала Уэллса в щеку. Она сидит на толстом узорчатом коврике, упираясь спиной в скамеечку для ног. Цветастый плед на плечах делает ее трудноразличимой среди пестрой обстановки комнаты. Стэнли не может припомнить случая, чтобы он при входе в помещение кого-то в нем не заметил. Возможно, такое вообще случилось с ним впервые. Глаза девушки следят за ним, тело сохраняет неподвижность. Выражением лица — расслабленным и настороженным одновременно — она напоминает львицу, как бы говорящую: «Ты все еще жив только потому, что я сейчас не голодна».

Входит Сюннёве и протягивает ему чашку чая на блюдечке.
— О, Синтия! — говорит она. — А мне казалось, что ты уже ушла.

Суда по интонации Сюннёве, она, как и Стэнли, не ожидала обнаружить здесь девушку и не очень-то рада ее присутствию. Синтия переводит взгляд со Стэнли на Сюннёве, потом опять на Стэнли, медленно моргает один раз и не произносит ни слова.

— Синтия, — говорит Сюннёве, — познакомься со Стэнли и Клаудио. Они друзья...

Тут она внезапно умолкает, словно забыв, что хотела сказать, — или чтобы получше сформулировать фразу.

— Это наши друзья, — продолжает она. — Ты будешь пить чай?

— Да, пожалуйста, — говорит девушка.

Голос у нее густой и сочный. «Голос толстушки», — думает Стэнли, хотя толстой ее не назовешь. На вид ей семнадцать, максимум восемнадцать лет. Фигура вполне оформилась, но этим формам уже можно определить срок годности: лет через десять она будет бороться с излишним весом. Впрочем, сейчас большинство мужчин этого не заметят или не придадут этому значения. На ней та же самая — либо такая же — одежда, в какой она была два дня назад: мешковатый черный свитер с глубоким вырезом, черное трико, алый шейный платок из тонкого шелка.

— Мы виделись ночью в кафе, — говорит Стэнли.

— *Куафе*, вот как? — пародирует она бруклинский акцент, насмешливо поднимая бровь. — Зачетный прононсик. Я правильно расслышала: вы, коты-добытчики, приволокли нам рыбу на ужин?

— Так и есть.

— Это клево! — говорит девица, и по лицу ее неспешно, как яйцо на сковородке, растекается улыбка.

Входит Сюннёве с еще одной чашкой на блюдце. Синтия поднимается с пола, основательно — вплоть до хруста позвоночника — потягивается, выкручивая поднятые над головой руки, и только после этого принимает чай. Стэнли затрудняется определить: то ли эта девчонка манерничает под голливудских звезд, то ли она просто слегка с прибабахом, что, впрочем, тоже отдает Голливудом. По периметру ее блюдца разложено несколько кусочков сахара; часть из них она ложечкой переправляет в чашку, а остальные звучно грызет, в то же время помешивая жидкость. Чай с молоком идеально совпадает с цветом ее глаз, только чай намного теплее. Стэнли уже сейчас может сказать, что они с этой штучкой не станут друзьями.

Клаудио протискивается в комнату мимо него.

— Синтия! — радостно говорит он.
— Привет, балаболка! — отвечает девица. — Обнимашки, чмоки-чмоки?
— С удовольствием, *mija*[1], — смеется Клаудио, аккуратно ее обнимая; при этом их чашки позвякивают на блюдцах. — Никак не ожидал тебя встретить. Что ты здесь делаешь?
— Это моя фатера, лягушонок. Милый дом, где мне всегда плеснут чайку.
Стэнли поочередно разглядывает обоих.
— Ты знаком с этой чиксой? — спрашивает он.
— Это же Синтия, — говорит Клаудио, с недоумением глядя на Стэнли. — Моя подруга из кафе. Я тебе о ней рассказывал.
Стэнли озадаченно морщит лоб. Возможно, Клаудио и впрямь о ней рассказывал, только он пропустил это мимо ушей, как пропускает половину его слов. Он смотрит на эту парочку, пока они оживленно болтают — упоминая людей, о которых он никогда не слышал и с которыми вряд ли захотел бы встретиться, — пока его внимание не привлекает большое полотно на стене позади них. Там, среди смачных разноцветных пятен, а также наклеенных на сукно сухих цветов и клочков пропитанной красками материи, он постепенно различает контуры дерева. Каждая из голых кривых ветвей помечена каким-то символом, вырезанным из серебристой фольги. Под деревом расплывчато обозначены две человеческие фигуры.
С кухни, сквозь шум воды из крана, доносится голос Сюннёве.
— Только что вспомнила, — говорит она. — Сегодня булочная закрывается рано, а мне нужна хала к ужину. Синтия, ты не позаботишься о гостях в мое отсутствие? Я не могу предугадать, когда Эдриан выползет из своей берлоги. Мальчики, если я дам вам хороший нож, вы почистите свою рыбу?
— Я этим займусь, — говорит Синтия.
Дверь главного входа еще только затворяется за Сюннёве, а Стэнли и Клаудио уже перетаскивают ведра из кухни на освещенное солнцем боковое крыльцо. Синтия готовит принадлеж-

---

[1] Сокр. от *mi hija* — моя подруга *(мекс.)*.

ности — мусорный пакет из коричневой бумаги, скребок для чистки овощей, тонкий и острый филейный нож, пляжные полотенца чтобы на них сидеть, пачку старых газет «Зеркальные новости» — и следует за ними. По сторонам крыльца расположены дощатые скамьи, на которых она расстилает газеты; затем выплескивает на газон бо́льшую часть воды из ведра, чтобы было удобнее брать сбившуюся в кучу рыбу. Морская вода может погубить траву, но Стэнли ничего не говорит по этому поводу.

Синтия вручает скребок Клаудио.

— Будешь снимать чешую, — говорит она.

Запустив руку в ведро, она вытаскивает оттуда извивающуюся рыбину, плюхает ее на газету и ножом вскрывает ей брюхо от хвоста до головы. Ее большой палец одним движением извлекает наружу комочек внутренностей. Потом она отсекает голову вместе с грудными плавниками и передает выпотрошенную рыбу Клаудио. Рыбий рот еще разевается в попытке глотнуть воздуха, когда Синтия бросает голову вместе с кишками в бумажный пакет.

Клаудио без лишних вопросов — и, похоже, без всяких раздумий — приступает к чистке, и вскоре газету покрывает слой серебристой чешуи. Синтия разделывает следующую рыбу и приступает к третьей, меж тем как второй безголовый грунион еще подергивается на газете. Нож Синтии напоминает Стэнли один из его нью-йоркских ножей с самодельной рукояткой из намотанной изоленты. Он носил его под штаниной на голени, пока однажды не пустил в ход, после чего от ножа пришлось избавиться. Наблюдая за работой Синтии, он начинает испытывать головокружение. Он встает со скамьи, проходит через задний двор к вьющейся розе у заборчика и вдыхает аромат ее белых, с восковым налетом, бутонов.

Вскоре на верхней планке забора появляется облезлый трехцветный кот, который, нюхая воздух, идет в сторону Стэнли. Второй кот мяукает где-то под забором. А на крыльце Клаудио уже оседлал своего любимого конька, взахлеб рассуждая о фильмах и кинозвездах. Девчонка без проблем подхватывает его почин, хотя и с иным уклоном: так и сыплет заковыристыми, незнакомыми Стэнли именами, унизывая ими фразы на джазовом жаргоне, который звучит для Стэнли как иностранный язык. При этом она продолжает лихо расправляться с грунионами, уже приступив ко второму ведру. Взглянув мимо них, он видит в окне кухни вернувшуюся из булочной Сюннёве. Наверно, ему следует пойти к ней и завести разговор об искусстве или о чем-то еще, но вместо этого он лишь прохаживается вдоль забора, временами останавливаясь, чтобы погладить котов, заодно пресекая их попытки спрыгнуть с забора и рвануть к пакету с рыбьими головами. «Хотя бы раз, — думает он. — Пусть хотя бы в этот чертов раз все получится так, как было задумано. Хоть один раз, в виде исключения».

Наконец девчонка уносит на кухню почищенную рыбу, и Клаудио пересекает двор.

— Стэнли, ты в порядке? — спрашивает он.

Стэнли не спускает глаз с котов.

— Не подходи близко с этой дрянью на руках, — говорит он. — Они и так на взводе.

— Сейчас помою руки. Только скажи, ты не заболел? Выглядишь как-то странно.

— Со мной все хорошо, — говорит Стэнли. — Просто голова забита слишком многими вещами.

Клаудио ненадолго замолкает, нервно поигрывая пальцами на свой обычный манер: Стэнли слышит легкие чмокающие звуки, когда кончики четырех липких пальцев поочередно отделяются от подушечки большого.

— Я дружу с Синтией, — говорит Клаудио. — Мне нравится заводить новых друзей. По-моему, это вполне естественно. Ты оставил меня в кафе и не сказал, куда уходишь. Стэнли, ты не думаешь, что...

Хлопает дверь: девчонка возвращается. Она в балетном прыжке спускается с крыльца, накидывается на Клаудио и ворошит его волосы. При этом она не отрывает взгляда от Стэнли.

— Стэнли, мы с Синтией решили после ужина сходить в кино, — говорит Клаудио. — Пойдешь с нами?

Стэнли обводит парочку холодным взглядом.

— К сожалению, не могу, — говорит он. — Мне нужно обсудить серьезные дела с твоим папулей, крошка. Мужской разговор. Но все равно спасибо за приглашение.

На лице Синтии мелькает забавное выражение: сердитое, смущенное и даже слегка паническое — как если бы Стэнли прервал ее торжественную речь на выпускном вечере сообщением, что у нее из-под платья выглядывает комбинашка, — но тут же эту гримасу сменяет самодовольная ухмылка.

— Надо же! — говорит она. — А тебе не кажется, что сейчас чуток рановато просить у отца моей руки? У нас с тобой даже первого свидания еще не было.

— Это верно, — парирует Стэнли, — но я не люблю тянуть кота за хвост. Главное, чтобы твой старик не подкачал с приданым.

Она откидывает назад голову и демонстративно, гортанно и громко хохочет. Потом шлепает Клаудио по затылку.

— Идите в дом и сполосните свои клешни, дикари, — говорит она. — А я взгляну, не надо ли помочь маме.

Они втроем направляются к крыльцу.

— А на какой фильм вы идете? — спрашивает Стэнли.

— «Бонжур Тристесс», — отвечает Клаудио.

— Бон-джу-трис... что?

— «Бонжур Тристесс». Новый фильм Отто Преминджера, в главных ролях Дэвид Нивен и Джин Сиберг. В «Святой Жанне» она сыграла, на мой взгляд, не очень. Надеюсь, эта роль удастся ей лучше.

— Это какая-то лягушатница?

— Ква-ква-ква! — фыркает Синтия.

Распахивается дверь, и на пороге кухни возникает Эдриан Уэллс, нежно приобнимающий за талию Сюннёве. На лице его блуждает озорная ухмылка.

Он на дюйм или два ниже своей супруги, но не так пузат, как показалось Стэнли при их первой встрече, — порядком раздавшийся вширь, но скорее плотный, чем рыхлый. Должно быть, позапрошлой ночью на нем была куча одежек. Пыхтящий барбос тоже здесь: он подбегает к открытой двери и высовывает наружу маленькую уродливую морду, вращая выпученными глазками. Синтия успевает схватить его за ошейник и затаскивает обратно в дом.

Воздух на кухне пропитан запахами горячего масла, сельдерея, чеснока и жареной рыбы. Серо-голубые глаза Уэллса поблескивают за стеклами очков, как окатыши кварца, омытые внезапным ливнем.

— Приветствую вас, мои юные друзья! — говорит он громко, перекрывая скворчание сковороды. — Ваше появление здесь — это очень приятная неожиданность!

45

Рыбу подают на тарелках вместе с кусочками запеканки из спаржевой фасоли и ломтями белого хлеба. Сюннёве суетится, вытаскивая из чулана в коридоре дополнительный складной стул, пуская по кругу блюдо с огуречным салатом и т. п. Стэнли внимательно разглядывает еду, прежде чем ее попробовать.

Жареных грунионов едят целиком — с костями, как сардинок, — только вкусом они мало напоминают сардины, которыми его под Рождество угощали соседи-итальянцы в те годы, когда отец был на войне, а мама уже перестала разговаривать, так что он кормился где и как придется. Двигая челюстями, он думает о живом серебре прилива под луной, а также о пакете с рыбьими останками у задней двери — о перемешанных внутренностях, разевающихся крошечных ртах, затуманенных немигающих глазах. Он заставляет себя об этом думать, хотя на самом деле эти вещи его не волнуют. Рыба вкусная. Он голоден. Уже много месяцев он не питался вот так, по-домашнему, за кухонным столом.

Уэллс то и дело встает, чтобы подлить золотистое вино в полупустые бокалы.

— «Соаве классико», — говорит он. — Бутылки были куплены больше года назад. Как удачно, что я их сохранил! Это вино идеально подходит к рыбным блюдам. Бог ты мой — рыба по пятницам! Уж не хотите ли вы вернуть меня в лоно католической церкви? И ведь это может сработать, черт побери, это может сработать.

Уэллс в ударе, слова льются из него потоком, и никто даже не пытается разделить с ним место на авансцене. Сюннёве и Синтия вставляют по два-три удачных замечания каждая, да еще Клаудио в своем стиле задает пару вопросов мимо темы, а в остальном они позволяют Уэллсу расслабиться и нести все, что ему взбредет в голову. У Стэнли такое чувство, словно он наблюдает бой на шпагах в каком-то старом фильме, когда главный герой — скажем, Эррол Флинн или Тайрон Пауэр — в одиночку легко отбивается от дюжины противников, более всего озабоченных тем, как бы случайно не оцарапать голливудскую звезду. Синтия шевелит бровями и ухмыляется. Уэллс активно жестикулирует, почти не притрагиваясь к еде. В целом все это производит на Стэнли довольно тягостное впечатление.

— Кстати, о католицизме, — говорит Уэллс и начинает цитировать отрывки из своего только что написанного стихотворения.

Стэнли, крепко сжав челюсти и уставившись в тарелку, гоняет по ней вилкой зеленый стручок фасоли.

— *Так вера может искривить пространство!* — декламирует Уэллс. — *Так изогнутся птолемеевы лучи! И так узрит святая Клара отраженье таинства мессы на пустой стене.*

«Пожалуйста, остановись! — мысленно просит его Стэнли. — Не надо все портить! Да замолчи же ты!»

— Полагаю, вы в курсе, — продолжает Уэллс, — что Папа Римский совсем недавно, две-три недели назад, объявил Клару Ассизскую святой покровительницей телевидения. По крайней мере, это более удачный выбор, чем назначение архангела Гавриила патроном радиовещания, вы не находите? Церкви всегда была близка идея трансляции благой вести на громадные расстояния, но Папе, должно быть, пришлось помучиться с поисками подходящего небесного покровителя для этого дела. В последнее время меня особо привлекают подобные истории. Полагаю, это и станет главной темой моей новой книги. Власть образа. И образ власти.

— Вот ни фига себе! — перебивает его Синтия, глядя на стенные часы. — У нас времени уже в обрез! Кончай хавать, амиго, и ноги в руки! Начало сеанса никто ради нас не задержит.

Они с Клаудио встают и направляются к выходу. Клаудио, соединив ладони, бормочет благодарности хозяевам дома, а Синтия уже снимает с вешалки его пиджак. Стэнли также выбирается из-за стола и, настигнув Клаудио в коридоре, суёт ему несколько сложенных купюр.

— Это на кино, — говорит он.

Клаудио принимает деньги с несколько виноватым видом, но сохраняет его лишь на пару секунд.

— Ты пробудешь здесь до моего возвращения? — спрашивает он.

— Скорее всего. Или встретимся потом в нашем логове.

— Лучше дождись меня здесь, — просит Клаудио. — Мне нравится это место.

Сюннёве начинает убирать со стола; Уэллс проходит через гостиную — с тарелкой в руке, доедая свою остывшую порцию, — чтобы поставить пластинку на проигрыватель. Синтия по очереди подлетает к родителям и чмокает каждого из них куда-то в область уха.

— Мы с Клаудио хотим нормально оттянуться, — говорит она. — Ложитесь спать, меня не дожидаясь.

— Будь начеку, — говорит Стэнли Клаудио уже на пороге. — Смотри в оба.

— Это же не «Фокс» какой-нибудь, — отвечает тот, бросая раздражённый взгляд через плечо. — Мы идём в приличный кинотеатр.

Дверь закрывается. Стэнли наблюдает из окна, как они мимоходом прогоняют с лужайки пару котов. У него пощипывает в носу и першит в горле. С чего бы это? В чём вообще проблема?

Из динамиков проигрывателя вырывается музыка: какой-то безумный хор затягивает невесть что на непонятном языке под гром литавр и завывание деревянных духовых инструментов. Уэллс появляется в дверях и кричит сквозь эту какофонию:

— Сюннёве и я помоем посуду, а ты пока поднимись наверх, посмотри мою библиотеку. Выбери для чтения всё, что тебя заинтересует. Я скоро буду там же с парой пива. Ты не против такого плана?

На узкой лестнице Стэнли, покачнувшись, останавливается. Он редко употребляет спиртное и не привык к сопутствующим этому нарушениям равновесия. Он медленно делает один шаг, потом другой. В ране на ноге отчетливо бьется пульс.

Добравшись до площадки второго этажа, он замечает перемену в атмосфере: воздух здесь более сухой, застоявшийся. Доминирует резкий аромат трубочного табака, но, кроме него, чувствуются и другие запахи: бумаги, ткани, клея и невидимых насекомых, которые всем этим питаются. Еще до того, как Стэнли нашаривает в полутьме выключатель, он *ощущает* присутствие книг. С каждым его шагом по скрипучим половицам весь дом как будто вздрагивает, и книги на полках плотнее прижимаются друг к другу.

При слабом желтом свете лампочки предложенный Уэллсом выбор выглядит прямо-таки издевательским: Стэнли может часами исследовать эти полки и не найти там ничего для себя подходящего. Книги по экономике, электронике и ядерной физике, по истории Италии, по металлургии и стекольному производству, книги на иностранных языках. Многие из них так или иначе напоминают Стэнли о «Зеркальном воре», но они ассоциируются не с тем, что ему нравится в этой книге. Через несколько минут он теряет интерес к библиотеке Уэллса и начинает осматривать помещение в целом.

Кабинет занимает примерно половину площади второго этажа. В западной стене французская дверь между двумя занавешенными окнами ведет на балкон, сейчас уже залитый лунным светом. В центре противоположной стены находится тяжелая черная дверь с врезным замком и мощным засовом, как будто позаимствованным с ворот средневековой крепости. Подстрекаемый любопытством, Стэнли отодвигает засов (громкая музыка внизу поглощает скрежет металла) и тянет за ручку, но дверь не поддается — она заперта еще и на ключ. Тогда он возвращает засов в прежнее положение и переходит к письменному столу Уэллса.

Этот стол впечатляет своими размерами и отделкой: полированное тиковое дерево, изящные резные узоры. Вдоль его правого края выстроились пресс-папье — бронзовый пеликан, прозрачная стеклянная полусфера с радужными переливами света внутри и неровный кусок металла, похожий на осколок крупнокалиберного снаряда, — призванные, по всей видимости, задерживать скатывающиеся ручки и карандаши, поскольку в ту сторону идет уклон пола. На бюваре лежат несколько листов бело-розовой бумаги, испещренных неразборчивым, с сильным наклоном, почерком. Рядом с ними — письмо во вскрытом конверте, с обратным адресом какой-то больницы в Вашингтоне. Стэнли осматривает все это лишь мельком. Затем, держа ухо востро, чтобы по скрипу ступенек на лестнице узнать о приближении хозяина, начинает исследовать внутренности стола.

Все выдвижные ящики снабжены красивыми медными замками, однако ни один из них не заперт. Для начала Стэнли открывает длинный неглубокий ящик в средней части стола, в котором обнаруживается пистолет: армейский автоматический кольт сорок пятого калибра, стандартная модель 1911 года. Надо полагать, он заряжен, но удостоверяться в этом, извлекая обойму и передергивая затвор, Стэнли считает излишним. Оружие пристроено так, чтобы Уэллс, сидя на своем рабочем месте, во вращающемся кресле за столом, смог им быстро воспользоваться. А во втором сверху ящике правой тумбы Стэнли находит еще один армейский пистолет — на сей раз это вальтер вермахта. Если Уэллс хранит такие игрушки в своем письменном столе, что еще у него может быть припрятано в шкафах и кладовых? Пулемет, не иначе. Или базука. А на работу он, вероятно, ездит на танке.

На стене позади стола висит заключенная в раму географическая карта. Во всяком случае, Стэнли воспринимает этот рисунок как карту: на нем изображен остров в форме увесистой дубины как бы при взгляде с самолета, пролетающего не прямо над ним, а на некотором удалении. Такой ракурс озадачивает Стэнли, поскольку архаичный стиль картины наводит на мысль, что она была создана задолго до появления каких бы то ни было летательных аппаратов. Выходит, ее автор должен был, закрыв глаза, мысленно спроецировать себя в некую точку обзора высоко над землей и впоследствии все время держать в голове этот вид, уже с натуры тщательно зарисовывая улицы, здания и каналы. Вспоминать все, что сможет. А остальное домысливать.

Слышно, как Уэллс поднимается по лестнице, что-то напевая глубоким и мягким голосом.

— *O Fortuna,* — поет он, — *velut luna statu variabilis, semper crescis aut decrescis; vita detestabilis...*[1]

Стэнли продолжает разглядывать старинную карту, подмечая все новые детали: купола и колокольни, площади, суда под парусами. Два небольших соседних острова помечены надписями; их названия — IVDECA на ближнем и MVRAN на дальнем — кажутся ему знакомыми.

— Узнаешь это место? — раздается за его спиной голос Уэллса.

— Да. Это город из вашей книги.

— Он находится в Италии. На Адриатическом море. Если ты там бывал, то вспомнишь его название, я уверен.

— Италия, — говорит Стэнли. — Это ведь в Европе?

— Да, это в Европе. Ты прав.

— Я никогда не был в Европе, — говорит Стэнли.

Уэллс подходит и вкладывает в руку Стэнли холодную бутылку «Гебеля».

— Обязательно побывай в этом городе, если представится возможность, — говорит Уэллс. — Тебя там очень многое удивит и заинтригует. По крайней мере, моя недавняя скромная лекция по истории здешних мест обретет для тебя более широкий смысл. Этот город — я имею в виду итальянский оригинал — был построен на воде. Фактически на воде, поскольку под его фундаментом нет суши, достойной упоминания. Он расположен посреди лагуны. Знаешь, что такое лагуна?

— Да. Мой отец был на Эниветоке.

— Тогда, конечно, ты это знаешь. Наше слово «лагуна» образовано от латинского «лакуна», что означает пробел, отсутствие, пустое место. Возможно, этим и объясняется тот факт, что с течением веков город сделался центром притяжения всевозможных, самых сильных страстей и желаний. Он ведь намеренно разместился в пустоте, которая затягивает в себя все вокруг.

Стэнли отходит от стены с картой. Меньше всего ему сейчас хочется пива, но он все же делает небольшой глоток.

---

[1] «О, судьба! Как луна, ты изменчива, всегда то растешь, то убываешь; вмешиваешься в ход жизни...» *(лат.)* — начальные строки средневекового стихотворения вагантов «O Fortuna», в 1936 г. положенного на музыку немецким композитором Карлом Орфом.

— У вас хороший дом, — говорит он.

— Спасибо. В настоящее время мы с женой вполне можем себе позволить что-нибудь более комфортабельное и, как говорится, престижное. Но мы уже сроднились с этим домом. Здесь, на побережье, мы живем сами по себе, как нам заблагорассудится. И, кроме того, мне даже думать страшно о перемещении на новое место всех этих книг.

Стэнли кивком указывает на запертую дверь.

— А там у вас что? — спрашивает он.

— Это... — Уэллс надолго прикладывается к бутылке. — Это комната Синтии.

Взглянув на него с удивлением, Стэнли еще раз внимательно осматривает крепкий засов на двери.

— Вы боитесь, что она сбежит из дома, пока вы спите?

Уэллс выдавливает из себя смешок:

— Ха-ха-ха! Понимаю, это может показаться немного странным. Я и сам частенько гадал, с какой целью предыдущие жильцы соорудили здесь такую дверь. При покупке дома риелтор уверял, что ему об этом ничего не известно. Я много чего воображал по этому поводу — и склад бутлегеров, и темницу для белых рабынь или заложников, и тайное убежище для взрослого сына-идиота. В этих краях возможно всякое. Но теперь я об этом почти не задумываюсь. Не желаешь переместиться на лоджию?

— Куда?

— На лоджию, — повторяет Уэллс, открывая балконную дверь. — Я опасался, что к вечеру зарядит дождь, но пока что погода неплохая. А если станет слишком прохладно, мы всегда можем вернуться внутрь.

В центре лоджии стоит приземистый деревянный стол, окруженный складными шезлонгами, — в точно таких же креслах полулежат кинозвезды и знаменитые режиссеры на фото в любимых журналах Клаудио. Обзор большей частью перекрыт соседним домом, но близость океана все равно ощущается. Армада мелких плотных облаков дрейфует по темно-синему небу, а луна висит меж ними, как помятое яблоко, — теперь ее диск уже в ущербе.

Уэллс жестом предлагает Стэнли кресло с наилучшим обзором в сторону запада. Стэнли не устраивает это место — с него будет виден лишь силуэт Уэллса, а он хотел бы следить за выражением его лица, — но, рассудив, что отказ может обидеть хозяина, он садится.

— Итак, — говорит Уэллс, устраиваясь в скрипящем шезлонге, — насколько понимаю, у тебя есть ко мне ряд вопросов.

— Да, — говорит Стэнли.

Какое-то время они сидят молча. Проигрыватель внизу также смолк: должно быть, закончилась сторона пластинки. С неба доносится звук пролетающего самолета, сначала нарастающий, а потом сходящий на нет.

— Что ж, — говорит Уэллс, — если тебе нужно время…

— Меня интересует магия, — говорит Стэнли.

— Допустим. А конкретнее?

— Объясните мне, как ею пользоваться. Как заставить ее работать.

Уэллс долго молчит. Затем хмыкает. Звучит это высокомерно, покровительственно — и в то же время фальшиво.

— Боюсь, ты обратился не по адресу, — говорит Уэллс.

— То есть?

— Я ничего не знаю о магии, Стэнли. В армии я научился нескольким карточным фокусам, но даже их я успел позабыть. Извини.

Стэнли перекладывает бутылку в другую руку.

— Гривано разбирается в магии, — говорит он. — А вы писали о Гривано. Значит, вы должны что-то об этом знать.

Уэллс как бы обдумывает этот вопрос, но Стэнли догадывается, что на самом деле он ищет способ уйти от ответа.

— Да какие там знания! — говорит он. — Разве что по ходу дела нахватался терминов. Но до Гривано мне далеко.

— Ага, так я и поверил. Будет вам, мистер Уэллс! Я ведь говорю не о реальном, историческом Гривано. Мне до него и дела нет. Я говорю о парне из вашей книги.

Уэллс открывает было рот, но, ничего не сказав, наклоняется вперед, ставит бутылку на стол и, сложив руки домиком, подносит кончики пальцев к своим губам. Он выглядит раздраженным, но за этим скрывается что-то еще — тревога? Смятение? Стэнли делает несколько глубоких вдохов. Он приближается к цели, но каждый следующий шаг будет сложнее предыдущего.

— Именно это ты собирался у меня выяснить? — говорит Уэллс. — То есть ты хочешь стать магом. Алхимиком. Волшебником. Я правильно понял?

— Да, все так и есть.

— Я не могу тебя этому научить, Стэнли.

Стэнли кивает, отхлебывает из бутылки.

— Я вам не верю, — говорит он.

Уэллс часто-часто моргает, пытаясь сам себя завести, чтобы дать отпор слишком настырному просителю.

— Это все фантазии, Стэнли, — сердито бурчит он. — Сам подумай, ты ведь уже не ребенок. Таким вещам нет места в реальном мире. Они существуют только в нашем воображении.

— Черта с два!

— Стэнли...

— Черта с два! Все это пустые отговорки. Извините, мистер Уэллс, но по-другому и не скажешь. Я знаю правду. Я много, очень много раз перечитал вашу книгу. Я в состоянии отличить реальное от нереального, и я знаю, что вы сейчас намеренно несете чушь! И я не путаю настоящую магию с дурацкими фокусами вроде распиленных надвое девиц, предсказаний будущего или превращения кока-колы в севен-ап. Я понимаю, что магия основана на способности видеть *истинную* структуру всех вещей. И хочу, чтобы вы объяснили мне, как это делается.

Уэллс смотрит на него в упор. И в его взгляде — недвусмысленное предостережение, даже угроза, чего Стэнли не замечал ни разу после самых первых минут встречи на пляже. Наконец-то перед ним тот Уэллс, с которым он давно хотел поговорить: Уэллс, что-то скрывающий за крепко запертыми дверьми в своем доме, Уэллс, готовый пустить в ход оружие, спрятанное в ящиках письменного стола.

Они смотрят в глаза друг другу, и эта борьба взглядов продолжается довольно долго. Затем Уэллс, за это время ни разу не моргнувший, с тяжелым вздохом откидывается на спинку шезлонга и кладет под голову руки со сплетенными пальцами.

— Приношу свои извинения, — говорит он. — Ты действительно уже не дитя. Наше детство кончается в тот момент, когда мы осознаем неприемлемость этого мира. Не правда ли? Этот мир неприемлем! Он прогнил насквозь! Это юдоль печали, это задымленная кухня, это нескончаемая череда страданий. Что мы можем сделать, осознав это? Мы можем капитулировать. Отказаться от былых надежд и принять мир таким, каков он есть. Но мы можем и бороться. Мы можем оказать сопротивление. Отсюда, я думаю, и возникает позыв к творчеству: из интуитивного глубинного отвращения к окружающему миру и своей жизни в этом окружении. Учти, я не говорю о желании изменить или перестроить мир. Я говорю о желании отринуть его целиком и полностью, а на его месте создать нечто лучшее, нечто более приемлемое для нас. И, распознав в себе это желание, мы оказываемся в компании двух наших друзей: поэта и мага.

Уэллс поднимается и, прихватив со стола пиво, подходит к перилам балкона.

— В молодости, — продолжает он, — я, признаться, носился с идеей о том, что в результате такого отторжения мира поэт и маг каким-то образом сливаются воедино. О том, что они, в сущности, идентичны. Я думал, что поэма, если ее написать правильно, становится магическим заклинанием и может трансформировать мир. Но с тех пор я повзрослел и теперь понимаю, что ошибался. Поэт ничего не может реально изменить. Он лишь выдумывает симпатичные альтернативные миры и предлагает их читателям в качестве временного пристанища. Оттуда нам порой удается взглянуть на свое каждодневное существование и осознать всю его никчемность, но это бывает нечасто, да и не имеет значения. Труд поэта — это всего лишь иллюзия. И я — всего лишь поэт.

— Но тогда почему вы не сделались магом?

— Потому что это не срабатывает, Стэнли. Это бесполезная трата времени. Хуже того! Это похоже на ребенка, который цепляет на шею одеяло в подражание суперменскому плащу и выпрыгивает из окна, уверенный в своей способности летать, потому что видел такое по телевизору. Это уход от реальности в поэзию, кода ты уже перестаешь замечать, что окружающий тебя поэтический мир — всего лишь плод воображения. Это не магия, это безумие.

— Я с этим не согласен.

— В твоем возрасте, — говорит Уэллс, — это вполне естественно. Но в мои годы уже трудно сохранять иллюзии. Поверь, я не хочу показаться пустозвоном или снобом, и я не считаю твой вопрос нелепым. Я много думал — и продолжаю думать — об этом, и таков мой честный ответ. Мир просто-напросто не функционирует подобным образом.

Уэллс смотрит вниз на свой двор. Его локти распрямлены, а руки широко расставлены и упираются в перила. В этой позе его силуэт на фоне неба напоминает какой-то символический знак.

— Но что, если все действительно обстоит так, как вы говорили в ту ночь? — произносит Стэнли. — Что, если все это...

Он описывает круг пивной бутылкой, обозначая все окружающие его предметы. Уэллс не оборачивается и не видит этот жест.

— ...что, если все это нереально? Что, если все это лишь отражение чего-то другого? Что, если другой мир все-таки существует?

Уэллс отвечает не сразу. Он чуть сутулится, как будто уже утомлен разговором.

— И на чем основаны эти твои предположения? — спрашивает он.

— Я *чувствую*, что так будет правильно, — говорит Стэнли. — Я чувствую, что такое возможно.

— Ты чувствуешь, вот как? Но тогда это и впрямь возможно. Разумеется, это возможно. Я скажу так: если ты в это твердо уверуешь, ты окажешься в очень даже достойной компании. В конце концов, разве не в том же обвинял нас, поэтов, великий Платон? Он называл нас лжемудрецами, подражателями подражателей. Кто знает, может, так оно и есть? Возможно, мы лишь растрачиваем себя на пустые фантазии, тогда как настоящее покорение невидимого мира уже ведется современными алхимиками в белых халатах ученых-атомщиков или аэрокосмических инженеров. Возможно, мы чересчур сентиментальны и потому не способны выносить реальность в больших дозах. Мы говорим, что мечтаем о ней, но, когда наконец с ней сталкиваемся и видим, что она не совпадает с нашими возвышенными мечтаниями, мы тут же воротим нос. Мы отстраняемся, сидим на своих речных островках и чахнем, как Волшебница Шалот.

— Скажите, вам случалось убивать людей, мистер Уэллс?

В следующий миг Стэнли замирает, удивляясь сам себе. Он не собирался задавать этот вопрос; у него и в мыслях ничего такого не было. Или все же было?

Уэллс неподвижен и безмолвен. Потихоньку, почти незаметно, оцепенение распространяется от его локтей по всему телу. Стэнли дышит все быстрее, сначала боясь, что ляпнул лишнее, а потом уже просто боясь — сам не зная чего. Откуда-то снизу подает голос древесная лягушка. И теперь Стэнли слышит лягушачий хор, гремящий по всей округе, на что он ранее не обращал внимания.

— Нет, — говорит Уэллс. — Такого не было.

Стэнли опасается, что его сейчас вырвет.

— А у меня было, — говорит он.

Уэллс теперь стоит вполоборота к нему, хотя по-прежнему смотрит вдаль.

— Понятно, — говорит он.

— Многие говорят такие вещи просто для того, чтобы впечатлить, — слышит Стэнли собственный голос. — Может, и у меня это одна из причин. И все же я сказал правду. Мне было трина...

Тут у него срывается голос. Прочистив горло, он продолжает:

— Мне было тринадцать, когда в одной стычке на меня кинулся с ножом пуэрториканец. Я сломал ему руку обрезком трубы, а потом поднял с земли нож и перерезал ему горло.

Лицо Стэнли горит, по щекам текут слезы. Он не понимает, почему все это вдруг из него полезло. Такое чувство, будто в глубине его таится кто-то другой: какой-то гадкий заморыш, копошащийся в его внутренностях, как червяк в гнилом фрукте.

Уэллс поворачивается, чтобы на него взглянуть. Он придвигается ближе, и луна серебрит его волосы.

— У тебя не было другого выбора, — говорит он. — Ты защищался.

— Само собой, — говорит Стэнли. — Наверно, все совершавшие убийства думают, что они от чего-нибудь защищались.

А в прошлом году я скинул одного парня с крыши. Это две смерти, о которых я знаю точно. Но были еще другие люди, которых я изрядно покалечил в драках, — быть может, кто-то из них тоже умер, я не знаю. Год назад мы с братвой ночью влезли в один дом, но потом началась заваруха, и был застрелен коп, так что по закону я считаюсь одним из его убийц. Собственно, потому-то мне и пришлось уехать из Нью-Йорка.

Уэллс обходит низкий стол, затем присаживается на его край, лицом к Стэнли. Тот не поднимает взгляд.

— Почему ты решил, что мне следует знать эти вещи? — спрашивает Уэллс. — Зачем ты это рассказываешь?

— Вы, должно быть, считаете меня просто шальным юнцом, который прочел вашу книгу и выцепил оттуда парочку занятных идей. Я вас отлично понимаю. На вашем месте я бы тоже так подумал. Поэтому вам нелишним будет знать, что я в свои годы уже успел повидать и натворить до хрена жутких дел, а за последние месяцы чего только не натерпелся, добираясь к вам сюда, и теперь хочу задать несколько вопросов, на которые мне очень желательно получить ответы, мистер Уэллс. Допустим, вы не знаете этих ответов. Или знали когда-то, но уже забыли. Но я много думал о ваших словах, сказанных той ночью, — что книга может знать больше, чем ее автор. И я уверен, что ваша книга *знает*, мистер Уэллс. Она знает, что такая магия осуществима на практике.

Уэллс долго смотрит на Стэнли, наклонившись вперед, как будто с намерением до него дотронуться — хотя, не слезая со стола, это сделать непросто. Потом он начинает говорить:

— Сейчас я уже не в состоянии понять эту книгу. На ее написание ушло десять лет. Я говорил тебе об этом? Начал я в Италии, во время войны, когда был еще сравнительно молод. В ту пору я имел — или думал, что имею, — ясное представление о том, как она будет развиваться в дальнейшем и какой станет в итоге. Представь, что ты стоишь на вершине горы, глядя вниз на леса и долины, и отчетливо видишь путь, который тебе предстоит пройти. Тогда все было понятно: иди вперед, пока не достигнешь цели. Но ситуация резко меняется, стоит лишь сойти с горы и очутиться в темном лесу, среди колючих зарослей и топей, рыскающих волков, разбойников и еще бог знает кого, когда ты не можешь видеть путь дальше чем на пару шагов вперед. И вышло так, что ко времени завершения книги я уже не мог толком вспомнить, с чего все началось, почему я вообще решил ее написать, в чем состояла моя цель. Так что не думай, будто я пытаюсь что-то утаить или отделаться от тебя комплиментом, когда говорю, что ты лучше меня понимаешь смысл этой книги.

Стэнли собирается ответить, но Уэллс не останавливается; он говорит взахлеб и поднимается со своего места, оставив на столе пустую бутылку. Такое ощущение, что он хочет этим потоком слов вымыть из своей памяти недавнее признание Стэнли. Дом скрипит и постанывает, когда он начинает расхаживать туда-сюда по лоджии.

— Изменилось не только мое восприятие этой книги, — говорит он. — Изменилось мое понимание писательского труда в целом. Как уже было сказано, я недолго носился с идеей трансформации стихов в магические заклинания. Вместо этого я усвоил не менее романтическую теорию сопоставления стихотворчества с занятием любовью как последовательным действом, вызывающим у другого человека удовольствие, ведущим к высвобождению чувств и далее к оргазму, к экстазу. Но в конечном счете я понял, что эта аналогия неприемлема. Хотя бы потому, что в случае с поэзией получаемое другими людьми удовольствие отодвинуто во времени и в пространстве. Не происходит взаимного обмена опытом. Взять хотя бы тебя для примера: ты получил определенное удовольствие от чтения моей книги, и мне приятно это сознавать. Но к тому времени, как она добралась до тебя, я уже давно переключился на другие темы. Трудно не согласиться с Флобером, который говорил, что позыв к сочинительству сродни мастурбации. Этакий творческий онанизм. Заезженные метафоры, согласен, но они бьют в точку, и потому не грех лишний раз ими воспользоваться.

Уэллс вновь стоит у перил, на сей раз упираясь в них локтями. Его нога в домашней туфле постукивает по дощатому настилу. Стэнли понимает, что он еще не закончил, и потому ждет, утирая вспотевшее лицо желтым рукавом рубашки.

— В свою очередь, — продолжает Уэллс, — я могу сравнить сочинительство с опорожнением кишечника. Да, это вещи одного порядка. Притворяться, что это не так, попросту глупо. Как известно, дерьмо — это удобрение. По сути, это *prima materia*[1]. Но для тех, кто его из себя извергает, это всего-навсего дерьмо. При таком раскладе дистанция между автором и читателем — то есть отсроченное удовольствие, о котором я говорил, — вовсе не является препятствием для успеха поэмы. Более того, сохранение дистанции даже способствует успеху. И наша с тобой встреча, увы, может служить наглядным подтверждением тому. Ты прочел мою книгу, и она в той или иной мере потрясла твое воображение. Но потом, отыскав ее автора, ты увидел разжиревшего буржуа, напыщенного краснобая и пришел к выводу, что перед тобой — как выражаются некоторые — ходячий мешок дерьма. Это открытие не может не уменьшить ценность самой книги в твоих глазах. Насколько счастливее был бы ты, если бы автор навсегда остался для тебя загадкой! Насколько было бы лучше, если бы книга продолжила существовать в твоем сознании такой, как ты воспринял ее изначально! Не секрет, что нас более всего волнуют и вдохновляют произведения, лишенные четкой формы, — и как тут не вспомнить о фекалиях? А все потому, что они перекладывают на читателя задачу их завершения, выискивания в них смысла. И в результате мы неизменно находим самих себя. Сумбур и хаос этих произведений постепенно кристаллизуются в наше собственное отражение, спроецированное на незнакомую плоскость и потому зачастую нами не узнаваемое. И так было всегда. Таким образом, именно читатель — а вовсе не поэт — выступает здесь в роли алхимика.

Носоглотка Стэнли очистилась, и теперь он острее чувствует запахи ночи. Он уже и не помнит, когда в последний раз столько плакал. Такого не случалось ни при известии о гибели отца, ни когда умер дед. Разве что в тот день, когда отец отправлялся на войну в Корею. Да и то было уже после расставания, в одиночестве, когда его никто не видел.

— Чего я хочу, — говорит Стэнли, — так это проникнуть внутрь вашей книги. Слиться с ее сюжетом. Я хочу распотро-

---

[1] Первая материя (*лат.*). В алхимии так именуется первичная, базовая материя, из которой потом образуются все остальные вещества.

шить ее изнутри. Я хочу выяснить все, что знает Гривано, — даже если вы сами этого не знаете. И я хочу, чтобы вы подсказали мне, как это сделать. С чего начать.

Уэллс разворачивается и складывает руки на груди, опираясь спиной на перила, которые скрипят и прогибаются под его весом. На секунду Стэнли кажется, что они не выдержат и Уэллс полетит вниз со второго этажа, но этого не происходит. Уэллс глядит на середину стола, сосредоточенно хмурясь, как при попытке вспомнить что-то очень давнее, типа имен приятелей по начальной школе.

Затем он сует руку за отворот джемпера, в нагрудный карман рубашки, и достает оттуда трубку.

— Тебе надо многое прочесть, — говорит он. — Первым делом весь «Герметический корпус». А также «Пикатрикс» и «Изумрудную скрижаль». Платона и Плотина, чтобы поместить алхимическую традицию в надлежащий контекст: Гривано, без сомнения, читал труды обоих. Ключевыми фигурами являются Марсилио Фичино и Пико делла Мирандола. Кто еще? Пожалуй, Абулафия. Луллий. Рейхлин. Тритемий. Агриппа. Кардано. Парацельс, конечно же. Не помешает ознакомиться с трудами Джона Ди и Роберта Фладда, хотя они были современниками Гривано и жили в Англии, так что он мог о них и не знать.

— Это все старинные авторы, да? — спрашивает Стэнли.

— Разумеется. Не забывай, что пик активности Гривано пришелся на конец шестнадцатого века. Должен заранее предупредить, что многие из упомянутых мной трудов недоступны в качественном английском переводе — только на латыни либо на различных немецких или итальянских диалектах. Есть среди них и редкие книги, раздобыть которые будет не так-то просто.

— А сейчас кто-нибудь занимается такими вещами? Я имею в виду магию.

Уэллс уже извлек из кармана штанов табакерку и теперь неторопливо набивает трубку. Покончив с этим, он прикуривает, затем вычищает трубку с помощью длинной иглы и начинает набивать ее вновь.

— О да, — говорит он. — Есть такие люди.

Стэнли не отрывает взгляда от его лица. Древесные лягушки разошлись не на шутку: их оглушительный ор напоминает концерт оркестра, который играл в доме на момент их с Клаудио прибытия.

— Кто они? — спрашивает Стэнли. — Кто этим занимается?

Вспыхивает новая спичка, утраиваясь отражениями в очках Уэллса, и над его головой поднимается облако вонючего дыма.

— В Южной Калифорнии, — говорит он, — таких людей можно найти без труда. Здесь есть теософы и розенкрейцеры, есть сайентологи, есть приверженцы Нового Мышления и Науки Разума — однако я тебе не советую особо усердствовать с поисками практикующих магию современников. Это совсем не обязательно, поверь моему опыту. Они очень скоро сами тебя найдут, как случилось со мной, когда я начинал свои исследования в этой области.

— Все равно общение с ними — это пустая трата времени, вы это хотите сказать?

— Имея представление о методах и традициях магии, можно сразу понять, кто из них шарлатан, а кто просто сумасшедший. Здесь есть несколько серьезных и знающих людей, но они держатся особняком. Да и те больше интересуются промышленными вестниками и научной фантастикой, чем древними алхимическими трактатами эпохи Ренессанса. Один из таких людей работал вместе со мной в корпорации «Аэроджет», можешь себе представить? Его звали Джек Парсонс. Я и не догадывался о его экзотических увлечениях до пятьдесят второго года, когда он по глупой небрежности вознесся к небесам вместе с большим количеством гремучей ртути. Как потом выяснилось, Джек из года в год посвящал все свои вечера и уик-энды проведению магических обрядов: пытался вызвать из иных миров Вавилонскую блудницу, чтобы зачать с нею Антихриста. И этот же господин, заметь, был одним из основателей Лаборатории реактивного движения. Так что мой ответ: да, и в наши дни есть люди, которые занимаются такими вещами.

В голосе Уэллса звучат напряженные, фальшивые нотки, но Стэнли не может придумать правильный вопрос, чтобы выяснить причину этого. Он до сих пор чувствует дурноту и злится на себя за то, что так разоткровенничался.

— Все эти имена, которые вы назвали, — говорит он. — Я их не запомню. Может, составите список?

Взяв свою бутылку, Стэнли залпом допивает пиво. Вместе с последним глотком в животе начинается неприятное бурление.

— Вы, наверное, считаете меня чокнутым придурком из-за того, что я хочу это сделать? — говорит он.

Уэллс вынимает изо рта черенок трубки и медленно качает головой.

— Вовсе нет, — говорит он. — Как раз наоборот. Ты сейчас переживаешь трудный период, я это вижу. Я плохо тебя знаю, однако я в тебя верю. И мы с Сюннёве будем рады помочь тебе всем, чем сможем.

У Стэнли вновь течет из глаз. Он не понимает причину этого; не понимает даже, искренни ли эти слезы. Он вспоминает одно ограбление двухлетней давности, когда все члены их банды напялили маски, оставшиеся от Хеллоуина; вспоминает свои ощущения, когда он держал на прицеле перепуганного сторожа, смотрел ему прямо в глаза и знал, что тот не видит перед собой ничего, кроме размалеванной физиономии плачущего клоуна. И сейчас Стэнли ощущает примерно то же — вседозволенность и стыд одновременно, — только на сей раз маска находится не снаружи, а *внутри* него, и он не может ее снять по своему желанию.

— Буду с вами откровенен, мистер Уэллс, — говорит он. — Я не думаю о себе так, как думаете о себе вы. Я имею в виду обоснование своих действий. Не могу припомнить ситуации, когда я не знал бы, что делать, или как минимум не держал бы в голове запасного варианта действий. Так что мне никогда не приходилось останавливаться, чтобы как следует поразмыслить. Иногда я просто чувствую, что неплохо бы сделать то-то и то-то, и я это делаю, сам не понимая, откуда взялось это чувство. И это уже начинает меня пугать. Потому что с недавних пор мне кажется, будто я понемногу превращаюсь в кого-то другого, не знаю в кого.

Уэллс молчит, делая одну затяжку за другой. Вскоре табак в его трубке сгорает дотла.

— Как бы то ни было, — говорит он, — я за тебя спокоен.

— Но я беспокоюсь не о самом себе, мистер Уэллс. Меня беспокоит все вокруг. Иногда мне кажется, что я не принадлежу этому миру.

Из груди Уэллса вырывается гулкий смешок.

— Это чувство мне знакомо, — говорит он.

— Тогда, может, подскажете, как мне от него избавиться?

— Ты можешь он него избавиться. Но я искренне надеюсь, что ты не станешь этого делать.

Он делает шаг вперед, наклоняется и толстыми пальцами сжимает плечо Стэнли.

— Это дрянной и пошлый мирок, — говорит он, — тот, в котором мы живем. Не становись его частью. Постарайся создать свой собственный мир.

Он выпрямляется и вставляет в рот погасшую трубку.

— Кстати, — говорит он сквозь зубы, — ты захватил с собой книгу?

— Она внизу, в моей куртке.

— Тогда принеси ее. А я пока составлю список, о котором ты просил.

Спускаясь по лестнице, Стэнли слышит голос Сюннёве, напевающей что-то без слов, но не оборачивается, чтобы на нее взглянуть. В прихожей он достает из кармана куртки «Зеркального вора» и вновь поднимается наверх.

Уэллс зажег настольную лампу под матово-зеленым абажуром. Увидев Стэнли, он встает из-за стола и широким жестом протягивает ему исписанный листок.

— У тебя уйдет немало времени на то, чтобы все это прочесть, — говорит он. — Можно твой экземпляр?

Стэнли отдает ему книгу, берет список и просматривает его под неяркой потолочной лампой: длинный столбик незнакомых имен, расположенных так ровно, с одинаковыми интервалами, словно Уэллс отмерял расстояние между ними линейкой. Почерк аккуратный, но очень своеобразный, так что разобрать его будет непросто.

Когда Стэнли поднимает взгляд от списка, Уэллс стоит, склонившись над раскрытой на столе книгой и сжимая в пальцах авторучку. Он застыл в этой позе с озадаченным лицом.

— Ах да, — говорит Стэнли, — забыл вам сказать. Кто-то уже сделал надпись на моем экземпляре. Кто-то из прежних владельцев книги — я же не в магазине ее купил. Что там написано, я так и не понял.

Уэллс разражается смехом. Это странный смех: слегка истерический, невеселый и неестественный.

— Так-так-так, — говорит он. — Кое-что начинает проясняться. Напомни-ка, где ты нашел этот экземпляр?

— В Нижнем Ист-Сайде. Он принадлежал одному вору, которого замели в тюрягу.

— Как его зовут? Ты знаешь его имя?

Стэнли пожимает плечами.

— У нас все звали его Ханки, — говорит он. — Но я с ним лично не встречался. Только был в его доме.

— Хм, — задумчиво мычит Уэллс. — Тогда я могу сказать, что книга попала к тебе как минимум через двух человек. Вот что здесь написано: «Дорогой Ален...» — здесь я пропустил одну букву «л», — «салютую твоей нагой отваге. С уважением, Эдриан Уэллс».

— Ох!.. — выдыхает Стэнли.

— Я подарил ее одному молодому поэту, посетившему наш город пару лет назад. Своего рода провидец. Помесь Блейка с Уитменом. Должно быть, это Ларри Липтон пригласил его из Сан-Франциско. Во время его выступления началась перебранка между ним и кем-то из толпы, и тогда, дабы продемонстрировать... даже не знаю что именно — свою искренность? откровенность? — он прямо на сцене разделся догола. В то время это показалось мне весьма впечатляющим жестом.

Уэллс закрывает книгу и, усевшись за стол, роется в одном из выдвижных ящиков.

— Этот экземпляр уже сильно истрепался, — говорит он. — У меня тут есть практически нетронутый. Я дам его взамен...

Стэнли быстрым движением кладет ладонь на свою книгу.

— Если вы не против, — говорит он, — я бы хотел оставить у себя эту.

Взгляд Уэллса скользит по руке Стэнли вверх до его лица. Судя по всему, он слегка уязвлен. Потом он улыбается.

Когда он встает с кресла, в руке у него металлическая линейка. Выдвинув верхний ящик, он достает оттуда бритвенное лезвие, затем вновь открывает книгу, прикладывает линейку к развороту и одним быстрым движением вырезает надписанный лист. Стэнли вздрагивает от неожиданности и едва не бросается вперед, чтобы остановить руку Уэллса. Но уже в следующий миг понимает, что для него это не имеет никакого значения. Даже хорошо, что он избавился от этих каракуль.

Уэллс открывает предыдущую страницу, снимает колпачок с ручки. Пока перо скрипит по бумаге, Стэнли оглядывает комнату: шеренги книг, стол-арсенал, крепко запертую дверь. Через минуту Уэллс, подув на чернила, чтобы они быстрее высохли, протягивает ему раскрытую книгу.

— Я в этот раз постарался написать разборчивее, — говорит он. — Ты можешь это прочесть?

— Могу, — говорит Стэнли. — Хотя по смыслу не все ясно.

— Здесь цитата из Роджера Бэкона, английского мага тринадцатого века.

— О'кей. И что это означает?

Уэллс навинчивает колпачок и гасит настольную лампу.

— Это означает, что я рад знакомству с тобой, — говорит он. — Очень рад, без преувеличений.

Он берет свою трубку и направляется в сторону лоджии, но Стэнли не идет за ним. Он стоит перед столом с книгой в руках и смотрит в пространство.

— Спасибо вам за все, мистер Уэллс, — говорит он. — Большое спасибо. Но мне пора идти.

Уже внизу, пока он надевает куртку, Сюннёве уговаривает его остаться и заночевать у них.

— У меня в мастерской есть шкаф-кровать, — говорит она. — Там тебе будет вполне удобно, я гарантирую.

Однако Стэнли спешит удалиться, приняв поцелуй в щеку и ответив неуклюжим объятием.

— Погоди, — говорит она, — а ты не хочешь забрать свои ведра?

— Вообще-то, они не мои, — признается Стэнли.

Уэллс провожает его по тропе до калитки.

— Что передать твоему другу, когда они с Синтией вернутся? — спрашивает он.

— Клаудио знает, где меня найти, так что ничего передавать не нужно.

Уэллс протягивает руку, Стэнли ее пожимает, и Уэллс подтягивает его к себе для объятий. На мгновение Стэнли отрывается от земли, прижимаясь ухом к его груди, чувствуя запах табака и чего-то пряного, слыша гулкий стук сердца и клокотание в легких. Затем Уэллс его отпускает.

Уже за калиткой Стэнли поворачивается и окликает его:

— Еще минуту, мистер Уэллс!

— Да?

— Когда мы с вами встретились на пляже позапрошлой ночью, вы произнесли какие-то непонятные слова. Что это было?

Уэллс продолжает медленно двигаться обратно к дому, пока не достигает крыльца. Там он останавливается, прислонившись к столбу.

— Что-то не припоминаю, — говорит он.

— На иностранном языке, — говорит Стэнли. — Вы повторили это дважды.

На фоне открытой двери Уэллс выглядит обезличенным силуэтом. А на свету в дверном проеме стоит его жена; вид у нее усталый и грустный. Два огонька вспыхивают на стеклах очков Уэллса, и Стэнли не может понять, от какого источника света они отразились.

— Увы, — говорит Уэллс. — Должно быть, я так плохо артикулировал свою речь, что она прозвучала как иностранная. Я точно помню, что разговаривал только по-английски. Но видимо, недостаточно внятно. Извини.

Стэнли кивает.

— О'кей, — говорит он. — Спокойной ночи, мистер Уэллс.

— Спокойной ночи, Стэнли.

Миновав два или три дома в направлении берега, Стэнли замечает на лужайке кота, который что-то держит в пасти. Он подходит ближе и видит, что это извалянная в песке рыбья голова с волочащимися за ней кишками. Кот смотрит на него стеклянистыми зелеными глазами.

Стиснув зубы, Стэнли примеряется, чтобы врезать ногой по кошачьей морде, но в последний миг отказывается от этого намерения. Кот шипит, прижимая уши и выгибая спину, а затем дает стрекача по высокой траве и ныряет под крыльцо. У Стэнли вновь возникает пелена перед глазами; в горле стоит комок, дыхание затруднено.

Он оглядывается на дом Уэллса — его балкон виднеется над неровными верхушками можжевеловых кустов. У перил маячит темная фигура — это наверняка Уэллс, хотя трудно сказать, наблюдает он за Стэнли или нет.

— Лживый мешок дерьма, — сквозь зубы бормочет Стэнли.

46

Когда на следующее утро он просыпается в логове на Хорайзон-Корт, Клаудио рядом нет. Стэнли принимает сидячее положение, протирает глаза, оглядывается. Может, Клаудио ночью стучал в дверь, а он не расслышал сквозь сон? Затем он вспоминает вчерашний день — Синтию с ее лягушачьим фильмом, Сюннёве с ее шкафом-кроватью — и догадывается, где мог застрять его друг.

Он снова ложится, натягивает одеяло на плечи. Пытается разозлиться, но это у него не выходит. Клаудио легко поддается на уговоры, — конечно же, он остался ночевать в доме Уэллса. И его нельзя в этом винить. Ведь и у Стэнли не было серьезных оснований для столь поспешного ухода. Отчасти дело, конечно, в стыде: это ж надо было так позорно распустить нюни! Другая причина в том, что разговор с Уэллсом уже исчерпал себя и стал в тягость. Но, помимо этого, было кое-что другое: необъяснимая тревога, как будто он может чему-то навредить, что-то поставить под угрозу. Безуспешные попытки докопаться до сути, как обычно, нагоняют на него тоску, а следом приходит усталость...

Когда он просыпается повторно, утро уже перетекает в день. Клаудио нет до сих пор. Все то же тягостное чувство: как будто он поставил на несчастливый номер и раз за разом тупо повторяет ставку, а денег остается все меньше. Он откидывает одеяло, встает, чистит зубы, пьет воду из отцовской фляги. Находит в нагрудном кармане рубашки полученный от Уэллса список, расправляет его на стеклянном прилавке и в процессе одевания то и дело туда поглядывает, пытаясь прочесть имена. С таким же успехом это могло быть написано по-китайски. Порой Стэнли затрудняется объяснить самому себе, ради чего он проделал столь долгий путь через всю страну, — но уж точно не ради вот этого. Уэллс вновь его обхитрил, сменил цвет и ускользнул, как верткая каракатица, окутав Стэнли облаком чернил.

Он вспоминает о долгой прогулке в ночь их первой встречи, о бесконечных заумных рассуждениях Уэллса. А что, если целью всего этого было направить Стэнли по ложному следу? Может, разгадка заключалась не в словах Уэллса, а в его шагах — в самом их маршруте по улицам, которые некогда были каналами? Стэнли вспоминает табличку с названием одной из тех улиц: «РИАЛТО». Что это может означать? В «Зеркальном воре» так называется одно место, район или квартал таинственного города — совсем не такого, как этот, но все же имеющего с ним нечто общее. Здесь это название может быть скрытым указателем. Но на что оно указывает?

Можно поискать исторические параллели, однако такой подход кажется ему неправильным. История — это груды книг, а тайна, которую он стремится постичь, заключена не в написанных текстах. Она либо скрыта в каких-то реалиях этого мира, либо вообще не стоит того, чтобы за ней гоняться. И ближе всего Стэнли подобрался к ней во время той прогулки, когда застигнутый врасплох Уэллс, пытаясь объясниться, показал ему этот город. Книгу написал Уэллс — это факт, но город создал не он. А город — это ключ к разгадке. Стэнли должен туда вернуться и еще раз все осмотреть.

Завязав шнурки на туфлях, он осторожно, с оглядкой, выходит на улицу. Видимо, его подавленное настроение отчасти обусловлено погодой: он чувствует, как падает атмосферное давление и приближается дождь, хотя небо пока еще чистое. На подходе к набережной он улавливает кисловатый зловонный запах — неприятно знакомый, чем-то сродни запахам нефтепромысла, — и вспоминает о своей больной ноге, которую утром забыл осмотреть. Вместе с этим воспоминанием возвращаются боль и слабость; и он замедляет шаг. В последний раз он промывал рану вчера, в душевых Санта-Моники. Тогда все было вроде нормально, но сейчас он в этом не уверен. Он подумывает о возвращении на Хорайзон-Корт, чтобы сделать перевязку, но это обернется изрядной потерей времени — не менее двух часов.

Стэнли выходит на пляж, выбирает местечко неподалеку от воды, садится лицом к набережной и размышляет. Через какое-то время, не углядев ничего вдохновляющего в зданиях и улицах, разворачивается лицом к океану. Солнце находится в зените и почти не бликует на темно-синей прозрачной воде. Иногда, напрягая зрение, ему удается разглядеть среди донных камней оранжевые вспышки рыбок гарибальдий — как спелые риверсайдские мандарины, кем-то брошенные в волны.

Он достает из кармана джинсов список Уэллса и в очередной раз его просматривает, имя за именем, ломая голову чуть не над каждой буквой. Одно из имен — Гермес Трисмегист — известно ему по книге, а остальные абсолютно ничего не говорят. Стэнли всматривается в них с напряжением, как будто надеется, что они вдруг оживут и многоножками зашевелятся на странице, обретая какое-то новое значение. Но в результате у него лишь начинается дикая головная боль, а слова остаются неизменными.

Он поднимается, сворачивает листок и, спрятав его в карман, идет на север босиком вдоль полосы прибоя. Время отлива; на широком и плоском пляже тут и там попадаются «дары моря», от которых, сужаясь, тянутся к воде следы, похожие на хвосты комет: медузы-аурелии, парусницы, береговые улитки, морские черенки, отвратного вида грязно-коричневые яйцевые капсулы скатов, длинные нити водорослей. Стэнли смотрит в сторону аркады с игровыми автоматами — там на песке дрыхнет пара пьянчуг, по променаду идет прилично одетый еврей со скрипкой в футляре, женщина катит детскую коляску и тянет за руку второго малыша с воздушным шариком, — и в этот момент нога его наступает на что-то твердое. Он наклоняется и разгребает песок.

Это череп неизвестной ему диковинной птицы — желто-коричневый клюв длиной с предплечье, широкие дыры глазниц. Клюв отшлифован песком, отполирован волнами и примерно посередине надклювья украшен прилепившимся морским желудем. Осмотрев находку со всех сторон, Стэнли переводит взгляд на оставшуюся после нее выемку в песке. Широкая у основания и постепенно сужающаяся к кончику, она напоминает символ из какого-то древнего алфавита. Песок вокруг заглажен волнами, но под ним может скрываться еще невесть что.

Наклонившись, он загнутым кончиком клюва рисует линию на влажном песке рядом с выемкой. Затем еще одну — более длинную и извилистую. Эти три знака выглядят как осмысленная надпись на чужом языке, но каков ее смысл и что это за язык, Стэнли не представляет. В «Зеркальном воре» Гривано делает надпись на песчаном берегу, взывая к Луне, которая поднимается над горизонтом и вступает с ним в разговор. Но в книге не сказано, как выглядят написанные им знаки. Возможно, сам Уэллс не знает этого. Зато книга знает наверняка.

Стэнли вновь наклоняется и проводит на песке длинные параллельные борозды. Вспоминает детскую комнату в своей старой нью-йоркской квартире и белую стену напротив его постели, которую он видел каждое утро по пробуждении, как только открывал глаза. До чего же он ненавидел эту проклятую стену! Он много раз просил у мамы и дедушки разрешения повесить на стене что-нибудь — хамсу или картину, не важно что, — но все напрасно. Казалось, эта стена все время за ним следит, сурово и осуждающе. В конце концов он не выдержал. Сначала он думал нарушить чистую белизну ее поверхности, написав там свое имя, но ему не хотелось, чтобы между ним и стеной существовала связь даже в виде такой надписи. И вместо этого он написал «ДЕРЬМО» — самое крепкое из всех слов, известных ему в то время. Чтобы ослепить стену. Чтобы лишить ее права осуждать Стэнли.

От стены он мысленно переносится к бетонным плитам с отпечатками рук и ног перед кинотеатром Граумана и невольно улыбается. Выпрямившись, он размахивается и со всей силы запускает птичий череп обратно в море.

Потом он еще долго идет по мокрому песку, глядя то в сторону набережной, то на океан. Его тень движется впереди. Почти все, что он видит к востоку от себя, создано человеческими руками; почти все, что находится к западу, вплоть до горизонта, никак не связано с деятельностью людей. Бледная пустота пляжа служит разделительной линией между этими мирами. Мимо пролетает чайка с мертвой рыбой в клюве. Стэнли думает о грунионах в океанских глубинах и о власти Луны, которая в определенные дни, как щелчком выключателя, заставляет их выбрасываться на берег. Сознают ли они сами эту власть? И есть ли среди них такие, кто не подчиняется зову Луны и остается на глубине, в гордом одиночестве?

Приближаясь к пирсу с аттракционами в Оушен-парке, он замечает бредущего по пляжу Чарли в мятом и заношенном деловом костюме, при белой рубашке и шелковом галстуке, но без носков и ботинок. Штаны его закатаны до колен. Со свитком бумаги в одной руке и бутылкой в другой, он продвигается крутыми зигзагами, судя по оставленным на песке следам.

— Эй! — кричит он. — Привет, Стэнли! Бвана Лоуренс недавно о тебе справлялся!

— Привет, — отвечает Стэнли, салютуя поднятой ладонью. — Кто обо мне справлялся?

— Бвана Лоуренс. Я о Ларри Липтоне. Как чай «Липтон» в пакетике, только еще круче. Понтовый фраер, без дураков. Да ты его знаешь. Он сказал, что общался с тобой недавно в кафе.

Стэнли щурится, прикрывая глаза ладонью от солнца.

— Это который в летах? — уточняет он.

— Во многая летах! Именно. И он офигительно крут! Ларри у нас главный спец по джазовому речитативу. Это самый трудоголический и душещипательный старый карась в здешнем лягушачьем болоте. И он хочет с тобой встретиться.

— Зачем?

— Из-за его книги. Ты ведь слышал о его «книге юности»? Об этом монументальном памятнике нестареющему интеллекту?

Стэнли отрицательно мотает головой.

— Он записывает нас на магнитофон, — говорит Чарли. — Всех нас. Он пишет книгу о том, что сейчас происходит здесь.

Стэнли сдвигается в сторону, чтобы лучше видеть Чарли, при этом оставляя свое лицо в тени. Судя по положению солнца, уже перевалило за три часа пополудни.

— И что такого здесь происходит? — спрашивает он.

— Расставания и схождения. Самодовольная нищета. Последний бастион на пути мирового Молоха. Максимум вонючей дури, минимум шампуня. Абсолютно новый стиль жизни. Ответы могут быть самые разные, смотря кого спрашивать. И сейчас Ларри хочет спросить *тебя*.

— Почему меня?

Чарли отпивает из своей бутылки с хитроватой всезнающей улыбочкой.

— Бвану Лоуренса заинтересовала уникальность твоего порыва, — говорит он. — *Id est*[1]: с какого это перепугу столь хитрожопый представитель «проблемной молодежи» вдруг ломанулся через всю страну ради встречи с никому не известным поэтом? *Id est* разнесся слух о твоем визите к доброму доктору Как-Его-Там. Думаю, Ларри просто ревнует, говоря между нами.

— Надо же, — говорит Стэнли. — Ну а мне-то какой резон к нему переться?

— Весь твой резон — это хороший закусон, — походя рифмует Чарли. — Пришел, с три короба наврал, потом культурненько пожрал — в кои-то веки не украл... Добрая половина тех, кто приходит на интервью к Ларри, делает это ради угощения. А потом они брызжут слюной у него за спиной. Если честно, меня воротит от таких вещей. Я все время им говорю: засуньте куда поглубже свой романтический бред, потому что нормальный автор не должен его выпячивать. Ларри хотя бы публиковал романы. Он писал сценарии для кино и телевидения. Не могу сказать, что его вещи так уж интересны или глубоки. Однако он мог бы остаться в системе, но предпочел быть *здесь*. Он сам сделал выбор, а не был вынесен на берег приливом, как большинство из нас. Он верит в реальность Молоха и прибыл сюда, чтобы с ним бороться.

Со стороны променада доносится тонкий пронзительный звук — детский плач, — и небольшая овальная тень скользит по песку. Стэнли успевает поднять глаза, чтобы заметить белый воздушный шарик, улетающий вдаль; еще через пару секунд он теряет его из виду, ослепленный солнцем. Женщина у павильо-

---

[1] То есть *(лат.)*.

на, оставив коляску, склонилась над вторым своим чадом и пытается его успокоить. Стэнли не может расслышать ее слов. Ребенок орет все громче.

— Понятно, — говорит Стэнли. — Спасибо, что передал. Я с ним свяжусь.

Между тем с Чарли происходят изменения: челюсти его быстро двигаются, как у жующего кролика, а сквозь загар проступает мертвенная белизна.

— Ларри *понимает* Молоха, — говорит он. — Понимает, как он действует и к чему он стремится. Ларри считает, что можно заимствовать язык Молоха для борьбы с ним самим. Лично я в этом не уверен. Боюсь, это лишь все испортит и погубит. Потому что я *видел* Молоха, можешь мне поверить? Я видел его истинный облик. Это не так уж трудно, если правильно смотреть. Впервые я увидел его еще ребенком, в бостонской библиотеке. Рогатый, кулачищи как раскаленные гири. Он явился мне в виде золотой мозаики на стене. Позднее я видел его в Европе. Я сидел за пулеметом в бомбардировщике, и вдруг передо мной возник *он*. Пылая адским огнем. Принимая наши жертвы. Я думаю, он хочет изничтожить всех лишних детей этого мира, а это значит, что скоро он будет повсюду. Плевать я хотел на социологов с их теориями — речь о *реальном демоне*. О демоне, который питается нашей беспечностью и нашим страхом.

Ребенок на променаде топает ногами и вопит как недорезанный; его визг подхватывает младенец в коляске. Стэнли переминается с ноги на ногу, чувствуя себя неловко и стремясь поскорее от всего этого отделаться.

— Что там у тебя, Чарли? — спрашивает он, указывая на свиток в его руке.

Чарли на мгновение теряется. Потом, радостно воспрянув, передает свою бутылку Стэнли и начинает разворачивать свиток.

— Мой прощальный подарок Алексу, — говорит он. — Хочешь взглянуть?

Это рекламная афиша фильма под названием «Ковбой», с участием Гленна Форда и Джека Леммона. На желтом фоне изображены двое мужчин в ковбойской экипировке, один — большим портретом анфас, другой — тщедушной фигуркой на заднем плане; Стэнли плохо знает актеров в лицо и не помнит, кто из них кто. Ему вообще трудно представить себе, что кто-то может снять фильм с таким банальным и скучным названием. Слоган под картинкой гласит: «Фильм столь же великий, сколь Запад был дикий!»

— Очень мило, — говорит Стэнли. — А что, Алекс любит ковбойские оперы?

Чарли сворачивает постер, забирает у Стэнли бутылку и ухмыляется.

— Конечно нет, — говорит он. — Ему эта фигня по барабану.

Он опять прикладывается к горлышку. Женщина отвешивает оплеуху вопящему ребенку, и тот умолкает. Стэнли слышит шум волн за своей спиной, похожий на трескотню далекого фейерверка.

— Ну ладно, — говорит он, — мне пора идти. До свидания, Чарли.

— Не забудь наведаться к Ларри Липтону! — кричит Чарли ему вслед. — Грех упускать халявную жрачку!

Стэнли не оборачивается. Он идет в сторону набережной, смещаясь ближе к павильону, где играл в пинбол позапрошлой ночью, перед началом нереста грунионов. Он вспоминает о Клаудио — вернулся ли тот в логово? как он вчера повеселился? гадает ли он, где сейчас Стэнли? — но быстро выбрасывает из головы эти мысли. Как обычно по уик-эндам, в это время променад уже заполнен людьми: здесь и пляжные бичи с металлоискателями, и респектабельные поклонники Лоуренса Велка, и младшие офицеры с девушками под руку. Еще через несколько часов, когда зайдет солнце и появится луна, эта публика исчезнет, а ей на смену придут ночные оборотни.

Павильон не пустует, но и не забит до отказа. Стэнли надеется встретить кого-нибудь из «псов» — надо решать вопрос с товаром для Алекса, — но повсюду ему на глаза попадаются только стрижки под ежик; не видать ни «утиных хвостов», ни набриолиненных зачесов. «Странное дело, — думает Стэнли. — Может, они подтянутся попозже».

Он проходит по залу, оглядывая автоматы — «Домино», «Скачки», «Фрикаделька», «Грезы», — ни один из которых его не привлекает. Наконец, в самом дальнем углу, он натыкается на несколько допотопных пятицентовых мутоскопов с надписью «ТОЛЬКО ДЛЯ ВЗРОСЛЫХ», криво нанесенной по трафарету на кирпичную стену над ними. Стэнли никогда особо не интересовался этими «гляделками», но он не любит, когда ему что-то запрещают. И он лениво бросает пятачок в щель монетоприемника.

Качество картинки вполне сносное — может, чуть погрязнее обычного. Сюжет называется: «В МАСТЕРСКОЙ ХУДОЖНИКА». Стэнли приближает лицо к окуляру — для чего ему приходится встать на цыпочки — и начинает крутить ручку. Она вращается с пощелкиванием в районе шести часов при каждом обороте, и картинки, мелькая, сливаются в фильм о богемном бородатом художнике, который с палитрой и кистью в руках работает над картиной, и о его натурщице, почти голой, если не считать пары белых тряпиц в самых стратегических местах. Щелк-щелк-щелк — пока все идет тем же манером. Натурщица румяная, кудрявая, лет двадцати. Интересно, сколько лет ей сейчас? Должной быть, не меньше пятидесяти. Она стоит в заданной позе, лишь моргая и плотнее прижимая к груди тонкую ткань. Внезапно художник, отбросив кисть и палитру, бросается к ней с раскрытыми объятиями. Тотчас за его спиной распахивается дверь, и в мастерскую врывается жених позирующей девицы. В последний момент ткань падает, полностью обнажая ее грудь. Ролик заканчивается глухим стуком внутри аппарата. Все это действо длилось около минуты.

Стэнли отходит от мутоскопа и, пригнувшись, оглядывается по сторонам. Похоже, никому нет до него дела. Может, люди вокруг считают его старше, чем он есть; однако у него такое подозрение, что сейчас он мог бы с тем же успехом притащить сюда дошкольника и поставить его на стул перед окуляром: надпись вверху предназначена для копов, а не для публики. Так даже не интересно, никакого риска. И Стэнли со скучающим видом переходит к соседнему аппарату.

Этот называется «Арабская принцесса» и показывает вертлявый танец живота в исполнении экзотически полуодетой «принцессы», которая под конец, войдя в раж, вонзает зубы в спинку деревянного стула и отрывает его от пола. Стэнли отнюдь не спец по арабским принцессам и их танцам, но данное зрелище кажется ему слишком ненатуральным и смехотворным.

Следующий мутоскоп запрашивает не пятачок, а десять центов, и Стэнли уже было собирается пройти мимо, но тут замечает название: «КУПАЮЩАЯСЯ БОГИНЯ», с дополнением: «В ЦВЕТЕ!»

Десятицентовик сочно брякает, приземляясь на скрытые залежи других монет в чреве аппарата. Начинается фильм: гладколицый юноша в тоге подглядывает из кустов за женщиной, которая плавает в заводи, стараясь не намочить высоко уложенные волосы. Ее тело белым пятном просвечивает сквозь воду. Все картинки старательно раскрашены вручную: розовые щеки, зеленые листья, голубая вода. Богиня выходит на противоположный берег, на секунду показывая свой голый зад, а потом разворачивается, чтобы снять с ветки дерева полотенце и вытереть обнаженную грудь. Парень в кустах разевает рот и трясется в экстазе. Богиня слышит шум и обнаруживает слежку; ее лицо искажает гримаса изумления и ярости. Гневным взмахом руки она направляет что-то невидимое в сторону юноши, и тот взрывается, исчезая в клубах желтого дыма. Глухой стук возвещает об окончании действа.

Стэнли бросает в щель второй десятицентовик, а потом и третий. Фотокарточки внутри аппарата стремительно перелистываются; сочетание подсветки и зеркал доносит каждый кадр до зрителя, а долю мгновения спустя вращающийся механизм убирает его с глаз долой. Стэнли начинает улавливать момент смены отдельных карточек: маленьких цветных шедевров, освещенных изнутри. Он пробует вращать ручку медленнее — чтобы разглядеть темные промежутки между карточками и разрушить эту иллюзию, — но при замедлении до определенной степени окуляр попросту гаснет. Стэнли бросает четвертую монету. Отражение нагой богини в воде рассыпается рябью; юноша в тоге уступает место клубам дыма. Окружающие его ветви исчезают и тут же появляются вновь, но уже смещенные на несколько дюймов по сравнению с предыдущим снимком.

У Стэнли иссякли десятицентовики, а два пятачка взамен аппарат не примет. Стэнли уже собирается разменять доллар у служителя, но рядом остался еще один пятицентовый мутоскоп.

Название то ли стерлось, то ли было кем-то удалено. На табличке есть только дата: «4 ИЮЛЯ 1905 ГОДА». Монета Стэнли падает в чрево приемника с пустым одиноким звоном.

Первое, что он видит в окуляре, — это длинная черная лодка, плывущая по широкому каналу, и высокие аттракционы на заднем плане. Далее появляются картины с верблюдами и слонами, миниатюрной железной дорогой, красотками на пляже в странных купальных костюмах, мужчинами в шляпах-котелках и их женами в корсетных платьях, гуляющими в тени под аркадами. А потом на одном из кадров мелькает знакомая Стэнли вывеска: ОТЕЛЬ «САН-МАРКО».

Его рука замирает на рукоятке; картинка тотчас погружается во тьму. Продолжив вращение, он узнает все новые места, включая променад на набережной и дома на Виндворд-авеню, хотя названия заведений — «Бильярдная Гарри Халла», «Бакалея Г. С. Бурмайстера», «Фрукты Фразинелли и Ко» — ему незнакомы. Более всего сбивает с толку то, что Виндворд не заканчивается на набережной, а продолжается дальше: пересекает пляж и уходит в море широким пирсом с купальнями, танцзалами и аттракционами. Когда карточки-кадры заканчиваются, он скармливает аппарату новые монеты, раз за разом повторяя просмотр. В конце концов ему удается разглядеть здание, которое позднее станет «Мостом Фортуны», а чуть подальше — и павильон, в котором он сейчас находится. Прижимаясь лицом к медному окуляру, он продолжает вращать ручку. Крошечные безмолвные фигурки в черных костюмах, длинных платьях и шляпах с плюмажами мелкими рывками перемещаются по пирсу, мерцая как привидения.

Внезапно его охватывает паника: кажется, будто кто-то за ним следит. Он разворачивается и оглядывает помещение, но ни с кем не встречается взглядом. Между тем воздух вокруг изменяется, становясь густым и тяжелым. За окнами видны серые плотные тучи, застилающие небо над океаном. У Стэнли возникает ощущение оторванности от окружающего мира, словно многие годы только что незаметно промчались мимо него. Он стоит как вкопанный, глядя на променад в ожидании чего-то, что должно вот-вот произойти.

И вскоре он это видит. Это снова Чарли, бредущий по пляжу с трезвым и мрачным выражением лица. Он кого-то ведет, поддерживая одной рукой за талию. Их приближение в сгустившемся воздухе выглядит замедленным, как в кошмарном сне.

Стэнли выбегает из павильона на набережную. Он спешит разглядеть второго человека, хотя и так уже догадывается, кто он. Этот человек переставляет ноги, как слепой; оба глаза его заплыли, превратившись в щелочки. Он прижимает к груди правую руку, как будто это птица, с налета разбившаяся об оконную раму. Возможно, рука сломана. Но, при всем его жалком виде, человек шагает размеренно и высоко держит подбородок. Именно по этой манере движения — а также по синей шелковой рубашке, сейчас покрытой пятнами засохшей крови, — Стэнли опознает Клаудио.

47

В закусочной на рынке они добывают для Клаудио стакан воды и пузырь со льдом, чтобы приложить к руке. Клаудио пьет воду через соломинку. Стэнли опасается, что у него сломана челюсть, но, когда Клаудио начинает говорить, речь его звучит вполне отчетливо.

— Спасибо, — говорит он, обращаясь к Чарли. — Тебе больше не нужно со мной возиться. Я буду в порядке.

Когда Стэнли и Клаудио удаляются, Чарли стоит посреди променада со слезами на глазах, сжимая руки. Он так расстроен, словно Клаудио — его собственный пострадавший сын. Стэнли крепко стискивает зубы, удерживая что-то внутри, хотя сам не уверен что — может, проклятия, а может, тошноту. Такое чувство, что его желудок опускается все ниже и ниже, в область бедер.

До их убежища остается всего сотня ярдов, когда Клаудио вдруг заявляет, что не хочет туда возвращаться. Они направляются в сторону Уэйв-Крест-авеню. Этот переход длиной в четыре квартала занимает, кажется, целую вечность. Толпа гуляющих расступается и обтекает их слева и справа. Когда люди, подходя ближе, видят состояние Клаудио, на их лицах мелькают самые разные выражения: кто-то удивляется, кто-то сочувствует, другие глядят с отвращением, а кое-кого это зрелище забавляет. Несколько военных в увольнении останавливаются и предлагают помощь, но Стэнли отказывается взмахом руки. На углу Клаб-Хаус их на пару минут задерживает патрульный коп, задавая обычные в таких случаях вопросы.

— Мой друг попал в аварию на велосипеде, офицер, — говорит Стэнли. — Врезался в телеграфный столб. Нет, больше никто не пострадал. С ним все будет в порядке.

— Да, все так и было, — разлепляя губы, подтверждает Клаудио. — Телеграфный столб.

Всю дорогу Клаудио шепчет одни и те же фразы, периодически замолкая, а потом начиная сначала.

— Я искал тебя повсюду, — говорит он. — Все утро я тебя искал и весь день. Я так много хотел тебе сказать. У меня появилось столько идей, как сделать нашу жизнь лучше. Но я не мог тебя найти. Где ты пропадал все это время?

Стэнли молчит, стискивая зубы.

На стук в дверь Уэллса никто не реагирует. Повторный стук — громкий и долгий — также остается без ответа. Стэнли уже собирается спрыгнуть с крыльца и добежать до бокового входа, когда в окне раздвигается тюлевая занавеска и появляется лицо Сюннёве, которая в следующий миг прижимает ко рту испачканную краской руку, сдерживая испуганный возглас.

Первым делом она накидывает на плечи Клаудио шерстяной плед — тот самый, которым накануне пользовалась Синтия, — затем наполняет льдом из холодильника еще один пакет и спешит в другую комнату к телефону. Стэнли подносит пузырь со льдом к лицу Клаудио, который все еще держит первый пакет прижатым к поврежденной руке. Его лоб мертвенно-бледен, под глазами расплываются синяки.

— Где ты был, Стэнли? — спрашивает он. — Я искал повсюду, повсюду.

— Погоди, — говорит Стэнли. — Придержи на минуту свои вопросы и скажи мне: кто это сделал?

— Гопники.

— Ясное дело, что гопники. Но кто из них?

Клаудио кривит рот.

— Это не важно, — говорит он.

— Как раз очень важно. Кто они? Мне нужно...

— Где ты был? — вновь начинает Клаудио. Теперь в голосе его звучат резкие нотки, печальные и злые одновременно.

— Послушай, — говорит Стэнли, — ты должен сейчас же сказать мне, кто это сделал. Потому что, если ты не скажешь, мне придется угадывать. А потом, действуя наугад, я могу натворить больше всяких бед, чем это необходимо. Итак, назови их. Белобрысый, верно? Кто еще?

— Почему ты хотел заключить с ними сделку? — гнет свое Клаудио. — С чего ты решил, будто нам это на пользу?

— Кто еще? — повторяет Стэнли, перемещая пузырь со льдом к другому виску Клаудио и обходя вокруг стула, чтобы оказаться с ним лицом к лицу. — Их босс? Если ты ничего не ответишь, я буду считать это знаком согласия. Усекаешь? Ты понял, что это означает?

Распухшие веки Клаудио чуть-чуть приподнимаются. Он смотрит на Стэнли, потом отводит взгляд. Губы его беззвучно шевелятся.

— Ты угадал, — наконец произносит он. — Это был тот, с белыми волосами.

— Ясно. Кто еще? Босс?

Клаудио морщится и отрицательно качает головой.

— А как насчет тех двоих, которые были с белобрысым в павильоне?

— Да. Они тоже. Больше никого.

Стэнли приподнимает пузырь, чтобы убрать пряди волос с глаз Клаудио. Лоб его покрыт липкой испариной.

— Как все произошло? — спрашивает Стэнли.

— Я не хочу говорить об этом.

— Да какого хрена, чувак? Почему ты не отбивался, как я тебя учил? Почему ты...

Клаудио отпихивает его руки от своего лица.

— Я отбивался, — шипит он сердито. — Отбивался именно так, как ты учил. Вот, посмотри.

Он пытается поднять правую руку и кривится от боли. Только сейчас Стэнли замечает, что костяшки пальцев у него разбиты и кожа с них содрана.

— Я дрался, — говорит Клаудио. — Сначала я хотел улизнуть без драки, но не получилось. Они требовали от меня сделать то, на что я никак не мог согласиться. Тогда они попытались заставить меня силой, и я стал драться, как ты учил. Я пинался и бил кулаком, а когда повредил руку, продолжал пинаться. Им крепко досталось. И я от них отбился.

Стэнли кивает.

— Это хорошо, — говорит он, проводя ладонью по волосам Клаудио. — Хорошо, что ты не спасовал перед ними. Но если бы ты действовал в точности так, как я тебя учил, все обошлось бы без сломанной руки. У тебя отважное сердце, но тебя еще надо поднатаскать, чтобы ты стал реально крутым. В следующий раз...

— Нет! — прерывает его Клаудио.

Он поворачивает голову под рукой Стэнли и смотрит ему в глаза. А потом здоровой левой рукой сильно бьет Стэнли в предплечье. Удар приходится вскользь, но получается весьма болезненным. Стэнли пятится, но Клаудио, приподнявшись на стуле, успевает ударить его снова, на сей раз в плечо, и этим отталкивает его еще на шаг дальше.

— Эй, полегче, дружок! — говорит Стэнли.

— Почему я должен делать такие вещи? — говорит Клаудио. — Почему, Стэнли? Я этого совсем не хочу. Это нужно тебе, но не мне. *Крутизна?* Да пропади она пропадом, эта твоя крутизна! Я не хочу быть *крутым*. Я хочу быть просто смелым. Хочу быть красивым. Хочу быть знаменитым.

Стэнли разворачивается на тесной кухне, потирая руку в том месте, куда попал удар Клаудио. Завтра там будет синяк.

— О'кей, — слышит он свой голос. — Все в порядке. Мы справимся. Уверен, мы найдем способ.

Клаудио подбирает упавший пузырь со льдом и вновь прикладывает его к руке.

— Есть миллион способов, — говорит он. — И я миллион раз пытался тебе это объяснить. Но ты не слушал. Ты меня не слушал.

В соседней комнате клацает, опускаясь на рычаг, телефонная трубка. Через мгновение в кухню влетает Сюннёве и начинает торопливо открывать шкафчик за шкафчиком, тут же их захлопывая.

— Я дозвонилась до Эдриана, — говорит она. — Он скоро приедет с работы, и мы отвезем тебя в больницу. А пока держи лед на руке. Стэнли, вот флакон тайленола. Налей в стакан воды и дай Клаудио две пилюли. Извини, я бы сделала это сама, но руки испачканы краской. Мне нужно привести себя в порядок до приезда Эдриана.

— А где Синтия? — спрашивает Стэнли, но Сюннёве уже покинула кухню.

Вытряхивая на ладонь белые пилюли, Стэнли слышит звуки ее перемещений по дому, потом плеск воды в ванной.

Он кладет пилюли на край стола рядом с Клаудио и ставит там же стакан воды. Пальцы Клаудио отрываются от пузыря со льдом, поочередно берут пилюли и подносят их к губам. Каждую он запивает глотком воды. Движения его замедленны, глаза закрыты.

— Теперь ты со мной не разговариваешь, да? — спрашивает Стэнли.

Клаудио сгорбился на стуле. Его губы и веки приобрели синеватый оттенок. На лбу пульсирует вена, надуваясь и опадая, как змеиное брюхо. Окровавленное и опухшее лицо неузнаваемо, и на секунду Стэнли даже теряется, затрудняясь вспомнить его нормальный облик.

— Я много всего пытался тебе сказать, — говорит Клаудио. — Но ты никогда меня не слушал.

Долгое время Стэнли наблюдает за тем, как он прихлебывает воду, из последних сил стараясь держать голову прямо. Ему вспоминаются последние дождливые дни февраля, которые Клаудио проводил за чтением краденых журналов, а Стэнли перечитывал «Зеркального вора». Стэнли искал в книге ключи к разгадке, тогда как его друг просто убивал время. По крайней мере, так считал Стэнли. Но в понимании Клаудио, конечно же, все было наоборот. Стэнли знал это и раньше. Быть может, он знал это всегда. Но сейчас он воспринимает это по-другому — яснее, жестче, серьезнее — и чувствует себя так, словно встретил на пути высокую стену или развилку дорог. У этого парнишки есть свое горячее тело, живущее и умирающее, и свой «черный ящик» в голове, содержимое которого неведомо посторонним. То же самое можно сказать о Стэнли и о любом другом человеке. И Стэнли не может его понять; он и себя-то не до конца понимает. Книга Уэллса может подсказать ответы на многие вопросы, но данный вопрос не из их числа. В лучшем случае книга может убедить его, что подобные вопросы несущественны; и Стэнли надеется, что когда-нибудь книге это удастся.

Он стоит позади Клаудио и смотрит на его затылок, пока может выносить это зрелище. Затем — осторожно ступая резиновыми подошвами по линолеуму — подходит к боковой двери, отодвигает засов и выскальзывает на крыльцо. Все это он проделывает абсолютно бесшумно, но Клаудио, должно быть, ощущает поток воздуха из открывшейся двери.

— Стэнли? — окликает он.

Стэнли оставляет дверь приоткрытой. Он знает, что Сюннёве сейчас находится в ванной и оттуда не может его увидеть, но все равно не идет по дорожке, а бегом пересекает задний двор, перепрыгивает через ограду и не снижает скорость еще полквартала, до Пасифик-авеню. Здесь он уже начинает задыхаться. Стук сердца отдается в барабанных перепонках, как тяжелый топот преследователей.

Пока он идет обратно до их убежища, ветер набирает силу, выдергивая из урн и кружа в воздухе всякие бумажки, рывками раскачивая подвесные уличные фонари. Из-под наползающих туч тонкой красной полоской еще выглядывает солнце, но вскоре оно погружается в океан. Стэнли отмечает момент этого погружения перед тем, как свернуть на Хорайзон-Корт.

Утром перед выходом из дома он, как всегда, аккуратно упаковал свой вещмешок и теперь сразу находит то, что ему нужно. Еще минута потрачена на сбор вещей Клаудио — и вот он уже снова на улице, лавируя между машинами на Спидуэй так легко и непринужденно, словно проделывал это каждый день много лет подряд. С заходом солнца и приближением штормового фронта мир как будто съеживается, магия ярких красок теряет свою силу. Этот унылый и тусклый мир хорошо знаком Стэнли, в нем он чувствует себя вполне уверенно.

Первые крупные капли застигают его на променаде, когда он усаживается на скамью, — они метеорами сверкают в свете фонарей и оставляют на досках настила разляпистые пятна величиной с серебряный доллар. По телу они бьют увесисто и холодно, вызывая дрожь, как от прикосновения призрака.

Стэнли глядит через окна внутрь павильона — до которого отсюда еще целый квартал, — постепенно промокая насквозь, так что рукава потяжелевшей рубашки обвисают складками, подобно коже у рептилий. Дистанция велика, однако он может различить лица белобрысого (с распухшей губой и синяком под глазом) и двух других «псов» (эти отделались мелкими ссадинами). Все трое имеют мрачный вид — они явно недовольны друг другом и самими собой.

Поток людей следует мимо Стэнли в ускоренном темпе из-за дождя; некоторые прячутся по двое под зонтиками, другие прикрывают головы газетами. На фоне ярких окон павильона их силуэты мелькают, как мгновенные затемнения между фотокарточками в мутоскопе. Изредка кто-нибудь из прохожих — пьянчуга, жулик или извращенец — присаживается на скамью, но Стэнли даже не поворачивает головы в их сторону, и после безуспешных попыток завязать разговор они уходят.

Стэнли вспоминает о списке Уэллса в кармане рубашки: он станет совсем нечитабельным, когда расплывутся чернила. Надо было оставить его в убежище, но теперь уже ничего не поделаешь. Впрочем, затея с этим списком вполне может быть пустышкой. Он поступил глупо, пытаясь играть по правилам Уэллса, а не по своим собственным. Теперь он это понимает.

Один из «псов» — самый дальний от входа — покидает автомат и направляется к туалету в конце зала. Стэнли встает со скамьи. Расстояние до павильона он преодолевает почти бегом, делая глубокие вдохи. Двое-трое встречных, вероятно, успевают прочесть намерения Стэнли на его лице; они нервно отводят глаза и спешат уступить дорогу. И вот он уже в дверях; дождевая вода стекает с его одежды на бетонный пол. Один из гопников стоит спиной к нему всего в нескольких шагах. Белобрысый находится в центре зала, лицом к Стэнли, но он целиком сосредоточился на игре и не видит ничего вокруг. В голове Стэнли мелькает мысль, всегда посещающая его в таких ситуациях: «Ты не обязан этого делать. Еще не поздно уйти». Сейчас эта мысль притормаживает его чуть дольше обычного. Ощущение — как на первом крутом спуске американских горок: глаза крепко зажмуриваются от усилия представить себя где угодно, только не здесь. Но, разумеется, он сейчас не где угодно. Он сейчас именно здесь.

Сделав несколько быстрых шагов, он оказывается позади первого «пса» и с ходу локтем наносит резкий удар ему по почкам. С каким-то полузвериным стоном тот оседает на пол. Стэнли приседает одновременно с ним, успевая запустить пятерню в длинные патлы и припечатать его лицом к стальной поверхности монетоприемника.

Не вставая, Стэнли на четвереньках пробирается между автоматами, пока не заходит к белобрысому с тыла, и только там распрямляется в полный рост. Два посетителя уставились на поверженного «пса»; еще несколько человек торопливо направляются к выходу, но белобрысый этого не замечает, поглощенный игрой. Сейчас Стэнли находится достаточно близко, чтобы разглядеть его счет: два миллиона очков и еще один шарик в запасе. А гаденыш-то неплох — сказывается долгая практика.

Подойдя еще на шаг, Стэнли через его плечо смотрит на пускающих пузыри морских коньков и грудастых русалок, на мельтешение серебристого шарика по игровому полю. Он тянет время, давая белобрысому почувствовать на себе чужой взгляд. Наконец осознав, что происходит что-то неладное, тот теряет концентрацию и упускает шарик.

В тот же миг ударом кистеня Стэнли расплющивает его правую кисть о край автомата. Второй удар он наносит справа в голову и продолжает бить, пока белобрысый не замирает на полу. Раздается пронзительный визг девчонки, стоящей в проходе через несколько автоматов от них.

Третий «пес» все еще в туалете, и Стэнли идет туда. Ногой распахивает незапертую дверь кабинки и бьет кистенем сверху вниз по его лицу. «Пес» валится с очка и сползает по загаженной дощатой перегородке. Через дырочку над рулоном бумаги Стэнли замечает глаз кого-то сидящего в соседней кабинке.

— О боже! — слышится оттуда. — Боже мой!

По пути к выходу Стэнли задерживается над белобрысым, чтобы врезать ему еще раз напоследок. При этом он аккуратно перешагивает через струйку крови, которая ползет в сторону океана, следуя уклону бетонного пола.

48

На то, чтобы забрать вещи и покинуть логово, у него уходит не более минуты. Вскоре он уже снова идет по улице — со своим вещмешком на одном плече и большой брезентовой сумкой Клаудио на другом — навстречу сильному косому дождю, оставляя позади болтающуюся на черных проводах, когда-то нарочно разбитую им лампу. Он собирается идти на север по Спидуэю, но у Вестминстера, в квартале от павильона, замечает мигалки полицейских машин и «скорой помощи». Сделав остановку под протекающим полотняным навесом, он пытается разглядеть, что происходит впереди, но видит лишь красные вспышки маячков, которые отбрасывают на стены соседних зданий гигантские тени одетых в дождевики копов. Вспоминаются киношные черные скорпионы, накрывающие тенями улицы Мехико.

Он удаляется от набережной и идет мимо рынка, по Кабрильо до Арагон-Корт и далее на запад по Эббот-Кинни. Когда он сворачивает влево на Мейн-стрит, через перекресток с воем сирены проносится «скорая помощь», и это слегка поднимает Стэнли настроение: если бы человек в «скорой» был уже мертв, никто не стал бы врубать сирену. По крайней мере, так говорили знающие люди в его родном районе.

Еще через несколько кварталов он выходит на Уэйв-Крест. При пересечении Пасифика он замечает первый просвет в небе, а также сплошную стену дождя, которую ветер гонит в его сторону, и прячется в дверной нише бакалейной лавки. Должно быть, именно здесь Сюннёве покупала хлеб прошлым вечером. Сегодня лавка закрыта ввиду Шаббата, и на пустых, чисто выметенных полках витрины остались только таблички с названиями еврейских кушаний: «тейглах», «халва», «хоменташ»... Стэнли утыкается мокрым носом в стекло, пытаясь уловить аппетитные ароматы, но различает лишь запах стекла, и ничего больше.

К этому времени Уэллс и Сюннёве должны увезти Клаудио в больницу, оставив свой дом пустым, на что и рассчитывает Стэнли. Для проверки он громко стучит в парадную дверь и, бросив вещи на крыльце, отбегает и прячется между солнечными часами и розовым кустом, невидимый с улицы. Никто не откликается. Стэнли подходит, стучит еще раз и снова прячется. Между делом изучает надпись медными буквами по окружности циферблата. Ему требуется несколько секунд, чтобы понять, с какого места она начинается. *«Похитил я у солнца луч, чтобы писать им, как пером»*. Пока он разбирает все это слово за словом, дождевые капли барабанят по его согнутой спине.

Так и не дождавшись реакции на стук, Стэнли быстро обходит вокруг дома, оглядывая окна: света нет нигде. Под прикрытием навеса вдоль боковой стены он добирается до кухонной двери. Водосточная труба с бульканьем извергает воду, которая по бетонному желобу направляется в сторону цветочной клумбы и образует там большую лужу. На ее взбаламученной дождем поверхности можно различить отражение конька островерхой крыши — густо-черного на фоне подсвеченного луной зеленоватого неба.

Стэнли достает из кармана куртки старый рулон малярной ленты, по краям слегка набухшей от влаги. Отрывая кусок за куском, он налепляет их на стекло в правом нижнем — ближайшем к дверной ручке — секторе оконной рамы. Покрывает стекло полностью, внахлест. Руки его окоченели, кожа на мокрых пальцах сморщилась, и дело продвигается медленно. Но вот с этим покончено; Стэнли убирает в карман остатки ленты, снимает куртку и, сложив ее вдвое, придавливает левой рукой к стеклу, а правым кулаком наносит резкий, расчетливый удар. Стекло с хрустом ломается. Несколько крошечных осколков падают на крыльцо и блестят под ногами Стэнли. Он встряхивает куртку, накидывает ее на плечи и тянет на себя ленту. Почти все разбитое стекло отделяется от рамы вместе с ней, и Стэнли кладет его у стены. Затем просовывает руку в отверстие и отодвигает засов.

Сухой и теплый воздух внутри дома насыщен странными запахами, которые Стэнли не замечал ранее, — или их ранее просто не было. Он чувствует себя как археолог, проникший в только что вскрытую древнюю гробницу. Быстро пройдя через весь дом, он вешает свою мокрую куртку на перила лестницы, открывает парадную дверь и заносит внутрь оставленные на крыльце вещи.

В туалете рядом с лестницей он вытирает голову и руки полотенцем. Потом раскрывает свой вещмешок и достает оттуда толстую пачку долларов, накопленных за последние недели, — включая те, что дал ему Алекс, и те, что он добыл мухлежом на променаде. К ним он добавляет деньги из своих карманов и, пересчитав всю сумму, делит ее пополам, насколько позволяет достоинство купюр. Получается разница в несколько долларов. Стэнли убирает меньшую часть обратно в мешок, а бо́льшую засовывает в сумку Клаудио.

Далее он начинает обыскивать дом. Первый этаж подвергается лишь беглому осмотру — здесь внимание Стэнли привлекают дробовик под кроватью в чисто прибранной хозяйской спальне да непонятные уродливые слепки, похожие на вынутые из тела органы, среди хаоса в мастерской Сюннёве, — но его главный интерес находится наверху.

В кабинете Уэллса он отодвигает засов на черной двери, однако врезной замок по-прежнему заперт. Стэнли рассматривает его вблизи. Возможно, в мастерской найдутся инструменты, с помощью которых его можно вскрыть, но это выйдет слишком грубо и безвкусно, по-любительски, да и времени на такую возню у него нет. Тем более что, по его предположениям, Уэллс должен хранить ключ где-то рядом.

Первым делом он проверяет традиционные для таких тайников места: внутренние полости в письменном столе и кресле, выдвижные ящики и пространство за ними. Замки стола открыты, как и в прошлый раз, и оба пистолета лежат на прежних местах. Уэллс не запирает свое оружие, но всегда держит запертой большую черную дверь. «Комната Синтии». Ну да, как же.

Всякий раз, склоняясь над ящиками стола, Стэнли чувствует неприятный запах, исходящий от больной ноги, которую он так и не осмотрел. Приседая, он испытывает легкое головокружение. Возможно, у него начинается лихорадка. Снаружи шумит ветер, в окна и балконную дверь бьет холодный дождь.

Стэнли садится во вращающееся кресло и, откинувшись на спинку, размышляет. Пытается мысленно вселиться в крупное, пропитанное никотином тело Уэллса, в его полную самомнения голову. Получается не очень. Он проводит пальцами по торцу столешницы, задерживаясь в тех местах, где дерево больше истерто и лак выцвел сильнее. Письмо из вашингтонской больницы, которое он видел здесь прошлым вечером, все так же лежит на столе — и, похоже, Уэллс начал писать ответ:

Естественным образом всякий человек, наделенный толикой здравого смысла и интеллектуальной смелости, становится антисемитом, а также антихристианином... Пусть не самой большой, но и отнюдь не малой ошибкой нацистов стал их слишком поверхностный ботанизм при недостаточном осмыслении языческой мудрости их древнегерманских предков.

В медной корзине для мусора рядом со столом он находит пять или шесть скомканных листов, содержащих ту же самую запись с незначительными вариациями. Стэнли медленно сминает листки и выбрасывает их обратно в корзину, после чего вновь откидывается на спинку кресла и осматривает комнату.

По идее, ключ должен быть спрятан в *книге* — среди этой чертовой уймы томов на полках. Возможно, в книге одного из авторов, чьи имена указаны в злосчастном списке Уэллса, после дождя превратившемся в бумажную кашу. А что, если поискать ключ, просто оглядывая ряды книг сверху? Ведь такая закладка наверняка образует просвет между страницами и обложкой. Но вот беда: выстроенные корешками наружу книги почти везде накрыты другими, положенными плашмя. И потом, полки поднимаются аж до самого потолка, где Стэнли даже со стула не сможет заглянуть поверх томов. Его взгляд блуждает по корешкам вдоль стен. Тысячи книг. Которая из них?

Вдруг он резко выпрямляется. Затем толчком от пола заставляет кресло совершить полный оборот вокруг своей оси и встает на ноги.

Как только его пальцы прикасаются к старинной пожелтевшей карте в раме под стеклом, он чувствует *это*: с задней стороны карты, недалеко от ее центральной точки, есть какой-то бугорок, из-за которого она не может плотно прилегать к стене. Стэнли приподнимает раму, засовывает ладонь под нижний край и сразу нащупывает ключ в кожаном чехольчике примерно под тем местом, где на карте показана главная площадь города. Достав ключ, он отпускает раму и еще раз всматривается в рисунок. Там, в качестве декоративного элемента, изображен какой-то голый мускулистый бог с трезубцем в руке, восседающий на спине гротескного морского чудища. И взгляд этого бога направлен вверх, в то самое место, где хранился ключ, — как бы пытаясь дать Стэнли подсказку, раскрывая секрет.

— Спасибо, дружище, — шепотом говорит ему Стэнли. — Хотя мог бы подсказать и пораньше.

В первый момент он опасается, что ключ не подойдет к замку. Но тот, конечно же, подходит. Негромко, но солидно клацнув, замок открывается.

Дверной проем занавешен черными портьерами. Стэнли находит место стыка, раздвигает их в стороны и видит перед собой бездонную тьму, чернотой превосходящую портьеры. Слабый свет настольной лампы под зеленым абажуром как будто останавливается перед этой комнатой, неспособный либо не желающий проникать внутрь. Стэнли может разглядеть лишь пару дюймов пола сразу за порогом — ничем не отличающегося от пола, на котором сейчас стоит он сам, — и больше ничего.

Он делает шаг вперед. Портьеры смыкаются за спиной. По его ощущениям, комната пуста и очень велика — гораздо больше кабинета Уэллса. Стэнли ждет, когда глаза привыкнут к темноте, а когда они привыкают, он все равно ничего не видит. Он шарит руками по стене слева и справа от двери, но не находит выключателя. Странное сочетание запахов: резких, сладковатых, еще каких-то приторных. Нехорошее сочетание. Кожа на его руках покрывается мурашками.

Он возвращается в кабинет, находит в столе коробку спичек и, вновь перешагивая порог темной комнаты, чиркает сразу тремя о дверной косяк. Свет от вспыхнувших спичек едва достигает дальних стен: комната занимает всю остальную часть второго этажа. Стэнли удается разглядеть низкие деревянные скамьи в нескольких шагах перед собой и чуть подальше люстру, нижний край которой находится на уровне его глаз. Еще дальше, под разноцветным покрывалом, маячит нечто большое и бесформенное. На половицах начертаны белые линии. Стены по всему периметру задрапированы черной материей. Потолок выкрашен в черный цвет. Похоже, интерьер обустроен с таким расчетом, чтобы максимально поглощать свет.

Спички обжигают пальцы, и Стэнли спешит зажечь новые от их угасающего пламени. Люстра впереди не электрическая: в ее рожки вставлены обычные свечи. Стэнли проходит между двумя скамьями и дотягивается горящими спичками до фитиля свечи, а уже от нее зажигает остальные. Шум дождя здесь почти не слышен, приглушаемый портьерами на входе и чердаком над головой. Стэнли не уверен, что сможет отсюда расслышать звуки снизу, если кто-то войдет в дом.

На потолке возникают круги желтого света, рассеченные зыбкими полосами теней от рамы люстры. Вся обстановка комнаты выглядит архаичной, грубой, кустарной. Стэнли кажется, будто он перенесся назад во времени, выпал из истории или очутился в другом, неведомом историческом измерении. При каждом его шаге гладкие половицы скрипят и поют, как сверчки.

Бесформенное нечто в глубине комнаты на поверку оказывается массивной кроватью с шелковым балдахином красного, черного и золотистого цветов. На толстом матрасе разбросаны узорчатые подушки; два темных платяных шкафа высятся позади кровати. Стэнли тяжело на все это смотреть. Он не готов даже думать о том, что это такое, что это означает. Он сделал большую ошибку, хотя пока слабо представляет себе возможные последствия. Сейчас уже понятно, что в этой комнате он не найдет ничего из того, что ищет. Но раз уж он здесь, надо все осмотреть. Надо пройти через это. Уничтожить в себе что-то его сковывающее, делающее его слабым. Как удаляют гнилой зуб.

Он переносит внимание на белые линии у себя под ногами и наклоняется, чтобы рассмотреть их получше. Как раз в то место, где он стоит, нацелены три переплетенных между собой треугольника, а за ними, в правом углу, находится ступенчатый помост. Вершины треугольников упираются в накрытые тканью столики, на каждом из которых что-нибудь размещено: чаша с водой, металлические кубы с отверстиями, в которые вставлены ароматические палочки, черный сундучок под полупрозрачной тканью. Судя по косому расположению треугольников и помоста относительно стен, они были сориентированы по сторонам света, без учета конфигурации помещения или уклона в сторону моря. Похоже, все предметы здесь занимают строго отведенные им места, а расстояния между ними определяются ритуальными формулами. Слева он видит небольшое возвышение, охваченное множеством концентрических кругов, которые вписаны в концентрические квадраты, а ячейки между пересекающимися линиями заполнены неизвестными Стэнли буквами: это не иврит, не русский, не арабский и не греческий. Какой-то тайный язык. Возможно, просто вымышленный — как маленькие дети выдумывают всякие дурацкие словечки для общения между собой.

Стэнли опускается на одну из скамеек. Голова у него идет кругом, дыхание звучит хрипло и прерывисто. Свеча в руке наклоняется и роняет на пол капли жидкого воска: сначала прозрачные, но при застывании мутнеющие. Он считает эти равномерные всплески, потом сбивается со счета.

На помосте в углу также разложены всякие предметы — красные свечи, медные блюда, засушенные цветы, какая-то книга, рисунок черного дерева с какими-то символами на ветвях, но Стэнли к ним не особо приглядывается. И без того уже понятно, что это ловушка — однако не ловушка, расставленная Уэллсом для Стэнли, а ловушка, в которую угодил сам Уэллс. Нет, это совсем не то, к чему направляет «Зеркальный вор». Надо быстрее заканчивать с осмотром и выбираться отсюда.

Стэнли встает со скамьи и, слегка покачиваясь, идет в глубину комнаты. Со дна желудка поднимается и все ближе подступает к горлу плотный кисло-горький комок, однако он продолжает движение. С каждым шагом все отчетливее вырисовывается роскошная кровать с балдахином, по бокам которой установлены два больших медных подсвечника с толстенными свечами. За кроватью, между платяными шкафами, Стэнли замечает изящный туалетный столик, а позади него — тусклое зеркало. Он втягивает носом воздух, дотрагивается кончиком пальца до красного бархатного покрывала. Над постелью, на идущих от столбиков балдахина четырех туго натянутых цепях, параллельно полу подвешено еще одно зеркало, больше и новее замеченного им ранее. В нем Стэнли видит свое задранное кверху лицо, очень детское и очень испуганное. Он отворачивается и теперь видит себя уже в старом зеркале — как неясный призрак, отображенный в потускневшем, запятнанном серебре амальгамы.

Его нога задевает что-то, скрытое подзором кровати. Он наклоняется, извлекает оттуда больничную утку и, рассеянно положив ее на постель, открывает один из шкафов. Внутри обнаруживается несколько диковинных нарядов — чужеземных, нелепых, почти непристойных — вперемежку с самыми обычными блузами, свитерами, юбками, нейлоновыми чулками, черными трико, выцветшими летними платьями, девчоночьими лифчиками и трусиками. Комната Синтии.

Стэнли щупает рукав свитера, чуть потянув его на себя, — и тот падает с вешалки. Секунду Стэнли оторопело на него смотрит, а затем в желудке что-то лопается — словно что-то вылупилось из яйца внутри него, — и он, быстро повернувшись, извергает рвоту в подвернувшуюся очень кстати больничную утку. Потом хватает ее, перемещает на пол и становится над ней на четвереньки. В этой позе Стэнли опять улавливает гнилостный запах от своей ноги, и его выворачивает повторно. Он ничего не ел со вчерашнего рыбного ужина, так что наружу выходит лишь прозрачная жижа да непереваренные жесткие волокна сельдерея. Его диафрагма двигается как поршень; воздух не поступает в легкие. Он ощущает себя трансформирующимся в нечто чужеродное — в какую-то мортиру из живой плоти, в никчемную ползучую тварь. Как будто он извергает из себя все человеческие свойства.

Наконец он разворачивается, садится на корточки, откашливаясь и сплевывая, а потом вытирает слезы, кислую рвоту и слизь попавшимся под руку нижним бельем Синтии.

«Надо спалить к чертям это место», — думает он.

Хорошая мысль. В комнате Сюннёве найдется немало горючих веществ. Скипидар, к примеру. Налить дорожку скипидара отсюда вниз по лестнице и дальше из дома через боковое крыльцо. Когда займется эта куча книг, пожар выйдет на славу: сгорит все до самого фундамента. Но где тогда оставить вещи Клаудио, чтобы тот их нашел по возвращении из больницы?

Внизу хлопает входная дверь.

— Есть тут кто? — слабо доносится голос.

Стэнли замирает, испытывая шок, как при погружении в ледяную воду, а потом заставляет себя успокоиться, прислушаться к происходящему внизу. Когда пульс более или менее приходит в норму, Стэнли упирается ладонями в пол, отталкивается — и мигом встает на ноги, чуть ли не взмывает к потолку, невесомый, как облачко дыма. Идя через комнату к двери, он держится ближе к стенам, где половицы менее изношены. Некоторые из них все же предательски скрипят — тут уж ничего не поделаешь, — однако он удерживается от резких движений. Сопротивляется инстинктивному желанию бежать без оглядки, как иные сопротивляются желанию чихнуть. На самом деле появление в доме кого-то из хозяев идет ему только на пользу. Несколько секунд назад Стэнли был в растерянности, не узнавал сам себя. А теперь он оказался в хорошо знакомом ему положении взломщика, не успевшего вовремя смыться.

Письменный стол Уэллса сделан добротно: ящики выдвигаются и закрываются без малейшего звука. Рассудив, что немецкий пистолет является незарегистрированным трофеем, Стэнли выбирает его; тем более что кольт великоват для его руки. Он перекладывает кистень из заднего в боковой карман джинсов и, отпустив ремень на одну дырочку, засовывает пистолет сзади за пояс. Не очень-то удобно, зато практично. Перед тем не забывает удостовериться, что пистолет поставлен на предохранитель, дабы по случайности не прострелить себе ягодицу.

Задержавшись на верхней площадке лестницы, он прислушивается. В доме полная тишина. Лестничный пролет являет собой темный пустой туннель, который заканчивается бледным пятном света от фасадного окна. Глядя себе под ноги и осторожно наступая на края ступенек, он начинает спуск, а когда поднимает глаза — девчонка стоит прямо перед ним на расстоянии вытянутой руки.

Он застывает на полусогнутых ногах, упираясь ладонью в стену. Белые пальцы Синтии лежат на перилах (мокрая куртка Стэнли висит там же, в нескольких дюймах позади), а ее плетеная сандалия уже поставлена на следующую ступеньку. Острый подбородок задран вверх, спина и плечи распрямлены, как у манекенщицы на подиуме. По ее виду не скажешь, что она удивлена или встревожена при виде Стэнли. Карамельно-кремовые глаза блестят, как будто отражая лунный свет, хотя ни один лучик в эту часть дома проникнуть не может. Они долго смотрят друг на друга. С куртки Стэнли все еще капает дождевая вода, и тихий стук капель отмеряет паузу.

Первой подает голос девчонка.

— Итак, Бетти Крокер, что у нас на ужин в этот раз? — произносит она полушепотом.

Стэнли собирается ответить, но из его натруженного рвотными спазмами горла не выдавливается ни звука. Он сглатывает слюну и пробует снова.

— Что за *жуть*, — говорит он, — творится у вас наверху?

Уродливая гримаса перекашивает лицо Синтии, как будто она невзначай проглотила осу. А в следующий миг ее лицо становится пустым. Внешняя безжизненность вкупе с огромным внутренним напряжением — как у гидроэлектрической дамбы под напором воды. Стэнли уже случалось видеть такие лица, в том числе у женщины-самоубийцы перед прыжком с Вильямсбургского моста и у незадачливого грабителя перед тем, как он застрелил трех человек в манхэттенской закусочной. Лица, превратившиеся в мертвые маски, ничего не выражающие, поскольку они просто не находят верного выражения для того, что давит на них изнутри. Прежде Стэнли нередко воображал себя самым одиноким человеком в этом мире, но сейчас перед ним *настоящее*, абсолютное одиночество — и это зрелище его реально ужасает. Стараясь дышать ровнее и не распрямляя коленей, он чуть-чуть сдвигает руку за спину, поближе к рукоятке пистолета.

— Ты что, побывал в моей комнате? — спрашивает Синтия.

Стэнли не отвечает. Он мог бы ринуться вниз, отпихнуть ее в сторону и выскочить из этого дома, прихватив по пути свою куртку и вещмешок, — но самый удобный момент уже упущен. Такое чувство, будто здание начинает сжиматься, захлопываться, как ловушка, — или же девчонка раздувается как воздушный шар, наглухо перекрывая ему путь. Какая-то часть Стэнли уже готова пустить в ход оружие. Он живо представляет себе дергающийся при выстреле ствол пистолета и мгновенное — с упругим резиновым хлопком — исчезновение Синтии.

Но пока что никакой ощутимой угрозы нет. Взгляд Синтии блуждает повсюду, кроме лица Стэнли, а на щеках вновь появляется румянец — как у школьников, возвращающихся в классы после внезапно объявленной тревоги, которая оказалась учебной. Девчонку слегка пошатывает, и, чтобы скрыть это, она переступает с ноги на ногу. Столь же шаток и переменчив тон ее речи, когда она снова начинает говорить.

— Ты, наверное, подумал... — звучит как попытка оправдаться, которая тут же сменяется нападением. — Впрочем, я ни на миг не поверю, что ты способен понять...

— Так и есть, — говорит Стэнли. — Я ничего не понимаю.

Опираясь на перила, Синтия принимает небрежно-элегантную позу в стиле Одри Хепбёрн, и эта игра в уверенность действительно придает ей уверенности в себе. Тембр голоса становится густым и светлым, как кленовый сироп, растекающийся по филигранному стеклу. При всем том речь ее звучит неубедительно.

— Они не мои настоящие родители, — говорит она. — Клаудио сказал тебе об этом? Я торчу здесь всего-то пару месяцев. Встретила Эдриана на пляже, как и ты. Они хорошие люди, что бы ты ни думал. А если кто спросит: я племянница Сюннёве. Но в этих краях никто не задает вопросов.

Теперь она глядит в пустоту, вертя в пальцах фантомную сигарету.

— Никто не *заставляет* меня что-либо делать, — продолжает она. — И я не вижу в этом ничего плохого. Мало ли что кому в голову взбредет. Я просто *другая*, понимаешь? Как и вы с Клаудио.

— Ты ни черта не знаешь обо мне и Клаудио.

Ее взгляд — жутковато-пустой, как у фарфоровой куклы, — скользит вдоль лестницы и теперь уже задерживается на лице Стэнли. Далее следует презрительная усмешка.

— Ты ведь еще ребенок, — говорит она. — И не важно, где ты побывал или что ты сделал. Для меня ты всего лишь ребенок.

Через несколько секунд она отводит взгляд. Лениво, как будто Стэнли ей уже наскучил. Сейчас между ней и стеной достаточно большой просвет, чтобы он мог проскочить и дать деру. Дурак он будет, если этого не сделает.

— Так ты объяснишь мне, что там наверху? — спрашивает Стэнли. — Я обо всех этих вещах и о рисунках на полу.

Ее ухмылка становится более жесткой и злой.

— А как по-твоему, что это? — говорит она.

Стэнли меняет опорную ногу.

— Всякая магическая дребедень, — говорит он. — Типа алтаря.

— Могу поспорить, ты многое бы отдал, чтобы увидеть вещи, которые там творятся. Но только если б ты был маленькой и незаметной мухой на стене. А так ты будешь чурбаном сидеть на скамейке, сложив руки на коленях и зажмурив глаза, и не рискнешь даже разок взглянуть исподтишка. Я угадала?

На миг — только на один миг — Стэнли ощущает прилив крови к лицу.

— Просто к твоему сведению, — продолжает она. — Я не верю и никогда не верила во всю эту чертовщину. Игры в колдунов и ведьм — это не по мне. Глупые детские забавы. Тратить кучу времени и сил на охоту за несуществующими призраками — это занятие для жалких слюнтяев, больных на голову. Ты читал книгу под названием «Атлант расправил плечи»? Вот *это* по мне.

Стэнли прислоняется плечом к стене и скрещивает на груди руки, чтобы скрыть их дрожание.

— Что ж, — говорит он, — если ты сама в это не веришь, мне ничего не остается, кроме как считать тебя просто выпендрежной блудницей.

Синтия приоткрывает рот с легким возгласом — но не возмущенным, а скорее приятно удивленным. Как будто Стэнли внезапно вручил ей цветок, который до того момента прятал у себя за спиной.

Потом она запрокидывает голову и разражается хохотом. И это опять же непритворный смех. В нем слышится облегчение, хотя и с безумными нотками. Примерно так же смеялась мать Стэнли, когда умер его дед, — смеялась много часов подряд. Фактически это были последние звуки, которые слышал от нее Стэнли.

У Синтии уходит немало времени на то, чтобы прийти в себя после хохота.

— Бедняга Эдриан! — произносит она, отдуваясь. — В натуре думает, что он меня *наколдовал*. Клаудио тебе про это не рассказывал? Без шуток. В этом доме явно не все дома. «Это надо *увидеть*! Это надо *понять*!» Лично мне такие заморочки не в тему. Никакого кайфа от того, что мы делаем, я не получаю. Хотя, конечно, это может затягивать, как наркота. Но я здесь имею домашнюю кормежку, мягкую постель, и на карман по мелочевке перепадает. Я просто выбираю, где мне лучше, как всякий человек. И здесь мне гораздо лучше, чем было там, откуда я вышла, это уж точно.

— А откуда ты вышла? — быстро интересуется Стэнли.

Этот вопрос стирает с ее лица веселость, место которой на мгновение занимает все та же мертвая пустота. Затем лицо вновь расплывается в широченной ухмылке. Сейчас она похожа на шкодливую малолетку, только что научившуюся сжигать муравьев с помощью увеличительного стекла.

— Из ада, — говорит она. — Я вышла из ада.

За этим следует новый взрыв хохота. Под конец она складывается пополам, икает и вытирает слезы.

— *Блудница!* — повторяет она. — Лучше не скажешь, хоть лопни! Не какая-нибудь шалава или шмара, нет! Ты попал в самую-самую точку! Я в натуре фигею!

— Да уж, — говорит Стэнли. — Очень прикольно.

С этими словами он достает из-за спины вальтер, сдвигает вверх рычажок предохранителя и направляет ствол ей в лицо. Синтия оторопело смотрит в маленький кружок дульного отверстия. Ухмылка исчезает, пухлые розовые губы плотно сжимаются. Однако она не выглядит напуганной. Оба молча смотрят друг на друга. Синтия снова икает: негромкий сочный звук в тишине и полумраке.

— Давай наверх, — командует Стэнли и отступает, пропуская ее вперед.

Он ведет ее в кабинет Уэллса и далее к черной двери.

— Куда мы идем? — спрашивает она. — Что ты хочешь сделать?

— *Мы с тобой* никуда не идем, цыпуля. Лично я сваливаю отсюда. Но сначала я тебя запру.

— А где остальные? Ты их уже прикончил?

Последний вопрос она задает этаким небрежно-любопытствующим тоном, каким могла бы спросить: «Ты уже слышал новый диск Джонни Рэя?» или «Твоя рубашка — фирменный „Ван Хойзен"?» Это на секунду сбивает Стэнли с нужного настроя.

— Моему другу крепко досталось, — говорит он. — Сюннёве и Эдриан повезли его в больницу. А меня разыскивают копы. Целая туча копов. И я не хочу светиться здесь, когда хозяева вернутся домой.

Синтия, уже раздвинувшая черные портьеры, резко, с разлетом волос, оглядывается, глаза ее изумленно расширены.

— На променаде — так это был ты?

— Что? Ты что-то видела?

— Я видела копов. И несколько «скорых». Там говорили про разборки между бандами и про троих серьезно раненных. Клаудио был одним из них?

— Нет, он еще более-менее. В основном отделался фингалами. А там, на променаде... не было речи об умерших?

Она разворачивается на каблуках, все еще слегка икая. Портьера, как складка тоги, накрывает ее плечо и левую грудь. Синтия мотает головой.

Стэнли глядит на нее, потом на пол под ее ногами.

— О'кей, — говорит он со вздохом, — теперь сделай пару шагов назад. Я закрываю дверь.

— Они хотят, чтобы я родила ребенка, — говорит Синтия. — Клаудио тебе об этом не рассказывал?

Стэнли задерживает руку на гладком черном дереве двери, которая, при всей ее немалой массе, легко откликается на каждое прикосновение.

— Неужели? — произносит он.

— Если я это сделаю, — говорит Синтия, — они снимут для меня отдельную квартиру и будут оплачивать ее шесть лет. И еще дадут денег на учебу в Калифорнийском университете, если я захочу туда поступить. Мне нужно только родить ребенка и отдать его им. Как считаешь, стоит соглашаться?

На Стэнли вновь накатывают головокружение и лихорадочный жар. Все вокруг кажется нереальным, как во сне.

— А для чего им нужен ребенок? — говорит он.

— Спроси что полегче. Я вообще без понятия, зачем люди хотят заводить детей. Но я думаю, это часть их плана...

Она крутит в воздухе пальцами и кивком указывает на горящие свечи в комнате позади себя.

— Ну, ты сам знаешь, — заканчивает она, икнув.

Струйка холодного пота катится от виска по скуле Стэнли.

— Какого плана? — спрашивает он.

Синтия пожимает плечами и закутывается в складки портьеры, как в кружевную пелерину — или как в плащ Дракулы. Ее расширенные зрачки фокусируются на глазах Стэнли.

— Так что ты мне посоветуешь: согласиться?

Стэнли переводит взгляд на свою руку, очень бледную на черном фоне двери, с набухшими под кожей венами. Эта рука кажется ему неживой, посторонней, не имеющей ничего общего с самим Стэнли. И все вещи в пределах видимости кажутся статичными и равноудаленными, расположенными на одной плоскости. Как будто он видит не реальную комнату, а ее изображение на картине. Вновь подступает тошнота, но этот позыв быстро проходит.

— А кто... — начинает он, и собственный голос отдается гулким эхом у него в голове. — Кто должен стать счастливым отцом ребенка? Добренький Папаша Уорбакс?

Синтия обеими руками туго стягивает портьеры вокруг своего лица, которое таким образом превращается в говорящую маску, подвешенную в черной пустоте.

— Ответы будут разными, смотря кого ты спросишь, — говорит она. — И смотря во что ты веришь.

Стэнли моргает и встряхивает головой, пытаясь прийти в себя. Ему кажется, что лицо-маска Синтии, разрастаясь, надвигается на него, как холодный диск Луны в беззвездной тьме. Это похоже на кошмарное видение — и в последующие годы оно будет часто возвращаться к нему во снах.

— С меня хватит, — говорит Стэнли. — Успехов тебе, Синтия.

Он захлопывает дверь перед ее изящно вздернутым носом и задвигает тяжелый засов. Потом сползает по двери на пол, жадно хватая ртом воздух в попытке насытить кислородом мозг, и прижимается лбом к гладкому дереву.

Из-за двери глухо доносится ее голос.

— Эй! — кричит она. — Между прочим, мое настоящее имя не Синтия.

Стэнли сглатывает слюну, увлажняя пересохшее горло.

— Да? — говорит он. — Представь себе, мое тоже не Стэнли.

На несколько секунд устанавливается молчание. Дождь снаружи прекратился — или почти прекратился. Снова слышится ее голос, уже менее громкий.

— В таком случае я рада нашему с тобой *незнакомству*.

Стэнли закрывает глаза и улыбается. Губы его немеют, как при опьянении. Он утыкается носом в щель между дверью и косяком и произносит свистящим шепотом:

— Не могу сказать, что рад хотя бы этому, цыпуля.

Ухватившись за дверную ручку, он встает на ноги. И комната перед ним исчезает. В глазах только краснота, которую сменяет молочная белизна, а потом дикий всплеск разноцветья — и тьма. Он цепляется за ручку, скрипит зубами и ждет, когда пройдет приступ головокружения.

Наконец зрение восстанавливается. И первое же, что он видит, — это «Зеркальный вор»: книга лежит на краю полки всего в дюйме от его носа, как будто Уэллс пристроил ее здесь мимоходом, отпирая дверь, а потом просто о ней забыл. Стэнли протягивает руку, но прерывает этот жест, не успев дотронуться до книги.

Она, разумеется, идентична той потрепанной книжке, которая пропутешествовала с ним через всю страну. Однако этот экземпляр выглядит новеньким, совершенно нетронутым: плотно прилегающие друг к другу страницы, чистая обложка, ни единой царапинки на серебряном тиснении букв, словно он только вчера покинул типографию. Это все та же, *его* книга, но в то же время она *не его*, — уже сам по себе факт ее существования в столь идеальной кондиции подразумевает, что даже тот экземпляр, который он нашел в Нижнем Ист-Сайде и с которым так долго не расставался, в действительности тоже *не совсем его*. С таким же успехом на ту книгу мог случайно наткнуться *кто угодно*. Стэнли вспоминает слова Уэллса в ночь их первой встречи — «мы напечатали три сотни экземпляров; из них около сотни до сих пор лежит у меня на чердаке», — и тотчас ему представляется целая армия бездушных тварей в ящиках прямо у него над головой, только и ждущая команды к действию. Уже во второй раз за этот день у него возникает сильнейшее желание спалить этот проклятый дом дотла.

Но вместо этого Стэнли спускается на первый этаж, в туалетную комнату рядом со спальней хозяев. Там он находит все, что нужно: йод, медицинский спирт, свежие бинты. Закатав мокрую штанину джинсов, отлепляет раскисшую повязку от раны, которая выглядит паршиво: липкая и уже гноящаяся по краям. В процессе ее очистки у Стэнли дважды резко скручивает живот; он склоняется над унитазом, но ничего не может изрыгнуть. Из зеркала над раковиной на него глядит изможденный незнакомец с синими губами, восково-бледной кожей и глубоко запавшими глазами. «Ты видишь перед собой лик бога». Да уж.

На полочке под зеркалом стоит пара дешевых керамических кружек в форме звериных голов: белый кот и черный пес. Стэнли наполняет водой из крана собачью голову, жадно пьет, и его тут же выворачивает прямо в раковину. Он вновь наполняет кружку, пьет, и на сей раз вода задерживается в желудке. В плетеной корзинке под раковиной обнаруживаются старые аптечные флаконы без ярлыков — видимо, просроченные лекарства. Таблетки в одном из флаконов похожи на стрептоцид. Он проглатывает несколько штук и кладет в карман остальные.

Покончив со всем этим, он какое-то время стоит в прихожей, вслушиваясь в шелест мокрых шин проезжающих по улице автомобилей и скрип половиц под ногами беспокойно перемещающейся по комнате девчонки. Он пытается сообразить, что еще ему может понадобиться. Где-то в доме может быть припрятана наличка — а также ювелирные украшения или хорошие часы, — но сейчас он и так вполне при деньгах. Можно взять из кладовки какие-нибудь консервы, да только стоят ли они того, чтобы переть на горбу добавочный груз? Он медленно поворачивается, оглядывая стены и мебель. Дом вокруг него напоминает мертвую оболочку жилища, опустевшую морскую раковину, которую приспособила для своих нужд эта девчонка, забравшись в нее, как рак-отшельник.

Он прибыл слишком поздно, вот в чем беда. Возможно, явись он сюда несколькими месяцами ранее, до появления девчонки, все сложилось бы по-другому. А может, и нет. Может, к тому времени, когда «Зеркальный вор» попался ему на глаза в манхэттенском притоне, игра *уже* была окончена: Уэллс уже сдался и пал духом. Он променял все то, что подтолкнуло его к написанию этой книги, на иные устремления, которые было легче держать в голове и реализовывать: дом, жена, семья. Он научился укрощать свою рвущуюся наружу необычность посредством магических кругов, черных портьер и крепко запертых дверей. И теперь он уже не в состоянии понять свою собственную книгу. Зато Стэнли ее понимает. И чтобы следовать указанным ею путем, он должен быть одинок — по крайней мере, так же одинок, как был Уэллс в пору ее создания. Возможно, так же абсолютно одинок, как сейчас эта девчонка. Когда-нибудь, быть может, одиночество покажется ему слишком тяжелой ношей, но в данный момент это волнует Стэнли меньше всего.

Вешалка рядом с дверью увенчана рожками для головных уборов. Среди прочих там висит и твидовая шоферская кепка, которую носил Уэллс в ночь их первой встречи. Стэнли снимает ее с вешалки и примеряет на свою голову; кепка приходится почти впору — лучше, чем он ожидал.

Надев мокрую куртку, он закидывает на плечо отцовский вещмешок и покидает дом через боковую дверь. Останавливается во дворе, чувствуя, как холодный туман заползает за воротник, и представляя себе подъезжающую машину: как Уэллс и Сюннёве идут к дому, поддерживая слева и справа своего милого Клаудио с рукой на перевязи и ухмылкой на расквашенной смазливой физиономии. Все трое поднимаются на крыльцо, спеша попасть внутрь, вызволить из заточения Синтию, а потом произнести свои заклинания, сорвать с себя покровы и начать счастливую совместную жизнь — идеальная семья в идеальном мире. Стэнли воображает и самого себя там же и в то же время: как он крадется на звуки скрипучих кроватных пружин, стонов и смеха, с тяжелым черным пистолетом в руке и полчищами прибрежных призраков-шептунов за спиной.

И тут его посещает мимолетное осознание того, кто он есть в этот самый момент: отличный от тех людей, которыми он был раньше, и тех, которыми он когда-нибудь станет. В былые времена он поджег бы этот дом без малейших раздумий. И большинство его будущих воплощений поступило бы точно так же — сейчас он это понимает. Многие годы спустя — в минуты отдыха, в полудреме — он будет рисовать в воображении пожар, который мог бы здесь учинить, тем самым сотворив собственный финал этой истории. Он будет представлять себе картину этого пожара при взгляде с моря или с пролетающего самолета: охваченный ярким неровным пламенем дом на темном берегу и пляска теней вокруг. А в самом сердце огня, как сырое топливо, — эта девчонка. «Ад, — будет думать он в такие минуты, — я мог бы и впрямь низвергнуть тебя в ад».

Но то будет уже не он. Не сегодняшний он. Увы.

Когда через несколько минут машина так и не появляется, Стэнли вскидывает мешок на плечо, открывает калитку и выходит на узкую, омытую ливнем улицу.

REDVCTIO
22 мая 1592 г.

В конце концов обнаруживается, что все божественное приводится к одному источнику, все равно как весь свет к первому и по себе самому светлому, а все изображения, какие есть в различных несчетных зеркалах, как бы во множестве отдельных предметов, сводятся к одному началу — формальному и идеальному, их источнику.

Джордано Бруно. Изгнание торжествующего зверя (1584)[1]

---

[1] Перевод А. Золотарева.

49

Рассмеявшись, Гривано просыпается — и потом еще долго сидит с открытыми глазами в нагретой дыханием темноте, пытаясь вспомнить, что же такого смешного было в его сновидении.

Накануне он покинул палаццо Морозини поздно ночью, однако сейчас чувствует себя полностью восстановившимся — для этого ему вполне хватает короткого сна. Откинув ногой одеяло, он встает, потягивается, извлекает из-под кровати ночной горшок.

Справляя малую нужду, он замечает индиговую полоску неба в щели между ставнями и пытается угадать, который теперь час. В памяти звучит голос Ноланца, и это довольно странно, если учесть, что Гривано вчера пропустил мимо ушей бо́льшую часть его лекции.

«В комментарии Чекко к труду Сакробоско упоминается демон Флорон, образ которого мы можем вызвать в стальном зеркале с помощью особых заклинаний».

Так говорил Ноланец. Или не говорил? А может, это отголоски его давешнего сна, который ухитрился проскользнуть в явь, за что-то здесь уцепившись? Сейчас он ни в чем не уверен.

Колокол Сан-Апонала бьет десять раз. Гривано зажигает лампу, наполняет умывальную чашу и плещет воду на лицо и шею. Осталось полчаса до восхода солнца. Через два с половиной часа он должен быть в магазине Чиотти, — стало быть, еще есть время на прогулку по Риальто и осмотр нового моста через Гранд-канал. Накануне он не сразу смог заснуть, прокручивая в голове череду странных событий того дня, в том числе настойчивое стремление Тристана свести его с Чиотти, а перед тем неожиданное появление этой девушки, Перрины. Но поутру все эти вещи кажутся далекими, отодвинутыми на задний план неким удивительным посланием, полученным им во сне. Гривано чувствует себя преисполненным дерзкой отваги, подобно кораблю, с попутным ветром на всех парусах летящему по волнам.

«Также посредством зеркала можно вызвать египетскую Хатхор — Небесную Корову, которая орошает небо Млечным Путем, а землю водами Нила. Сопоставимой древнегреческой богиней является, конечно же, Амфитрита».

Речь Ноланца прошлой ночью длилась примерно три четверти часа. Но тогда казалось, что он вещает гораздо дольше. Гривано слушал бы внимательнее, не будь он так раздражен поведением Тристана: неосторожной болтовней о зеркальном аламбике, а затем предложением зеркала в качестве темы для импровизации Ноланца. Нетрудно понять, почему Наркис велел ему поближе сойтись именно с Тристаном: тот со своей неуемной тягой к тайным знаниям будет отличным отвлекающим раздражителем — как акула, под брюхом которой незаметно укроется прилипала их заговора. Однако Гривано также рискует быть скомпрометированным и подставленным под удар его опрометчивыми словами или поступками. Вот и прошлой ночью Тристан, что-то быстро прошептав Чиотти, покинул собрание академиков через пару минут после того, как Ноланец согласился обсудить им же самим предложенную тему. Конечно, он импульсивен и эксцентричен, но вести себя грубо — даже по отношению к чванливому зазнайке вроде Ноланца — это совсем на него не похоже.

«Хатхор является супругой Ра, бога солнца. Она же, но под именем Исиды, является супругой Осириса. И она же, под именем Сешат, считается женой Тота».

Когда Гривано идет по коридору, слева и справа из-за дверей слышится храп. Похоже, он единственный из постояльцев, кто проснулся в такую рань. На первом этаже девчушка-фриулка в ночной сорочке растапливает камин.

— Доброе утро, — обращается к ней Гривано. — Анцоло еще не встал?

Девчушка оборачивается, вздрагивает и опускает глаза.

— Нет, дотторе, — говорит она. — Мне его позвать?

Он быстро ее оглядывает: спутанные волосы, широкие бедра, лет четырнадцати или пятнадцати. Все эти служанки его как будто побаиваются. Иное дело Тристан, на которого они смотрят с обожанием, как зачарованные. Хотя, конечно, этому глупо завидовать.

— Нет, будить его не стоит, — говорит Гривано. — Но я хочу, чтобы ты ему кое-что передала. Прошлой ночью он помог мне доставить сюда тяжелый ларец, который мы потом заперли в кладовой. Я сейчас ухожу и вернусь в «Белый орел» часа через четыре. Пусть он к тому времени найдет надежного и крепкого гондольера, чтобы тот отвез меня с этим ларцом в Мурано. Полагаю, Анцоло сможет это устроить должным образом.

— Он все сделает как надо, не сомневайтесь, дотторе. Я передам ему ваши указания слово в слово.

Гривано выходит на улицу. Небо уже начало желтеть по нижнему краю. Тут и там отворяются ставни, на подоконниках вывешиваются ковры, запах опарного теста шлейфом тянется за корзинками женщин, идущих в сторону пекарни. Гривано задерживается под вывеской «Белого орла», чтобы проложить в уме маршрут до Мерчерии, с закрытыми глазами представляя себе карту города — словно при взгляде на него с высоты птичьего полета, — и когда наконец отправляется в путь, по колокольне церкви Сан-Кассиано уже скользят первые лучи солнца.

На Бочарной улице взгляд Гривано притягивают синие цветы болотной мяты в окне аптеки, и он, отвлекшись, пропускает поворот на улицу Мечников. Свою ошибку он осознает, лишь учуяв впереди характерные запахи рыбного рынка, но возвращаться на перекресток уже не хочется. Впереди виден просвет над каналом, где улица выходит на набережную, и он продолжает движение прямо. В конце концов, мост Риальто никуда от него не денется. А сейчас эти улочки предлагают ему чудесную прогулку по лабиринту возможностей, когда не чувствуешь себя по-настоящему заблудившимся, но и не можешь предугадать, что ждет тебя за очередным поворотом.

«Вавилоняне знали Хатхор под именем Иштар. Древние евреи называли ее Астартой. А грекам она была известна как Ио, возлюбленная Зевса, которую стерег стоглазый великан, пока его не сразил Гермес».

Гривано перешагивает через лужи морской воды и кучи отходов от разделки рыбы, продвигаясь между лотками торговцев и разглядывая дары моря. Многие из них ему знакомы по посещениям Балык-Пазары во время службы при султанском дворе, но многое и в новинку либо давно забыто. Длинноногие крабы-пауки. Лангустины кораллового цвета. Рыбы-удильщики с широкими лягушачьими ртами. Аккуратные ряды морских черенков, как корешки книг на полках. Осьминоги, фиолетовые щупальца которых усеяны белыми присосками. Кефали и морские окуни, коченеющие на теплом воздухе, с тусклыми, как низкосортное стекло, глазами. Позади лотков видна покрытая ромбами мелких волн поверхность Гранд-канала, отражающая голубизну неба и оранжевые стены палаццо на другом берегу. У белокаменного причала рыбаки выгружают с парусной лодки свежий улов: кипящий зеркальный поток сардин.

Гривано проходит мимо лавок менял и процентщиков под колоннадой и направляется через кварталы Риальто на юг, время от времени останавливаясь, чтобы взглянуть то на красный цикорий из Тревизо, то на круги сыра из Азиаго или пучки спаржи из Бассано-дель-Граппа. Он приценивается к светлокожим лимонам и горьким апельсинам с Террафермы, среди которых выделяются пахучие каплевидные плоды из Бергамо, однако сладких цитрусов из южных земель здесь на удивление мало, а цены на них завышены до абсурда. Гривано спрашивает у продавца о причине этого.

— Ускоки, — одним словом отвечает тот, пожимая плечами.

Запахи пеньки и горячей смолы на площади Канатчиков приятно щекочут обоняние Гривано, однако данные товары его не интересуют. Он сворачивает в узкий переулок Страховщиков и под аркой выходит на площадь Сан-Джакометто, внезапно очутившись перед Колонной глашатаев — на том самом месте, где больше двадцати лет назад они с Жаворонком узнали о падении Никосии, их родного города. В тот день они пересекали площадь, направляясь к банку Пизани с намерением получить деньги по векселям его отца, — пара мальчишек с наивными глазами, готовых поддаться соблазнам большого города. Сейчас те мальчишки кажутся ему совершенно чужими людьми: радостно взволнованные, гладколицые, исполненные глупых надежд. И вот здесь, на этом месте, застыв с раскрытыми ртами, они слушали громкий стук своих сердец о наковальни ребер и силились понять местный диалект глашатая, вещавшего с порфировой колонны-постамента. А еще немного погодя, протолкавшись через возбужденные толпы горожан, они достигли главной площади, где под аркадой Дворца дожей со слезами и воплями ярости назвали писарю свои имена — *Габриель Глиссенти, Веттор Гривано* — и впоследствии были зачислены в экипаж «Черно-золотого орла», галеры с острова Корфу. Самоубийственный порыв, столь характерный для юных и благородных духом. А ведь еще в начале того ясного сентябрьского дня их планы не простирались дальше посещения книжной лавки. Что ж, хотя бы в этом сегодняшнее утро Гривано перекликается с давним прошлым.

Да и весь район Риальто с той поры не сильно изменился. Гривано подходит ближе к колонне, чтобы прочесть объявления, вывешенные рядом со статуей горбуна у ее подножия. «Капитанам галер, выделяемых Республикой для торгового сообщения с Далмацией, приказано осуществлять все операции только через порт Спалато». «Светлейшая Республика призывает Габсбургов и Султана разрешить мирным путем их территориальный спор в Хорватии». «Ускокские пираты недавно захватили три торговых судна, по своему обычаю истребив экипажи, а также вырвав и съев сердца капитанов».

Поворачиваясь к фасаду церкви Сан-Джакометто, чтобы взглянуть на часы, Гривано только теперь замечает новый каменный мост. Его арка круто вздымается в конце Золотарной улицы и одним пролетом пересекает Гранд-канал, а от Казначейства и Рива-дель-Вин к нему дополнительно ведут две еще более крутые лестницы. На несколько минут Гривано совсем о нем позабыл, и сейчас он устремляется к мосту с такой поспешностью, словно боится, что тот может растаять в воздухе.

Когда они с Жаворонком впервые прибыли в этот город, здесь часто можно было услышать разговоры о необходимости постройки такого капитального моста — связующего звена между Риальто и Сан-Марко, — который был бы достоин великого христианского города. Но поскольку эти разговоры безрезультатно велись уже добрых полвека, логично было ожидать, что эпидемии, пожары, война и сопротивление дремучих реакционеров в Большом совете похоронят этот проект навсегда. Однако же вот он, этот мост. Поднимаясь на него по южной балюстраде, Гривано смотрит на разгружающиеся внизу суда: железо и уголь на левый берег, винные бочонки на правый. В самой верхней точке моста, став по центру арки, он глядит на темную воду Гранд-канала, по которой скользят лучи утреннего солнца. А когда ветерок сменяет направление, Гривано удается уловить тонкий запах свежего, совсем недавно обработанного известняка, отделив его от соленого запаха нечистой морской воды.

К противоположному берегу он спускается по широкому центральному проходу моста, между рядами лавок в арочных проемах, осматривая товары златокузнецов и ювелиров. Ближе к концу галереи ему попадается стекольная лавка, а в ней — потрясающие по красоте и сочности красок псевдожемчужные бусы, налюбовавшись которыми он внезапно встречает собственный взгляд в плоском зеркале на боковой стене. Это небольшое, всего несколько дюймов в длину, прямоугольное зеркало из мастерской Дель Галло, заключенное в узорчатую халцедоновую раму. Качество исполнения таково, что Гривано принял бы его за окошко в стене, если бы оттуда не глядело его собственное лицо. На секунду отпрянув, он затем еще раз всматривается в эти резкие морщины, неровные зубы, мрачные запавшие глаза. Очередное напоминание о том, кто и что он есть.

Приближаясь к площади Сан-Сальвадор, он замечает впереди магазин Чиотти: небольшая деревянная вывеска с названием «МИНЕРВА» то появляется, то исчезает за развевающимися красными шелками соседней текстильной лавки. Сам Чиотти стоит в дверях, беседуя на беглом немецком с человеком, которого Гривано принимает за его печатника. Подошедшего Гривано владелец приветствует легким хлопком по плечу и, широко улыбаясь, другой рукой пригласительно указывает на дверь магазина.

В приемной комнате его встречает тщедушный мальчик лет тринадцати и скованно, с некоторым испугом, здоровается. Позади него, за столом у окна, отделенным от остального помещения низкой перегородкой, сидят два очкастых корректора, склонившись над еще не переплетенными листами. Один из них едва слышно читает вслух, а другой сверяется с печатным текстом. Губы шевелятся у обоих, так что Гривано не может понять, который из них чтец.

В ожидании хозяина он разглядывает тома ин-октаво, сложенные стопками на двух узких столах. Всего здесь около полусотни названий: труды по истории, жизнеописания, книги стихов. Большинство написано на современных вариантах итальянского — прежде всего местном и тосканском, — и лишь немногие на латыни. Книги в самой высокой стопке — антология миссионерской корреспонденции из Китая и Японии — помечены издательской маркой «Минервы». На дальнем конце второго стола Гривано находит две разных книги Ноланца. Одна из них — это такой же томик, какой показывал ему Тристан за ужином в «Белом орле», а вторая — философский диалог в духе Лукиана, написанный на тосканском. Согласно надписи на титульном листе, книга издана в этом городе, что вызывает у Гривано усмешку: по всем признакам, это работа английских переплетчиков, возможно пытавшихся подражать классическим альдинам. «Интересно, не с подачи ли Ноланца они состряпали эту подделку?» — думает Гривано.

Когда Чиотти перешагивает порог, Гривано наклоняется ниже, чуть не утыкаясь носом в стопки книг, изображая чрезвычайную заинтересованность.

— Я восхищаюсь тем, как умело сбалансирован этот стол, — говорит Гривано. — Он умудряется нести на одном конце труды иезуитских миссионеров, а на другом сочинения Ноланца, при этом нисколько не перекашиваясь ни в ту ни в другую сторону.

Чиотти смеется.

— Вы на редкость наблюдательны, — говорит он. — Сохранять такой баланс бывает порой нелегко. Особенно в наших краях, где сама почва под ногами весьма зыбка.

Они с Гривано обмениваются поклонами, а потом и рукопожатиями. Если бы не очки с толстыми линзами, свисающие на цепочке с его шеи, сиенец вполне мог бы сойти за обычного состоятельного ремесленника: пекаря или плотника.

— Признаться, я был удивлен, увидев знак вашего издательства на иезуитской антологии, — говорит Гривано. — Ваш друг синьор Мочениго, должно быть, весьма доволен этим проектом.

Улыбка Чиотти переходит в кривую усмешку.

— Не судите строго, друг мой, — говорит он. — Думаю, вы согласитесь, что эти верные слуги Папы являются непревзойденными рассказчиками, когда описывают свои миссионерские странствия. Многие из моих постоянных клиентов интересуются нравами и обычаями дальних стран. Так или иначе, все граждане нашей Республики неравнодушны к новостям о деяниях испанцев в самых разных концах света. И конечно же, те из нас, кто поддерживает папскую курию в духовных и мирских делах, с удовлетворением находят в моем магазине печатные труды Общества Иисуса. Хотя, дотторе Гривано, как вы можете заметить — и как с огорчением замечаю я по утрам и вечерам, открывая или закрывая ставни, — данная стопка книг изо дня в день остается самой высокой на этом столе, тогда как другие стопки быстро убывают. Не желаете пройти в мой рабочий кабинет? Знакомый дотторе де Ниша скоро к нам присоединится.

Чиотти ведет гостя в небольшое, тесно заставленное помещение в глубине дома и закрывает за ними тяжелую дверь. Гривано садится сбоку от стола, по которому в беспорядке разбросаны какие-то таблицы и листы корректуры; Чиотти занимает место по другую сторону стола. Вдоль кирпичных стен тянутся дубовые книжные стеллажи, скрепленные между собой.

— Я только что прошелся по новому каменному мосту, — говорит Гривано. — Весьма впечатляет.

На лице Чиотти появляется гордое и довольное выражение, как будто мост был воздвигнут лично им.

— Да, — говорит он, — строительство завершилось совсем недавно.

— Всего один пролет от берега до берега, — говорит Гривано. — Это удивительно. Не в классическом стиле.

Чиотти бросает на него быстрый взгляд.

— Не в римском стиле, вы это имели в виду? — говорит он.

— А кто архитектор?

— Антонио да Понте. Очень подходящая фамилия.

Гривано качает головой.

— Никогда о нем не слышал, — говорит он.

— Он инженер. В прошлом возглавлял магистратуру соляной торговли. Как строитель до недавних пор ничем не отличился. Велеречивый глупец Маркантонио Барбаро приложил все силы к тому, чтобы протащить проект Винченцо Скамоцци, но милостью Господней мы были избавлены от очередного воплощения теорий этого напыщенного павлина. Хватит того, что он уже натворил на площади Сан-Марко. Синьор да Понте едва уговорил сенат запретить ему надстраивать третий этаж на здании библиотеки. Можете себе представить? Синьоры Морозини показывали мне эскизы моста Риальто, предложенные Скамоцци. Отвратительный проект. Торжество безжалостной геометрии. Абсурдная орнаментация. Вот скажите мне, разве мост должен походить на храм? Нет, он должен быть мостом.

Гривано улыбается.

— Не далее как вчера вечером я встречался с синьором Барбаро на банкете в доме Джакомо Контарини, — говорит он. — Он с большим жаром и настойчивостью уверял нас, что стеклоделы Мурано подвергают опасности будущее Республики, уделяя больше внимания производству развращающих умы зеркал вместо того, чтобы сосредоточиться на изготовлении линз, как поступают флорентийцы.

— Да, это его излюбленный конек.

— Но после ужина его аргументы были очень сильно, хотя и неумышленно поколеблены известным неаполитанским ученым, который с помощью линз продемонстрировал нам спектакль, способный смущать умы никак не в меньшей степени, чем любое зеркальное изображение.

— Остается только пожалеть, что наш одержимый зеркалами друг Тристан де Ниш не присутствовал на этом спектакле, — говорит Чиотти и оценивающе смотрит на Гривано. — Кстати, могу я узнать ваше мнение о вчерашней речи Ноланца?

Гривано пожимает плечами:

— Если его целью была только демонстрация незаурядной памяти, то в этом он вполне преуспел. Но если он думал впечатлить нас глубоким знанием обсуждаемой темы, то я, должен признаться, остался не впечатленным.

Чиотти откидывается в кресле и запускает руку в неглубокий деревянный лоток, лежащий на краю стола рядом с ним.

— Это очень редкий риторический дар, — говорит он, — позволяющий оратору убедительно рассуждать на любую тему, но в результате только сильнее сбивающий с толку слушателей. Иногда мне кажется, что этот дар является главным залогом успеха в деятельности мага. У Ноланца он есть — думаю, с этим вы согласитесь. В то же время я не могу назвать его обычным шарлатаном.

— На основании того, что я слышал об этом человеке от Тристана, — говорит Гривано, — я ожидал встретить либо мошенника, либо безумца. Но ведь одно не исключает другого.

Чиотти кивает; его пальцы с легким постукиванием что-то перебирают на лотке. Приглядевшись, Гривано замечает, что лоток разделен на несколько квадратных секций и каждая секция наполнена маленькими брусками тусклого металла. Звук при их соприкосновении друг с другом напоминает стук игральных костей в кубке. Проследив за его взглядом, Чиотти берет с лотка несколько брусочков и протягивает их в согнутой ковшом руке.

— Вот, — говорит он, — видели раньше такое?

Гладкие детали, отлитые из свинцового сплава, едва не соскальзывают с ладони Гривано, когда он их принимает. Каждый брусочек имеет прямоугольную форму, а размером не превышает мизинец младенца. И на одной из малых граней каждого находится рельефная буква греческого алфавита: Λ, Η, Θ, Η.

— Наборный шрифт, — догадывается Гривано. — Однажды в Болонье я видел печатный станок. Но *такого* мне видеть не приходилось.

— Мы называем их «литерами», — говорит Чиотти. — Из них составляют печатную форму, с которой делается оттиск страницы. Своей типографии у меня нет. Я плачу печатнику, а тот использует в работе собственные шрифты. Человек он добросовестный и надежный, но книги на греческом раньше не выпускал. И вот недавно я подрядился напечатать «Эннеады» Плотина, для чего пришлось самому изготовить греческие литеры. Когда я только начинал свое дело, у меня не было никаких шрифтов, кроме латинского. Но после того, как братья Бручоли добились успеха с книгами на древнееврейском, стало понятно, что изданиями на других языках пренебрегать не следует. Некоторые члены моей гильдии — я воздержусь от упоминания имен — даже получили разрешение печатать на арабском и теперь неплохо зарабатывают на продаже туркам священных мусульманских текстов.

В глазах Чиотти вспыхивает огонек надежды — или, может, приглашения к выгодному сотрудничеству, — а Гривано с трудом удерживается от брезгливой гримасы. Он несколько раз видел эти «франкские Кораны» в Константинополе: примитивно состряпанные книжонки, полные грубейших ошибок. Но даже очевидная низкопробность этих книг не так шокировала муфтиев, как сам факт их существования: сама мысль о том, что послание Всевышнего доносится до людей не через живое дыхание Пророка и его последователей и не через старательные движения кисточки каллиграфа, а посредством каких-то нелепых повторяющихся движений бездушного станка. Но Гривано предпочитает не развивать эту тему в беседе с Чиотти. Вместо этого он тянется через стол и высыпает литеры обратно в подставленную ладонь сиенца.

Чиотти еще раз их оглядывает, переворачивая указательным пальцем, как фермер, оценивающий качество зерна.

— Я думал об этом прошлой ночью, — говорит он. — Ноланец кое-что мне напомнил. Он рассуждал о мире, отраженном в зеркале, и о том, чем он отличается от нашего мира. Как же он выразился — вы не помните дословно?

Гривано этого не помнит. Он собирается ответить, когда раздается негромкий стук в дверь. Чиотти поднимается из кресла, чтобы ее открыть. В проеме возникает бледное лицо мальчишки.

— К вам пришел турок, маэстро, — говорит он.

— Очень хорошо. Проведи мессера бин Силена сюда.

Когда Чиотти произносит это имя, у Гривано вмиг потеют подмышки и ускоряется сердцебиение, но лицо его остается спокойным, а поза — расслабленной. Он встревожен, но не напуган. Какая-то часть его уже предчувствовала что-то в этом роде.

К счастью, сиенец на него сейчас не смотрит. Он вновь закрыл дверь и стоит лицом к ней, почти уткнувшись носом в узловатые доски. Литеры все еще зажаты в его левом кулаке, и он рассеянно их потряхивает. Тихое звяканье наполняет комнату, как звуки далекого тамбурина, приглушаемые дворцовыми стенами.

— Человек, придумавший этот способ печатания, — говорит Чиотти, — перед тем занимался производством зеркал. Во всяком случае, так мне рассказывали. Вы не знаете эту историю? Это было много лет назад. Он жил в Германии и делал зеркальца для пилигримов, посещавших древнюю часовню в Ахене. Простодушные люди верили, что эти зеркальца могут улавливать и сохранять незримую благодать, исходящую от святых мощей. Конечно, по сравнению с муранскими эти зеркала были очень низкого качества. Делали их из сплава свинца и олова. Между прочим, мои литеры изготовлены из такого же сплава. И, подобно всем плоским зеркалам, они давали мнимое, перевернутое изображение оригинала. Полагаю, именно это и подсказало немецкому мастеру идею печатной формы: выстраивания рядами повернутых в обратную сторону букв. Зеркальное отражение будущей страницы. Отражение никогда не показывает мир таким, какой он есть в действительности, по словам Ноланца. Но даже такое отражение помогает нам познавать мир. И в этом смысле оно, вероятно, не так уж сильно отличается от книги.

Вновь раздается стук в дверь. Чиотти отодвигает железный засов.

— Мессер бин Силен, — говорит он, — благодарю вас за готовность помочь. Я Джованни Баттиста Чиотти. Добро пожаловать в мое скромное заведение.

50

Появившийся в комнате Наркис кажется окоченелым и почти невесомым, как соломенное чучело на ярмарке, которым движет некая внешняя сила. На нем синие шаровары и украшенный вышивкой кафтан цвета айвового варенья. Даже вместе с чалмой он лишь немногим выше сопровождающего его мальчишки. Большие глаза словно разглядывают что-то на полу в нескольких шагах перед ним, каковая манера вообще характерна для турок, находящихся среди иноверцев в недружественном городе. Говорит он тихо, со своим каркающим акцентом.

— Добрый день, мессер Чиотти. Благодарю вас за гостеприимство.

Чиотти сохраняет вежливую улыбку, но заметно, что он чувствует себя неловко и хочет поскорее удалиться. При этом он оглядывает приемную и окна, явно озабоченный тем, видел ли кто-нибудь Наркиса входящим в его магазин. Разумеется, подобные визиты афишировать не стоит.

— Позвольте вам представить Веттора Гривано, с которым вам сегодня предстоит сотрудничать, — говорит он. — Дотторе Гривано родом с Кипра, и он несколько лет прожил среди мусульман. Дотторе Гривано, это Наркис бин Силен, прибывший сюда из Турецкого подворья.

Гривано и Наркис обмениваются сдержанными поклонами.

— Мои почтенные друзья, — говорит Чиотти, — я не намерен отнимать у вас больше времени, чем это будет необходимо. Моя просьба проста. Один молодой господин, мой хороший знакомый, заказал мне издание — ограниченным тиражом — краткого практического пособия магометанского алхимика Гебера в латинском переводе. Сей труд попал к моему знакомому в арабском оригинале, и я попросил одного ученого из Падуи выполнить перевод. Мне, как и моему заказчику, хотелось бы удостовериться в том, что текст переведен точно. Нисколько не сомневаясь в высокой образованности ученого падуанца, я должен заметить, что он не только человек науки, но еще и поэт, а посему склонен уделять больше внимания красоте слога, нежели ясности изложения. Вы оба владеете родным языком великого Гебера, а также имеете представление о практических потребностях современного алхимика. Все, что я прошу, — это, с учетом названных потребностей, оценить качество латинского перевода в сопоставлении с оригиналом. Вознаграждение за ваш труд я готов выплатить как деньгами, так и товарами из моего магазина. Хотя, — улыбается сиенец, — я бы предпочел оплату товарами.

Выдав корректорам по горсти медных монет, Чиотти отпускает их в игорный дом через квартал отсюда, после чего выкладывает на стол рукописи. Солнце поднялось уже высоко, и его лучи не попадают в окно, зато они отражаются от недавно побеленной стены на противоположной стороне улицы, давая достаточно света для работы.

Чиотти возвращается в свой кабинет. Однако дверь оставляет открытой. Гривано заглядывает в лицо Наркиса, дабы понять, как вести себя дальше, но ответный взгляд настолько лишен узнавания, что на миг, вопреки здравому смыслу, он даже сомневается, настоящий ли Наркис перед ним или, может, его невесть откуда взявшийся двойник. В свою очередь, маленький македонец глядит на него со смесью любопытства и отвращения, как он мог бы разглядывать странную птицу, найденную мертвой под недавно застекленным окном дворца.

Они усаживаются за стол. Наркис глазами указывает Гривано на оригинальный документ. Взяв его, Гривано начинает читать вслух. Текст невелик, и он читает без спешки. Наркис, придвинув к себе чернильницу, из-под полуопущенных век вчитывается в латинский перевод.

Трактат посвящен трансмутации металлов и ничем не примечателен по содержанию, кроме того факта, что его авторство приписывается великому Абу Мусе Джабиру ибн Хайяну, известному франкам под именем Гебер. Без сомнения, Чиотти знает, что данный труд написан не Гебером. Это всего лишь подражание, составленное сравнительно недавно каким-то арабским алхимиком, либо — что еще хуже — перевод на арабский более ранней латинской фальсификации. Становится ясно, что Чиотти призвал их сюда вовсе не ради этого текста.

Читая, Гривано время от времени поглядывает на Наркиса. Встреча у аптекаря была мимолетной, как и предусматривалось планом; и сейчас Гривано видит его вблизи впервые за несколько месяцев, прошедших после их разговора в Равенне. Лицо у Наркиса гладкое, без морщин, чуть ли не детское, а его кожа светлее, чем у Гривано или Чиотти. Даже в чуждой ему обстановке он сохраняет отрешенное спокойствие — сродни спокойствию аиста, замершего над прудом в ожидании добычи. На его руке, то и дело протягивающейся к чернильнице, вытатуирована черная птица: эмблема его янычарского полка. Это наводит Гривано на мысль о том, что его собственная судьба могла бы сложиться иначе, будь его полковые татуировки расположены не на груди и ноге, где их скрывает одежда.

Они занимаются текстом на протяжении получаса. Изредка Наркис прерывает чтение вопросами, а иногда делает пометки на полях. Напряжение нарастает и становится уже почти невыносимым. Гривано гадает: что, если Наркис ждет от него какого-то знака? Но какого именно? Он начинает запинаться, повторяя дважды одни фразы и пропуская другие; Наркис невозмутимо его поправляет.

Но вот, не отрывая глаз от текста, Наркис быстро подносит пальцы к губам. Это язык жестов, понятный всем, кто нес безмолвную службу при Внутреннем дворе султана. Гривано не освоил этот язык в полной мере, а в последние годы успел позабыть большую часть из того, что знал. Но сейчас он понимает жест Наркиса: «Рассказывай».

— «Возьмите любую долю этой смеси, — читает Гривано, — добавьте к ней железный купорос, хлорид аммония и воду, а затем перемешивайте и взбалтывайте все это, пока состав не почернеет». Стекольщик и зеркальщик у меня есть, оба готовы к отплытию, надо только предупредить их за несколько часов. Ждем указаний. «Затем подвергайте этот состав слабому нагреву, пока он не начнет выделять запах мужского семени».

Все это Гривано произносит ровным голосом, не меняя интонации. При этом желудок его тревожно сжимается, хотя он и знает, что здесь никто, кроме Наркиса, не поймет его арабскую речь, которая для посторонних должна звучать лишь как монотонный речитатив.

Пальцы Наркиса снова приходят в движение: «А что с мертвецом?»

— Он на дне лагуны. Никто его не найдет. Я не слышал никаких разговоров по поводу его исчезновения. «Когда появится этот запах, снимите состав с огня и осторожно промывайте его чистой водой, а затем прокаливайте на слабом огне, пока не появится видимый пар».

Наркис кивает. Затем он начинает говорить вслух, также по-арабски:

— Очень плохо, что стекольщик отказывается покидать Мурано без жены и сыновей. Это неоправданный риск. Нельзя ли отговорить его от этого? Ты сможешь убедить его, что семью доставят к нему позднее?

Данное условие стояло на первом месте в тайнописном послании Серены, о чем Гривано и сообщил в своем последнем отчете. Ему это не показалось серьезным осложнением — если есть договоренность о тайном вывозе троих мужчин, разве трудно добавить к ним женщину и двоих мальчиков? — однако Наркис думает иначе.

— Стекольщик не глуп, — говорит Гривано. — Нам придется выполнить это условие. Не беспокойся о его семье. Я все устрою, не подвергая опасности наш план. «Таким образом вода будет удалена, а вес состава уменьшится, но это никак не отразится на его свойствах».

— Я нашел подходящее судно, — говорит Наркис. — Оно отплывает из Спалато через три недели.

Теперь уже Гривано начинает раздражаться.

— Из Спалато? — переспрашивает он. — А почему не отсюда? «Снимите состав с огня, снова погрузите его в воду и разотрите под водой в мелкий порошок. Потом снова нагрейте, как прежде. Теперь чернота начнет убывать».

Наркис жестами показывает: «Слишком опасно. Город лучше покинуть по суше». Гривано понимает, что он опасается ускокских пиратов.

— «Снимите с огня сухой состав после испарения воды», — читает он. — Но это создаст еще больше проблем. Оба мастера до сих пор уверены, что их повезут в Амстердам, а не в Константинополь. Особенно сложно с зеркальщиком. Боюсь, он попытается самостоятельно сбежать в Нидерланды, как только мы высадимся на материке. «Вновь разотрите его в чистой воде и потом нагрейте. Чернота исчезнет, сменившись зеленым цветом».

«Его надо держать под контролем», — знаками показывает Наркис. А затем подает голос:

— Я возьму свою плату деньгами, а ты бери книги. Инструкции я вложу в латинский перевод «Книги оптики» на столе. Второй сверху том в стопке. Оба мастера должны быть готовы к отъезду на материк через три дня.

Наркис отрывается от рукописи и на миг встречается глазами с Гривано. Потом вновь опускает взгляд и больше ничего не говорит.

В целом на проверку текста уходит около часа. По завершении работы они молча просматривают книги на столе, пока Чиотти у себя в кабинете отпирает денежный ящик, чтобы затем вручить Наркису несколько серебряных сольдо. Гривано предъявляет книги, которые он выбрал как свою часть платы: новый перевод Галена, одно из сочинений Ноланца и «Книгу оптики» Альхазена. Пока Чиотти сверяется со своим реестром, уточняя их стоимость, Наркис исчезает.

Свежий ветерок раздувает вывешенные из окон полотнища, которые отбрасывают прихотливые тени на мостовую и стены Мерчерии. Под ногами тут и там попадаются следы ночных гуляний: пятна от пролитого вина, испачканная в грязи ленточка, яичная скорлупа. Глядя на юг в сторону главной площади, Гривано вроде бы различает чалму Наркиса, мелькающую среди прохожих, как луна в разрывах туч, но он не уверен, что это именно Наркис. Два грузчика с угольной баржи проходят мимо, заливаясь хохотом; белки их глаз сверкают перламутром на чумазых физиономиях. На углу боковой улочки маячат несколько брави, которые цепляют взглядами работяг, а потом и Гривано. У одного из них — возможно, участника недавних сражений во Франции — лицо изуродовано настолько, что его и лицом-то назвать трудно: только ротовая щель и один глаз выделяются среди переплетения относительно свежих шрамов. Содрогнувшись, Гривано сворачивает в соседнюю улочку.

Ему совсем не нравится идея с отплытием из Спалато. Вскоре он должен встретиться с Обиццо и сообщить ему новости, но сначала надо придумать, как лучше всего их подать. Он не представляет, как держать Обиццо под контролем после их высадки на материке. Ему вообще мало что известно об этом мастере. Четыре года назад Обиццо был приговорен к ссылке на галеры за то, что помог своему старшему брату бежать из Мурано; но схватить его не смогли, и с той поры он числится в розыске. А его брат сейчас владеет процветающей стекольной мастерской в Амстердаме — том самом городе, куда надеется вскоре прибыть Обиццо. И он будет обманут в этих своих надеждах. Гривано знает, что Обиццо способен без колебаний убить человека. А теперь и Обиццо знает то же самое о Гривано.

Он покидает Мерчерию, направляясь к Гранд-каналу; людей и суеты на улицах становится все больше. Гривано хочет поскорее вернуться в «Белый орел», чтобы еще до отплытия в Мурано просмотреть только что полученные книги и с помощью шифровальной решетки прочесть новые инструкции Наркиса. Однако на Рива-дель-Ферро он останавливается.

Снова этот мост. Теперь, когда большинство лодок завершило погрузку-разгрузку и отбыло в сторону Террафермы, уже ничто не мешает осмотреть мост со стороны набережной. Солнечный свет, отражаясь от фасадов ближайших палаццо, придает белому известняку золотистый оттенок, как у обжаренных морских гребешков, а под высокой размашистой аркой змеятся и сверкают блики. Гривано пытается вообразить, что могло бы быть построено вместо этой красоты — какой-нибудь тяжеловесный псевдоримский мост-храм, описанный Чиотти, — и улыбается. Новый мост на удивление практичен и так удачно гармонирует со скрытыми ритмами и текстурой Риальто, что почти растворяется на его фоне.

«В городе, способном создавать такие чудеса архитектуры, — думает он, — вполне могут вершиться и другие великие дела».

51

Вопреки — или же благодаря — их очевидному опьянению, два найденных Анцоло гондольера действуют быстро и целеустремленно: они просовывают буковое весло в железные кольца денежного ларца Тристана и, как браконьеры убитого оленя, доставляют его на борт своей бателы. Затем они усаживают Гривано на скамью, ставят ларец у него в ногах и мощными гребками направляют лодку к каналу Каннареджо, распевая странноватую баркаролу о заколдованной девице, обреченной вечно ткать какое-то полотно. Вскоре они проплывают под мостом Шпилей — также недавней постройки и также однопролетным, хотя и поменьше моста Риальто, — а еще чуть погодя оказываются на открытом пространстве лагуны. Нос лодки поворачивает к северу, затем к востоку. Гривано дышит через платок и сгибается над ларцом всякий раз, когда лодку приподнимает и опускает особенно крутая волна.

Над водой разносится треск выстрела, и клубок белого дыма вырывается из сандоло прямо по курсу: там два охотника стреляют нырковых уток. Еще один дымок появляется вдали, у болотистого берега Сан-Кристофоро, а спустя секунду оттуда долетает и звук выстрела. По правому борту бригада горластых рабочих суетится вокруг баржи, сидящей на мели ввиду отлива. Они забивают сваи в вязкий ил, превращая мелководье в твердую почву и таким образом расширяя пределы города.

Батела вновь отклоняется к северу, нацеливаясь на устье канала Стеклоделов, — ориентиром служит облако печного дыма в той стороне небосвода. Гривано уже может разглядеть зеленую полоску на краю островного берега: это дубовая роща, где он сломал гортань Верцелину. Интересно, как местные жители среагировали на исчезновение зеркальщика? Много ли об этом говорят? Что предполагают? Но эти вопросы, возникнув мимоходом, не задерживают на себе его внимания, которое вновь переключается на город. Весла с размеренным плеском месят воду, серебристые ивы ближайших островков колышутся на фоне изящного шпиля-обелиска Сан-Франческо-делла-Виньи, и Гривано вдруг с пронзительной ясностью вспоминает свои ощущения тех минут, когда впервые увидел этот город. Два дня назад на причале близ Пьяцетты он пытался воссоздать эти ощущения, но вместо них возникали только зрительные образы — яркие, но лишенные жизни картинки. И сейчас ему удалось до них добраться лишь окольными путями, через воспоминание о более поздних временах, когда он с караваном молодого и любознательного визиря путешествовал по Царской дороге. Они тогда отклонились от основного маршрута, чтобы посетить руины Петры, древней столицы Набатейского царства к югу от Мертвого моря. Тогда, бродя между пустыми храмами, высеченными в розоватых отвесных скалах, он раз за разом возвращался мыслями к моменту, когда они с Жаворонком впервые увидели купола и башни, встающие прямо из воды, — сочетание, казалось бы, чуждых друг другу стихий и субстанций. Невообразимый город их предков, выплывающий им навстречу из легкой дымки...

Гондольеры причаливают к свободному месту у пирса рядом с еще одной бателой, сидящей в воде гораздо глубже, ибо она вровень с бортами загружена ольховой щепой. Пахучая свежая древесина выглядит ярко-оранжевой в лучах солнца. Пока гондольеры швартуются и вновь приспосабливают весло для переноски ларца, Гривано прыжком выбирается из лодки и быстро идет к магазину на набережной, дверь которого украшена стеклянным изображением сирены с рельефной женской грудью и когтистыми птичьими лапами. Полки магазина заставлены продукцией расположенной рядом стекольной мастерской: большие хрустальные кувшины в форме парусных кораблей, пузатые кубки для красного вина, графины столь тонкие и прозрачные, что разглядеть их можно только по филигранным узорам на боках, а также огромный выбор ваз, блюд и тарелок из халцедонового стекла всевозможных расцветок. Юная продавщица, стоя за прилавком, смиренно выслушивает речь полноватой женщины в элегантной накидке шафранового цвета. Когда Гривано появляется в дверях, обе поворачиваются и делают книксен. У той, что постарше, при виде докторской мантии на мгновение широко открываются глаза, а губы плотно сжимаются. Это жена Серены. Она знает, кто такой Гривано и зачем он сюда прибыл.

— Добрый день, — говорит Гривано. — Я ищу маэстро Серену.

Его резкий голос вызывает легкое мелодичное дребезжание бокалов на полках, которое не стихает еще несколько секунд. Ответ женщины звучит тихо, и стеклянная посуда на него не реагирует.

— Да, дотторе, — говорит она. — Здесь найдется не менее четырех человек, именуемых таким образом.

Гривано улыбается. Это хороший признак: женщина сразу поняла, кто именно ему нужен, но у нее хватило ума не выказать это при посторонних. Во время тайного отъезда из города проблем с ней не будет, — возможно, она даже окажется полезной. Так что Наркису нечего опасаться в этом плане.

— У меня дело к мастеру Боэцио Серене, — уточняет он. — Я доставил ему плату и хотел бы получить предмет, который он для меня изготовил.

Мона Серена поворачивается к девушке.

— Проводи дотторе в мастерскую, — говорит она.

Девушка ведет его через боковую дверь и далее по коридору, затем просит подождать и тянет на себя окованную железом дверь — изнутри вырывается струя жаркого сухого воздуха. Исчезнув за дверью, она вскоре появляется уже вместе с юным Алессандро — тем самым мальчиком, которого Гривано видел в «Саламандре». Его лицо и волосы покрыты слоем золы, частично размытой на скулах струйками пота. Он вытирает руки тряпочкой с видом человека, вынужденного отвлечься от важного дела и желающего поскорее к нему вернуться.

— Дотторе Гривано, — говорит он, кланяясь. — Ваш визит — это честь для нас.

Гривано отвечает на поклон.

— Юный маэстро, — говорит он, — мне нужно повидаться с вашим отцом.

— Он сейчас делает замес, но скоро освободится. Если вы согласны немного подождать, могу проводить вас в гостиную, там будет удобнее. Или, быть может, вы сообщите о своем деле мне?

Судя по выражению его лица, этот вопрос задан не просто из вежливости: парнишка является полноценным заместителем своего отца по всем вопросам. Гривано отмечает его вдумчивый взгляд и непринужденность манер — чем он напоминает Жаворонка, — и тут ему становится понятна главная причина, по которой Серена решил вывезти свою семью из Мурано. Насколько ему известно, у стекольщика есть два старших брата, а у тех полно своих сыновей. Алессандро не просто прилежно и добросовестно управляется с работой в мастерской — хотя он, конечно же, прошел надлежащую выучку, — но еще и обладает особым чутьем и талантом, словно был рожден для этого дела. Однако у него нет никаких шансов возглавить семейное предприятие.

— Там снаружи два гондольера, — говорит Гривано. — Ты их ни с кем не спутаешь: оба распевают песни, пьяно шатаются и несут на весле набитый монетами ларец. Это плата за работу, которую выполнила ваша мастерская. Прими у них деньги и поблагодари их от моего имени, но не трудись доставлять мне купленную вещь. Я подожду и потом получу ее от твоего отца, с которым мне надо обсудить еще один вопрос, не связанный с этим.

— Как пожелаете, дотторе. Я провожу вас в гостиную.

— А нельзя ли мне вместо гостиной заглянуть в цех? — говорит Гривано. — Мне любопытно посмотреть на то, как вы работаете. Или мое присутствие нежелательно из-за секретности каких-то процедур?

Алессандо обдумывает его просьбу и затем улыбается.

— Оно было бы нежелательным, — говорит он, — если бы вы умели проникать внутрь наших голов и видеть спрятанные там секреты. А так ничего страшного в этом нет. Я впущу вас внутрь, но старайтесь держаться подальше от печей и от расплавленного стекла, если только у вас нет охоты малость поврачевать самого себя, дотторе.

Мимолётная усмешка преображает его лицо, и в этот миг он выглядит на свой возраст. Но сразу же вновь сделавшись серьёзным, открывает перед Гривано тяжёлую дверь.

Уже в первую секунду Гривано посещает мысль: «А не лучше ли все же подождать в гостиной?» Горячий воздух жалит глаза и ноздри — тут не поможет никакой носовой платок. Пространство перед ним заполнено суетящимися людьми, чьи силуэты мелькают в жарком медном свечении двух печей, расположенных в дальнем конце мастерской, — ни дать ни взять два адских зева, готовых поглотить архиеретиков. Алессандро указывает ему на штабель ящиков в углу, жестом предлагая устроиться там.

— Мой отец скоро к вам подойдёт, — говорит он.

Сам Серена находится неподалёку, черпаком подливая воду в чан с белой тестообразной массой, которую непрерывно помешивает рабочий. Позади них еще один рабочий зачерпывает пасту из другого чана, формирует из неё небольшие белые лепёшки и кладёт их для просушки на полку перед малой печью. Но вот Серена со смехом треплет грязную шевелюру мешальщика и мимо деревянных лотков с остывающими комками стекломассы направляется к мокрому от пота здоровяку, который раскалывает уже затвердевшие комки увесистой кувалдой. Серена останавливает его, берёт один из осколков, разглядывает и бросает обратно. Затем он перемещается к большой печи и проверяет остальных рабочих, один из которых загружает стекольную шихту в тигель, другой помешивает расплавленное стекло и снимает накипь, а третий льёт расплав в парящую ванну с чистой водой. Серена выуживает из ванны шарик застывшего стекла и смотрит сквозь него на свет печного зева.

Гривано подсчитывает рабочих в мастерской: их здесь не менее десятка. Молодые люди (некоторые еще подростки) замешивают исходный состав, получают стекломассу, топят печи, колют дрова. Все это лишь подготовительные этапы: никто еще не приступал к производству готовых изделий. Видимо, этим займутся старшие братья Серены и их любимые сыновья; а в Константинополе это станет обязанностью Обиццо. Но кто в константинопольских мастерских будет поддерживать правильную температуру в печах? Кто построит эти печи так, как следует, используя нужные камни и глину? Кто будет выбирать дерево для растопки? Человек, снимающий накипь с расплава, пользуется металлическим черпаком с длинной ручкой — подобных инструментов Гривано не видел ни в одной лавке жестянщика. Кто изготовит такие предметы в Константинополе? Кто знает, как их нужно изготавливать? Представляет ли себе хасеки-султан весь объем предварительных работ, необходимых для того, чтобы развернуть стекольное производство?

В таком свете условие Серены об отъезде только вместе с семьей все меньше напоминает проявление эгоизма или сентиментальности и все больше выглядит как осознанная необходимость. Без сомнения, мастер-стеклодел уже прикинул, как и где он будет получать нужное сырье и материалы, обосновавшись в Амстердаме, — вот только привезут его отнюдь не в Амстердам. Подумал ли об этом Наркис? Если Серена не сможет в короткие сроки начать полноценное производство, он будет все больше разочаровываться, нервничать и склоняться к повторному предательству, посодействовать коему всегда готовы испанские и генуэзские шпионы в Галате. А Обиццо! В такой ситуации он обернется бешеным зверем.

Наркиса надо предупредить обо всем этом: об инструментах, сырье, печах особой конструкции. Похищение мастеров у Республики окажется бесполезным, если их навыки нельзя будет использовать должным образом. Какие приготовления уже сделаны в Константинополе до прибытия Серены и Обиццо? Знает ли Наркис хоть что-нибудь о производстве стекла? Что Гривано должен ему сообщить?

Он начинает осматривать ящики и мешки в своем углу. Некоторые ящики открыты и уже наполовину опустошены; в большинстве из них находится блестящий порошок, консистенцией напоминающий муку грубого помола. Гривано принимает его за толченый кварц, но удивительно чистый — даже по сравнению с самыми белыми песками, какие он видел в Египте. В мешках находится белая магнезия, а также несколько разновидностей соли, все в небольших количествах. И еще какой-то белый порошок, мельче кварцевого. Может, особый вид канифоли? Он смачивает палец во рту — горячий воздух иссушил кожу, — обмакивает его в порошок и потом пробует на язык. Прохладный, острый и горьковатый. Вроде как слегка маслянистый. Он пробует снова.

— Я скажу племяннице, чтобы принесла вам сладостей, дотторе, если вы голодны.

Серена стоит рядом с ним, вытирая лоб платком. Он все еще держит в руке кусочек сырого стекла — причем держит бережно, как драгоценный камень. Гривано поднимается и отвечает на его поклон.

— Я тут изучал ваши исходные материалы, маэстро, — говорит он. — Полагаю, это поташ?

— Обезвоженная сода, — говорит Серена. — Из Леванта. Гильдия закупает ее крупными партиями, объединившись в синдикат с производителями мыла и майолики, которые также ее используют. Мне рассказывали, что ее получают из особого растения, которое впитывает соленую воду с таким же успехом, как и чистейшую дождевую, и свободно переносится ветром, по пути рассеивая семена. Однако я не знаю, правда это или вымысел.

Это похоже на правду — Гривано видел на сирийском побережье повозки, груженные сухими круглыми кустами, и такие же кусты, гонимые ветром вдоль дорог. В Триполи рабочие их сжигали, а золу в мешках продавали западным купцам. Вещество это у них называлось «аль-кали».

— А толченый кварц? — спрашивает он. — Откуда привозят его?

— Этот кварц добывают со дна рек Тичино и Адидже. Магнезия поступает из Пьемонта. Есть, конечно, и другие источники, но они...

Гневный голос Алессандро разносится по мастерской. Он только что вернулся после встречи с гондольерами в помещении магазина и уже бранит рабочего у малой печи. Тот, вероятно, отвлекся, засмотревшись на беседующих Гривано и мастера, но теперь быстро возвращается к своему занятию.

Серена ухмыляется.

— Мы прокаливаем состав в печи на протяжении пяти часов, — говорит он. — И все это время его нужно перемешивать, чтобы он нагревался равномерно и не спекался. В спекшемся виде он становится бесполезным и даже может повредить печь. Каждый человек из тех, кого вы здесь видите, дотторе, способен в любой момент погубить весь процесс. Вот почему вы нередко можете встретить стекольщика с синяком под глазом, с выбитыми зубами или окровавленными костяшками пальцев.

— Боюсь, что я невольно отвлек от дела ваших людей.

Искалеченная правая рука Серены делает отрицательный жест, но выражение его лица скорее подтверждает догадку Гривано.

— Не беспокойтесь об этом, дотторе, — говорит он. — Хотя я был бы признателен, если бы вы дали мне повод ненадолго покинуть это пекло. Предлагаю переместиться в мою контору и взглянуть на вещь, приобретенную вашим другом.

Гривано следует за ним к боковой двери, снабженной массивным немецким замком, для открывания которого мастер использует соответствующих размеров ключ. Комната небольшая, аккуратно прибранная, с одним окошком рядом со столом. Гривано сразу направляется к нему с намерением глотнуть свежего воздуха и только в самый последний момент замечает, что окно застеклено. Чистое, бесцветное и абсолютно прозрачное, стекло становится видимым лишь после того, как на нем оседает пар от дыхания Гривано, — и вновь исчезает, когда он делает шаг назад.

На полу по другую сторону стола Серена возится с очередными замками — теперь уже на сундуке, который выглядит столь внушительно, словно является ключевым элементом всего этого здания, построенного единственно с целью его хранения. Наконец мастер поднимает крышку и запускает руку внутрь.

Когда он поворачивается, с его широкой груди бьет сноп солнечного света прямо в глаза Гривано, который инстинктивно заслоняется руками. А когда слепящий свет слабеет, он, опустив руки, видит свое собственное лицо, как бы зависшее в пространстве между обернутыми материей пальцами Серены.

Мастер кладет зеркало на стол. Гривано наклоняется над ним, прикрывая ладонью собственное отражение. Сейчас изготовленное Верцелином зеркало кажется даже более чистым, чем при первом осмотре, а искусно подогнанная рамка почти не уменьшает его отражающую площадь. Рамка выполнена из трех фигурных полосок халцедонового стекла, идеально симметричных и перевитых семью проволочными нитями. Кремово-белые полоски в лучах солнца сверкают, как опалы, демонстрируя заключенное в них разнообразие красок: огненный багрянец, почти черное индиго и сине-зеленые переливы под стать павлиньему хвосту. Внутри рамки должна скрываться какая-то дополнительная арматура, ибо по ее внешнему краю крепятся еще и медальоны — каждый размером с золотой цехин. Гривано отмечает картинки в медальонах — обнаженный лучник, два дерущихся пса, человек верхом на льве, подвергаемая наказанию женщина — и, даже не пересчитывая, знает, что всего их должно быть тридцать шесть. Нетрудно понять желание Серены поскорее избавиться от этой вещи.

— Оправдает ли это ожидания вашего друга, дотторе?

— Да, — говорит Гривано. — Я уверен, что оправдает.

Вновь отвернувшись, Серена закрывает крышку сундука и сверху на нее начинает складывать упаковочные материалы: моток бечевки, рулон толстой бумаги, комки хлопка-сырца, деревянные планки, сухие серо-зеленые листья.

— Я не очень-то набожный человек, дотторе, — говорит он, — как вы, наверно, уже успели заметить. Но сейчас, покончив с этой работой, я собираюсь от всей души исповедаться и, кроме того, пожертвую святому Донату несколько монет из числа полученных от вашего друга. Мне плохо спалось, пока эта штука находилась под крышей моего дома.

— Со своей стороны позвольте выразить надежду, маэстро, что ваша задушевная исповедь будет достаточно краткой, в меру туманной и сосредоточенной сугубо на житейских мелочах.

Обернувшись к нему, Серена ухмыляется и подмигивает:

— То есть без упоминания о моем предстоящем отъезде? Нет, дотторе, в этих грехах я покаюсь уже после их совершения. Уверен, что в Амстердаме можно найти священников самых разных конфессий.

На лице Гривано, должно быть, заметен испуг. Серена смеется, берет со стола зеркало и вновь поворачивается к своему сундуку.

— В этой комнате можно говорить без опаски, дотторе. Из-за шума в мастерской нас никто не услышит. Итак, поведайте мне ваш план.

Гривано хмуро глядит в его широкую спину.

— Прежде всего, — говорит он, — вам стоит вложить большую часть денег, не предназначенных святому Донату, в приобретение драгоценных камней для вашей почтенной супруги. Алмазы, рубины, изумруды. Все, что легче золота. С чем удобнее путешествовать.

— Жена и сыновья поедут со мной?

— Конечно.

— Когда?

— Через три дня вы с семьей отправитесь в город и заночуете на постоялом дворе под названием «Цербер». Он находится на набережной Каннареджо. Я приду за вами туда, и среди ночи мы переправимся на трабакколо, которое бросит якорь в лагуне. Это судно доставит нас в Триест.

— Триест? Почему в Триест?

— Начальный отрезок пути мы проделаем по суше. До Спалато. А там сядем на голландский корабль.

— Я не уверен, что правильно вас понял, дотторе. Если мы отправимся в путь по суше, то почему не в сторону Трента? Почему не в северном направлении?

Впервые Гривано подмечает беспокойство в голосе Серены и напряжение в его позе. Мурано для него — это родная уютная клетка, — вероятно, он ни разу в жизни не бывал на материке, да и в город через лагуну плавает не часто: от силы две-три поездки в год. Это вам не отщепенец Обиццо. Серене очень даже есть что терять.

— В каждой харчевне на каждой дороге, по которой мы могли бы поехать на север, — говорит Гривано, — имеются информаторы Совета десяти. Вся Терраферма опутана паутиной Совета, столь же прочной и невидимой, как сеть Вулкана, а дороги — это ее сигнальные нити. Как только мы потревожим одну из нитей, властям это сразу же станет известно. И сбиры настигнут нас еще до захода солнца.

— Но разве нельзя морем добраться до Рагузы и уже там пересесть на голландский корабль?

— Из-за нападений ускоков единственными кораблями, которые могут посещать Далмацию, являются вооруженные галеры, принадлежащие правительству Республики. А они, сами понимаете, не очень-то подходят для наших целей.

Гривано слышит скрип затягиваемого узла, а затем Серена поворачивается и кладет перед ним на стол готовый пакет. Плотная бумага перевязана вдоль и поперек узором из бечевы — столь искусным, что он может посоперничать в этом плане с самим упакованным предметом.

— Я положил в пакет листья морской травы, — говорит Серена, — чтобы предохранить зеркало от сырости. Я вас об этом предупреждал, и надеюсь, что ваш друг будет поступать так же. Сушеные водоросли можно приобрести у любого аптекаря. Немного бренди, дотторе?

Гривано кивает. Серена достает из шкафчика графин голубоватого стекла и два хрустальных бокала, простых по форме, но безупречных по чистоте и благородству линий. Откупорив графин и наполнив бокалы, он присаживается и поднимает один из них.

— В таком случае за Триест! — говорит он.

— За Триест! — подхватывает Гривано.

Их бокалы смыкаются с тихим протяжным звоном.

При первом глотке у Гривано перехватывает дыхание; крепость напитка ощущается даже в испарениях над бокалом.

— Из Триеста, — продолжает он, прочистив горло, — мы направимся в Фиуме, затем в Карлштадт и далее через горы к далматинскому побережью. В Спалато мы должны прибыть до Дня святого Антония. Вы предвидите какие-нибудь осложнения? Ваша жена и сыновья смогут в короткий срок преодолеть такие расстояния?

Серена, глотнув из бокала, кивает, потом делает еще один глоток. На Гривано он не глядит.

Гривано рассматривает свой бокал, медленно поворачивая его в лучах солнца.

— Вы не могли бы устроить так, чтобы ваши сыновья находились подальше от печей в оставшееся до отъезда время? — спрашивает он.

— Это возможно. Но зачем?

— Впереди у нас несколько дней трудного путешествия. Частью по заброшенным горным дорогам. Исходя из моего опыта — сейчас я говорю как врач, — длительное пребывание под открытым небом и воздействием стихий тяжело сказывается на молодых людях со свежими ранами и ожогами.

В глазах Серены мелькает страдальческое выражение.

— Да, — говорит он, — я понимаю вашу озабоченность.

Он осушает свой бокал, наполняет его вновь и покачивает круговым движением. Густая жидкость покрывает стеклянные стенки, как масло.

— Зеркала, — говорит он. — Мы должны будем делать зеркала, верно?

— Вы будете делать зеркала только в весенние месяцы, — говорит Гривано, — а в остальное время года можете заниматься производством любых изделий по своему усмотрению. Таковы наши условия.

— Я не умею серебрить зеркала. И листовым стеклом я тоже не занимался.

— Да, нам это известно.

Серена рассеянно перекатывает основание графина по столешнице. Выпитое уже начинает сказываться — это видно по его глазам.

— Стало быть, вам нужен еще кто-то, кроме меня.

— Верно. И у нас есть такой человек.

— Скажите, дотторе, вам удалось найти Верцелина после нашей прошлой встречи в таверне?

Гривано смотрит на мастера, но тот все так же избегает встречаться с ним взглядом и, хитровато улыбаясь, продолжает манипуляции с графином. Прежде чем ответить, Гривано отпивает глоток бренди, при этом ощущая удары своего пульса на шее.

— Да, — говорит он, — я его нашел.

— Я так и думал, — говорит Серена. — С тех пор никто в Мурано его не видел. Когда ко мне пришли люди из зеркальной мастерской Мотты и спросили о нем, я сказал, что вы той ночью отправились на его поиски.

Бренди начинает подниматься из желудка, дюйм за дюймом подступая к горлу Гривано.

— Я не сомневался, что они еще раньше узнали об этом от хозяйки «Саламандры», — продолжает Серена. — Я также взял на себя смелость сообщить им, что позднее той же ночью встретил вас на площади Сан-Стефано и вы сказали, что найти его вам не удалось. Почему-то мне взбрело в голову, что такой ответ будет самым правильным. Надеюсь, вы на меня не в обиде, дотторе.

Гривано испускает долгий выдох, переходящий под конец в нервный смешок. Затем без слов протягивает к Серене свой бокал, и снова раздается тихий хрустальный звон. Какое-то время они пьют молча.

— Скажите, дотторе, что вы думаете об этой вещи? — говорит Серена, передавая ему графин.

Качественная работа, хотя шедевром это не назовешь. Стекло могло бы быть чище и светлее. Тем не менее это лучше любого стеклянного изделия из всех, какие он видел при султанском дворе. С одобрительным жестом Гривано возвращает графин мастеру.

— Я сделал его, когда мне было двенадцать, — говорит Серена. — Мой первый графин. Такие вещи — это хлеб насущный стеклодела. И все же этот оказался недостаточно хорош, чтобы меня перевели из учеников в подмастерья. Впрочем, я тогда был еще очень молод.

Кивнув, Гривано допивает свой бренди и вновь изучает бокал при свете из окна. Щелкает по нему ногтем. Подносит ближе к глазам.

— Ну как, видите изъян? — спрашивает мастер.

Гривано всматривается и обнаруживает в основании бокала цепочку из крошечных пузырьков, разглядеть каждый из которых в отдельности невозможно, а все вместе они размером не превосходят ресницу.

— Вы об этой мелочи? — уточняет Гривано. — Потому бокал и не пошел в продажу?

— Разумеется. Неужели я стал бы продавать вещь с таким очевидным дефектом? Однако формой я остался доволен. И мне как раз нужна была пара бокалов для себя.

Гривано ставит бокал на стол. Серена вновь его наполняет. Щеки у Гривано горят, словно он постоял перед жарко натопленной печью. Хотя ведь так оно и было.

— Вы делаете прекрасные вещи, маэстро, — говорит он.

Серена бросает на него какой-то странный взгляд, закупоривая графин и отодвигая его в сторону.

— Нет, доттóре, — говорит он. — Я делаю вот это.

И, схватив что-то со стола, бросает этот предмет Гривано, который машинально его ловит. Это неровный шарик сырого стекла, взятый Сереной из ванны в мастерской: гладкий, слегка заостренный на одном конце и приплюснутый на противоположном, тут и там испещренный вкраплениями мелких пузырьков. Стекло зеленоватое и мутное, но свет оно пропускает. Форма этого стеклянного окатыша что-то напоминает Гривано, но он не может вспомнить, что именно.

— Изготовлением красивых вещей в мастерской занимаются другие люди, — говорит Серена. — Быть может, мои мальчики займутся тем же, когда подрастут. Но не я. Моя работа ныне сводится вот к этому.

Наклонившись вперед, он забирает сырое стекло у Гривано и вновь откидывается на спинку стула. Окатыш поблескивает на его правой ладони, как мокрая лягушка, под ветвями трех его пальцев-обрубков.

— Я слежу за равномерностью расплава, чтобы он потом легко поддавался обработке, — говорит он. — Я добиваюсь правильного сочетания прочности и пластичности. Я делаю его прозрачным, когда для изделий требуется прозрачность. А когда нужна загадочность, я заставляю стекло переливаться на свету разными красками. И я очень надеюсь, доттóре, что другие мастера смогут сделать из этого стекла нечто красивое. Но это уже их забота. Не моя.

52

Когда лодка проплывает мимо Сан-Кристофоро, тревожа шилоклювок и зуйков на мелководье, Гривано перегибается через борт и отдает лагуне бóльшую часть выпитого у Серены бренди, после чего ему становится лучше. Он споласкивает рот водой из фляги гондольера, прислоняется головой к одному из столбиков навеса и наблюдает за птицами у берега и за рыбацкими сетями, развешенными на жердях для просушки. Тяжесть в голове не проходит, и Гривано представляет ее как наполняющийся нижний сосуд песочных часов, где каждая песчинка — это мысль, воспоминание или тайна.

Они причаливают к набережной, и Гривано, расплатившись, выбирается из лодки. Беспокоясь о сохранности зеркала, он обеими руками прижимает к груди сверток и, как следствие, забывает о своей трости, которую потом приносит гондольер, нагнав его уже на площади Санта-Джустина. Гривано благодарит его и вознаграждает за хлопоты.

Он не собирался заглядывать в старую церковь на площади, однако это происходит как бы само собой. Продвигаясь по разбитому полу от одного искрящегося пылинками солнечного луча до другого, он думает о Лепанто. Вспоминается капитан Буа в кирасе и шлеме: «Святая Джустина, сегодня, в день твоего праздника, мы молим тебя испросить для нас благословение Господне, ибо мы защищаем христианские добродетели нашей великой Республики от дикарей-нехристей». Вспоминается рукопожатие под летящими брызгами, которыми они обменялись с Жаворонком, — то был последний славный момент перед тем, как над волнами разнесся гром барабанов и цимбал, им ответили рожки и трубы с христианских галер, а потом строй кораблей смешался — и начался невообразимый ужас. Первого человека он убил выстрелом почти в упор, снеся голову вместе с чалмой, ошметки которой рассеялись по воде за бортом. Помнится скользкая красно-коричневая палуба и ноги по щиколотку в кровавом месиве. Жаворонок, исступленно бьющий уже мертвого янычара чьей-то оторванной по локоть рукой под свист пролетающих мимо ядер. Чудовищный грохот, когда «Христос Вседержитель» взорвал свой пороховой погреб, заодно разнеся в щепки облепившие его турецкие галеры; куски дерева, железа и плоти, летящие из облака дыма. Залив, охваченный огнем; обломки кораблей, прибиваемые ветром друг к другу, как лепестки на поверхности пруда или сливающиеся капельки разбрызганной ртути. И позднее — он сам во мраке трюма, полуослепший от слез, лихорадочно разыскивающий аттестат Жаворонка под шум боя и вопли турок, уже захвативших верхнюю палубу...

Гривано начинает испытывать голод. Снаружи, сразу за растрескавшейся апсидой храма, обнаруживается трактир, где подают мясо зажаренного на вертеле козленка с черствым хлебом и посредственным красным вином. Из посетителей здесь, помимо него, лишь четверо угрюмых работников Арсенала, которые исподтишка играют в кости, сложив под ногами тюки с древесной стружкой. При появлении в дверях Гривано они прерывают игру и молча, без спешки убирают со стола стаканчик с костями и рассыпанные монеты. Не секрет, что по всему городу возникает все больше полуподпольных игорных заведений, но то, что эти люди кощунственно играют под самыми стенами церкви, лишний раз говорит о безразличии местных к тому, что она собой символизирует. Под недовольными взглядами рабочих Гривано быстро управляется со своей порцией, встает из-за стола и — подкрепившийся, взбодренный вином — направляется к игрокам.

— А что, добрые люди, докторские ставки у вас принимаются? — спрашивает он.

Для начала позволив им выиграть небольшую сумму, Гривано заказывает вина для всей компании и переводит разговор на плачевное состояние храма. Все соглашаются, что это позор: погибшие при Лепанто не заслуживают столь наплевательского отношения к памяти об их подвиге. Один из четверки сам участвовал в той битве — во всяком случае, так он утверждает, — сидел на веслах галеры Винченцо Квирини и вонзал пику между ребер турецких солдат. После битвы он вернулся домой свободным от галерной каторги, с добычей стоимостью в несколько дукатов и рассказами, которые сейчас никому не интересны.

— Только глупцы могут гордиться бесплодными победами, — говорит он. — Так что я никогда не хвастаюсь. Наши дипломаты с самого начала и не думали отвоевывать Кипр. Сейчас это ясно всем, разве нет? Они начали переговоры с султаном о сделке еще в то время, когда наш флот продвигался к Лепанто. Но я спас несколько жизней своих товарищей-гребцов, отправил на тот свет немало турок и не запятнал себя трусостью. И этого мне довольно. Я не вижу, что еще может здесь иметь значение.

Солнце висит уже низко, когда Гривано выходит из трактира на улицу. Перед ступенями церкви ему навстречу попадается молодой священник с фитилем в руке, лениво ковыляющий к алтарю, чтобы зажечь немногие оставшиеся там свечи. Он еще пьянее Гривано, а землистая кожа на его шее покрыта сифилитическими пятнами — «ожерельем Венеры». На миг у Гривано возникает сильное желание последовать за этим ублюдком и хорошенько отдубасить его тростью, но он быстро одумывается. И удивляется собственному гневу. Почему его должно волновать то, что Лепанто предано забвению? Разве сам он не старался как мог забыть эту битву?

Он вспоминает о Перрине — о ее настойчивых расспросах и широко раскрытых, ждущих глазах. В каком она сейчас монастыре — в Санта-Катерине? Это не так уж далеко отсюда, за собором Сан-Заниполо, по соседству с Ораторией Кроциери. Как там она выразилась? «В исступлении и хаосе сокрыта истинная картина событий». Ох уж эта бескомпромиссная убежденность юности! Она забавляет, тревожит, смущает. Все равно что смотреть на детей, играющих в войну отцовскими мечами. У него возникает желание сейчас же повидать ее, поговорить с ней. В конце концов, тот факт, что он готовится совершить государственную измену, вовсе не освобождает его от обещания проведать воспитанницу сенатора, не так ли?

Многолюдная улица выводит его к площади Сан-Заниполо, где он делает остановку между лотками торговцев, рядом с бронзовым монументом Коллеони, чтобы перевести дыхание и немного успокоиться, созерцая Скуолу Сан-Марко. Однако ее вычурный фасад с ложными арочными проемами, с пеликанами, фениксами и крылатыми львами приводит Гривано в еще большее смятение, и он спешит снова влиться в толпу, двигаясь в западном направлении. Сначала ему служит ориентиром стройная, с луковичным куполом, колокольня церкви Святых Апостолов, но затем он оказывается среди высоких стен госпиталей и новых палаццо, где можно ориентироваться только по солнцу, когда оно появляется в створе улицы. Уже начиная подозревать, что заблудился, он вдруг выходит к широкому каналу и видит перед собой растянутый фасад палаццо Зен с решетчатыми окнами, а чуть подальше и Санта-Катерину.

Фонарь у входа в монастырь зажжен, хотя на улице еще светло. Гривано пробует ручку — дверь заперта. Тогда он стучит по ней набалдашником трости. Сверток с зеркалом кажется слишком тяжелым, и он опускает его на каменные ступени, но тут же снова подхватывает, при этом едва не потеряв равновесие. После недолгой паузы он возобновляет стук.

Наконец гремит засов, дверь отворяется, и в проеме возникает худая как щепка монахиня со скорбно опущенными углами рта, морщинистыми щеками и смиренным взором.

— Сожалею, дотторе, — говорит она, — но посторонние не допускаются в обитель после захода солнца. Надеюсь, вы навестите нас завтра в более подходящее время.

Отвечая, Гривано чувствует, как тяжело ворочается во рту язык, и прилагает усилия, чтобы отчетливее произносить слова.

— Однако солнце еще не зашло, досточтимая сестра, — говорит он. — Прямо сейчас его пламя слепит мне глаза. Я проделал долгий путь, дабы повидать синьорину Перрину Глиссенти, которая находится на вашем попечении. Позвольте мне войти.

Глаза монашки сужаются до щелочек, но тон остается учтивым.

— Еще раз выражаю сожаление, дотторе, но это совершенно исключено. Даже среди дня в приемную нашей обители допускаются только близкие родственники воспитанниц. И ни в какое время суток не допускаются посетители в состоянии интоксикации. Спокойной ночи, дотторе.

Гривано успевает просунуть левую руку в уже закрывающийся проем. Кромка дубовой двери под его пальцами ощутимо закруглена, и это наводит на мысль, что он далеко не первый проситель, оказавшийся в таком положении, — немало рук должно было в отчаянии схватиться за эту дверь, чтобы так сгладить ее край.

— Интоксикация? — произносит он саркастическим тоном, приближая нос к оставшейся щели. — Высокочтимая сестра, как врач по профессии, я буду очень признателен, если вы оставите подобные диагнозы моей прерогативой. Будьте добры, откройте дверь и позовите синьорину. Я должен поговорить с ней немедленно. Это связано с жизненно важными вопросами государственной безопасности.

Монашка нажимает на дверь, демонстрируя непреклонность, и Гривано морщится от боли. Он спиной чувствует взгляды всех, кто сейчас находится на площади перед монастырем.

— Мы будем рады оказать вам содействие, дотторе, — звучит приглушенный голос. — Приходите завтра с каким-нибудь родственником синьорины или с письмом от Совета, подтверждающим ваши полномочия. А сейчас: до свидания.

— Да я и есть родственник! — восклицает Гривано. — Я брат этой юной особы.

Давление на его пальцы слегка ослабевает.

— Насколько мне известно, — говорит монахиня, — все братья и сестры синьорины мертвы.

— Да, — говорит Гривано, — все верно. Как вы можете убедиться своими глазами, я мертв. Не далее как прошлой ночью я восстал из могилы с намерением проведать мою младшую сестру и, как покойный член семьи, имею полное право на посещение этой святой обители.

— Я еще раз вынуждена с вами попрощаться, дотторе.

— Тогда послушайте вот что, сестра. — Гривано придает голосу внушительности. — Я пришел к синьорине по просьбе ее родственника, сенатора Джакомо Контарини, чье имя вам должно быть известно. Он лично просил меня об этом при нашей последней встрече. Полагаю, он предупредил вас о моем визите. Если вы не в курсе, обратитесь к своей настоятельнице и заодно сообщите ей еще одно имя: меня зовут Веттор Гривано.

Следует долгая пауза, а затем дверь медленно отворяется.

Не потрудившись принять его мантию, монашка подводит Гривано к паре кресел с высокими прямыми спинками, зажигает масляную лампу на подставке между ними и уходит в глубину полутемного коридора, оставляя его в одиночестве. Кроме нескольких кресел и столиков, в просторном помещении приемной нет никакой мебели. Над холодным очагом висит выполненное в архаичном стиле изображение Екатерины Александрийской с золотым нимбом, поблескивающим в свете лампы, и пыточным колесом, рассыпающимся от прикосновения святой мученицы. Усевшись в одно из кресел, Гривано пристраивает на коленях сверток с зеркалом, а сверху кладет свою трость.

Засыпает он моментально, а когда, вздрогнув, пробуждается, то не сразу понимает, где находится. Раздается одиночный удар монастырского колокола, и ему вторят другие колокола снаружи, возвещая о начале вечерней молитвы, звуки которой сквозь стену доносятся до него из прилегающего храма. В коридоре слышны тихие голоса и шорох. Затем в приемной появляются монашка и Перрина, которая идет широким шагом, несвойственным благородной девице. Бледные руки монахини суетливо мечутся перед ее лицом, пытаясь на ходу поправить вуаль.

Когда Перрина замечает при свете лампы черную фигуру Гривано, в глазах ее вспыхивает радостное удивление, а губы складываются в слово, которое, однако, с них так и не слетает. А когда еще через пару шагов она всматривается в его лицо, удивление сменяется растерянностью и тревогой.

— Дотторе Гривано? — произносит она.

Трость с грохотом падает на пол, когда он встает для приветствия. Отвешивая глубокий поклон, он для большей устойчивости держится рукой за спинку кресла.

— Да, синьорина, — говорит он, — это я.

— Какая приятная неожиданность, — говорит она. — Я рада, что вы решили меня навестить. Но в чем состоит важное и срочное дело, которое привело вас сюда в столь неподходящий для визитов час?

— Благочестивая госпожа, я должен сознаться: упомянув в разговоре у входа о некоем срочном деле, я ввел вас в заблуждение. Покорнейше прошу меня за это извинить. В действительности же единственной причиной моего столь позднего появления в стенах вашей обители стал всего лишь спонтанный порыв — увы, свойственный моей далеко не безгрешной натуре. Возможно, мне в этой ситуации следовало бы обратиться за духовной поддержкой в мужскую обитель, однако ноги сами привели меня сюда в надежде на то, что, высказавшись, я смогу облегчить груз, тяготящий мое сознание. Дорогая Перрина, я только что случайно встретил человека, в свое время сражавшегося при Лепанто, и разбуженные им воспоминания заставили меня искать общества участливого и благодарного слушателя, какового я очень надеюсь обрести в вашем лице. Вы не согласитесь присесть и немного со мной побеседовать?

Оба садятся в кресла — после того, как Гривано не без труда поднимает с пола свою трость.

— Будьте кратки, — предупреждает монахиня. — Перрина, тебе должны быть известны правила поведения при приеме гостей в нашей обители, и я надеюсь, что ты по мере необходимости доведешь их до сведения дотторе.

Засим монашка перемещается к дальней стене комнаты, зажигает еще одну лампу и усаживается там, взяв спицы и корзинку с мотками шерсти. В процессе вязания ее немигающий взгляд то и дело вонзается в Гривано.

— После нашей недавней встречи, — говорит Перрина, — я была уверена, что впредь вы постараетесь избегать моего общества. Я боялась, что обидела вас своими слишком настойчивыми расспросами. И сейчас я очень рада видеть вас вновь, дотторе. Хотя было бы лучше, если бы я знала о вашем приходе заранее.

Гривано глядит на нее с улыбкой, не понимая, как он мог быть настолько слеп, что его застали врасплох слова сенатора о происхождении Перрины. Ведь в ней так много истинно кипрского — хотя она никогда не бывала и вряд ли когда-нибудь побывает на том острове. Столько памятных отголосков, которые сама она, конечно же, уловить не в состоянии. Рядом с ней у Гривано возникает странное ощущение невидимости, чему способствует и ее наряд: простое платье из темной шерсти и вуаль, накинутая небрежно, второпях, явно без намерения кого-то заинтриговать и привлечь мужское внимание. Ему это нравится. С такой Перриной можно беседовать о чем угодно.

— Сенатор сообщил мне, кто вы такая, — говорит он.

Она молчит, сглатывая несколько раз подряд. При этом на ее горле то появляются, то исчезают тени.

— Я расскажу вам о Лепанто, — говорит он, — хотя вряд ли смогу многое добавить к тому, что вам и так уже известно. Мы с вашим братом направлялись в Падую, когда пришла весть о падении Никосии. И мы сразу же вызвались добровольцами. Мы были очень молоды — моложе, чем вы сейчас, — и, разумеется, не обладали никакими воинскими навыками. Единственным кораблем, на который нас взяли, оказалась корфианская галера под названием «Черно-золотой орел». К флоту Священной лиги мы присоединились в Мессине, а при Лепанто «Орел» находился на правом фланге нашего построения. Начало битвы складывалось удачно, но, когда шедшее на нас левое крыло турок полностью развернулось, начался сумбур. Наши адмиралы не понимали маневров друг друга, строй нарушился, и мы потеряли из виду остальной христианский флот. Мы одержали верх в нескольких абордажных схватках — увы, в одной из них пал ваш брат, — но потом оказались в плотном кольце вражеских галер. Наш капитан по имени Пьетро Буа предпочел сдаться, а впоследствии отступающие турки отбуксировали нас в гавань Лепанто и собрали всех пленных на главной площади города. Они были в ярости из-за своего поражения и понесенных ими огромных потерь. Все христиане знатного происхождения были отделены от прочих пленников. Мы думали, турки хотят получить за них выкуп, но оказалось иначе: они обезглавили этих людей, а с капитана Буа живьем содрали кожу. Уцелевших ждало рабство.

— А как умер мой брат?

— В него попало ядро, выпущенное с центральной батареи османской галеры. Это большой круглый камень весом примерно в полсотни фунтов. Видимо, при выстреле ядро раскололось — я потом видел осколки камня, торчавшие из обшивки в стороне от его траектории. Если бы орудие выстрелило в тот момент, когда их галера находилась между волнами, а не на гребне, снаряд разнес бы палубу и погибли бы многие наши, включая меня. А так ядро пролетело чуть выше. Только что ваш брат стоял рядом со мной — и в следующий миг его не стало.

— Вы смогли осмотреть его останки прежде, чем ваш корабль был захвачен?

— Я пытался это сделать, синьорина. Но от него почти ничего не осталось. Я глубоко сожалею.

Она кивает. Поза ее предполагает скорбь, но лицо ее отражает лишь сильное волнение. И опустошенность.

— Они казнили всех знатных пленников, — говорит Перрина. — Стало быть, Габриель умер бы все равно, даже уцелев в бою.

— Да. И я порой утешаю себя этой мыслью. То ядро спасло его от более мучительной смерти, а заодно и от унижения.

Она замолкает, теребя руки на коленях как будто в попытке их согреть, хотя в комнате совсем не холодно. Или все-таки холодно? Гривано, в его нынешнем состоянии, судить трудно. Он открыто разглядывает Перрину, стараясь запомнить каждую деталь ее внешности — губы, лоб, ступни, — однако все им увиденное быстро соскальзывает в забвение, как струи дождя, стекающие с голой скалы. Впрочем, ему известно, что глаза играют далеко не главную роль в процессе запоминания. Он борется с искушением уткнуться носом в ее волосы, взять ее ладони и рассмотреть начертанные на них судьбой линии. Возможно, больше они не увидятся: начиная с завтрашнего дня в его планах уже нет места для встреч с этой девушкой.

— А что случилось с вами? — спрашивает она. — После того, как вас захватили турки?

Гривано пожимает плечами:

— Мне, можно сказать, повезло. Я не стал гребцом на турецких галерах, как многие мои соратники. Поскольку я был еще очень молод, меня сочли годным для перевоспитания и службы в корпусе янычаров. Вместе с ними я сражался и переносил тяготы походов в далеких землях, о существовании которых ранее даже не подозревал. Я выучил турецкий язык, а также язык арабов и впоследствии стал переводчиком.

— А потом вы сбежали.

— Да. Я обманул их доверие и совершил побег. Хотел бы я сказать, что мой выбор был легок и прост, но это было не так. К тому времени почти половину своей жизни я провел среди турок. Дом моего детства и моя семья — все это было давно потеряно. Страны, в которых я надеялся обрести свободу, стали для меня чужими. Тот мир, в котором я был рожден, уже не смог бы меня опознать, как и я не узнал бы его.

— Человек без семьи здесь никто, — говорит Перрина. — Хуже чем никто: он мертвец. Бестелесный образ. Привидение.

Она произносит это ровным голосом, со спокойным лицом, но Гривано чувствует за этим пламя ярости — чистое и прозрачное до невидимости, что свойственно лишь самому жаркому огню.

— Да, — говорит он, — я уверен, что вы меня понимаете.

— Почему вы вернулись?

Гривано смотрит вниз на свои колени, потом на пол. Опьянение постепенно проходит, он становится вялым, отяжелевшим, и ему все труднее сохранять баланс между правдой и ложью.

— По прошествии лет, — говорит он, — мы порой обнаруживаем, что самые важные, ключевые решения в жизни были приняты нами походя, незаметно для нас самих. Примерно так же нечто, вблизи казавшееся нам всего лишь хаотичным сочетанием цветных стеклышек, потом при взгляде издали складывается в мозаичную картину. Однажды ночью ко мне пришел человек и сказал, что ему удалось выкрасть из турецкого хранилища содранную кожу Маркантонио Брагадина, героя Фамагусты. Он попросил меня о помощи, и я согласился. Все дальнейшее стало следствием этого с ходу принятого решения.

Какое-то время они проводят в молчании. Величальная песнь Богородице, исполняемая хором, доносится из монастырской церкви. Монашка в дальнем конце комнаты продолжает вязать. При этом ее нетерпеливое раздражение обволакивает их, как густой туман.

— Вскоре и мне предстоит ключевое решение в жизни, — говорит Перрина.

— Вы о принятии пострига?

Перрина кивает.

— Мне двадцать лет от роду, — говорит она. — Я воспитывалась в этом монастыре с восьми лет. Большинство из нас выходит замуж или становится монахинями до шестнадцати лет. И я ощущаю все возрастающее беспокойство настоятельницы по моему поводу. Она давно уже выбрала для меня новое имя и надеется вскорости совершить обряд. Об этом она регулярно напоминает мне на протяжении последнего года, и даже ее немалый запас терпения начинает иссякать. У меня нет слов, дотторе, чтобы описать вам, как отчаянно я желаю выйти на свободу из этого унылого гарема Христа. Я готова...

Теперь ее глаза, обсидианово блестящие сквозь вуаль, находят глаза Гривано.

— ...готова на *все*, чтобы только выбраться из этого места. Я готова на все.

Гривано бросает тревожный взгляд на монахиню, но на лице ее сохраняется прежнее скучливо-недовольное выражение.

— Не волнуйтесь насчет сестры Перпетуи, дотторе, — говорит Перрина. — Она очень строга и благочестива, но притом туговата на ухо. Нам, узницам Санта-Катерины, повезло, что именно ее поставили над нами надзирать.

— Насколько я понял, — говорит Гривано, — у вас нет особой склонности к монашеству.

— Если вы пройдетесь по кельям этого монастыря, дотторе, вы найдете здесь от силы дюжину искренне желающих уйти от мира. В большинстве своем мы — лишние дочери влиятельных семей Республики, выданные замуж за Христа, ибо для нашей родни это лучшая возможность сэкономить на приданом без ущерба для фамильной репутации. В свободные часы между молитвами мы развлекаемся сценками, изображая соперничество наших семей во внешнем мире, — но без кровавых последствий, конечно. А наименее безмозглые из нас, избегая высокородных подружек, вместо этого водятся с раскаявшимися блудницами, которым отлично известны сложности жизни за этими стенами, которые знают массу веселых песен и занимательных историй и которые могут нас научить, как наилучшим образом доставить удовольствие мужьям и возлюбленным, если нам когда-нибудь повезет обзавестись таковыми.

На этом месте Гривано, слегка опомнившись, закрывает разинутый от удивления рот.

— Впрочем, я редко участвую в этих беседах, — продолжает Перрина. — В основном я провожу свободные часы за книгами, какие удается раздобыть, или предаюсь разным невероятным фантазиям. Хотите узнать самую постыдную из них, дотторе, — ту, что неотступно преследует меня в последние дни? Рассказать о ней я не решилась бы никому, кроме вас. В этой фантазии корабль, везший с Кипра мою маму и сестру, не добрался до владений Республики, а был захвачен в море османскими корсарами, и я появилась на свет не в душном уюте палаццо Контарини, а в Константинополе и потом стала одалиской в серале. Далее, конечно, я воображаю, как молодой султан, оценив скромный ум, доставшийся мне от природы, и красоту, каковой я в реальности не обладаю, сделал меня своей фавориткой. Вы краснеете, слыша эти речи, дотторе, а вот я даже не краснею, их произнося. Может, чуть менее постыдным для меня было бы внести в эту фантазию одно небольшое изменение, представив, что я родилась в серале мальчиком? То есть пожелать, чтобы моя жизнь сложилась примерно так же, как ваша? Однако вообразить такое мне не удается.

Гривано изо всех сил старается выдержать ее взгляд. Его руки обмякли и отяжелели, словно на них толстым слоем намотана мокрая шерстяная ткань. И он не уверен, что сможет устоять на ногах, когда придет время подниматься из кресла.

— Наши фантазии едва ли подвластны рассудочному выбору, синьорина, — говорит он.

— Вы поможете мне бежать? — спрашивает она. — Только выбраться отсюда. Большего я не прошу.

Он медленно качает головой. И совершает ошибку: когда он прекращает это движение, комната продолжает качаться и кружиться у него перед глазами.

— Вы сами не понимаете, о чем просите, — говорит он. — Куда вы направитесь потом?

— Я знаю подходящие места, — говорит она. — И людей. Прошу вас, дотторе.

От вида кружащихся стен Гривано становится дурно, и он закрывает глаза. Делает глубокий вдох. И мысленно смеется. В этот момент ему нетрудно представить себя плодом фантазии этой девушки, воплощением в жизнь ее сна. Тенью, созданной на стене игрой маленьких рук в луче от неведомого источника света.

— Дотторе, вам опять нехорошо? — спрашивает она.

— Ваше новое имя, — говорит Гривано. — Вы уже придумали себе новое имя?

— Нет. Но я это сделаю, когда будет нужно.

Гривано открывает глаза.

— Это так волнующе, не правда ли? — говорит он. — Сама мысль о том, чтобы отбросить свое прежнее имя и начать все заново. Но к таким вещам нельзя относиться легкомысленно. А не то однажды останетесь совсем без имени.

— Перрина, — слышится голос монахини, — время вышло. Проводи нашего гостя до двери.

Перрина встает и, взяв Гривано за запястье, осторожно тянет его из кресла, каковая помощь оказывается очень кстати.

— Я не успел рассказать о вашем брате, — говорит он.

— У меня еще много вопросов. Но вы ведь скоро вновь меня навестите, верно?

— Его очень любили все, кто его знал, — говорит Гривано. — До последнего момента своей жизни он поддерживал в нас боевой дух. По сей день я считаю его образцом благородства и мужества.

По лицу Перрины пробегает тень; взгляд опускается долу. Затем она берет Гривано под руку и направляет в сторону выхода.

— Мне рассказывали, — говорит она, — что в детстве Габриель был очень замкнутым и склонным к меланхолии. И что характер его изменился к лучшему во многом благодаря дружбе с вами.

В голосе ее слышна неуверенность — и готовность быть разубежденной. Это действует на него отрезвляюще, как пакет со снегом, приложенный к шее.

— Должен признаться, годы борьбы и страданий сказались на моем собственном темпераменте. Сейчас я почти ничего не помню из той беззаботной юности, которую вы описали. Но если я действительно как-то облегчил краткий, но яркий жизненный путь вашего брата, это для меня большая честь.

Она улыбается под вуалью. Тянет его вперед. Взгляд ее устремлен в каменный пол. Монахиня следует за ними по пятам.

Перрина украдкой сжимает его локоть.

— Вы мне поможете? — шепчет она.

— Я... постараюсь.

Дверь распахивается навстречу ночи и легкому бризу, уносящему эхо голосов и шагов. Колокольни и печные трубы над черепичными крышами вырисовываются черными контурами на фоне западного небосклона, а по улицам расползаются длинные тени. Поверхность канала мерцает в остаточном свете от синевы неба и оранжевых фонарей. Гривано начинает медленно спускаться по ступеням с монастырского крыльца, но на полпути оборачивается, привалившись спиной к поручню. Перрина все еще стоит в проеме двери.

— Ваш родственник, сенатор Контарини, — что он сказал вам насчет меня?

Она явно удивлена этим вопросом и отвечает не сразу.

— Очень мало. Да почти ничего.

— То есть он только устроил нашу встречу.

— Да, — говори она. — Я сама его об этом попросила.

Монахиня стоит позади нее, положив одну руку ей на плечо, а другую — на дверной косяк. Вуаль и сумрак не позволяют разглядеть глаза Перрины.

— Тогда от кого вы узнали, что я был знаком с вашим братом? — спрашивает Гривано. — И что я сражался при Лепанто?

Тянется долгая пауза. Бриз колышет ветви сосен в монастырском дворе.

— Дотторе де Ниш, — говорит она наконец. — Мне сказал об этом дотторе де Ниш.

— Спокойной ночи, дотторе, — громко произносит монахиня, закрывая дверь. — Будьте осторожны в темноте.

53

Засов задвигается с категорическим лязгом. В наступившей тишине Гривано глядит на серые дубовые доски двери, пока в щелях не исчезает свет от лампы. Потом спохватывается и суматошно проверяет, все ли вещи при нем. Убедившись в наличии свертка и трости, он начинает продвигаться на юг, ориентируясь по колокольне Святых Апостолов — в той стороне находится и Риальто. Вдалеке сияет, как докрасна раскаленный, золотой флюгер на шпиле кампанилы Сан-Марко, а вокруг него вьются ночные птицы, которые ловят на лету привлеченных этим сиянием насекомых.

Достигнув канала Санта-София, Гривано нетвердой поступью приближается к воде и расстегивает одежды с намерением помочиться; при этом струя большей частью попадает на край причала, выписывая дикие зигзаги и под конец едва не обливая его собственные сапоги. Он хочет как следует обдумать все только что услышанное от Перрины, но сейчас на это нет времени:

надо еще встретиться с Обиццо и согласовать дальнейшие действия. Ему вообще не следовало являться в монастырь. Какая блажь подвигла его на это? Что порождает в нем такие нездоровые порывы: его собственная порочная натура или кривые улочки этого города, которые всегда готовы отклонить его от намеченного пути, отвлечь странными зрелищами и событиями, спровоцировать на импульсивные поступки? Даже сейчас каждый шаркающий шаг в сторону Риальто на самом деле не приближает его к цели: он уже видит Гранд-канал в просвете между стенами палаццо, но в этом месте не обнаруживается никакого прохода к набережной.

На площади Иоанна Златоуста он наконец сдается: выбирает улицу, которая уж точно выведет его к Мерчерии, и в конечном счете добирается до Гранд-канала за Немецким подворьем, неподалеку от нового моста. Отсюда Гривано спешит на Ривадель-Карбон, по пути вглядываясь в лицо каждого бездельного гондольера в надежде опознать Обиццо. Немного не доходя до палаццо Морозини, где накануне выступал Ноланец, он разворачивается и идет в обратную сторону. Мост Риальто выглядит как разверстая над каналом хищная пасть со множеством острых и тонких зубов, роль которых играет отраженный в воде свет факелов, расставленных вдоль всего широкого пролета.

«В трудах Трижды Величайшего Гермеса мы читаем о двойной сущности Божественного Человека, который опустил взор свой с высоты небесных сфер и влюбился в Природу, увидев собственное отражение в ее водах».

Поднимаясь к верхней точке моста по его центральному проходу, Гривано замечает фигуру, прислонившуюся к мраморной балюстраде. Это давешняя бродяжка с шипицей на ступне: одинокая, уставшая и, вероятно, голодная, однако без признаков отчаяния или уныния. Она смотрит с моста на город — на ряды загадочных дворцов, на мигающие фонари в черных гондолах. Выражение ее лица знакомо Гривано по годам службы в янычарском корпусе: нечто подобное, хотя и нечасто, он подмечал в лицах крестьян, сметенных со своих земель перемещениями огромных армий. «До чего же удивительно и грандиозно все это, несущее мне погибель», — как бы говорит ее лицо.

Гривано выходит из редеющего к этому часу людского потока и незаметно останавливается у нее за спиной — достаточно близко, чтобы разглядеть жилки на ее шее и учуять острый запах пота от ее много дней не мытого тела. Коричневая краска на ее руках уже немного выцвела. Когда она меняет позу, переступая с ноги на ногу, Гривано быстро разворачивается и идет своей дорогой.

«Вселенная, при всем ее разнообразии и беспорядке, является зеркалом, уловившим доселе невиданное отражение Божественного Человека. Однако ее кажущийся хаос лишь маскирует единение: Амфитрита, олицетворяющая собой Океан, также символизирует воды, в которых купалась Диана, когда за ней подглядывал Актеон, символизирующий Интеллект».

Гривано следует на юг по Рива-дель-Вин до рыбного рынка. Торговый день уже закончился, но запахи моря по-прежнему витают над площадью. Он идет вдоль выстроившихся у пристани лодок; гондольеры настойчиво предлагают свои услуги всем подряд, наемные гребцы дожидаются своих хозяев, и все они болтают, смеются и переругиваются друг с другом. Обиццо нигде не видно. Позднее, уже проходя через площадь Канатчиков, Гривано вдруг осознает, что образ, который он держал в голове при поисках зеркальщика по обе стороны канала, был неверным: вместо широкой физиономии Обиццо он почему-то высматривал худое лицо Верцелина. Он перепутал черты своего сообщника с чертами убитого им человека. А это значит, что он мог дюжину раз пройти по набережной мимо Обиццо и не обратить на него внимания.

Он прислоняется к одной из колонн фасада Казначейства, закрывает глаза и дышит через носовой платок. Теперь он уже протрезвел, но предельно измотан и страдает головной болью. До «Белого орла» отсюда еще очень далеко, — по крайней мере, ему так кажется. Странная тяжесть и скованность, ощущавшаяся на протяжении всего дня, наконец-то взяла верх; при этом он не может понять ее причины. Все идет по плану: еще несколько дней, и задание хасеки-султан будет выполнено. Тогда чем вызваны эти необоснованные задержки и сбои, возникающие сами по себе, словно их порождает какое-то хаотическое брожение в его мозгу? Вот и сейчас, пытаясь вспомнить внешность Обиццо, он вместо этого видит перед собой лицо Перрины под вуалью, ее умоляющие глаза. «Только выбраться отсюда, — говорила она. — Большего я не прошу».

А ведь у Гривано есть выбор: еще не поздно перейти на другую сторону. При этой мысли его сердце начинает лихорадочно колотиться. Обиццо можно без проблем отправить на дно лагуны вслед за Верцелином: этот изгой и так уже без малого мертвец. Затем в беседе с глазу на глаз сказать сенатору: «Я опознал в одном турке из подворья главного палача, истязавшего меня в плену, и должен за это отомстить...» Представить все таким образом, будто на него охотятся султанские агенты. Затем встреча с Наркисом в укромном месте — и стилет ему между ребер. Серена никому ничего не расскажет — да и что он может рассказать? Так, в два решительных и быстрых хода, он положит конец заговору. И тогда произойдет его окончательное превращение: он уже не будет отступником и предателем, скрывающимся под маской респектабельности, а превратится в полноценного, *по-настоящему* респектабельного гражданина Республики. Ящерица отбросит свой хвост.

У него уже есть сенаторское благословение. Он запросто мог бы жениться на этой милой глупышке. Что или кто ему воспрепятствует? Он променяет свое нынешнее предательство на новое, еще более гнусное, полностью выходящее за рамки морали, но ведь о том не узнает ни одна живая душа. А утешиться — хотя бы в малой степени — можно будет мыслями о своей уникальности в роли самозванца-оборотня.

Почувствовав, что за ним наблюдают, Гривано открывает глаза.

Это все та же уличная девка. Она стоит в нескольких шагах от него, спиной к каналу. Сейчас ее лицо не выражает ничего, кроме простого обозначения: «Вот она я».

До сей поры он считал ее нищей провинциалкой, явившейся в город, чтобы заработать несколько монет, торгуя собой в праздничные дни. Возможно, тот его вывод был слишком поспешным. Уж очень грамотно она выбрала этот момент встречи. Создается впечатление, что ей наперед известны его действия, причем известны даже лучше, чем ему самому. Хотя в такую возможность верится с трудом.

Он убирает платок в карман и делает шаг вперед; она вежливо здоровается. Он интересуется насчет ее больной ноги; она говорит, что с этим без изменений. На вопрос, есть ли у нее место для ночлега, она отвечает, что пока нет, но она где-нибудь устроится. И после этого он спрашивает ее цену.

По возвращении в «Белый орел» он отрывает Анцоло от ужина, чтобы вручить ему пакет Серены.

— Это нужно доставить дотторе Тристану де Нишу до рассвета, — говорит он. — Сейчас он находится в доме синьоров Андреа и Николо Морозини. Посыльными отправьте хорошо вооруженных людей, которым полностью доверяете, но они не должны быть служащими вашей гостиницы. Ценность этой вещи чрезвычайно высока, но ее легальность под вопросом. Я буду отдыхать в своей комнате и прошу не беспокоить меня без крайней необходимости вплоть до четырнадцатого колокола. Да, вот еще что: мне потребуются большой таз для мытья, новая мочалка и дополнительный кувшин воды. А также вторая лампа. И побыстрее, пожалуйста.

Стук в дверь раздается, когда его спутница сбрасывает остатки своих одежд. Гривано приоткрывает дверь ровно настолько, чтобы принять доставленные служанкой предметы, и, пробормотав благодарность, закрывается на засов. Затем наполняет таз и, пока она моется, снимает и вешает на крючки свою одежду. Ее взгляд задерживается на двух татуировках Гривано — ключ на груди и меч Пророка на икре, — но никаких вопросов она не задает. Ее длинная тень ложится на стены, то расплываясь, то становясь более четкой в неровном свете ламп.

Когда она заканчивает с мытьем, Гривано, взяв ее сзади за шею, нагибает и моет заново, трет мочалкой до тех пор, пока сквозь загар на коже не проступает краснота. Она не протестует. Потом он вытирает ее насухо, подводит к постели, укладывает на спину и, придвинув поближе обе лампы, тщательно осматривает на предмет венерических бородавок и язвочек. Глаза у нее сухие и усталые. Не шевелясь, она молча глядит в потолок. На улице под окнами слышны негромкие голоса; откуда-то издали доносится мягкий посвист совы-сплюшки.

Потом он моет свои руки до локтей и переводит ее в сидячее положение. Поворачивает ее голову к свету, велит открыть рот и засовывает в него пальцы, проверяя щеки, язык и горло. Не находит никаких признаков болезни. Вновь укладывает ее на матрас, раздвигает ноги с согнутыми коленями и начинает массировать анус и влагалище мокрыми от слюны пальцами. Это задумывалось как прелюдия к полноценному совокуплению, однако он умудряется кончить еще на начальной стадии. Собственно, это все, что ему сейчас нужно, ради этого он и привел ее сюда. Вспоминаются эпизоды завоевания Грузии: молодые красивые тела, кучей сваленные в тифлисском амбаре и еще не тронутые разложением благодаря сильному холоду. Будь его воля, он мог бы часами заниматься изучением их анатомии, день за днем препарировать их по кусочкам.

Лобковые волосы у нее необычно тонкие и мягкие, такого же рыжевато-русого цвета, что и ежик на голове. А на ногах они практически бесцветные. Вдоль нижнего края левой лопатки изгибается тонкий, хорошо залеченный шрам. Он шевелит пальцы ее ног, осматривает шипицу на ступне, проверяет подмышки. Ощупывает губы, соски, ушные мочки — повсюду кожа нормально розовеет и распрямляется после нажатия. Большими пальцами приглаживает ее брови, скользит по опущенным векам. А когда она открывает глаза — зрачки при этом мгновенно сужаются, — он изучает их долго и пристально. Очень редкий цвет глаз: смесь зеленого с коричневым и серым. Как быстрый глубокий ручей, взбаламученный солдатскими сапогами на марше.

Постепенно она начинает нервничать, не понимая, чем завершится эта странная возня. Но когда она вмешивается в его действия, пытаясь привести все эти манипуляции к естественному итогу, он останавливает ее руки — сначала мягко, а потом все с большей силой, только чтобы понаблюдать за рельефным напряжением ее мышц и сухожилий. Мышечная реакция воспринимается им как особого рода невидимость: нечто теплое, живое, бессознательное, до какого-то момента скрытое под кожей. Эта невидимость не имеет ничего общего с той, поисками которой поглощены алхимики. Он открывает для себя что-то новое, но каждое сделанное открытие тотчас улетучивается из памяти.

Так продолжается очень долго — ему кажется, что прошло много часов, хотя ударов колокола он не слышал. И только когда внимание притупляется, а движения становятся все более неловкими, уже в полудреме, он позволяет ей до себя дотронуться. Ее рука скользит вниз по его животу и совершает несколько небрежно-быстрых движений, после чего он покидает постель, чтобы очиститься от извергнутого семени.

Посреди ночи он пробуждается от ее храпа, не представляя, который час. За окнами темно. Лампа на столе погасла — масло выгорело полностью. Другая лампа, заправленная позднее, еще мерцает в углу. Он встает с постели, подливает масла в резервуар и снимает иглой нагар с фитиля, добиваясь ровного пламени. Затем открывает свой врачебный сундучок.

Первым делом он выкладывает на стол квадратную мраморную пластинку, за которой следуют две оловянных лопаточки и запечатанный сосуд с пчелиным воском. После этого проверяет, какие растительные препараты имеются в наличии. Толченая березовая кора. Масло из листьев инжира. Экстракт чистотела. Черная белена, купленная у аптекаря незадолго до первой встречи с этой самой девицей. Зачем он приобрел так много белены? Этого запаса хватит, чтобы умертвить всех людей в «Белом орле» и еще больше за его пределами. Не вызвала ли эта покупка подозрений?

Он отбрасывает эти мысли и, выбрав нужные ингредиенты, отмеривает дозу каждого на мраморной пластинке. Потом лопаточкой подцепляет немного воска и, растопив его над пламенем лампы, смешивает воск с толчеными растениями, превращая это в однородную мазь. Поместив полученное средство в склянку, он выуживает из сундучка длинную узкую бритву и будит девушку.

Открыв глаза, та в ужасе шарахается от Гривано при виде бритвы в его руке, но он успевает накрыть ладонью ее рот прежде, чем оттуда вырвется крик. Он вдавливает ее голову в матрас вплоть до скрипа кроватной сетки и в то же время успокаивающе шепчет ей на ухо, пока она не прекращает брыкаться, наконец-то уяснив его намерения.

Гривано отпускает ее, потом, взяв за бедро, быстро переворачивает на живот, усаживается на ее ягодицы лицом в обратную сторону и загибает к себе ее ногу. Как будто подковывает лошадь. Чуть повернув ступню к лампе, чтобы лучше видеть шипицу, он начинает постепенно, слой за слоем, ее срезать.

Операция проходит почти бескровно. Срезанные кусочки падают на простыню, и он смахивает их на пол тыльной стороной кисти. Удалив заскорузлый бугорок, он покрывает это место мазью и накладывает тугую повязку.

— Очищай это каждый вечер, а по утрам накладывай мазь, — говорит он. — Старайся как можно меньше ходить. Если будешь соблюдать эти правила, через месяц все пройдет без следа.

Он встает, предоставляя ей свободу. Она перекатывается на бок, поджимает ногу и ощупывает повязку. Смотрит на него.

— Дотторе, — произносит она.

И больше ничего не говорит. Еще через несколько секунд она поворачивается животом вниз, приподнимается, упираясь в матрас локтями и коленями наподобие сфинкса, и начинает плавно покачиваться, освещаемая пламенем лампы. Какое-то время Гривано за ней наблюдает. Потом из его горла вырывается клокочущий выдох, подобный звуку, издаваемому каким-то зверьком в момент рождения либо умирания. И, быстро подобравшись по матрасу, он овладевает ею на манер древних греков — так же, как иногда с ним самим поступали янычары, и так же, как он иногда поступал с Жаворонком в пору сладких снов их юности, в те счастливые дни, когда казалось, что на свете нет ничего невозможного и жизнь будет продолжаться вечно.

54

Когда он пробуждается, пронзительно-яркое солнце светит сквозь шторы, а девушка спит рядом с ним.

К моменту следующего пробуждения солнце заметно сместилось, свет стал менее ярким, а девушки уже нет в комнате. Он пытается вновь задремать, и это ему почти удается, но воспоминания о прошлой ночи — наряду с опасениями насчет пропажи чего-нибудь ценного и банальным желанием облегчиться — все-таки заставляют его покинуть постель.

Ночным горшком уже воспользовались до него. В кувшине осталось достаточно воды для умывания. Стопка монет, приготовленная для нее, разумеется, исчезла, но кошель по-прежнему увесисто звякает при встряхивании. Солидная пачка документов в потайном отделении дорожного сундука — векселя генуэзского банка, в котором Наркис открыл для него счет, — сделала Гривано несколько беспечным в финансовых вопросах. Он переворачивает кошель над столом, чтобы проверить его содержимое. Золотые цехины, серебряные дукаты и сольдо, медные газетты. Несколько лир и гроссо. Одна истертая и поцарапанная джустина с еле различимой надписью на реверсе: «MEMOR ERO TUI IVSTINA VIRGO». Чужеземные деньги: папские скудо, английский серебряный двухпенсовик, четверть экю Генриха Четвертого. Одну голубовато-зеленую монету ему не удается опознать. Он раздвигает шторы и присматривается, повернув ее к свету. Это дукат. Отчеканен монетным двором осажденного города в силу необходимости — из сплава металлов, какие удалось найти. Одна сторона стерлась полностью, а на второй еще видны крылатый лев и год чеканки: 1570-й.

Рука Гривано вздрагивает и немеет, как при ударе по локтевому суставу; дукат падает на пол и катится в угол комнаты. Дрожа всем телом, Гривано наклоняется, чтобы его поднять. Затем нагишом садится за стол и читает рельеф на монете кончиками пальцев, поскольку глаза его заполнены слезами. Вспоминает о своем отце.

«Прекрати сейчас же это глупое нытье! Я принял решение. Маффео и Дольфино останутся здесь со мной. Твои слова кажутся разумными: да, если мы разгромим турок, старшие сыновья унаследуют мое поместье. Вот только мы не разгромим турок. Неужели ты еще не понял? Султан все равно захватит остров — может, в этом году, а может, через год или через десять лет. Так или иначе, это случится. И ни у кого здесь нет сомнений на сей счет. По завещанию я передам Маффео и Дольфино свои земли и имущество, которые вскоре утратят всякую ценность, и, быть может, дар этот станет для них роковым. А тебе я завещаю мое имя и мое место в Большом совете. Я отправляю тебя с Жаворонком в Падую не с целью лишить тебя наследства на Кипре, а потому, что здесь ты можешь унаследовать только смерть».

Гривано вытирает слезы с лица своей рубахой, висящей на крючке, после чего одевается. На мгновение сожалеет о том, что при нем уже нет зеркала Тристана, чтобы он мог сейчас прочесть историю собственного лица, которую он так долго скрывал и старался забыть. Историю, которую не сможет увидеть в этом лице никто другой.

Звонят колокола, но он сбивается со счета ударов. В любом случае день уже в самом разгаре. Надо срочно решать вопрос с Обиццо. Времени остается все меньше.

Спустившись вниз, он через обеденный зал — где сегодня людей больше обычного — доходит до кухни, в дверях которой сталкивается с Анцоло.

— Добрый день, мессер, — говорит Гривано. — Скажите, посылка, которую я...

— А, добрый день, дотторе! — восклицает Анцоло с театральным радушием, совершенно ему не свойственным, и похлопывает Гривано по плечам.

— Очень рад вас видеть, дотторе! — продолжает он. — Но я надеялся, что вы появитесь чуть позже. Зная, что вы большой любитель миног, я собирался утром послать за ними служанку на рыбный рынок, но вспомнил об этом лишь совсем недавно.

Гривано в растерянности: он терпеть не может миног.

— Прошу прощения, — говорит он, — однако я не припоминаю, чтобы обращался с просьбой...

— Дотторе, почетному гостю вроде вас не пристало лично обращаться со столь ничтожными просьбами. Прошу извинить меня за нерасторопность. Мы приготовим для вас миног завтра. А сегодня у нас запекаются превосходные тюрбо, и я надеюсь, что вы сделаете мне честь, отведав хоть немного этой рыбы перед вашим уходом.

Анцоло крепко держит его за руки, не позволяя повернуться к выходу. Гривано чувствует, как к лицу его приливает кровь, а губы раздраженно кривятся. Минуту назад он хотел всего лишь справиться о судьбе отправленной Тристану посылки, но теперь его пальцы уже рефлекторно перебирают трость, готовясь нанести удар под дых этому назойливому болвану. Он открывает рот, собираясь резко его осадить.

— Прошу вас, дотторе, — говорит Анцоло. — Более того, я настаиваю.

На лице его сияет блаженная улыбка, но в глазах теперь явственно видны тревога и страх. И сразу же кровь отливает от лица Гривано, а волоски на его руках поднимаются дыбом.

— Да, конечно, — произносит он, — с удовольствием.

И тут позади Гривано раздается новый, незнакомый ему голос:

— Не составите мне компанию, дотторе?

Анцоло разжимает пальцы и пятится в сторону кухни. Гривано разворачивается.

Ему призывно машет рукой коренастый мужчина, поднявшийся со своего места за угловым столиком. Одежда неброская, черных и серых тонов, но из хорошей ткани. Несколько перстней на пальцах и серебряная подвеска на шее граничат с нарушением законов о роскоши, если только он не из нобилей, в чем Гривано сильно сомневается. Волосы и борода подстрижены в испанском стиле. Даже при этой расслабленной позе заметна его военная выправка.

— Я только что покончил со своим обедом, — говорит этот человек, — и обнаружил, что мне некуда спешить. Хорошим летним днем иной раз приятно просто посидеть за столиком, побеседовать о разных вещах. Безделье как таковое постыдно, спору нет, но общение — это ведь тоже своего рода занятие, вы согласны, дотторе? Прошу вас, присаживайтесь.

Его рука, сверкнув перстнями, указывает на стул перед ним. Кружевные занавески на окнах за его спиной под порывами бриза раздуваются и опадают столь согласованно, словно все они соединены невидимыми нитями. А за окнами, под навесом столярной мастерской на другой стороне улицы, Гривано замечает две фигуры в широких плащах одинакового покроя, хотя и разных оттенков. Человек за столиком носит такой же плащ, и он не оставил его в прихожей, хотя в зале тепло. Как раз в тот момент, когда Гривано смотрит через улицу, один из стоящих там людей поворачивает голову в его сторону, демонстрируя единственный глаз, темный провал рта и сплошь покрытое шрамами лицо. Это тот самый браво, которого он заприметил вчера утром в Мерчерии, неподалеку от магазина Чиотти. Медленно выдыхая, Гривано сжимает анальное отверстие, чтобы вдруг не наделать в штаны.

— Не уверен, что мы с вами знакомы, синьор, — говорит Гривано.

— Это дело поправимое. Позвольте представиться: меня зовут Лунардо.

С этими словами он отвешивает поклон.

— Веттор Гривано.

— Я знаю ваше имя, дотторе.

Лунардо вновь указывает на стул, поднимая брови. Гривано вежливо улыбается. Его трость при нем, стилет на своем месте за голенищем сапога. Этих людей может быть больше — как снаружи, так и в этом зале, за другими столиками. Если у «Белого орла» и есть запасный выход, Гривано не знает, как до него добраться, — ему следовало выяснить это заранее.

Он присаживается. Лунардо занимает свое место. Трое мужчин за соседним столом не имеют плащей, но Гривано чувствует на себе их взгляды. Стало быть, шестеро. Или больше?

— Кто вы? — спрашивает Гривано. — Что вам от меня нужно?

— Я всего-навсего добропорядочный житель Риальто, который заботится о безопасности в моем районе, — говорит Лунардо. — У меня есть к вам несколько вопросов. Очень простых вопросов.

Это сбиры, понимает Гривано. Гончие псы Совета десяти. Что ж, могло быть и хуже. Будь это обычные брави, они бы просто зарезали его в переулке прошлой ночью. Как давно сбиры за ним следят? Что они видели? Девчонку, которую он привел к себе вчера? Посещение Перрины в обители? Встречу с Сереной в мастерской? За кем они вели слежку в то утро, когда он впервые заметил их в Мерчерии: за ним или за Наркисом? Какие ловушки они ему расставили?

— Спрашивайте что хотите, — говорит Гривано.

— Так я и сделаю. Где ваш дом, дотторе?

— Я лишь недавно приехал в этот город из Болоньи. Пока я не устроюсь более основательно, моим домом является эта гостиница.

— Вы учились в Болонском университете?

— Да.

— А до того? — говорит Лунардо. — Где был ваш дом до Болоньи?

— Я уверен, что вам это прекрасно известно. Пожалуйста, давайте ближе к делу.

Лунардо улыбается:

— Где вы посещаете мессу?

Гривано морщит лоб.

— Чаще всего в Сан-Кассиано, — говорит он. — Также в Сан-Апонале. А что?

— Вы знакомы с синьором Андреа Морозини? Или с его братом, синьором Николо? Их дом находится на правом берегу Гранд-канала.

Прежде чем ответить, Гривано всматривается в лицо собеседника. Быстрые глаза, цепкий взгляд — он напоминает небольшого, но ловкого и проворного зверя, весьма изобретательного в добывании пищи.

— Палаццо Морозини находится на *левом* берегу, — говорит Гривано. — Я был там позапрошлой ночью. И тогда же познакомился с обоими братьями.

Анцоло шествует через зал с полным блюдом в одной руке и кубком в другой. Его фриульские служанки неловко расступаются перед хозяином.

— Вы всем довольны, добрые синьоры? — обращается он к двум мужчинам, сидящим за столиком в дальнем конце зала. — А вы, господа? Вас все устраивает?

Последний вопрос адресован троице за соседним столом: так он показывает Гривано всех сбиров, находящихся в помещении. Стало быть, всего их восемь. Блюдо опускается на стол перед ним.

— Угощайтесь, дотторе, — говорит Анцоло. — Но будьте аккуратны с мелкими косточками.

Лунардо делает паузу, давая Гривано приступить к еде. У него совсем нет аппетита, но он со всей возможной убедительностью притворяется голодным и налегает на свою порцию: запеченную рыбу с хрустящей корочкой из сыра и панировочных сухарей, дополненную рисовой кашей с вкраплениями мелкого изюма.

— Если вы не были знакомы с братьями Морозини до позапрошлой ночи, что привело вас к ним в дом? — интересуется Лунардо.

Гривано тщательно пережевывает и проглатывает пищу, прежде чем ответить.

— Насколько мне известно, в палаццо Морозини часто устраивают приемы для людей науки, — говорит он. — Я также являюсь ученым.

— Они вас пригласили?

— Да, я был приглашен.

Лунардо, похоже, забавляет все происходящее. Разнородные перстни на его пальцах, как догадывается Гривано, ранее принадлежали другим людям, которые теперь заживо гниют в темницах или покоятся в земле, а то и кормят крабов на дне лагуны. Массивная серебряная подвеска на его шее имеет форму ключа. Вряд ли используемого по прямому назначению. Непонятно, что он может символизировать — если это вообще символ, а не простая безделушка. Гривано вспоминает ключ, вытатуированный на его собственной груди, эмблему его полка. Девчонка видела его прошлой ночью. Рассказала ли она об этом кому-нибудь?

— А что происходило в палаццо Морозини той ночью, дотторе?

— Не сомневаюсь, что вы и сами это знаете.

— Да, — говорит Лунардо, — но сейчас я хочу услышать это от вас.

— Там читал лекцию один монах с юга, из Кампании.

— Как зовут этого монаха?

— Имени его я не помню. Его называют — и он сам себя называет — Ноланцем.

— О чем он говорил в своей лекции?

Рыбная кость втыкается в десну Гривано. Он языком прижимает ее к внутренней стороне зубов, счищая сладкое белое мясо, а затем пальцами вынимает косточку изо рта.

— О зеркалах, — говорит он. — Речь шла о зеркалах.

— И что этот Ноланец сказал о зеркалах, дотторе?

Гривано отпивает глоток из кубка.

— То немногое, что я сейчас смогу воспроизвести по памяти, возможно, покажется вам полнейшим бредом.

Лунардо смеется и сокрушенно покачивает головой. Затем наклоняется к Гривано через стол.

— Прошлой ночью, — говорит он, — брат Джордано Бруно, известный вам под прозвищем Ноланец, был взят под стражу трибуналом инквизиции. Ему предъявлено обвинение в опасной ереси. Если вы не можете объяснить мне суть крамольных рассуждений Ноланца, дотторе, будьте готовы в следующий раз объясняться перед трибуналом, ибо вас несомненно вызовут на заседание. А до той поры вы не должны покидать пределы города ни при каких обстоятельствах. Вы меня поняли?

Несколько секунд Гривано хранит оторопелое молчание. Затем всеми силами старается удержаться от гримасы облегчения.

— Инквизиция? — спрашивает он. — Они арестовали Ноланца?

— Именно так, дотторе.

У Гривано увлажняются глаза и сокращается диафрагма. Украдкой он вонзает кончик столового ножа себе в руку, дабы избежать взрыва неуместной веселости. «Обвинение в ереси! — думает он. — Чванливый мелкий выскочка теперь может гордиться собой».

Однако что-то здесь не так. Это наверняка ловушка, даже если Лунардо сказал правду о Ноланце. Привлекать сразу восемь сбиров для того, чтобы допросить одного свидетеля по столь пустячному делу? За этим скрывается нечто более серьезное.

— Добрейший синьор, — говорит Гривано, — при всем желании я не могу сообщить вам о каких-либо опасных еретических высказываниях Ноланца. Его можно обвинить в том, что он морочит людям головы заумными рассуждениями. Вздорные идеи? С этим я согласен. Но никак не ересь.

Лунардо кивает.

— Понимаю, — говорит он. — И все же поведайте мне о его лекции, дотторе.

— Как я сказал, она была очень заумной. И местами основывалась на ложных посылах.

— Вы ведь и сами проявляете особый интерес к зеркалам, не так ли?

Гривано напускает на себя гнев, чтобы скрыть за ним испуг. Усилием воли пытается вызвать у себя разлитие желчи.

— Я бы так не сказал, — отвечает он. — Не уверен, что у меня вообще есть какие-либо *особые* интересы. Как у всякого истинного ученого, мои интересы универсальны.

— Вчера вы совершили поездку на Мурано и посетили мастерскую семейства Серена, верно?

Вместо ответа Гривано отправляет в рот еще кусочек рыбы и запивает его вином.

— Что вы там делали? — продолжает Лунардо.

— А что обычно делают посетители стекольных мастерских, синьор? Я покупал стекло.

— Стекло, дотторе? Или зеркало?

— Зеркала, как вам должно быть известно, зачастую делаются из стекла.

— Значит, кто-то из семьи Серена изготовил для вас зеркало?

Жилка на шее Гривано бьется как птица, попавшая в дымоход; он надеется, что воротник его достаточно высок, чтобы это скрыть. Он пошире расставляет ноги и слегка отодвигается от стола, чтобы не удариться коленом, выхватывая из-за голенища стилет.

— Нет, — говорит он, — семья Серена сделала только рамку. А зеркало изготовил работник мастерской Мотта. Его зовут Алегрето Верцелин.

— Опишите мне этого человека, пожалуйста. Этого Верцелина.

— Высокий, — говорит Гривано. — Худой. Неопрятный. И совершенно безумный, насколько могу судить. Он страдает от какой-то болезни, из-за которой у него постоянно выделяется огромное количество слюны, совсем как у бешеных животных. За все время своей врачебной практики я ни разу не сталкивался с подобными заболеваниями. А почему вы спрашиваете?

— Когда вы в последний раз видели маэстро Верцелина?

Гривано устремляет взгляд на поверхность стола и постукивает по ней пальцами, как бы ведя обратный отсчет.

— Четыре дня назад, — говорит он. — Я одобрил сделанную им работу и передал ее Серене для завершения.

— А после того вы общались с маэстро Верцелином?

— Я и тогда с ним не общался. Я лишь его видел. Его сильно мучили симптомы этого странного заболевания. Когда я попробовал с ним заговорить, он быстро удалился. Потом я искал его на ближайших улицах, но так и не нашел.

— Я бы очень хотел взглянуть на зеркало, которое сделали для вас эти мастера, дотторе.

— Понимаю ваше желание, — говорит Гривано, — однако это невозможно. Думаю, зеркало сейчас находится где-то на пути в Падую. А оттуда оно отправится в Болонью.

— В Болонью?

— Да. Я заказал его не для себя, а по просьбе моего университетского коллеги.

— Можно узнать его имя?

— Этого я вам не скажу.

— А вы можете описать мне это зеркало?

— Могу. Но не буду.

Лунардо широко улыбается, словно этот ответ доставил ему неподдельное удовольствие. Он сует руку за отворот своего дублета, извлекает оттуда какой-то комок и расправляет его на столешнице: это пара поношенных, очень тонких перчаток телесного цвета.

— Убедительно прошу вас быть сговорчивее, дотторе, — говорит он. — Лично я не буду к вам слишком требовательным, но вот на снисходительность инквизиторов рассчитывать не советую.

— Инквизиторов? Или Совета десяти?

Лунардо не отвечает. Он начинает надевать перчатку, тщательно и терпеливо расправляя ее на каждом пальце; при этом она почти сливается с кожей на его запястьях.

— Скажите, дотторе, маленькое развлечение этой ночью пришлось вам по вкусу? Не припоминаю, чтобы мне случалось поиметь ту самую девку. Хотя их ведь так много, всех не упомнишь.

— Наш разговор окончен, — говорит Гривано, вставая. — Удачи вам, синьор. Вам и вашим коллегам.

— Сказать по правде, дотторе, я бы на вашем месте выбрал подстилку получше. Впрочем, своеобразное удовольствие можно найти и в дешевой шлюхе, если знаешь, что всегда можешь заполучить что-нибудь более аппетитное. И если она тоже это знает. Это придает остроты ощущениям, не так ли, дотторе?

— Да вы, как вас там, просто блудливый пес! Не вижу смысла в дальнейшем общении с вами. А своим хозяевам можете передать, что, если у них будут ко мне вопросы, меня можно найти здесь, в «Белом орле». Если же вы вздумаете снова перейти мне дорогу, советую заранее напялить эти мерзостные перчатки и заодно привести в порядок свои земные дела.

Поворачиваясь, Гривано медленно обводит взглядом помещение и улицу снаружи, стараясь запомнить лица всех сбиров. Несколько обычных постояльцев отодвигают свои стулья с его пути и склоняются над тарелками, старательно демонстрируя отсутствие интереса к происходящему.

Лунардо повышает голос по мере увеличения дистанции между ними:

— Я вполне понимаю, почему вы прошлой ночью так поспешно и неразборчиво подцепили по пути ту блудницу. Я и сам не могу спокойно пройти мимо женского монастыря: всякий раз мой дружок спонтанно каменеет в штанах. Эти святые обители зачастую мало отличаются от борделей. Вы согласны, дотторе?

Гривано колеблется, прежде чем показать спину Лунардо, хотя тот вряд ли планирует нанести удар. Если бы сбиры имели целью причинение ему вреда, они бы уже давно это сделали. Но сейчас они преследуют иную цель: хотят что-то от него получить или выведать. Что именно?

Проходя через зал, он встречается взглядом с Анцоло.

— Я буду в своей комнате, — говорит Гривано.

Лунардо следует за ним на некотором расстоянии.

— Разве вы не собирались куда-то пойти, дотторе? — громко спрашивает он.

— Собирался, — говорит Гривано. — Но передумал.

Он идет по коридору, поднимается по лестнице, входит в комнату, запирает дверь на засов и начинает мерить шагами свободное пространство между кроватью и стеной, держась руками за голову и пытаясь успокоиться. Через несколько минут в дверь стучит Анцоло.

— Прошу меня извинить, дотторе, — говорит он, проскальзывая в комнату. — Я пытался вас предупредить.

— И вы меня предупредили, за что я вам благодарен. Очень надеюсь, что ваше вмешательство в дела этих мерзавцев не обернется для вас неприятностями.

Анцоло гримасничает и машет рукой.

— Все хозяева гостиниц не в ладах с законом, дотторе, — говорит он. — У нас просто нет другого выбора. И я всегда рад чем-нибудь навредить сбирам. Терпеть их не могу! Все жители Риальто их ненавидят, однако бедные и отчаявшиеся люди порой продают им свои глаза и уши. Впредь имейте в виду, что, куда бы вы ни пошли, за вами будут следить.

Гривано возобновляет ходьбу по комнате.

— Поверьте, я не сделал ничего дурного, — говорит он.

— Это не имеет значения, дотторе.

— Но я должен отсюда выйти! — бормочет Гривано, обращаясь частью к Анцоло, частью к самому себе. — Мне надо кое с кем повидаться в городе. Как теперь это устроить? Как я могу спокойно ходить по улицам при постоянной слежке?

Анцоло сочувственно качает головой и делает пол-оборота в сторону двери: он готов посодействовать, но только не во вред самому себе. И Гривано не может его в этом винить.

— Я могу послать весточку Риги, дворецкому Контарини в Сан-Самуэле, — предлагает Анцоло. — Если не ошибаюсь, вы знакомы с сенатором Джакомо Контарини? Очень хорошо. Это пойдет вам на пользу. Риги может перевезти ваши вещи в палаццо и предоставить вам комнату. Поживете у Контарини, пока все не утрясется. Там вам будет безопаснее, чем в Риальто, дотторе. Намного безопаснее.

Гривано кивает.

— Да, — говорит он, — это дельное предложение. Однако не посылайте за Риги до того, как я покину гостиницу. Я хочу разделить внимание сбиров между мной и моим багажом.

— Как пожелаете, дотторе. Но они наверняка обыщут вашу комнату, как только вы отсюда выйдете. И я не смогу им помешать. Я, конечно, попытаюсь предотвратить порчу или похищение вашего имущества, но в лучшем случае мне удастся лишь составить список потерь.

Гривано подходит к окну и, раздвинув шторы, оглядывает с высоты улицы. Толпы людей неспешно перемещаются вдоль торговых заведений. Сегодня еврейский Шаббат, и потому внизу не видать ни одной красной шапки или желтого тюрбана. Напротив входа в «Белый орел» маячит фигура в характерном плаще — парень молодой и крепкий, но, судя по его рассеянному взгляду и беспечной позе, не особо сноровистый. Гривано отпускает край шторы.

— Как думаете, та девчонка рассказала им обо мне? — спрашивает он.

Анцоло размышляет несколько секунд.

— Я пообщался с ней этим утром, — говорит он. — Накормил ее. Она выглядела довольной. Сказала, что вы хорошо с ней обошлись и были щедры. Если она и скажет им что-то про вас, то не сразу. Будет тянуть время, пока не убедится, что вам ее слова уже не смогут навредить. Мало кто ненавидит сбиров сильнее, чем шлюхи, дотторе. К тому же эта девчонка умеет помнить добро.

— Я сожалею, что привел ее сюда, Анцоло.

— Скажите это своему исповеднику, дотторе, но не мне. Если бы я запрещал таким женщинам появляться в моем заведении, я бы уже давно разорился. Так что с моей стороны никаких претензий. А сейчас я должен вас покинуть, дотторе. Пока сбиры здесь, мне нужно быть на виду.

Гривано запирает за ним дверь и прислушивается к шагам, удаляющимся по коридору. Чуть погодя все звуки снаружи перекрывает бой часовых колоколов. Гривано считает удары: сейчас позднее, чем он думал.

А что, если сбиры, замеченные им близ «Минервы», следили не за ним и не за Наркисом, а за Чиотти? Как-никак Чиотти торгует книгами Ноланца, и одно это уже должно вызвать подозрения инквизиции. Однако трудно поверить в то, что вся эта суета затеяна только из-за Ноланца. Тайная миссия Гривано и ересь Ноланца связаны лишь простым совпадением: его присутствием на лекции монаха, посвященной — опять же по случайности — злополучной теме зеркал. И какой бес попутал Тристана выступить с этим предложением?

Тот въедливый сбир проявил особый интерес к зеркалу, сделанному Сереной и Верцелином. Зачем он попросил Гривано его описать? Может, он догадался о его предназначении? Тогда не исключено, что расследование и впрямь направлено против еретиков — или адептов тайного знания. Возможно, дело в очередных трениях между Республикой и Папой, в связи с чем Совет десяти берет на заметку всех магов в городе, предвосхищая всплеск активности инквизиции. Остается надеяться, что власти еще не подозревают о намеченном побеге мастеров-зеркальщиков.

Обиццо до сих пор не оповещен о последних изменениях в плане. Как с ним связаться, при этом не наведя сбиров на его след?

Гривано открывает свой сундук и достает из него письменные принадлежности: перо, два флакона чернил, лист бумаги. Долго сидит за столом, глядя на чистую страницу. Потом встает и снова начинает расхаживать по комнате.

Солнечный луч из щели между шторами сдвигается на дюйм по полу. Гривано подходит к окну и раздвигает шторы, заливая комнату светом, а потом возвращается к сундуку. Извлекает из потайного отделения пачку векселей и шифровальную решетку, прячет их в карманах дублета, а на их место помещает пару эзотерических книг. Сбиры при обыске наверняка вскроют днище сундука — пусть думают, что тайник предназначен для всякой сомнительной литературы. Ящерица отбросила хвост.

Гривано осматривает новый пистолет с кремневым замком, сожалея, что не нашел времени съездить на Лидо и опробовать его в каком-нибудь безлюдном месте. А ведь он планировал это сделать. Теперь придется действовать наобум.

Он оттягивает курок до его фиксации — что требует немалого усилия из-за очень тугой пружины — и вставляет кремень в зажим. Спускает курок: сноп искр и громкий щелчок заставляют его зажмуриться. Резкий запах щекочет ноздри.

Гривано протирает механизм замка, чистит ствол, ковыряет иголкой затравочное отверстие и сдувает крошки с его краев. Подсыпает черные зерна пороха на полку и закрывает ее, после чего насыпает порох в ствол. Точное количество пороха для заряда ему неизвестно. Пусть лучше будет перебор, чем недостача, решает он. Отрезает кусочек войлока, вкладывает в него тяжелую свинцовую пулю и шомполом туго загоняет ее в ствол. Затем ослабляет свой пояс и засовывает за него пистолет с таким расчетом, чтобы его рукоятку было удобно достать правой рукой, сунув ее между полами мантии. Послеполуденное солнце отбрасывает на пол его четкую тень, по которой он, поворачиваясь то одним, то другим боком, проверяет, не топорщится ли мантия, выдавая наличие оружия. Результаты осмотра его удовлетворяют.

Снова усевшись за стол, он берет лист бумаги и аккуратно его надрывает, прижимая к краю столешницы. Затем таким же образом отделяет узкую полоску от меньшей части листа. Обмакивает перо в один из флаконов — чернила в нем бесцветны, как вода, — и быстро пишет, после чего дует на бумагу, чтобы надпись быстрее подсохла и стала невидимой. Далее чистит перо, открывает вторую чернильницу и пишет на обратной стороне бумаги, теперь уже черным цветом. Краткое послание: несколько ровных строчек мелкими буквами.

Свернув этот клочок в плотную трубочку, он перевязывает ее нитью, выдернутой из медицинской марли. Затем — пригнувшись, чтобы его не могли заметить с улицы, — пробирается в угол, где штора выходит за пределы оконного проема, и прячет записку в ее складках, за подшитым краем.

Теперь, пожалуй, он готов.

Уходя, он оставляет ключи в замках обоих сундуков — большого дорожного и маленького врачебного. Это хорошие, дорогие замки; будет жаль, если их сломают.

55

Мир снаружи встречает Гривано неистовой, пугающей ясностью. Солнце сползает к горизонту, тогда как на другом краю небосвода бледным изогнутым мазком уже обозначился месяц. Порывы ветра проносятся между зданиями, и полупрозрачные переменчивые облака, как ангелы мщения, стремительно летят на восток. Ультрамариновый небесный купол обманчив — от него можно ждать любых погодных сюрпризов. А все, что раскинулось под этим куполом, кажется суетным, преходящим и недолговечным.

Каждое лицо в толпе видится Гривано как через увеличительное стекло; каждая поверхность воспринимается столь резко и отчетливо, словно он касается ее не взглядом, а пробует на ощупь. Уже много лет минуло с тех пор, как он в последний раз испытывал такой страх, предельно обостряющий все чувства. Особенно тревожит то, что его как будто перестали замечать обычные горожане, которые с каким-то сомнамбулическим равнодушием то и дело загораживают ему путь. В этой толпе он несущественен, почти бесплотен.

Кто не обделяет его вниманием, так это недруги. Иногда это сбиры, узнаваемые по их широким плащам, а иногда — просто долгий взгляд какого-нибудь нищего, водоноса или шлюхи, которые тотчас отводят глаза, когда он поворачивает голову в их сторону. Неужели такое наблюдение велось за ним все время с момента приезда в город, а он лишь теперь смог его распознать?

Он шагает быстро, с целеустремленным видом, звонко ударяя железным наконечником трости по брусчатке или беззвучно вонзая его в грязь; но в действительности цель у него сейчас только одна: озадачить сбиров и разобраться в их тактике. Он пересекает Риальто вдоль и поперек, как минимум дважды проходя по каждой улице; он заглядывает в лавки и церкви, а иной раз так внезапно сворачивает за угол, что застает врасплох даже самого себя. Методы слежки понемногу выясняются: обычно один сбир следует за Гривано до конца квартала и затем исчезает в толпе, а его тут же сменяет другой. Гривано переходит по новому мосту в Мерчерию и бродит по ее оживленным улицам, пока колокола не отбивают предпоследний час этого дня. Он вновь пересекает Гранд-канал, теперь уже на лодке. За весь долгий вечер это первая передышка: он сидит под навесом, скрестив натруженные ноги, тогда как ветер мечется над каналом, рябя поверхность воды, а сбиры взирают на него с обоих берегов.

Они, должно быть, пришли к выводу, что Гривано дожидается темноты. В этом они правы лишь отчасти. У него есть шансы связаться с Обиццо еще до того, как одиночный удар колокола возвестит о заходе солнца; и он не намерен эти шансы упускать.

В Риальто закрываются ставни, торговцы катят по домам тележки, ковры исчезают с подоконников. Гривано посещает лавку ножовщика, выпивает бокал вина в таверне. Ждет наступления золотистых предзакатных сумерек. Люди в плащах теперь держатся ближе к нему. Рано или поздно их терпение иссякнет — они решат, что либо уже прозевали ключевой момент, либо Гривано отказался от своего намерения. И тогда сбиры нападут. У него нет хорошей легенды, которую он мог бы поведать под пыткой, а сейчас, на ходу, ее уже не придумаешь и не отрепетируешь. Если его схватят, они так или иначе вытянут из него всю правду.

Время близится: последние солнечные лучи засверкали на шпиле колокольни Фрари. Он ускоряет шаг, сворачивая к площади Сан-Апонал, на которой сходятся несколько улиц. Бросив взгляд через плечо, замечает двух сбиров, спешащих за ним по пятам.

На площади он смешивается с толпой и озирается, задержав дыхание, пока не находит тех, кто ему нужен: мальчишек-фонарщиков, которые в ожидании темноты смеются и развлекаются своими плебейскими играми на ступенях паперти. Гривано устремляется к ним.

— Эй, светлячки! — говорит он, потирая руки. — Кто из вас хочет заработать толику серебра до захода солнца?

Мальчишки разом сбиваются в кучу вокруг него. Гривано приседает на корточки, открывает кошель и достает из него блестящий дукат. Глаза всех сорванцов сходятся на нем, как стрелки компаса на магните. Эта монета для них — настоящее богатство: их отцы (если у кого-то из них таковые имеются) не заработают столько и за неделю. Самый младший в компании даже не знает, что это такое, и его сосед торопливым шепотом дает ему пояснения.

— Итак, — говорит Гривано, — кто-нибудь из вашей банды знает дом Контарини в Сан-Самуэле?

Пронзительный хор подтверждений гремит в ответ.

— Тише, горлопаны! Серебра хватит на всех, — говорит Гривано и вручает монету высокому парнишке с заячьей губой. — Ты отработаешь свою плату, доставив послание Риги, дворецкому сенатора Контарини. Теперь дальше: кто из вас знает палаццо Морозини в квартале Сан-Лука?

Этот вопрос он сопровождает демонстрацией еще одного дуката, что вызывает новый взрыв энтузиазма и частокол протянутых рук. Гонец с заячьей губой стоит на изготовку; его тонкий, с присвистом, голос прорывается сквозь общий гвалт.

— Какое будет послание,дотторе? — спрашивает он.

— Терпение, скоро все узнаешь. Эй ты, малец! Держи монету. Твоя задача: найти Гуго, дворецкого господ Морозини.

Перед тем Гривано несколько часов подряд повторял про себя набор адресов, заучивая их как заклинания, как магические формулы — каковыми они в некотором роде и являются. Третьего мальчишку он назначает посланцем к Чиотти в «Минерве», четвертого — к привратнице монастыря Санта-Катерина, пятого — в трактир под стенами Санта-Джустины, где у него состоялась пьяная беседа о Лепанто. Монет у него хватит с избытком на всех юных фонарщиков. Среди адресатов есть аптекарь, продавший ему белену, и гондольер, недавно перевозивший его из Мурано, и продавец в стекольной лавке на мосту Риальто. В голове его сложилась своеобразная карта города, состоящая, подобно созвездию, из соединенных воображаемыми линиями точек, в которых он побывал за последние недели, — карта его перемещений и воспоминаний, согласуемая с реальными вещами из кирпича и мрамора, но скрытая глубже, под видимой и осязаемой поверхностью. И в эти самые точки, расставленные на карте его памяти, Гривано направляет своих гонцов-оборвышей.

Доставку единственного по-настоящему значимого послания он доверяет мальчугану, который ведет себя чуть менее шумно, чем остальные, который спокойно встречает его взгляд, который слушает и соображает. Он не самый старший, но и не самый юный среди этой ребятни. И с такими задатками ему недолго прозябать на улицах простым фонарщиком.

— А ты, — говорит Гривано, кладя дукат на его ладонь, — найдешь Анцоло в «Белом орле». Знаешь, где это?

Наконец все мальчишки получили по монете. Гривано встает с корточек и озирается поверх их голов: два сбира смотрят на него из толпы, стоя шагах в двадцати от паперти. Гривано жестом подзывает компанию поближе и шепотом сообщает текст послания, одинаковый для всех:

— Людям, к которым я вас направил, вы должны сказать только одну фразу: «Посмотри за шторой».

— О какой шторе вы говорите, дотторе?

— Эти люди поймут, о чем речь, — говорит Гривано. — А может, и не поймут. Но это не суть важно.

— А как сказать им, от кого послание?

— Скажите им то, что знаете: вас послал дотторе со светлыми волосами и раздвоенной бородой. Этого достаточно. Будьте быстрыми и ловкими, не попадитесь в лапы сбиров, которых тут вокруг полно. А теперь приготовьтесь отправиться все разом, по моему хлопку. Готовы?

Он громко хлопает в ладоши — и мальчишки стремглав кидаются врассыпную, как спущенные с поводков гончие. Сбиры предполагали нечто подобное, но среагировать они не успевают и после безуспешных попыток схватить юрких мальцов, пробегающих мимо, устремляют злобные взоры на Гривано. А он тем временем оглядывает толпу и замечает еще четверых сбиров по краям площади; кто-то из них пускается в погоню за его курьерами. Сам же Гривано устремляется с паперти вправо, огибает колокольню и апсиду церкви, а потом сворачивает в переулок, ведущий к площади Сан-Сильвестро.

— Дотторе! — слышится крик позади, но он не реагирует.

Солнце исчезает за горизонтом. Первыми звонят колокола церкви Фрари к западу отсюда и собора Сан-Марко на юге; потом перекличку подхватывают Сан-Поло, Сан-Апонал и Сан-Сильвестро. Гривано, продолжая двигаться быстрым шагом, но без всякой цели, описывает петлю на площади и направляется в обратную сторону. Проходит мимо сбира с изувеченным лицом, который только что за ним гнался. В просвете между домами стремительно мелькает один из его юных гонцов — сейчас он уже не помнит, куда послал именно этого. Он очень устал. Хорошо бы вернуться в «Белый орел», но еще рано. Надо тянуть время.

Небо темнеет, и людей вокруг становится все меньше. Гривано опасается, что вскоре на улицах не будет никого, кроме него и сбиров. Он выбирает самые короткие и узкие проходы, чтобы хоть ненадолго исчезать из виду преследователей. «Когда пробьет второй колокол, вернусь в гостиницу и лягу спать, — думает он. — Но не ранее того».

Он сворачивает в очередной проулок, оглядываясь назад, когда сбоку возникает чья-то рука и крепко хватает его за локоть. Он инстинктивно поднимает трость, готовясь нанести удар, но замечает в темном проеме чалму и кафтан.

— Сюда! Быстрее! — говорит Наркис.

Вправо ведут влажные и скользкие ступени. Ранее он проходил здесь не менее шести раз, но эти ступени мельком заметил лишь однажды, сочтя их частью старых водных ворот, ведущих к давно засыпанному каналу. Теперь же, влекомый нетерпеливой рукой Наркиса, с трудом удерживая равновесие, он спускается в длинный узкий туннель, который ведет к дворику вдали, окруженному высокими стенами. Здесь наверняка сумрачно даже самым ясным днем, а сейчас по большей части царит кромешный мрак. На самой нижней ступеньке какое-то мелкое животное оставило кучку фекалий, облепленных черными блестящими мухами, которые с приближением Наркиса и Гривано взмывают вертикально вверх, а потом уже медленнее рассеиваются в стороны, как искры от костра.

На ходу Наркис обращается к нему по-турецки, и речь его звучит гладко и чисто, как всегда на этом языке.

— Тебя разоблачили, Тарджуман-эфенди.

Гривано отвечает ему на местном языке: он слишком возбужден, чтобы подбирать турецкие слова.

— Это я уже понял, черт возьми, — говорит он. — Сбиры следят за мной с самого утра. Я только недавно смог передать сообщение Обиццо.

— Обиццо?

— Я о зеркальщике.

Наркис замирает, словно обратившись в камень. Потом хватает Гривано за отворот мантии.

— Так вот чем ты занимался у церкви с теми мальчишками? Это через них ты отправил сообщение? Ты сошел с ума? Что, если сбиры их перехватят?

Гривано закрывает глаза, набирает в грудь воздуха, вспоминает свою другую жизнь — вид на султанский дворец из Галаты, смеющиеся лица янычаров у походного костра, гладкий шелк дорогого кафтана, песню, которую пела для него албанская наложница, — и к нему возвращается былое чувство языка.

— Ты считаешь меня таким глупым? — говорит он по-турецки. — Я все предусмотрел. Мальчишки ничего не знают. И только один из них доставит послание по нужному адресу.

— Кому?

— Хозяину моей гостиницы.

— А он надежен? Ты можешь ему доверять?

— Конечно, я в нем уверен, — говорит Гривано, однако сейчас у него уже нет полной уверенности.

В самом ли деле Анцоло этим утром действовал в его интересах, а не в интересах Лунардо? Конечно, трудно представить себе хозяина гостиницы, сдающего своих клиентов сбирам, — в Риальто такая гостиница будет обречена на разорение. Но разве можно знать наверняка?

— Я оставил записку в своей комнате, — продолжает Гривано. — Спрятал там, где сбиры ее ни за что не найдут. В записке я объяснил Анцоло, как отыскать Обиццо.

— И как же?

— Обиццо работает гондольером в Риальто. У него на руках многочисленные шрамы от ожогов. Все гондольеры знают друг друга хотя бы по приметам. Через них всегда можно найти того, кто тебе нужен, если он сам не будет против этой встречи.

— Что ты написал в послании?

— Я только повторил твои инструкции, Наркис. Через два дня он должен будет под покровом темноты выйти в лагуну западнее Сан-Джакомо-ин-Палудо и причалить к стоящей на якоре трабакколо с двумя зажженными красными фонарями. Это все.

В синей полутьме Гривано с трудом различает очертания головы Наркиса — тот долгое время сохраняет неподвижность. С улочки, которую они только что покинули, доносятся громкие голоса, но шагов на ступенях пока не слышно.

— Идем, — говорит Наркис.

Сапоги Гривано шлепают по луже, и вместе с плеском до него доносится запах моря.

— Ты поступил правильно, — говорит Наркис. — Наш план еще не полностью загублен.

— Не понимаю, как сбиры до меня добрались. Они сказали, что дело в моем знакомстве с одним недавно арестованным еретиком, но я в это не поверил.

— Все из-за зеркальщика, — говорит Наркис. — Того, которого ты убил.

— Из-за Верцелина?

— Вчера утром нашли его тело, прибитое к берегу Лидо. Далековато его отнесло течением. К трупу слетелись чайки, и это привлекло внимание. Он был сильно объеден разными тварями, но опознан по перстню на пальце: стеклянное кольцо с фальшивой черной жемчужиной. Удивляюсь, почему ты его не снял.

Гривано останавливается. Кожа на его лице немеет, как от порыва ледяного ветра. Он встряхивает головой. На пальцах Верцелина не было никаких перстней — Гривано их осматривал, он точно помнит.

— Ты уверен, что это тело Верцелина? — спрашивает он.

— Я могу лишь повторить то, что слышал. Гильдия зеркальщиков заявила, что эти останки принадлежат их человеку. Тому, которого ты убил. Большинство считает, что он покончил с собой, измученный тяжелой болезнью. Но некоторые усомнились в том, что человек в его состоянии смог бы завязать на своем теле какие-то хитроумные узлы. Кроме того, в Мурано за последние дни не пропало ни одной лодки. Все это плохо поддается объяснению.

— Стало быть, они хотят обвинить меня в убийстве.

— Думаю, они склоняются к этому. Но в то же время начинают подозревать более широкий заговор.

— Что же мне делать?

— Тебе надо держаться подальше от обоих мастеров, стеклодела и зеркальщика, пока они не покинут город. И сбиры не должны тебя схватить до их побега, потому что уж они-то заставят тебя признаться. Под пытками признаются все.

— Но что...

Голос Гривано внезапно меняется, звучит резко и хрипло в тесном пространстве; и он сам не узнает этот чужой голос. Руки его цепляются за отвороты кафтана Наркиса.

— ...что же мне делать?

Наркис молчит несколько секунд, потом вздыхает:

— Я не знаю, Тарджуман-эфенди. За мной они тоже охотятся. Сегодня днем сбиры приходили в Турецкое подворье. Я выбрался через окно и ушел от них по крышам.

Гривано ослабляет хватку. Сбиры видели их вместе в магазине Чиотти, — разумеется, они тогда же выследили и Наркиса.

— Значит, все потеряно? — спрашивает он. — Если мы оба уже не можем ничего сделать, кто устроит побег мастеров?

— На сей счет будь спокоен, Тарджуман-эфенди. Такие люди найдутся.

Загадочный тон Наркиса не только не утешает Гривано, но и добавляет к его беспокойству панический привкус.

— Если так, — говорит он, — то нам, пожалуй, стоит позаботиться о собственном спасении. Может, прямо сейчас переправимся на материк? У нас будет достаточно времени, чтобы добраться по суше до Триеста, а оттуда уже вместе с мастерами направимся в Спалато.

— План их вывоза через Спалато может быть изменен, Тарджуман-эфенди.

— А если рискнуть и, невзирая на ускоков, поплыть сразу в Константинополь?

— Константинополь более не является пунктом их назначения.

Гривано клацает зубами; ему вдруг становится зябко. В этом туннеле все пропитано сыростью — такое чувство, словно находишься в кишке проглотившего тебя левиафана.

— О чем ты говоришь? — произносит он.

Наркис, не отвечая, продолжает движение; Гривано плетется за ним. Во дворике впереди уже можно разглядеть резной фонтанчик и разбросанные по мостовой осколки черепицы.

— О чем ты говоришь, старый друг? — повторяет вопрос Гривано.

— Когда я готовился к вывозу двух мастеров с Мурано, — говорит Наркис, — у меня наладились контакты с другими заинтересованными сторонами. И мне были сделаны предложения, которые могут изменить наш план.

— Кто? Какие еще стороны?

— Я говорю о людях, представляющих империю Великих Моголов.

Гривано вновь застывает на месте. Наркис делает еще несколько шагов и оборачивается к нему. Теперь в движениях его появляется какая-то неуверенность.

— Идем же, Тарджуман-эфенди, — говорит он.

— Что такое, во имя Аллаха, ты сейчас сказал?

— Я о Моголах. Они недавно захватили Гуджарат и Бенгалию, а теперь сражаются с нашими врагами, Сефевидами, на их восточных границах. Дело идет к тому, что...

— Я правильно понял, — прерывает его Гривано, — что ты собираешься доставить этих мастеров не в Константинополь, а через полмира, в Индостан? Поселить их там, где ни одна живая душа не понимает их речь? Ты это имеешь в виду, Наркис? Если так, то ты безумец.

— Потише, пожалуйста, Тарджуман-эфенди.

Голос Гривано пронизан горячими нотками истерии, он дрожит и ломается, как голос какого-то юнца с первым пушком на щеках; однако он не умолкает.

— Как, во имя святого пророка, нам могут помочь эти Моголы? Они отделены от франкских земель пространством нашей собственной империи и еще одной, враждебной нам империи далее к востоку. Между нами и Индией лежит не просто целый континент, но и кровавая война, идущая в тех краях. Как все это можно преодолеть?

— Они обещают устроить нам проезд с эскортом через земли татар и туркменов, затем через Каспийское море и по долине Амударьи до Кабула. На этом пути мы нигде не вступим на территорию Сефевидов.

— Чудесно! — восклицает Гривано. — Надеюсь, ты не забыл, ко всему прочему, заручиться поддержкой императора Японии? Почему не воспользоваться помощью из этого источника, который еще остался не задействованным? И разумеется, нельзя забывать о перспективах, предлагаемых Новым Светом. В конце концов, мы можем привязать корзину с нашими мастерами к стае ручных попугаев, которые по воздуху доставят их в безопасное место! Твой план звучит не менее дико. Неужели ты говоришь это всерьез?

Наркис делает шаг вперед и бьет его ладонью по щеке. Гривано, отшатнувшись, поднимает трость для ответного удара, но она цепляется за низкий потолок, вылетает из его руки и со стуком падает на каменные плиты. Дрожа и задыхаясь, он опирается о скользкую стену. А через мгновение ощущает легкое прикосновение руки Наркиса к своей голове.

— Успокойся, Тарджуман-эфенди, — говорит он. — Сожалею, что так вышло. Я этого не хотел.

Гривано, продышавшись, подбирает свою трость. Они идут дальше.

— Ты представляешь, как это воспримут мастера? — через некоторое время спрашивает Гривано.

— Они будут в ярости. Это само собой. Но ничего не смогут поделать. Если на то пошло, они уже совершили измену, согласившись бежать отсюда в Амстердам. А когда окажется, что попасть туда им не суждено, то велика ли разница между Лахором и Константинополем?

— Я бы сказал, что немалая. Каким образом ты их повезешь? В клетке, как диких животных для зверинца?

— Если потребуется, то и в клетке.

Они приближаются к выходу из туннеля, и теперь он может лучше рассмотреть Наркиса: сначала его глаза, отражающие свет открытого пространства впереди, затем его бледное лицо, материю его кафтана. С края чалмы вдоль щеки на плечо спускается черная лента. Гривано не припоминает, чтобы он когда-нибудь носил подобное украшение.

— Я не поеду в Лахор, Наркис, — говорит он.

— Я так и думал, что ты не согласишься.

— Что же мне тогда делать?

— Скройся где-нибудь на несколько дней. А после побега мастеров явись к властям с повинной и предложи свое содействие. Они тебя пощадят — ты ведь можешь сообщить массу ценных сведений. И ты сможешь дальше жить в этом городе. У тебя есть на примете надежное укрытие?

— Разве что в доме Контарини.

— Да, сенатор способен тебя защитить. И Морозини тоже. Это влиятельные люди, враждующие с фракцией, которая ныне контролирует Совет десяти. С их поддержкой ты не пропадешь.

— А могу я вернуться в Константинополь?

Наркис долго молчит.

— Это будет очень сложно, — говорит он наконец.

Они достигают дворика, обходят кучи мусора и останавливаются перед фонтаном. На его шестиугольном постаменте вырезан герб древнего и некогда славного рода, опозоренного и уничтоженного на одном из прихотливых поворотов истории. Впрочем, Гривано это мало интересует. Над их головами сияет Марс в окружении нескольких звезд, чей свет отчасти затмевается растущей луной. Небольшие плотные облака все так же быстро несутся в вышине, свинцово-серые на темно-синем фоне.

— Кто мы такие, Наркис? — спрашивает Гривано. — Кого мы предали и во имя чего? Чьи мы агенты, в конце концов?

Наркис опускает голову, упираясь подбородком в грудь, и шевелит носком туфли черепичный осколок.

— Мы агенты хасеки-султан, — говорит он, — и еще мы агенты Великого Могола. Мы ничьи агенты. Мы агенты самих себя. И поскольку мы оба ученые, я верю, что мы являемся агентами Истины. Я искренне в это верю, Тарджуман-эфенди.

Только сейчас Гривано обнаруживает, что темная лента на щеке Наркиса — это струйка крови, которая течет из раны на лбу, в дюйме от виска. При лунном свете хорошо заметная на желтом шелке кафтана, струйка спускается по его плечу и исчезает в районе подмышки.

— Много лет назад, когда я служил в султанской гвардии, — говорит Наркис, — великий визирь зачислил меня в отряд, сопровождавший наше посольство ко двору Акбара, императора Моголов, который в ту пору был еще очень молод. Путешествие выдалось тяжелым. Многие из нас погибли от болезней и холода, при нападениях волков или в стычках с сефевидскими наймитами и казаками. Некоторые сорвались в ущелья, некоторые погибли от ударов молний. Одного человека растерзал тигр — то было жуткое, но и по-своему величественное зрелище, которое я никогда не забуду. Когда же мы наконец предстали перед императором в Дели, вид у нас был предельно изможденный. Он приветствовал нас с удивлением и сочувствием. Замечательный человек! Не умеющий читать и писать, но наделенный превосходной памятью. Он очень умерен в еде, ограничиваясь фруктами и небольшим количеством мяса. Чрезвычайно любознателен. Способен к состраданию, как мало кто другой. Сам будучи мусульманином, он благосклонно относится к христианам, индусам и представителям других религий. Как и мы, он предполагает, что в основе всех верований лежит единая Истина. И он посвятил свою жизнь и ресурсы своей империи поискам этой Истины. Очень похвальное стремление. Все это я наблюдал, проведя несколько лет при его дворе.

— И стал его агентом.

— Точнее, агентом Истины, как я уже сказал.

Гривано оглядывает стены, окружающие дворик. В некоторых окнах виден тусклый свет ламп.

— А для чего твоему императору нужны наши мастера? — спрашивает он.

— Акбар очень интересуется зеркалами. У него собрана большая коллекция, но те зеркала, что он мне показывал, были довольно старыми и качеством намного уступали изделиям мастеров Мурано. Он признался мне, что мечтает построить зеркальный дворец, в котором каждый человек всегда будет виден другим людям и всегда сможет видеть себя. Дворец, в котором невозможно будет что-либо утаить. Разум императора, полагающегося только на свою память, а не на письмена, во многом подобен плоскому зеркалу, Тарджуман-эфенди. Он может воспринимать и отображать любую полученную информацию в чистом, неискаженном виде. Я склонен считать его тем самым идеальным правителем, о котором говорится в священных текстах.

Наступает долгая пауза. Со стороны улицы вновь доносятся крики, и на другом конце туннеля мелькает свет. Гривано напрягается, однако Наркис никак на это не реагирует. Через пару мгновений свет исчезает и голоса удаляются.

— Они скоро вернутся, — говорит Наркис. — И приведут больше людей. Теперь они знают, что мы здесь.

— Есть отсюда другой выход?
— Да. Подожди немного.

Лицо Наркиса обмякло — то ли от усталости, то ли от горя и разочарования. Гривано не знает, сколько ему лет, но в данную минуту он выглядит очень старым.

— А ты что будешь делать? — спрашивает Гривано. — Тебе есть где укрыться?

— Для начала в заброшенных зданиях, — говорит Наркис. — Поскольку я не очень хорошо владею местным языком, мне будет сложно перемещаться по городу. Возможно, спрячусь в квартале греков, а потом переправлюсь в Далмацию на каком-нибудь из их судов.

— Что с твоей головой?

Наркис дотрагивается до своей щеки, потом смотрит на окровавленные пальцы.

— Ты об этом? — говорит он. — Пустяки. Мальчишки швырялись камнями. Думаю, они хотели сбить с моей головы чалму. Такое случается нередко. Намерения поранить меня у них не было.

Гривано смотрит на него со смесью сочувствия и антипатии. В этом году — тысячном году Хиджры — весь мусульманский мир кипит, предвкушая великие перемены, но он не ожидал, что Наркис поддастся подобным настроениям. Он вспоминает рассказ Тристана оНоланце, который искал при христианских дворах короля-философа с намереием сделаться его наставником. Быть может, ему следовало поискать гораздо дальше — на Востоке. И откуда только берутся все эти легковерные глупцы?

Попутно возникает еще один вопрос.

— Тристан тоже в опасности? — спрашивает он.

— Кто?

— Дотторе де Ниш. Что ему известно о нашем заговоре?

Глаза Наркиса сужаются в темноте; на гладком лбу появляется намек на морщинку.

— Я не знаю человека с таким именем, — говорит он.

— Конечно же, ты его знаешь. Португальский алхимик. Обращенный еврей. Когда мы встречались в Равенне, ты советовал с ним познакомиться. Ты сказал, что его деятельность может послужить прикрытием для нашего заговора. Как ящерица, которая отбрасывает свой хвост. Так ты сказал. Ты должен это помнить.

Наркис отвечает едва заметным кивком.

— Да, — говорит он. — Теперь припоминаю. Это имя я узнал от хасеки-султан, через ее доверенную служанку. К сожалению, память меня порой подводит. С тех пор мои мысли были заняты другими вещами.

— Но ты должен знать его лично, — не успокаивается Гривано. — Это он устроил нашу встречу в книжной лавке. Он представил меня Чиотти. Он предложил тебя в качестве переводчика. Я уверен, что сбиры следили за нами после «Минервы», и я решил, что...

На этом месте Гривано умолкает. Морщина на лбу Наркиса обозначается резче, но теперь глаза его широко раскрыты.

— Я получил приглашение от самого книготорговца, — говорит он. — А человека, о котором ты говоришь, я лично не встречал никогда.

Эхо доносит шорох шагов из туннеля, на влажной стене которого мелькает отблеск прикрытого полой плаща фонаря. Гривано различает хриплые шепчущие голоса.

— Они идут сюда, — говорит он.

А Наркис уже переместился в угол дворика. Там к стене прислонен деревянный брусок. Взобравшись на него, Наркис дотягивается до веревки, которая свисает из узкого окна вверху. Гривано подталкивает его ноги снизу, и Наркис ныряет в окно. Теперь очередь Гривано. Он передает свою трость Наркису и затем лезет сам, ухватившись за протянутую сверху руку. В последний момент он толкает ногой деревяшку, и та падает вдоль стены. Судя по крикам и мельканию света в туннеле, сбиры услышали этот звук. Гривано поспешно втягивает веревку в окно.

Они находятся в темном складском помещении, провонявшем плесенью и заваленном старыми пустыми ящиками, многие из которых уже сгнили и поросли мхом. Этажом выше слышны шаги.

— Наверху кто-то есть, — шепчет Гривано.

Наркис отмахивается, как будто это не важно, и удаляется от освещенного луной окна в темную глубину комнаты. Гривано идет следом, взявшись за его рукав. Они выходят в коридор, а оттуда на ветхую лестницу, которая угрожающе скрипит под их весом. В конце спуска Наркис останавливается перед массивной дверью, положив руку на засов. Улица уже близко: Гривано слышит топот ботинок по мостовой и резкий голос, отдающий команды.

— За этой дверью магазин, — говорит Наркис. — Хозяин и его семья сейчас наверху, но они скоро спустятся, услышав шум. Так что ты должен поторопиться.

— А ты разве не со мной?

Наркис нетерпеливо мотает головой.

— Через магазин ты выберешься на улицу, — говорит он. — Сразу же отправляйся в гостиницу за своими вещами и потом во дворец сенатора.

— А где я окажусь, когда отсюда выйду?

— На площади дель Сале. Знаешь это место?

— Да. А ты куда пойдешь? Ты ведь не можешь остаться здесь.

Наркис не отвечает. С усилием открыв тугой засов, он распахивает дверь. В помещение магазина сквозь планчатые ставни проникает свет от фонаря перед расположенной рядом гостиницей. Это позволяет Гривано на мгновение разглядеть лицо Наркиса: страдальчески осунувшееся, с блестящими от слез глазами. Затем Наркис толкает его вперед и закрывает за ним дверь.

Наверху раздаются громкие голоса и быстрый топот сначала босых, а после паузы — уже обутых ног. Гривано огибает прилавок, отодвигает засов на входной двери, смотрит сквозь щель — площадь кажется безлюдной — и выскальзывает наружу. Но не успевает он сделать и пары шагов, как на краю площади появляются два сбира, причем с северной стороны, куда собирался пойти Гривано. Он сворачивает налево и огибает угол прежде, чем сбиры успевают его заметить. В их поведении кое-что изменилось: теперь они ходят попарно и при оружии. Это уже не слежка, это охота.

Вскоре он снова оказывается на площади Сан-Апонал, где группа молодых нобилей громко возмущается отсутствием фонарщиков. Отсюда он идет к «Белому орлу» кружным путем, по мосту через малый канал у скотобоен. Минует до сих пор не закрывшуюся таверну, в окнах которой видны два безмятежно распивающих вино ночных стражника. Похоже, их обычный обход отменен — на эту ночь они передали свои улицы в распоряжение сбиров.

Гривано не удивился бы при виде вооруженных людей в плащах перед дверью гостиницы или в зале на первом этаже, однако там никого нет, кроме одной из фриульских служанок, которая при появлении Гривано с явным испугом ретируется в дальние комнаты. Не обратив на нее внимания, он мчится наверх, врывается в свою комнату и сразу же запирает дверь. Потом разворачивается с намерением оценить ущерб, нанесенный его имуществу.

Никаких вещей в комнате нет. Должно быть, их конфисковали сбиры. Исчезло и послание, оставленное им за шторой. Но кто его обнаружил?

Быстро спустившись вниз, он у подножия лестницы едва не сталкивается с Анцоло.

— Дотторе! — шепчет тот и тянет Гривано по коридору в сторону кухни, подальше от посторонних глаз.

— Они сейчас снаружи, — сообщает Анцоло. — Дела плохи, дотторе. Они рыщут повсюду, и все вооружены. Подождите здесь, пока они не покинут улицу, а потом сразу направляйтесь к дому Контарини.

— Мальчишка до вас добрался?

— Да, дотторе. Он был здесь.

— А гондольер — вы его нашли?

— Да, я передал ему ваше послание. А сейчас будет лучше, если я выйду один и осмотрюсь. Когда улица очистится, я дам вам знать.

— Хорошо. Спасибо, Анцоло. Еще вопрос насчет моих вещей: вы знаете, куда они их унесли?

Анцоло замирает в дверном проеме.

— Кто унес? О ком вы говорите, дотторе?

— О сбирах. Это ведь сбиры их унесли?

Физиономия Анцоло вытягивается от удивления.

— Я думал, это вы их забрали, — говорит он. — Я думал, вы отправили их в дом Контарини.

— Нет, я вернулся только сейчас. И я никого не присылал за вещами. Кто же тогда их унес?

— Я... меня в то время здесь не было. Я ходил на Рива-дель-Фаббрике, искал вашего гондольера. Здесь была Агнесина. Эй, Агнесина!

Он зовет девушку несколько раз, но та не появляется. В конце концов они находят ее в кладовой за штабелем ящиков: это та самая служанка, которая бежала в панике при появлении Гривано.

— Агнесина! В чем дело? Что это на тебя нашло?

— Скажи, куда подевались мои вещи? — спрашивает Гривано.

Девчушка вжимается в угол и как-то странно жестикулирует. Эти знаки смутно знакомы Гривано, однако вспомнить их значение сейчас не удается. Глаза ее выпучены от ужаса. Холодок предчувствия пробегает по спине Гривано.

— Агнесина! — повышает голос Анцоло. — Отвечай дотторе! Кто забрал его вещи?

Наконец она подает голос — тонкий и дребезжащий, как будто прихваченный морозом.

— Это он, — говорит служанка. — Он сам их забрал.

Ее трясущийся палец нацеливается в грудь Гривано.

— Агнесина, это невозможно, — говорит Анцоло. — Дотторе только сию минуту явился за своими вещами. Что за человек приходил раньше? Сколько с ним было спутников?

— С ним никого не было, — отвечает она. — Никого.

— Ты уверена? Сундук дотторе слишком тяжел, чтобы унести его в одиночку.

— Как выглядел тот человек? — спрашивает Гривано. При этом собственный голос кажется ему исходящим не от него, а откуда-то извне.

— Как вы, — произносит она, захлебываясь слезами. — Как вы, но... не совсем. И в другой одежде. Одет, как... доктор... как доктор во время...

— Оставим ее в покое, — говорит Гривано. — Сейчас от нее толку не добиться.

Он покидает комнату, но Анцоло задерживается. Сквозь дверь слышно, как он попеременно то бранит, то успокаивает служанку. Сердце Гривано гулко бьется о грудную клетку, и это волнение никак не согласовано с рассудком, словно сердце является отдельным существом, уже догадавшимся об ужасах, с которыми предстоит столкнуться еще ничего не подозревающему человеку. Через минуту Анцоло выходит в коридор, при этом избегая встречаться глазами с Гривано.

— Вам надо спешить, — говорит он. — Я сейчас проверю улицу.

— Что за жест она показала, увидев меня?

— Пустяки, дотторе. Она очень нервничает, в том числе из-за этих сбиров. Я поговорю с ней, когда она успокоится, и мы выясним, куда подевались ваши вещи.

— Анцоло, что означают эти ее знаки? — настаивает Гривано.

— Ничего особенного. Так обычно поступают суеверные крестьяне.

— Но почему? Почему они так поступают?

— Не знаю, дотторе. Сам я человек городской.

Анцоло пытается изобразить улыбку, но без особого успеха. Гривано смотрит на него в упор.

— Думаю, они делают это, чтобы отвадить нечистую силу, — говорит Анцоло. — Злых духов.

— Злых духов? Вы в этом уверены?

Анцоло долго хранит молчание. Он стоит в коридоре лицом к входной двери, опираясь рукой о стену. Теперь Гривано замечает, что его также бьет дрожь.

— Чума, — отвечает он наконец. — Они делают эти знаки, чтобы защититься от чумы.

Гривано набирает полные легкие воздуха и медленно выдыхает; кровь мощно пульсирует в его голове. Он чувствует, как внутри него пробуждается нечто, подспудно дремавшее много лет, тогда как все доселе в нем бодрствовавшее тускнеет и становится несущественным: как бледные черви, застывшие в зимней грязи.

— Да, — говорит он. — О чем-то в этом роде я и подумал. Благодарю вас, Анцоло.

56

Когда очередной патруль сбиров проходит мимо, Анцоло подает сигнал, и Гривано покидает пределы «Белого орла». Дверь за его спиной закрывается с тихим шорохом дерева о дерево: это финальный звук. Он один. Он всегда был одинок — по крайней мере, со времени смерти Жаворонка, — но теперь его инородность уже невозможно скрыть. Подобно стальному осколку, засевшему в мышце, он существует сам по себе, никак не участвуя в жизни окружающей его материи.

Он сворачивает направо, собираясь идти обратно тем же путем, каким сюда пришел, но замечает двух сбиров перед все еще открытой таверной дальше по улице: они остановились и о чем-то спорят с ночными стражниками, которых он видел там ранее. Гривано прячется в темной дверной нише и ждет, когда они удалятся, но вместо этого один из них направляется внутрь таверны.

— Я буду гнать этого пса-еретика без устали, вот увидишь, только сначала сброшу лишнее дерьмо, — говорит он своему напарнику, остающемуся на улице.

В этом напарнике Гривано узнает молодого туповатого крепыша, который днем торчал под окнами гостиницы. Он важничает, выпячивая грудь и сжимая рукоятку своей рапиры, как ребенок новую игрушку. Гривано отсчитывает время по ударам своего пульса, позволяя второму сбиру добраться до отхожего места и спустить штаны. Затем он быстро продвигается по улице — перебежками от тени до тени — и, внезапно объявившись перед молодым сбиром, бьет его по голове железным набалдашником трости.

Вскрикнув, парень падает на утоптанную грязь перед входом в таверну. Ночные стражники приподнимаются со своих мест, смотрят на Гривано, потом переглядываются. Гривано вновь угрожающе поднимает трость, и стражи опускаются на свои стулья. Поверженный сбир со стоном ощупывает разбитое лицо, размазывая по нему кровь и сопли. Гривано, не сводя глаз со стражников, забирает у раненого его рапиру вместе с ножнами и перевязью.

Как только Гривано исчезает из поля зрения стражников, те поднимают крик, призывая из уборной второго сбира, — но Гривано уже далеко, мчится в западном направлении, прочь из Риальто. Ветер слабеет, на небе ни облачка, воздух сгущается, становясь не по сезону холодным. От более теплой воды начинает щупальцами тянуться туман; он замечает это, переходя по мостику узкий канал. Луна висит низко, но света еще предостаточно. Слишком много света.

К этому времени сбиры, должно быть, уже разыскали всех его малолетних курьеров, а также добрались до адресатов посланий, которые все как один заявят, что смысл сказанного им совершенно непонятен. И в каждом из тех мест сбиры устроят засаду в надежде на его появление. Следовательно, Гривано должен уходить через другие, незнакомые ему кварталы: в направлении Сан-Поло и Фрари. Но, как уже не раз бывало в этом городе, улицы уводят его в другую сторону, приближая к северному изгибу Гранд-канала. И Гривано не пытается этому воспротивиться. В данной ситуации не так уж важно, куда он идет, лишь бы не навстречу сбирам.

Кто он? Чей он агент? Во что он превратился?

Сейчас лишь с огромным трудом он может вспомнить двух юнцов, стоявших на палубе «Черно-золотого орла», — они оба там умерли, чтобы возродиться вновь. Долгие годы он поддерживал себя обещаниями финальной мести, мечтая о том, как турки однажды заплатят кровью за все сотворенное с его домом, с его семьей, с Жаворонком. Он так бережно лелеял эту мечту о возмездии, что спрятал ее глубоко в душе, в подобии потайного ларца, а этот ларец затем помещал в другие ларцы внутри все новых, крепко запертых ларцов. И вот наконец — после кампаний в Африке и Персии, после победоносных или неудачных походов на всех дальних границах султанской империи, после того, как он стал частью боевого товарищества людей, годами сражавшихся плечом к плечу и евших из одного походного котла, — наконец поступило предложение Наркиса, и Гривано подумал: «Это мой шанс, другого может и не представиться». Но вскоре выяснилось, что он уже не в состоянии отыскать внутри себя того жаждавшего мести юнца. Отплывая из Константинополя, он утешался мыслью о том, что ключи к заветным ларцам просто лежат в забытом тайнике и со временем обязательно найдутся. И только сейчас он понял, что все эти ларцы пусты — и были таковыми всегда. Холодная ярость в его сердце — это всего-навсего коридор с бесчисленными зеркалами на стенах, процессия призраков, хоровод несуществующих отражений, преследующих друг друга и самих себя.

Он проходит полдюжины улиц, не заметив ни одного сбира. Несколько раз видит вдали ночных стражников на обходе — в этих кварталах им отдыхать не позволили — и в таких случаях сразу ныряет в тень. А где-то позади него сбиры, позаботившись о своем раненом новобранце, неумолимо расширяют зону поиска. Скоро они появятся и здесь. Он изначально планировал описать полукруг в южном направлении и выйти к Гранд-каналу напротив дома Контарини, но с таким же успехом можно нанять лодку и севернее, у поворота в канал Каннареджо. Это может быть даже к лучшему: сбиры не разглядят его под навесом сандоло. И он может напоследок получить удовольствие, проплывая через центральную часть города и любуясь дворцами при лунном свете. Недурной способ попрощаться с этим местом. Он переждет несколько дней в палаццо Контарини, а потом найдет корабль, отправляющийся в Константинополь. Или в Рагузу. Или в Тунис. Любой порт сгодится. В конце концов, Гривано врач, а люди болеют повсюду.

На Красильной улице ему навстречу попадается пара ночных стражников, которые ведут оживленную дискуссию, совсем не глядя по сторонам. И он, вместо того чтобы свернуть в проулок, присаживается на ступени в нише с намерением подслушать их разговор.

— Неужто вся эта суматоха из-за того арестованного еретика? — спрашивает один из них. — Или это какой-то большой заговор?

— Хотел бы я знать, — следует ответ. — На еретика донес его же покровитель, Джованни Мочениго, всем известный дурак и двуличный трус. Говорят, он путался с колдунами, которые могут вызывать демонов. Этим вечером какой-то злодей намалевал на двери палаццо Мочениго ужасное проклятие на латыни. Сейчас там выставлена охрана из полдюжины брави, а в доме горят все лампы и свечи, какие удалось найти. Он перепуган до полусмерти.

— А те двое, на которых охотятся сбиры...

— Теперь уже только один. Тот, который врач. Турка нашли недавно плавающим в канале Мадоннетта.

— Мертвым?

— Конечно мертвым. Или ты думаешь, он там купался? Вопрос лишь в том, кто его прикончил — то ли сбиры, то ли его сообщники, а может, он и сам наложил на себя руки...

— Погоди-ка... Эй, кто там?!

Они все же его заметили. Усталые мышцы ног и спины Гривано протестующе ноют, когда он поднимается со ступенек и выходит на середину улицы.

— Господи помилуй! Да это он самый и есть!

Свет фонаря слепит глаза Гривано; он жмурится. Стражники выглядят как простые обыватели: мелкие торговцы или ремесленники, за несколько лишних монет бродящие по ночным улицам с дубинками и фонарями. Бедняки, обремененные долгами и семьями. Все трое обмениваются мрачно-унылыми взглядами, оказавшись в ситуации, которой не желал ни один из них. Затем Гривано перекладывает трость в левую руку и начинает вытягивать из ножен рапиру.

— Беги! — вопит первый стражник, но его товарищ и так уже мчится прочь со всех ног.

Оранжевые искры летят от его фонаря, а в губы вставлен деревянный свисток. Пронзительный тонкий свист разрывает холодный воздух. В ближайших домах слышатся голоса: их обитатели пробуждаются.

Гривано позволяет стражникам сбежать. Они быстро найдут сбиров, которые к этому времени должны добраться до соседних улиц. Неподалеку находится площадь Сан-Джакомо-дель-Орио, а от нее несколько минут ходьбы до Гранд-канала, где он сможет взять лодку и окажется в безопасности. Но сейчас такой финал его уже не устраивает. Вместо этого он намерен задержаться на площади. Позади него темные улицы пролистываются, подобно страницам древней рукописи, на изучение которой он потратил много лет и лишь в самом конце обнаружил, что исходил из неверной интерпретации текста — принимал аллегорию за буквальную правду, или наоборот. И сейчас он хочет отлистать все назад и начать чтение заново. Даже если эта попытка заведомо обречена и ему ни за что не осилить всю книгу повторно. Даже если время, необходимое для постижения смысла, безнадежно упущено.

На следующем перекрестке — здесь узкая улица ответвляется в западном направлении — возникает знакомое холодящее чувство: кто-то за ним наблюдает. Он останавливается и долго стоит без движения. Уже зная. Но не желая *это* видеть. Наконец, сделав над собой мучительное усилие, поворачивает голову влево.

Это находится в полусотне шагов от него, на боковой улочке, залитое сиянием желтой луны. Перекрывающее просвет между зданиями. Гривано видит контуры широкополой шляпы, ясеневый хлыст, маску с длинным клювом. На таком расстоянии он не может уловить запах асафетиды, но он различает дымок, тонкими струйками поднимающийся из отверстий в клюве, перед блестящими стеклянными глазами.

Он жаждет наброситься на эту тварь. Уничтожить ее. Положить этому конец. Но, выхватывая рапиру, он слышит крик где-то позади, потом еще один в ответ: ночная стража поднимает тревогу по всему кварталу. Он оглядывается всего на секунду, а когда вновь смотрит вдоль боковой улицы, демона там уже нет.

К такому обороту дел Гривано не готов. Он продолжает движение по основной улице, ощущая тяжесть и покалывание в ногах, как будто онемевших после долгого бездействия, — или как будто он поменялся телами с другим человеком и еще не освоился в новом облике. На площади перед боковым входом в церковь горят факелы; под деревьями колышутся прихотливые тени. А эта тварь теперь уже повсюду, но заметить ее удается лишь краем глаза. Он дважды поворачивается кругом. Втягивает носом воздух.

Церковная дверь распахивается под нажимом его плеча, и Гривано входит внутрь. Горят свечи, но священника не видно. Здесь вообще никого нет. Такое чувство, словно во всем городе остались только он и этот демон, им же самим как-то вызванный. Он идет в западный конец нефа, окунает пальцы в купель со святой водой и крестится, хотя и сознает всю нелепость этой предосторожности. Двигаясь вдоль стены от капеллы к капелле, он старается дышать глубже, дабы остудить свою кровь и прояснить сознание. Внимательно осматривает все вокруг. Арочный свод. Колонна из зеленого мрамора, привезенная сюда во время Крестовых походов. Живописные образы святых и Девы Марии. Одно темноватое полотно — на котором Иоанн Креститель проповедует перед почтительно и восхищенно внимающей толпой — приковывает к себе его внимание, и Гривано подходит ближе, чтобы как следует его рассмотреть.

Вне всяких сомнений, в этой картине узнается рука безумного художника, о котором рассказывал сенатор, — бедолаги, возомнившего, будто его преследуют сбиры и колдуны, и в конечном счете выбросившегося из окна. Гривано пытается иронически усмехнуться, но это ему не удается. Он очень легко может представить себе историю этого человека. Его самоуверенный выход в большой мир из провинциального Бассано-дель-Граппа. Благоговейный трепет, охвативший его, когда он впервые узрел этот город. Крупный заказ, предоставленный его патроном: поддержание на должном уровне *imago urbis*, очищение и возвеличивание бурной восьмивековой истории Республики посредством нескольких умелых мазков, нескольких выверенных взмахов кистью. Его идеальные представления о красоте и гармонии и душевные терзания, овладевшие им, когда эти идеи были преданы и разрушены — равно извне и изнутри. Все это достаточно ясно отображено на огромном полотне: как в восторженно устремленном ввысь взгляде одной из слушательниц, так и в мрачной тьме, нависающей над всей этой сценой. Гривано стискивает зубы, думая о Тристане с его безрассудными алхимическими опытами, о мертвом Наркисе в теплых и грязных водах лагуны, о Ноланце, заслуженно гниющем в темнице. Как он там говорил в своей лекции?

«Жалкий пример Нарцисса предостерегает нас от слишком прямолинейного подхода к зеркалу, ибо в этом случае наши глаза видят лишь наше собственное отражение. При столь ограниченной области обзора это не приведет к позитивному результату. А примером для подражания может служить благородный Актеон, который по случайности попал в грот Луны и, направив свой взгляд по касательной к посеребренной поверхности заводи, узрел там купающуюся богиню без всяких покровов».

— Глупцы, — шепчет Гривано. — Как же все они глупы в своих желаниях и устремлениях.

Открывается боковая дверь храма. Через порог перешагивает человек. У него широкий плащ и рапира на боку. Несколько долгих мгновений они с Гривано смотрят друг на друга. Потом человек вновь открывает дверь и выходит наружу.

Гривано умеет двигаться быстро и бесшумно; у его сапог мягкие подошвы. Он успевает добраться до двери прежде, чем она полностью закроется за сбиром. Тот уже отошел на несколько шагов, направляясь к двум своим соратникам на площади. Услышав повторный скрип двери, он начинает оборачиваться, и в тот же миг Гривано вбивает наконечник трости ему в висок.

Двое сбиров на площади выхватывают рапиры и устремляются в атаку. Гривано перешагивает через поверженного противника, обнажает свой клинок и ждет, когда они приблизятся. Как он и предполагал, эти бойцы, при всей их свирепости и беспощадности, не очень сильны в фехтовании. Первому из атакующих он пронзает почку, а второму выкалывает глаз.

Второй сбир, уронив оружие, с истошным воплем хватается за лицо, а потом бросается прочь, с разгону налетает на толстый ствол старого лавра, падает и корчится в беззвучных конвульсиях. Между тем другой сбир, с проткнутой почкой, оседает наземь — медленно, как перебравший пьянчуга, — и начинает жалобно стонать. Гривано дважды бьет его носком сапога в основание черепа, и сбир умолкает.

Издалека доносятся новые крики: шум на площади был услышан. Посмотрев вдоль Красильной улицы и потом направо вдоль Руга-Белла, Гривано замечает в отдалении отблески прикрытых фонарей, которые выхватывают из тьмы кирпичные стены зданий. Он разворачивается и, обогнув двойную апсиду церкви, перебегает маленькую площадь Мертвых.

Он рассчитывает по широкой улице выйти к Гранд-каналу, который пока еще не виден — до него осталось шагов триста, — но тут взгляд его задерживается на тенях у подножия старой колокольни. Два силуэта, отбрасываемые на стену в свете пары факелов, кажутся совершенно идентичными и отчасти пересекающимися, как в глазах человека, страдающего косоглазием. Факельный свет исходит из проема между зданиями, прежде им не замеченного. Он смотрит на колеблющиеся тени, пока не начинает различать детали: изгиб длинного клюва, закругленный край шляпы, сжатый в руке тонкий хлыст.

Гривано бесшумно, на цыпочках, крадется к проему, почти касаясь плечом стены, а затем по широкой дуге обходит угол — рапира на изготовку, трость поднята для отражения удара. Но за углом нет ничего — ни фигуры, ни факелов позади нее, — только темная улочка с несколькими скромными лавками, освещаемая луной в том месте, где она по мостику пересекает один из второстепенных каналов. В воздухе над мостиком кольцами кружится туман. Гривано продвигается вперед, направляя в темноту окровавленное острие клинка.

На противоположном берегу канала, за пеленой тумана, улица изменяется. Если прежде она была просто тихой, то теперь становится абсолютно беззвучной: не слышны даже звуки крысиной возни, храп горожан за ставнями и плеск воды. Фасады зданий здесь выглядят неправдоподобно ухоженными: ни единой щербинки в кирпичах, ни одной прогнившей доски, а все окна аккуратнейшим образом застеклены. Это напоминает декорации к какому-то тщательно подготовленному спектаклю. Возникает ощущение, что все эти конструкции могут рассыпаться от одного легкого толчка.

Улица загибается влево, потом вправо и завершается тупиком: просторной площадкой перед запертыми воротами палаццо, к которой ведет узкий мостик через канал Иоанна Обезглавленного. Гривано в ловушке. И он попал в нее по своей вине.

Он слышит приближение сбиров, которые теперь уже сознательно поднимают шум: перекликаются и громко топают по мостовой. Им известно, что он находится здесь и что деваться ему некуда. Они хотят загнать его на площадку за мостом и там одолеть, пользуясь своим численным превосходством.

Гривано не спешит расстраивать их планы. Он переходит мостик, прячет в ножны блестящий клинок и, скрючившись, прижимается к правой, сильнее затененной стене. Сбиры оставили на мостовой свои фонари, так что он с трудом различает их в темноте на другой стороне канала: двое идут впереди, а еще как минимум двое за ними. И когда они настороженно — вглядываясь в туман, но при этом сами хорошо заметные в лунном свете — вступают на мост, Гривано бросается вперед.

Они тотчас же отходят с намерением выманить его дальше на улицу — чтобы обойти с флангов и атаковать сразу втроем или вчетвером, — но Гривано останавливается там, где под его ногами кончаются доски мостового настила, и держит сбиров на дистанции длинными выпадами. Он насчитывает пятерых противников, и еще новые на подходе: у основания колокольни мелькают факелы в руках бегущих людей. Гривано отражает клинки сбиров нарочито замедленными взмахами трости и рапиры, лишь имитируя настоящий бой. Затем, неуклюже парировав два-три выпада, он, якобы в замешательстве, отступает к середине моста.

— Нет! Всем стоять! — несется командный окрик из глубины улицы, но сбиры его не слушают, почуяв слабину врага и возжаждав крови.

Один из них бросается на мостик, второй пристраивается в очередь, а сзади их поджимают остальные, до той поры не имевшие возможности подступиться к противнику и желающие также поучаствовать в расправе. Гривано пятится, изображая испуг, пока не нащупывает ногой брусчатку. К тому моменту трое из пяти сбиров уже находятся на мосту.

И теперь он начинает их убивать. Первый образует импровизированную баррикаду, скорчившись на досках моста с подсеченными ногами и продырявленным легким. Второй пытается через него перешагнуть, теряет равновесие и летит в канал после того, как рапира Гривано находит его бедренную артерию. Третий в панике шарахается назад, натыкается на идущего следом и падает в воду еще до того, как Гривано наносит удар. Два последних сбира отступают с моста и ждут подкрепления.

Еще пару мгновений в ушах Гривано стоит звон скрещенной стали, а когда он стихает, слышатся только всхлипы умирающего у его ног, хриплое дыхание недругов по ту сторону моста, плеск в канале, где плавает в поисках пристани или лестницы упавший сбир, да топот второй волны преследователей. Давненько Гривано не приходилось сражаться за свою жизнь. Увы, он уже не молод. Холодный пот струится по лицу, пропитывает рубаху. Передняя большеберцовая мышца правой ноги горит и ноет после резких атакующих бросков.

На той стороне канала появляются еще пятеро сбиров. Среди них и Лунардо, допрашивавший его в «Белом орле». Он оценивает ситуацию и первым делом отправляет двоих подчиненных за подмогой.

— Добрый вечер, дотторе! — кричит он затем, поднимая правую руку. — Я надел перчатки, видите? Как вы и просили. А теперь идите к нам через мост!

У Лунардо в одной руке рапира, а в другой кинжал, тогда как двое из его людей — в том числе одноглазый браво с иссеченным лицом — размахивают палицами. Такая комбинация средств нападения весьма осложняет защиту. Гривано делает глубокий вдох, разминает ноги. Кисти его рук заметно подрагивают.

— Должен вам сообщить, — кричит Лунардо, — что на подходе еще много наших людей! Часть из них прибудет на лодках и выберется на площадь позади вас, так что вы будете окружены. Они не убьют вас, дотторе. Им приказано использовать только палицы. Вам переломают ребра, ноги и руки, после чего вы предстанете перед Советом десяти. На допросе вас будут пытать, а потом удавят и бросят в лагуну. Примерно так же вы утопили в лагуне зеркальщика, не правда ли? Никто не выбрал бы себе такую смерть, дотторе. Но у вас есть и другой выбор, вы это знаете? Думаю, знаете. Так что же — будем стоять и ждать? Или проведем еще немного времени в попытках убить друг друга? Советую вам перейти мост и сдаться, дотторе.

Гривано не отвлекается на разговоры. Он оценивает свою позицию: ширину моста между низкими бортиками, а также расстояние между лежащим на досках сбиром и брусчаткой позади. На западе внезапно появляется пятно света, а затем яркая точка, затмевающая лунное отражение на воде: это какая-то лодка с факельщиком на борту проплывает мимо устья канала. Вскоре она скрывается из виду, а еще через несколько секунд исчезает и световое пятно.

Лунардо сидит на корточках у края канала, улыбаясь и покачиваясь с пятки на носок, чтобы размять ноги. Гривано счищает с клинка кровь, входит на мост и останавливается над умирающим сбиром. Дальше этого места он не пойдет. Лунардо встает с корточек и продвигается ему навстречу, салютуя рапирой. Гривано не отвечает на салют. Доски у них под ногами покрыты темными кляксами размером с медальон.

Они начинают. Гривано тростью успешно парирует выпады, тогда как его рапира несколько раз достает соперника — тот получает уколы в бедра, предплечья и вдобавок царапину на щеке. Лунардо вполне грамотный фехтовальщик, но не великий мастер этого дела, а длинная трость Гривано дает ему дополнительное преимущество, хотя орудовать ею более слабой левой рукой становится все тяжелее. Он усиливает натиск, стремясь поскорее прикончить сбира.

Вновь и вновь Лунардо отступает на мостовую; Гривано использует эти моменты, чтобы перевести дыхание и оглядеться по сторонам. Попытки сбира одержать верх в схватке один на один начинают казаться попросту обидными. Лунардо пора бы уже понять, что без помощи своих бойцов с Гривано ему не справиться. И, судя по маслянистому блеску его глаз, какое-то решение созревает.

Когда Гривано приходит к выводу, что у противника не хватит куражу на новую атаку, случается как раз обратное: метнув в него кинжал (который пролетает мимо), Лунардо с воплем бросается вперед, уклоняется от контрудара в падении с упором на колени и левую руку, тут же вскакивает и начинает неистово размахивать рапирой. Гривано вскользь цепляет тростью его макушку, но под этим напором вынужден отступать, перешагнув через умирающего сбира. Лунардо не ослабляет натиск, принимая на правое плечо тяжелый удар тростью в попытке отразить отчаянный выпад Гривано. При этом он открывается для нового укола, но острие рапиры лишь по касательной задевает его ребро, после чего противники сталкиваются на встречном движении с мерзким хрящающим звуком. Когда они отрываются друг от друга, пытаясь устоять на ногах, оказывается, что оба уже покинули мост и переместились на площадку за ним.

А по мосту уже мчится, размахивая палицей, следующий сбир. Пока Гривано парирует его удар, Лунардо находит на земле свой ранее брошенный кинжал. Еще чуть погодя у Гривано появляется и третий противник — генуэзец с рапирой и бешено горящими глазами, — а тем временем на середине моста уже маячит безликий циклоп, выбирая удобный момент для нападения. Гривано пока еще удерживает позицию, не давая себя обойти, но долго так продолжаться не может. Он старается действовать хладнокровно, с автоматизмом опытного бойца нанося и отражая удары и не упуская из виду никого из сбиров с расчетом на какую-то их ошибку. Надо как можно скорее убить хотя бы одного из них.

Но вот отблески на оконных стеклах палаццо свидетельствуют о появлении факелов у него за спиной. Значит, к сбирам явилось подкрепление. Гривано проиграл. Остается лишь драться настолько упорно, чтобы погибнуть на месте, таким образом избежав пленения. Он догадывается о приближении новых врагов по волчьим ухмылкам на лицах тех, кто ему противостоит. Но продолжает биться не оглядываясь, в надежде уложить кого-нибудь из сбиров прежде, чем на него градом посыплются удары палиц. Тени от бойцов все отчетливее растягиваются по земле, — значит, огни уже рядом. Гривано готовится шагнуть назад и резко повернуться, чтобы встретить атаку сзади, однако не делает этого, внезапно уловив растерянность во взгляде Лунардо.

И тотчас кто-то низкорослый и тщедушный проскакивает мимо Гривано, взмахом факела в левой руке поджигая шевелюру генуэзца. Еще мгновение, и нога генуэзца раздроблена ударом железного стержня, какие используют моряки для крепления канатов. Лунардо остолбенело застывает, и Гривано этим пользуется — хотя его рапира вновь попадает в грудную кость, зато удар тростью удачно приходится по переносице сбира, который с криком падает навзничь.

Развернувшись, Гривано приканчивает беспомощного генуэзца, затем быстро оглядывается через плечо, но сзади никто его не атакует. Между тем сбир с палицей нападает на факельщика, который пригибается, роняя свой кофель-нагель, затем пытается увернуться еще раз, но все же получает удар по боку. «Наркис!» — в первый миг думает Гривано, ибо телосложением факельщик с ним схож. Однако это не Наркис, судя по высокому, почти детскому голосу, вскрикнувшему от боли. И в то же время голос ему знаком. Один из его мальчишек-посыльных?

Слышится отдаленный звон спущенной тетивы и костяной треск поблизости: кто-то выстрелил из арбалета. Гривано оборачивается, быстро оглядывая окна и крышу палаццо, но не замечает там никакого движения. Сбир уже поднял палицу с намерением добить факельщика, но Гривано в броске протыкает его насквозь. Клинок выходит наружу из-под правой лопатки и переламывается у самого эфеса при падении сбира. Факельщик скрючился на брусчатке и, держась за бок, стонет сквозь стиснутые зубы. Факел лежит рядом с ним, шипя и плюясь искрами.

Тем временем Лунардо, очнувшись, приподнимается. Его левый глаз чернеет кровавым пятном на мертвенно-бледном лице. При слабом свете упавшего факела Гривано озирается в поисках рапиры генуэзца и наконец замечает ее на самом краю площадки, едва не упавшей в канал.

Одноглазый браво наконец-то перебрался через мост, но здесь палица выскальзывает из его руки и брякает о брусчатку. Затем раздается его звучный глубокий голос.

— *Toute leur vie estoit employée non par loix, statuz ou reigles, mais selon leur vouloir et franc arbitre,* — говорит он. — *Se levoient du lict quand bon leur sembloit, beuvoient, mangeoient, travailloient, dormoient quand le desir leur venoit; nul ne les esveilloit, nul ne les parforceoit ny à boyre, ny à manger, ny à faire chose aultre quelconques*[1].

Лунардо и Гривано смотрят друг на друга, затем одновременно переводят взгляды на циклопа. А тот проходит между ними, покачиваясь как пьяный и продолжая говорить медленно и отчетливо.

---

[1] Вся их жизнь была подчинена не законам, не уставам и не правилам, а их собственной доброй воле и хотению. Вставали они когда вздумается, пили, ели, трудились, спали когда заблагорассудится; никто не будил их, никто не неволил их пить, есть или еще что-либо делать (*Рабле Ф. Повесть о преужасной жизни великого Гаргантюа, отца Пантагрюэля, 1534, гл. LVII*). Перевод Н. Любимова.

— *Ainsi l'avoit estably Gargantua,* — произносит он. — *En leur reigle n'estoit que ceste clause: fay ce que vouldras*[1].

Из его черепа слева торчит оперение болта — короткой арбалетной стрелы. Пройдя еще несколько шагов, он ударяется в ставни первого этажа палаццо, разворачивается и, сползая спиной по стене, садится на мостовую. При этом он продолжает говорить, но теперь уже шепотом, и голос его исполнен неизбывной грусти.

На мгновение Гривано и Лунардо встречаются глазами, после чего Гривано, запустив обломок своей рапиры в голову врага, пытается в прыжке дотянуться до оружия генуэзца. Лунардо бросается на перехват и цепляет клинком его левый бицепс. Гривано замахивается тростью, одновременно правой рукой нашаривая на земле рапиру. Затем он делает обманное движение, тростью парирует вниз контрудар противника и, выхватив из-за голенища стилет, вонзает его на полдюйма левее грудины Лунардо. Тот выпрямляется из полусогнутого состояния и, скорчив удивленно-недовольную гримасу, падает спиной вперед в канал.

Эхо всплеска отражается от каменных стен и быстро угасает.

— *Car nous entreprenons tousjours choses defendues et convoitons ce que nous est denié*[2], — шепчет циклоп.

— Дотторе, помогите мне встать, — сквозь стон бормочет факельщик. — Нужно скорее убираться отсюда.

Ноги Гривано подкашиваются, руки так сводит судорогой, что он с трудом удерживает трость. Наклонившись, он подает руку факельщику. Испачканное в грязи лицо кажется очень знакомым, но опознать его не удается. Так бывает со сновиденческим образом кого-то дорогого и близкого, говорящего тем же голосом, но даже во сне воспринимаемого лишь как отражение, не имеющее ничего общего с реальным человеком. Неужели это Жаворонок?

— Кто ты? — спрашивает Гривано.

— Это же я, дотторе. Перрина. Я прибыла так быстро, как только смогла.

---

[1] Такой порядок завел Гаргантюа. Их устав состоял только из одного правила: ДЕЛАЙ ЧТО ХОЧЕШЬ. *(Там же.)*

[2] Ибо нас искони влечет к запретному, и мы жаждем того, в чем нам отказано. *(Там же.)*

Гривано растерянно моргает, еще раз всматривается в лицо. Маленький нос, полные губы, упрямый взгляд. Дрожащей рукой он прикасается к ее стриженой голове.

— Что случилось с твоими волосами? — говорит он.

— Я приняла постриг.

— Что?

— Я постриглась в монахини. Потому что не видела другого выхода. Не сердитесь, дотторе. Чтобы найти вас, мне нужно было свободно перемещаться по улицам ночью, а сделать это лучше всего, переодевшись мальчишкой. Понимаете? Но для этого необходима короткая стрижка, а в монастыре остричь волосы можно только в одном случае: принеся обеты. Так я и сделала. Изобразила внезапный припадок благочестия, рыдала и умоляла, пока настоятельница не допустила меня к вечерней молитве уже постриженной. А потом я сбежала. Одежду раздобыл для меня ваш посыльный.

Гривано глядит на нее с изумлением. Мышцы его брюшного пресса начинают подрагивать, что может быть предвестием как смеха, так и судорожных рыданий. Он очень устал. Браво с болтом в голове умолк, его подбородок опустился на грудь. Сбир на мосту также перестал дышать.

— Дотторе, — говорит Перрина, хватая его за руку. — Нам надо спешить. Скоро подоспеют другие.

— И каково же теперь твое новое имя? — интересуется Гривано с шутовской — и, как сам он чувствует, отдающей безумием — улыбкой.

Ее глаза вспыхивают.

— Перрина, — говорит она. — Мое имя Перрина. Как и прежде.

Она тянет его в сторону от моста, но Гривано сопротивляется.

— Отсюда нет выхода, — говорит он. — Нам надо перейти обратно через канал.

— Нет, дотторе. Здесь ваш друг на своей лодке. Он у пристани неподалеку.

— Мой друг? Какой друг?

— Гондольер. Тот, кого вы направили к Санта-Катерине, чтобы встретить меня после побега. Он не назвал своего имени.

— Тот, кого я направил?! О чем ты говоришь?

— О вашем послании, дотторе. Вы же передали, чтобы я покинула обитель сразу после третьего колокола и встретилась с гондольером на канале Мизерикордия.

— Кто тебе это сказал?

— Присланный вами фонарщик. Дотторе, нам надо спешить!

Она настойчиво тянет его за руку, как тянут за уздечку упрямого мула. Кожа ее покрыта красными брызгами, лицо искажено страхом. И без того прохладный с вечера воздух стал намного холоднее. Факел на брусчатке гаснет мгновенно, как будто его окунули в ведро с водой. Над ним поднимается плотная витая струя дыма. Ветра нет совсем.

— А он сказал тебе посмотреть за шторой? — спрашивает Гривано.

— Кто?

— Мальчишка. Мой гонец.

Перрина ослабляет хватку на его руке. Смотрит озадаченно и сердито.

— Какая еще штора? — говорит она.

В этот самый миг позади нее, в центре извилистой улицы, ведущей обратно на площадь Мертвых, возникает какое-то плотное, беспросветно-черное пятно. Словно в том месте сконцентрировалась вся ночная тьма, как запекшаяся кровь на ране. Гривано переводит взгляд с лица Перрины на это пятно.

— Боже милосердный... — шепчет он.

— Послушайте, дотторе. Нам нужно...

Гривано роняет трость и, левой рукой схватив Перрину за ворот, прижимает ее к своей груди. Она издает сдавленный крик, упираясь лицом ему в ребра. Свободной рукой он пытается нашарить между полами своей мантии гладкую рукоять пистолета. И не сразу понимает, что громкий и как будто посторонний звук издают его собственные клацающие зубы.

А демон стремительно и плавно приближается, как пикирующая на добычу сова. При этом кажется, что он завис в воздухе и вовсе не двигается, а расстояние между ними сокращается само собой, подобно сжимающейся ноге улитки. Рука Гривано наконец находит пистолет. Когда он вытаскивает оружие из-за пояса, курок цепляется за мантию и разрывает ткань.

Перрина отталкивается от него, но он успевает схватить ее стриженый затылок и вновь рывком притягивает к себе. Пистолет наконец-то извлечен из складок мантии. Гривано вытягивает руку, целясь. Демон всего в нескольких шагах. Ясеневый хлыст высоко занесен для удара. Дым струится из отверстий клюва. Перрина поворачивает голову, высвобождая свой расквашенный нос, и Гривано перемещает ладонь с ее затылка на ухо. Затем он взводит тугой курок — до крови обдирая подушечку большого пальца — и нажимает на спуск.

Белая вспышка при воспламенении пороха на полке, шипящий выдох. И больше ничего. На секунду ослепнув, Гривано затем всматривается во тьму, разевая рот в гримасе бессмысленного ужаса. Глаза его могут различить только два стеклянных круга, которые надвигаются на него через пустоту, ярко горя, как смотровые окошки стекловарной печи. Они видят его насквозь. Они всегда его видели. И теперь подобрались почти вплотную.

Гремит пистолетный выстрел. Из дула вырывается огненный шар, который стирает все объекты в поле зрения, а потом исчезает, оставляя только пульсирующий послеобраз в опаленных глазах Гривано. Но звук выстрела не гаснет — гулким неослабевающим эхом он кругами проносится по улицам и прилетает обратно, пока Гривано уже не может слышать ничего, кроме этого грома. Перрина вырвалась и теперь глядит на него, жестикулируя и что-то крича. Однако крик ее доходит до него не звуками, а лишь слабым давлением воздуха на кожу лица. Она хватает его за левую руку и тянет. Его правая рука с зажатым в ней пистолетом поднята вверх силой отдачи. Гривано осторожно ее опускает. В оглохших ушах звенит боль, и звон этот вполне соответствует виду стекол, сыплющихся осколками из всех окон вдоль улицы.

Чумной доктор исчез. Глаза Гривано обшаривают дымный воздух и мостовую там, где только что стоял этот монстр, но не находят ничего: ни пятен пролитой крови, ни маски с клювом, ни ясеневого хлыста. «Развеян в прах, — думает Гривано. — Словно стрелял не пистолет, а пушка. Развеян в прах… В прах… В прах…»

Облако порохового дыма поднимается вверх, выдавая их местоположение. На лице Перрины дорожки сердитых слез; она дергает Гривано за руку и смотрит куда-то мимо его плеча. Гривано озирается в поисках своей брошенной трости, а потом замечает ее уже в руке Перрины. Он пытается засунуть пистолет обратно за пояс, но его правая рука плохо двигается. Слух постепенно возвращается к нему, предшествуемый тупой болью: он различает тревожный шепот Перрины и крики со стороны площади Мертвых. Сбиры уже добрались до моста: он видит троих, но за ними следует еще много огней. Первый сбир, заметив Гривано, застывает на месте, а его тусклые глаза оживляются искорками страха. Следующий за ним сбир также резко останавливается, чтобы избежать столкновения; и эта парочка мнется посреди моста, перебирая ногами, как цепные псы на предельной дистанции привязи.

Перрина и Гривано, развернувшись, бегут от моста вдоль площадки перед палаццо. Перрина проворна, а он утомлен, уже немолод и потому сразу отстает. Сзади хрустит битое стекло под ногами сбиров: они его настигают. Один из них дотягивается до его плеча, но тут же с хриплым стоном падает, задерживая бегущего за ним. Теперь Гривано видит в свете низкой луны сандоло и Обиццо, который взводит арбалет, опустив его к ноге и держа в зубах новый болт.

Перрина уже успела отвязать лодку. Гривано прыгает в нее с пристани, цепляется ногой за борт и падает ничком на груду сухих цветочных букетов; в ноздри ему ударяет аромат лаванды, смешиваясь с железистым привкусом крови. Сандоло качается, но не опрокидывается. Гривано с трудом принимает сидячее положение и вытирает свой разбитый нос.

Обиццо стреляет в сбира, уже прыгающего с пристани, и тот с громким плеском падает в канал. Еще несколько сбиров приближаются, но осторожность заставляет их сбавить ход. Обиццо передает арбалет и колчан Гривано, а сам берется за весло. Гривано упирается ногой в стремя на конце ложа, рычагом взводит арбалет до попадания тетивы в защелку и тянется за болтом. К этому моменту лодка уже находится на безопасной дистанции от взбешенных сбиров с их палицами, но Гривано все равно стреляет — сгоряча и со злости — и ранит одного из них.

— Черт побери, дотторе! — ворчит Обиццо. — Приберегите болты. На выходе в Гранд-канал нас поджидает каорлина, набитая этими дьяволами.

Гривано прочищает нос в ладонь, которую потом споласкивает за бортом. И вновь начинает ощущать запах лаванды.

— Как ты меня нашел? — спрашивает он.

— С большим трудом, по вашей же милости. В этих ваших посланиях было мути больше, чем в трюмной воде при сильной качке. Мне пришлось поплавать туда-сюда, пока не услышал вопли и шум драки. И тогда уже направился сюда. Что, бога ради, означал этот бред про какую-то штору?

— Послания? — переспрашивает Гривано. — А сколько их...

Обиццо прерывает его шиканьем. На очередном мосту впереди появляются огни. Гривано вновь заряжает арбалет и меняется местами с Перриной, устраиваясь на носу лодки. Короткая вспышка на западе — сначала Гривано принимает ее за свет в открывшейся двери таверны, но потом догадывается, что это был последний свет Луны на горизонте, промелькнувшей в створе одной из боковых улиц.

«Удачи тебе, — как будто говорит Луна. — Этой ночью я больше уже ничего не смогу для тебя сделать».

Факелы и лампы на мосту гаснут; теперь там маячат лишь темные фигуры. Гривано втягивает воздух носом, сглатывает кровь со слизью и прикладывает к плечу ложе арбалета. Сандоло рассекает черным килем подернутую дымкой воду, продолжая движение на север по каналу Иоанна Обезглавленного.

COAGVLATIO

Именно образы, а не суждения, именно метафоры, а не утверждения определяют бóльшую часть наших философских убеждений. Образ, пленником которого является традиционная философия, представляет ум в виде огромного зеркала, содержащего различные репрезентации, одни из которых точны, а другие — нет. Эти репрезентации могут исследоваться чистыми, неэмпирическими методами. Без представления об уме как зеркале понятие познания как точности репрезентации не появилось бы.

Ричард Рорти. Философия и зеркало природы (1979)[1]

---

[1] Перевод В. Целищева.

Спустившись в фойе отеля, Кёртис обнаруживает здесь толпу делегатов очередной конференции с чемоданами на колесиках и зачехленными лэптопами, которые выгружаются из двух только что подъехавших чартерных автобусов и растягиваются плотной очередью от тротуара перед фасадом через стеклянные двери до регистрационной стойки. У Кёртиса нет желания лезть напролом, и он останавливается рядом с армиллярной сферой, дабы переждать это столпотворение. Делегаты один за другим получают ключ-карты от номеров и присоединяются к своим, уже прошедшим процедуру коллегам, сопровождая все это радостными возгласами, рукопожатиями, хлопками по плечам, пародийно-спортивными комментариями и имитацией ковбойской пальбы из наставленных друг на друга указательных пальцев. Кто-то из них тащит большой картонный плакат с написанной кривыми буквами программой конференции.

> 9:00 — «Три главных навыка
> для успешного продвижения продаж»
>
> 9:45 — «Как достичь наивысших
> личных результатов в период кризиса»
>
> 10:30 — «Как ненавязчивая реклама с первых
> минут беседы гарантирует вам успех»
>
> 11:15 — «Четыре способа покинуть
> привычную вам среду»

Носитель объявления Кёртису не виден, за исключением ног в белых кроссовках да восьми согнутых пальцев, выглядывающих из-за краев плаката.

Потолок фойе также украшен фресковыми копиями старинных картин — Вероника, без сомнения, могла бы просветить его насчет оригиналов. Герой на крылатом коне готовится пронзить копьем огнедышащего монстра, у которого из пасти вывалился скованный цепями человек. Парень сжимает в одной руке скрипку с порванными струнами, а другой рукой обнимает нагую женщину. Другой парень играет на лире перед мощной крепостной стеной, верхние камни которой взлетают и кружатся в воздухе. Кёртис догадывается, что левитация камней вызвана звуками чудесной лиры, но не может понять суть этого действа: то ли парень таким манером возводит стену, то ли он ее разрушает. А в голубом небе над ним витает парочка богов: Меркурий со змеиным посохом и Минерва с головой горгоны на щите.

Наплыв делегатов спадает, и Кёртис наконец-то добирается до выхода, но там ему преграждает путь охранник в штатском, придерживающий дверь перед высоким седовласым мужчиной в черной кожаной куртке, который выглядит точь-в-точь как Джей Лено. Спустя секунду Кёртис понимает, что это и есть Джей Лено. Рука Кёртиса, которой он собирался толкнуть стеклянную дверь, все еще висит в воздухе. Лено на ходу ловит ее и пожимает.

— Привет! — говорит он с широкой ухмылкой.

— Вы Джей Лено, — бормочет Кёртис.

— Он самый, — говорит Лено. — Успеха вашей конференции!

Он огибает Кёртиса слева. При этом охранник успевает аккуратно вклиниться между ними, оттирая Кёртиса в сторону. Лено в сопровождении небольшой свиты дефилирует через фойе, с приветственными взмахами и пожиманиями рук. Ту же манеру Кёртис подмечал и у других знаменитостей — они проходят сквозь толпу быстро и безостановочно, словно боятся упасть замертво, если прекратят движение. Он провожает взглядом эту процессию, пока Лено не исчезает в проходе левее регистрационной стойки; а между тем все новые люди с багажом шумно протискиваются мимо него в фойе. «Там Джей Лено!» — возбужденно повторяют многие из них.

Выбравшись наружу, Кёртис садится в первое свободное такси. Оно также от фирмы «Фортуна», черно-бело-лиловой раскраски. Мелькает мысль: а вдруг это тот же таксист, что возил его утром к озеру? Но, усевшись на заднем сиденье, Кёртис видит в зеркале глаза Саада.

— Саад? — произносит он удивленно.
— Что, простите?

Нет, он ошибся — этот водитель моложе и суетливее Саада, да и вообще не араб. Возможно, из Бангладеш. Но седые волосы и морщинки у глаз похожи.

— Отвезете меня в «Живое серебро»? — спрашивает Кёртис.
— Это в Хендерсоне?
— Нет, это к востоку отсюда, на самом краю долины. Новое казино. В нескольких кварталах от Норт-Голливуда, на холме над мормонским хра...
— Ага, я понял, спасибо, — говорит таксист.

Он едет тем же маршрутом, что и Саад, — по автостраде и бульвару Лейк-Мид, — не пытаясь завязать разговор, что вполне устраивает Кёртиса. При быстро слабеющем дневном свете он открывает «Зеркального вора», чтобы еще немного почитать, прежде чем книга вернется к Стэнли. Он не в восторге от того, как все складывается, но в целом может быть удовлетворен ситуацией на данный момент. Однако Кёртис не чувствует себя удовлетворенным. Ни в малейшей степени. Возможно, встреча со Стэнли что-то исправит.

> Будь начеку, Гривано! Этот мир отравлен,
> расколот, как яйцо, и не укрыться в нем.
> Не ждут тебя ни крест, ни Кампо-деи-Фьори —
> не будет тебе памятью подобный монумент
> убогим суевериям оцепенелых царств.
> Здесь не спастись никак; здесь нечего спасать.
> Все обратится в пар: твой труд, и твоя страсть,
> и твой побег. Ведь сущность всех материй —
> лишь тень, распластанная по стеклянной тьме.

> Твое мгновение, Гривано, уже в прошлом:
> воздушным пузырьком застыло в янтаре
> иль зернышком в стекольной шихте для печи.
> И ты гори — сгинь, похититель образов,
> в забвения пучине!

Читая эти строки, Кёртис пытается вообразить себя на месте Стэнли в ту пору, когда он нашел эту книгу. Пытается понять суть ее странного влияния на пятнадцатилетнего бруклинского парня, потерявшего отца и живущего с безумной матерью при пяти классах образования за душой. Однако в этот раз воображение отказывает Кёртису. Тогда он вспоминает отцовские рассказы о его юности на задворках Вашингтона в пятидесятых, вспоминает собственные пятнадцать лет — как он себя ощущал в ту пору, что творилось в его голове, — но воспоминания туманны и не подсказывают никаких новых путей к пониманию книги. Вместо этого Кёртис почему-то зацикливается на мысли о Джее Лено: каким приветливым и веселым тот казался, проходя сквозь толпу. И как эти показные приветливость и веселость создавали вокруг него подобие невидимой стены, за которой можно скрыть что угодно. Или скрыть отсутствие чего угодно. Он думает о делегатах конференции — как они кривлялись в фойе, разыгрывая друг перед другом этаких бодрячков-весельчаков; думает об официантках в игорном зале, так же разыгрывающих свои роли в расчете на чаевые. Еще он думает о барменше в «Нью-Йорке» с ее статен-айлендским акцентом, думает о Сааде — «Вы задвигаете этот спич для всех клиентов?» — и о расплывчатых чертах лица Аргоса, которые так легко менялись на фоне бликующей поверхности озера. Он думает о себе в школьные годы: как он отрабатывал «крутое» выражение лица перед зеркалом в дедушкиной ванной. Пытаясь быть убедительным. Пытаясь убедить себя.

> Субстанция любая имеет свой резон,
> как говорил Гермес. И в этот самый миг
> олигархат спускает псов с цепей,
> чтоб рыскали по улочкам Риальто.
> Гривано прячет на виду у всех
> то, что не может быть доступно взору.

> Невидимая очевидность! Вот оно,
> устройство для невидения! Скрой в нем
> свое раздавленное прошлым имя.
> Здесь, на стене, висит забытый всеми
> луны осколок, ждущий того дня,
> когда вдруг самого себя узнаешь
> в том незнакомце, кем ты был всегда.

Между отделанными речной галькой колоннами перед входом в «Живое серебро» стоят две студентки местного университета в костюмах лепреконов. Они с улыбками машут подъезжающему такси и тут же наклоняются, цепляя значки в форме трилистника к джемперам очередных клиентов-колясочников. Кёртис расплачивается с водителем и ступает на резиновый тротуар. На противоположной стороне долины очертания горы Чарльстон выделяются синим конусом среди лиловых сумерек. В лучах заходящего солнца ее снежная шапка пылает, как раскаленное клеймо.

— Добро пожаловать в «Живое серебро»! — говорит одна из девушек-лепреконов. — Хотите счастливый талисман?

— Нет, спасибо, — говорит Кёртис, — я сегодня не собираюсь играть.

Внутри казино прежний флейтовый нью-эйдж сменили ирландские волынки и бубны-бураны, также играющие в нью-эйджевом стиле. Парень за стойкой в шляпе-котелке из зеленого пластика увлечен добавлением новых звеньев к шестифутовой цепочке из скрепок для бумаг.

— Привет, — говорит Кёртис. — Я Кёртис Стоун. Уолтер Кагами зарезервировал для меня номер.

Парень протягивает ему карту-ключ в маленьком конверте.

— Верхний этаж, первая дверь направо, — говорит он. — Это номер люкс.

Лифты расположены на другом конце игорного зала. Между столами перемещается не так уж много людей, но скорость перемещения прямо-таки черепашья, а протискиваться между ними Кёртису не хочется. Вместо этого он идет вправо, к арочным окнам с видом на внутренний дворик, и вдоль этих окон огибает зал. Во дворике подсвечены фонтан, водопад и стволы пальм, а вот цесарок не видно — должно быть, уже расположились где-то на ночлег. Зато на один из каменных пикниковых столов взобрался павлин, и, как раз когда Кёртис проходит мимо, он распускает хвост качающимся многоцветным веером.

Достигнув угла зала, Кёртис напрягается, внезапно почувствовав близкую опасность, но уже поздно: увесистое пластиковое ведерко для монет бьет его по ребрам, а негромкий голос звучит у самого уха.

— На тебе нет ничего зеленого, старик. Кто-то должен тебя наказать за нарушение правил.

Кёртис резко останавливается. Альбедо повторно бьет его по боку ведерком, внутри которого находится что-то тяжелое, но уж точно не монеты.

— Двигай дальше, братишка, — говорит Альбедо.

Волна адреналина проносится по телу Кёртиса от конечностей к паху, и он с трудом подавляет позыв к мочеиспусканию. Делает глубокий вдох. И продолжает движение.

Альбедо держится слева от Кёртиса и слегка позади: в той самой точке, где Кёртис не может разглядеть его краем здорового глаза. Он явно осведомлен о глазном протезе, — значит, Деймон его предупредил. Неспроста при их первой встрече в «Хардроке» Альбедо то и дело отклонялся назад от стойки: так он проверял границы поля зрения Кёртиса. Все это было учтено и спланировано с самого начала. И сейчас Альбедо знает, что скоро здесь появится Стэнли.

В этой части зала, рядом с окнами, скорее всего, нет камер наблюдения. А вот у лифтов они должны быть, но, когда они приближаются к лифтам, Альбедо отступает подальше, оставляя пространство вокруг Кёртиса свободным. Даже если Кагами следит за мониторами, он не заметит ничего подозрительного.

Кёртис не спешит нажимать кнопку вызова в расчете на то, что Альбедо к нему обратится и тем самым себя выдаст, но Альбедо просто обходит его и нажимает кнопку сам. Дверные створки раздвигаются сразу же. Лифт пуст, и они входят внутрь.

— Даже не пытайся со мной заговорить, — шипит сквозь зубы Альбедо, перешагивая порог.

За тонированным стеклом панели управления можно разглядеть крошечный видеоглазок; возможно, где-то здесь есть и микрофон. Они поднимаются на шестой этаж в полном молчании; закатное солнце светит им в спины через стекло. Кёртис в упор смотрит на Альбедо, но тот избегает встречаться с ним взглядом. При этом глаза Альбедо кажутся застывшими и пустыми, как это бывает у некоторых людей в сильном подпитии. Вот только вряд ли он пьян. Под мотоциклетной курткой на нем ярко-зеленая майка. Ботинки и джинсы густо покрыты пылью, кое-где к ним пристали репьи и что-то похожее на шипы кактуса. Материя на коленях расползлась, и сквозь прорехи видны ободранные до крови колени. Ручка пластикового ведерка слегка растянулась под весом того, что находится внутри, под полиэтиленовым пакетом. А лапища, в которой он держит ведро, сплошь пестрит царапинами и ссадинами. «КТО НА МЕНЯ? — Я ИРЛАНДЕЦ!» — гласит слоган на его майке.

На пятом этаже дверь открывается с легким мелодичным звяканьем, и в лифт пытается зайти тонкошеий престарелый чудик в глянцевом парике и галстуке «боло», под ручку с изрядно поддатой девицей чуть не вдвое моложе его. Альбедо преграждает им путь.

— Вы наверх? — спрашивает он.

— Нет, нам вниз, — говорит чудик.

Альбедо слегка отодвигает его назад, упираясь в грудь указательным пальцем правой руки.

— В таком случае, сэр, — говорит он, — вы должны нажать кнопку со стрелочкой вниз.

Рука Альбедо выглядит так, словно ее обработали картофелечисткой. Пижонистый хрыч таращится на нее с разинутым ртом. Створки закрываются.

— Кажется, эта девчонка училась со мной в одной школе, — говорит Альбедо.

Как только они покидают лифт на следующем этаже, Альбедо выхватывает из ведерка пистолет, ставит Кёртиса лицом к стене, забирает револьвер и быстро его обыскивает на предмет еще какого-нибудь оружия и жучков. Покончив с этим, он хватает Кёртиса за воротник и направляет его в коридор.

— Открывай дверь, — говорит он.

Кёртис долго возится с карточкой. А когда вспыхивает зеленый огонек и он поворачивает ручку, пристроившийся позади Альбедо в броске ударяет его плечом между лопаток. Кёртис влетает в номер и растягивается на ковре, Альбедо перешагивает через него, попутно врезав ногой по ребрам, и быстро обводит стволом комнату. При этом револьвер в другой его руке направлен на лежащего Кёртиса. Тот не шевелится, втягивая воздух сквозь стиснутые зубы. «Зеркальный вор» выпал из кармана и валяется на полу в нескольких дюймах от его подбородка. А пустое пластиковое ведерко Альбедо зацепилось ручкой за левую ногу Кёртиса.

Альбедо на секунду исчезает в спальне, а когда возвращается оттуда, теперь уже оба ствола смотрят в лицо Кёртису. На его пистолете с помощью клейкой ленты закреплен толстый короткий глушитель, который выглядит так, словно его сделали из консервной банки. Сам этот матово-черный пистолет идентичен тому, какой Кёртис этим утром видел в руках Аргоса. Он вспоминает облачко розовой пыли над береговым откосом, и в следующий миг до него доходит: нет, это не идентичный, а *тот же самый* пистолет. От этой мысли ему становится дурно, а потом появляются страх и гнев. С преобладанием гнева.

— Как по-твоему, сколько нам ждать? — говорит Альбедо. — Минут двадцать-тридцать?

— Шел бы ты нахер, старик, — бормочет Кёртис.

Альбедо отвечает негромким, усталым смехом. Похоже, ему сегодня пришлось помотаться.

— Да, минут двадцать, я думаю, — говорит он. — Полчаса от силы.

Кёртис сбрасывает с ноги ведерко, переворачивается и садится спиной к стене.

— Твоя игра по-любому накрылась, — говорит он. — Ты опоздал. Даже убрав Стэнли и Веронику, ты ничем не поможешь Деймону. Джерсийские копы уже имеют ордер на его арест...

— Но не на *мой*, — говорит Альбедо. — Не тупи, Кёртис. Я не собираюсь разгребать дерьмо ради Деймона. Пусть он сам этим занимается, раз уж так обосрался. Другое дело, что он запросто может подставить и меня. Так что, когда я зачищу все здесь, сразу же рвану в аэропорт, и пускай старина Деймон молится, чтобы копы нашли его раньше, чем это сделаю я.

— Паршивый план, — говорит Кёртис. — Ты же не думаешь, что...

— Я сейчас дам тебе один добрый совет, — прерывает его Альбедо. — Захлопни свою гнилую пасть и молча помозгуй над тем, как мне добраться до Деймона в Атлантик-Сити. Если придумается хороший план с твоим полезным участием в живом виде, только тогда можешь что-то вякать. А пока что, Кёртис, ты больше смахиваешь на одну из проблем, которые мне нужно устранить.

Носком ботинка подвинув стул, Альбедо усаживается, кладет оружие на стол перед собой — стволами в сторону Кёртиса, — и начинает осматривать свои израненные руки, выдергивая длинными ногтями кактусовые шипы.

— Я предупреждал Деймона, — говорит он. — Я *много раз* его предупреждал, что привлекать тебя к этому делу будет огромной ошибкой, глупостью высшего порядка. Могу поспорить, сейчас тебе больше всего хочется, чтобы он тогда послушался моего совета. Не так ли, Кёртис? Но никто никогда не слушает моих советов. Взять хотя бы тебя: разве я тебе не говорил, что эта затея плохо кончится? Разве я не советовал тебе подумать о каком-нибудь другом занятии? Ты хоть на секунду прислушался к моим словам? Ни фига подобного. Раньше я говорил Деймону, что в этой дерьмовой заварушке есть лишь одно удачное для него обстоятельство: никто из людей, в ней замешанных, не станет по своей воле связываться с копами. И что за фортель первым же делом выкидывает этот мудозвон? Он берет себе в помощники долбаного копа!

Альбедо поднимает глаза с очевидным намерением развить свою мысль, но внезапно вздрагивает и застывает с отвисшей челюстью. Взгляд его устремлен на стену левее Кёртиса; зрачки расширяются до предела. Чуть погодя он сглатывает, усиленно моргает и трясет головой. Потом хватает со стола пистолет Аргоса и начинает водить стволом туда-сюда, словно охотится на летающую по комнате муху.

— Да что за хрень? — говорит он и застывает, целясь в ту же точку слева от Кёртиса. — Нет! Не может быть! Черт!

Он жмет на курок. Потом еще раз. Глушитель подавляет грохот выстрелов, но не хлопки при прохождении пулями звукового барьера, подобные хлестким ударам линейкой по столешнице. Облачко штукатурной пыли повисает над головой Кёртиса, а еще мгновение спустя воздух наполняется мелкими сверкающими осколками, которые больно жалят его череп. Чертыхаясь, он прикрывает ладонями глаза.

Затем в его левое ухо врывается пронзительная какофония раскалывающегося и дождем летящего на пол стекла: Альбедо только что расстрелял зеркало над туалетным столиком, недоступное взору Кёртиса с того места, где он сидит.

— Эй, ты совсем уже офонарел? — кричит он.

Альбедо изображает усмешку, но при этом его заметно потряхивает.

— Черт побери, старик! — говорит он. — У меня, похоже, начинаются глюки. Только что померещилось...

Его прерывает громкий телефонный звонок. От неожиданности Альбедо дергается и всаживает в стену еще одну пулю. Кёртис вновь закрывает руками лицо. После второго звонка Альбедо с облегчением — и некоторой опаской — выдыхает и указывает на телефон култышкой глушителя.

— Видимо, это по твою душу, — говорит он.

Кёртис поднимается, на ватных ногах ковыляет к телефону и берет трубку после четвертого звонка.

— Слушаю, — говорит он. — Это Кёртис.

— Кёртис, это Вероника.

Он прилагает все усилия к тому, чтобы говорить спокойно и не терять концентрацию. Очень многое будет зависеть от нескольких следующих секунд. На том конце линии слышны объявления диктора и шум толпы: это все еще аэропорт. Голос у Вероники раздраженный и усталый, но не испуганный.

— Такие дела, — говорит она, — Стэнли одурачил нас обоих. Его не было в этом самолете.

— Что? Повтори, — растерянно бормочет Кёртис.

— Стэнли не прилетел тем рейсом, о котором он меня предупреждал. Он позвонил, когда я торчала в зоне выдачи багажа. Ты не поверишь, но он сейчас в... Короче, он исчез. Отвалил с концами.

У Кёртиса такое чувство, словно он только что шагнул с края утеса и на какие-то мгновения завис в воздухе, отчаянно молотя конечностями, как делают в таких случаях мультяшные персонажи. Затем вдоль позвоночника к самому горлу волной поднимается дрожь, и он едва сдерживает улыбку.

— Ясно, — говорит он. — Продолжай.

— Он хотел, чтобы я приехала в аэропорт, потому что ранее забронировал на мое имя билет из Вегаса. Посадка начинается через пять минут, а мне еще надо заглянуть в камеру хранения и пройти досмотр, так что времени в обрез.

Кёртис закрывает глаза и упирается рукой в стол, чтобы сохранить равновесие. Сквозь белый шум на линии ему чудится далекий голос Стэнли, который с хохотом выкрикивает кодовые номера, как квотербек перед розыгрышем.

— Только не проси меня объяснить, что происходит, — говорит Вероника, — потому что я сама ни фига не понимаю. Я позвонила, только чтобы поставить в известность тебя и Уолтера. А сейчас мне...

— Уолтера? — переспрашивает Кёртис, широко раскрывая глаза. — Уолтер сейчас где-то здесь?

— Да. Думаю, он скоро появится. Его рабочий день заканчивается... о черт! Мне надо бежать. Извини, что так получилось, Кёртис. И спасибо за все. Я потом с тобой свяжусь.

После щелчка в трубке повисает тишина. Альбедо следит за ним, озабоченно морща лоб. Кёртис с рассеянным видом переводит взгляд на столешницу, но краем глаза отслеживает мимику Альбедо. «Как будто потерял мяч при подаче и не видит, где он, — мысленно комментирует Кёртис. — А мяч-то у него под ногами».

— Хорошо, — говорит Кёртис в трубку. — Так и сделаем. Какое там время прибытия?

В трубке слышатся слабые отдаленные звуки, как от камешков, брошенных в сухой колодец.

— Понял, — говорит Кёртис. — Встретимся на выдаче багажа. Я могу опоздать на несколько минут, вы уж меня дождитесь.

Он кладет трубку.

— Планы изменились, — говорит он. — Рейс Стэнли задерживается. Они сюда не приедут. Договорились, что я встречусь с ними в Маккарране.

Альбедо смотрит на него в упор. Потом встает из-за стола.

— И что теперь? — бормочет он.

— Слушай, старик, у меня нет других вариантов.

Альбедо все еще выглядит растерянным, но понемногу оправляется.

— А если ты попросишь их все же приехать сюда? — говорит он. — Было бы самое то. Или договорись о другом месте. *Любом* месте. Даже полицейский участок подойдет больше. Ну почему все упирается в долбаный аэропорт, Кёртис? Ты хочешь, чтобы я грохнул до кучи как можно больше всяких левых людей?

Кёртис с усилием проглатывает комок в горле.

— Думаю, Стэнли струхнул, — говорит он. — Почуял что-то неладное. Вероника не в курсе, куда они поедут после того, как получат багаж. Я даже не уверен, что Стэнли станет дожидаться багажа. Думаю, он может улизнуть из аэропорта сразу по прибытии.

Лицо Альбедо мрачнеет, на скулах играют желваки.

— Это будет хреновой новостью для тебя, — говорит он.

— Да? — Кёртис подпускает в свой голос паническую нотку. — Тогда давай поспешим, о'кей?

Альбедо прячет пистолет Аргоса в ведерко, а револьвер Кёртиса засовывает за пояс, прикрыв его курткой. Покидая комнату, оба переступают через «Зеркального вора» — темное пятно на бежевом ковре. Напоследок Кёртис мысленно желает следующему обладателю этой книги извлечь из нее больше пользы, чем это удалось ему.

Он боится увидеть за раскрывшейся дверью лифта удивленное лицо Кагами — в этом случае, как финал их недавних споров, лица друг друга окажутся последним зрелищем в жизни обоих. К счастью, лифт прибывает пустым. Кагами нет и внизу перед лифтом — их встречает только чопорная красноволосая старушенция в золотистом парчовом жакете, которая держится за алюминиевые инвалидные ходунки. Ее большие глаза слезятся, а зрачки сохраняют слепую неподвижность. Старушка приветливо улыбается, когда они проходят мимо.

Кёртис все еще надеется, что Кагами отследил его перемещения по казино и разобрался в происходящем — и что на выходе их поджидают лас-вегасские копы с пушками на изготовку, — однако в игорном зале все идет своим чередом. Кёртис замечает пару сотрудников службы безопасности, но при них нет никакого оружия. Если что, Альбедо без малейших колебаний учинит пальбу в толпе. Сознавая это, Кёртис продолжает идти вперед и ничего не предпринимает. Потрясение после безумного расстрела зеркала еще дает о себе знать, но ноги его ступают все тверже, а в голове лихорадочно роятся мысли. Выходит так, что всю прошедшую неделю он занимался игрой в бирюльки и только сейчас нашел настоящие приключения на свою задницу. Однако даже в эти минуты опасность не кажется ему реальной. Стэнли не стал бы завлекать его в это место, не имея конкретной цели и не будучи уверен в том, что Кёртис каким-то образом выпутается из передряги. Но как ему это сделать?

— Джи-семнадцать! — доносится усиленный динамиками голос из комнаты для бинго. — Джи-семнадцать!

Они выходят из здания. Западный небосклон уже потемнел, исключая лишь тонкую голубую полоску на линии горизонта. Все небо усыпано алмазной крошкой звезд, кроме нескольких черных проплешин в тех местах, где их сияние блокируют невидимые облака. Альбедо протягивает служащему автостоянки свой парковочный талон, вложенный в свернутую пополам двадцатку, и требует пулей доставить сюда его тачку. Потом оборачивается к девчонкам-лепреконам.

— Ты ирландка, моя прелесть? — спрашивает он одну из них. — Внешность у тебя не очень-то ирландская. Но зеленый тебе определенно к лицу.

Девчонка расплывается в улыбке, но уголки ее губ опускаются, когда она видит окровавленные кулачищи Альбедо, разбитые колени в прорехах джинсов и его пустые, как у дохлой рыбы, глаза. Она невольно пятится и поднимает к груди свою корзинку со значками-талисманами, как жалкое подобие щита. Ее напарница — чуть постарше и посмелее — смотрит на Кёртиса. В глазах ее мелькает тревога, а это значит, что у Кёртиса испуганный вид. «Что не так? — спрашивает ее взгляд. — Чем я могу помочь?» Кёртис пытается улыбнуться.

Вскоре слышится жуткий рев машины Альбедо, хотя самой ее еще не видно. Парковка расположена под землей с северной стороны здания, о чем Кёртис раньше не знал. Огромный черный «меркурий» выруливает из-за угла и катит к ним по аллее. Неяркий желтый свет его фар скользит по ним и уходит в сторону, как луч прожектора, ищущий во тьме что-то другое. Кёртис все еще мучительно придумывает способ избежать назревающей катастрофы. Потом внезапно приходит озарение. Теперь он точно знает, что делать.

Когда машина останавливается перед ними, Кёртис заглядывает внутрь. Там, как обычно, мусорная свалка — журналы, газеты, пластиковые стаканчики и пакеты — плюс кое-что новенькое на заднем сиденье: ноутбук с подключенным GPS-навигатором и нечто похожее на полицейский УКВ-сканер. Это интересно, хотя и не удивительно.

Парковщик распахивает водительскую дверь и поспешно отходит в сторону. На лице его написано отвращение пополам со страхом.

— Колесница к твоим услугам, братишка, — обращается Альбедо к Кёртису. — Бери вожжи и прокати нас с ветерком.

— Придержи коней, — говорит Кёртис. — Разве ты не в курсе, что мне нельзя водить машину?

Альбедо бросает на него свирепый взгляд и делает шаг вперед.

— А мне, знаешь ли, на это насрать, — шипит он. — Я знавал полным-полно одноглазых уродов, которые без проблем гоняли на тачках.

— Жаль, что никого из них нет сейчас с нами, — говорит Кёртис, — потому что я этого делать не могу.

Альбедо между тем уже открыл пассажирскую дверь.

— Не пытайся меня одурачить, Кёртис. Живо за руль, твою мать!

Кёртис садится в машину. Ему приходится сдвинуть сиденье вперед на добрых шесть дюймов, чтобы ноги удобно легли на педали сцепления и газа. Плечевые ремни безопасности приспособлены под слишком большой для него рост, так что он даже не пробует их застегнуть. В салоне пахнет мочой, дерьмом и еще чем-то похуже; Кёртиса начинает подташнивать, и он старается дышать ртом. Пристегивает поясной ремень. Затем начинает регулировать зеркало заднего вида.

— Да поехали уже, чтоб тебя! — злится Альбедо.

— Тогда тебе придется самому смотреть, что находится сзади по левую сторону. У меня в том секторе «мертвая» зона.

Альбедо ставит на замусоренный пол «меркурия» ведерко с пистолетом Аргоса и оглядывается, сжимая в правой руке револьвер.

— Ни хрена там нет, — говорит он. — Нигде нет ни хрена вообще. Так что смело трогай эту су́чку с места.

Кёртис выжимает сцепление, включает первую передачу и медленно отъезжает от тротуара. Машина катит под уклон мимо надписи «ЖИВОЕ СЕРЕБРО» на плите известняка и далее по узкой выемке до объездной дороги. Там Кёртис жмет на тормоз и выдерживает долгую паузу с включенным указателем левого поворота. На дороге нет никакого движения ни в одну сторону. Сквозь басовитое урчание мотора Кёртис различает звук реактивного двигателя высоко над ними.

— Путь свободен, Кёртис, — говорит Альбедо. — Он полностью, абсолютно свободен, старик.

Повернув налево, Кёртис приближается к мигающему светофору. Уклон становится круче, так что он едет накатом с выжатым сцеплением и тормозит задолго до белой стоп-линии на асфальте. Управление машиной дается ему легко. И почему он считал, что с этим будут проблемы?

— О'кей, — говорит Кёртис, — теперь ты должен помочь мне с обзором.

Справа на шоссе видна длинная шеренга огней: обгон на этом участке запрещен, и машины тянутся за каким-то тяжеловесным тихоходом — возможно, мусоровозом. С левой стороны также едут машины, судя по отсвету галогенных фар на переносице Кёртиса, когда он скашивает правый глаз. Через дорогу прямо перед собой он видит широкую обочину, барьерное ограждение и дальше пустоту: вероятно, сразу за барьером находится обрыв над высохшим речным руслом. На этом участке с двумя мигающими светофорами машины делают примерно пятьдесят миль в час. Тяжелый «меркурий» замер, удерживаемый тормозами на уклоне перед дорогой.

— Сейчас можешь поворачивать, — говорит Альбедо.

— Рискованно, старик.

— Перестань вести себя как сопливая девчонка, Кёртис. Ты только что упустил удобный момент. Откинься немного назад, чтобы я лучше видел дорогу слева, и включи поворотник.

Кёртис включает правый сигнал и чуть-чуть ослабляет давление на тормоз. «Меркурий» продвигается вперед на несколько дюймов. Справа взбирается на гору большой грузовик, за которым нетерпеливо теснятся легковушки. Слева проносятся, поочередно мелькая в свете фар «меркурия», кроссовер и пара седанов. Мягкий хлюпающий звук сопровождает проезд каждого из них.

— Дальше чисто? — спрашивает Кёртис.

— Пока нет, — говорит Альбедо, наклоняясь вперед и глядя мимо него. — Но скоро будет просвет. Приготовься.

Грузовик — это цементовоз — преодолел самую крутую часть подъема и теперь набирает скорость, выбрасывая из трубы над кабиной струю черного дыма, сквозь который тускло мерцают звезды на небосклоне и далекие огни долины. Кёртис больше не в силах на это смотреть. Он устремляет взгляд вперед, стараясь дышать размеренно. Зеркало заднего вида так и не настроено: под этим углом он при вспышках света видит только собственную щетинистую макушку. Он не знает, о чем думать в эту минуту, о чем бы хотелось подумать. Возможно, о Даниэлле. И он пытается думать о ней, однако ничего не выходит. Вместо мыслей о чем-то важном он продолжает отупело пялиться на свой кумпол в зеркале. «Вот он я, — думает Кёртис. — Это я».

Еще две машины проносятся слева, заставляя его вздрогнуть.

— О'кей, — говорит Альбедо. — Самое время.

— Грузовик уже близко, — говорит Кёртис, — а пространства для разворота мало. Я могу высунуться на встречку. У меня ведь проблемы с глазомером, старик. Отсутствие глубинного зрения.

Альбедо смотрит вправо.

— Он держится ближе к обочине, — говорит он. — Пространства у тебя полно.

— Я лучше пережду, — говорит Кёртис.

С этими словами он кладет правую руку на руль в районе «шести часов», поближе к замку своего ремня безопасности. Потом делает глубокий вдох, расслабляется и с облегчением пускает в штаны струю.

— Слушай, ты, кретин тормознутый, — говорит Альбедо, вновь поворачивая голову влево. — Когда я в следующий раз скажу «поехали», ты просто выполняй, без гребаных сомнений. Ну вот, теперь они и слева поперли сплошняком...

Кёртис отстегивает замок ремня, одновременно снимая ногу с тормоза и хватаясь за ручку двери. «Меркурий» тотчас выкатывается на перекресток, озаряемый желтыми светофорными вспышками; мокрые семейные трусы Кёртиса противно липнут к бедрам. Его левая нога уже повисает над асфальтом; одновременно слышатся сдавленный вопль Альбедо, визг тормозов, протяжный гудок грузовика, а потом все эти звуки подавляет грохот выстрела. Пуля разрывает рукав его куртки и впивается в дверь — судя по звуку, застревая между двумя слоями стали, — а еще через миг Кёртис летит на движущийся под ним асфальт, осыпаемый стеклом от окна и серебристыми осколками бокового зеркала после второго выстрела и освещаемый фарами надвигающихся машин. Он успевает перекатиться, чтобы не угодить под заднее колесо «меркурия», и уже начинает вставать на ноги, когда в него врезается едущий слева пикап «тойота».

Он складывается пополам на капоте и быстро скользит к ветровому стеклу. Теперь все вокруг погружено в тишину. Его руки и ноги налиты тяжестью, и они закручиваются в противоположные стороны, выжимая его, как мокрое полотенце. Альбедо продолжает стрелять — он ощущает воздушные волны от пролетающих рядом пуль. Стекло пикапа покрывается паутиной трещин при столкновении с Кёртисом, а он уже снова в воздухе, вращаясь сразу вокруг нескольких осей, как мяч при неуклюжем дальнем броске. Третий выстрел. Четвертый. Левая рука Кёртиса ударяется обо что-то твердое и гладкое. Он падает в кузов пикапа и врезается в закрытый задний борт. Пятую пулю он поймал. Перед глазами сплошная круговерть, но еще через миг картина восстанавливается. Кёртис распластан навзничь на полиуретановом покрытии, глядя на дорогу. Снова сломан. Однако еще жив. В кулаке зажат пойманный кусочек свинца.

Скрежет сминаемого и раздираемого металла врывается в уши Кёртиса, и на секунду обзор ему закрывает цементовоз. А когда тот проносится мимо, он видит «меркурий», который поднят вертикально и вращается волчком, балансируя на широком переднем бампере. Его задняя часть, в которую пришелся удар грузовика, сплющена и выгнута дугой, в результате чего Альбедова тачка сейчас напоминает танцующий вопросительный знак. По мере кружения этот знак смещается к краю дороги; затем распахивается искореженный багажник — и оттуда вылетает мертвый Аргос. Окровавленная пленка, в которую он был завернут, разматывается как свиток, и тело падает на асфальт уже полностью раскрытым. «Меркурий», продолжая кружиться, достигает барьера, со скрежетом наклоняется — и только теперь на сцене возникает Альбедо, длинной какашкой выскальзывающий из лобового проема с очумелым выражением на бледной физиономии. Машина начинает переваливаться через барьер, но еще до ее исчезновения за краем обрыва Альбедо пролетает над серебристой «V» на капоте и впечатывается в асфальт, причем его ноги поперек полосы разметки оказываются скрещенными на этакий безмятежно-легкомысленный манер. Он по-прежнему держит в правой руке револьвер и все еще дышит, но обильное истечение жидкости из ушей и носа убеждают Кёртиса в том, что с ним покончено.

Удара машины о землю не слышно, но через минуту в той стороне поднимается столб черного дыма, застилающий пейзаж долины, а вскоре начинают мелькать и языки пламени. Кёртис пробует пошевелиться, но безрезультатно. Теперь нет сомнений в том, что он пострадал очень серьезно, и это даже хорошо: он как бы вернулся в привычное состояние, впервые за несколько лет. Кости переломаны. А позвоночник, может, и уцелел: по крайней мере, он ощущает болевые сигналы, которые поступают с разных концов тела в мозг и стремительно усиливаются. Скоро станет невмоготу, но к тому времени он уже, наверное, отключится. Мертвенное забытье ему знакомо; и сейчас он пытается вспомнить его, как старый телефонный номер.

Он поймал последнюю пулю: ту самую, которая теперь не достанется Стэнли. Этого он и хотел. Он чувствует ее гладкую поверхность в своем кулаке и пытается разжать пальцы, чтобы на нее взглянуть. Даже столь слабое движение вызывает новый приступ боли, но понемногу кулак разжимается, и на лице Кёртиса появляется улыбка. С ладони на него взирает его собственный, немигающий серый глаз.

К тому времени, как пламя добирается до бензобака «меркурия» и над пустыней распускается оранжевый цветок взрыва, Кёртис не видит уже ничего, но ощущает жар закрытыми веками и представляет себе этот яркий цветок стремительно растущим, а потом превращающимся в черный гриб. Тепло огня действует на него успокоительно. И он погружается в сон.

58

Стэнли хочется еще раз пройтись по набережной, еще раз увидеть эти места перед тем, как их покинуть; однако это слишком рискованно. Там, скорее всего, полно копов, которые прочесывают прибрежные кварталы, а в его планы на сегодня не входит перестрелка с полицией. Кроме того, ему кажется, что настоящее понимание сущности этого берега придет к нему лишь вдали отсюда, когда память начнет раскладывать по полочкам все, что с ним приключилось.

Так что он держится в стороне от променада, при этом двигаясь параллельно ему, а на круговом перекрестке сворачивает в кварталы, по которым они бродили той ночью с Уэллсом. Пешеходов здесь почти нет, и одиноко бредущий Стэнли может привлечь к себе ненужное внимание. Он много петляет, продвигаясь вперед зигзагами. А где-то в приемной городской больницы Уэллс и его жена, должно быть, сидят и ждут, когда врачи подлатают Клаудио, — а может, они втроем уже находятся на пути домой и скоро освободят Синтию. Однако Стэнли никак не удается вообразить картину их встречи: мысли об этом почему-то не задерживаются в голове, отталкиваясь как однополюсные магниты.

По улицам курсируют патрульные машины, но и другого транспорта на основных трассах пока еще немало, что — вкупе с чехардой одностороннего движения в проулках — затрудняет преследование прохожих, показавшихся им подозрительными. Иной раз копы, проехав мимо него, разворачиваются в обратную сторону или ускоряются по односторонке, чтобы обогнуть квартал и вернуться на то же место, но Стэнли всегда успевает нырнуть в какой-нибудь двор или залечь на клумбе, пережидая их повторный проезд. Яркие полосы от их фар на мокром асфальте напоминают ему о двойных бороздах от коньков Сони Хени на площадке перед «Китайским театром Граумана».

К тому времени, когда он достигает нефтепромысла и первого из старых каналов, эта игра в прятки с полицией порядком изматывает Стэнли. Его опять знобит и лихорадит; хочется найти какое-нибудь укрытие и отлежаться. Он обхватывает себя руками, опускает голову и ускоряет шаг, сквозь зубы бормоча проклятия. Проклиная себя и весь этот мир. Но более всего проклиная Уэллса.

«А что, если ты наколдовал *меня*? — зло размышляет Стэнли. — Тебе это не приходило в голову, жирный сукин сын? Что, если все это время ты своей магией вызывал именно *меня*? Что, если я и есть продукт твоего колдовства?»

Долгое время он продолжает идти, ничего не замечая вокруг. Его ноги шагают механически, а сознание меж тем блуждает в каких-то далеких краях или вообще нигде. Когда же он наконец пробуждается, то удивленно обнаруживает себя находящимся в движении непонятно куда и непонятно где. Он останавливается рядом с припаркованной машиной, снимает с плеча вещмешок, достает из него флягу и пьет. Вода имеет острый привкус старого олова, что наводит его на мысли о своем отце где-нибудь на Лейте или Окинаве, смертельно уставшем после многочасовых боев и подкрепляющемся глотком воды из этой самой оловянной фляги. Он вспоминает свои попытки поднять этот вещмешок в тот день, когда отец впервые доверил его понести: мешок был чуть ли не больше самого Стэнли. «Если я не уйду на эту войну, я просто свихнусь, — сказал тогда отец. — Я ничего не смыслю в мирной жизни. Это может показаться диким бредом, но это так. Здесь я не нужен людям вокруг меня, и эти люди не нужны мне. В мирной жизни я никто. В ней я не узнаю даже себя самого».

Дождь прекратился, но тучи висят очень низко, буквально давят на крыши зданий. Стэнли все еще находится среди каналов. Туман поднимается от воды, как занавес, разделяющий кварталы и помещающий каждый из них как бы в коробку из дымчатого стекла. Прямо перед ним находится мостик; дальше видна пара нефтяных вышек с факелами попутного газа. Столбы чистого пламени слегка покачиваются, отбрасывая по две нечетких тени от каждого предмета, до которого достает их свет.

На мостике он замечает две фигуры: крупный мужчина и маленький ребенок на четвереньках. Мужчина облокотился на перила, ребенок прижимается к его ногам. Оба глядят на маслянистую воду под мостом. Стэнли забрасывает мешок на плечо и идет к ним. Вскоре выясняется, что маленькая фигура — это никакой не ребенок, а приземистая собака; Стэнли уже слышит ее хриплое, с присвистом, дыхание. Когда мужчина оказывается на прямой линии между ним и вышкой, на фоне газового факела виден его профиль с огоньками, отраженными в стеклах очков. Вокруг его мясистого подбородка клубится дым; изо рта торчит трубка. На нем твидовая шоферская кепка, идентичная той, что сейчас сидит на голове Стэнли.

Это Уэллс и его пес на ночной прогулке, решает Стэнли. Иначе и быть не может. Но, подойдя ближе, он понимает, что обознался. Трудно сказать, чем именно этот человек отличается от Уэллса, но Стэнли совершенно ясно, что перед ним не Уэллс. Чего-то не хватает. Его собака кажется чуть крупнее собаки Уэллса. Или, напротив, чуть меньше, как начинает казаться еще через несколько шагов. Стэнли все еще не может разглядеть лица мужчины.

По мосту он двигается уже на цыпочках, сам не понимая почему. Рваный гул газового пламени напоминает шум бьющихся на сильном ветру флагов. Это *должен быть* Уэллс, ибо выглядит он точно так же. Стэнли пытается найти какое-то рациональное объяснение, хотя понимает, что это бесполезно. Мог ли Уэллс уже вернуться из больницы? А если и так, то почему он не остался дома? Может, Сюннёве повезла Клаудио в больницу одна, а Уэллс вместо этого отправился на прогулку? Но ведь сейчас перед ним *не Уэллс*. Это определенно не он. Или Стэнли подводит собственное зрение? А вдруг Уэллс имеет брата-близнеца? А вдруг *вот это* и есть настоящий Эдриан Уэллс, тогда как другой — тот, кто говорил со Стэнли и подписал ему книгу, — всего лишь самозванец?

Человек вынимает изо рта вересковую трубку и опускает руку на перила. Что-то в самом виде этой руки побуждает Стэнли застыть на месте, а волоски на его шее — подняться дыбом. Она выглядит точь-в-точь как рука Уэллса: нормальная человеческая рука. Но она таковой не является.

Пес кладет передние лапы на нижнюю поперечину ограждения. Затем, оттолкнувшись ими, встает на задние лапы и делает несколько шагов, пошатываясь, как игрушечный заводной солдат. Медленно поворачивается и смотрит на Стэнли. Его мохнатая пучеглазая мордочка с длинными плюшевыми ушами имеет осмысленное человеческое — или почти человеческое — выражение. Пес ухмыляется, демонстрируя два ряда смоченных слюной белоснежных молочных зубов.

Затем пес подает голос: низкий, клокочущий, вполне членораздельный. Он обращается к Стэнли, называет его имя — то самое имя, которое он получил при рождении и затем похоронил вместе со своим кошмарным дедом. Имя, ныне неведомое ни одной живой душе, кроме него самого и его бессловесной свихнувшейся матери.

Во всяком случае, именно так будет вспоминаться тебе эта сцена по прошествии многих лет.

Стэнли медленно пятится с моста. Пес, неуклюже топоча лапами, продвигается к нему. Фигура у перил поворачивается. Если Стэнли встретится глазами с этим существом, то все, кем и чем он сейчас является, исчезнет навсегда. Именно для этого он очутился здесь. Именно это пыталась сообщить ему книга. Некая темная тварь в этом мире теперь уже обретает его собственное лицо.

Он тянется к пистолету, но того нет за поясом. Он где-то его потерял, или спрятал в мешок и забыл об этом, или же никогда его не имел. Существо у перил начинает говорить на своем неестественном, потустороннем языке; и на сей раз какая-то часть Стэнли его понимает. И еще: это лицо. Стекла очков освещены не отраженным, а внутренним, исходящим из него самого огнем.

Стэнли разворачивается и бежит прочь. Он бежит до тех пор, пока пораженную инфекцией ногу не пронзает дичайшая боль; но он продолжает бежать, пока эта боль не проходит. Он продолжает бежать, когда слух его перестает воспринимать все звуки, кроме мягкого топота его ног по асфальту. Он продолжает бежать, когда его зрение уже не разбирает дороги. Он бежит прочь от океана и прочь от Луны, которая притягивает эту водную массу; бежит по незнакомым кварталам беспорядочно разбросанного города, пока не перестает понимать, где находится и как сюда попал, пока не разрывает связь между своими воспоминаниями об этом береге и всеми ведущими к нему путями, пока эти воспоминания не остаются связанными лишь с миром книги: островом узких запутанных улиц, подвешенным в пустоте.

59

Где-то рядом находится вода. Каждый раз, когда Гривано просыпается, он слышит шум ветра и мелкие волны, бьющие в стену за его головой. Поначалу эти звуки — суматошный жизнерадостный плеск — доставляют ему удовольствие, но потом, вслушиваясь, он начинает улавливать в них систематичность: периодически повторяющиеся серии с одинаковыми — или почти одинаковыми — паузами между всплесками, что напоминает затейливые игры в ладошки из его далекого беззаботного детства.

Гривано приходит в голову, что по этим сериям всплесков можно составить себе представление о размерах здания, в котором он находится. Что ж, ему свойственно развлекаться такими выдумками. Он улыбается и тут же морщится от боли, кругами пульсирующей на пространстве между его носом и подбородком.

Он не помнит, как здесь оказался. Бо́льшая часть прошлой ночи ускользает из памяти, как ртуть между пальцев. Он может вспомнить только, как размахивал оружием в исступлении страха и ярости, калеча и убивая множество людей, вся отвага которых происходила от выпитого вина, невежества и осознания своего численного превосходства, притом что они были не готовы сойтись лицом к лицу с настоящим солдатом, янычаром, пусть даже таким постаревшим, как Гривано. Воспоминания о насилии всегда выбивают из колеи, потому что в них он не является самим собой. Зверь, глядящий его глазами и двигающий его конечностями в бою, как будто не имеет собственной памяти — и, вероятно, поэтому он так легко и хорошо убивает. Та его сущность, которая сражается, во многом сродни той сущности, которая предается плотским утехам, или той, что справляет нужду: все они заключены в его теле, но это *не настоящий он*. Так говорит себе Гривано.

Он снова думает о Лепанто и о Жаворонке. Никогда прежде его друг не выказывал такого воодушевления, как в недели накануне той битвы; еще никогда он не был настолько исполнен пения. Пока флоты сосредотачивались в Патрасском заливе, глаза всей команды «Черно-золотого орла» были сосредоточены на Жаворонке: каждое лицо улыбалось и каждое сердце радовалось его окрыленности. Но когда начался бой, Жаворонок не стрелял. Он ни на миг не покинул свою позицию на квартердеке, ни разу не дрогнул, когда турки бросались на абордаж; он отважно бился и сбрасывал их за борт вплоть до прилета того рокового ядра. Но его аркебуз все это время оставался во взведенном состоянии, пока Гривано — у которого уже кипели брызги крови на перегретом от частой стрельбы стволе — не позаимствовал оружие друга. Жаворонок был хорошим солдатом, а если бы он выжил и окончил Падуанский университет, то стал бы отличным врачом, превзойдя на этом поприще Гривано. Однако он не был убийцей.

Гривано пытается сесть, но разбитое тело отказывается ему служить. Ноги под покрывалом мучительно скрючились, натруженные долгой ходьбой и резкими движениями во время схваток, а потом затекшие за несколько часов сидения в лодке Обиццо. Его руки примерно в таком же состоянии. Ему кое-как удается попить воды из обнаруженной на столике рядом с кроватью глиняной кружки, но заново наполнить ее из кувшина он уже не в силах. И он опять засыпает.

Через некоторое время в комнате появляется девушка-еврейка. Она приносит дымящуюся миску супа и небольшой кусок хлеба, помещает их рядом с кувшином, наполняет водой кружку и выходит, не пытаясь разбудить Гривано. Он приподнимается, чтобы попить и поесть — суп густой и неострый, основательно сдобренный гусиным жиром, — после чего укладывается вновь. Сквозь стену доносятся сладострастные женские стоны и крики оргазма, — может быть, это бордель? Если так, то шлюха за стеной либо редкостная энтузиастка своего дела, либо очень талантливая притворщица.

При его следующем пробуждении свет в единственном окошке комнаты розовеет: дело идет к закату. Гривано чувствует себя несколько окрепшим. Он садится, пьет воду (суповая миска уже исчезла) и, откинув покрывало, встает на дрожащие ноги. Он полностью обнажен и во многих местах перебинтован. Поочередно ослабляя повязки, он осматривает свои раны. Содранная кожа на большом пальце. Короткий глубокий порез на левой руке. Изогнутая полумесяцем рана на левом боку, окруженная кровоподтеком, уже начавшим желтеть по краям. В ушах по-прежнему звенит эхо ночного выстрела; правая рука и предплечье ноют после отдачи — он явно перестарался с зарядом. На столике, где ранее стояла миска, Гривано находит стальное зеркальце для бритья, схожее с его собственным, и пользуется им для осмотра своего лица: засохшая в ноздрях кровь, темный синяк на подбородке. Зеркало показывает его лицо только частями, а по краям отражение становится нечетким; при этом оно привычно лежит в руке. Только теперь он догадывается, что это и есть его собственное зеркало, подаренное отцом много лет назад, перед его отъездом с Кипра. Но ведь оно было упаковано в его дорожный сундук — тот самый, что исчез неизвестно куда из «Белого орла». Каким же образом оно очутилось здесь?

Осторожно, чтобы не попасться на глаза кому не следует, он подходит к открытому окну, порыв ветра из которого еще сильнее лохматит его спутанные во сне волосы.

За окном внизу он видит незнакомое пересечение двух широких каналов. На противоположном берегу розовый закат высвечивает простые, без украшений, фасады нескольких зданий, намного превосходящих высотой все окружающие: в одном из них Гривано насчитывает между крышей и уровнем воды восемь рядов узких окон. Перед этими зданиями нет никаких причалов, как нет и водных ворот. Стены выглядят серьезной преградой, напоминая цитадель или тюрьму. Взглянув налево, Гривано замечает вдали луковичный купол колокольни Мадонна-дель-Орто. Этот ориентир, вместе с направлением солнечных лучей, позволяет ему определиться с местом: где-то к северо-востоку от канала Каннареджо. Стало быть, перед ним сейчас стены Гетто.

С опозданием до его слуха доходит какой-то повторяющийся звук из соседнего помещения: свербящий и монотонный, как стрекот цикады. Он направляется к двери. Рядом с ней на крючках развешена одежда — не его собственная, но сравнительно новая и чистая, под стать той, какую обычно носят преуспевающие торговцы. При соприкосновении с кожей ткань кажется грубой и жесткой. Гривано медленно, с трудом, одевается, а затем выходит в коридор за дверью.

Через несколько шагов он попадает в тесно заставленную кухню, где служанка торопливо собирает на поднос нехитрый ужин из хлеба, сыра и зеленых яблок. А в дальнем конце комнаты за столом сидит Обиццо, рядом с которым в углу пристроен арбалет. Крупные руки зеркальщика заняты каким-то делом, попутно производя тот самый звук, на который сюда и приковылял Гривано.

Его появление Обиццо встречает быстрым и не особо заинтересованным взглядом.

— Добрый вечер, дотторе, — говорит он. — Я смотрю, вы решили повременить с отправкой на тот свет.

Гривано предпочитает промолчать, не тратя силы на пустую болтовню, и пересекает комнату. Служанка не обращает на него внимания.

Обиццо держит в левой руке, покрытой шрамами от ожогов, оперенный болт и затачивает напильником его тяжелый пирамидальный наконечник. Темный металлический порошок при каждом проходе напильника, поблескивая, сыплется на столешницу, оседает на волосатых запястьях Обиццо или же притягивается к обратной стороне напильника под воздействием магнетических сил, скрытых в самом металле. Гривано опирается на спинку соседнего стула — он не хочет садиться из опасения, что потом не сможет встать. Но все же через несколько секунд опускается на стул.

— Где мы находимся? — спрашивает он.

— К югу от Сан-Джироламо, перед Новым Гетто. Неподалеку от «Цербера», где вы назначили встречу на завтрашнюю ночь. Сюда нас привел ваш друг. Вы это помните?

— Мой друг?

— Да, ваш друг. Тоже доктор. Еврей, который прикидывается христианином.

Гривано кивает.

— Тристан, — говорит он.

— Если он и называл свое имя, то я его не запомнил, — говорит Обиццо.

Он прекращает заточку и большим пальцем проверяет остроту наконечника. Затем откладывает болт в сторону и наклоняется ближе к Гривано.

— Послушайте, дотторе, — говорит он, — что там с этим новым планом? Лично мне он по душе, но кажется каким-то не очень надежным. Слишком уж все просто. Что вы об этом думаете?

Гривано смотрит на него растерянно.

— Какой еще новый план? — спрашивает он.

— Значит, ваш друг еще вам не сказал. Он боится, что сбиры могли узнать о наших приготовлениях. Я о том трабакколо, которое будет ждать нас в лагуне. Он говорит, что сначала я должен, как и планировалось, доставить на трабакколо всю нашу компанию: Серену с семьей, беглую монашку, вас и его самого, то есть вашего еврейского друга-доктора. Мы изобразим все так, будто одни пассажиры поднялись на борт, а другие отправляются на берег. Переоденемся на трабакколо и снова сядем в мою лодку. Высадимся в Местре, а оттуда направимся в Тревизо, потом в Бассано-дель-Граппа, в Трент и далее через горы в Тироль.

Слушая Обиццо, Гривано разглядывает свои израненные и перевязанные руки, лежащие на столешнице. Потом опускает веки и вспоминает лицо Наркиса при их вчерашнем расставании, его полные слез глаза. Представляет себе это лицо уже мертвым, слегка выступающим над серебристой поверхностью воды: темный овал на глади лунного света. Их последний разговор в Константинополе состоялся накануне его ночной встречи с Полидоро на ипподроме, после которой он передал кожу Брагадина послу Республики и благодаря этому, никем не заподозренный, успешно внедрился в христианский мир. В тот день Гривано и Наркис пили густой сладкий кофе в скромном заведении на восточной окраине города. Изложив ему план хасеки-султан, Наркис уточнил, какие роли в этом плане отводятся им обоим.

Тринадцать лет жизни Гривано стали следствием этого разговора — тринадцать лет, которые завершились вчера. Когда кофе был выпит, Наркис перевернул чашку Гривано на медное блюдо, а потом убрал ее и начал разглядывать рисунок, оставленный кофейной гущей. Бледной рукой медленно поворачивая блюдо, он говорил с чрезвычайно серьезным и глубокомысленным видом: «Любое мимолетное мгновение нашей жизни, Тарджуман-эфенди, содержит в себе и все другие мгновения. Любое наше действие, даже самое обыденное, содержит множество посланий, по которым мы можем определить волю Судьбы». Гривано смотрел на черно-коричневый круг кофейного осадка — два узких изогнутых просвета посередине, потеки темной жидкости по краям, грязное пятно на ярком металле — и изо всех сил старался не рассмеяться...

— Что вы на это скажете, дотторе? — спрашивает Обиццо.

Гривано открывает глаза, но не смотрит на собеседника.

— Хороший план, — говорит он.

— Вы так думаете? А что, если сбиры ждут в лагуне, чтобы нас перехватить? Что, если их соглядатаи на Терраферме опознают нас на большой дороге и пошлют весточку Совету десяти? Что тогда?

— Если они нас перехватят, — со вздохом произносит Гривано, — мы их убьем, как убили многих прошлой ночью. А если нас заметят на большой дороге, мы найдем обходные пути. На Терраферме есть где укрыться. На море укрыться невозможно.

Обиццо хмурит брови и снова берется за напильник.

— Для вас это новая песенка, дотторе, — говорит он. — Надеюсь, вы хорошо выучили припев.

После этого они долго сидят в молчании; слышится только звук напильника, скребущего сталь. А по кухне бледным призраком мечется служанка, поправляя желтую накидку на голове. Наконец закрепив ее булавками, девушка распахивает заднюю дверь и, не взглянув на мужчин, сбегает по ступенькам. Поднос с приготовленным ею ужином стоит на большом столе, накрытый салфеткой.

— Скоро отбой, — говорит Обиццо. — Ей надо успеть в Гетто до захода солнца, иначе проблем не оберется. И так-то не всякая из них отважится работать в христианском доме. Если тут дело только в работе, конечно.

Гривано откидывается на спинку стула. Тот прогибается, скрипит, но не разваливается. Как и сам Гривано.

— А где Тристан? — спрашивает он.

Зеркальщик напильником указывает в сторону коридора справа от него.

— У себя в мастерской, — говорит он. — То есть я думаю, что это мастерская. За толстой дверью в самом конце.

Гривано кивает. Затем, упираясь руками в сиденье стула, с усилием поднимается. Ноги держат его уже лучше, но шаг по-прежнему нетверд. Его руки перестали автоматически принимать такую позицию, будто он держит в одной из них трость, а в другой рапиру; и пальцы уже почти полностью распрямляются.

Дверь в конце коридора достаточно широка, чтобы в нее могла проехать ручная тележка. Из-за двери наружу проникает хаос резких запахов, в большинстве своем непонятного происхождения, хотя некоторые известны Гривано по алхимическим опытам, каковыми он сам занимался в Болонье: кислая вонь диссолюций и сепараций, едкая горечь, сопровождающая сублимацию и кальцинацию, ядовитая сладковатость редукций и коагуляций. Он поднимает кулак — сухожилия все еще не пришли в норму после пистолетного выстрела — и стучит по твердому черному дереву. Подождав немного, повторяет стук. Затем пробует потянуть ручку.

Дверь открывается легко, подталкиваемая с той стороны сквозняком, и он оказывается в обширном помещении. Вдоль двух стен расположены ряды окон, из которых открывается вид на церковь Сан-Джироламо, на лагуну за ней, на снежные шапки далеких Доломитовых Альп и на красное солнце, опускающееся за край мира. Пространство перед окнами занимают всевозможные инструменты и приспособления: колбы и бутыли из цветного или хрустального стекла, щипцы и ложки с длинными ручками, ступы и пестики, хитроумные комбинации из аламбиков, перегонных кубов и реторт, сложный и хрупкий многоуровневый «пеликан». На полках вдоль стен выстроились книги, лежат связки засушенных растений, расставлены склянки с порошками разного цвета, а также глиняные тигли и кожаные воздуходувные мехи вроде тех, какие он видел в мастерской Серены. В центре комнаты, между длинной отражательной печью и жаровней с ярким бездымным пламенем, установлен цилиндрический глиняный атанор традиционного типа. А за ним, на деревянном пюпитре, расположился магический талисман, изготовленный Сереной из зеркала Верцелина. Отраженная в зеркале полутемная комната поворачивается вместе с перемещениями Гривано, а еще через несколько шагов на зеркальной поверхности возникают белые кисти его рук. Гривано тревожно оглядывается.

Тристана нигде не видно. Гривано останавливается посреди комнаты.

— Тристан! — зовет он.

В дальнем от окон углу, за узорчатой деревянной ширмой, только сейчас им замеченной, слышится невнятный шум, а затем раздается голос Тристана:

— Ах! Простите меня за невнимание, Веттор. Сию минуту выйду вас поприветствовать. И позвольте сказать, что я чрезвычайно рад вновь увидеть вас на ногах. Меня очень беспокоило ваше состояние. Скажите, как вы себя чувствуете?

Гривано долго не отвечает: ему не по душе беседа с человеком, которого он не видит.

— Плохо, — говорит он наконец. — Еле двигаюсь, все болит. Я слишком стар для сражений.

— Прошлой ночью вы сражались великолепно, — звучит голос из-за ширмы. — Перрина рассказала мне об этом.

— Перрина? А как ее состояние? — спрашивает Гривано. — Ей тоже достался изрядный удар палицей.

— Большой синяк. В целом ничего страшного. Она скоро поправится. Я за ней ухаживаю.

Гривано невнятно ворчит и кивает, глядя на ширму. В ее нижней части, вдоль пола, имеется просвет, и он замечает ноги Тристана в комнатных туфлях.

— Тристан, что вы там делаете? — спрашивает он.

Тристан не отвечает. А еще через несколько секунд появляется из-за ширмы. На нем туника, перевязанная поясом, и узкие штаны. Вид у него бодрый, хорошо отдохнувший. В вытянутых руках он несет большой медный горшок, и, когда он пересекает комнату, Гривано улавливает запах фекалий.

— О, я понимаю, — говорит Гривано.

— Мы с Перриной обработали и перевязали ваши раны, — говорит Тристан. — У этой девушки несомненные способности к врачеванию. Если бы вы могли осмотреть результаты наших с ней усилий, думаю, они бы вас вполне удовлетворили.

— Я их осмотрел, — говорит Гривано, — и вполне удовлетворен. За что вас и благодарю. И еще, полагаю, мне следует поблагодарить вас за мое спасение прошлой ночью. Но прежде я хотел бы выяснить, не по вашей ли вине я оказался в столь опасном положении.

Тристан подходит к столу и ставит на него ночной горшок. Он не поворачивается к Гривано, устремляя взгляд на далекие горы.

— Сложный вопрос, — говорит он. — Лично я не считаю, что вы подверглись опасности по моей вине. Отчасти в этом виноват Наркис бин Силен, а отчасти вы сами. И еще, как водится, следует винить Фортуну. Это правда, что я мог бы помочь вам раньше и лучше. Хотя бы посредством предупреждений и пояснений. Но тем самым я мог поставить под угрозу себя самого и мои собственные планы. Вот почему я этого не сделал. Мне больно это признавать, но такова правда.

На фоне окна его стройный темный силуэт окружен огненным ореолом. Он абсолютно неподвижен, за исключением шевелящихся губ. Две мухи начинают летать над горшком, сужая круги и борясь с порывами переменчивого бриза.

— Ради бога, Тристан, объясните мне, что происходит.

Тристан поворачивается. При каждом движении в алом свете закатных лучей черты его лица то возникает, то вновь теряются в тени.

— События этой недели, — говорит он, — можно сравнить с мудреной рукописной книгой, от которой сохранились только разрозненные страницы. В настоящее время каждая из заинтересованных сторон обладает некоторым количеством страниц, но полностью содержание книги известно лишь ее автору. При этом даже сам автор не является надежным источником, ибо он вполне может забыть что-то из им же написанного.

— И кто же ее автор?

— Этого я не знаю.

Гривано хмурится и скрещивает руки на груди. Однако это отзывается резкой болью по всей длине правой локтевой кости, и он вновь опускает руки вдоль тела.

— Хорошо, — говорит он. — Тогда скажите мне следующее. В чем ваш собственный интерес? И каким образом часть страниц попала в ваши руки?

Тристан тянет с ответом. Взяв трут, он поджигает его от жаровни и, перемещаясь по комнате, подносит к фитилям нескольких свечей. Высокий потолок начинает улавливать их мерцающий свет.

— В обоих гетто, — говорит он, — я знаком со многими учеными людьми. Как в Новом Гетто, среди так называемых немецких евреев, так и в Старом, где говорят на моем родном языке. Через этих людей я завязал переписку с учеными, живущими во многих городах разных стран, причем особой активностью отличаются мои корреспонденты в Константинополе. В письмах мы по большей части обсуждаем научные вопросы, связанные с тайным знанием, но иногда также делимся новостями или просим друг друга о небольших услугах. Через эти контакты ко мне и попало несколько страниц книги.

— Кто-то из ваших друзей в Константинополе сообщил вам обо мне. Что я шпион, прибывший сюда по заданию хасеки-султан.

— Да, мне известно, что вы до недавних пор считали себя таковым.

— И вам также известно о заговоре с зеркальщиками.

— Я знал то же, что знали вы, — говорит Тристан. — Кроме того, я узнал, что Наркис бин Силен имел другие планы насчет этих мастеров. Пожалуйста, учтите, что для меня все эти дела не имели существенного значения. И так продолжалось, пока я не узнал о крахе вашего предприятия. Тогда я измыслил способ, как помочь вам, одновременно помогая самому себе, и после этого вмешался в происходящее.

— Это вы подстроили мою встречу с Наркисом в лавке Чиотти. Вы знали, что за нами будут следить сбиры. Вы хотели, чтобы они увидели нас вместе. Меня и Наркиса.

— Да, все обстояло именно таким образом.

— Но зачем вы это сделали?

Тристан зажигает последнюю свечу и бросает остатки трута в жаровню. Затем добавляет туда же несколько горстей щепок из стоящей рядом корзины. Щепки вспыхивают и чернеют на раскаленных добела углях, и на мгновение круглая жаровня как бы вступает в перекличку с заходящим солнцем.

— К тому времени сбиры и так вели за вами слежку, — говорит Тристан. — Думаю, они в общих чертах уже имели представление о ваших замыслах. И я рассудил, что, если открыто свести вас двоих в «Минерве», а также вовлечь вас в контакты с академиками и с известным практикующим магом вроде меня самого, ваш заговор может показаться настолько разветвленным, что Совет десяти предпочтет отложить ваш арест до выяснения новых подробностей. И если бы синьор Мочениго не выступил с неожиданными обвинениями против Ноланца, подтолкнувшими Совет к активным действиям, вы с мастерами успели бы благополучно сбежать из города, обойдясь минимальным кровопролитием. А вот Наркис бин Силен был обречен с самого начала. Я знал о его намерении доставить зеркальщиков во владения Великих Моголов и понимал всю безнадежность и нелепость этой затеи, но тогда же мне пришло в голову, что все эти тщательные приготовления вполне могут быть использованы для других, более практичных целей. И я заманил его в книжную лавку, чтобы обратить на него внимание властей в надежде, что они покончат с этим турком до того, как его глупое упрямство окончательно похоронит весь ваш проект.

Гривано поджимает губы. Ему сейчас впору разозлиться, однако он не зол.

— Упомянув о более практичных целях, — говорит он, — вы, должно быть, имели в виду...

— Я имел в виду только то, что зеркальщики теперь будут доставлены не в далекий Лахор и даже не в Константинополь, а в Амстердам — тот самый город, куда вы и пообещали их доставить.

Выражение лица Тристана настолько серьезно, настолько лишено даже намека на иронию, что Гривано не может удержаться от смеха.

— Позвольте спросить еще раз, — говорит он, — ибо я все еще не понимаю: в чем ваш собственный интерес? Этого вы так и не прояснили.

Тристан смотрит на него оценивающе. Взгляд его затуманивается не то сожалением, не то грустью. Но в этих его колебаниях Гривано не улавливает страха. До сих пор все, с кем он здесь встречался, даже сенатор Контарини, относились к нему с некоторой опаской — все, за исключением Тристана, амбиции которого даже превосходят его собственные. Впрочем, если Гривано терять почти нечего, то Тристану — и того меньше.

После долгой паузы Тристан берет со стола длинную металлическую ложку, погружает ее в ночной горшок, зачерпывает изрядное количество фекалий — вонь в нагретом жаровней воздухе резко усиливается — и переносит их в чашу с толстыми стенками, дочиста выскребая ложку гладкой палочкой. Затем добавляет туда воду из кувшина, основательно все это перемешивает и поворачивается к шеренге флаконов в шкафчике позади него.

— У меня есть две важных цели, — говорит он. — И ту и другую я преследовал в этом городе с немалым усердием и не без успеха, но к настоящему времени в обоих случаях зашел в тупик. Хотя ваши злоключения меня очень расстроили, они же дали мне возможность решительно изменить ситуацию.

— Переезд в Амстердам, — говорит Гривано. — Вместе с моими зеркальщиками.

— Да, таково мое намерение.

Гривано переступает с ноги на ногу, рассеянно приглаживает волосы левой рукой — правую ему больно поднять до уровня головы. Ему сейчас необходимо сесть. Он замечает стул у стены рядом с дверью, шумно волочит его по полу и, усевшись, наблюдает за тем, как Тристан добавляет синюю и зеленую соль в зловонное содержимое чаши.

— Вы начинаете первую операцию, — констатирует Гривано.

— Так и есть.

— Вы используете дерьмо в процессе Великого Делания.

— Это, конечно, не единственный способ, — говорит Тристан, — но я полагаю его наилучшим. Начиная со следующего дня после нашего с вами превосходного ужина в «Белом орле» я соблюдал особую диету: принимал только меркурианскую, марсианскую и венерианскую пищу, согласно классификации Марцилиуса Фицинуса. Желательно было бы попоститься в течение предыдущей недели, но этому помешали непредвиденные обстоятельства.

— Стало быть, вы разделяете мнение тех, кто считает, что *prima materia* — это экскременты.

— Я полагаю, что экскременты вполне могут выступить в этом качестве после некоторых подготовительных процедур. В трудах Рупесциссы *prima materia* описывается как нечто никчемное, находимое повсюду. А согласно утверждению Мориенуса, все люди, равно знать и простонародье, относятся к *prima materia* с презрением, а селяне удобряют ею поля. Скажите мне, какое вещество подходит под эти описания точнее, нежели обыкновенный навоз?

— Большинство алхимиков считают эти описания всего лишь аллегориями, Тристан.

— Да, — говорит Тристан. — И по моему мнению, в этом они ошибаются.

Он тщательно отмеряет на весах пять гранов красных кристаллов — Гривано по виду не может определить, что это за вещество, — высыпает их в чашу и начинает перемешивать полученный состав.

— Не секрет, что практически каждый алхимик считает своих оппонентов заблудшими глупцами, — говорит он с ухмылкой. — И в этом плане я типичный представитель алхимического братства.

Палочка, размешивая коричневую субстанцию, позвякивает о края чаши. Это напоминает звук церковного колокола, погожим днем далеко разносящийся над спокойным морем.

— Минуту назад вы говорили о двух важных целях, — напомнил Гривано.

Тристан кладет палочку на стол и тяжело вздыхает.

— Надеюсь, вы простите меня за неуклюжую скрытность, — говорит он. — Я часто испытываю затруднения, пытаясь говорить о совершенно естественных вещах. Или о самых обычных человеческих чувствах.

— Полагаю, речь идет о Перрине.

Тристан вскидывает на него глаза, в которых читаются смущение и радостное облегчение.

— Ах! Я завидую вашей интуиции, Веттор, и очень ей благодарен. Как вы верно догадались, я люблю эту девушку. Но поскольку она принадлежит к знатному роду, а я являюсь тем, кем являюсь, наш брак никогда не будет разрешен во владениях Республики. Поэтому мы решили бежать.

— Думаете, в Амстердаме к вам отнесутся благосклоннее?

— Вряд ли там будет хуже, чем здесь, друг мой.

На ободе, окаймляющем жаровню, подвешены разные кочегарные принадлежности. Гривано берет кочергу, помешивает угли и с помощью небольшого совка начинает загружать нижнюю камеру атанора. Медленно работая мехами, добивается ровного горения углей. Берет со стола пузатую хрустальную колбу. В процессе перемещений его озаренное пламенем лицо на мгновение появляется в зеркале-талисмане. Гривано невольно вздрагивает: в этом отражении ему вдруг почудился демон, принявший облик своего нечестивого заклинателя. Снаружи, за темным зданием церкви, на набережной мелькают огоньки мальчишек-фонарщиков.

— А какова ваша вторая цель? — спрашивает Гривано.

Тристан пожимает плечами, переливая субстанцию из чаши в хрустальную колбу.

— Продолжение моих исследований, — говорит он. — Когда мы в последний раз общались в палаццо Морозини, я сказал вам, что хочу изучать оптические явления, сопутствующие Великому Деланию. Сейчас мне для этого недостает ресурсов, а в этом городе крайне сложно пополнить недостачу такого рода. Мне нужен свободный доступ к мастерам-зеркальщикам. И в Амстердаме я буду иметь такой доступ.

Гривано наблюдает за тем, как Тристан крепит колбу к нисходящей трубке стеклянного аламбика. Искусно сделанные приборы настолько чисты и прозрачны, что визуально растворяются в пространстве, и заметить их можно только по огням свечей, которые они отражают. Аламбик напоминает формой маску чумного доктора. Гривано улыбается; его веки сонно тяжелеют.

— Обиццо рассказал мне о вашем новом плане побега, — говорит он. — Доплыть до трабакколо. Изобразить посадку на судно, а потом отплыть уже переодетыми. Вы действительно думаете, что это сработает?

— А у вас есть причины думать иначе?

— Если Совет десяти знает, каким судном вы хотите воспользоваться, сбиры будут ждать вас в лагуне. Или устроят засаду на борту трабакколо.

— О судне они знать не могут, — говорит Тристан. — Не считая членов команды — которым не сообщили, кто будет их пассажирами, — никому в этом городе, кроме меня, не известно название поджидающего нас судна.

— Наркису оно было известно, — говорит Гривано. — А также агентам Моголов, с которыми он поддерживал связь.

Тристан приступает к загрузке верхней камеры атанора. Он устанавливает колбу в ванночке с песком и размещает ее на полке над набирающими жар углями.

— Наркис бин Силен действовал в одиночку, — говорит он. — Даже его соседи по Турецкому подворью ничего не подозревали. А его могольские друзья находятся не здесь. Скорее всего, они ждут его в Триесте.

— А вы уверены в том, что перед смертью он не сознался?

— Да, я в этом уверен.

— И на чем же основана такая уверенность, Тристан?

— Я был свидетелем смерти Наркиса бин Силена.

Тристан осторожно убирает руки от своего стеклянного сооружения, удостоверяясь, что оно достаточно устойчиво. Затем регулирует высоту поддона, на котором лежат горящие угли. На Гривано он не смотрит.

— Я его не убивал, — говорит Тристан. — Хотя при необходимости сделал бы это без колебаний. Но он сам осознал пределы возможного. Я объяснил ему, кто я такой. Он меня понял. После этого он самолично затянул петлю на своей шее и повесился под мостом Мадоннетта. Потом я обрезал веревку, и его тело поплыло по каналу. Что и говорить, такой конец не назовешь счастливым, Веттор. Но в противном случае конец его был бы куда более ужасным.

Гривано смотрит на гладкое лицо своего друга, залитое оранжевым светом. Он не знает, насколько можно верить Тристану. Хотя имеет ли это сейчас какое-то значение?

— Если Совет десяти не знает, на какой корабль мы сядем, — говорит Гривано, — тогда стоит ли разыгрывать этот спектакль с переодеванием? Никто все равно его не увидит.

Тристан все еще возится у цилиндрической печи, хотя все необходимые процедуры уже выполнены.

— Дополнительная предосторожность, — говорит он. — Сбиры будут патрулировать лагуну и могут заметить наши огни. Они также будут вести тщательный учет всех судов, проходящих через пролив Сан-Николо. Как только о побеге зеркальщиков станет известно, они вместе с гильдией вышлют в погоню своих убийц. И я предпочел бы, чтобы эти убийцы направились в Константинополь, а не в Амстердам.

Гривано молчит. Тристан продолжает ненужную суету вокруг печи, пока его притворство не становится слишком очевидным. Тогда он распрямляется и, вздохнув, поворачивается, чтобы встретить взгляд Гривано.

— Вы лжете, — говорит Гривано.

Тристан делает обиженное лицо.

— Ничего подобного, — отвечает он. — С какой стати вы меня в этом обвиняете?

— Ваш план предполагает глупый риск без ощутимой выгоды. Если сбиры патрулируют лагуну, тогда какой смысл вообще причаливать к трабакколе? Почему не поплыть прямиком к Местре?

Тристан молча облизывает сухие губы.

— Это не спектакль ради предосторожности, — продолжает Гривано. — Вы задумали отвлекающий маневр. Вы *хотите*, чтобы Совет десяти узнал, на какое судно мы сели, и поверил, что мы на нем отплыли.

— Судно называется «Линкей», — говорит Тристан. — По предварительной договоренности оно должно плыть в Триест, но за приличную сумму его можно будет перенаправить в любой порт на Адриатике. Любой по вашему выбору.

Гривано смотрит на него пристально. Затем опускает взгляд на пол, выстеленный камышом и посыпанный крупным песком. Там, в переплетениях сухих стеблей, ползают разнообразные жучки и букашки, а также пауки, ведущие на них охоту. С такой высоты различить их непросто. У Гривано возникает желание сползти со стула и растянуться среди них, провести остаток жизни, наблюдая за их микроскопической суетой. При его относительной громадности, он будет невидим для насекомых: просто новая, странной формы гора появится в окружающем их ландшафте.

Колокол церкви Сан-Джеремия бьет один раз; мгновение спустя ему вторят Сан-Джироламо и другие церкви. Гривано встает со стула, проходит мимо Тристана и смотрит из окон, выходящих на запад. После захода солнца небо приобрело мрачно-фиолетовый оттенок.

— Прямо сейчас сбиры прочесывают улицы, разыскивая меня, — говорит Гривано. — Но Совет десяти не знает о вашей вовлеченности в заговор, не так ли?

— Вы правы.

— А как насчет Серены с его семьей? Или Обиццо? Совет знает о них?

— Серену сейчас разыскивают с намерением арестовать. Совету известно, что он имел с вами какие-то дела. Но он и его семья уже в укрытии — я вовремя послал им предупреждение. Надеюсь, завтра они смогут благополучно добраться до «Цербера». Что касается Обиццо, то он и так уже несколько лет находится в розыске из-за содействия побегу своего брата. Но Совету десяти неизвестно, что он все это время работал лодочником на городских каналах.

— А Перрина? О ней им известно?

— Нет.

— Вы уверены? Я навещал ее в обители. А за мной уже в ту пору следили сбиры.

— Вы навещали ее по просьбе сенатора. Это не вызовет подозрений.

— Прошлой ночью я послал гонца в обитель с ничего не значащим, но потому и подозрительным посланием.

— Я перехватил вашего гонца и отправил вместо него одного из своих слуг. Так что ваше послание никак ей не навредит. Могу вас заверить, Веттор, что из всей нашей компании в настоящий момент серьезная охота идет только на вас.

Гривано молчит. Одинокое синее облако появляется над горами и, гонимое сильным ветром, меняет свои контуры по мере приближения. В какой-то момент оно напоминает летучую тварь, расплющенную на темном стекле, чуть погодя — смачный плевок, стекающий с крашеной атласной ткани, а напоследок становится похоже просто на облако в небе. Гривано совершенно измотан; сейчас он хотел бы крепко уснуть, не тревожимый никакими сновидениями.

— У меня нет желания ехать в Амстердам, — говорит он.

— Я так и предполагал. Мы можем пересадить вас на «Линкей» по пути к Местре. У вас еще остались деньги хасеки-султан?

— Да, у меня имеются векселя.

— Если пожелаете, я могу послать своих людей в Гетто, чтобы они обменяли их на драгоценные камни. Бриллианты все-таки надежнее, чем бумаги. Расценки здесь вполне приемлемые.

— Вы все еще не ответили на мой вопрос. Почему вы так уверены, что сбиры последуют за мной, а не за вами?

Тристан приближается и кладет теплую руку на предплечье Гривано.

— Это нелегко, друг мой, — говорит он. — Но обстоятельства вынуждают меня возложить на вас опасную задачу.

— Вы намерены сообщить им, что я буду на «Линкее».

— Они узнают это не ранее чем все мы сядем в лодку Обиццо, — шепчет Тристан. — Мне известно, где занимают позиции осведомители, следящие за каналом Каннареджо. Отплывая, мы сделаем так, чтобы нас непременно заметили. После всех эскапад прошлой ночи вас опознают сразу же. Тем не менее, даже располагая самыми быстроногими курьерами и лучшими гребцами, сбиры не успеют перехватить нас прежде, чем мы достигнем «Линкея», и увидят лишь красный кормовой фонарь трабакколо, уходящего в открытое море, тогда как пустое сандоло Обиццо будет дрейфовать в лагуне.

— То есть вы смените не только одежду, но и лодки?

— Разумеется. У «Линкея» должна быть на буксире плоскодонная речная лодка — так называемая *топо*. Если нам улыбнется Фортуна, мы успеем пересечь лагуну при высоком приливе и пройдем над отмелями, которые станут преградой для возможных преследователей. Однако я не думаю, что нас будут преследовать.

— Потому что сбиры погонятся за «Линкеем». Погонятся за мной.

— Они попытаются взять вас на абордаж в лагуне. Или блокировать в проливе Сан-Николо. Могут открыть по вам огонь с Лидо. Но команда «Линкея» состоит из хорошо вооруженных людей, неоднократно нарушавших закон и менее всего склонных сдаваться властям. Думаю, вы прорветесь.

— Сбиры увидят меня на корме. Зная, что я нахожусь на борту этого судна, они будут уверены, что там же находятся и зеркальщики. Как следствие, шпионы Совета десяти станут преследовать меня, куда бы я ни подался. Их наемные убийцы будут ждать меня в каждом порту Средиземного моря.

Тристан переносит ладонь с руки Гривано на его шею ниже затылка. Кожа ладони сухая и гладкая.

— Вы можете найти убежище за пределами христианских земель, — говорит он. — Полагаю, для вас это лучший выход.

— Сомневаюсь, что меня будет ждать теплый прием в Константинополе.

— Это очень большой мир, друг мой. В нем много укромных уголков и громадных пустых пространств, где можно исчезнуть без следа. Вы можете, к примеру, обосноваться в Александрии. Или в Триполи.

— Или на Кипре.

— Безусловно. Кипр никогда не следует сбрасывать со счетов.

Гривано движением плеча избавляется от руки Тристана и переходит к атанору, чтобы взглянуть на процесс. Субстанция в колбе неподвижна, цвет ее не изменился, но в подсоединенном аламбике уже накапливается жидкость.

— Сколько времени это обычно занимает? — спрашивает он. — Я о вашем методе.

— Бывает по-разному. Но не меньше трех недель. Иногда месяц и более.

— Но вы же собираетесь покинуть дом следующей ночью?

— Да, — говорит Тристан. — Через шестнадцать часов, после редукции, материя коагулирует в стабильное состояние, и я возьму с собой образцы. Кроме того, если вдруг завтра сюда вломятся сбиры, я смогу продемонстрировать им алхимический процесс со словами: «С чего вы взяли, будто я планирую побег из города? Взгляните — я только что приступил к сложнейшей операции, которая займет как минимум месяц!»

Гривано криво ухмыляется и трогает теплую колбу костяшками пальцев. Потом обводит взглядом расставленные в рабочем беспорядке сосуды и приспособления, склянки с химикалиями и растительными экстрактами. Хотя руки его сохраняют неподвижность, мышцы попеременно напрягаются и расслабляются, вспоминая отработанные годами движения мага в процессе Великого Делания. Открыть окно в мир идеальных форм, приобщиться к сознанию Бога: таковы цели его искусства. Но Гривано сейчас удивляет то, как много воспоминаний о его трудах в лаборатории основано на сугубо физических привычках — под стать гимнастике янычаров или детским играм с мячом. Там тоже были четкие правила, и ты повторял одни и те же движения многократно, пока не начинал выполнять их автоматически. Если подумать, те миры также были по-своему идеальными, разве нет?

— Я думал о вашем зеркальном аламбике, — говорит Гривано. — А заодно о цитате из «Герметического корпуса», которую счел уместным ввернуть в свою речь Ноланец: о привлекательном отражении, побудившем человека покинуть небеса и населить землю. Человек посмотрел вниз и увидел собственное идеальное отражение в поверхности воды. Отсюда берет начало двойственность нашей натуры: смертная плоть, населенная бессмертными душами.

Тристан кивает, но как-то рассеянно. Он берет кувшин и выливает остатки воды в ночной горшок, попутно омывая длинную ложку и палочку, которой мешал состав. Опорожнив кувшин, он ставит его на стол, поднимает горшок и круговыми движениями раскручивает его содержимое.

— Все это так, — говорит он, — однако к данному вопросу следует подходить с осторожностью. Нам часто — и вполне справедливо — напоминают, что мы можем познать Бога, познавая самих себя, ибо мы созданы по Его образу и подобию. Нам внушают, что по природе своей мы божественны, а не низменны. Пожалуй, это слишком сильно сказано. Тогда выходит, что даже в самых низменных проявлениях — в наших экскрементах — отражена божественная сущность.

— Все вещи происходят от Бога, — говорит Гривано. — И даже дерьмо можно облагородить посредством сублимации.

— Но стоит ли это делать?

Тристан бросает яростный взгляд на Гривано. Затем подходит к окну и быстрым, но плавным движением опорожняет ночной горшок в канал. Разжиженные фекалии с мягким шлепком вступают в контакт с водой.

— Стоит ли это облагораживать? — продолжает Тристан. — Стоит ли выходить за пределы? Когда мы так поступаем, действительно ли мы хотим познать Бога? Или мы всего лишь хотим увериться в том, что Бог таков, каким мы Его всегда представляли: идеальный дистиллят нашей низменной сущности? Допустим, мы созданы по образу и подобию Бога. А кто из нас задумывался о том, что это может означать? «Несть числа сущностям человека, — писал Парацельс. — В нем заключены ангелы и демоны, рай и ад». Возможно, и сам Бог подобен этому, сочетая в себе чистое с нечистым. Так ли уж трудно это вообразить? Бог из плоти и крови? Испражняющийся Бог?

Голос его срывается, поддавшись наплыву чувств — гнева или печали, Гривано затрудняется определить. Тристан отходит от окна навстречу своему отражению в зеркале-талисмане. Отражение постепенно разрастается, заполняя собою всю зеркальную поверхность, и в то же время комната как будто уменьшается в размерах. Гривано переступает с ноги на ногу, чтобы не потерять равновесие.

— Я хочу выяснить не то, в чем мы подобны Богу, а то, чем Бог от нас *отличается*, — продолжает Тристан. — Я хочу знать, по какой причине нас обманывают собственные глаза и что именно они отказываются видеть. Я уже не стремлюсь воспарить и выйти за какие-то пределы, я даже не стремлюсь к пониманию. Я всего лишь хочу замарать свои руки. Обонять. Осязать. Как ребенок, лепящий фигурки из грязи. И я верю, что ключ к этому находится здесь...

Его пальцы вскользь задевают поверхность зеркала, встречаясь со своим отражением.

— ...но не в том смысле, как рассуждают другие. Кстати, Ноланец предупреждал нас об этом. Вы помните? Он сказал, что образ в зеркале подобен образу в сновидении: только недоумки и наивные юнцы могут принять его за истинное отражение нашего мира, однако было бы глупо полностью игнорировать то, что показывает нам зеркало. Здесь и таится опасность. Воспринимаем ли мы отражения без иллюзий, как отважный Актеон? Или мы, подобно Нарциссу, видим только то, что нам хочется видеть? Как мы можем знать наверняка? С любовью в сердце мы стремимся ко всякому привлекательно сияющему объекту, но при этом нас неотступно преследуют темные призраки нас самих.

Тристан подносит другую руку к краю зеркала, снимает его с пюпитра и поворачивает, держа перед собой как блюдо. Гривано мельком замечает в зеркале отражение своей макушки и тревожно подается назад.

— Я хочу подарить вам это, — говорит Тристан.

Гривано морщится.

— Нет-нет, вы чересчур щедры, друг мой, — говорит он. — Вы заплатили за это зеркало кучу денег.

— Но я в нем больше не нуждаюсь. Оно потребовалось для того, чтобы подготовить мой рассудок к грядущим испытаниям, и теперь я к ним готов. А взять его с собой я не могу. Зеркало, скорее всего, повредится при переходе через Альпы. А если его кто-нибудь обнаружит... риск слишком велик, сами понимаете. Другое дело — перевозить его на борту судна, это куда безопаснее. Возьмите его, Веттор. Иначе завтра ночью мне придется утопить его в лагуне.

Зеркало в руках Тристана отражает потрескавшийся потолок комнаты — трещины извиваются и подергиваются на его поверхности. Гривано закрывает глаза и вспоминает денежный ларец, содержавший плату за талисман: весло подвыпивших гондольеров прогибалось под его тяжестью.

— Так и быть, — говорит он. — Благодарю вас.

Однако не поднимает руки, чтобы принять подарок. Тристан еще какое-то время держит его на весу с озадаченным видом, а потом кладет на стол. Когда зеркало от него отдаляется, это похоже на гашение раздражающего света или закрывание распахнутой входной двери: Гривано испытывает облегчение и одновременно что-то похожее на чувство утраты.

— Я прослежу, чтобы эта вещь была надлежащим образом упакована, — говорит Тристан.

— Спасибо, вы очень добры, — шепотом произносит Гривано.

— Как вы себя чувствуете, друг мой?

Руки Гривано трясутся, как от холода, хотя он не замерз.

— Я очень устал, — говорит он со вздохом. — Нужно отдохнуть.

— Это правильное решение. Завтра будет трудный день. Да и потом легких дней не предвидится.

— Но прежде я хотел бы повидать Перрину.

В этой фразе неожиданно для него самого звучат вызывающие нотки, а спустя мгновение он понимает, что это и впрямь некий вызов. Они с Тристаном смотрят друг на друга в постепенно темнеющей комнате. Отраженные огни свечей и жаровни блестят в их глазах. Их тени колеблются вместе с пламенем под дуновениями ветра.

— Без сомнения, она будет рада вашему визиту, — говорит Тристан. — Она живо интересовалась вашим самочувствием, но боялась потревожить ваш сон.

Если Тристан и знает его последнюю, еще не раскрытую тайну, то он не подает виду. Возможно, он решил, что Гривано разоблачен уже в достаточной степени.

— Вы найдете ее в комнате рядом с вашей, — говорит Тристан. — Проведайте ее, друг мой, а потом ложитесь спать. Желаю вам спокойного сна.

Гривано кивает, прощальным жестом приподнимает правую руку и направляется к выходу.

Голос Тристана настигает его уже в дверях.

— Ах да, Веттор. Я позволил себе некоторую вольность, изготовив экстракт из вашей белены.

Гривано замирает, полуобернувшись.

— Моей белены? — удивленно бормочет он.

— Да. В вашем врачебном наборе обнаружилось большое количество листьев двухлетней черной белены. Прямо скажем, пугающее количество. Я решил, что будет непрактично путешествовать с засушенными растениями. Лучше сделать из них экстракт, который гораздо удобнее перевозить в багаже. Процесс еще продолжается, а по его завершении я помещу экстракт в сосуд и присовокуплю его к остальным вашим вещам.

— Моим вещам?

— Я о врачебном наборе. А также о большом дорожном сундуке. Когда они вам понадобятся, вы найдете их в кладовой на первом этаже. Или, если хотите, я велю перенести их в вашу комнату.

И вновь холодок пробегает по спине Гривано.

— Когда были доставлены мои вещи? — спрашивает он.

— Точно сказать не могу. Слуга обнаружил их у водных ворот прошлым вечером, сразу после захода солнца. Я решил, что их прислали вы, разве не так?

Гривано хмурит брови, но мышцы его лица настолько ослабли, что не могут удерживать выражение. Вместо этого он улыбается — пустой и бессмысленной улыбкой, как у мертвецки пьяного человека.

— Да, — говорит он. — Похоже, все так и было.

В полутемном помещении кухни Гривано находит сальную свечу и зажигает ее от головешки из очага: бараний жир с шипением чадит, свет расползается по комнате. Количество хлеба, сыра и яблок на оставленном служанкой подносе сильно уменьшилось: Обиццо поужинал и удалился. Кучка железных опилок все еще загрязняет стол, отбрасывая небольшую тень.

В ответ на тихий троекратный стук из комнаты Перрины доносится ее голос, но слов не разобрать: это может быть как приглашение войти, так и просьба оставить ее в покое. Гривано пробует ручку. Дверь открывается.

Воздух в комнате густой, стесненный закрытыми окнами, пропитанный давно забытыми домашними запахами. Гривано с полузакрытыми глазами стоит в дверном проеме, воссоздавая в памяти комнаты и коридоры большого дома в Никосии — незнакомого этой родившейся слишком поздно девушке — и постепенно привыкая к темноте.

Перрина медленно и по частям, как привидение, возникает из-под коричневого шерстяного одеяла: сначала белая обнаженная рука, потом стриженая голова. В молчании она наблюдает за тем, как Гривано затворяет дверь и зажигает две обнаруженные на сундуке свечи.

Рядом с ее кроватью стоит стул; Гривано подходит, опускается на него и ставит одну из свечей на полочку, прикрепленную к кроватному столбику. Перрина сдвигается к изголовью, садится и берет его за руку.

— Как ваше здоровье? — спрашивает она.

Голос у нее хрипловатый после сна. На подушке осталась вмятина — отпечаток ее щеки.

— Я выжил, синьорина, — говорит Гривано.

Она улыбается.

— Я в огромном долгу перед вами, — говорит он. — Вы должны это знать. Я по глупости поставил себя в опасное положение, и вы были ранены, когда меня выручали. Осознание этого лежит на мне тяжким грузом.

— Я не так уж сильно пострадала, дотторе. Тристан вам, наверное, уже сообщил.

— Да, — говорит Гривано. — Могу я взглянуть?

Ее большие глаза становятся еще больше в полумраке. Она не отвечает и не двигается. Ветер гремит ставнями. Огонек свечи колеблется и мерцает.

Гривано берется за край одеяла.

— Удар пришелся по этому боку, не так ли?

Она кивает.

Гривано приподнимает край одеяла ровно настолько, чтобы увидеть бледную полосу тела под ним. На припухлости немногим ниже частично открывшейся груди темнеет фиолетовый полумесяц. Попади палица еще ниже и не вскользь, Перрина была бы мертва. А так эта рана перестанет ее беспокоить уже к следующему воскресенью. В кои-то веки Фортуна расщедрилась на улыбку.

Он поднимает одеяло чуть выше, подвигает свечу к самому краю полки и щурится, разглядывая рану. Перрина быстрым нетерпеливым движением выдергивает край материи из его все еще слабых пальцев и откидывает одеяло в сторону, обнажая свое тело вплоть до коленей.

Гривано замирает. Его слух обостряется до почти болезненных пределов: сочетание шума ветра, плеска воды, отдаленных голосов, легких скрипов и потрескиваний в конструкциях здания приводит его на грань обморока.

— Сделайте глубокий вдох, — говорит он, обращаясь в равной мере к девушке и к самому себе. — Дышите так глубоко, как только можете.

Она дышит, морщась при расширении грудной клетки, однако не кашляет и не вскрикивает от боли: значит, ребра не сломаны. У нее широкие, чуть покатые плечи — почти такие же, как были у Дольфино. Или нет? После стольких лет старательного забывания ему трудно быть уверенным. В комнате довольно прохладно, и овальные ареолы ее сосков сморщиваются, а сами соски твердеют. Руки начинают покрываться гусиной кожей. Гривано перегибается через ее колени и, дотянувшись до одеяла, накрывает девушку.

— При заботливом уходе дотторе де Ниша вы быстро поправитесь, — говорит он. — В этом я совершенно уверен.

Перрина опускает глаза и расправляет одеяло на своих бедрах.

— Мы уезжаем из города, — говорит она. — Отправляемся в Амстердам. Должны отплыть следующей ночью. Тристан вам сказал?

— Да, мы с ним об этом говорили.

Она снова берет его за руку. Кого-то из них бьет дрожь; Гривано не может понять, кого именно. Быть может, обоих.

— Вы ведь поедете с нами, да? — спрашивает она.

Гривано смотрит в сторону закрытых ставнями окон.

— Конечно, — говорит он.

— Вам нельзя здесь оставаться. У этих негодяев множество глаз повсюду в городе и на берегах лагуны.

Он отпускает руку Перрины и трогает темный ежик ее волос.

— Я приеду в Амстердам попозже, — говорит он. — Обязательно приеду.

Теперь она уже тихо плачет. Однако голос ее звучит ровно.

— У меня к вам накопилось так много вопросов. Очень-очень много. О Габриеле. О моем погибшем брате.

— И я вам расскажу, — шепчет Гривано. — Я многое вам расскажу.

Он еще раз проводит рукой по волосам Перрины, а потом опускает свою тяжелую ладонь на ее плечо и закрывает глаза. На сей раз — в последний раз — позволяя себе вспомнить все.

Как он подхватил горящий фитиль с окровавленной палубы, куда его бросил капитан Буа. Как он нырнул в трюм, когда турки уже прорвались сквозь линию пикинеров. Как, нарушая приказ капитана, повернул не к пороховому погребу, а к подвесным койкам, своей и Жаворонка... Слезы капают с его носа на складки одеяла. Через миг он ощущает на своей шее руку Перрины.

Долгое время они сидят неподвижно, пребывая между сном и явью.

— Какое у вас было прозвище? — спрашивает Перрина. — Как вас тогда называли знакомые?

Гривано не отвечает. Он поднимает голову и выпрямляется на стуле, все еще с закрытыми глазами. Воздух холодит его влажные щеки.

— Я мало что помню из рассказов мамы и старшей сестры, — говорит Перрина. — Позднее я записала все, что смогла вспомнить. Но воспоминания ведь не просто исчезают, верно? Они изменяются. Они становятся чем-то другим. И у нас нет иных ориентиров, кроме этих изменчивых картин в нашем сознании. Вот почему со временем бывает все труднее выявить истину.

— Да, — говорит Гривано, — вы совершенно правы.

Он сейчас думает обо всей лжи, которую нагромождал долгие годы, обманывая других людей и самого себя. Он вполне отчетливо помнит свои действия в тот день на борту «Черно-золотого орла», но не может вспомнить, *почему* он так действовал. В те жуткие часы его рассудок был затуманен горем и паникой, заполнен какими-то жалкими подобиями мыслей, вяло извивавшимися, как черви на свежевскопанной грядке. «Моя мама откажется верить в то, что я погиб. Но если ты принесешь ей мой аттестат, быть может, это ее убедит». Он боялся попасть в число знатных пленников, которым предстояло дожидаться выкупа в плену либо умереть мучительной смертью от рук озверевших врагов. Он хотел вернуться домой к своей семье; он хотел исчезнуть навсегда. Он хотел жить; он хотел умереть. Однако ни одно из этих противоречивых стремлений не могло послужить мотивом для того, что он сделал. В него словно вселилось нечто иное, ему чуждое. Кем он являлся в те минуты?

Слыша победительный вой турок, треск разбиваемого ядрами такелажа и отчаянные крики его товарищей на палубе, он сжимал зубами горящий фитиль и торопливо шарил руками во тьме, пока его пальцы не нащупали две бумаги: аттестаты на имена Габриеля Глиссенти и Веттора Гривано. Он спрятал под рубахой документ своего мертвого друга, а затем поднес фитиль к собственному аттестату и смотрел на аккуратные буквы своего имени — того имени, что дал ему отец, — пока почерневший пергамент не был съеден пламенем.

— Помнится, прозвище было дано из-за вашего голоса, — говорит Перрина. — У вас был такой прекрасный голос, и вы знали бессчетное множество песен. Моя мама часто — и с большой теплотой — говорила об этом. Так что за прозвище вам дали? Пока не вспомню, я не смогу уснуть, несмотря на усталость. Сжальтесь надо мной, дотторе.

Гривано открывает глаза. Его лицо залито слезами, но взор не затуманен. Очередной порыв ветра бьет в ставни; огоньки свечей отклоняются в противоположную от окон сторону, колеблются тени.

— Жаворонок, — говорит Гривано. — Ваша семья прозвала меня Жаворонком.

С широкой меланхолической улыбкой Перрина соскальзывает по матрасу, укладываясь на спину. Ее веки опускаются навстречу одеялу, которое она подтягивает к самому подбородку.

— Завтра утром наши силы восстановятся, — говорит она, — и тогда мы сможем в свободные часы вволю наговориться о счастливом прошлом, и приятные воспоминания принесут нам утешение. А сейчас нам обоим нужно поспать. Вы не сочтете меня чересчур навязчивой, дотторе, если я попрошу вас спеть колыбельную — одну из тех старых песен, которые вы помните из своего детства? Обещаю, что этой маленькой услугой вы полностью погасите все вообразившиеся вам долги передо мной за события прошлой ночи, и даже более того: баланс изменится в вашу пользу.

Ее лицо, туго охваченное одеялом, улыбается Гривано. Глаза ее крепко зажмурены в знак решительного нежелания принять отказ. Он внимательно ее разглядывает. Многое было утрачено, и многое еще предстоит утратить — на этом фоне утрата родового имени не выглядит столь уж важной. Но отвага его предков — та гибельная отвага, которой его обделила Фортуна, — еще не угасла на этой скверной земле. И вот эта отважная девушка смогла пробудить в нем семейную гордость.

У Гривано перехватывает горло. Прокашлявшись, он наклоняется, чтобы задуть свечу рядом с постелью. Над городом разносятся двойные удары колоколов, отмечая наступление ночи; в щелях ставен теперь только тьма. И, наполнив грудь воздухом, он начинает петь — со всей нежностью, на какую способен.

Скрыт Странник ото всех миров.
Изгой царит на свалке городской.
Осколки сердца да мешок дерьма.
Дождь без конца — и зеркало пустое.

Аллен Гинзберг.
Скрытый Странник (1951)

60

Кёртис пробуждается: белый свет и чернота, голос копа над ухом. Он же — голос тренера Бэннера из школы, он же — голос полковника Ганди из Косово. Кёртис не может разобрать ни слова, но он и так знает, что говорит ему этот голос: «Ты неплохо держался, Стоун, и все-таки ты облажался». Он и сам это понимает. Веки смыкаются: он снова уходит в аут.

Время идет, как слайд-шоу на колышущейся белой простыне. Мелькают врачи и медсестры в масках и халатах. Белизна операционной; полумрак больничной палаты. Значки лас-вегасской полиции с меняющимися номерами. Сначала в этом нет никакой последовательности — все происходит как бы одновременно, — но понемногу события начинают выстраиваться цепочкой, появляются воспоминания. Он точно помнит, что Альбедо везли в «скорой помощи» вместе с ним, однако до отделения реанимации Альбедо уже не дотянул.

Очнувшись в очередной раз, Кёртис обнаруживает, что его сознание заметно прояснилось. Пользуясь этим, он пытается обследовать себя. Пересчитывает свои конечности, однако сбивается со счета. То ли чего-то не хватает, то ли, напротив, добавилось что-то лишнее. Должно быть, он повернулся влево перед тем, как на него налетели фары и бампер пикапа — судя по тому, что его правая кисть в гипсе. Повязка «восьмеркой» оттягивает назад его плечи, что означает перелом ключицы. Шины на обеих ногах, гири у торца койки — растяжки, предполагающие перелом обоих бедер.

Кёртис делает вдох поглубже. В горле жжение; рука сильно чешется в том месте, где в нее воткнута и приклеена лентой игла от внутривенной капельницы. Он должен выкарабкаться, преодолеть все это. Разумеется, не без потерь. Никто ниоткуда не выкарабкивался без потерь. На то оно и преодоление.

В него закачан целый букет сильнодействующих препаратов. И сейчас, в процессе осмысления этого факта, он чувствует, как ослабевает их действие: поднимается холодный мертвящий прилив. Так вот почему глаза его сейчас открыты, а голова худо-бедно соображает: кто-то хочет с ним побеседовать.

— Мистер Стоун?

Долговязый латинос расположился на стуле из стальных трубок рядом с моторизованной койкой Кёртиса. Одного возраста с ним или чуть моложе. Невозмутимое лицо. Не выглядит ни скучливым, ни раздраженным, отличаясь этим от большинства копов при исполнении, с которыми имел дело Кёртис. Возможно, федерал. Кто-то толковый в Нью-Джерси получил его послание.

— Кёртис? Мистер Стоун? — произносит он так, словно настраивается на разные радиочастоты. — Комендор-сержант Стоун?

— Да, — говорит Кёртис. — Я здесь.

Собственный голос кажется ему пронзительно-громким, хотя Кёртис понимает, что это невозможно. В горле как наждаком скребет. Он прочищает его кашлем, который отзывается болью в правом боку.

Латинос представляется — агент имярек — и заводит обычную в таких случаях песню.

— Департамент полиции Лас-Вегаса намерен выдвинуть против вас серьезные обвинения, мистер Стоун, — говорит он. — Я попросил начальство с этим подождать до того, как побеседую с вами. Похоже, тут вырисовывается картина более сложная, чем это казалось на первый взгляд.

— Да, — говорит Кёртис, — вы правы.

— Не хотите мне об этом рассказать?

Кёртис облизывает пересохшие губы, царапая о них язык. Он пока не ощущает внутренних болей и проводит мысленную инспекцию своего тела, как осматривают снаружи старый дом, светя фонариком в окна. Временные шины на его ногах свидетельствуют о том, что хирурги с ними еще не закончили. Видимо, он не так уж долго провалялся в отключке.

— Я хочу поговорить с женой.

Агент улыбается.

— Даниэлла скоро будет здесь, — говорит он. — Сейчас она в самолете. За ней отправят машину в аэропорт. Правда, я не могу сказать наперед, когда врачи разрешат вашу с ней встречу.

— Я под арестом?

— Вас никто не арестовывал. Вы ведь служили в военной полиции и наверняка сами знаете, как устроена эта система. Первым делом я обязан вам сообщить, что вы имеете право хранить молчание и можете потребовать присутствия адвоката во время любого общения со мной. У вас будет адвокат, а у меня будет диктофон, и мы сможем провести беседу в более формальной обстановке. Вы этого хотите, Кёртис?

Кёртис закрывает глаза и слегка качает головой влево-вправо.

— Я напичкан всякой улётной хренью, — говорит он. — Ни один судья не примет мои показания к сведению.

Агент пожимает плечами. Он уже достал ручку, а теперь открывает блокнот и для удобства засовывает конец галстука в нагрудный карман.

— Хотите подождать, когда закончится действие анестетиков? — спрашивает он.

Кёртис качает головой.

— Нет, — говорит он. — Я все расскажу сейчас.

И он рассказывает все, как может. Ему трудно вести последовательное изложение. Он путается, допускает ошибки, поправляет сам себя. Даже ранее, еще не травмированный и не накачанный медикаментами, он очень смутно представлял себе всю эту картину. Однако он старается.

Он рассказывает о звонке Деймона, о встрече в филадельфийской кафешке, а также о Стэнли и команде счетчиков карт в «Спектакуляре». Он рассказывает об Альбедо, об Аргосе, о сгинувшем дилере и обо всем, что узнал от Аргоса в пустыне; он рассказывает и о том, как попросил своего отца позвонить джерсийским копам. При этом он почти не упоминает Веронику — сам толком не зная почему. Наверное, этого хотел бы Стэнли. И потом, она никогда не казалась ему существенной частью проблемы, — скорее она была задета всем этим лишь по касательной, как и сам Кёртис.

— Секундочку, — прерывает его агент, делая пометки в блокноте. — Я запутался в этих точках. О чем, собственно, речь?

Кёртис недоуменно моргает.

— То есть как это? — говорит он. — Вы просили меня рассказать все, что мне известно. Я так и делаю, черт возьми.

— Нет-нет-нет, — частит агент. — Вы все время ссылаетесь на какие-то точки. То счетчики обчистили точку, то вы подыскивали работу в точке. Мне нужна четкая конкретика, а не общие слова.

— Речь о «Спектакуляре», — поясняет Кёртис. — Казино «Спектакуляр!» в Атлантик-Сити. Восклицательный знак в конце официального названия. А в просторечии все называют это казино «Точкой». Рассказывают историю — не знаю, сколько в ней правды, — что перед самым открытием казино какой-то пиарщик был уволен за то, что в распечатанных и уже разосланных повсюду рекламных буклетах забыл вставить палочку от восклицательного знака в названии, оставив только точку внизу. Тогда кто-то шутки ради и прозвал это казино «Точкой». Неформальное название прижилось. И сейчас большинство тех, кто его произносит, понятия не имеют, откуда оно произошло. Эту историю я слышал от Деймона.

— О'кей, — говорит агент. — Теперь я понял.

Его ручка скребет по странице блокнота. Кёртису удается прочесть вверх ногами: «ТОЧКА = СПЕКТАКУЛЯР». Понятливый парень, однако.

Он продолжает свой рассказ. Периодически агент наливает воду в пластиковый стаканчик, подносит его ко рту Кёртиса, и тот смачивает губы. Сказываются нарастающая боль и усталость: он все чаще увязает в ненужных пояснениях или возвращается к второстепенным деталям, по какой-то причине ему особо запомнившимся. Клочки факсовых посланий Деймона на бланках «Спектакуляра». Автомат с глушителем в тачке Альбедо. Телефонные звонки из пункта помощи в парке «Долина огня». Запонка, вырванная из рукава Деймона. Джей Лено в фойе отеля. «Зеркальный вор», оставленный на полу в номере «Живого серебра».

— Служащие подобрали эту книгу? — спрашивает Кёртис. — Если нет, отправьте кого-нибудь, чтобы ее нашли.

К этому времени агент уже почти не делает пометок в блокноте. Судя по лицу, он ждет от него чего-то еще. Кёртис пытается понять, что бы это значило, какие вопросы могут интересовать этого копа. В голову приходит только один. Но это действительно важный вопрос.

— Где сейчас Деймон? — спрашивает Кёртис.

Агент не отвечает. Он медленно откидывается на спинку больничного стула и с тихим щелчком убирает стержень внутрь шариковой ручки.

— Лично я не в курсе, — говорит Кёртис.

Агент улыбается. И эту улыбку нельзя назвать довольной. Только сейчас Кёртис замечает у него под глазами круги — свидетельство хронического недосыпания.

— У вас есть на этот счет какие-нибудь догадки? — спрашивает агент.

Кёртис вновь качает головой, хотя это вызывает у него головокружение.

— Я думал, джерсийские копы уже его повязали, — говорит он.

Лицо агента остается непроницаемым.

— В понедельник утром, — говорит он, — два детектива полиции Нью-Джерси встретились с Деймоном в его городском доме. Это был уже повторный визит — его допрашивали ранее, и он тогда проявил готовность сотрудничать со следствием. Деймон пригласил их в гостиную, налил в чашки кофе, а потом уложил обоих выстрелами в лицо. Один детектив скончался на месте, второй сейчас в реанимации. Но шансов у него немного. Местный полицейский патруль обнаружил их всего через полчаса — должно быть, кто-то там предполагал возможные осложнения и направил их для проверки, — но к тому времени Деймон уже скрылся.

Кёртис пробует сделать глубокий вдох, но становится только хуже. Кажется, его вот-вот стошнит. Комната кружится перед глазами, как ресторан в «Стратосфере», и он закрывает глаза, чтобы остановить это вращение. Пытается вспомнить, в котором часу звонил отцу и сколько времени прошло между тем звонком и получением последнего факса от Деймона. Что такое он мог спровоцировать либо не смог предотвратить своими действиями?

— Деймон в тот день не появился на своем рабочем месте, — продолжает агент. — Тогда по распоряжению руководства казино был проведен обыск его кабинета. Но в компьютере Деймона не обнаружилось ничего, кроме порнографии, а в ящиках его стола — никаких записей, только непристойные рисунки. Самого похабного свойства, по их словам. Теперь они удивляются, почему так долго не понимали, что представляет собой этот тип. Должно быть, он мастер очаровывать людей.

Кёртис слышит шелест переворачиваемых страниц блокнота: агент что-то ищет в своих прежних записях.

— У вас есть догадки, где его можно искать? — повторно спрашивает он.

Кёртис не открывает глаза и старается дышать ровно.

— Надо сказать, он выбрал очень удачный момент для бегства, — говорит агент. — С ночи понедельника все подразделения полиции и нацгвардии в стране переведены на «оранжевый» уровень тревоги. Из-за войны, понятное дело. А когда столько сил отвлечено на всякие охранные мероприятия, это тормозит обычную следственную работу. С другой стороны, при повышенном уровне тревоги преступнику сложнее передвигаться на машине. Вероятно, Деймон это понимал. Его «ауди» был найден несколько часов назад на парковке в Мэриленде.

Кёртис открывает глаза.

— Где именно в Мэриленде? — уточняет он.

— В Колледж-Парке. Камеры видеонаблюдения засекли его в метро: он сел на поезд «зеленой линии». Я знаю, о чем вы сейчас думаете. Но не беспокойтесь: ваш отец и его жена в безопасности. Мы перевезли их в гостиницу. Их дом находится под наблюдением. Как только Деймон там объявится...

— Не объявится, — говорит Кёртис. — Он, скорее всего, уже покинул страну. Если Деймон поехал в Вашингтон, значит ему нужны визы и паспорта для выезда за границу. У него в тех краях есть знакомые, которые могут это устроить.

Агенту не нравится этот ответ: он выглядит озадаченным и раздражённым. Он открывает рот, но Кёртис его перебивает:

— Надеюсь, вы понимаете, о ком сейчас идёт речь? Вы просмотрели его «ди-ди двести четырнадцать»?

— Ди-ди что?

— Его послужной список. Советую ознакомиться. Узнаете, где он бывал и чем занимался. Его уже нет в Штатах, приятель. Раздобыв документы, он сразу отправился в Балтимор-Вашингтон или в Национальный. Сел на самолёт и сейчас может находиться где угодно. В Южной Америке. В Азии.

Чувствуется, что агент очень хочет ему возразить, но потом сдувается, как проколотый воздушный шарик. Просидев несколько секунд с отвисшей челюстью, он закрывает рот и трёт ладонями лицо. Кёртису жалко на него смотреть, да и себя самого ему жаль не меньше. Он тоже не хочет верить тому, что сейчас сказал, — его мозг привычно пытается найти сценарии и объяснения, которые могли бы представить Деймона в несколько лучшем свете, — но он знает, что это правда. За всю свою жизнь он никогда никого по-настоящему не понимал, даже себя. Пожалуй, менее всего — себя. И сейчас он больше всего хочет вернуться в сон, ускользнуть из этого мира, в котором творятся такие дерьмовые вещи.

— Минутку, — вдруг спохватывается Кёртис. — А что со Стэнли Глассом?

Агент открывает глаза; его шариковая ручка снова щёлкает.

— Стэнли Гласс, — повторяет он.

— Где сейчас Стэнли?

Агент пожимает плечами.

— Полагаю, всё ещё в Атлантик-Сити, — говорит он. — Последнее, что я слышал: его разыскивает полиция Нью-Джерси. Пока что они его не взяли, но подбираются всё ближе. Насколько мне известно, он тяжело болен. Передвигается с трудом.

Кёртис качает головой.

— Если Стэнли еще дышит, — говорит он, — то джерсийские копы не так близки к нему, как им думается. И я сильно сомневаюсь, что он все еще в Атлантик-Сити.

— О'кей. А где он может быть, по-вашему?

— Он там же, где сейчас Деймон. И наоборот.

На лице агента появляется скептическая гримаса.

— Я понимаю, что это может показаться бессмыслицей, — говорит Кёртис. — Но так уж водится с этими двумя. У них имеются взаимные претензии и компромат друг на друга. Им есть что разруливать между собой, и оба наверняка захотят решить это дело при личной встрече. Вопрос только где.

Ручка агента так и не касается страницы.

— То есть вы считаете, что Деймона Блэкберна можно будет найти, идя по следу Стэнли Гласса. И наоборот. Я правильно вас понял?

— Я считаю, — говорит Кёртис, — что вам очень повезет, если вы преуспеете в этих поисках больше меня. И это все, что я считаю.

Агент вынимает конец галстука из нагрудного кармана, разглаживает его, прижимая к своей груди, и вставляет на его место ручку.

— Мистер Стоун, — говорит он, — должен вас уведомить, что я с вами еще далеко не закончил. Желаю вам скорейшего выздоровления и благодарю за сегодняшнее сотрудничество.

— Нет проблем, — говорит Кёртис. — Могу я попросить об одолжении? Мне становится хуже, боли усиливаются. Если мы с вами на сегодня закончили...

— Разумеется, — говорит агент. — Я пришлю к вам медсестру.

Тут же появляется сестра, проделывает какие-то манипуляции с капельницей Кёртиса — и вскоре весь мир вокруг становится плоским, тусклым и расплывчатым. В какой-то момент он получает очевидный ответ на вопрос агента — ему видится «Зеркальный вор» на столике в номере Вероники, затем на полу в «Живом серебре», — но уже в следующий миг его уносит наркотический поток, и Кёртис этому не противится. Он хочет поскорее перестать думать.

Теплые слезы наполняют его полупустые глаза. Он лежит и тихо ждет, размышляя о Деймоне, пока препараты не добираются до мозга, вычищая из памяти все, кроме невесомо взлетающих самолетов — из Рамштайна, из Филли, — и вот уже все его прошлое исчезает, время намертво застывает на месте, и он чувствует себя никем.

Кёртис. Суммируем числовые значения букв: получается четыреста восемьдесят два. Это значит «осенние листья». Или — ну надо же! — «стекло». Складываем эти три числа — четыре, плюс восемь, плюс два, — выходит четырнадцать. «Дар» или «жертвоприношение». А также «блестеть» или «сиять».

Через какое-то время — минуты или часы, трудно сказать наверняка — где-то неподалеку от Кёртиса зазвонит телефон.

Когда копы и медсестры вбегут в его палату, Кёртис не услышит весь этот шум. Потом он проснется, с неохотой разомкнет веки и уставится на потолочные лампы, пока вокруг будут суетиться копы, что-то тихо говоря в свои мобильники, включая записывающие устройства, протягивая шнур стационарного больничного телефона так, чтобы пристроить его на койке рядом с Кёртисом. А он будет смотреть на их оживленно шевелящиеся губы и кивать, не понимая ни слова из того, что ему говорят. А затем кто-то нажмет кнопку громкоговорителя на базовом блоке телефона, Кёртис чуть наклонит голову в ту сторону и прислушается.

Каким-то образом он все поймет сразу же. Он услышит призрачные шумы — шипение, потрескивание, писки — дальнего соединения через спутники и тотчас же поймет, кто его вызывает, и откуда, и почему.

Но он все равно задаст вопрос. Он не сможет удержаться.

— Стэнли? — спросит он. — Это ты?

И ты, после долгой паузы, ему ответишь.

— Доброе утро, малыш, — скажешь ты. — Хотя в твоих краях пока еще добрый вечер. Давненько мы не общались, да? Рад услышать твой голос.

Ты не отнимешь у Кёртиса много времени. Не из-за копов — что сейчас копы могут тебе сделать? — а просто потому, что тебе особо нечего сказать. Или, напротив, так много всего, что и не выскажешь. Так или иначе, ты сведешь разговор к минимуму. Ты скажешь Кёртису «спасибо». Потом ты перед ним извинишься. А потом попрощаешься.

Еще один порыв ветра: дребезжат оконные стекла в отеле. Ты слышишь звон колоколов и крики чаек. И подтягиваешь одеяла к самому подбородку.

Через минуту-другую ты встанешь и сделаешь телефонный звонок. Ты поставил малыша в очень трудное положение, так сделай хотя бы это. И еще ты должен позвонить Веронике, пока есть такая возможность. Узнай, нашла ли она то, что ты оставил для нее в камере хранения аэропорта. Ее наследство. Разговор будет чертовски тяжелым. Но и уклоняться от него не следует.

Вероника. Триста восемьдесят восемь. «Твердый камень» — кремень или кварц, например. А также «вуалировать». «Прятать». «Расширяться». «Освобождаться».

Но прежде всего ты должен подойти к окну. Спусти ноги на скользкий гостиничный пол, возьми свою трость, поднимись. Где-то там внизу — мимо фруктовых и цветочных магазинчиков на площади Сан-Кассиано, мимо тепло укутанных старушек на пологих ступенях моста и черных гондол, скользящих по слизисто-серой воде канала, — по твоему следу идет Деймон. Он должен понимать, что у него все меньше шансов довести это дело до нужного ему финала: часы тикают в твою пользу. Так что его следует ждать очень скоро. Когда он появится, ты должен быть готов.

Он — самая серьезная из всех возможных помех. Он отвлекает тебя от главной цели. У тебя были большие планы, связанные с этим городом, но ты слишком долго тянул с приездом сюда. Жаль, что не удастся в последний раз посетить библиотеку. Возможно, девушки-сотрудницы сегодня испытают облегчение, получив передышку от твоих бесчисленных вопросов: «Как это название переводится на английский? Где находится это место?»

И само собой, жаль, что ты не успел получше ознакомиться с городом. До сих пор это знакомство чаще всего увязало в диснейлендовской мишуре: вездесущих туристах с видеокамерами и поясными сумками, глянцевых буклетах и картинно хлопающих крыльями голубей. Но иногда на глаза попадалась узнаваемая деталь — табличка с названием из книги Уэллса, колоннады и арочные окна, послужившие образцами для зданий на Виндворде и набережной, — и в такие моменты ты застывал посреди шага, спеша заглянуть в ненадолго приоткрывшуюся щель, пытаясь увидеть реального Гривано сквозь беспорядочные наслоения правды и вымысла. Уловить эти моменты очень сложно, но еще сложнее сохранять чистоту и ясность восприятия, когда ты вынужден все время оглядываться через плечо. Деймон сумел испортить тебе и это. Ты убеждаешь себя, что детали сейчас не суть важны, однако это не так.

В былые — не столь уже давние — годы ты к этому времени уже покончил бы с проблемой. Ты просидел бы в кафе «Флориан» за чашечкой эспрессо столько, сколько понадобится для того, чтобы выявить Деймона в проходящей мимо толпе. Потом следил бы за ним до наступления темноты. В этом городе полно укромных закоулков. А кирпичи здесь выпадают из стен сплошь и рядом.

Как ни странно, ты отчасти даже рад его присутствию. Рад тому, что он последовал за тобой. Твой прощальный плевок в его сторону воскресным вечером в Атлантик-Сити — «Мне бы хотелось поведать вам, джентльмены, одну занимательную историю о вашем начальнике смены, мистере Блэкберне...» — получился недостаточно смачным. И хорошо, что есть еще одна возможность поквитаться, на сей раз окончательно.

К тому же здесь имеются и безопасные места, где можно на время забыть о Деймоне и спокойно заниматься поисками того, ради чего ты сюда приехал. Ближе всего ты подобрался к Гривано вчера, когда на моторной лодке вышел в лагуну и увидел этот город — с колокольнями, вырастающими из холодного тумана, — таким же, каким его мог в свое время видеть Гривано. Впрочем, не совсем таким: остров Сан-Микеле в ту пору еще не был превращен в кладбище, а набережная Нове еще не была обустроена. Но потом лодочник за дополнительную плату провез тебя вокруг Санта-Елены до канала Сан-Марко, и тут город Гривано наконец-то предстал во всей своей красе — чуть глубже погруженный в воду, с несколькими добавленными строениями, но в целом почти не изменившийся. По твоей просьбе лодка, заглушив мотор, легла в дрейф; и тогда, в объятиях тумана и запахов моря, к тебе пришло воспоминание, мощное и внезапное, как удар кулаком в лоб: ты с отцом играешь в карты на статен-айлендском пароме и, подняв глаза, видишь, как понемногу проступают сквозь дымку низкой облачности небоскребы Манхэттена. Пейзаж, в котором нет ничего природного, кроме воды и чаек. Все остальное — идеи, рожденные в головах людей и воплощенные в жизнь их руками.

Проведя слишком много времени на открытой воде, ты начал мерзнуть, и твой мочевой пузырь нуждался в опорожнении. Ты поднялся, держась одной рукой за борт, расстегнул ширинку и отогнул край памперса. Лодочник встал со своего места и предупреждающе рявкнул: «Ао!», но мигом заткнулся, когда увидел, как горячая струя, направленная тобой в море, из желтой превратилась в алую.

Он высадил тебя на Рива-дельи-Скьявони, и ты побрел в сторону двух колонн, все еще покачиваемый памятью о морских волнах. И даже сейчас, лежа под одеялами, ты снова почти наяву ощущаешь эту качку, которая ритмично подгоняет твою вялотекущую кровь.

Понюхай воздух: так и есть, ты опять обделался. Надо сменить памперс до прихода Деймона. Дело нехитрое, да и вряд ли там много дерьма, ты ведь почти ничего не ешь. До недавних пор ты очень расстраивался из-за подобных конфузов, но ко всему можно привыкнуть — или просто не брать в голову. По мере того как тобой все сильнее овладевала болезнь, ты даже стал находить своеобразное удовольствие в этой теплой увесистости, наполняющей твое исподнее. Как-никак нечто живое. По первым ощущениям даже более живое, чем ты кажешься самому себе. И всякий раз ты слегка удивлен тем фактом, что твои жалкие останки все еще способны выдавить из себя столь явные свидетельства жизнедеятельности.

Еще одна минута, и ты встанешь. Ты подойдешь к окну. Ты сделаешь два телефонных звонка. Только одна минута.

Было бы славно посетить какое-нибудь игорное заведение. Хотя, разумеется, именно там начнет свои поиски Деймон, а с тебя уже довольно сцен в казино. Ты по горло сыт игроками с их системами и подсчетом процентов. «Блэкджек — это единственная азартная игра с памятью». Эти слова сотню раз повторял тебе Уолтер Кагами — в то время сам еще юнец, тощий и черноволосый, в рубахе-гуаябере. «С каждой новой сдачей карты постепенно выходят из игры вплоть до появления подрезной карты. На этом и основана техника подсчета в блэкджеке. Понимаешь?» Но ты никогда этого по-настоящему не понимал. Это был не тот мир, в котором ты жил или хотел бы жить. И сейчас одна лишь мысль о них — приросших к карточным столам, как роботы к сборочному конвейеру, или магнетически притягиваемых к игровым автоматам своими карточками постоянных клиентов — выворачивает твой желудок. Это нельзя назвать игрой. «Азартные игры создает не само по себе наличие шансов, — говорил Уолтер, — а их предельность. Пятьдесят две карты в колоде. Шесть граней кубика. В предельности и заключена суть игры». А ты уже покончил со всеми пределами. Это полная чушь. Набор сказочек, придуманных, чтобы расслабить нас на сон грядущий.

В любом случае казино на Лидо сейчас не работает, закрытое на зиму, — а может, и навсегда. Еще одно находится где-то неподалеку, у Гранд-канала. Ты, вероятно, проплывал мимо него на гондоле — большая поездка за двести пятьдесят евро — в свое первое утро в этом городе: гондольер с внешностью опереточного злодея-красавца, распевающий во всю силу легких, вычурные фасады палаццо в стиле старых казино и отелей Стрипа, ныне уже сметенных эпохой высоких технологий... А чего тебе, собственно, не хватает? Ты ведь побывал на Пьяцетте, постоял между знаменитыми колоннами, привезенными в город из Святой земли вместе с эпидемией чумы. Отсюда все и началось, не так ли? На этом самом пятачке между колоннами, где ранее проводились казни, возникла первая игорная зона.

Дойдя от Рива-дельи-Скьявони, где тебя высадила лодка, до главной площади, ты ощутил головокружение и даже тошноту, переполненный окружающим тебя великолепием и многовековой историей, за всем этим стоящей. Ощущение накатило так стремительно, что ты подумал: «Ну, вот и все». Как это было бы чудесно! Лучшего места для ухода и не придумаешь!

Но все обернулось иначе. Очнувшись от забытья, ты обнаружил, что упираешься коленями в темные трахитовые плиты мостовой, словно приготовился совершить молитву. Вокруг начали собираться люди. Первыми подбежали детишки, глядя на тебя с интересом и страхом. Затем подтянулись их мамы и папы. Уже очень давно ты не становился объектом столь пристального внимания; уже очень давно ты не чувствовал себя таким *видимым*. Что-то в направленных на тебя взглядах — в широко раскрытых глазах на симпатичных чужеземных лицах, в участливом лопотании на дюжине непонятных языков — подогнало комок к самому твоему горлу. Как бы ты хотел задержать на себе эти взгляды навечно!

И тогда ты сделал первое, что пришло в голову: достал из жилетного кармана колоду карт. И сразу же твое тело вспомнило правильную позу; вернулось знакомое ощущение тротуара под коленями; руки задвигались автоматически. Червовый король, семерка червей и семерка бубен. Каждая карта слегка перегнута вдоль оси — и все три взлетают и опадают, кружатся, танцуют в воздухе над мостовой. Сорок пять чертовых лет прошло с той поры, когда ты в последний раз работал перед столь многолюдной публикой: с того самого вечера на променаде вместе с Клаудио.

Клаудио. Двести восемьдесят семь. «Благоухать». Семнадцать при сложении чисел. «Удачливый». «Мечтать». Или восемь в другом варианте. «Воздыхать». «Тосковать».

Ты видел его много раз то тут, то там: эпизодические роли в кинофильмах и телепостановках, лицо в нижнем углу журнальной обложки. Другое имя, конечно же, потому трудно быть уверенным на все сто. Он оставался более или менее на виду все эти годы, так что надо полагать, у него все сложилось удачно. Возможно, он даже знаменит, а ты об этом не знаешь просто потому, что сам очень далек от мира кино. В любом случае ты надеешься, что он счастлив, где бы он сейчас ни был. Ты надеешься, что он сумел-таки ухватить своими длинными смуглыми пальцами что-то из того, к чему изначально стремился.

Сейчас все события той поры предстают в наилучшем свете, хотя и беспорядочно разбросанными по закоулкам памяти. И ты бы ничуть не удивился, если бы та картина прошлого тихо и незаметно исчезла, как будто нарисованная на песке и потом смытая приливом. Но вышло иначе: она взлетела на воздух, как при взрыве. Книга Ларри Липтона была издана в пятьдесят девятом и, вопреки всем ожиданиям, имела шумный успех. Каждый поэт и художник от Санта-Моники до Марина-дель-Рей на время стал знаменитостью — по большей части как герой скандального эпизода или объект чьего-нибудь розыгрыша, — и почти сразу же слава начала истреблять их одного за другим: наркотики, болезни, убийства, самоубийства. Чарли утопился в шестьдесят седьмом; Стюарта унес рак в семьдесят четвертом. Алекс опубликовал свою книгу в шестьдесят первом и больше не написал ни одной. Но как-то умудрился, не изменяя своим пагубным привычкам и пристрастиям, протянуть еще двадцать с лишним лет. И это можно считать главным достижением его жизни.

Уэллс умер в шестьдесят третьем, чуть ли не день в день с Кеннеди. Ты узнал об этом лишь через несколько месяцев, оказавшись проездом в Лос-Анджелесе после того, как исчерпал терпение владельцев всех игорных заведений в Палм-Спрингс. Хоть и с большим опозданием, но ты отправил Сюннёве букет цветов — Уолтер подсказал тебе, как принято поступать в таких случаях. В ответ она прислала милую открытку с коротким и туманным текстом, а также несколько фотографий с похорон. Ни одного знакомого лица. И той девчонки там тоже не было.

Смерть Уэллса побудила тебя вновь обратиться к его книге, которую ты на несколько лет отложил в сторону. Ты был почти уверен, что ее магия утратила свою силу, но ничего подобного. Правда, сама книга предстала уже другой, словно внутри нее произошел незримый тектонический сдвиг. Или ты просто до нее дорос, как это и предсказывал Уэллс. «Ты настоящий игрок! Ты живешь за счет мастерства и удачи». Ко времени его смерти ты и впрямь сделался таковым. И по сей день этот старый мешок дерьма находит способ тебя уколоть, подергать твои ниточки. Надо полагать, он предвидел, что рано или поздно ты появишься здесь. Этот город ждал тебя, как расставленный им капкан, — и ты безоглядно в него угодил.

Интересно, в какой степени твоя жизнь совпала с сочиненным Уэллсом сценарием? Та вчерашняя сцена между колоннами была чисто уэллсовской — возможно, промелькнувшей в его голове уже в первую ночь вашего знакомства. «Ты жонглировал картами на набережной. Я выиграл у тебя доллар». Как бы то ни было, стоя на коленях лицом к толпе и спиной к морю, ты никогда не ощущал себя изгоем или жалким неудачником. И в тот раз на площади ты не смог отказать себе в этом удовольствии — твои дряхлые, но все помнящие руки проворными движениями передвигали карты, незаметно меняя их местами; и ты чувствовал, как подрагивают сигнальные нити паутины, в самом центре которой ты очутился.

Может, потому ты почти не удивился, когда, подняв глаза от карт, встретил взгляд Деймона. Он стоял у мраморного ограждения лоджетты и ел джелато пластиковой ложечкой, периодически заслоняемый туристами, которые образовали очередь перед лотком мороженщика. В новом шерстяном пальто поверх нового льняного костюма, с мрачной и недовольной физиономией, он имел типичный вид «путешественника поневоле», который был вынужден спешно покинуть какое-то место, не успев собрать чемодан и прихватив только деньги. Через плечо у него висела потертая кожаная сумка с расстегнутым клапаном — легкая добыча для умелых рук. Ты ухмыльнулся ему, не будучи уверен в том, что он заметил твою ухмылку. Ты никогда не мог угадать, что видят и чего не видят другие люди.

Еще минут десять ты продолжал работать картами, а тем временем Деймон доел мороженое и начал продвигаться в твою сторону. Ты еще только обдумывал варианты дальнейших действий, когда рядом появился местный коп с лицом и фигурой — хоть сейчас на подиум, и в безупречно подогнанной униформе — хоть сейчас на церемониальные похороны. Он избавил тебя от необходимости делать выбор: помог встать с колен и начал вежливо выпроваживать с площади.

— О, спасибо вам, синьор, — произнес ты достаточно громко, чтобы твои слова достигли ушей Деймона. — Извините, я неважно себя чувствую. В этом городе так легко запутаться. Я остановился в отеле «Белый орел» в Сан-Поло. Не подскажете, как мне туда добраться?

И вот сейчас ты ждешь. Возможно, Деймон в эту самую минуту расположился в баре через дорогу — просматривает журнал и гадает, когда же ты выйдешь на улицу, или прикидывает, как лучше всего добраться до тебя в отеле. Скорее всего, этот бар после ланча закроется на пару часов, как поступают многие здешние заведения. Время близится. Ты ясно представляешь себе картину происходящего далее: когда владелец бара предупредит о закрытии, Деймон допьет свое вино, помассирует пальцами опухшие от недосыпания глаза, по выходе из дверей поправит накинутое на плечи пальто и затем широкими шагами пересечет серую брусчатку улицы.

Библиотека Марчиана теперь для тебя недоступна. Пожалуй, оно и к лучшему. Тебе показали то, что ты хотел увидеть в первую очередь, а каждый последующий визит становился все менее продуктивным. Библиотечные девушки исправно приносили старинные документы на больших плоских блюдах и помогали тебе натягивать белые перчатки, чтобы предохранить ветхие листы. Собрание писем сестры Джустины Глиссенти. Ты ничего не понимал в этих записях, но тебе нужно было найти в них лишь одно слово, и твои глаза не могли его пропустить.

Однако этого слова там не оказалось. Ты просмотрел письма повторно, теперь уже в обратном порядке и медленнее, чуть не утыкаясь носом в страницы. Результат был тем же: ни единого упоминания кого-либо по имени Гривано. Зачем Уэллсу было врать? И врал ли он? Впрочем, некое подобие зацепки ты все же нашел. Переписка монахини прекратилась в 1592 году — том самом, в котором Гривано предположительно бежал из города. Имя сестры Джустины не появляется в документах обители после этого года, но его нет и в записях за предыдущие годы, хотя там фигурирует еще одна Глиссенти — возможно, родственница. Что самое печальное, в корреспонденции обнаружились пропуски: по всем признакам недоставало нескольких писем. В чем причина? Как давно они были утеряны?

Это уже напоминает подсчет карт в блэкджеке: заполнение пустующих мест по памяти, исходя из того, что ты видел ранее. Возможно, Уолтер и Дональд легко справились бы с такой задачей, но их здесь нет, а твой мозг устроен иначе: если ты чего-то не видишь, ты просто теряешься. Хотя ты почти всегда все видишь. Почти всегда.

Образы: вот в чем ты силен. Способность разглядеть рисунок или цифру в чаинках на дне чашки. Ты смог бы увидеть разгадку и здесь — наверняка смог бы, — будь у тебя чуть больше времени, чуть больше исходных данных. А так что ты имеешь? Веттор Гривано бежит из этого города через тысячу лунных лет после бегства пророка Мухаммеда из Медины: можно провести параллель. Эзра Паунд выходит из больницы Святой Елизаветы через несколько недель после того, как ты покидаешь прибрежные кварталы в Лос-Анджелесе. Позднее он умирает в этом самом городе, и его хоронят в полумиле отсюда, на острове Сан-Микеле; и происходит это в год рождения Вероники. Джон Хинкли под впечатлением какого-то фильма стреляет в президента — и тем самым изменяет траекторию жизни Кёртиса, — а после оказывается в той же больнице Святой Елизаветы. Все это должно как-то сойтись воедино, вылиться во что-то конкретное. Но сейчас твои шансы сложить эту мозаику убывают с каждой проходящей минутой.

Хотя, может статься, ты вскоре увидишь ее целиком без лишних усилий.

За стойкой отеля обычно находится только сам владелец, хорошо видимый с улицы через окно, так что Деймону будет несложно выбрать момент, когда тот отлучится, чтобы проскользнуть внутрь незамеченным. Ты надеешься, что ему хватит для этого терпения и осторожности. Он перегнется через стойку, найдет в журнале регистрации номер твоей комнаты и двинется вверх по лестнице, прикручивая к стволу пистолета глушитель и пряча оружие в развороте глянцевого журнала. Древний и довольно примитивный дверной замок он откроет в два счета. Дверь с хорошо смазанными петлями отворится бесшумно, и первым делом он увидит аккуратное возвышение твоих протянутых ног под одеялами на кровати.

К тому времени ты, разумеется, будешь уже внутри зеркала.

Это не так-то легко, но ты успел основательно попрактиковаться. Сначала были пробные заходы: всего на несколько секунд, туда и обратно. Потом ты стал подольше задерживаться в *не-пространстве*. Примерно таким же манером люди учатся плавать. Что тебе прежде всего запомнилось из посещений той стороны, так это ее *всеохватность*. А также единство и однородность: любому там побывавшему понятия «раздельность» или «обособленность» покажутся просто смехотворными. Вход туда весьма непрост, но возвращение намного сложнее. В том числе из-за неизбежно возникающей мысли: «А чего ради вообще возвращаться?»

Однако ты всегда возвращался. Ты выходил из зеркал в номере Кёртиса, в комнате Вероники, в отеле Уолтера. А почувствовав себя увереннее, иногда позволял другим людям тебя увидеть. Их ошеломленная реакция в целом подтверждала верность твоих ощущений. Во всяком случае, ты расценивал это как подтверждение.

Но сегодня тебе предстоит нечто совсем иное. Это можно сравнить с переходом от умения *плавать* к умению *дышать водой*. Однако ты справишься. Ты был очень терпелив. Ты ждал очень долго.

Деймон какое-то время будет стоять над твоим телом. Почувствует запах дерьма. Шагнет ближе и присядет на край матраса. Будет смотреть на тебя. Затем положит пистолет на груду одеял и щелкнет пальцем по кончику твоего носа. Достанет из кармана тонкий, как авторучка, фонарик, поднимет большим пальцем твое веко и направит луч в глаз, а потом на твое обмякшее холодное лицо. Вздохнет, отвернется и посмотрит в окно на здания, окружающие площадь.

В конце концов он поднимется, возьмет свой пистолет. Приставит толстый цилиндр глушителя к твоей голове, к орбите левого глаза, и развернет над ним журнал, чтобы брызги крови не запачкали его одежду. «Der Spiegel» — сумеешь ты прочесть на обложке поверх его плеча — «In Göttlicher Mission».

Он прострелит тебе оба глаза, один за другим. Бросит пропитанный кровью журнал тебе на грудь, вытрет руки об одеяло. Перед уходом прихватит паспорт, который сам же сделал для тебя через своих приятелей в Вашингтоне: документ лежит в верхнем ящике комода, найти будет не трудно. По пути в свой отель он бросит паспорт в канал, примотав его резинкой к булыжнику размером с ладонь.

Ты так и не успеешь сделать эти два звонка.

Если Деймон перед выходом из комнаты посмотрит в зеркало — что, вообще-то, не в его привычках, — ты не позволишь ему тебя увидеть. Не в этот раз.

Зеркало. Триста двадцать девять: «строгий педант». Или: «изможденные голодом». Или: «земля по ту сторону моря». На иврите — מראה — получается пятьдесят: «не связанный обетами». Или: «завершенность». Или: «цитадель».

Этого ты и хотел всегда: освобождения от всего, что удерживает тебя в этом мире. Освобождения от самого себя. Говорят, что в последний миг перед глазами умирающего одной вспышкой проносится вся его жизнь. *Вспышка* — именно это слово обычно используют в данном случае. Ты отчаянно надеешься, что это не так. Еще что-то увидеть напоследок? Ты уже очень давно перестал этим интересоваться. В последнее время тебя куда больше занимают вещи, которые ты *не можешь* увидеть: то, каким образом разрушается магия видения, подобно запотевающему от дыхания и теряющему прозрачность стеклу, к которому ты подошел слишком близко. Все эти годы тебя вели по жизни твои глаза, и это тебе уже осточертело. И что хорошего может быть в предсмертном показе все того же идиотского слайд-шоу? Этого ты не желаешь. Ты предпочел бы что-нибудь другое.

Глаз. Четыреста десять. «Столб дыма». «Подвергаться преследованиям или ограничениям». «Расставлять ловушки».

Так и происходил побег Гривано, если верить книге Уэллса. Ты потратил много времени на то, чтобы в этом разобраться. Отчасти ты сожалеешь, что не взял с собой «Зеркального вора» — хотя это глупо и сентиментально. Кёртис там позаботится о книге, а здесь ее просто выбросили бы в мусор. И потом, ты же все равно знаешь ее наизусть. За долгие годы ты стал единым целым с этой книгой в своих снах и воспоминаниях, которые переплелись с ее строками.

В сущности, это не так уж плохо, что твои изыскания в библиотеке ни к чему не привели и тот след затерялся. Разве не то же самое ты хотел услышать от Уэллса, когда бродил с ним по пляжу? Что Гривано был всего лишь вымыслом. Что мир книги не пересекается с нашим реальным миром. А когда он заявил обратное, это стало для тебя проблемой, над которой ты бился многие годы. Но даже если Уэллс солгал, если Гривано никогда не существовал в действительности, твоя поездка сюда не была пустой тратой времени. Здесь присутствует нечто, тобой ощущаемое, но недоступное твоему зрению. Может ли кто-нибудь стать призраком, даже если он никогда не существовал в реальности? А почему бы нет? Кто вообще придумывает правила для призраков?

Вчера ты испробовал последнюю зацепку. Ты сообщил сотруднице библиотеки название корабля, на котором бежал Гривано, и в этой связи ей удалось кое-что раскопать: письмо молодого капитана торгового судна своему отцу, в котором упоминаются новости с далматинского побережья.

— Ускокские пираты свирепствуют вовсю, — переводила тебе библиотекарша. — В прошлом месяце они ограбили два малых судна на пути в Спалато, и еще они сожгли трабакколо — это тип корабля, понимаете? — команда которого сражалась с необычайной отвагой.

«Линкей» — то же самое название. Ты загрузил девушек работой вплоть до закрытия библиотеки, но они больше ничего не нашли: ни даты гибели судна, ни порта его отплытия. Оно вполне могло перед тем зайти в Сплит и высадить Гривано на берег. Быть может, к тому времени, когда пламя «Линкея» осветило море, Гривано уже покинул этот далматинский порт и, преследуемый убийцами Совета десяти, по суше пробирался в турецкие владения. Недаром у тебя возникают какие-то фантастические ассоциации со словами «Спалато» и «Сплит» — этот город кажется чужим и в то же время хорошо знакомым. Древний дворец Диоклетиана послужил образцом для застройки площади Сан-Марко; и здешняя колокольня практически скопирована с той. Хотелось бы побывать и в Сплите. Но это не имеет большого значения. Как тебе уже известно, сущность одного города способна проявляться в других городах, разбросанных по всему свету.

Тебе хочется верить, что Гривано погиб на пылающем корабле. Такой конец ему подходит; такую смерть тебе нетрудно вообразить. Запертый в ловушке трюма, под охваченной пламенем палубой, он мысленно возвращается к битве при Лепанто, вспоминает, что он там делал и чего не сделал. Его одинокая тайная жизнь описала круг, начавшись и завершившись в чреве взятого на абордаж корабля.

И вот когда ему ничего больше не остается, кроме как ждать агонии — вздувающейся волдырями плоти, удушающего потока раскаленного воздуха, — как он проведет свои последние мгновения? Возможно, примет настой белены, чтобы замедлить пульс, приглушить все чувства, отпустить свой разум в странствия. Ну и разумеется, магическое зеркало: тот самый трюк, которому ты научился с его же подачи. Медитация над талисманом — фиксация взгляда на поверхности зеркала — настраивает твое сознание в унисон с сознанием Бога. Ты проникаешь через серебряный слой за пределы земных страданий, в царство чистой идеи. И тогда перед тобой раскрываются все тайны.

Ты знаешь, что на этом этапе твоего плана будет очень трудно вновь обратиться к делам земным: убедить себя вернуться с той стороны и довершить начатое здесь.

Тем не менее, когда Деймон придет в свой отель, ты уже будешь там. Скорее всего, он увидит тебя не сразу — разве что захочет первым делом взглянуть на свое отражение, — а ты не станешь торопить события и дождешься, когда он появится прямо перед тобой. Обладая преимуществом идеального знания, ты не будешь им злоупотреблять. И если он с перепуга пальнет в зеркало — вполне предсказуемая реакция, — ты все равно останешься с ним, даже в осыпавшихся осколках. Ты не будешь излишне жесток: ведь не так уж давно было время, когда ты испытывал к нему самые теплые чувства.

Возможен лишь один исход, и ты надеешься, что все произойдет легко и быстро. Твои призрачные руки направят ствол пистолета в рот Деймона и будут удерживать в таком положении, пока его палец не нажмет на спуск.

А затем придет время повидать Гривано: ты встанешь рядом с его тенью на почерневшем носу «Линкея», когда он будет обращаться к полной Луне. И Луна ответит ему сквозь дым:

«Представь меня не как зеркало, а как отверстие, как проход, как зрачок глаза, пропускающий свет. Представь, что земная поверхность изгибается не под тобой, а вокруг тебя. Представь этот мир как глаз Бога, сетчаткой которого является океан. Знай, что ты всегда будешь на виду».

«Но ты все равно остаешься зеркалом, — скажет ей Гривано. — А я, чужак самому себе, хочу сделаться невидимым для всех. Это единственное, о чем я прошу, и это гораздо больше того, чего я заслуживаю».

Столб дыма закроет Луну; всепожирающее пламя взметнется ввысь. Корабль сгорит по самую ватерлинию, потом его с шипением поглотят волны, и наступит тишина. А когда небо прояснится, на морской глади не останется никаких следов. «Зеркальный вор» исчезнет.

Так что в конце останутся лишь двое: ты и океан, ты и зеркало, ты и эта пригрезившаяся тебе история.

Прислушайся: это шаги в коридоре. Осторожно поворачивается дверная ручка.

Нет больше времени на сомнения. Вот и он, твой финал — конец всем страхам, конец воспоминаниям. Вспышками мелькают разные цвета и лица. Будь начеку: они уже здесь.

Благодарности

Я потратил пять с половиной лет на написание этой книги и еще семь с половиной лет — на поиски издателя для нее. В течение всего этого времени мне оказывали неоценимую поддержку своими советами, терпением и отзывчивостью многие люди, без которых я никогда не смог бы завершить этот труд. Хочу выразить глубокую признательность моей супруге Кэтлин Руни; моим родителям, Дэвиду и Барбаре Сэй; моему покойному деду Джо Ф. Бойдстану; а также Майклу Сэй, Джен Сэй, Бет Руни, Нику Суперу, Ричарду Руни, Мэри Энн Руни, Меган Руни, Дж. Марку Руни, Карен Руни, Клиффу Тернеру, Келли Сил, Ричарду Вейлу, Хестер Эрнольд Фармер, Эндрю Рэшу, Анджеле Макклендон Оссар, Скотту Блэквуду, Джеймсу Чарльсуорту, Кэрол Шепард, Дэвиду Спунеру, Мэтью Макгрегору, Элизе Габберт, Джону Коттеру, Кэрри Сканга, Джейсону Скипперу, Уоррену Фрейзеру, Митчеллу Брауну, Бобу Драйнену, Оливии Лилли, Шейну Циммеру, Тове Бурштейн, Тимоти Муру, преподавателям и студентам Университета Куинс в Шарлотте и моим коллегам в Уилинге, штат Иллинойс, в особенности Джону Сфондилису, Майклу Кротту и Лайзе Леонтеос.

Когда мое собрание записей начало оформляться в книгу, я получил большую практическую помощь и ценные наставления от моего литературного агента Кента Вулфа и редактора Марка Кротова, а также от их коллег в издательстве «Мелвилл-Хаус», в числе которых были Деннис Лой Джонсон, Валери Мерианс, Джулия Флейшакер, Лайам О'Брайен, Ена Брджанович, Чед Феликс и Эрик Прайс.

Значительная часть текста была написана в Центре изящных искусств в Провинстауне, штат Массачусетс, где я жил и работал над книгой в 2005–2006 годах, получая литературную стипендию. Невозможно переоценить значимость той поддержки, которую я получил от этой организации, ее сотрудников и коллег-авторов.

И наконец, я бесконечно благодарен Ричарду Пибоди, который наставил меня на путь, приведший к этой книге, и Джейн Элисон, которая помогла мне проложить маршрут. Если они того пожелают, я готов признать их своими соавторами.

Примечания

С. 12. *Сан-Джорджо-Маджоре вдали. Должно быть, вид с Рива-дельи-Скьявони. Внизу подпись черным по белому: «Дж. М. У. Тёрнер».* — Сан-Джорджо-Маджоре — один из островов Венецианской лагуны, на котором расположен одноименный собор XVI в. Рива-дельи-Скьявони — главная набережная Венеции. Речь идет о картине Уильяма Тёрнера «Сан-Джорджо-Маджоре: раннее утро» (1819).

С. 13. *...можно было бы дойти пешком от набережной Нове до Мурано.* — Мурано — остров (точнее, группа из семи разделенных каналами островков) в Венецианской лагуне, в полутора километрах от ближайшей к нему городской набережной Нове.

С. 15. *Solvtio*, тж. *Solutio* в современной орфографии (*лат.* растворение; солюция). — В алхимии термин «solutio», как растворение твердого вещества в жидком, подразумевает очищение материй в процессе трансмутации (превращения простых металлов в благородные). Психологической подоплекой солюции является глубокий самоанализ, сопровождаемый отвращением к самому себе.

Иван Щеглов. Формуляр нового урбанизма (1953). — Щеглов Иван Владимирович (1933–1998) — французский философ, политический активист и литератор русского происхождения, более всего известный как автор «Формуляра нового урбанизма» — одного из основополагающих текстов психогеографии и ситуационизма.

С. 16. *...на Стрипе вновь затевают пальбу пираты.* — Имеется в виду Лас-Вегас-Стрип — участок бульвара Лас-Вегас, на котором расположено большинство гостиниц и казино этого города, включая «Остров сокровищ» с его «пиратскими шоу».

Риальто — старейший из мостов через Гранд-канал в Венеции (построен в 1588–1591 гг.). Здесь речь идет о его копии перед казино «Венеция» в Лас-Вегасе.

«O mia patria si bella e perduta» («О, моя прекрасная утраченная родина») — строка из «Va, pensiero», хора из оперы Дж. Верди «Набукко» (1842).

С. 17. ...*голубой луч «Луксора»...* — Отель «Луксор» построен в виде египетской пирамиды, с вершины которой бьет вертикально вверх луч от множества ксеноновых ламп.

Филли — шутливое название г. Филадельфии.

С. 19. *Она напоминает Кёртису кого-то из компании белых юнцов и девиц, которые приезжали из Колледж-Парка на выступления джазовой группы его отца в Адамс-Моргане или Ю-стрите.* — Адамс-Морган и Ю-стрит — районы г. Вашингтона. Колледж-Парк — университетский городок близ Вашингтона.

С. 21. *«Let's Get Lost»* — джазовый стандарт, написанный Дж. Макхью и Ф. Лессером и впервые исполненный в 1943 г.

...прилетел на побывку из Субика... — Субик-Бей — база ВМС США на Филиппинах, функционировавшая с 1898 по 1992 г.

С. 23. *...могилой «Дезерт инн».* — Отель «Дезерт инн» в Лас-Вегасе был снесен в 2000 г.

С. 24. *«Что происходит в Вегасе, то здесь и остается»* (What happens in Vegas stays in Vegas) — популярный рекламный слоган, завлекающий туристов в Лас-Вегас с намеком на «отпущение и забвение» всего, что они натворят в этом Городе греха.

Туэнтинайн-Палмс (Twenty Nine Palms — *досл.* Двадцать девять пальм) — база морской пехоты США и учебный полигон в Калифорнии.

С. 25. *«Всегда верны!»* (*лат.* Semper fidelis) — девиз американских морских пехотинцев.

С. 26. *...летунов с базы Неллис...* — Неллис — база ВВС США в 13 км от Лас-Вегаса.

С. 29. *Коллингдейл* — небольшое поселение на западной окраине Филадельфии.

С. 31. *Альбедо* — в данном случае говорящее имя. В алхимии этот термин (*лат.* albedo — букв. «белый цвет») обозначает стадию выпаривания шлаков, а в психологическом плане символизирует очищение, при котором появляются зачатки сознания.

С. 33. *...дилеры продолжают набор при наличии у них семнадцати «мягких» очков.* — Это условие действует в пользу казино, снижая шансы игроков на успех. «Мягкими» называются комбинации с тузом, который равен 11 очкам.

...неудачная помесь Чета Бейкера и Джимми Баффетта. — Чет Бейкер (1929–1988) и Джимми Баффетт (р. 1946) — американские музыканты и певцы, совместно никогда не выступавшие и мало похожие внешне (аскетичный джазмен Бейкер и жовиальный кантри-попсовик Баффетт).

С. 37. *Бухта Гранадильо* — восточная часть бухты Гуантанамо, где расположены база ВМС США и одноименная тюрьма.

Кондолиза Райс (р. 1954) — советник по национальной безопасности (2001–2005) и госсекретарь США (2005–2009).

С. 43. *Слим Шейди — такое прозвище Даниэлла дала Деймону, и не потому, что он внешне смахивает на Маршалла Мэтерса.* — Слим Шейди — персонаж песен и «буйно-эпатажное альтер эго» американского рэпера Эминема (псевдоним Маршалла Мэтерса; р. 1972).

...часах в аэропорту... восход солнца в окнах позади него, удвоенный отражением в Делавэре. — Международный аэропорт Филадельфия расположен на берегу реки Делавэр.

С. 45. *Маккарран* — главный аэропорт Лас-Вегаса.

С. 46. *Пьяцетта* — часть площади Сан-Марко в Венеции, непосредственно примыкающая к Гранд-каналу.

С. 47. *...остров в форме индюшиной голени, наблюдаемый с высоты птичьего полета. Плод воображения средневекового картографа...* — Речь идет о гравюре «Карта Венеции» (1500) итальянского художника Якопо де Барбари (ум. 1516).

С. 48. *...столбики зеленых и черных фишек...* — Номинал зеленой фишки в казино — 25, а черной — 100 долларов.

С. 57. *...«Invisible» с первого альбома Орнетта...* — Речь о композиции с альбома «Something Else!» американского джазового саксофониста Орнетта Коулмана (1930–2015).

С. 58. *Арт Пеппер* (1925–1982) — американский джазовый саксофонист и кларнетист родом из Калифорнии, один из главных представителей так называемого уэст-коуст-джаза («джаза Западного побережья»).

С. 59. *Малькольм Икс* (Малькольм Литтл, 1925–1965) — борец за равноправие афроамериканцев и мусульманский духовный лидер, начинавший как мелкий уголовник и принявший ислам, когда отбывал срок в тюрьме.

Карим Абдул-Джабар (Фердинанд Льюис Алсиндор-младший, р. 1947) — американский баскетболист, принявший ислам и сменивший имя в 1968 г.

Ахмад Джамал (Фредерик Рассел Джонс, р. 1930) — американский джазовый пианист и композитор, ставший мусульманином в 1951 г.

Тупак Шакур (Лисейн Пэриш Крукс, 1971–1996) — популярный американский рэпер, не исповедовавший никакой конкретной религии. Был также известен своими буйными выходками; застрелен неизвестными на улице Лас-Вегаса.

Филли Джо Джонс (1923–1985) — американский джазовый ударник, игравший в квинтете Майлза Дэвиса и временами выступавший в качестве солиста.

Тренировка на школьном стадионе в Данбаре. ⟨...⟩ *И вдруг — звуки сирен отовсюду. Полицейские машины несутся в сторону Адамс-Моргана. В небе кружат вертолеты.* ⟨...⟩ *Больше двадцати лет прошло. Если точно: двадцать два года будет в этом месяце.* — Здесь описываются события в Вашингтоне 30 марта 1981 г., когда произошло покушение на президента Рейгана. Средняя школа имени П. Л. Данбара расположена примерно в двух километрах от Белого дома.

С. 60. *Взять хотя бы того парня, что умер здесь в прошлом году... Англичанин. Рок-звезда.* ⟨...⟩ *Ну как же, Бык. Тот, который всегда стоял на сцене как вкопанный.* — Бык — одно из прозвищ басиста британской рок-группы The Who Джона Энтвистла (1944–2002), данное ему из-за крупного телосложения. Скончался в номере отеля «Хард-рок» в Лас-Вегасе от передозировки кокаина.

С. 63. *...скальный дворец анасази...* — Анасази — доисторические предки индейцев пуэбло, строившие труднодоступные поселения из камня и глины вдоль края отвесных утесов. Исследователи назвали эти поселения «скальными дворцами».

Фрэнк Ллойд Райт (1867–1959) — американский архитектор, один из авторов концепции «органической архитектуры», основанной на гармонии между человеческим жилищем и окружающим ландшафтом.

С. 65. *Сэмми Дэвис-младший* (1925–1990) — афроамериканский эстрадный артист, певец и киноактер. Будучи выходцем из христианской семьи, он в 1961 г. обратился в иудаизм.

...«Победи дилера» Эдварда Торпа... — Эдвард Торп (1932) — американский математик, автор бестселлера «Победи дилера» (1962), в котором он математически доказывает, что умеющий считать карты игрок может получить преимущество над казино.

С. 71. *...добился перевода во Вторую дивизию.* ⟨...⟩ *Значит, ты был в Кэмп-Лежене?* — 2-я дивизия морской пехоты США расквартирована на базе Кэмп-Лежен в Северной Каролине.

С. 72. *...Кэмп-Дельта... Икс-Рэй...* — Кэмп-Дельта — постоянный лагерь для заключенных на базе Гуантанамо, в 2002 г. заменивший лагерь временного содержания Икс-Рэй.

С. 73. *Посоле* — мексиканский суп-рагу из кукурузы с мясом, специями и разными дополнительными ингредиентами.

С. 75. *Марди-Гра* («Жирный вторник») — карнавальный день перед началом католического Великого поста.

С. 81. *Ларри Эллисон* (р. 1944) — американский предприниматель, один из богатейших людей в мире, до 2014 г. занимавший пост генерального директора корпорации *Oracle*. Прославился также экстравагантными развлечениями, в т. ч. пилотированием самолетов.

С. 81. *Энчиладас* — мексиканское блюдо: лепешки-тортильи с завернутой в них начинкой — как правило, мясной.

С. 82. *...распознать готовящийся блиц еще задолго до снэпа...* — В американском футболе блицем называется быстрая контратака игроков обороны против пасующего игрока нападения в самом начале схватки, когда мяч подается в игру броском назад между ног (снэпом).

С. 82–83. *...корнербек шпарит что есть сил...* — В описанной ситуации корнербек обычно атакует игрока, владеющего мячом, но Кёртис выманивает его на себя, при этом оставаясь без мяча, поскольку намеренно переместился в слепую зону своего квотербека (распасовщика), чтобы тот не смог отдать ему пас.

С. 84. *...ньокки и нисуаз с тунцом.* — Ньокки — традиционные итальянские клецки. Нисуаз — популярный салат, названный в честь г. Ниццы, где он был изобретен.

С. 90. *Буррито* — мексиканское блюдо: лепешка с завернутой в нее разнообразной начинкой.

С. 94. *«Косилка маргариток»* — прозвище тяжелых (свыше 6 т) и очень мощных бомб BLU-82, которые взрываются над поверхностью земли и «выкашивают» большое пространство вокруг без образования глубокой воронки.

С. 96. *Спидлоадер* — приспособление для быстрой перезарядки револьвера.

С. 98. *Лунди-Гра* («Жирный понедельник») — день перед Марди-Гра, когда в Новом Орлеане происходят несколько красочных парадов. Но упоминаемый далее «парад Тота» обычно устраивается днем ранее, в воскресенье.

С. 100. *Фуко? Он был французским философом. С виду вылитый Телли Савалас.* — Телли Савалас (1922–1994) — американский актер и певец греческого происхождения. Внешне действительно имел сходство с французским философом Мишелем Фуко (1926–1984).

С. 101. *...мисс-марпловский треп...* — Намек на мисс Марпл, героиню многих детективных произведений Агаты Кристи.

С. 102. *«Фоксвудз»* — крупнейший в мире комплекс казино, расположенный на территории индейской резервации в штате Коннектикут.

С. 103. *...четырехкратным видением Уильяма Блейка. «Храни нас, Бог, от виденья единого и Ньютонова сна!»* — Цитата из стихотворения Уильяма Блейка, отправленного в письме Томасу Баттсу (1802).

Сфирот — одно из фундаментальный понятий каббалы: изначально так именовались десять «первичных цифр», а позднее — десять проявлений (эманаций) Бога, через которые Он творит и управляет миром.

Гематрия — один из способов раскрытия тайного смысла слов путем сложения числовых значений букв.

С. 104. *... слышал об этом от Мадонны.* — Американская поп-звезда Мадонна в 1997 г. увлеклась каббалистикой, что проявилось и в ее творчестве, особенно в альбомах «Ray of Light» («Луч света», 1998) и «Music» («Музыка», 2000).

Говоря о практической магии, ты ведь не имеешь в виду Зигфрида и Роя? — Зигфрид и Рой — дуэт эстрадных артистов Зигфрида Фишбахера (р. 1939) и Роя Хорна (р. 1944), с 1990 по 2003 г. выступавших в Лас-Вегасе с «магическими представлениями», в которых участвовали белые тигры и львы.

С. 105. *...развитие традиций герметической и каббалистической магии в философии Нового времени, уже после Пико.* — Имеется в виду итальянский мыслитель Джованни Пико делла Мирандола (1463–1494). Его «Речь о достоинстве человека» (1486) впоследствии была названа «манифестом эпохи Возрождения». Он основательно изучал каббалу и герметические тексты, считая их важной составной частью «натуральной магии» (науки о природе).

С. 105–106. *...Исаак Казобон уточнил время написания «Герметического корпуса».* — Швейцарский филолог Исаак Казобон (1559–1614) доказал, что сборник трактатов «Герметический корпус» (*Corpus Hermeticum*), который приписывали легендарному философу Гермесу Трисмегисту, якобы жившему задолго до Платона и Пифагора, в действительности был создан примерно в III в. нашей эры.

С. 106. *«Естество содержит в себе Естество... и в этом сокрыта великая тайна многих философов».* — Цитата из средневекового трактата «Зеркало алхимии» Роджера Бэкона (ок. 1214–1292).

Opus magnum (тж. Magnum opus) — главный труд, великое деяние (*лат.*). В алхимии Великим Деянием именуется процесс получения философского камня, а также достижение просветленного сознания и слияние духовного с материальным.

С. 107. *Битники* — название группы американских литераторов-нонконформистов конца 1940-х — начала 1960-х гг. (Аллен Гинзберг, Уильям Берроуз, Джек Керуак и др.).

С. 109. *Separatio* (*лат.* разделение; сепарация). — В алхимии так именуется стадия трансмутации, в процессе которой ценные субстанции освобождаются от второстепенных примесей. Психологическая подоплека сепарации: выход из бессознательного симбиоза — как с другим человеком, так и с внешним миром.

С. 110. *...крылатых львов на фризе отеля «Сан-Марко».* — Здесь местом действия является район Лос-Анджелеса под названием Венис (Венеция) с соответствующей топонимикой. Эта Венеция возникла в 1905 г. как приморский курорт, а в 1926 г. была включена в административные границы Лос-Анджелеса.

С. 111. *Литл-Рок* — столица штата Арканзас на юге США.

Имя Стэнли он позаимствовал из надписи на боку автобуса... — Компания *Stanley*, крупнейший производитель ручного инструмента, с начала 1940-х гг. использовала специально переоборудованные автобусы для доставки и демонстрации своих товаров розничным торговцам.

С. 112. *Лоуренс Велк до отказа набивает «Арагон» своей публикой...* — Лоуренс Велк (1903–1992) — американский музыкант, импресарио и ведущий популярного телевизионного шоу, местом проведения которого изначально был концертный зал «Арагон» в лос-анджелесском районе Венис.

Ротарианцы — члены Ротари-клубов, входящих в международную ассоциацию бизнесменов и профессионалов «Ротари интернэшнл».

Реседа и *Ван-Найс* — районы Лос-Анджелеса, расположенные в долине Сан-Фернандо, вдали от моря.

Хотроддер — любитель гонок на специально переделанных для этой цели обычных автомобилях (хот-родах).

С. 117. *...с клеймом «MIOJ»...* — Так в период с 1945 по 1952 г. маркировались изделия, завозимые в США из Японии. MIOJ расшифровывается как «Made in occupied Japan» («Сделано в оккупированной Японии»).

Уильямсберг — район в северо-западной части Бруклина.

С. 121. *«Школьные джунгли»* (1955) — американский фильм (режиссер Р. Брукс), изобилующий сценами насилия с участием подростковых банд. Музыка из этого фильма дала старт «рок-н-ролльной революции».

С. 128. *Вынес Омфалы супругов приговор!* — Согласно древнегреческой мифологии, мужем полубогини Омфалы был Тмол, бог одноименной горы в Малой Азии. В «Метаморфозах» Овидия упоминается музыкальное состязание между Аполлоном и Паном, судьей в котором был Тмол, присудивший победу Аполлону. С этим решением не согласился присутствовавший при сем царь Мидас (упомянутый здесь как «златотворец»), и в отместку Аполлон наградил его ослиными ушами. Мидас скрывал свой позор под головной повязкой, о чем знал только один раб, его подстригавший. Не в силах в одиночку хранить тайну, он прошептал ее над выкопанной в земле ямкой. Но на том месте вырос камыш, который своим шелестом поведал об ослиных ушах царя окрестным жителям.

Acqua alta (*ит.* высокая вода) — так именуются наводнения в Венеции, периодически затапливающие значительную часть города.

С. 129. *Фордхэм-роуд* — улица в Бронксе, Нью-Йорк.

С. 130. *...не этот ли самый парень играл геолога в «Дне конца света»...* — Речь об актере Ричарде Деннинге (1914–1998), среди прочего снимавшемся в фильмах ужасов «День конца света» (1955) и «Черный скорпион» (1957).

С. 133. *Риверсайд* — город и одноименный округ к востоку от Лос-Анджелеса.

Бочче — игра, близкая к боулингу, с использованием металлических шаров диаметром около 10 см.

С. 134. *Эрмосильо* — город на северо-западе Мексики.

...против Панчо Вильи при Селае... — Панчо Вилья (1878–1923) — один из лидеров Мексиканской революции 1910–1917 гг. В битве при Селае (6–13 апреля 1915 г.) возглавляемые им повстанцы потерпели сокрушительное поражение.

...против «кристерос» в Халиско... — «Кристерос» (от *исп.* Cristo — Христос) — участники восстания в Мексике (1926–1929), направленного против антиклерикальной программы правительства. Штат Халиско на западе страны был оплотом восставших.

С. 141. *На подходе к «Китайскому театру Граумана»... отпечатки рук и ступней, а также имена и надписи, некогда оставленные в жидком цементном растворе.* — На площадке перед лос-анджелесским «Китайским театром» начиная с 1927 г. оставили свои отпечатки в цементе около 200 голливудских звезд. Многие надписи (в т. ч. цитируемые далее) посвящены импресарио Сиду Грауману, основателю этого театра.

С. 142. *Герман Вук* (р. 1915) — американский писатель и бывший офицер ВМФ, самый известный роман которого «Бунт на „Кейне"» (1951) был экранизирован в 1954 г. с участием нескольких звезд Голливуда.

С. 150. *Кункен* — карточная игра для двух игроков и более, популярная в Мексике и на юго-востоке США.

С. 151. *Онир* — в греческой мифологии бог вещих и лживых сновидений.

Бот-бар-бот — так в алхимии именуется плавильный тигель, состоящий из верхней части с решетчатым дном (чтобы задерживать шлак) и поддона, в который стекает расплавленный металл.

С. 152–153. *...Чарлтон Хестон... Марлен Дитрих... Джанет Ли...* ⟨...⟩ *А ты уверен... что парикмахер называл имя Эдриан, говоря об Уэллсе?* — Эти голливудские звезды снимались в фильме «Печать зла» (1958), режиссером и соавтором сценария которого был Орсон Уэллс, также сыгравший в нем одну из главных ролей.

С. 154. *Аргоубийца* — один из эпитетов бога Гермеса, данный ему за то, что он сразил многоглазого великана Аргоса (впоследствии Гера превратила Аргоса в павлина, украсив его глазами павлиний хвост). Гермес считался среди прочего покровителем магии, алхимии и астрологии.

С. 155. *Рамон Новарро* (1899–1968) — голливудский актер родом из Мексики, часто выступавший в амплуа «жгучего латинского любовника»; в реальной жизни придерживался нетрадиционной ориентации.

С. 160. *Гринвич-Виллидж* — квартал на юго-западе Манхэттена, с начала XX в. облюбованный людьми богемы и политиками радикального толка, а в 1950-х гг. ставший одним из центров движения битников.

С. 161. *...саксофон Чака Рио.* ⟨...⟩ *...подпевая и выкрикивая «Текила!»...* — Композиция «Текила» в ритме мамбо, написанная и исполненная саксофонистом Чаком Рио (Дэниел Флорес, 1929–2006), возглавляла американские хит-парады в первые месяцы 1958 г.

...пример «Эдсела» оказался заразительным! — Намек на марку дочернего подразделения компании «Форд», которое после мощной рекламной кампании представило свой автомобиль публике в сентябре 1957 г., но очень скоро выяснилось, что «эдселы» продаются все хуже с каждой неделей. В результате «Форд» понес огромные убытки, а название «Эдсел» стало нарицательным как синоним коммерческого провала.

С. 162. *Насаживай приманку на крючок, и эта рыбка клюнет.* — Искаженная цитата из шекспировской комедии «Много шума из ничего» (II, 3), перев. Т. Щепкиной-Куперник.

Чтоб мою книгу утопить на дне морской пучины, куда еще не опускался лот. — Искаженная цитата из «Бури» (V, 1) У. Шекспира, перев. М. Донского.

С. 163. *...произношение... как у бостонского «брамина».* — «Бостонскими браминами» именуют замкнутую аристократическую группу в Бостоне, восходящую к первым пуританским колонистам в Новой Англии. Для них характерен особый «браминский акцент», а все мужчины из их семей традиционно получают образование в Гарварде.

Молчание — это лучший глашатай радости, не правда ли, Тадзио? Говори тише, если речь идет о любви. — Искаженные цитаты из «Много шума из ничего» (II, 1), перев. Т. Щепкиной-Куперник; Тадзио — красивый мальчик из новеллы Томаса Манна «Смерть в Венеции».

Я не рекламщик, я атман. — В оригинале игра слов: ad man (рекламный агент) и atman (в индийской философии высшее «я» всех живых существ, вечная и неизменная духовная сущность).

С. 164. *— Я поэт, — говорит Чарли.* — Имеется в виду поэт-битник Чарльз Фостер (1922–1967). Выходец из состоятельной семьи, он получил классическое образование, во время войны служил в ВВС, потом работал в рекламном агентстве и многих других местах, нигде подолгу не задерживаясь.

С. 167. *Лоуренс Липтон* (1898–1975) — американский журналист, писатель и поэт-битник.

С. 168. *— Стюарт, — представляется бородач...* — Здесь изображен Стюарт Перкофф (1930–1974), поэт и художник, один из ведущих представителей движения битников в Южной Калифорнии.

С. 169. *«Бесплодная земля»* — поэма (1922) Т. С. Элиота, интерпретирующая легенду о Святом Граале с аллюзиями на современность и признаваемая многими критиками одним из важнейших поэтических творений XX в.

...гоняться за хвостом старого опоссума... — Намек на Т. С. Элиота, который в 1939 г. выпустил сборник стихов «Популярная наука о кошках, написанная Старым Оппосумом». В 1981 г. Э. Ллойд Уэббер создал мюзикл «Кошки» по мотивам этого цикла.

Кул-джаз («прохладный джаз») — эмоционально сдержанный, близкий к композиторской музыке стиль джаза, возникший в 1940-х гг. на Западном побережье США и распространенный в основном среди белых музыкантов.

«Шанти, шанти, шанти» — заключительные слова поэмы Т. С. Элиота «Бесплодная земля», последняя часть которой называется «Что сказал гром». Эти слова являются рефреном древнеиндийских трактатов «Упанишады», подразумевая «Мир (покой), превосходящий всякое понимание».

С. 172. *Я Алекс.* — Под этим именем здесь изображен Александр Трокки (1925–1984), шотландский писатель (по отцу итальянец), в конце 1950-х гг. живший в лос-анджелесской Венеции. Его главные произведения — романы «Молодой Адам» (1954) и «Книга Каина» (1960).

...профиль Старик-горы... — Имеется в виду знаменитый утес в штате Нью-Гэмпшир, формой напоминающий голову пожилого мужчины.

С. 173. *Подношу биты «доджерсам». / В первый миг Алекс выглядит озадаченным...* — «Доджерс» — профессиональный бейсбольный клуб, основанный в нью-йоркском Бруклине, а в 1958 г. перебравшийся в Лос-Анджелес. В данном случае как раз бруклинское происхождение клуба придает выдумке Стэнли некоторое правдоподобие и в первый момент сбивает с толку Алекса.

С. 175. *Сариэль* (тж. Сариил). — В апокрифической «Книге Еноха» этот архангел именуется «начальником над душами сынов человеческих»; он также присматривает за грешниками. Некоторые иудейские и христианские тексты причисляют его к падшим ангелам или к ангелам смерти.

Роберт Райан (1909–1973) — голливудский актер, часто игравший крутых полицейских или жестоких злодеев.

С. 176. *Остинато* (*ит.* ostinato — упрямый) — многократное настойчивое повторение музыкальной темы.

С. 178. *...даже подсчитал все шпалы соседнего пути на отрезке между Уинслоу и Флагстаффом.* — Расстояние между этими железнодорожными станциями в штате Аризона — около 100 км.

С. 182. *В очках отражаются желтые огни набережной, и каждая линза, рассеченная посередине вертикальной полосой, напоминает кошачий зрачок. Далеко не сразу Стэнли опознает в этих вертикальных полосах свое собственное отражение. / — Гласс, — говорит Стэнли. — Меня зовут Стэнли Гласс.* — В данном случае подсказкой для вымышленной фамилии служит его собственное отражение в стекле очков (*англ.* glass).

С. 183. *...напоминает Уинстона Черчилля в парике а-ля Морин О'Хара.* — Ирландско-американская актриса Морин О'Хара (1920–2015) обладала волнистыми ярко-рыжими волосами.

С. 184. *Был в Анцио летом сорок четвертого.* — Высадка англо-американских войск в Анцио, к югу от Рима, была предпринята в январе 1944 г. Бои в этом районе продолжались до взятия Рима 5 июня, т. е. в первые дни лета.

Дерринджер — компактный несамозарядный пистолет для скрытного ношения.

С. 185. *Бартоломео Бон* (ум. 1464) — итальянский скульптор и архитектор, занимавшийся оформлением ряда церквей и дворцов Венеции, в том числе «Золотого дома» Контарини, классического образца венецианской готики.

С. 186. *Как раз отсюда начинал свою карьеру Билл Харра.* — Билл Харра (1911–1978) — американский предприниматель в сфере игорного бизнеса, начинавший в Калифорнии, а в 1937 г. перебравшийся в Неваду. Основанной им корпорации ныне принадлежат более полусотни казино и отелей.

Это весьма странная игра. Непривычно «авторитарная», если сравнить ее с другими азартными играми. ⟨...⟩ Впрочем, это не так уж и странно, если учесть, что история бинго тесно связана с историей итальянского государства. — Прообразом бинго считается разновидность лотереи, появившаяся в Италии ок. 1530 г. В то время раздробленная на множество мелких государств Италия была беспомощной игрушкой в руках соседних держав. Но в данном случае Уэллс намекает прежде всего на фашизм как явление, зародившееся на итальянской почве.

Плейстоцен — геологическая эпоха, начавшаяся ок. 2,5 млн лет назад и закончившаяся вместе с последним ледниковым периодом ок. 12 тыс. лет назад.

С. 187. *...уплыл на остров Райкерс.* — То есть угодил в тюрьму, расположенную на острове Райкерс, в проливе между нью-йоркскими районами Куинс и Бронкс.

С. 190. *Эзра Паунд* (1885–1972) — американский поэт и критик, один из основоположников модернизма в англоязычной литературе. С 1925 по 1945 г. жил в Италии и сотрудничал с режимом Муссолини; после войны содержался в лагере для военнопленных, а затем в вашингтонской психиатрической клинике Святой Елизаветы, из которой был выпущен в 1958 г. и снова уехал в Италию; умер и похоронен в Венеции.

С. 191. *«Бумажная луна»* (полное название «It's Only a Paper Moon» — «Это всего лишь бумажная луна») — популярная песня, написанная в 1933 г. Г. Арленом и Э. И. Харбургом и впоследствии ставшая джазовым стандартом.

С. 194–195. *Береговые недруги Стэнли и здесь оставили свои отметины, намалевав оскаленные собачьи морды на дверях и капоте машины. Их дополняет надпись кривыми буквами, демонстрирующая уровень грамотности авторов: «ПЫСЫ».* — В оригинале тут игра слов: вместо «dogs» («псы») написано «doges» («дожи»).

С. 196. *«Асклепий»* — трактат, приписываемый Гермесу Трисмегисту и среди прочего содержащий апокалипсические пророчества.

«Пикатрикс» — латинское название обширного сборника текстов по астрологии и магии, составленного в середине XI в. на арабском языке и в оригинале называющегося «Гаят аль-Хаким» («Цель мудреца»).

С. 198. *Совет десяти* — закрытый и фактически всевластный орган Венецианской республики, ведавший охраной политической структуры государства, шпионажем и тюрьмами. Десять его членов избирались Большим советом сроком на один год из представителей самых влиятельных венецианских семей.

С. 199. *...сэр Филип Сидни, сказавший: «Поэт никогда ничего не утверждает и потому никогда не лжет».* — Цитата из эссе «Защита поэзии» (1581) Филипа Сидни (1554–1586), английского поэта, дипломата и военачальника, одного из ярких представителей Елизаветинской эпохи.

С. 201. *Preparatio* (*лат.* приготовление). — В алхимии это стадия подготовки исходных материалов перед началом процесса трансмутации.

С. 204. *Дотторе* (dottore) — доктор *(ит.)*; это слово используется в Италии при обращении к людям с высшим образованием.

Ла-Сенса (сокр. от Festa della Sensa) — праздник Вознесения Господня в Венеции, отмечаемый в один из дней мая. Главным событием праздника является церемония «Обручение Венеции с морем».

Риальто — район в историческом центре Венеции, «торгово-финансовое сердце» этого города.

С. 206. *Маэстро* — это обращение было принято в Италии не только к музыкантам и художникам, но также к цеховым мастерам и видным специалистам в самых разных областях.

Придворный язык — так в XVI в. назывался «образцовый» вариант итальянского языка, на котором говорили при папском дворе и в аристократических кругах по всей Италии. Он представлял собой смесь флорентийского и римского диалектов, при этом сильно отличаясь от венецианского, который, в свою очередь, повсеместно использовался в сфере торговли.

С. 209. *Силистра* — древний город-крепость на севере Болгарии, на берегу Дуная, в Средние века также известный как Доростол.

Онбаши (*тур.* десятник) — воинское звание, соответствующее капралу в европейских армиях.

С. 213. *Сбиры* — так именовались сыщики и полицейские стражники в итальянских государствах вплоть до середины XIX в. Они носили оружие, имели военную организацию и могли выполнять функции служителей инквизиции.

Кьоджа — город на юге Венецианской лагуны, в 25 км от Венеции.

Рагуза — итальянское название торгового города-государства Дубровник на восточном побережье Адриатики.

...с удвоенным усердием молиться святому Антонию. — К святому Антонию Падуанскому (1195–1231) молящиеся традиционно обращаются с просьбами отыскать бесследно исчезнувших людей или ценные вещи, на что здесь и намекает Гривано.

С. 214. *Терраферма* (*букв.* «твердая земля») — название материковых владений Венецианской республики на севере Италии.

Сандоло — тип венецианских весельных лодок, отличающихся от более известных гондол не столь приподнятыми носом и кормой, а также меньшей длиной. Сандоло рассчитано на перевозку не более четырех пассажиров (стандартная гондола — до шести).

С. 215. *Как Антей...* — В греческой мифологии, великан Антей черпал силы от соприкосновения с землей и побеждал в борьбе всех соперников, пока не встретился с Гераклом, который поднял его в воздух и долго держал на весу, а затем переломил хребет обессилевшему противнику.

С. 216. *...в проливе напротив Сан-Николо...* — Церковь Сан-Николо расположена на северной оконечности острова Лидо, отделяющего Венецианскую лагуну от Адриатического моря.

Топкапы — резиденция турецких султанов в Стамбуле.

С. 217. *Гален* (ок. 129 — ок. 200) — греко-римский врач и философ, автор множества трудов, которые на протяжении столетий определяли развитие восточной и европейской медицины.

Авиценна (980–1037) — латинизированный вариант имени Абу али ибн Сины, персидского ученого, врача и философа, широко известного как на Востоке, так и на Западе. Его медицинская энциклопедия «Канон врачебной науки» изучалась во всех университетах эпохи Возрождения.

Ар-Рази — Абу Бакр Мухаммад ар-Рази (ок. 865 — ок. 925) — персидский энциклопедист, врач, философ и алхимик. Многие его сочинения были переведены на латынь еще в X–XIII вв.

С. 219. *Хасеки-султан* — титул «главной наложницы» либо жены османских султанов, введенный в 1521 г. Сулейманом I для своей фаворитки Хюррем. В описываемый период (1592) титул хасеки-султан носила Сафие (1550–1619), которая пользовалась большим влиянием при султане Мураде III (правил в 1574–1595) и, уже в качестве валиде-султан (матери султана), при Мехмеде III (правил в 1595–1603).

С. 220. *Нобили* — члены аристократических семейств, из которых формировалась правящая элита Венецианской республики.

Маттачино — один из традиционных персонажей венецианского карнавала, весельчак и забияка, любимое развлечение которого — кидаться в публику яйцами, наполненными каким-нибудь ароматическим веществом.

С. 221. *Битва при Лепанто* — одно из крупнейших морских сражений в истории, состоявшееся 7 октября 1571 г. в Патрасском заливе, у побережья Греции, между флотом Османской империи и объединенными силами ряда католических государств, в том числе Венеции. Турецкий флот был полностью разгромлен, и этот успех широко праздновался в странах Западной Европы как символ торжества христианства над исламом.

С. 221. *Джакомо Контарини* (1536–1595) — венецианский аристократ и меценат, известнейший коллекционер своего времени. Род Контарини на протяжении столетий был одним из самых влиятельных в Венеции (из него, в частности, вышли восемь дожей республики).

Буцентавр (тж. букентавр, бучинторо) — церемониальная галера венецианских дожей, которая использовалась при ежегодном ритуале «Обручение с морем».

С. 222. *Джудекка* — крупный остров южнее Венеции, отделенный от города проливом 300-метровой ширины.

Пеота — венецианская лодка средних размеров с несколькими гребцами.

Каракка — большое парусное судно XV–XVI вв., приспособленное для дальних океанских плаваний.

Маламокко — форпост Венеции на острове Лидо.

С. 223. *Ускоки* — отряды хорватов и сербов, которые совершали набеги на приграничные области Османской империи, а также промышляли пиратством на Адриатике.

С. 225. *Лоджетта* — мраморный павильон в форме триумфальной арки, построенный у подножия колокольни собора Сан-Марко в 1540 г.

С. 226. *Фроттола* — жанр итальянской песни конца XV — начала XVI в., восходящий к народному творчеству.

С. 226–227. *Диван-Мейданы* — второй двор султанского дворца Топкапы, место проведения разных государственных церемоний; там же находились помещения для дворцовых служителей.

С. 227. *Тарджуман-эфенди* — здесь это не имя, а обозначение должности. «Тарджуман» — «переводчик» по-арабски; «эфенди» — форма вежливого обращения к мужчине в Турции.

Галата — исторический район Константинополя на северном берегу бухты Золотой Рог.

Мерчерия — одна из главных торговых зон Венеции, расположенная вдоль трех улиц между площадью Сан-Марко и Гранд-каналом.

С. 228. *Чумной доктор.* — В Средние века так называли врачевателей бубонной чумы, носивших особые защитные костюмы с длинноносой маской-клювом. В кончике клюва помещались ароматические вещества, призванные предохранять врача от заразы и трупного смрада.

С. 229. *Асафетида* — восточная специя с резким неприятным запахом.

С. 232. *Фамагуста* — портовый город на Кипре, который оставался последним укрепленным пунктом венецианцев на этом острове и почти год (с сентября 1570 по август 1571 г.) отражал натиск турецких войск.

С. 233. *Начинают звонить колокола... Гривано насчитывает двадцать три удара.* — В Венеции вплоть до конца XVIII в. началом новых суток считался удар колокола, призывающего к вечерней молитве в шесть часов. Таким образом, двадцать три удара колокола соответствуют пяти часам пополудни.

С. 234. *Ноланец* — прозвище Джордано Бруно (1548–1600), который был родом из местечка Нола близ Неаполя.

С. 235. *...одна из фриульских служанок...* — Фриулы — народность на северо-востоке современной Италии. Область их расселения вошла в состав Венецианской республики в начале XV в.

«De triplici minimo et mensura» — «О трояком наименьшем и мере», латинская поэма Джордано Бруно, изданная во Франкфурте в 1591 г.

С. 237. *Александр Шестой* (1431–1503) — римский папа (с 1492 г.) из рода Борджиа, который, помимо покровительства наукам и искусствам, был широко известен распущенностью, алчностью и коварством. Его правление серьезно подорвало моральный авторитет папства.

Ураническая академия (Academia degli Uranici) — научное общество, основанное в Венеции в 1587 г. по инициативе профессора Фабио Паолини и просуществовавшее всего несколько лет.

С. 238. *Ребаб* — арабский смычковый инструмент с одной или двумя струнами; используется для аккомпанемента к декламации или пению.

С. 244. *Лала Мустафа* (ок. 1500–1580) — османский военачальник и государственный деятель сербского происхождения; в 1570–1571 гг. командовал войсками, завоевавшими Кипр.

Троодос — самый крупный горный массив Кипра.

...завершения тысячного года Хиджры... — В исламском лунном календаре окончание тысячного года от Хиджры (даты переселения пророка Мухаммеда из Мекки в Медину) соответствует 7 октября 1592 г. по григорианскому календарю.

Газетта — мелкая серебряная (позднее медная) монета, давшая название газете как периодическому печатному изданию (первые такие издания стоили в Венеции одну газетту).

С. 247. *...вернул Республике останки доблестного Маркантонио Брагадина.* — Маркантонио Брагадин (1523–1571) — венецианский полководец, руководивший обороной Фамагусты и после взятия этого города подвергнутый мучительной казни: с него живьем содрали кожу, которую впоследствии преподнесли в подарок султану.

С. 248. *Прокуратор Сан-Марко* — почетная пожизненная должность в Венеции, вторая по значимости после дожа. Прокураторы (к XVI в. их число возросло до девяти) ведали управлением государственной недвижимостью и распределением благотворительных пожертвований.

Это, случайно, не Джамбаттиста делла Порта, автор «Натуральной магии» и знаменитого труда по физиогномике? — Джамбаттиста делла Порта, также именуемый Джованни Баттиста делла Порта (1535–1615), — ученый и драматург из Неаполя, особо прославившийся сочинениями «Magiae naturalis» («Натуральная магия») и «De humana physiognomia» («Человеческая физиогномика»). Помимо научных трудов, им написано более 20 пьес.

С. 250. *...подобно гибельным зеркалам Архимеда.* — По преданию, во время осады римлянами Сиракуз (212 г. до н. э.) Архимед посредством системы медных зеркал сфокусировал солнечные лучи и поджег ими римский флот.

...чем город Святого Марка превосходит город Святого Петра? — Покровителем Венеции считается апостол Марк, а покровителем Рима — апостол Петр.

С. 253. *Ибн аль-Хайсам* (известный в средневековой Европе под именем Альхазен; 965–1039) — арабский математик, астроном и философ, также прозванный «отцом оптики». Среди прочего он экспериментировал с камерой-обскурой и различными видами зеркал.

Камера-обскура (лат. camera obscura — букв. «темная комната») — простейшее оптическое устройство в виде светонепроницаемого ящика с маленьким отверстием в одной из стенок и экраном на противоположной стенке. Лучи света, проходя через отверстие, проецируют на экран перевернутое изображение находящихся снаружи предметов. Это устройство известно еще со времен Аристотеля, его описания есть у Леонардо да Винчи и других ученых, но особую роль в его популяризации сыграл Джамбаттиста делла Порта, которого многие современники ошибочно считали изобретателем камеры-обскуры.

С. 254. *Шалмей* — средневековый духовой инструмент, предшественник гобоя.

...слепой дож Дандоло возглавил отчаянный штурм Константинополя. — Это представление иллюстрирует взятие Константинополя крестоносцами в апреле 1204 г., что стало кульминацией Четвертого крестового похода. Дож Венеции Энрико Дандоло (1107–1204), несмотря на слепоту и без малого столетний возраст, был одним из самых активных вождей крестоносцев и, по преданию, лично повел войско на штурм.

С. 259. *...книгу Кардано «О многообразии вещей»...* — Джироламо Кардано (1501–1576) — итальянский математик, медик, инженер и астролог, автор множества сочинений в самых разных областях, в т. ч.

«О многообразии вещей» (натурфилософская энциклопедия; 1559) и «Об азартных играх» (одно из первых исследований по теории вероятностей; изд. 1663). В его честь названы карданный вал и формула для решения кубического уравнения, а также шифровальная «решетка Кардано».

С. 262. *Художник родился в Бассано-дель-Граппа... и пошел по стопам своего отца, Якопо...* ⟨...⟩ *...Франческо — так зовут автора этой картины...* — Речь идет о художнике Франческо Бассано-младшем (1549–1592) и ранее — о его отце, Якопо Бассано (1510–1592).

Наделенный властью должен соответствовать образу властителя... такую мысль внушает нам один флорентийский канцелярист. — Имеется в виду Никколо Макиавелли (1469–1527), автор уже в ту пору широко известного трактата «Государь», с 1498 по 1512 г. занимавший пост секретаря Второй канцелярии Флорентийской республики.

С. 264. *...только Сомнусу и трем его сыновьям.* — Сомнус — латинский эквивалент греческого бога сна Гипноса, у которого было три сына: Морфей, Фобетор и Фантаз.

С. 265. *...ни одна книга не прикована цепью.* — В средневековых библиотеках обычной практикой было приковывать книги к полкам цепями, достаточно длинными для чтения на ближайшем пюпитре, но не позволявшими вынести их за пределы комнаты.

С. 267. *«Онейрокритика»* — сочинение античного автора Артемидора Далдианского (II в.), посвященное толкованию снов.

С. 268. *Я уже начал писать письма в поддержку другого соискателя: до недавних пор проживавшего в Пизе сына прославленного лютниста Винченцо Галилеи.* — Речь о Галилео Галилее (1564–1642), который в 1592 г. получил должность профессора математики и астрономии в Падуанском университете, чему поспособствовало рекомендательное письмо от венецианского дожа. Его отец, Винченцо Галилеи (1520–1591), был известным музыкантом и композитором.

С. 269. *...насильственную манеру крещения португальских евреев королем Мануэлом...* — В 1497 г. король Мануэл I издал указ, обязавший евреев либо принять христианство, либо покинуть Португалию без своих малолетних детей, которые все поголовно подлежали крещению.

С. 273. *...до вас дошли известия о Полидоро?* — Джироламо Полидоро — лицо историческое, уроженец Вероны и один из немногих выживших участников обороны Фамагусты. В 1580 г. он похитил из константинопольского арсенала останки Брагадина, которые впоследствии были помещены в собор Сан-Джорджо, а в 1596 г. перезахоронены в церкви Санти-Джованни-э-Паоло.

С. 278. *Аркебуз* — ствольный арбалет, приспособленный для стрельбы круглыми пулями (не путать с огнестрельной аркебузой, получившей от него свое название).

С. 279. *...в мире неверных франков.* — Франками на Востоке со времен Крестовых походов называли всех западноевропейцев.

С. 280. *Сефевиды* — шахская династия, правившая Ираном в 1501–1736 гг.

С. 286. *Сервиты* (служители Девы Марии) — один из нищенствующих монашеских орденов, основанный во Флоренции в 1233 г.

Теорба — басовая разновидность лютни.

С. 289. *Аламбик* — медный перегонный куб особой конструкции, известный еще в Античности, а с XV в. получивший распространение среди европейских алхимиков.

С. 291. *...«Изумрудную скрижаль» Гермеса Трисмегиста.* — «Изумрудная скрижаль» — текст, по преданию, начертанный Гермесом Трисмегистом на пластине из цельного изумруда и представляющий собой сжатую формулировку основных положений герметической философии, которую можно трактовать и как рецепт получения философского камня.

С. 294. *Джованни Баттиста Чиотти* (ок. 1560 — ок. 1625) — издатель и книготорговец родом из Сиены, в 1583 г. перебравшийся в Венецию, где он основал типографию и книжный магазин. Среди изданных им книг было много научных трудов как древних, так и современных ему авторов. При посещении Франкфурта в 1590 г. Чиотти познакомился там с Джордано Бруно и передал ему приглашение Джованни Мочениго приехать в Венецию.

С. 299. *Как только что дал нам понять брат Сарпи...* — Речь о Паоло Сарпи (1552–1623), венецианском историке, ученом и политике, с юных лет состоявшем в ордене сервитов. Римская церковь обвиняла его в вольнодумстве и контактах с учеными-еретиками, но венецианцы его поддерживали, и в 1605–1607 гг. он успешно отстаивал интересы Венеции в ее конфликте с римским папой.

С. 301. *Sublimatio* (*лат.* возвышение; возгонка; сублимация). — В физике это переход вещества из твердого состояния сразу в газообразное, минуя жидкую фазу. В алхимической традиции сублимация также символизирует страдания как результат отказа от всего мирского ради духовного возвышения.

С. 302. *Гнилане* — город в восточной части Косово.

«Энергичный ответ» (Dynamic Response) — кодовое название ежегодных учений сил НАТО по поддержанию мира в Боснии и Герцеговине (SFOR), проводившихся начиная с 1998 г.

...Железные ворота дворца Диоклетиана. — Дворец Диоклетиана — огромный дворцовый комплекс на побережье Адриатики, построенный в 295–305 гг. римским императором Диоклетианом неподалеку от его родного города Салоны (ныне пригород Сплита). Железные ворота — название западного входа во дворец.

С. 305. *...Афина-Дева и ее увечный брат...* — Имеются в виду богиня Афина, покровительница знаний, искусств и ремесел, и ее хромой от рождения брат по отцу (Зевсу), бог кузнечного ремесла Гефест.

Луизианский юбилейный четвертак — монета в четверть доллара, выпущенная в 2002 г. в ознаменование 200-летия покупки Соединенными Штатами у Франции территории Луизиана (на которой полностью или частично расположены 15 современных штатов).

С. 307. *...получил пять тузов подряд в шестиколодном блэкджеке...* — По правилам блэкджека при сумме очков больше чем 21 туз может считаться не за 11, а за 1 очко, и тогда перебора не возникает.

С. 309. *Пепе Ле Пью* — персонаж мультсериала «Looney Tunes», любвеобильный и суетливый скунс родом из Парижа.

С. 317. *...по имени Л. Аллодола...* — Это имя переводится с итальянского как «жаворонок».

С. 319–320. *Когда наши войдут в Ирак и дядюшка Саддам откинет копыта, там начнется натуральная золотая лихорадка. Чертов хитрюга Дик Чейни уже заранее приватизировал все это дело... ⟨...⟩ Конечно, придется иметь дело с жирными индюками из «Халлибертона»...* — Дик Чейни (р. 1941) — вице-президент в администрации Джорджа Буша-младшего, активно поддерживавший вторжение в Ирак и при этом лоббировавший интересы ряда компаний (прежде всего нефтесервисной «Халлибертон»), которые получили выгодные контракты в этой стране после свержения Саддама Хусейна.

С. 320. *...как День благодарения для «Уолмарта».* — «Уолмарт» — сеть крупных универсальных магазинов.

С. 322. *Коринфская дева / проводит ножом по стене, / фиксируя тень / своей уходящей любви.* — Согласно античной легенде, записанной Плинием Старшим, одна девушка в Коринфе перед расставанием с возлюбленным обвела на стене его тень, чтобы оставить образ на память, и тем самым породила жанр портрета в искусстве.

Пока птицы клюют виноград / на картине Зевксида, / Паррасий ему предлагает / сдернуть покров с полотна. — Зевксид (тж. Зевксис) и Паррасий (V–IV вв. до н. э.) — знаменитые древнегреческие живописцы. Известна история их состязания, когда Зевксис изобразил виноградную гроздь столь искусно, что ее начали клевать птицы, а Паррасий, в свою очередь, так правдоподобно нарисовал закрывающую картину занавесь, что соперник подошел и попытался ее сдернуть. Зевксис признал свое поражение со словами: «Я сумел обмануть глаза птиц, а ты обманул глаз художника».

С. 326–328. *Этот портрет сделан с помощью камеры. По тому же принципу, как проецируется образ в камере-обскуре.* ⟨...⟩ *Ван Эйк спроецировал образ позирующего человека...* ⟨...⟩ *...Хокни первым начал поднимать эту тему...* — Ян ван Эйк (ок. 1390–1441) — фламандский живописец, выдающийся мастер портрета. Версия об использовании им и многими другими живописцами, начиная с Раннего Возрождения, устройств типа камеры-обскуры была впервые выдвинута английским художником Дэвидом Хокни в 1999 г.

С. 327. *Сфумато* (*ит.* Sfumato — *букв.* «исчезающий как дым») — техника живописи, изобретенная Леонардо да Винчи: очертания изображаемых предметов смягчаются нанесением тончайших слоев краски, что позволяет передать окутывающий их воздух.

С. 329. *Оссобуко* — традиционное блюдо итальянской кухни, которое готовится из телячьей голяшки, нарезанной поперек вместе с костью и костным мозгом.

С. 339. *...бравую речугу о «горсточке счастливцев-братьев»...* — Намек на фразу из знаменитой речи короля Генриха перед битвой в пьесе У. Шекспира «Генрих V» (IV, 3).

С. 341. *...поработать подсадным игроком.* — Подсадной игрок в казино участвует в игре по договору с заведением и провоцирует клиентов на более активные действия, повышение ставок и т. п.

С. 343. *Фрэнк Стелла* (1936) — американский живописец и скульптор, экспериментировавший с «чистой», «безличной» визуальностью; создатель минималистских и пространственно-трехмерных картин, а также абстрактных скульптурных форм.

Тед Уильямс (1918–2002) — американский профессиональный бейсболист, один из лучших отбивающих игроков в истории бейсбола, выступавший за клуб «Бостон ред сокс».

С. 344. *Это работа Веронезе... оригинал в зале Большого совета...* — Паоло Веронезе (1528–1588) — живописец родом из Вероны, с 1553 г. работавший в Венеции, в т. ч. над украшением Дворца дожей.

С. 345. *СМИЛ* — стандартизованный многофакторный метод исследования личности.

С. 347. *Я был гардом.* — В американском футболе гардами называют двух игроков на позициях слева и справа от центра нападения. В данном случае футбольный термин «guard» перекликается с основным значением этого слова: «охранник, конвоир», т. е. военной специальностью Кёртиса.

Пять футов семь дюймов — примерно 170 см.

С. 351. *Ричард Петти* (р. 1937) — американский автогонщик, семикратный чемпион серии NASCAR (Национальная ассоциация гонок серийных автомобилей).

С. 354. *«BUCK FUSH»* — издевательская анаграмма нецензурного выражения «Fuck Bush», распространенная среди противников Джорджа Буша-младшего, президента США в 2001–2009 гг.

С. 356. *На маленькой сцене джазовое трио исполняет для безразличной публики «Ненужный пейзаж» Жобима; чистый холодный голос певицы ближе к версии Жилберту, чем к Ванде Са.* — Антониу Карлуш Жобим (1927–1994) — бразильский композитор и певец, сочетавший элементы джаза и традиционной бразильской музыки, босановы и т. д. Аструд Жилберту (р. 1940) и Ванда Са (р. 1944) — популярные бразильские певицы.

С. 358. *...старый Невадский полигон, а теперь еще и Юкка-Маунтин.* — Ядерные взрывы на испытательном полигоне в Неваде производились с 1951 по 1992 г. Юкка-Маунтин — расположенное рядом с Невадским полигоном хранилище радиоактивных отходов, строительство которого было одобрено конгрессом США в 2002 г., но из-за протестов экологов и местных жителей реализация этого проекта постоянно откладывается.

С. 362. *Остатки затравленных и обозленных пайютов.* — Пайюты — группа индейских племен, обитавших на территории Невады и сопредельных штатов; сейчас их осталось ок. 6000 человек, рассеянных по множеству мелких резерваций; в том числе несколько десятков пайютов живут в индейском поселении на северо-западной окраине Лас-Вегаса.

«Манхэттенский проект» — кодовое название программы США по созданию ядерного оружия в 1942–1946 гг. Главная лаборатория была размещена в Лос-Аламосе, штат Нью-Мексико, но впоследствии большинство ядерных испытаний проводилось в Неваде.

Стив Уинн взорвал его пару лет назад... — Стив Уинн (р. 1942) — американский бизнесмен, в 1990-х гг. сыгравший ключевую роль в формировании нового архитектурного облика Лас-Вегас-Стрипа.

С. 365. *Долина Смерти* — самое жаркое и засушливое место Северной Америки, расположенное на границе штатов Калифорния и Невада.

Манзанар — концентрационный лагерь для интернированных американцев японского происхождения, функционировавший с 1942 по 1945 г.

С. 368. *Пасадена* — небольшой город к северо-востоку от Лос-Анжелеса.

С. 370. *...звучит вещь Сони Джона Эстеса... / — О боже, никогда я не забуду тот мост...* — Слипи («Соня») Джон Эстес (1899–1977) — американский блюзовый гитарист, певец и композитор. Песня «Floating Bridge» была написана им в 1937 г. и рассказывает о том случае, когда он чуть не утонул, упав с понтонного моста.

С. 376. *...водитель задумчиво напевает поверх эфирного шума вещь Боба Марли, подменяя забытые слова мычанием и раз за разом возвращаясь к начальным строкам: про пиратов, плен и продажу в рабство после извлечения из бездонной ямы.* — Имеется в виду «Redemption Song» («Песнь об искуплении») Боба Марли, написанная им в 1980 г., незадолго до смерти.

С. 385–386. *...заполнения формы «восемь-триста»...* — «Форма 8300», или «Сообщение о получении более 10 000 долларов в ходе предпринимательской и торговой деятельности», направляется в налоговую службу США в целях борьбы с отмыванием денег.

С. 388. *Нэнси Дрю* — девушка-детектив, героиня множества книг (с 1930 г.), фильмов и компьютерных игр.

С. 401. *Когда построили дамбу Гувера...* — Бетонная плотина высотой 221 м и гидроэлектростанция были построены на р. Колорадо, в 48 км от Лас-Вегаса, в 1931–1936 гг. и названы именем Герберта Гувера (1874–1964), президента США в 1929–1933 гг., который активно продвигал этот проект еще в бытность министром торговли.

Святые последних дней (полное название: «Церковь Иисуса Христа Святых последних дней») — крупнейшая ветвь религиозного движения мормонов.

С. 404. *...обращает внимание на толпу перед статуей Свободы — оркестр с волынками и барабанами, зеленые майки с трилистником, пластиковые шляпы — и вспоминает, какой сегодня день.* — Имеется в виду День святого Патрика, отмечаемый 17 марта в Ирландии (где он является национальным праздником), а также в США и других странах проживания ирландской диаспоры.

С. 404. *Ларуш*, Линдон (р. 1922) — американский экономист и политик, основатель нескольких политических движений, восемь раз подряд (с 1976 по 2004 г.) выступавший кандидатом на президентских выборах в США.

...доллар Гринспена... — Алан Гринспен (р. 1926) — американский экономист, возглавлявший Совет управляющих Федеральной резервной системы США в 1987–2006 гг.

С. 405–406. *...слепым испуганным пробуждением в Ландштуле... задержка на взлетной полосе в Рамштайне...* — Ландштуль — небольшой город в Германии, где расположен медицинский центр армии США. Неподалеку от города находится американская авиабаза Рамштайн.

С. 409. *Calcinatio* (*лат.* прокаливание; кальцинация). — В алхимии прокаливание используется для того, чтобы убрать всю лишнюю воду и другие элементы, способные испариться, получая в результате «сухой остаток», соль, смысл. Процесс кальцинации символизирует «смерть мирского», то есть отрешение от всех жизненных интересов и от внешнего мира в целом.

С. 411. *...в небе на востоке появился чудовищный огненный шар...* — Здесь речь идет об одном из серии ядерных испытаний под кодовым названием «Отвес» (Plumbbob), проводившихся на полигоне в Неваде с мая по октябрь 1957 г.

С. 413. *...споря о чем-то или ком-то по имени Моллой. ⟨...⟩ Де Голль наградил его Военным крестом, хотя его поведение во время войны нельзя назвать героическим. ⟨...⟩ Зато книги... были его настоящим подвигом.* — Имеется в виду роман ирландского писателя Сэмюэла Беккета «Моллой» (1951), написанный на французском языке и затем переведенный самим автором на английский. Во время войны Беккет был участником французского Сопротивления и впоследствии получил награду от правительства Франции.

С. 416. *«Депрессионное стекло»* — так называлась очень дешевая (от 5 до 10 центов за предмет) стеклянная посуда, которая массово производилась в США с начала Великой депрессии (1929) вплоть до 1940-х гг.

С. 417. *«Кабаре Вольтер»* — легендарное кафе-театр в Цюрихе, основанное в 1916 г. и ставшее местом рождения дадаизма.

С. 419. *Хиксвилл* — поселок на Лонг-Айленде, фактически пригород Нью-Йорка.

С. 420. *Антонен Арто* (1896–1948) — французский писатель, драматург, актер и теоретик «театра жестокости». Последние 10 лет жизни провел в психиатрических клиниках, умер от передозировки наркотиков.

С. 421. *Мы с друзьями все это отвергли и стали практиковать своего рода «самотерроризм». Нашей главной целью стало конструирование ситуаций.* — В 1957 г. Александр Трокки стал одним из основателей Ситуационистского интернационала — художественно-политического движения, ставившего своей задачей «изменение среды обитания», под которой подразумевался город, воспринимаемый ситуационистами как живой организм со своей уникальной легендой — совокупностью архитектуры, литературы, музыки, театра и т. д. В рамках ситуационизма с подачи И. Щеглова (см. примеч. к с. 15) зародилась психогеография — изучение законов и воздействий географической среды на эмоции и поведение индивидов. А в качестве метода «подрывной деятельности» с целью преобразования личности и общества ситуационисты предлагали сознательное конструирование необычных ситуаций в процессе перемещения по городу.

С. 423. *«Посмотри на себя, маленький человек!»* — Книга (изд. 1948) австрийско-американского психолога Вильгельма Райха (1897–1957), описывающая эмоциональный мир простых обывателей.

...в редакции «Коустлайнз»... Тот же Гинзберг... — «Коустлайнз» («Побережье») — литературный журнал, издававшийся частным порядком в Лос-Анджелесе с 1955 г. и публиковавший произведения многих поэтов-битников, в том числе Аллена Гинзберга (1926–1997), одного из ключевых представителей бит-поколения.

Гинзберг?.. Это который метит в звезды стриптиза?.. — Намек на случай, произошедший во время выступления Аллена Гинзберга в Лос-Анджелесе в октябре 1956 г., когда он читал свою поэму «Вопль» перед местными литераторами, а потом в разгар дискуссии вдруг предложил оппоненту разоблачиться и быстро скинул с себя всю одежду со словами: «Поэт всегда нагим стоит пред миром!»

С. 434. *Джек Бенни* (1894–1974) — американский комик, ведущий популярного телевизионного шоу.

...отвергнуть Молоха со всеми его порождениями... — Здесь речь не о восточном божестве, которому приносили в жертву детей, а о Молохе в поэме А. Гинзберга «Вопль», где этот образ олицетворяет собой мегаполис, государство и в целом капиталистический строй, безжалостный к человеку.

С. 435. *«Эвергрин ревью»* — литературный журнал, основанный в Нью-Йорке в 1957 г. и ориентированный на контркультуру, включая стихи и прозу битников.

С. 442. *«Бомба, парень из джунглей»* — серия приключенческих книг для подростков, написанных в 1926–1938 гг. группой авторов под общим псевдонимом Рой Роквуд; по их мотивам в 1949–1955 гг. было снято 12 фильмов.

С. 444. *Хочу быть рыбкой-грунионом...* — Грунионы — рыбы из семейства атериновых, которые обитают у побережья Калифорнии и нерестятся оригинальным способом: в полнолуние или новолуние, во время самых высоких приливов, они выбрасываются на сушу, зарывают икру в песок на глубину около 5 см и возвращаются в море с отступающими волнами. Мальки вылупляются спустя две недели, и их уносит в море следующий высокий прилив.

С. 446. *На проигрыватель ставится одна из джазовых новинок, и все по очереди рассматривают конверт от пластинки. Там изображен белый саксофонист со своим инструментом в тени деревьев, бесстрастно взирающий на что-то справа за пределами снимка: то ли на заходящее солнце, то ли на близящийся конец света — для этого лабуха, похоже, все едино.* — Здесь говорится о выпущенном в 1957 г. альбоме «Art Pepper Meets the Rhythm Section» («Арт Пеппер с ритм-секцией») упомянутого в первой части книги джазмена Арта Пеппера. На конверте он смотрит вправо от себя, но за левый край снимка.

С. 456. *«Бонжур Тристесс»... Новый фильм Отто Преминджера, в главных ролях Дэвид Нивен и Джин Сиберг.* — «Бонжур Тристесс» (*фр.* Bonjour Tristesse — «Здравствуй, грусть!») — британско-американский фильм (1958) режиссера Отто Преминджера по одноименному роману (1954) Франсуазы Саган.

С. 457. *Соаве* — сухое белое вино из области Венето (Венеция).

...рыба по пятницам! Уж не хотите ли вы вернуть меня в лоно католической церкви? — У католиков пятницы всего года считаются днями воздержания от мясной пищи; обычно в такие дни к столу подается рыба.

С. 458. *И так узрит святая Клара отраженье таинства мессы на пустой стене.* ⟨...⟩ *Полагаю, вы в курсе... что папа римский... объявил Клару Ассизскую святой покровительницей телевидения.* — По преданию, святая Клара Ассизская (1194–1253) незадолго до ее смерти, будучи разбита параличом и прикована к постели, в канун Рождества узрела на стене своей кельи изображение (а также услышала звуки) мессы, проходившей в отдаленной церкви. В память об этом чуде папа Пий XII в 1958 г. провозгласил ее покровительницей телевидения.

С. 462. *Эниветок* — атолл в составе Маршалловых островов, принадлежавший Японии до февраля 1944 г., когда его заняла армия США, а после войны, в 1948–1958 гг., на атолле проводились ядерные испытания.

С. 468. *...сидим на своих речных островках и чахнем, как Волшебница Шалот.* — Аллюзия на романтическую поэму Альфреда Теннисона «Волшебница Шалот» (1842), заколдованная героиня которой живет в замке на острове посреди реки и может видеть мир за пределами замка лишь как отражение в магическом зеркале.

С. 472. *Марсилио Фичино* — см. примеч. к с. 656.

Пико делла Мирандола — см. примеч. к с. 105.

Абулафия (Авраам бен Самуэль Абулафия, 1240–1291) — мистик и каббалист из Испании, провозгласивший себя мессией.

Луллий, Раймунд (ок. 1235–1315) — каталонский философ, поэт и теолог, стоял у истоков комбинаторики и европейской арабистики.

Рейхлин, Иоганн (1455–1522) — немецкий философ-гуманист, исследователь каббалы и неопифагореизма, считается первым немецким гебраистом; создал названную его именем фонетическую систему чтения средневековых греческих текстов.

Тритемий, Иоганн (1462–1516) — аббат бенедиктинского монастыря в Шпонгейме, затем — шотландского монастыря в Вюрцбурге, философ-мистик и гуманист, исследователь магии и демонологии, автор

«Стеганографии» (ок. 1500) — знаменитого труда по криптографии, основанного на оккультных принципах. Вместе с Рейхлином основал Рейнское литературное общество.

Агриппа — Агриппа Неттесгеймский (Генрих Корнелиус Неттесгеймский, 1486–1535) — философ-мистик, врач и алхимик из Кёльна, ученик Тритемия, автор влиятельного труда «Тайная философия» (1510, изд. 1531–1533).

Кардано, Джироламо — см. примеч. к с. 259.

Парацельс (Филипп Ауреол Теофраст Бомбаст фон Гогенгейм, 1493–1541) — швейцарский алхимик, врач и философ, реформатор средневековой медицины, считается предтечей современной фармакологии.

Джон Ди (1527–1609) — английский математик, географ, алхимик и астролог, автор «Иероглифической монады» (1564) — влиятельного труда по каббале и геометрической магии; в дневниках оставил описание системы т. н. енохианской магии, повлиявшей на многих оккультистов XIX–XX вв., в т. ч. на «черного мага» Алистера Кроули (1875–1947).

Роберт Фладд (1574–1637) — английский врач, философ-мистик, теоретик музыки, последователь Парацельса, гностик-неоплатоник. Исторически ассоциируется с розенкрейцерами (написал два трактата в их защиту).

С. 473. *Его звали Джек Парсонс. Я и не догадывался о его экзотических увлечениях до пятьдесят второго года, когда он по глупой небрежности вознесся к небесам вместе с большим количеством гремучей ртути. Как потом выяснилось, Джек из года в год посвящал все свои вечера и уик-энды проведению магических обрядов: пытался вызвать из иных миров Вавилонскую блудницу, чтобы зачать с нею Антихриста.* — Джек Парсонс (1914–1952) — американский инженер, химик, разработчик ракетного топлива, а также оккультист-практик, последователь Алистера Кроули. Погиб в своей домашней лаборатории, уронив на пол контейнер с гремучей ртутью, крайне неустойчивым взрывчатым веществом.

С. 482. *Хамса* — защитный амулет в виде открытой ладони, восходящий к древней Месопотамии, Египту и Карфагену, поныне распространенный среди евреев и арабов.

С. 483. *Бвана* — господин, важный человек *(суахили)*; в колониальные времена распространенное обращение африканцев к белым людям, вне Африки используемое как издевательский синоним выражения «большая шишка».

Ты ведь слышал о его «книге юности»? — Имеется в виду книга Л. Липтона «Святые варвары» (1959), описывающая жизнь коммуны битников в лос-анджелесской Венеции.

С. 487. *Мутоскоп* — устройство для просмотра через окуляр анимированного изображения по принципу перелистывающегося каталога фотографий, зачастую эротических. В качестве развлекательных автоматов мутоскопы производились в США с 1895 по 1949 г.

С. 499. *«Похитил я у солнца луч, чтобы писать им, как пером».* — Строки из стихотворения «Видение» английского поэта Джона Клэра (1793–1864).

С. 501. *Вотанизм* (от имени Вотана, верховного бога древних германцев) — религиозно-философское течение на основе древнегерманской и скандинавской мифологии, сформировавшееся в Германии в начале 1930-х гг. Вотанизм предполагает мистическое единение человека с природой и обретение магической власти над миром.

С. 507. *Бетти Крокер* — вымышленная домохозяйка, с 1921 г. фигурирующая в рекламе различных блюд и кулинарных рецептов; с 1930 г. под ее именем издаются поваренные книги.

С. 509. *«Атлант расправил плечи»* — роман американской писательницы и философа Айн Рэнд (1905–1982), вышедший в 1957 г. и сразу ставший бестселлером. Согласно идее романа, лишь очень немногие люди — гениальные творцы и предприниматели — несут на своих плечах бремя выживания и развития человечества.

С. 511. ...*«Ты уже слышал новый диск Джонни Рэя?»*... — Джонни Рэй (1927–1990) — американский певец, пианист и автор песен, очень популярный в 1950-х гг.

С. 511–512. *Они хотят, чтобы я родила ребенка...* ⟨...⟩ *Мне нужно только родить ребенка и отдать его им.* — Намек на «лунное дитя» из «Книги закона» (1904) Алистера Кроули, содержащей принципы религиозно-мистического учения Телема (также см. примеч. к с. 615); более подробно Кроули раскрыл тему рождения оккультного мессии в романе 1917 г., который так и назывался — «Лунное дитя». Провести соответствующий обряд пытался в середине 1940-х гг. кроулианец и ракетчик Джек Парсонс (см. с. 473 и примечание к ней). Вся эта история вдохновила Айру Левина на роман «Ребенок Розмари» (1967), экранизированный Романом Полански год спустя (главную роль исполнила Миа Фэрроу).

С. 512. *Папаша Уорбакс* — прозвище Оливера Уорбакса, состоятельного и добропорядочного опекуна главной героини комиксов Гарольда Грея (1894–1968) «Сиротка Энни», выходивших с 1924 г.

С. 517. *Reductio* (*лат.* возвращение; обратное приведение; редукция). В алхимии редукцией именуется возвращение субстанции, уже достигшей известной степени совершенства, обратно в ее низшее состояние.

С. 518. «*В комментарии Чекко к труду Сакробоско...*» — Чекко д'Асколи (1257–1327) — итальянский энциклопедист, астролог и поэт, обвиненный инквизицией в ереси и сожженный на костре во Флоренции. В числе его трудов подробный комментарий к астрономическому труду Иоанна Сакробоско (ок. 1195 — ок. 1256) «Трактат о сфере», который вплоть до XVII в. являлся основным учебником по астрономии в европейских университетах.

С. 519. *...египетскую Хатхор — Небесную Корову...* — Хатхор — египетская богиня неба, любви, красоты, плодородия и веселья, отождествляемая с небесной коровой, которая породила все мироздание, тогда как Млечный Путь считался потоком ее молока.

Амфитрита — в греческой мифологии жена морского бога Посейдона, нередко предстающая в искусстве и поэзии как символическое олицетворение моря.

С. 521. *Балык-Пазары* — рыбный рынок в Стамбуле.

С. 522. *Спалато* — итальянское название Сплита, крупнейшего города Далмации, с 1420 г. принадлежавшего Венецианской республике.

С. 524. *...пытавшихся подражать классическим альдинам.* — Альдинами в обиходе именовались книги венецианского издательства «Дом Альда», основанного в 1494 г. гуманистом и книгопечатником Альдом Мануцием (1449–1515) и просуществовавшего до 1597 г. Изящество оформления и красота шрифтов сделали эти книги образцами для подражания других печатников, которые нередко выдавали свои издания за «настоящие альдины».

С. 525. *Я только что прошелся по новому каменному мосту... / — А кто архитектор? / — Антонио да Понте. Очень подходящая фамилия.* — «Ponte» означает «мост» по-итальянски. Антонио да Понте (1512–1597) был сравнительно малоизвестен, и многие более именитые архитекторы, в частности упоминаемый далее Винченцо Скамоцци (1548–1616), предсказывали скорое обрушение нового моста Риальто, чего, однако, не произошло.

С. 530. *Гебер* — латинизированное имя Джабира ибн Хайяна (ок. 721–815), арабского алхимика, врача, астронома и математика.

С. 534. *Брави* (множественное число от *браво* – *исп.* и *ит.* храбрый, дерзкий) — название наемных убийц в Италии XVI–XVIII вв., среди которых было много иноземцев. Нередко брави состояли на службе у знатных господ в качестве телохранителей; к их услугам прибегали и власти, в частности венецианский Совет десяти. Предметом особой гордости брави было то, что они «за всю жизнь не унизили себя никаким трудом».

С. 535. *Батела* — венецианская плоскодонная лодка длиной до десяти метров.

С. 536. *Царская дорога* — название древнего торгового пути из Египта в Месопотамию и Персию.

С. 544. *Трабакколо* — двухмачтовое торговое судно, использовавшееся главным образом для каботажных плаваний в Адриатике.

...столь же прочной и невидимой, как сеть Вулкана... — По преданию, древнеримский бог Вулкан (он же Гефест) выковал тонкую, как паутина, но очень прочную сеть, чтобы с ее помощью изобличить свою жену Венеру, изменявшую ему с Марсом. Любовники были опутаны сетью в постели и в таком виде выставлены на посмешище перед всеми богами.

С. 545. *День святого Антония* — отмечается 13 июня.

С. 593. *Лахор* — город на территории современного Пакистана, в нескольких километрах от границы с Индией. В период с 1584 по 1598 г. он являлся столицей империи Великих Моголов.

С. 594–595. *...Акбара, императора Моголов... Замечательный человек! Не умеющий читать и писать, но наделенный превосходной памятью.* — Акбар I Великий (1542–1605) — падишах империи Великих Моголов с 1556 г., выдающийся реформатор и полководец. Был разносторонне образован, несмотря на дислексию — неспособность освоить чтение и письмо.

С. 615. *Такой порядок завел Гаргантюа. Их устав состоял только из одного правила: ДЕЛАЙ ЧТО ХОЧЕШЬ.* — Франсуа Рабле в романе «Гаргантюа и Пантагрюэль» (1534) сделал эти слова главным и единственным правилом утопического Телемского аббатства, во всем противоположного обычным христианским монастырям. В 1719 г. они были выбраны девизом «Клуба адского пламени», основанного в Лондоне герцогом Филиппом Уортоном, а позднее и других закрытых обществ с оккультным уклоном. Они же стали одним из главных принципов религиозно-мистического учения Телема, созданного в начале XX в. Алистером Кроули («Книга закона», 1904).

С. 620. *Каорлина* — тип шестивесельных венецианских лодок, использовавшихся большей частью для перевозки грузов.

С. 621. *Coagulatio* (*лат.* сгущение; свертывание; коагуляция). В алхимии под коагуляцией подразумевается преобразование жидкости в твердую смесь через некое внутреннее изменение — подобно свертыванию молока. В психологическом плане коагуляция символизирует образование нового комплекса идей из бессознательной матрицы.

С. 623. *Джей Лено* (р. 1950) — американский комедийный актер и телеведущий.

С. 624. *Кампо-деи-Фьори* (площадь Цветов) — площадь в центре Рима, на которой устраивались публичные казни. Здесь, в частности, 17 февраля 1600 г. был заживо сожжен Джордано Бруно.

С. 632. *...выкрикивает кодовые номера, как квотербек перед розыгрышем.* — В американском футболе нападающая команда применяет разные типы розыгрышей, которым присваиваются кодовые названия или номера, засекреченные от посторонних. Квотербек перед началом каждого розыгрыша выкрикивает его кодовое обозначение, тем самым подсказывая своим игрокам план действий.

С. 642. *...на Лейте или Окинаве...* — На филиппинском острове Лейте в 1944 г. и японском острове Окинава в 1945 г. происходили ожесточенные сражения Второй мировой войны.

С. 652. *«Пеликан»* — перегонный аппарат особой конструкции, использовавшийся алхимиками; назван так из-за своей формы, напоминающей контуры клюва и шеи этой птицы.

Атанор — алхимическая печь, название которой переводится с греческого как «бессмертный», потому что разведенный в ней огонь должен был гореть непрерывно от начала и до завершения процесса Великого Делания.

С. 657. *Марцилиус Фицинус* — латинизированный вариант имени Марсилио Фичино (1433–1499), философа и астролога, основателя флорентийской Платоновской академии, переводчика на латынь «Герметического корпуса».

В трудах Рупесциссы... — Иоанн Рупесцисса — латинизированный вариант имени французского алхимика Жана де Роктайада (ок. 1310 — ок. 1366).

Мориенус (тж. Мориен) — философ и алхимик XII в., родившийся в Риме, но долго живший в Египте и оставивший после себя труды на арабском языке.

С. 661. *Судно называется «Линкей»...* — Название судна перекликается с именем одного из аргонавтов, который был впередсмотрящим на «Арго». Античный Линкей отличался уникальной остротой зрения: его взгляд мог проникать сквозь дерево, каменные стены и вглубь земли.

С. 683. *...отправился в Балтимор-Вашингтон или в Национальный.* — Имеются в виду международные аэропорты вблизи Вашингтона, в том числе Национальный аэропорт имени Рональда Рейгана.

С. 692. *Джелато* — традиционное итальянское мороженое.

С. 694. *Эзра Паунд выходит из больницы Святой Елизаветы через несколько недель после того, как ты покидаешь прибрежные кварталы в Лос-Анджелесе.* — Именно Паунду, незадолго до его выхода из больницы, писал ответ Эдриан Уэллс на с. 501 («Письмо из вашингтонской больницы, которое он видел здесь прошлым вечером, все так же лежит на столе — и, похоже, Уэллс начал писать ответ: „Естественным образом всякий человек, наделенный толикой здравого смысла и интеллектуальной смелости, становится антисемитом, а также антихристианином"»).

Джон Хинкли под впечатлением какого-то фильма стреляет в президента... — Джон Хинкли, в 1981 г. совершивший покушение на Рональда Рейгана, был фанатом фильма Мартина Скорсезе «Таксист» (1976), герой которого, в исполнении Роберта Де Ниро, планирует убийство кандидата в президенты.

С. 695. *«Der Spiegel»* — название этого немецкого еженедельника в переводе означает «зеркало».

«In Göttlicher Mission» («В божественной миссии», *нем.*) — название главной статьи восьмого номера журнала «Шпигель» за 2003 г., в которой операция США в Ираке, названная Дж. Бушем «божественной миссией», была раскритикована как «грандиозное заблуждение» и «современный крестовый поход».

Василий Дорогокупля

Сэй М.

С 97 Зеркальный вор : роман / Мартин Сэй ; пер. с англ. В. Дорогокупли. — М. : Иностранка, Азбука-Аттикус, 2018. — 736 с. — (Большой роман).

ISBN 978-5-389-11834-8

Впервые на русском — один из самых ярких дебютов в американской литературе последних лет. Это мультижанровое полотно, шедшее к читателю свыше десятилетия, заслужило сравнения с «Облачным атласом» Дэвида Митчелла и с романами Умберто Эко. «Истинное наслаждение: подобие огромной и полной диковин кунсткамеры... — писал журнал *Publishers Weekly*. — Это шедевр эпического размаха, который можно полюбить, как давно утерянного и вновь обретенного друга». Действие «Зеркального вора» охватывает несколько стран, континентов и столетий — и три разные Венеции: от величественных палаццо и стекольных мастерских Венеции XVI века, где тайные агенты европейских и азиатских держав пытаются вызнать секрет производства легендарных муранских зеркал, — до баров и кофеен другой, лос-анджелесской Венеции, где поэты и писатели бит-поколения выясняют, кто из них самый гениальный, а малолетний уличный мошенник жаждет найти автора поразившей его воображение поэмы «Зеркальный вор», — до псевдовенецианских казино современного Лас-Вегаса, где отставной военный полицейский отчаянно пытается выйти на след неуловимого игрока, грозу обоих побережий...

УДК 821.111(73)
ББК 84(7Сое)-44

Литературно-художественное издание

МАРТИН СЭЙ
ЗЕРКАЛЬНЫЙ ВОР

Редактор *Александр Гузман*
Художественный редактор *Виктория Манацкова*
Технический редактор *Татьяна Раткевич*
Компьютерная верстка *Ирины Варламовой*
Корректоры *Валентина Гончар, Елена Терскова*

Подписано в печать 09.11.2017. Формат издания 60 × 90 $^{1}/_{16}$.
Печать офсетная. Тираж 8000 экз. Усл. печ. л. 46. Заказ № 6499/17.

Знак информационной продукции
(Федеральный закон № 436-ФЗ от 29.12.2010 г.): 18+

ООО «Издательская Группа „Азбука-Аттикус"» —
обладатель товарного знака «Издательство Иностранка»
119334, г. Москва, 5-й Донской проезд, д. 15, стр. 4

Филиал ООО «Издательская Группа „Азбука-Аттикус"»
в Санкт-Петербурге
191123, г. Санкт-Петербург, Воскресенская наб., д. 12, лит. А

ЧП «Издательство „Махаон-Украина"»
04073, г. Киев, Московский пр., д. 6 (2-й этаж)

Отпечатано в соответствии с предоставленными материалами
в ООО «ИПК Парето-Принт».
170546, Тверская область, Промышленная зона Боровлево-1,
комплекс № 3А.
www.pareto-print.ru

ПО ВОПРОСАМ РАСПРОСТРАНЕНИЯ
ОБРАЩАЙТЕСЬ:

В Москве:
ООО «Издательская Группа „Азбука-Аттикус"»
Тел.: (495) 933-76-01,
факс: (495) 933-76-19
e-mail: sales@atticus-group.ru;
info@azbooka-m.ru

В Санкт-Петербурге:
Филиал ООО
«Издательская Группа „Азбука-Аттикус"»
Тел.: (812) 327-04-55,
факс: (812) 327-01-60
e-mail: trade@azbooka.spb.ru

В Киеве:
ЧП «Издательство „Махаон-Украина"»
Тел./факс: (044) 490-99-01
e-mail: sale@machaon.kiev.ua

Информация о новинках и планах на сайтах:
www.azbooka.ru,
www.atticus-group.ru

Информация по вопросам приема рукописей
и творческого сотрудничества
размещена по адресу:
www.azbooka.ru/new_authors/